福野礼一郎 人とものの讃歌 2

日本刀から
サクソフォンまで38章

関西電力株式会社・関電トンネル　後立山連峰・赤沢岳(2678m)／鳴沢岳(2641m)中腹部標高1433m～1470mを東西真横から貫く。全長6.1km(トンネル部約5.4km)

福野礼一郎
人とものの讃歌 2
日本刀から
サクソフォンまで38章

CONTENTS

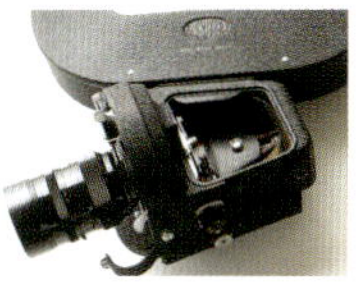

※本誌は月刊誌「GENROQ」2015年8月号から2018年10月号に掲載した記事を再編集して収録したものです。

第39話 ［東京の刻印］

東京タワーの力

道路上に停車したクルマが高波に煽られる船のように揺れていた。走って逃げるわけでもその場にしゃがみこむでもなく、人々は赤羽橋の交差点付近に呆然と立ち尽くして空の一点を凝視していた。東京タワーだ。東京タワーが揺れている。高い方の展望台上部の赤白に塗られた円筒形の大きなリング、それより上の細くなっている部分がとりわけ大きくしなっていた。女性の声が聞こえた。「いやだあどうしよう」その一言が見守る人々の気持ちを代弁していた。東京タワーが目の前で折れたらどうしよう。幸いその日その時間、展望台にいた来場者や職員にけが人はなかった。塔頂部スーパーターンアンテナ柱の、NHK総合テレビと教育テレビのアナログ放送を送信していた2段目と3段目の間、地上326.8m付近が変形して西方向におよそ80cmほど曲がったのが、東日本大震災における東京タワーの唯一の被害だった。今年56年、東京の輝くシンボルとして生まれ、その座に再び返り咲いたタワーを思う。

PHOTO◉荒川正幸（*Masayuki Arakawa*）
協力◉日本電波塔株式会社　http://www.tokyotower.co.jp

四神相応の観点からこの地を都に選ぶよう家康に進言したといわれる南光坊天海は、江戸城南西の白虎（＝街道）の入り口、すなわち虎ノ門にあった増上寺に二代将軍秀忠を祀り、裏鬼門の鎮護とした。

東京タワーはその西北の丘の斜面、標高18mに立っている。

昔は遠くからでもそれがよく見えたから、どことなく足元がおぼつかないように感じた。「東京タワーは斜めに傾いている」という都市伝説は、当時の東京の小学生なら誰でも知っていた。鮫島敦の「東京タワー50年」によると、週刊誌までが書き立てたその真偽を確かめるために東京都建設局が乗り出し、精密な測量を行ったという。

結果、傾斜は約4000分の1（約0・014度）。当時の技術としては文句なしの施工精度で垂直に立っていた。

直下に着くと東京タワーの印象は一変する。斜め50度にそそり立つ高さ8mの塔脚部は思いのほか巨大だ。以前の基部はコンクリート打ちはなしだったが、2001～03年の耐震改修工事で基礎を補強して以降は茶色い石板で飾られ、ひと回り太くなっている。

オレンジ色の鉄骨が青空に向かって伸びているが、無数のリベットで固定されたトラス構造は意外に細くて華奢だ。

日本電波塔株式会社　観光本部総合メディア部の澤田健課長によると、東京タワーの自重は鉄塔本体で約4000t。

1000分の1のタワーの模型があったとしたら高さは33・3cmだが、重量を1000の3乗分の1にするとわずか4gにしかならない。東京タワーは羽根のように軽いのである。

旧式な石炭反射炉で精錬した低炭素錬鉄(Wrought iron)を使い、外観にも装飾を凝らしたエッフェル塔（321m）の自重は東京タワーの1・8倍の7300t。全体を強固な剛体として設計した東京スカイツリー（634m）の場合は、鉄骨部だけで4万1000t、RC造の心柱部が約1万t、合計5万tもある。

軽量でかつ高剛性であることが、東京タワーの耐震性、耐風性の設計的ポイントのひとつだろう。

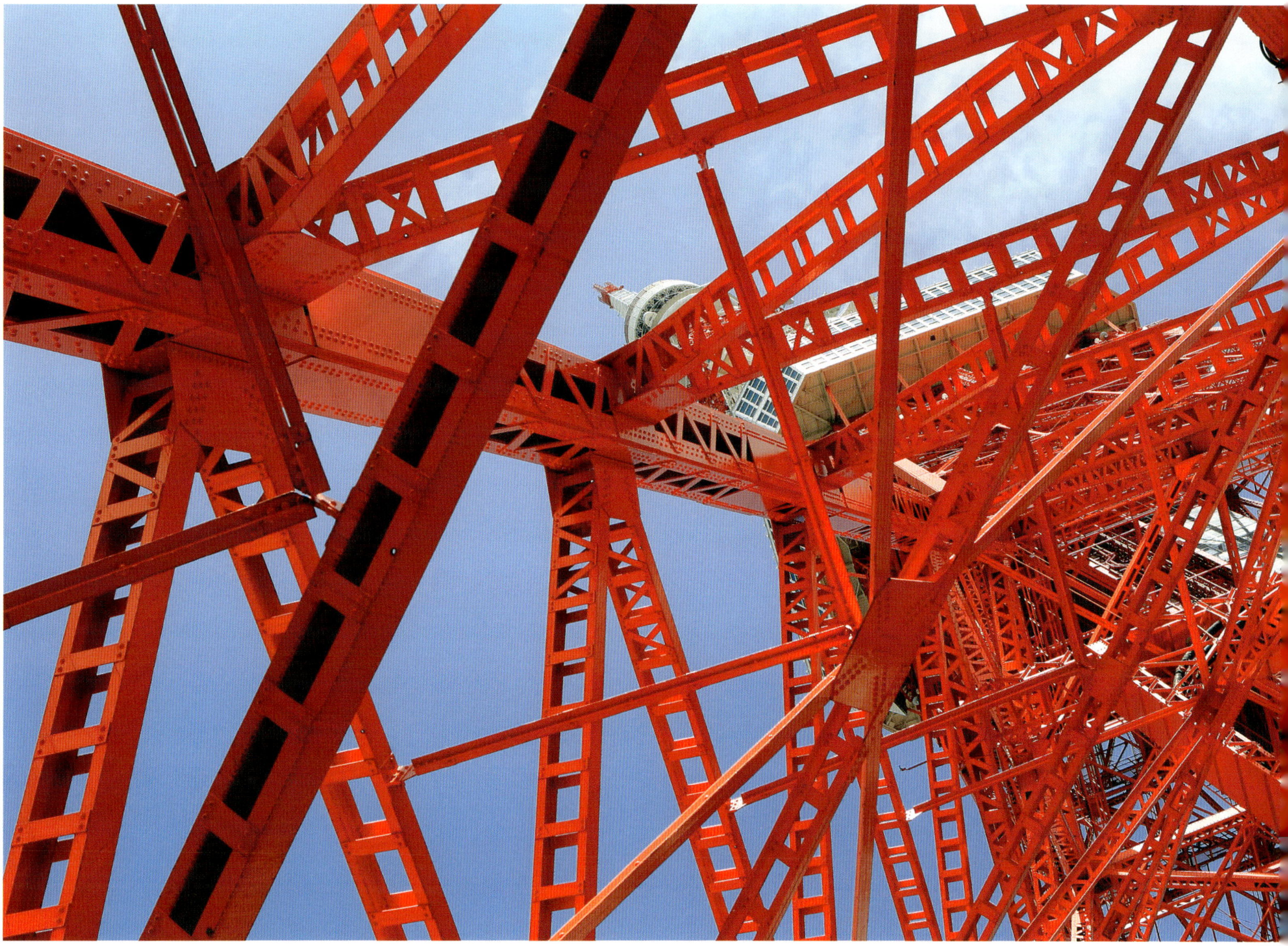

北側の駐車場入り口に建つ第４塔脚部からタワーを見上げる。薄い鋼板を短冊に切って溶接とリベットで組んだクレーンの支柱のようなトラス構造材を使って大規模トラス構造を組み、ブレースで張りながら塔体を作っていることが分かる。使用したのは構造部材用としては一般的な旧JIS・SS41（一般構造用圧延鋼材・引張強度41kgf/㎟）。また塔頂部の特別展望台より上部のアンテナ支持塔には、米陸軍が民間業者に払い下げたM4シャーマン／M47パットン戦車90台をスクラップして溶解した旧JIS・HT52（溶接構造用高張力鋼材・降伏点強度52kgf/㎟）相当のハイテン形鋼を使っているというのは有名な話だ。結合はH1～H14（0m～141.1m）まではリベット／溶接主体、H14より上部は鋼材に亜鉛めっきを施しているためボルト締結を使っている。リベット総数は16万8000本、高張力ボルト使用数4万5000本。自重4000tの鉄骨重量を支えるのは、東西南北80m角に据えた４つの塔脚で、基礎は砂礫層までボーリングし、孔内に鉄筋を組んでコンクリートを打設するという深礎工法による場所打ち杭によって直径２m、深さ15mのコンクリート製の杭８本を打設している。砂礫層に達する底部はセオリー通り直径が3.5mに広がっている。2001～03年の耐震改修では基礎に新設杭を各２本ずつ追加するとともに、塔体もH5～H12、H17～H25の斜材の断面補強と、H4～H10の斜材に座屈補剛材の追加を行っている。このときアンテナ支柱（H27）に制振ダンパーも装着した。東日本大震災での被害が最小だったのはこの改修工事の成果である。2012～14年の改修では曲がった頂部スーパーターン（ST）支柱の交換に加え、H1に補強鉄骨を追加、C号機エレベーターのシャフト鉄骨の補強、H25支柱支持材の補強、制振ダンパーの交換、スーパーゲイン（SG）塔の補強などを行った。ST支柱は165～435㎜φ丸断面から450㎜の角断面になり、材質も高強度のJIS・SA440（建築構造用高性能鋼材・降伏点強度440N/㎟級）を採用。重量は約14tへと倍増している。

東西南北４つの塔脚でタワーを支える。ひとつの基礎だけでも４００ｔの荷重に耐えられるよう設計されているが、斜めに伸びた塔脚にはスラスト方向の荷重も加わる。そこで50㎜φの鋼材20本を束ねた梁を地中に埋設して４本の基礎を対角に連結、その上にＲＣ造５階建てのビルディングを建設して垂直方向の荷重を与えている。あのビルはなんとウエイトを兼用しているのである。

日本の耐震設計の権威で、ＮＨＫの愛宕山放送塔を皮切りに名古屋テレビ塔、二代目通天閣、さっぽろテレビ塔など、各地の主要な鉄塔や数々の建築物を設計した「塔博士」こと内藤多仲（１８８６～１９７０）のまさしく面目躍如だが、コンピューターはおろか電卓すらなかった時代、多仲は胸のポケットに入れた計算尺とその頭脳を駆使して東京タワーを設計した。

第一陣の観光バス４台が駐車場に入ってきた。午前9時20分。

ツーリストと思しき一団はアジアからの観光客ではなく、７割が西欧の人々だった。フランス語、ドイツ語、そしてスカンジナビア方面の言葉が飛び交っている。いまでは東京タワーに毎日訪れる来場者のざっと25％が海外からのツーリストだ。

完成時は「近代科学館」、その後長らく「東京タワービルディング」と呼ばれていた建屋は、２００５年３月19日にリニューアルしたとき「東京タワーフットタウン」へと名称変更した。

エレベーターに乗って大展望台へ上がってみた。

32人乗りの大型エレベーターは３基ある。つまり３基しかない。１９５８年12月24日の一般公開初日には２万人の来場者が押し寄せ、その列が浜松町の駅まで１・２㎞も続いたという逸話がある。

おそらく40年ぶりの大展望台からの眺めに、いささか呆然とした。

周囲に高層ビルが林立して、明らかにここより高いビルもある。北の虎ノ門ヒルズ、西に六本木ヒルズとミッドタウンタワー。谷町のガラス貼りの泉ガーデンタワーも思ったより高い。

株式会社日建設計／株式会社竹中工務店の資料によると、東京タワーの高さは公式発表通り33万３０００㎜。タワービルの上部までを「Ｈ１」とし、そこから上部の円筒形のデジタルアンテナまでを「Ｈ２」から「Ｈ27」までの階層に区切って呼ぶ。その上のアンテナ塔部分はＧのつく階層名である。

大展望台の高さは、一般にエレベーターが到着する２階が「１５０ｍ」、１階が「１４５ｍ」とされているが、どうやらこれは海抜表記のようで、２階フロア＝Ｈ12の設計地上高は12万５０００㎜だ。１５０ｍ地点はそれよりずっと上、ちょうどオレンジ色が白に変わるあたりである（Ｈ15＝15万１７００㎜）。

いまや都心部には200m以上の超高層ビルが20本以上ある。虎ノ門ヒルズの最頂部は255・5m。大展望台の眺望がビルに埋もれたような感じになってしまったのも仕方がない。

東京タワーに登るなんてかっこ悪い、そういう時期も確かにあった。東京タワーなんて古くさい、都民の多くがそう思っていた時代があった。

新聞配達から身を起こし産經新聞を作った新聞王前田久吉が、TVの普及を見据えて民間放送局、映画会社など財界から広く融資を募り、その資金30億円を投じて建設した東京タワーは、純然たる民間の放送塔施設である。運営・維持は久吉が設立した日本電波塔株式会社がいまも行っている。

二代目大友六郎社長の時代は「タワーボール」の名で知られる東京タワーボウリングセンターが活況を呈したが、1978年に池袋の東京拘置所跡地にサンシャインシティが完成、地上60階226・3m（海抜269・8m）のサンシャイン60展望台がオープンすると、東京タワーの客足は遠のいた。

バブルの最中、狂乱の六本木の背後に立つ東京タワーは、ピンクに色褪せてどこか亡霊のようだった。

人々の視線が一気に変わったのは、平成のライトアップだ。

フィンランドやドイツの照明設計事務所で建築物のライティングの経験を積んだ石井幹子のデザインは、塔体外郭に沿って装着した696灯のナトリウムランプと148台の投光器で構成されていた。

点灯したのは1989（昭和64）年元旦の午前0時。

タワーの構造がふんわりオレンジに、蠟燭の灯火のように夜空に浮かんだ。

昭和天皇が崩御、元号が平成に変わったのはその7日後のことである。東京タワーは照明をライトダウンして喪に服した。その姿がさらに都民の心をつかんだかもしれない。

夜が輝くと、昼の姿まで可憐に見えてくる。

「250m」を公称する特別展望台行きのC号機エレベーターは大展望台の上にある四角い建屋から出発する。15人乗りの小型のものが一基。こちらは上昇速度も少し遅い。

下部のトラス構造はX型だが、大展望台から上はV型だ。窓の外に見えている柱の色がいきなり真っ白に変わるのでびっくりする。

建設当初の塗り分けはH15＝151・7mより上部が白6ヵ所、赤5ヵ所の11分割だったが、1991年の第6回目の塗装からは全体で7分割になった。白く塗装されている大

東京タワー見物が東京観光の目玉だった昭和30年代から40年代初頭は、いつ行っても長蛇の列ができていて大混雑だったあの一階の展望台エレベーター乗り場は、石造りの柱とフロアで設えられたホテルのエントランスのような雰囲気にすっかり見違えていた。3・4階のフロアに『ワンピース』のテーマパークである「東京ワンピースタワー」がオープンしたのが2015年3月13日、そのときに改装したのだという。現在1日当たりの来塔者数は平日で4000～5000人、土日祝で8000～9000人で、2014年度は約200万人が大展望台に登った。1958年12月24日の開業当時は初年度1年間で513万人が押し寄せ、開業4252日目の70年8月18日に早くも5000万人目のお客さんが展望台に登ったというから、最初の11年間の平均は1万1800人／日だったことになる。56年半の総来塔者数は1億7400万人だ。

東京タワーの塔体は新三菱重工、松尾橋梁、宮地建設工業であらかじめトラス構造に組み立てられてから現場に運ばれ、1本5～10tのこの柱を現場で吊り上げ、鳶職が空中で組み立てた。施工は(株)竹中工務店。50度傾斜した塔脚部は、高さ40mの簡易な鳥居型クレーン（ジンポール）で部材を吊り、内側に鋼脚を立てて支えながら1段ずつ組み立て、途中からは高さ63mの控鋼式デリック（ガイデリック）を敷地中央に据えて、これで部材を吊り上げた。垂直のマスト先端からワイヤを出し、根元から伸びたブーム先端を懸架する方式のクレーンだ。リベット打ちは橋梁建設や造船などと同様、現場に設置した簡易なコークス炉でリベットを700～800℃に赤熱させ、これを火挟みで掴んで作業者に投げ渡す方式を使った。助手が漏斗のような容器（受け取り缶）でキャッチして穴に差し込み、反対側を当てで押さえながら頭をニューマチックハンマーで潰す。直径2cm、長さ10cmほどの真っ赤に焼けたリベットを、ときには20mも投げ上げたという。地鎮祭は1957年6月29日で完工式は58年12月23日だから、工期はたった542日間だった。高所で鉄骨を組んだ鳶職の心意気を感じる写真が残っている。（写真：日本電波塔株式会社）

「250m」を標榜する特別展望台は開業から８年後の1967年7月25日にオープンした。もともとアンテナの点検作業や大気測定、TV中継などに利用されるために設置されていたフロアで、建設当時からエレベーターも装備されていた。ここを展望台として改装し公開することを決断したのは東京タワーの生みの親である前田久吉である。1970年3月20日にタワービル３階に蠟人形館がオープンしたとき、その経営者だったアメリカ人がここで紋付袴／打掛け姿で挙式を行ったときも、前田が晩酌人を務めた。女性が単眼鏡をのぞいている写真は「東京タワー 10年のあゆみ」所蔵のオープン当初の特別展望台の様子。日本でフロートガラスの製造が始まったのは1965年（日本板硝子）だが、特別展望台に使われているのはまだ引上ガラスらしく、かなり像に歪みがある。

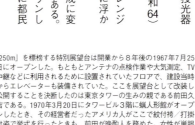

上部特別展望台から眺めた東京360度のパノラマ。正面がほぼ真西で、六本木ヒルズ森タワー(238m)が見える。そのすぐ右手がミッドタウンタワー(248m)、北側の高いのが虎ノ門(247m)。取材当日は見えなかったが、富士山が見えるなら矢印のあたりだ。

展望台外壁も竣工時はオレンジだった。

鉄骨を這い回る黒い太いケーブル被覆に滴下したペイントが無数に飛んでいる。スプレー塗装ではなくペイントを手塗りしているということだ。近くで見ると赤白の境界線もくっきり手塗りで丁寧に塗り分けている。

エッフェル塔の寿命を聞かれたギュスターヴ・エッフェルは「限りなく永久」と答えたというが、酸化を防ぐための塗装は強度を維持するために不可欠だ。4～6年に1度の再塗装は、2013年秋と14年春に行った作業で10回目を迎えた。塗膜は部分的には約1㎜に達しているという。

地上223・55m（H23）の特別展望台は大展望台の12分の1の床面積。122㎡しかない。

ここまで上がると周囲が開けて東京全域が見える。

お台場レインボーブリッジ、横浜ベイブリッジ、明石海峡大橋、姫路城、浅草寺などのライトアップを手がけた石井幹子は、東京タワー50年を記念した新しいライティングデザインも担当した。2008年12月1日から開始されたLED照明「ダイヤモンドヴェール」だ。それぞれテーマを設けた7パターンのカラーデザインを使い分ける。

2020オリンピック誘致のライトアップでは東京のアイコンの地位をさらに固め、東日本大震災のあの日からは日本復興のシンボルのひとつになった。

日本電波塔(株)が1968年7月15日に発行した「東京タワー10年のあゆみ」に所蔵されていた大展望台2階の様子。おそらく刊行当時の撮影だろう。大展望台はいつも修学旅行の生徒などでまさにこのようにごったがえしていた。大窓の頭上には展望を解説した巨大な地図が掲げられている。取材当日(2015年6月10日)午前10時半、外国人観光客の団体もどこかにいなくなって、大展望台は空いていた。大地図の代わりにウインドウ際に据えられた液晶モニターのタッチ操作によって、周囲の景観や情報を見ることができる。売店、神社、特別展望台に登るゲートもこのフロアにある。無料貸し出しコーナーで双眼鏡を借りるのを忘れずに。Nikon製の高品質のものが各種そろっている。

大展望台1階にはカフェ「ラ・トゥール」、イベントステージ「Club333」がある。写真は直下を見下ろすルックダウンウインドウ。写真の下部、東の塔脚根元にあったタロとジロと17頭のカラフト犬の像は、2013年に東京都立川市の国立極地研究所に移設され、いまは花壇になっている。これが第1号塔脚で、時計回りに1、2、3と数える。上部が第4塔脚だ。航空法施行規則第132条の3では、航空交通の障害となる鉄塔などの骨組構造の建造物には「最上部から黄赤と白の順に交互に帯状に塗色すること」と定めている。東京タワーの塗色もこれにしたがったもので、「黄赤」には「インターナショナルオレンジ」を使う。RYBなら赤100%に黄色44.8864%で発色する彩度100%、明るさ50%の鮮やかな朱色だ(16進色コード#ff4f00)。上塗塗料には建設当初から関西ペイント(株)のフタル酸樹脂塗料を使用、塗膜厚は1回の再塗装につき中塗を含め40μmと規定している。

2012年5月に東京スカイツリーが開業した後も、東京タワーの人気は衰えていない。

東京タワーが窓から見えるのは今でもマンション販売の大きなセールスポイントだし、狸穴（まみあな）からタワーに登って行く通りには、夜になるとクルマが次々に停車し、観光客やカップル、女性同士が第4塔脚の下からスマホで自撮りしている。

2014年12月末、2期2年を要した2度目の耐震改修工事が終了、震災で曲がってしまったスーパーターン（ST）アンテナ柱も交換されたが、実は2011年7月の地上アナログ放送の終了にともなって、当初から各局の送信アンテナの撤去工事が行われる予定だったという。

しかし見上げる気持ちは「東京タワーがようやく直った」これだった。

東京タワーの美観について多仲はこう言っている。

「東京タワーは無駄のない安定したものを設計した結果であり、美観については作為していない(発言骨子)」

構造力学的に追求された設計には、作為しなくとも機能美という美が降臨するのだ、塔博士はきっとそう言いたかったに違いない。

東京の女神。いつしか東京タワーはそんな存在になった。

「東京タワー10年のあゆみ」には特別展望台からの東西南北の展望がカラーで収録されている。撮影当時1968年と言えば、ベトナム戦争が泥沼化するとともに学生運動も激化、マーティン・ルーサー・キングとロバート・ケネディが暗殺され、アポロ8号が有人月周回飛行に成功した年だが、東京には高層建築は1968年4月12日開業の霞ヶ関ビル(147m)しかなかった。1963年の建築基準法改正以前、日本では高さ31m(約100尺)以上の高さの建築物は建設することができなかった。東京タワーの場合は、当時既存していた紀尾井町のNHK千代田放送所電波塔(178m)、麹町の日本電波塔(154m)、赤坂KR電波塔(150m)などと同様、建築物ではなく「工作物」と見なされて建築法の例外とされたという。ちなみに1954年公開の初代ゴジラが倒した(「右手を塔にかけました」)のはNHKの電波塔である。その正面が我が母校である(すみません)。

●取材2015年6月10日
●執筆2015年6月16日
●掲載GENROQ 2015年8月号

参考文献

「東京タワー10年のあゆみ」　日本電波塔株式会社刊
「東京タワーの50年」　鮫島 敦著　日本経済新聞出版社刊
「東京タワー99の謎」　東京電波塔研究会著　二見書房刊

東北自動車道を岩槻ICで降り、春日部野田バイパスと呼ばれる国道16号線を東に向かって走ると、途中何本もの大小の河川の上を渡る。

まず元荒川を渡り、大落古利根川（おおおとしふるとねがわ）といういかにも由緒ありそうなゆったりした広い川を越える。その名の通り昔の利根川の一部で、江戸時代に行われた付け替えによって排水路になったらしい。

細い水路は倉松川、左右に土手があるのが中川だ。どの川にもほとんど流れが感じられず、川堤に覆い被さるように葦などの塩性湿地植物が生い茂っているので、運河か細長い貯水池のように見える。水面が道路に驚くほど近いのも独特の風情である。

16号線はこのあたりで国道4号＝旧日光街道、新4号＝越谷春日部バイパスと交差するが、河川を越える陸橋のほうが幹線道路との交差点よりも多いくらいだ。

埼玉県東部にあって周囲を利根川、

第40話 ［プロフェッショナリズム］

文明の神殿
首都圏外郭放水路

山に雨が降ると、水は谷に集まって斜面を流れて川になり、集めた土砂を河口まで運んで堆積させ、肥沃な平野を作る。新鮮な水に恵まれた沖積平野は人が住んで農耕を営むのに最適だったから、集落はここで発生し、それがやがて大規模になって農村になった。しかし大雨が降って地下地層の保水能力を大きく上回ると、河川の水位が上昇して平野部で氾濫を引き起こし、生活圏に災害をもたらす。急峻な地形に国土を占められた日本では生活圏のほとんどが沖積平野にあり、河川の渇水期と多水時の流量差を示す河状係数は欧州などの一般的な河川の10倍近くもある。我が国においては自然利水の便と洪水災害は表裏一体なのである。したがって堤防や灌漑設備を築く「治水」は古墳時代から重要な公共事業だったし、中世や戦国時代には領主の影響力を大きく左右した。都市化が進んだ現代では治水事業はさらに重要度を増している。関東の治水の一翼を担う国土交通省関東地方整備局 江戸川河川事務所が管理する首都圏外郭放水路に潜行した。

PHOTO◉荒川正幸（*Masayuki Arakawa*）
協力◉国土交通省 関東地方整備局 江戸川河川事務所

国土交通省
関東地方整備局 江戸川河川事務所
首都圏外郭放水路管理支所
大須栄一支所長

江戸川、荒川などの大河川に囲まれた春日部市付近は、皿の底のような低地で降雨による内水がたまりやすく、また土地の勾配も緩やかで大雨が降ったときに河川の水が下流へ流れにくく、結果水位があがって外水からの浸水被害も生じやすい土地だという。

国、東京都、埼玉県、茨城県および周辺の29の市区町が協力し、堤防や放水路の建設、流域での治水対策、避難場所の設定などソフト対策を含めた「中川・綾瀬川総合治水対策」を行っている。本稿で紹介する首都圏外郭放水路はその一環として作られた人工の地下河川である。

国土交通省・関東地方整備局・江戸川河川事務所・首都圏外郭放水路管理支所の大須栄一支所長が施設を案内して下さった。当日集まった19人の一般見学者の皆さんといっしょに出発する。

小雨の中、サッカー場のグリーン

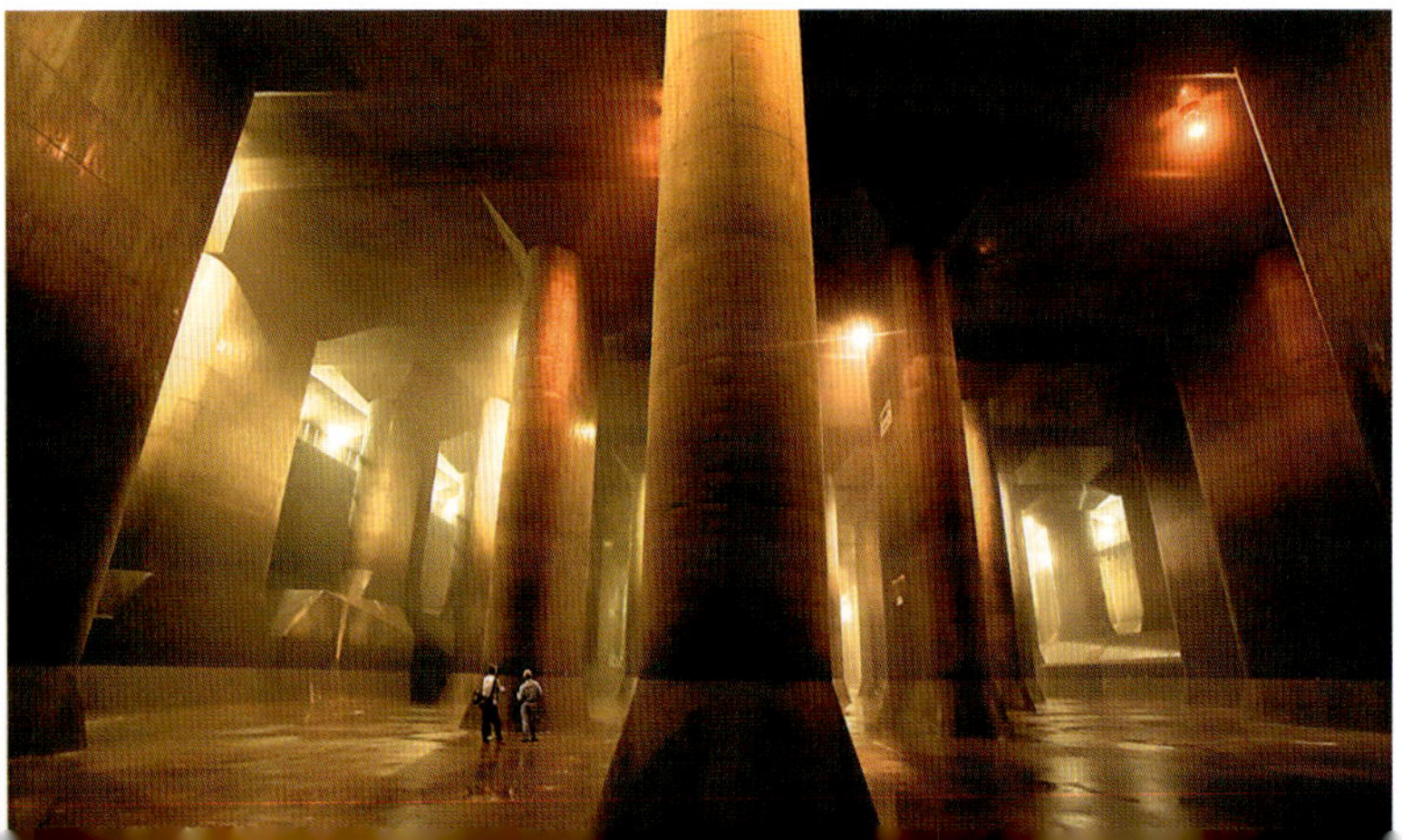

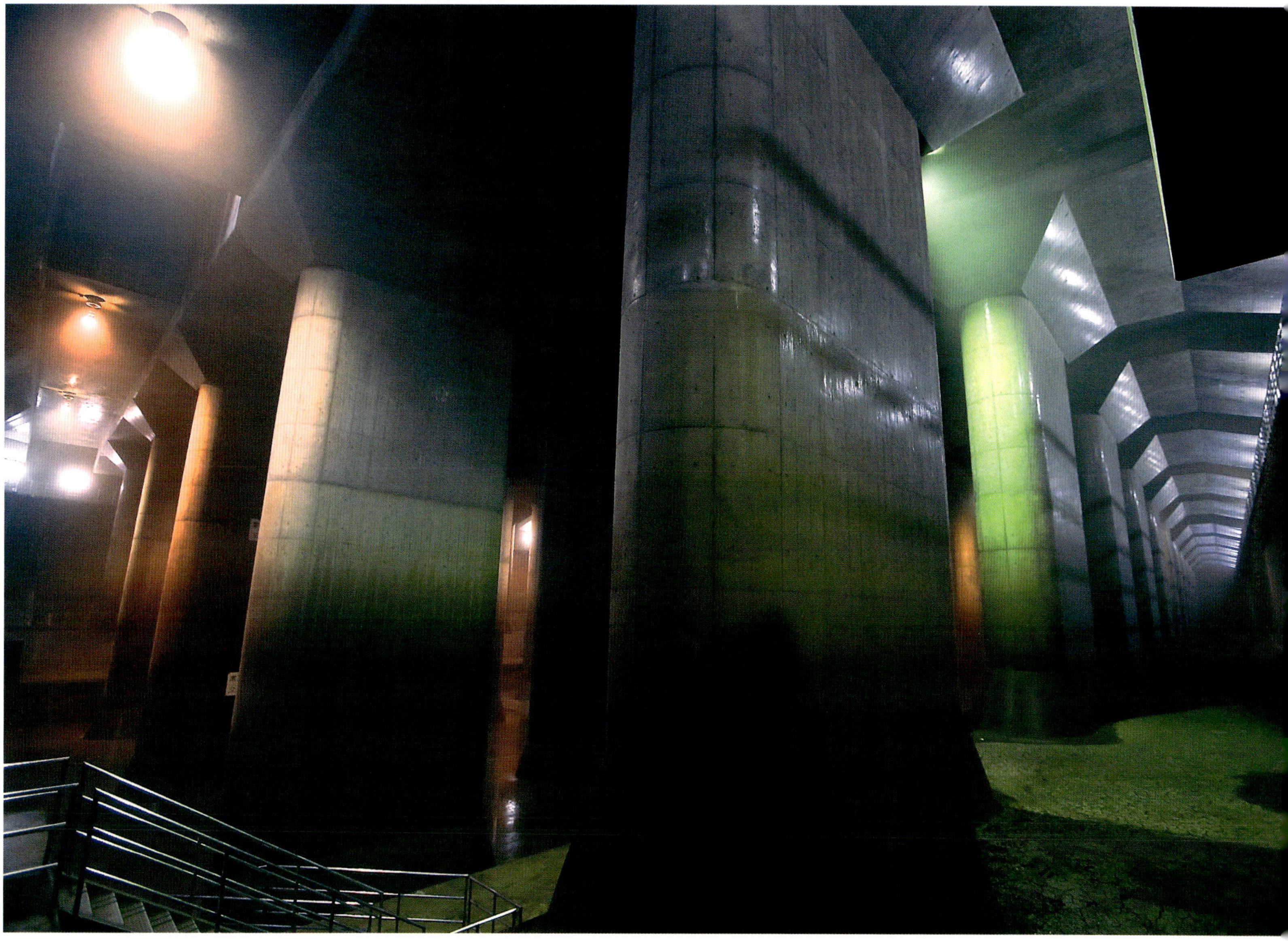

『仮面ライダー』シリーズや2004年の映画『ULTRAMAN』、2005年の『鉄人28号』、雑誌の撮影やPVなどに登場してすっかり有名になった「地下神殿」こと首都圏外郭放水路の調圧水槽。河川から4本の立杭内に流入した水は最終的にこの調節水槽内に導かれ、写真奥の壁の背後にある主ポンプによって江戸川に排水される。24万9900㎥もの巨大な容積が必要なのは、主ポンプを安定して運転するために適切な水深と水量を確保する必要があるからだ。柱の6割ほどの地点に水の跡があるが、ここが「定常運転水位」。水位がここまできたら主ポンプを始動して江戸川への放水を開始、水位を一定に保つように主ポンプの回転数(〜4000rpm)を連続可変制御する。さらに増水してきた場合は主ポンプを2基、3基、4基と順次始動して対応する。4基最大運転時の最大排水量は200㎥／秒である。流水量が減少してきたら、柱の下方の定位置に水位が下がるまで運転して主ポンプ停止、残りの水は国道16号線・春日野田バイパスの藤の牛島駅入り口交差点近くにある第3立杭の1150kWの残水排水ポンプ2基でくみあげて倉松川へ放水する。建設はゼネコン各社が建設共同企業体を構成して持ち場を分担してあたった。調圧水槽の建設を担当したのは佐藤・奥村・竹中土木特定建設工事共同企業体である。

が鮮やかだ。庄和排水機場の敷地であるこの場所は春日部市に貸し出されていて、多目的広場として開放されているという。

広場の南端に小さなサイロのようなコンクリートの部屋が建っていた。

「ここからいよいよ116段の階段を下って地下の『調圧水槽』へと降りて行きます。途中止まったり、引き返したりはできません。階段では撮影も禁止です」

見学者の列に続いて、ちょっと緊張して扉をくぐった。ビルの非常階段を降りて行くあの感じだが、すぐにひんやりした空気が足元から上がってくる。

そしてあっという間に巨大な黒い空間に飲み込まれた。

真っ暗な天井に黄色いタングステン灯と青い放電灯が点々と灯り、巨大な列柱が消失点に向かって居並んでいる。

内部の気温は16℃。湿度は90％以上だ。4月下旬か10月下旬の雨の日中くらいだから暑くも寒くもないが、空気が白く霞んで、内部はしんとした静寂に包まれている。

無言で階段を下って、そっとプールの底のような地底面に立った。

地下22m。

しっとり濡れているが、深い水たまりはない。頭の片隅で覚悟していた泥や黴や汚水の異臭は皆無だった。荘厳な神々しさに包まれて圧倒される気分に浸れるのは、きっとそのせいもあるだろう。

「地下神殿」という愛称は、光景だけでなくその体感をぴたりと表現していた。

広大な天井を見上げる。

長さ177m、幅78m、高さ18m。430坪ほどの敷地に建てた53階建てのタワーマンションを床倒しにして地下に埋めたくらいの空間だ。

地下には地下水が流れている。河川のすぐ脇の土地だから流量も多いだろう。そこにこれだけ巨大な構造物を埋めれば、内部の空間全体が浮力を生じる。コンクリートの床や壁はたちまちひび割れて決壊してしまうだろう。

列柱はそのためにある。

幅2m、長さ7mの角丸長円形断面で高さ18mのコンクリートの塊は1本500t。これを59本ずらりと並べることによって底面に荷重をかけ、空間の浮上を防止しているのである。

背後を振り返ると、凄まじい構造物の片鱗が上方からの太陽光に照らし出され浮かんでいた。

上端部での内径31・6m、深さ72・5mという円筒形の縦穴だ。「第1立杭」という。壁面に作られたメンテナンス用の階段がまるで壁面を這う蔦のように見える。

地下巨大河川の治水メカニズムはこうだ。

海抜5〜6mの低地を流れていて洪水を引き起こしやすい大小5本の河川、さっき通ってきたあの川の近くに、それぞれ内径15〜31・6m、深さ69〜74・5mという4本の巨大なコンクリート壁を持つ立杭を掘削し、河川の堤防の一部を切り欠いて越流堤を作り、立杭と連結する。

大雨で川の水位が上昇してくると、水の一部が越流堤を超えて立杭の中に流れ込む。したがって川の水位の上昇が緩慢になって洪水の発生を制御する。

第2〜第5の4本の立坑と地下神殿の横にある第1立杭は、それぞれ地下50mに掘削された内径10・6〜10・9m、総延長6316mのトンネル（横穴）で連結されている。したがってどの川からどれくらい水が流入しても、各立杭の水位は一定だ。

流入水量がどんどん増加して立杭内の水位が上がってくると、水は第1立杭を経て地下22mにある調圧水槽、つまりこの地下神殿にへと流れ込んでくる。

地下の最大貯水量は67万㎥だ。

調圧水槽の北端の地上に建つ庄和排水機場には、ガスタービンエンジンで駆動する超強力なポンプが4基設置してあり、調圧水槽内の水位が規定値に達したら、それを順次駆動して水をくみ上げ、5・4m×4・2mの排水樋管6門から江戸川へと放水する。

江戸川の上流は利根川である。茨城県の西端の境町で二手に分かれて南下してくる。このため降雨時の春日部市付近の江戸川の水位変化は、周辺の中小河川の水位上昇のタイミングよりずっと遅い。江戸川に放水しても水位が危険なほど上昇することはないし、江戸川の水位があがってくるころには排水は終わっているのである。

調圧水槽の列柱の高さ3・5m付近に「ポンプ停止水位」という表示が掲げられていた。

ここが排水用ポンプのインペラーの下端位置だ。流入水量が減って調圧水槽内の水がここまで下がってきたら、それ以上は庄和排水機場のポンプでは組み出せない。そのまま放置するとしかし水質が悪くなり、次の洪水のときにその水を江戸川に放水することになってしまう。江戸川の水は農業用水、工業用水のほか水道用にも利用されているので水質を低下させることは避けたい。そのため中川と倉末川に接続している第3立杭に設置された残水排水ポンプで地下に溜まった水をくみ上げ、下流へとゆっくり放水する。

調圧水槽から地上に出て見学の皆さんと分かれてから、庄和排水機場の地下にある主ポンプ室を見せていただいた。

ダムの発電室を思わせる大きな地下室に4基の主ポンプが並んでいた。駆動用の三菱重工製ガスタービンエンジンは、1万4000psのパワーで重さ33tの巨大な羽根車を回し、毎秒50㎥の水を14m上までくみ上げる。

4基を最大能力で運転したときの最大排水量は200㎥/秒。小学校の25mプールの標準的な容量は487・5㎥だから、これを2・5秒で空にできるという猛烈な能力だ。

庄和排水機場の内部にある中央操作室では各河川の流れの様子、所内の状況などを50台のモニターで監視、気象レーダーによる雲の様子などの気象情報を24時間モニタリングし、他の排水場施設と連絡を取り合いながら降雨にそなえている。とくに近年はゲリラ豪雨による河川の突然の増水が増えているから、夏季の監視も強化しているという。

これまで最大の放水を行ったのは2014年6月。東京ドーム11杯分に相当する1350万㎥を江戸川に放水した。2015年は4月以降だけでもすでに4回も稼働している。

江戸時代から治水対策として行われてきたように、例えば地上に幅21m、深さ5m、長さ6・4㎞の運河を掘り、排水ポンプ場を設置して各河川から江戸川へ水を流すバイパス路を作れば、67万㎥を貯水・排水できて、おそらくこの巨大なハイテク設備は不要になったかもしれない。しかし運河を掘れば地域がさらに分断されるから橋を多数掛けなければならないし、急速な都市化によって運河を掘る土地を買収するためには

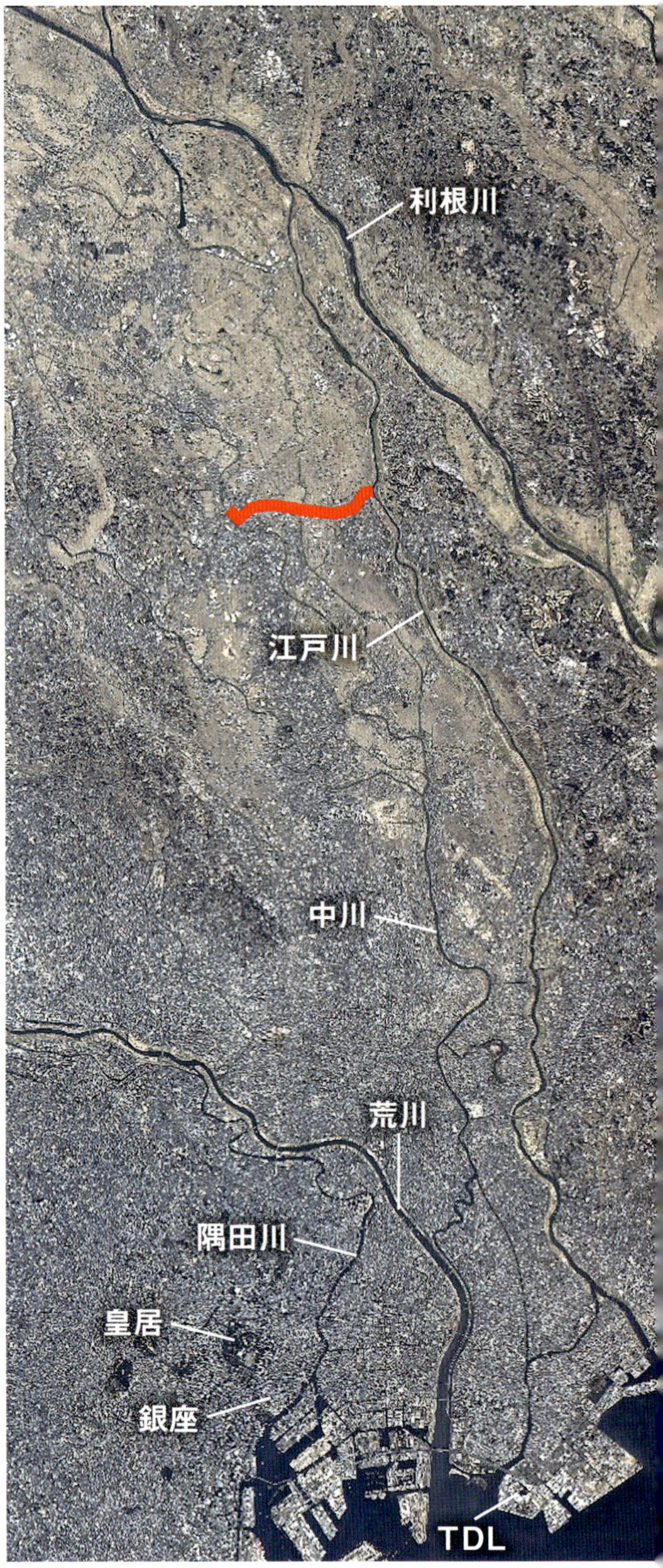

関東平野東部の航空写真。ここに写っているのは南北およそ63km、東西約27kmの範囲で、赤線で示したのが全長6.4kmの首都圏外郭放水路だ。このスケールで眺めても長大な地下河川であることが分かる。首都圏外郭放水路を管理・運用している国土交通省 関東地方整備局 江戸川河川事務所が管轄するのは、延長54.6kmの江戸川全域、中川の松伏橋ー葛飾までの区間20.6km、綾瀬川の越谷市から足立区までの8.9kmなど、合計111.8kmの河川とその広大な流域だ。堤防や可動堰の建設による江戸川および中川・綾瀬川の治水対策を始め、地震など災害の発生時に備える防災ステーションの整備、水質や河川の環境改善プロジェクトなど各種事業を推進している。同事務所が開設されたのは1914（大正4年）、河川改修に着手してから2015年で100周年を迎える。（写真：Goo地図）

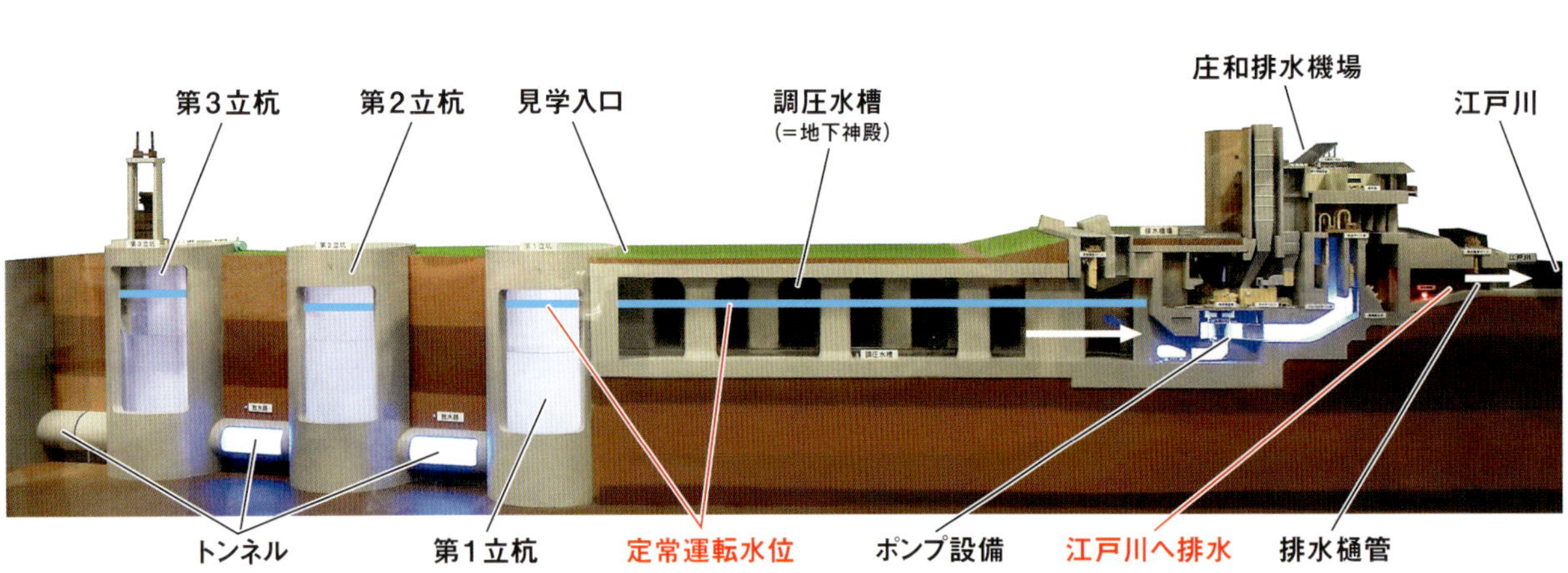

庄和排水機場の内部にある見学施設「龍Q館」の2階フロアに展示されている首都圏外郭放水路の模型。実際に水を導入して、水位の変化が見られるようになっている。模型では第1〜第3立杭が接近しているが、実際には第1↔第2立杭間はトンネル距離にして1396m、第2↔第3立杭間は1920m、さらに1384mのトンネルを経て第4立杭、1615m離れて第5立杭がある。大落古利根川が第5、幸松川が第4、倉松川と中川は第3、18号放水路からの増水が第2立杭へとそれぞれ流入し、地下50mのトンネルで結ばれて増水とともに水位を上げる。水位が地下22mまで達すると第1立杭から調圧水槽へ流入、主ポンプがくみ上げて江戸川へ放水する。万が一、排水中に主ポンプが緊急停止した場合、水の逆流現象が生じて大きな波が発生するが、巨大な調圧水槽内の容積はそのときに立杭を保護するバッファの役目もしている。

調圧水槽の内部。床面は濡れているがゴミなどは一切ない。地下に流入する水は隙間3cmの鉄の網目で濾過してゴミを取り除いている。倉松川の第3立杭にある除塵機は幅33m、高さ8.5mもあり、巨大な鉄の爪が回転しながらスクリーンに貼り付いたゴミを掻き取る。それでも水が引いたあとの調節水槽の床には年間で2～3cmの土砂が積もるという。雨の少ない毎年11月に天井からクレーンで吊してブルドーザーを下ろし、堆積した土砂の大掃除をしている。また見学者の安全のために、見学範囲の床は職員が水切りのかっぱきを持って常時掃除しているという。

庄和排水機場は国道16号線が江戸川を越える金野井大橋の北約1kmの地点にある首都圏外郭放水路の施設で、4基の主ポンプ、ポンプの上流下流にある「ボリュートケーシング」と呼ぶ水路、二ヵ所のゲート弁および逆流防止弁とその開閉駆動機構、それらの作動を監視・制御する中央操作室がある。地上部分は長さ73.5m、高さ30.5m、奥行き70mの建屋だが、地下部分は広大で調圧水槽と連結している。調圧水槽の上は芝生の多目的広場。Googleマップなら「埼玉県春日部市上金崎730」で飛んで航空写真をみると、広場の下(南)に第1立杭の丸いシルエット(内径31.6m)が確認できる。国道16号沿いに西に見て行くと第2(内径31.6m)、第3(内径31.6m)、第4立杭(内径25.1m)も見つかる。第5(内径15m)がやや難しいが、大落古利根川を渡る春日部大橋の北400mほどに小さな円形が見える。

「龍Q館」の主ポンプの模型。ちょっと分かりにくいが、右上の黄色い部屋の内部にあるのがガスタービンエンジン、その左が日立製作所製の歯車減速機。2段のヘリカルギヤと1段のベベルギヤでエンジン出力を27.6に減速しつつ直角に方向を変え、その真下に見えている直径3.756m、重量33t、全揚程14mという巨大な荏原製作所製の立軸渦巻斜流ポンプを駆動する。ガスタービンエンジンの最大回転数は4000rpmだから、インペラーの最大回転数は145rpmということになる。流量はエンジン回転の制御で0～100%まで連続可変できる。最大吐出量は50㎥／秒。庄和排水機場はこのユニットを4基設置している。一般の排水機場で使用されているのはディーゼルエンジンだが、ガスタービンは小型で振動・騒音が低いのが特徴だ。

調圧水槽から第1立杭を見る。壁面のグリーンの汚れから最大水位の位置がうかがえる。川の水を投入する立杭のうち第3立坑では中川と倉松川から合計最大125㎥／秒、第5立坑では大落古利根川から最大85㎥／秒という大量の水が流入するため、壁面に沿って斜めに水を流して水圧による衝撃を緩和する渦流式ドロップシャフト方式を採用している。ちなみに30m以上という立坑の内径は、5本の立杭を地下で結ぶ延長6310mのトンネルを掘削するための泥水式シールド掘進機などの設備を下ろす都合から決められた。各工区の内径約10mのトンネルは通常のように外水圧だけでなく内水圧にも耐える構造で、鉄骨材とコンクリートで組み立てたDRCセグメントなどをくさび結合方式で連結、高剛性と内面平滑性を実現した。幅1.2mのセグメント9枚で円筒一周を構成するため、単純計算すると4万7000枚以上のセグメントを使ったことになる。

特別に主ポンプ室に入れていただいた。4基のユニットが並んでいる。正面に見えているのが歯車減速機、右側がガスタービンエンジンを納めた部屋。排気ガスを外部に導く排気ダクトが見えている。サイレンサーを通して消音してから庄和排水機場の建屋の上に突き出している煙突のような塔に導かれている。またエンジン吸気用と空冷用のエアもダクトによって外部からエンジンを納めた小部屋内に導かれている。三菱重工製MFT-8ガスタービンエンジンは、戦闘機用から発展してボーイング727／737などの旅客機に使われた低バイパスのプラット＆ホイットニー JT8Dのジェットエンジン部の設計を転用、三菱重工製のパワータービンを連結したものだ。高圧単段タービンで後方7段高圧圧縮機を、2段低圧タービンで前方8段低圧圧縮機を駆動、さらに排気エネルギーで軸流3段の回転駆動用タービンを回している。燃料はA重油で、640Kℓという巨大タンクを建屋外部に設置している。一般のガソリンスタンドの地下タンクの30倍という容量だ。燃費は最大約60ℓ／分なので、4基をフル稼働しても45時間分の備蓄があることになる。

莫大な費用が必要だ。事実上実現不可能である。地下水路なら都市環境や自然環境に対する影響を減少できるし、国道16号線の真下に地下水路を掘ったため、土地買収も最小限ですんだ。

戦後間もない1947（昭和22）年9月、関東東部の広大な地域で洪水による大災害が発生した。

中心付近の気圧960ヘクトパスカル、最大風速45m／sという大型で強い台風が伊豆諸島鳥島の南西400kmに接近、15日未明にかけて前橋391mm、熊谷341mm、宇都宮217mmという大雨をもたらした。利根川の水位は増水、都市化によって川の流れが妨げられていたため、江戸時代4代家綱のころに開削された河道である新川通に流れが集中することになってしまった。

16日午前0時過ぎ、北埼玉郡東町付近の右岸堤防が轟音とともに決壊、濁流が民家に押し寄せた。

破堤は江戸川、荒川の各所でも連鎖的に発生、東京都知事などの要請で出動した米陸軍工兵隊が江戸川の右岸堤の爆破を決行するが、東京の下町一帯の浸水は防止できなかった。

「キャサリーンKathleen」と命名された昭和22年台風9号は、戦後の荒廃からなんとか立ち上がろうともがいていた日本に、死者・行方不明1930名、住居損壊9298棟、床上浸水38万4743棟という甚大な損害をもたらしたのである。

1993年3月に着工、13年の歳月と2300億円の費用をかけ2006年6月に完成して以来、首都圏外郭放水路は合計95回も稼働している。160mmの雨量を記録した2000年7月の台風3号では中川・綾瀬川流域で137haにおよぶ浸水被害が発生したが、施設稼働後の2006年12月に発生した豪雨では172mmの降雨量にもかかわらず浸水面積はおよそ33haへと劇的に減少した。巨大神殿はその効果を遺憾なく証明したのである。

国と自治体、そして治水の精鋭部隊による都市圏防衛への不断の努力。次の大雨の日、きっとそれを想うだろう。

●取材2015年7月2日 ●執筆2015年7月15日
●掲載GENROQ 2015年9月号

第41話 ［プロフェッショナリズム］

JAPAN MINT 造幣局

1万円札は、物体として見れば凝った印刷を施した一枚の紙切れで、一般的には製造費から逆算すると原価は1枚15円ほどだといわれている。しかし、お店や人にそれを渡せばちゃんと1万円分に相当する商品やサービスなどが提供されるのは、その価値を日本国が保証しているからである。これを「法定通貨の強制通用力」という。「商品交換の際の媒介物で価値尺度、流通手段、価値貯蔵の3機能を持つもの（広辞苑）」を一般に「貨幣」と呼び、流通手段や支払いの手段として市中や銀行にある貨幣のことを一般に流通貨幣＝「通貨」というが、我が国の「通貨の単位及び貨幣の発行等に関する法律」では「通貨とは貨幣及び（中略）日本銀行が発行する銀行券をいう（同法2条3項）」と定義している。つまり日本における現在の定義では「貨幣」とは「硬貨」のことである。貨幣を製造している独立行政法人造幣局を取材した。

PHOTO◉荒川正幸（*Masayuki Arakawa*）
協力◉独立行政法人造幣局　http://www.mint.go.jp

造幣局の敷地内の大川沿いには、関山、松月、普賢象、黄桜、楊貴妃、そして全国でも珍しい大手毬と小手毬などの珍種も含めた約１３０品種、３５０本の八重桜が約５６０ｍに渡って植えられている。ソメイヨシノが散ったあとの４月中旬頃の１週間、咲き乱れる八重桜の並木が一般に公開され、多くの見物客で賑わう。

本田渓花坊が「大阪に花の里あり通り抜け」と詠んだ「桜の通り抜け」。１８８３（明治16）年、当時の造幣局長・遠藤謹助の発案で始まったという。（※1）

正門のところで独立行政法人造幣局・総務課広報室の宇井秀徳さんが迎えて下さった。

造幣局はここ大阪が本局。東京と広島にそれぞれ支局がある。行政改革の一環として２００３年４月１日から独立行政法人になった。３局合計で約８００人が働いているという。

貨幣の製造工程を見学させていただいた。

造幣局では紙幣の印刷は行っていない。紙幣を作るのは切手、証券、パスポート、郵便預金通帳などを一手に印刷している独立行政法人国立印刷局の仕事である。

「独立行政法人造幣局法」によると、貨幣は独立行政法人造幣局が製造し（第11条第1項第1号）、貨幣の製造については財務大臣の定める製造計画に従って行わなければならないと定めている（同第12条）。また「通貨の単位及び貨幣の発行等に関する法律」では、財務大臣が日本銀行に製造済の貨幣を交付することにより発行されるとしている（第４条第３項）。

したがって日本では造幣局以外の機関で貨幣を製造することはできないし、財務省の許可なしには製造も発行もできない。

造幣局で作っている貨幣は、１円から５００円まで６種類の通常貨幣のほか、各種の記念貨幣である。

工場はガラス越しの見学だ。例え造幣局職員であっても作業に関係の

（※1）「通り抜け」の開催日は、例年3月中旬ごろに発表される。

造幣局・大阪本局庁舎のファサード。1938（昭和13）年6月に竣工した施設で、造幣局の長い歴史からすればこれでも新しい部類の建物である。144年前、造幣局はこの地で誕生した。1868年1月3日に明治政府が発足すると幕府時代の金座・銀座・銭座を廃止、純正画一な貨幣の製造と貨幣制度の確立を行うため、ただちに近代造幣工場建設に向けて計画を始動させた。同年8月、大阪城の造営・管理を担当していた大阪・川崎村の旧幕府御破損奉行役所の材木置き場一帯が建設地として選ばれ、11月にはアイルランド人の建築技師トーマス・ウォールトルスの設計による日本初の本格的な洋式建築による建設が開始された。総工費96万両を費やした工事は2年で完成、初代造幣首長には香港造幣局長だったイギリス人トーマス・W・キンドルが就任する。造幣局に設置された造幣機械などの設備も、廃止された香港造幣局から日本政府が6万両で購入したものだった。大阪が選定された背景には、王政復古に大阪財界が貢献したこと、江戸の治安が悪化していたこと、それらに基づいて大阪遷都論が存在したこと、経済の中心が大阪であったことなどの事情があったといわれている。国道1号線を挟んで正門の反対側にはコロニアル様式建築の重要文化財「泉布観（せんぷかん）」があるが、創業当時は造幣局の応接所だった建物である。

ない者は貨幣の製造工程内部には立ち入りできない規則である。

入場時は厳密なセキュリティ体制が敷かれ、工場への入退場時は金属探知機を通るという。所持金の貨幣持ち込みはもちろん絶対禁止、それどころか金属を打った革靴などにも金属探知機が反応するらしい。

1円貨幣は100％アルミニウム製、5円は銅60～70％、亜鉛30～40％の黄銅製、10円は銅95％、亜鉛3～4％、錫1～2％の青銅製、50円と100円は銅75％、ニッケル25％の白銅製、500円は銅72％、亜鉛20％、ニッケル8％のニッケル黄銅製である。

金属材料を電気炉で溶解し、これら規定の比率で混合し、鋳造して鋳塊にする。これを熱間圧延で板状に延べ、両端を面削してから、さらに2回の冷間圧延を行って正確に貨幣の厚みにする。ここまでの工程は広島支局で行っており、コイル巻きにした状態で大阪支局に運ばれてくる。

二階の成形行程は、ほぼ無人の自動工程だ。

アンコイルし、圧穿機に投入して板を丸く打ち抜く。これを「圧穿（あっせん）」という。打ち抜かれた円板は「円形（えんぎょう）」と呼ばれる。

工場内では、圧穿されて円形になったら貨幣と同じ扱いである。1枚でも紛失したら機械を止めて場合によっては分解し、見つかるまで徹底的に捜すという。

後工程における圧印時に貨幣の模様をつきやすくするため、円形の周囲を加圧して盛り上がった縁部分をつける。「圧縁」という。貨幣はまず縁を最初に作るのだ。

塑性加工をすると金属は硬化するので、焼鈍炉に投入して焼き鈍しを行う。

工場内部はひとつの金庫になっている。洗浄・脱水・乾燥後、円形の数を計算し、金属製のコンテナに入れた状態で保管する。財務省の貨幣製造計画に基づき、必要に応じてコンピューター制御の無人搬送車などを使って3階の圧印・検査工程に運ぶ。

円形に模様をつける機械を圧印機といい、圧印工程では丸孔の空いたダイの中に円形を入れ、表裏両面から「極印」と呼ぶ金型を使って冷間で表面模様を塑性加工する。10円、50円、100円、500円の貨幣を圧印している圧印機の圧印速度は毎分750枚だという。映画に出てくる機関銃の発射速度が毎分500～800発だから、ちょうどあれくらいの速度である。

ズダダダダダダ。

縁の周囲にギザのある50円、100円、500円貨幣は、実はこのときダイの内側に刻まれたギザが、円形の縁に転造される。

2000年以降に登場した新500円貨幣では、偽造防止のため、桐の葉の上部に微細な穴加工（微細点）、「日本国」「五百円」の文字周

造幣博物館の展示。貨幣の歴史の解説展示、歴史的な貨幣や各国の記念貨幣など約4000点が美しくディスプレイされて実に素晴らしい。物々交換に代わって貨幣が使われるようになったのは紀元前3500年くらいのことだという。中国では最初貨幣として貝を使った。「貨」「財」「貯」「賃」「貸」「質」などの漢字に、いずれも「貝」が使われているのがその名残といわれる。中国を統一した始皇帝は、円形に四角い孔をあけた円形方孔形に額面を表示した全国統一貨幣を制定、以後2000年間も使われた。のちに日本にも伝わった「半両銭」である。奈良時代708年に作られた和同開珎(わどうかいちん)も、外径約24㎜の中央に約7㎜の正方形の孔を開けた円形方孔形だった。1991年1月、奈良県の飛鳥池遺跡の7世紀後半の地層から約40枚の富本銭が発掘され、和同開珎の「最古」の座が揺らいだとして大きく報道された。

こちらは造幣博物館の外観。1911(明治44)年に造幣局の火力発電所として作られ、1969(昭和44)年に造幣博物館へと改装・整備し、一般公開されている。2009(平成21)年に左のガラス張りの建屋を増築してリニューアルオープンした。入場無料で予約なしで見学出来る(最大入場人数制限あり)。

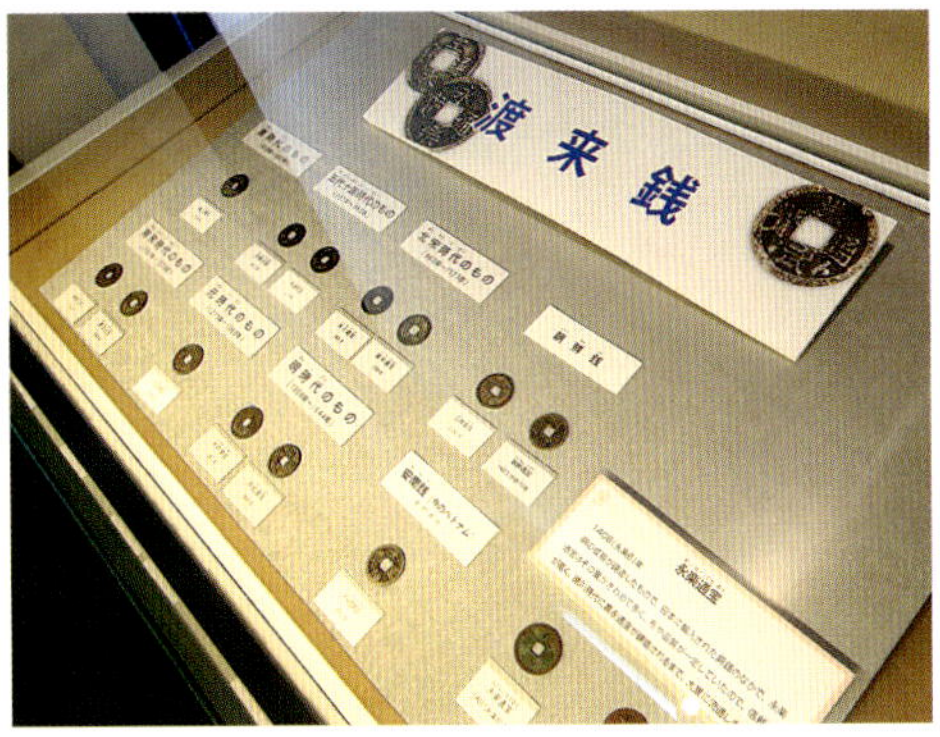

戦国時代末期まで国内で流通していた多くの貨幣は渡来銭と呼ばれる中国貨幣で、地方では島銭、加治木銭などという模造銭も作られた。また武田信玄の甲州金のように、地方の武家が金貨を鋳造して流通させたものもある。これら雑多な貨幣を廃止して貨幣制度を整備・確立、貨幣の発行権を一手に握ったのは徳川家康である。金・銀・銅の三貨制度を確立、大判・小判・丁銀・豆板銀・銅銭などを鋳造した。これらの貨幣はその額面に相当する貴金属で作られた本位貨幣だったが、経済が発展すると流通量が不足、飢饉や災害などが生じると財政赤字に陥ったため、幕府は貴金属の比率を減らした悪貨を乱造したり(元禄の改鋳)、逆に良質に戻したり(享保の改革)して物価の変動を招くなど、経済と生活に大きな変動や打撃をあたえた。明治維新後、政府が造幣局の成立を急いだのは、海外との交易の爆発的増加に対して、純正画一な貨幣の製造と貨幣制度の確立が国家の急務だったからである。

囲に髪の毛より細い線模様（微細線）が施されており、また５００の０の中に下から斜めに見ると５００円という文字が、上からでは線が浮かび上がって見える。光の入射角と反射角の明暗差によって生じる現象を利用した「潜像」という技法だ。

もうひとつがご存知、縁の斜めギザ。これは大量生産型の貨幣としては新５００円貨幣が世界で初めて採用した技術である。

出来上がった貨幣は、貨幣自動検査機で表裏２台のカメラを使って画像検査を行う。

４階の計数・袋づめ工程では検査を終えた貨幣が、独特のオリーブ色をした細長い貨幣袋の中に規定量づつ納められ、「５００円貨　１００万円」など貨幣の額面と合計金額を記載した紙札のついた樹脂製の貨幣袋封緘（かん）具で封緘され、財務省を経由して日本銀行に納められる。

通貨の供給量と経済活動の間には複雑で密接な関係があり、供給量が過剰だといわゆる「カネあまり」状態になって貨幣価値が下落しインフレを起こすし、逆に供給が不足すると物価が下がってデフレになる。したがって日銀はこれを監視して市中に出回る通貨の量を、金利政策、公開市場操作、法定準備率操作などによって調整している。これが金融政策である。

２０１５年７月末現在において円の流通高はマネタリーベースで３２５兆７３７５億円。このうち日本銀行が発行する紙幣が91兆４３８８億円、財務省が発行する貨幣が４兆６２６９億円、日銀当座預金が２３０兆６６８億円である。

財務省の発注によって造幣局が平成26年度に製造した流通貨幣は、５００円貨幣が１億６７０１万３０００枚、１００円貨幣は４億４５０１万３０００枚など合計10億２１２万８０００枚（四捨五入値）だ。

もうひとつの貨幣が記念貨幣。

通り抜け通路の途中にいまも残る創業当時の正門。敷地面積はいまより2倍ほど広い18万㎡、約5万6000坪で、現在国道1号線をはさんで帝国ホテル大阪や大阪アメニティパークタワーなどが建っている北側の一帯あたりも造幣局の敷地だった。造幣博物館には創業当時の造幣寮(局)の全容を精密に再現した模型があるが、正門前に金銀貨幣鋳造場が建っている。背後の赤レンガの建屋は銅貨幣鋳造場、左右の正方形の洋館にはキンドル詰所、上等洋人館とある。鎖国によって諸外国の文明から立ち後れていた日本では洋式の機械装置は未知の技術であり、創業当初は数多くの外国人技術者を雇用して技術指導を仰いだ。金銀の分離精製や貨幣の洗浄に使うための硫酸なども国内には製造工場がなかったため、敷地内に製造設備を作って内製化を図った。また石炭ガス、コークスの製造を始め、電信や馬車鉄道などの設備、天秤や時計などの機械類の製作まですべて局内で行い、断髪、廃刀、洋装なども率先して行ったという。造幣局は日本の近代化の礎だったともいえる。

オリンピックや博覧会、ワールドカップなどの大きな催しや、天皇陛下の在位記念などの国民的なお祝いに記念として発行されてきた。収集価値やデザインの面白さ美しさだけでなく、記念貨幣には最新の貨幣製造技術が盛り込まれているという事実も興味深い。

貨幣作りだけが造幣局の仕事ではない。

「言われてみればそうか」と納得するのは、菊花章、桐花章、旭日章、瑞宝章、宝冠章、文化勲章などの勲章、紅綬褒章、緑綬褒章、黄綬褒章、

貨幣製造工場の見学施設。ガラス越しに2階の成形工場、3階の圧印・検査工程、4階の計数・袋づめ工程の様子を見ることが出来る。個人・団体を問わず、2ヵ月前の月初めから10日前まで電話で予約を受け付けている(詳細は造幣局http://www.mint.go.jp参照)。貨幣の製造の各工程の様子、製造に使われるダイや極印の実物、出来上がったばかりの貨幣などをガラス越しに見ることができる。写真は3階の圧印・検査工程の様子である。

コイン収集家の話題になっているのが、平成19年から毎年数点発行されている地方自治法施行60周年記念の1000円銀貨幣と500円バイカラー・クラッド貨幣。1000円銀貨幣はそれぞれの地方の名所などの図案をパッド印刷（タコ印刷）技術を使ってカラー印刷。斜めギザ、潜像、微細点加工等の偽造防止技術を駆使している。また異なる2種の金属板を接合一体化したクラッド材を、それとは異なる金属でできたリングの中にはめ合わせ、3種の金属を一体化するという高度な技術を駆使した500円バイカラー・クラッド貨幣には、斜めギザの一部の傾斜と太さが異なるという、異形斜めギザという新技術も投入されている。既に41道府県のものが発行済だが、和歌山県、大阪府、長崎県、千葉県は平成27年度後半に、東京都と福島県は平成28年度前半に発行予定という。

造幣博物館には貨幣を作るための極印の製作に欠かせない縮彫機が展示されていた。旧来の方法では、極印の製造はまず図案を元に大きな石膏の立体型（石膏原版）を製作し、その表面にめっきをかけ、それを剥がして金型にする。できあがった金型（写真）を縮彫機にかけ、極印のもととなる種印を作っていく。最終的に手作業で修正を施し種印が完成。それを転写して極印を作る。

紫綬褒章、藍綬褒章、紺綬褒章などの褒章を作るのも造幣局の仕事だということだ。

極印作りから圧写（模様付け）、切り抜き、ヤスリ掛け、七宝の盛りつけと焼き付け、羽布がけ（磨き）、めっき、組み立てなどの製造工程は、すべて局内の熟練技能者が手作業で行っているという。その技術を生かして作った章牌や文鎮などの七宝製品、地方自治体の名誉章など、金属工芸品なども製造されている。

東京オリンピック、札幌オリンピック、長野オリンピックの入賞メダル、あれももちろん造幣局製だった。

これら装金事業に加え、地金・鉱物の分析・試験、貴金属地金の精製、貴金属地金やそれら製品の品位証明などを企業向けに行う事業も行っている。貴金属製品の裏側などに菱形に数字の品位記号と日の丸の政府証明マークがついていることがある。あれが造幣局の品位証明、別名ホールマークである。

造幣局が製造した貨幣や記念貨幣もまた、その量目を毎年財務省が検査する。

伝統の「製造貨幣大試験」だ。

1年間に製造した記念貨幣および通常貨幣を無作為に抽出して保管しておいたものを貨種ごとに秤にのせ、その重量を精密に測定する。2014年10月27日に行われた第134次製造貨幣大試験では、上記の貨幣を測定した結果、法定量目との差は最大で400枚あたり1グラムという結果を記録した。

この品質の高さが日本の通貨の信頼性のひとつの証だ。

造幣局の前身である造幣寮がこの地に作られて創業を開始したのは1871（明治4）年4月4日。明治政府発足の僅か3年後のことだった。

144年。造幣局はここで近代日本の歴史を刻んできた。国家の揺るぎない繁栄の、これもまたひとつの象徴である。

貨幣の製造工程を造幣博物館の展示で見る。①溶解：貨幣の種別に応じて金属を溶解して合金を作り鋳造して鋳塊を作る。②熱間圧延：熱した鋳塊をローラーに通して板状に延べる。③面削／冷間圧延：幅を削り、常温でローラーに通して圧延する（2回）。④圧穿：板を丸く打ち抜く。抜いたあとの材料は「シスル」という。シスルは広島支局に戻されて再溶解する。⑤抜いた材料である円形（えんぎょう）。⑥圧縁：周囲に圧力をかけ縁をつける。⑦圧印：焼鈍後、裏表から極印で加圧して表面の図案や縁のギザを加工する。「シスル」の語源は不明だが、孔から向こうが見えるから、ひょっとすると「シースルー」のことかもしれない。造幣局ではバングラデシュ政府からの発注で額面2タカ（2円相当）の貨幣5億枚を製造したこともあるという。

造幣局内には記念貨幣などを販売しているショップがあった。これはそこで販売していた「平成27年銘通常プルーフ貨幣セット［年銘板（無）］」。プルーフ貨幣とは特殊な技術によって表面に鏡面の光沢を持たせ、模様も鮮明に浮き出させた貨幣のことだ。円形を鏡面研磨し、徹底的に磨いた極印で2回圧印して製造したもの。実に見事な出来だ。3万6000セットの限定で7560円。額面はもちろん666円。あきれ顔の編集者とカメラマンの前で取材記念に購入した。これこそものの価値というものに対する究極の踏み絵だろう。

●取材2015年7月30日
●執筆2015年8月12日
●掲載GENROQ 2015年10月号

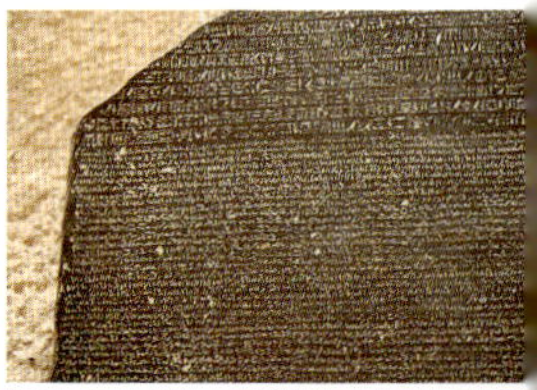

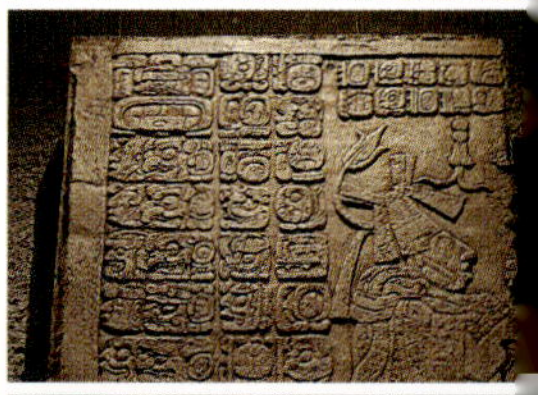

第42話［プロフェッショナリズム］

印刷博物館

奈良時代末期の天平宝字8(764)年9月、太政大臣藤原仲麻呂が朝廷に対しクーデターを起こして失敗、斬首されるという事件が起きた。恵美押勝の乱という。仲麻呂が擁立した淳仁天皇は退位、孝謙上皇が重祚して称徳天皇となった。傷心の称徳天皇は法相宗の僧侶である道鏡を太政大臣に任じ、古神道と仏教信仰を混淆するシンクレティズムを推進、各地に神宮寺を建立する。またサンスクリット語の経文を漢文にした「無垢浄光陀羅尼経」4種類を幅約45㎜、長さ150〜500㎜ほどの黄柏染め和紙や舶来紙に印刷し、檜、榊(さかき)、栴檀(せんだん)などを轆轤で挽いて作った高さ20㎝ほどの三重塔の中に巻いて納めたものを157人の技術者と5年8ヵ月を費やして100万基作り、東大寺、法隆寺、興福寺など10の官寺に置いたという。「百万塔」と呼ばれるこの陀羅尼が、いまのところ作成年代が客観的に特定できる世界最古の印刷物である。凸版印刷株式会社が運営する印刷博物館に印刷技術とその発展史を見た。

PHOTO◉荒川正幸(*Masayuki Arakawa*)　協力◉印刷博物館　http://www.printing-museum.org

「神田（かんだ）」というのは「御田」「寺田」などと同様、寺社などが所領していた水田のことで、同地名は全国に存在する。東京・千代田区の神田に書店／古書店街ができたのは明治時代初期、この付近一帯に法律学校がいくつも創設されたことが呼水であったという。

神田の中心地である神保町の交差点から北西に2㎞ほど上がったあたり、神田川とその上を通る首都高速3号池袋線を境に新宿区と文京区をまたぐ一帯には、断裁、印刷、製本などの印刷関連事業所がいまも数多く存在している。

平成25年の東京都の調査によると、都心23区に存在する従業者4人以上の印刷・同関連業のうち20・5%が新宿区（229ヵ所）と文京区（221ヵ所）にあるという。凸版印刷、大日本印刷、共同印刷などの大手印刷会社、トーハン、太洋社などの大手出版取次会社もこの地区に本社や事業所を構えている。

最上階部に「TOPPAN」と掲げた楕円形のガラス張り21階建て建物は首都高速からもよく見える。5号線上り大曲の急カーブ手前の左側だ。

凸版印刷株式会社の前進である凸版印刷合資会社が創設されたのは1900（明治33）年である。

海外から導入された最先端の紙幣印刷技術を大蔵省印刷局（現・独立行政法人国立印刷局）において学んだ技術者、木村延吉と降矢銀次郎が退局したのちに起業した。エルヘート凸版法など、高度な偽造防止技術を駆使して有価証券の印刷などを請け負ったが、事業が軌道に乗ったのは当時まだ民営だった煙草会社からパッケージの印刷を大量受注してからだという。

1917（大正6）年オフセット印刷を開始。20年にはアメリカから最新の写真製版技術を導入する。26（大正15）年、東京紙器（株）を買収して紙器・パッケージの印刷・製造分野に参入した。その紙器工場があったのが東京小石川区西江戸川町、文京区水道1丁目である。

印刷博物館の「印刷の家」の様子。活版を組んでデザインを作る昔の技法・技術が伝承されている。現在の雑誌作りのプロセスは完全にデジタル化されている。この場合もDTP（Desktop Publishing）と呼ぶ。まず荒川さんが撮影して選別してくれたデジタル写真（今月号なら228カット）から使用するものを選定、トリミングし色調整し、掲載順を考える。ついでに原稿とキャプションも執筆し、それらを電子情報として編集担当者に渡す。誌面デザイナーがこれらをパソコン上で配置、DTP担当者がinDesignによるプロセスで製版用データを作成する。印刷会社（＝もちろん凸版印刷株式会社）がこれを元にアルミPS版からCMYK4枚のオフセット印刷用刷版を作る。GENROQ本誌が使っている紙は王子製紙製だ。木材繊維から作る機械パルプと、砕木を硫酸塩や水酸化ナトリウムなどで処理して作った化学パルプを混ぜて抄造した中質紙で、その両面に印刷の乗りをよくし、インキの発色を高めるために白色の顔料と接着剤を混練したクレイをコーティングしている。「コート紙」という。本誌に使っているコート紙の厚みは57μm（0.057㎜）、紙の仕様の基準のひとつである斤量は72.3g／㎡だ（欄外注）。印刷に使うインキはCMYKのそれぞれの顔料を、ビヒクル（英語でvihicle）であるワニスに分散させてペースト状にしたもので、例えば文字のブラックの顔料は、原油から蒸留や接触分解などによって抽出される芳香族炭化水素を1300℃の高温雰囲気中に連続噴霧して熱分解する「オイルファーネス法」などによって作られた直径50～150μmの非常に純度が高い炭素の微粒子だ。印刷インキもエコ化と低VOC化が進んでおり、大豆を圧搾した油と粕から精製する大豆油、ゴマに似た亜麻の種子から抽出する亜麻仁油、トウダイクサ科の油桐の種子を圧搾した桐油などの植物性油などが一部配合されている。前二者は食用のものと基本的には同じ、桐油はヨウ素値が高く、酸化による乾燥が速いため使われる。ワニスを希釈するのは石油系溶剤だが、皮膚に刺激性がある芳香族成分を1%未満にしたアロマフリーソルベントを使っている。

創立１００周年の記念事業の一環として２０００年10月にその地に竣工したトッパン小石川ビルは、クラシック音楽向け４０８席のコンサートホールとともに、印刷の歴史と技術を展示し歴史的な資料などの蒐集・研究などを行う「印刷博物館」を併設している。

印刷技術やその歴史に興味がある人にとって知の殿堂とも言うべき存在だ。

吹き抜けの明るいホールからエスカレーターで地階に降りると、古代から現代に至る印刷の文化を象徴する遺物や書籍などを、大きく湾曲した大壁面に展示した回廊があった。博物館の展示に先立つプロローグ展示ゾーンだ。

壁面展示のスタートはなんとラスコーの洞窟壁画だ。古代エジプト死者の書、ハンムラビ法典碑、そしてロゼッタストーンなどがとなりに並ぶ。もちろん本物であるはずはないのだが、展示の美しさとその多彩さに目を奪われる。歴史的遺物を並べ見ることができる面白さは、それがレプリカに過ぎないという事実を超えるのである。

例の百万塔陀羅尼は「続日本紀（７９７年）」の記述によって製作年代が特定されているのだが、次に古いものは一気に３００年近く時代が下るらしい。京都・浄瑠璃寺にある、11世紀平安末期につくられた檜材による寄木造りによる木造阿弥陀如来坐像の修復時に内部から発見された「印仏」、「摺仏」である。仏の姿を並べた版木を作って紙にスタンプまたは摺ったものだ。

一方西洋では15世紀ルネサンスの時代にヨハネス・グーテンベルクという金属加工職人が反転文字を刻んだ金属製の活字を作り、これを並べ組んでページの文字列を作成、羊皮紙や手漉きの紙にインキで印刷するという活版印刷法を開発した。この技術を使って１４５５年頃、ラテン語の旧約・新約聖書を印刷している。

印刷技術は火薬と羅針盤とともにルネサンスの３大発明といわれているが、手書き写本に変わる印刷本の登場で、情報の伝達能力は革命的に向上した。

東西ともに、印刷という文字・図画情報の大量生産技術が、布教と密接に関わって誕生・発達したというのは興味深い。

プロローグ展示ゾーンを過ぎると総合展示ゾーンの入り口がある。

ここには数々の貴重な本物の印刷資料が展示されている。重要文化財に指定されているものなども含まれているため、内部の照明を暗く落とし、空調によって温度と湿度を最適に保っているという。

木版画や銅版画などの古典的な印刷手法から、近代の写真製版や各種

（注）記載のデータは連載時の雑誌のものでこのムック本のものではありません。

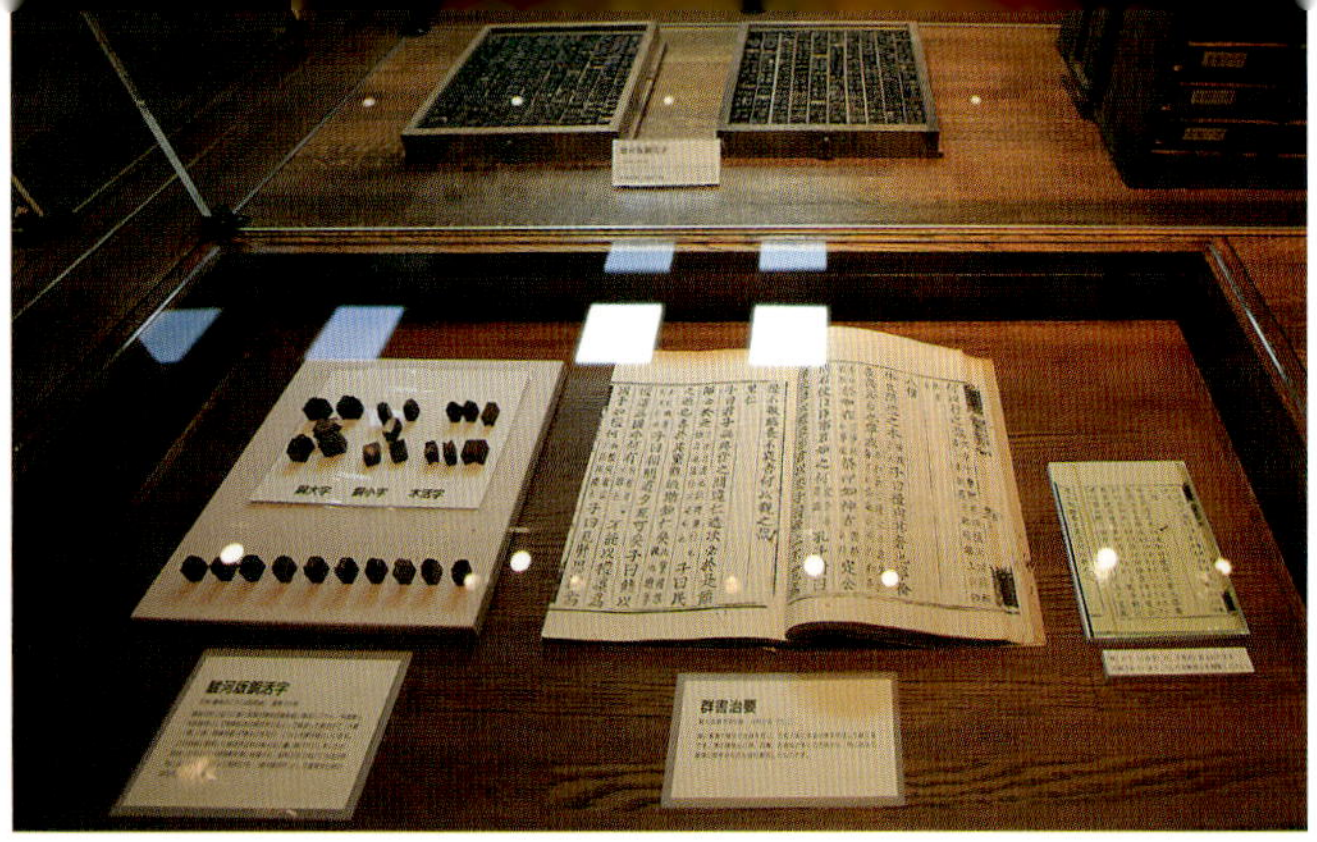

グーテンベルク式の活版印刷が日本に伝来したのは発明からおよそ140年後の16世紀末だ。フランシスコ・ザビエルが鹿児島市祇園之洲町に上陸した41年後、九州のイエズス会の吉利支丹大名の名代としてローマに派遣された天正遣欧少年使節が、海図や西洋楽器とともにグーテンベルク式の活版印刷機とその印刷技術を持ち帰ったのが1590年。また1593年の朝鮮出兵の折りに豊臣秀吉も朝鮮の銅活字を持ち帰っており、これを使った印刷が武将の間でさかんに行われたらしい。写真は慶長12(1607)年に駿府で隠居した徳川家康が、林道春(羅山)と金地院崇伝に命じて木製の種字から新しく鋳造させた銅活字「駿河版銅活字」で、11万本ほど造られたうち、残存する銅大字1箱866個、銅小字17箱3万1300個、木活字5箱5813個、銅罫線88個、銅輪郭18個、摺板2面を凸版印刷が所蔵する。1962(昭和37)年に重要文化財の指定を受けている。

印刷博物館のプロローグ展示ゾーンの壁面展示。あえてひとつひとつの展示に解説を添付せず、配布しているパンフレットに解説を委ねているため、オブジェのような美しさがより際立っている。同館学芸員の石橋圭一さんによれば、壁面に飾られている99点の展示品のうち、近代以前のものなどは、この展示のためにわざわざ製作されたレプリカ品が主体だそうだ。碑文、写本、書物、紙幣、地図など、いずれも黄変の具合や古びた質感、紙の破れや皺などまで再現されていて、顔をよせて間近で眺めてもとても複製品とは思えない。写真はグーテンベルクの『42行聖書』のレプリカ。後者の命名由来は各ページの文字行数である。

文字情報だけではなく、印刷技術は地図の普及にも大きく貢献した。同時に印刷を利用した絵画や図案の印刷も試みられ、いろいろな刷版の製作技法が誕生する。ここでは印刷技法を刷版と印刷物の対比によって展示しているのが面白い。写真は左から凸版(木版ー彫刻)、凹版(銅版ーエッチング)、平版(石版ーリトグラフ)、孔版(シルクスクリーン)の各刷版と、その印刷物(上)。銅版画ならエッチング、メゾチント、エングレービング、ドライポイントなどの製作技法による銅版とそれを作る描画材や道具(写真はドライポイント)、平版ならリトグラフの製作に必要な用具と石版(写真下)が展示されている。

印刷法、最新のデジタル製版や印刷を応用した電子配線基盤などまで、5つのゾーンで歴史を辿りながら印刷の歴史と技術発展史の概要が見聞できるよう工夫されている。

せっかくだから印刷技術の基礎をおさらいしてみよう。

彫刻刀で板を削って摺る木版画は、印刷するイメージを島状に残し、そこにインキや絵の具をのせて印刷する。つまり凸版画だ。

銅板などに、ビュランやニードルなどの描画道具で傷をつけたり、エッチング技術で凹凸をつけたりして、その溝にインキを入れてイメージを印刷するのがドライポイント、エングレービング、エッチングなどの銅版画である。これを凹版画と呼ぶ。

19世紀に開発されたリトグラフは、石板にクレヨンやインキなどの油性の描画材を使ってイメージを描き、酸性の薬剤を塗布し処理することによって、描画したい部分を撥水性、それ以外の部位を親水性にし、描画部だけに油性インキをのせることでイメージを印刷する技法だ。刷版に凹凸はないから、平版画という。

非常に細かい網目を持つ布などのメッシュに、薬品処理などによって透過部分と非透過部分を作り、インキを塗布し加圧して透過部分から滲み出してイメージを印刷するのが孔版画である。ステンシルやシルクスクリーン、昔懐かしい謄写版(がり版)も孔版印刷に相当する。

印刷法の種別とはすなわちインキの「ある／なし」を得るための刷版のメカニズムだ。近代になって発展した印刷技術もそれらの応用である。

19世紀に筒状の刷版を回転させながら印刷する輪転印刷機が登場すると、印刷効率がはねあがって単位時間当たりの印刷部数が増大した。しかし活字を並べて作る活版では円筒状の輪転印刷用の刷版を作れないので、活字を組んで紙に押し付けて凹を作り、内側に鉛を流して文字を転写、出来た鉛板を丸めるなどの方法が登場した。これもまた活字を並べる活版印刷と同様、凸版印刷技術である。

凹版印刷の代表がグラビア印刷だ。

鏡面研磨した鋼管の外側に銅を分厚く（80～100μm）めっきし、後述する写真製版技術（フォトリソグラフィ）によってイメージを表面に定着、印刷部を腐食して凹ませる。この凹みをセルという。インキはセルに充填し紙に転写（＝印刷）する。旧来のコンベンショナル法ではセルの深さでインキの濃さを調整するため、写真の階調表現に向いている。

孔版印刷の一種であるスクリーン印刷ではかつて理想科学工業（株）が発売していた「プリントゴッコ」が有名だが、工業用としては金属への塗料の印刷などに使う。クルマのステップやインパネなどのアルミ製加飾パネルの着色や模様・文字などは多くの場合スクリーン印刷である。

皆さんがいまお読みになっているこのページの印刷は凸版でも活版でも孔版でもない。

平版印刷の一種、オフセット印刷だ。

オフセット印刷はリトグラフの応用である。アルミ製や紙製などの親水性の基材に撥水性の感光層をコー

印刷博物館の総合展示ゾーン。印刷の発展史に応じて「印刷との出会い」「文字を活かす」「色とかたちを写す」「より速く、より広く」「印刷の遺伝子」という5つのゾーンにわけ、それぞれ社会、技術、表現という3つのキーワードで分類しながら印刷とその文化について分かりやすく解説している。また5つのゾーンにはそれぞれの時代と技術を代表する貴重な実物の所蔵品が展示されている。その保護のため内部は照明を落としてあり、この写真よりもっと暗い雰囲気だ。

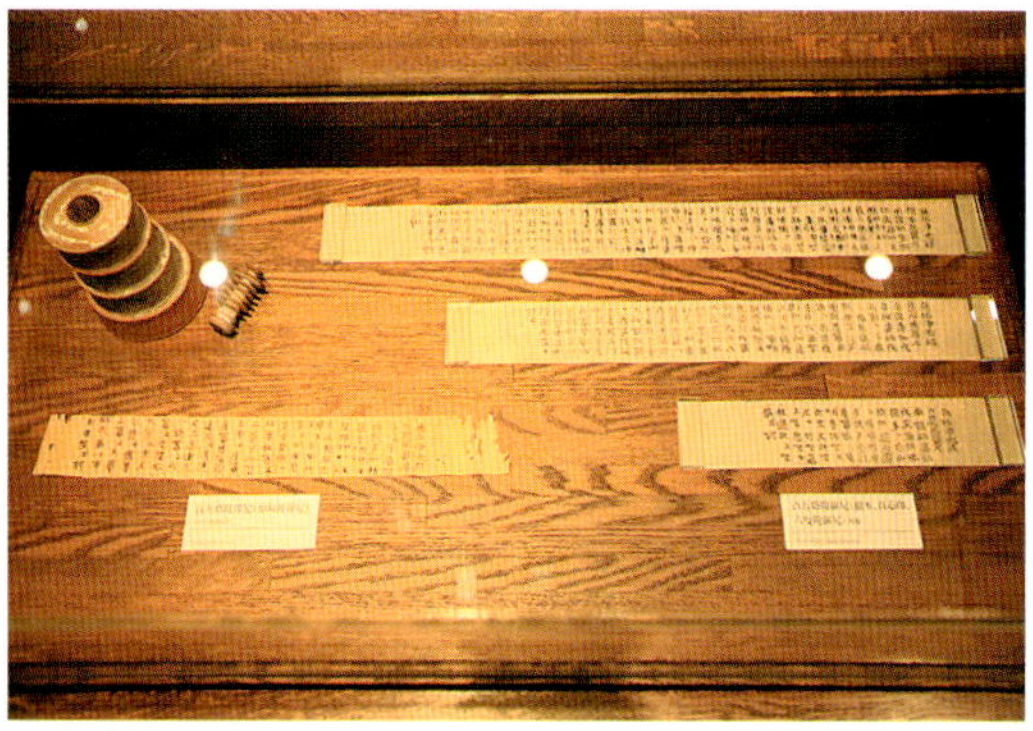

「百万塔陀羅尼」。白土で塗り込められた木製の三重塔は高さ20㎝ほどで、上部の相輪が脱着式になっており、塔身の内部にうがった孔の中に、細長い紙に印刷した写真の4種類の「根本」「相輪」「六度」「自心印」の陀羅尼のうちのいずれかをまるめて納めてある。実際に百万基作られたか定かではないが、法隆寺には塔が約4万、陀羅尼が約4000枚残っているという。特に希少なのは右下の短い「六度(りくど)」らしい。左端の1点が同館所蔵の実物の「相輪陀羅尼」。陀羅尼の印刷方法には木版説、銅版に文字を鋳造した銅凸版説の二説があるが、真偽は不明。五重の塔などの頂部の相輪は通常上から宝珠、竜車、水煙、宝輪、請花、伏鉢、露盤の7部位からなるが、轆轤引きの都合上請花が省略されているだけで、細部まで実に精巧に作られている。

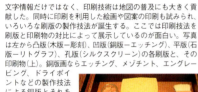

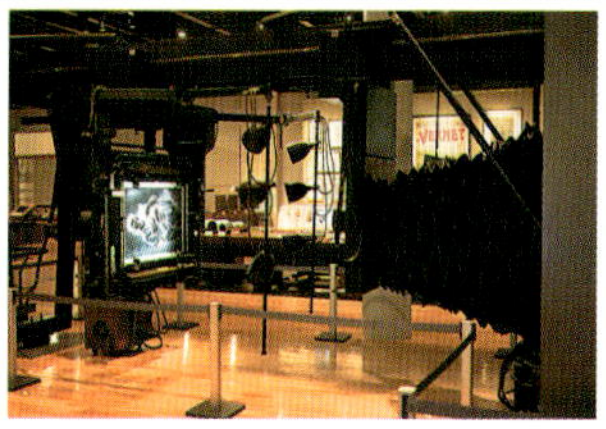

写真を4色に色分解する初期のころの電子色分解機（カラースキャナー）。原理など詳細についての展示解説がなく、調べてもよく分からなかったが、原図写真と同じ色調をCMYKで表現するためには、人の目で確認しながら、網点の線数やインキの濃度などを決め細かく調整する必要があり、熟達した名人芸が要求されたという。じゃばらのついた巨大な機械は、製版フィルムを作るための製版カメラ。大日本スクリーン製。1976年製というプレートが付いている。2006年までは現場で使われていたものだという。このカメラは網点を作るためのもので、内部に前述の網目スクリーンが入っている。

商品を紹介する街角の広告として印刷のポスターが登場する。まあ広告も一種の「布教」か。ここに展示されている広告のほとんどは石版を使ったリトグラフによるもの。写真はプジョーの自転車の広告。アール・ヌーヴォーのデザイン様式と文字をひとつひとつ色を調合したインキによって表現した繊細な色合いやシャープな線描など、その美しさはリトグラフ独特だ。網点と4色分解を使った現代のオフセット4色製版印刷物を超える。ぜひ実物を間近かで見ていただきたい。

ティングしたPS原板を使い、やはりフォトリソグラフィによって感光層を部分的に除去、刷版の表面に親水性と撥水性の部分をつくる。

出来上がった刷版に湿し水をつけてからインキをのせると、撥水性部分だけにインキが乗るので、このインキを樹脂やゴム製の円筒形のローラーにいったん写し取ってから、ローラーから紙に印刷する。刷版と紙が直接接触しないので版の摩耗が少なく、大量印刷してもシャープな表現が持続する。またグラビア印刷と違ってインキの厚さは均一なので乾燥が早く、大量の印刷が短時間で仕上がる。

現在の印刷物の70〜80％がオフセット印刷だという。

19世紀末に写真技術が発展すると、写真を印刷する技術が要求されるようになった。塩化銀を感光剤に使ってイメージを潜像として記録するフィルム写真は無階調だが、印刷においてはインキが乗るか乗らないかの「1かゼロ」でこれを表現しなくてはならない。

感度が極端で白か黒かにしか撮影表現できないリスフィルムと呼ばれるモノクロのネガフィルムを使い、非常に細かい網目スクリーンを通して、写真そのものを再度複写撮影した。すると光の回析によって写真の映像が黒い点の配置と大きさに変換されたネガフィルム＝網ネガができる。

いわばアナログ手法による写真のデジタル化処理である。

この網ネガ画像を文字画像と組み合わせたものが製版フィルムである。

写真製版技術では、感光材を塗布した金属板などの上に製版フィルムを重ねてマスクとし、露光してパターンを焼き付け、露光部分を薬品などで処理して凸版、凹版、平版、孔版などを得る。

カラー印刷の場合は、写真の持つ多彩な色調を色料の三原色である青＝シアン（C）、赤＝マゼンタ（M）、黄＝イエロー（Y）に分解する。初期の時代は写真の複写時にコンタクトスクリーンとともにカラーフィルターを用いて撮影したが、1960年代には早くも初期電子式カラースキャナーが登場している。

色分解もまたアナログ手法による色のデジタル化プロセスだといえる。黒＝キープレート（K）を加えた4枚の刷版と4色のインキを使って白い紙に1色ずつ重ね印刷すれば、カラー写真の元色と階調がおおむね視覚的に再現出来る。現在のDTPでも4色製版の原理は同じだ。

印刷博物館の白眉は展示ホールの一角にガラスで仕切られた「印刷の家」である。現在の商業印刷ではほとんど使われなくなった金属製の活字を保有し、凸版印刷OBの職人さんが一般向けに活版印刷などの基礎技術を公開、講習しているという。

ちょっと我がままをお願いしたら「昭和元禄」という4文字を瞬く間にひろってきて、かっちりと組んで下さった（トビラ写真参照）。

印刷プロセスへのデジタル化の導入はこの20年で一気に進化した。同時に情報の伝達手段も印刷物から電子情報へと移行していったのだが、印刷技術とはそもそも発明の発端から情報をインキのありとなしにデジタル化する処理だった。したがって伝達手法の本質は変わっていないのである。

印刷博物館における最大の発見はそれだったかもしれない。

銅管にぶ厚く銅をめっきしたシリンダーの表面を、写真製版＋エッチング技術で腐食させてイメージ部分を凹版にした、グラビア印刷用の刷版である「グラビアシリンダー」。インキは凹み部分にだけ刷り込まれ紙に転写される。エッチングの跡に摩耗防止のためクロムめっきを施してある。表面の凹はそのめっきの厚さの範囲内（最大約0.1㎜）なので、印刷が終わったらめっきを剥離して再めっきすれば何度でも再利用できる。

オフセット印刷用の刷版とは、アルミ板などの表面にジアゾなどの感光性化合物と樹脂感光剤を塗布したもので、製版フィルムを密着して紫外線やレーザー光で感光する。一般的なポジタイプの場合は、光が当たった部分の感光剤が光分解して現像液に浸漬すると溶解して非画像部分になり、光が当たらなかった部位が画像部になる。これを輪転機のシリンダーに貼り、水をうってからインキに浸すと撥水性部分だけにインキが乗る。写真は4色製版の拡大で、ご覧のページの写真も拡大すればこのような網点の集合である。それにしても4色製版なら、1枚の印刷物のためにこのような刷版をCMYK4色用に4版づつ製作しなければならない。

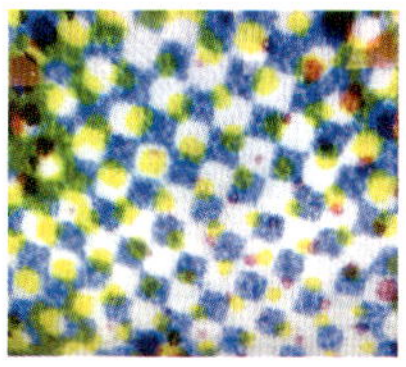

「印刷の家」に所蔵された活字と、製造メーカーの名前を取って一般にアダナ（ADANA）印刷機と呼ばれているイギリス製の手動印刷機。植字台と呼ばれる作業台の上で「チェイス」という枠の中に、「スダレケース」に入った活字を捜してひろってきて、「クワタ」と呼ぶ空白の活字と組み合わせて文字列を作り、空白部分に「インテル」「しめ木」と呼ぶスペーサーを入れて位置を決め、「ジャッキ」というねじ式の加圧機で締めて動かなくする。この作業を「植字」という。「印刷の家」ではこんな作業が実際に体験出来る。2016年2月には公益財団法人紙の博物館とコラボした「漉く・刷る名刺ー和紙漉きから活版印刷まで」という体験イベントも予定されているらしい。詳細はHP参照。

雑誌の登場。展示されているのは日本の出版史上始めて100万部を突破した大日本雄辯會講談社（現・講談社）の『キング』である。1925（大正14）年1月号から「万人向きの百万雑誌」というキャッチフレーズで刊行され、実際に創刊号は74万部を印刷して販売したという。2年後の1927年には何と120万部を記録した。雑誌の公称発行部数の常識通り話半分だったとしてもすさまじい数だ。これを実現するためには、製紙、インキ、印刷と大きな技術革新が必要だった。

●取材 2015年8月20日　●執筆 2015年9月14日　●掲載GENROQ 2015年11月号

第43話 ［日本の名作］

「一番搾り」と「パーフェクトフリー」
キリンビール

出芽酵母は単細胞の真菌の一種で、葡萄糖や果糖、蔗糖などの糖を分解してエタノールと二酸化炭素を生成する代謝作用を行う。生物によるこのアルコール発酵は、紀元前数千年を遡る昔からパンやアルコール飲料の生産に利用されてきた。紀元前4000年ごろの南部バビロニア・シュメールの遺構からは、ビール作りの様子を楔形文字によって記した粘土板が出土している。国内ビール製造メーカー5社で作るビール酒造組合の資料によると、大麦から作ったパンを砕いて水を加えて発酵させ、ビールのような飲料にしていたらしい。第2の原料であるホップは、一説によれば紀元前1000年ごろ、野生のホップが群生するコーカサス地方で使ったのを嚆矢とするという。日本にビールが伝来したのは江戸時代初期の慶長年間、本格的な醸造工場が設立されたのは明治時代になってからである。創立108年をむかえるキリンビール株式会社にビールとビールテイスト飲料作りを取材した。

PHOTO◉荒川正幸（*Masayuki Arakawa*）　協力◉キリンビール株式会社　http://www.kirin.co.jp

世界初のアルコール分0・00%のビールテイスト飲料として登場し、いわゆるノンアルコールビール・ブームの火付け役となったキリンビール株式会社の「キリンフリー」。2009年4月の初登場以来6年、ビールテイスト飲料（以下「ノンアルコールビール」）はとりわけクルマ好きにとって日々のカーライフに欠かすことができない大切な存在になっている。

2015年6月16日に発売された「キリンパーフェクトフリー」は、同社のノンアルコールビールの第3弾だ。消費者庁が4月から制定した「機能性表示食品」に該当する製品で、缶の上部に①脂肪の吸収を抑える、②糖の吸収をおだやかにする、というふたつの機能を表示している。

同製品の開発を担当したキリンビール株式会社 マーケティング部 商品開発研究所 商品開発グループの川崎篤史氏が、製品の開発中に行ったブラインドテストの結果をグラフにまとめた資料をみせてくださった。

得点の高さもさることながら、ずらり並んだその評価項目そのものにも興味を惹かれた。

「のどごしがよい」「爽快感がある」「すっきりしている」「ごくごく飲める」「飲みやすい」「食事に合う」「キレがある」「飲みごたえがある」「香りがよい」「苦味が心地よい」「水っぽくない」「人工的な感じがしない」「嫌な後味がない」。

おいしいビールに求められる条件として、ビール愛飲家ならおそらくどれも至極納得の内容だろう。

各項目の評価が高いほど、本物のビールの香味の印象にどんどん迫っていくことができるとするなら、これらの項目こそ現代主流のピルスナービールの「魅力の正体」そのものであると言ってもいいのではないか。

ノンアルコールビールを知るため

キリンビール株式会社 マーケティング部
商品開発研究所 商品開発グループ 主務
川崎篤史 氏

キリンのノンアルコール・ビールテイスト飲料のラインナップ。左は世界初のアルコール分0.00%のビールテイスト飲料として2009年4月に発売された「キリンフリー」。現在販売されているのは2013年3月に4度目のリニューアルを行った製品。ホップを麦汁の煮沸前の段階で投入するなど麦汁の製造工程を仕込み段階から見直すとともに、ホップの品種や香料も変更、ビールらしい苦みと麦の味覚をさらに生かし、のどごしの良さや爽快感などの味わいをさらにアップした。右は2010年4月に発売した「休む日の0.00%」。アミノ酸の一種であるオルニチンをしじみ900個分に相当する400mg配合、飲酒運転根絶に向けた取り組みを行った「キリンフリー」に続いて、お酒を控えて肝臓を休ませる「休肝日の推奨」という新提案を展開した。現在販売されているのは2012年4月にリニューアルされたバージョンで、「コクと飲みごたえのある味覚からマイルドでリッチな飲み心地へとブラッシュアップされた」という。中央が2015年6月16日に登場した「機能性表示食品」に該当する「パーフェクトフリー」だ。カロリー0%、糖質0%に加え、難消化性デキストリンを配合した。難消化性デキストリンはジャガイモやトウモロコシなどの澱粉をアミラーゼで加水分解して作る水溶性の食物繊維で、配合食後血糖の上昇抑制作用、食後中性脂肪の上昇抑制作用などが認められている。すっきりとした苦みとキレのある後味を実現、麦の代わりに「大豆たんぱく」を使用することで飲みごたえのあるボディ感を引き出した。キリンビール株式会社によると、2014年のビールテイスト飲料市場は推定1643万ケースで前年比1%増だったが、各社が新製品を発売した2015年は前年比＋2.4%拡大すると予想されている。2015年のキリンのビールテイスト飲料の出荷予定は290万ケース。ノンアルコール・ビールテイスト飲料全体のシェアではサントリー、アサヒに逆転を許してしまっているが、各社競って今年発売した機能系ビールテイスト飲料の中ではNo.1の位置に付けている。

には、まずビールを知らなければならない。

横浜市鶴見区にあるキリンビール横浜工場で一般ユーザーを対象に無料で行っている「一番搾りうまさの秘密体験ツアー」に参加した。

ビールは「ビール酵母」と呼ばれるイースト菌の一種が代謝作用として行うアルコール発酵を利用して作る、芳醇な味わいのあるアルコール飲料である。日本の酒税法では麦芽を3分の2（66・7%）以上使用することを「ビール」の分類条件としている。

収穫した大麦をふるってサイズをそろえ、水に浸して洗浄し、そのまま一定温度に保つと、酵素が活性化し澱粉質や蛋白質の分解がはじまって発芽する。タイミングを見て温風で乾燥させ、さらに80℃の熱風を送り込んで焙煎する。そのあと渋みや雑味が出る根部分を除去する。

これが「製麦（せいばく）」という工程だ。製麦した大麦を「麦芽（モルト）」と呼ぶ。

「皆様にいまから麦芽をお配りします。よく噛んでお召し上がりください」

見学行程で麦芽を数粒、試食させてくれた。歯ごたえのある殻を噛むと、ほんのりとした草原の香りと甘みが広がった。ビール用に栽培されている二条種の大麦を製麦した淡色麦芽だという。

サイロの中で1ヵ月ほど熟成した麦芽をミルで粗挽き粉砕し、湯と一緒に巨大なステンレス製の容器に入れて加熱しながら攪拌すると、澱粉質や可溶性の蛋白質などが湯中に溶出する。ぶどう糖が連鎖した状態の澱粉質が酵素分解されると麦芽糖になる。このプロセスを「糖化（マッシング）」という。麦芽糖はアルコール発酵の際の主燃料として使われる。

麦芽に含まれている蛋白質もアミノ酸と、それが連鎖したペプチドに分解する。アミノ酸はビール酵母の増殖の栄養になるとともにビールの香りをひきたてる。ペプチドはビールの泡の生成や保持性などに寄与しているという。

糖化を終えた液体＝もろみには、麦芽の細胞壁やグルカン（多糖質）などの固形分がまざっているため、麦汁ろ過槽に投入して約15分で一回転する解層機（フィルター）でゆっくりと攪拌しながら、ろ過する。

ろ過抽出されたエキスが「一番搾り麦汁」である。さらに上から湯を追加して残留エキスを湯洗浄によって抽出したものを「二番搾り麦汁」という。ビールの製造工程では両者をブレンドして使うが、キリン「一番搾り」は世界で唯一、前者だけを使うことによって、ドイツのビールの味覚の基準において「芳醇」「爽快」

横浜市鶴見区にあるキリンビール株式会社・横浜工場。首都高速1号線・生麦JCTの西側約190,000㎡の広大な敷地の西端には公園のような庭が広がっていて、その一角に「レストランビアポート」と「パブブルワリー・スプリングバレー」がある。1870(明治3)年、アメリカ人ウイリアム・コープランドが横浜の山手居留地に「スプリングバレー・ブルワリー」を創設してビールの醸造を開始、日本各地でビール醸造会社が次々に誕生した。1885年にスプリングバレー・ブルワリーの跡地に在留外国人の資本で「ジャパン・ブルワリー」が設立され、国内向け販売代理店として契約した明治屋が1888年にドイツ風ラガービールである「キリンビール」を発売した。ラベルに獣類の長とされる空想の霊獣である「麒麟」を採用したのは三菱財閥の荘田平五郎の発案だという。岩崎家、三菱合資・明治屋関係者らによってジャパン・ブルワリーの事業・施設を受け継いで1907(明治34)年に設立されたのが麒麟麦酒株式会社、現在のキリンビールである。

木立の上に少しだけ顔を出しているのが横浜工場の発酵タンク。直径8m、高さ20mの巨大なタンクがずらり並ぶ威容は、Googleマップでも見ることができる。(「神奈川県横浜市鶴見区生麦1－17－1」で飛んで首都高速の上からのストリートビューを参照)。工場内には発酵・熟成タンクが129本あるとのことだが、それ以外の用途のものも含め航空写真では構内に大型タンク130本、中型12本、小型が13本見えている。発酵・熟成中の麦汁の総容量は350mℓ缶入りビールに換算して148万本分だという。

「純粋」と表現されているビールの味覚のうち、麦のおいしさなどの上質な味わいである「純粋」さを追求した製品だ。

見学行程では一番搾り麦汁と二番搾り麦汁の飲み比べができる。

二番搾り麦汁は淡い麦茶という感じだが、一番絞り麦汁は明らかに濃厚で香りがあり甘い。麦芽の味がそのままジュースになった感じだ。

麦汁を煮沸釜に投入、釜内中央にあるヒーターで加熱しながら対流させ煮沸していくが、このときもうひとつの重要な原料を添加する。

ホップだ。

ホップとはアサ科の雌雄異株の蔓植物で、ビールの製造では雌しべが密生して松かさのような状態になっている雌株の毬花(きょうか)を使う。見た目は枯れてひからびた花のようだが、くずしてみると中から微量の黄色い粉が出てくる。ルプリンとよばれるこの粒子の中に含まれるテルペン類などの芳香成分が、ビールのホップの香りを生む。

またホップの樹脂腺にはフムロン、アドフムロン、コフムロンなどのα酸が含まれており、煮沸されることによって異性化すると苦味化学物質であるイソα酸になる。これがビールの苦味の元だ。

麦汁沈殿槽で攪拌しながらホップのかすなどの凝集物を槽の中央に沈殿集合させ、11時間かけて除去する。

できあがったのがビールの原料、麦汁である。

麦汁にサッカロミセス・バストリアヌスなどのビール酵母を添加して発酵タンクに投入、8～10℃くらいの低温に保つ。ビール酵母は麦汁に含まれる麦芽糖などを栄養に体細胞分裂(出芽)を行って、エタノールと二酸化炭素を生成する。この代謝は酸素を必要としない嫌気的反応だ。

1週間くらいで糖分が減少してくると酵母の活動は沈静化し、アルコール類を生成する主発酵工程が終了。そのまま1～2ヵ月タンク内で貯蔵・熟成する。

横浜工場の敷地内には巨大な発酵・熟成タンクがずらりと並んでいた。

一般的に熟成(後発酵工程)の効能とは、臭いの元になりやすい硫化水素やジアゼル前駆体、アルコール発酵で生じるエタナールなどの残留物質を発酵の力を利用して分解し炭酸ガスといっしょに排出すること、蛋白質や酵母、ホップの樹脂分などを沈殿させてビールを清浄化することだと言われている。

多糖類の炭水化物であるデキストリン、蛋白質などが最終的に残り、これがビールの栄養分や味わいになる。香り、風味などのバランスも後

ビールのふたつの原材料、大麦とホップ。大麦はイネ科の穀物で、新石器時代(およそ1万年前)には食用としての栽培がはじまっていたといわれる。ビールに使われる大麦は粒が大きくてそろっている二条大麦(ビール麦)で、秋に種を蒔いて発芽させ、稲で冬を越して翌年の初夏に収穫するが、北海道や東北地方で栽培されている二条麦は春蒔きして夏に収穫する品種である。ホップはビールの苦みと香りを生むが、苦味化学物質であるイソα酸には乳酸菌などのグラム陽性菌に対する静菌効果(菌の増殖を抑制する)がある。中世以前のビール作りではグルートと呼ばれるハーブ類が添加されていたが、ドイツでは14～15世紀ころからホップを添加するのが一般的になった。その目的のひとつがこの静菌効果だった。16世紀にバイエルンを統治していたヴィルヘルム4世は、ビールの原材料を「大麦、ホップ、酵母、水のみ限る」という「ビール純粋令」を定めた。

横浜工場で「一番搾り」に使う麦汁を生産している「ろ過室」。「糖化槽」「麦汁ろ過槽」「麦汁煮沸槽」「麦汁沈殿槽」の4種類9本の釜が配置されている。麦汁がなるべく空気にふれずに全行程を搬送できるよう工夫しているという。見えているのはその上部。最大のものは直径12m、深さ7m。キリンビールのビール工場は全国9ヵ所にあるが、いずれも無料の工場見学を開催している。見学終了時にはフリードリンクのサービスまであるが、もちろん運転者の飲酒は厳禁。「キリンフリー」などのノンアルコール飲料も用意されている。

嗜好の多様化によって、エールのような上面発酵ビールや、小規模なブルワリー（醸造所）で作られる個性的なビールにも近年注目が集まっている。キリンビールではクラフトビールのブランド「スプリングバレーブルワリー」を2015年春から本格的に展開、東京・代官山と横浜（横浜工場敷地内）に料理と様々なテイストのクラフトビールを楽しめる店舗をオープンした。その場でビールのカスタマイズができるのも特徴。写真は6種類のクラフトビールを1000円で楽しめる大人気の「ビアフライト」。この6種セットはキリンオンラインショップDRINXでも通販で購入できる（http://www.drinx.jp）。

発酵工程で左右されるため、一番搾りの製造工程では熟練の職人が味覚や嗅覚を駆使して状態を見極め、品質を管理しているという。

このような醸造プロセスを一般に下面発酵、下面発酵プロセスで醸造されるビールをラガービールという。

ビールのうまみやのどごしなどはこれら複雑な醸造工程を経て100%自然の力で生み出されるのだが、アルコール分をまったく含まないノンアルコールビールの場合、これをどうやって再現しているのか。

秘密は缶の裏面に書いてある。

現在販売されている「キリンフリー」の原材料は麦、ホップのほか、糖類（果糖ぶどう糖液糖、水あめ）、そして酸味料、香料だ。

麦芽とホップを使った麦汁の製造工程まではビールと同じだが、ビール酵母を加えて発酵させるという発酵工程は行わない。代わりに酸味料、香料、糖類などを使ってビールの味や風味を表現していく。ノンアルコールビールとはつまり麦汁製造技術と香味調合技術によってビールテイストを再現した清涼飲料である。

麦とホップを原料にしたジュース、そういってしまえばそれまでだが、一般の清涼飲料と違うのはビールの味に精通した愛飲家を納得させなくてはいけないことである。従来から海外製品などでもアルコールテイスト飲料（酒税法ではアルコール分1%未満のもの）は存在したが、「キリンフリー」が発売初年度から当初計画の630%に相当する400万ケース（約5万1000kℓ）を出荷する驚異的なヒットを飛ばしたのは、アルコール分0・00%を実現したというだけでなく、その飲みごたえや味わいが消費者に認められ、代替ビールとして受け入れられたからに他ならない。

反省点もあったという。

キリンは老舗ビールメーカーとしては当然のことながら原材料に麦汁を使うことにこだわった。しかし川崎さんによると、ビールでは香味設計に大きく寄与している麦芽の成分の一部によって、微妙なえぐみなども生じていた。「キリンフリー」はさらなるおいしさを求めて2009年12月、2010年12月、2012年1月、2013年3月と、4回ものリニューアルを行って味覚やのどごしなどを改善してきた。

麦芽を使わない、いわゆる「第3のビール」として2005年に発売した「のどごし生」は、麦芽の代わりに大豆たんぱくを使って「ボディ感」と表現されている飲みごたえを実現した。その経験とノウハウを生かして「パーフェクトフリー」では麦の代わりに「大豆たんぱく」を採用、飲みごたえがあってさらにビールらしいテイストを引き出すことに成功した。

運転や妊娠／授乳などアルコールが飲めないとき、たまにはアルコールを抜いて体を休ませたいとき、ビールの代わりとしてノンアルコールビールは広く愛飲されている。

だが「第3のファン」もここにひとりいる。

悲しいことに体質的にアルコールを一切受け付けないのだが、ノンアルコールビールに出会って以来すっかりそれに取り憑かれ、ソーダ、ジュース、缶コーヒーの清涼飲料は一切飲まなくなった。甘くなく、冷たくて爽やか、がっつりしたのどごしと飲みごたえがあるこんなおいしい清涼飲料はいまだかつてなかった。青春時代にこれがあったらどんなに人生は楽しかっただろう。

でもまだ遅くはないか。

きっとまだ遅くないな。

キリングループの本社がある東京・中野の中野セントラルパークサウスビルの2Fには、無料で利用出来るコミュニケーションスペース「ココニワ」がある。ビールだけでなく清涼飲料など、キリングループの様々な製品を展示・紹介してあるだけでなく、製品作りの技術、缶やラベルのデザインの変遷、物流などの情報が分かりやすく解説されている。また図書や大型ビジョンを配置し誰でも自由に使うことができる「クリエイティブゾーン」も設置してある。「ココニワ」というユニークな名前は「心つながる庭」から着想したもので「ここに、和」「ここに、輪」などの意味も込められているという。

キリンビール株式会社のアルコール飲料の主要ラインナップ。酒税法による分類では原材料やその比率、製法によってビール類飲料を「ビール」「発泡酒」「第3のビール（新ジャンル）」に分類して税率を定めている。酒税は350mℓ当たりビール77円、発泡酒47円、「第3」が28円。政府はこれを55円に一本化する税制改正案を検討中で、そうなると各社も商品戦略の大幅な見直しを迫られる。ビール酒造組合の統計では2015年1～9月のビール取引数量（課税移出）は194万8757Kℓ（350mℓ換算5億5678万本）。約半分が缶、約35%が樽／タンク売り。2014年（1～12月）のビールの業界シェアはアサヒ38.2%、キリン33.2%、サントリー15.4%、サッポロ12.3%、オリオン0.9%だが、「一番搾り」の好調によってキリンは2015年上半期のシェアを34%に拡大した。

●取材 2015年10月8日 ●執筆 2015年10月16日 ●掲載GENROQ 2015年12月号

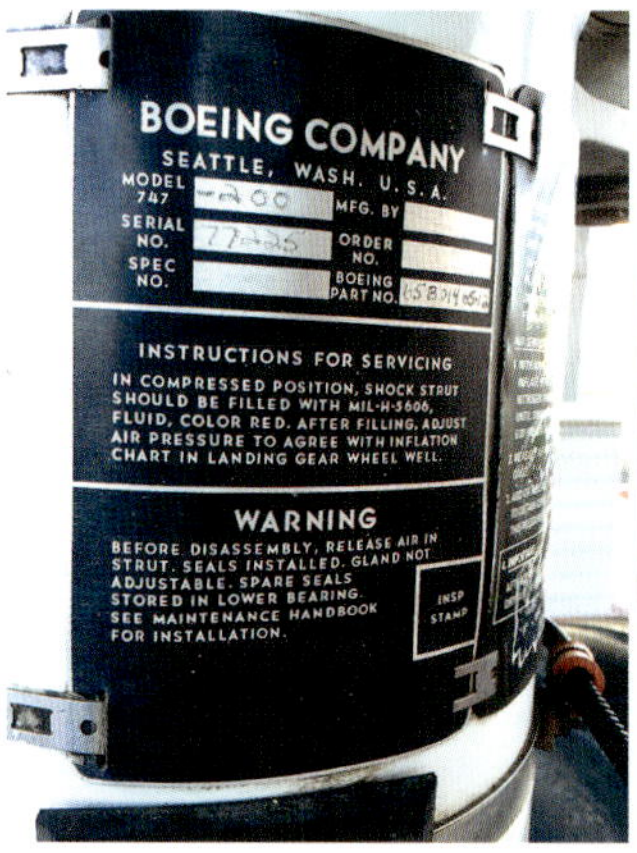

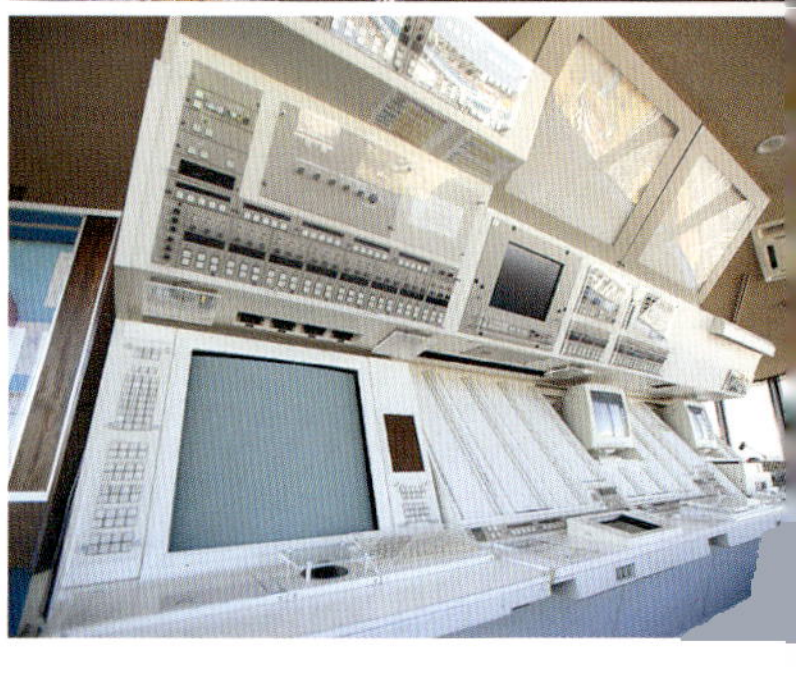

第44話 ［全国必見博物館］

航空科学博物館 セクション41

墜落から一週間後、氷結したポトマック川からようやく回収されたCVR（コクピットボイスレコーダー）の音声を再生していたNTSB（アメリカ国家運輸安全委員会）の調査官ジョン・マキダルは、離陸前チェックリストの読み上げを聞いていて思わず耳を疑った。「（副操縦士）アンチアイス」「（機長）オフ」 1982年の1月は記録的な寒波がアメリカ東部に来襲、その日のワシントン・ナショナル空港にも朝から冷たい雪が降り積もっていた。アンチアイスをオンにしていなかったため、エンジンの圧力比（EPR）を測定するためのエアセンサーの開口部が氷結、エンジン出力計は実際よりも高い数値を表示していた。そのためエアフロリダ90便は必要な推力の70％しか出さずに離陸してしまった。翼の表面に付着した雪と氷で揚力が低下していたため離陸直後に失速、1.9㎞離れたポトマック川にかかるロシャンボー橋に激突して乗員乗客74名と地上の4名を含む78人が犠牲になった。航空科学博物館の「セクション41」、副操縦士の席に座って天井の操作パネルを見上げると、そのスイッチがあった。

PHOTO◉荒川正幸（*Masayuki Arakawa*）
協力◉公益財団法人 航空科学博物館 http://www.aeromuseum.or.jp

都心から首都高速環状線と湾岸線、東関東自動車道路を乗り継いでおよそ80㎞。空いている日なら1時間。

航空科学博物館は日本初の航空専門の博物館として、成田空港のすぐ横に1989（平成元）年8月1日にオープンした。

1年間になんと5回もの重大旅客機墜落事故が発生した1966（昭和41）年というのは、日本の航空界にとってまさに「悪夢の年」だった。財団法人・航空振興財団が設立されたのはその翌年のことである。財団では航空技術に対する知識の普及などを目的とする航空博物館の設置を検討、成田空港が開業した1978（昭和53）年ころから計画を具体化し、1984（昭和59）年に建設・運営の事業主体である（財）航空科学振興財団（現・公益財団法人・航空科学博物館）を設立した。発起人は（財）日本船舶振興会の笹川良一。初代館長は日本大学名誉教授で航空機設計者の木村秀政である。

長らく続いた成田空港建設反対運動、いわゆる三里塚闘争によって生じたイメージダウンを払拭するねらいもそこには同時に込められていたかもしれない。

開業25年目の2014年12月、航空科学博物館に500万人目の入場者がおとずれた。

同博物館の特徴は、展示物の追加やリニューアルを積極的に行って間断なく進化してきたことだ。

実機の野外展示、成田空港の全容を1／800に縮小再現した大型ジオラマなどは開館当初からよく知られてきたが、2005年4月にはコクピットを模した操縦装置によってピッチ／ロール方向の操縦などが出来る8分の1スケールの巨大なボーイング747-400の大型模型を設置・公開した。主操縦翼面（昇降舵／補助翼／方向舵）、二次操縦翼面（スポイラー／フラップ／前縁スラット）、降着装置なども本物さながらに可動するという世界に類例のないもので、機体本体は巨大なラジコン飛行機などを製作する国内の会社に発注して作ったという。翌年6月には本館と野外展示機をリニューアル、さらに2011年8月4日にはボーイング747の実機の機首部分を切り取って展示した「セクション41」の展示がスタートした。

2014年11月5日からは747

公益財団法人 航空科学博物館
主任学芸員
金田彦太郎氏

ボーイング747-212B、シリアルナンバー21942は、2004年8月26日の成田ーシアトルNW008便を最後に引退、Evergreen Aircraft sales&leasing社の所有となってアリゾナ州マラナにあるボーンヤードで整備保存されていた。航空科学博物館はこの機体の機首部分(Section41)を展示用に購入、8つに分割し木箱にいれて日本まで運んだ。主任学芸員の金田さんも現地に出かけて切断・分解・梱包・輸送などの作業に立ち会ったという。日本の道路交通法では全幅4.5m以内の物体でないと公道を運搬できない。機体を切断したのは輸送用の木箱をそれ以下のサイズにするためだったという。カット位置を決定するまで現地で現物を見ながら3週間を要して検討した。日本人スタッフはビザの問題で作業(=就労)できないため、実際の作業は現地の人間に依頼して行わなくてはならない。再組み立て時に各部のアライメントを合わせるためゲージを各種製作、それからようやく砥石付きのエンジンカッターで切断した。バランスに注意しながら吊り上げ地面に置くと、どこからともなくベテランのオジさんたちが現れて寸法を計りまくり、翌日寸法ぴったりにあつらえた巨大な木箱をクルマに積んで現れる。さすがに現地でもこの巨大な木箱入り貨物は平日の日中しか公道での輸送許可が降りず、ハイウエイパトロールに先導されて港まで運んだという。到着した日本国内では逆に土曜の深夜しか輸送が許可されなかった。組み立ては成田空港にあるJALの機体整備工場に依頼しベテラン整備士に来てもらって行ったという。2011年8月4日に「セクション41」という名で公開されると、飛行機マニア垂涎の展示として世界的に知られるようになったのである。

の主翼部分およびエンジン／パイロン部の展示を開始。成田空港のジオラマも最新の空港の状態にリニューアルし、スマホやタブレットでAR＝拡張現実技術を使った新しいディスプレイを楽しめるようになった。

館内を案内してくださったのは、主任学芸員の金田彦太郎さんだ。

「セクション41」というのはボーイング747機の機首部分に与えられた設計名称である。標準的な機体の場合は機首が「41」、それに続く2階建て部分が「42」、中央翼取り付け部とインテグラルタンクを内蔵する胴体部が「44」、エコノミー客室部の「46」、そして後部圧力隔壁のある「48」、この主要5セクションでエアフレームが構成されている。

「本当は1機まるごと展示したかったんですが場所の関係もあってそうもいかないので、機体構造の中でももっとも複雑でユニークな機首部分を選んで輸入しました」

博物館の中央棟3階から建屋屋上に出てみれば、成田空港の敷地は本当に眼と鼻の先だ。すぐそばをひっきりなしにエアライナーが着陸してきて、本物の飛行機が日常の風景になっている立地である。コンビニの横に潜水艦が置いてあるのとは違って、本物のジャンボ機の機首がここに展示されていてもなんの違和感もない。

しかし考えてみれば、いくらすぐ近くに機体整備工場があったとしても、その機首だけ切り取って売ってはくれない。

ほとんどのアメリカ製旅客機は用途廃止になると製造国にフェリー輸送されて専門業者に売却され、そこで保管されて中古部品として再流通する仕組みが確立している。カリフォルニア、テキサス、アリゾナ、ニューメキシコなどの砂漠地帯にはエアクラフト・ボーンヤードなどと呼ばれている中古航空機の広大な保管施設が大手だけで9ヵ所もある。

その中の一ヵ所が保管していた747の用廃機から機首部分を部品として購入し、分解して輸入、ここで再び組み立てたのである。

見上げるその巨大さに圧倒された。巨大な前脚に巨大なタイヤ。

「747の離陸速度は約300km／hですから、離陸直後はタイヤもその速度で空転しています。主脚はブレーキがついてますから回転を止めてから格納しますが、前輪にはブレーキがないので、格納室の天井にはタイヤを当てて摩擦で停止させるためのブレーキ板がついています」

聞いたことがないようなトリビアがぽんぽん飛び出てくる。

前脚の後部におよそ40㎝四方のハッチのようなものがあった。金田さんがレバーを操作すると内側に沈んでから横にスライドして開いた。

「引き込み式のはしごが降りてきますので、登ってビジネスクラスの床下にあるコンピューター室に入れます。昔は整備士さんがコクピットに

コクピットのすさまじいディテール。スイッチの形式はその用途によって様々だ。不用意に触れただけでスイッチが入ったりしないように先端のノブを引っ張ってから動かさないとオンにならないトグルスイッチ、スイッチオンしていることがすぐわかるよう赤い樹脂製のカバーを引き開けてからトグルスイッチをオンし、カバーを閉じると強制的にスイッチオフになるというカバー付きスイッチ、さらにカバーを開けトグルスイッチを押し続けていないとオン状態をキープできないスイッチ。エンジンやAPU（補助動力装置）の火災消火スイッチのように一端ノブを引くとロックして裏側のレバーを操作しないと元に戻らなくなるスイッチもある。いずれも航空機の厳しい規格基準を満たしており、作りといい操作感といい一般の市販品とは一線を画する出来だ。これをいじってみるためだけでもここにくる価値あり。ただしツアーガイドの方に許可を得てから触ること。

「セクション41」の主脚部。航空機の翼／胴体主構造とは旧来、薄肉の軽合金材を使った驚くほど軽量で華奢な構造だが、降着装置だけは鍛造鋼材から切削して作った強靭な素材を使っている。ホンダジェットや三菱MRJの降着装置を作っている住友精密工業（株）という会社の工場を見学したことがあるが、重さ数tもある鍛造鋼材の内部をBTAによる下穴加工とバイトによる仕上げ切削によって薄肉になるまでくり抜いていくという凄まじい製造工程には言葉を失った。スーパーカーが高価なのはウソホラ半分ぼったくり半分だが、航空機が高価なのは1円まで道理がある。最大離陸重量が400tを超える747の前脚はさすがに太い。747の場合タキシング中の方向転換は前脚のステアと若干の主脚のステアで行う。ケーブル信号式の油圧アクチュエータ2基で左右67度操舵する。巨大なタイヤはミシュラン製。400tの機体を18本で支え、降着200回ほどでトレッドがすり減ると交換し、リキャップされるという。「タイヤ表面に『R3』と印字されているのはリキャップ3回終了済みという意味です（金田さん）」

行くときは横着してここから機内に上がったそうです」

1995年6月21日に函館空港で起きたハイジャック事件（「全日空857便ハイジャック事件」）のとき、警視庁・特殊部隊（SAP）の隊員もここから機内に突入した。外部からのアクセスハッチはテロ対策のため、現在では使用するとき以外は封印されるようになっている。

機首部分の客席は通常はファーストクラス。

機内の左半分は椅子を取り外し、樹脂製の内張や天井材、オーバーヘッド・ストレージなどの一部を取り去って機体構造が見えるようにしてある。配線が這い回り断熱材が貼付けられた様子は、映画に出てくる軍用機の内部の様子そっくりだ。

747が国際線の花形だったころ、アップグレードの恩恵で何度かここに座ってアメリカやヨーロッパに行った。ここでナンパしたCAと半年くらいつきあったこともあったっけ（すみません）。壁一枚はがすとこういうことになっていたとは、よもや夢想だにしてなかった。

螺旋階段を昇ってコクピットへ。

巨大なワイドボディ機であっても操縦席のサイズは大型トラックの運転席くらいだ。左の機長席、右の副操縦士席、そしてこのころはまだ存在した航空機関士席。壁面や天井の計器盤には、おびただしい数の計器とスイッチが所狭しと並んでいる。エンジン関係の計器とスイッチがエンジン毎4つずつ存在することもあって、その数の多さに目が回る。

この時代の747の計器類はもちろんすべて機械式。メーターは単機能、スイッチのほとんどもオン／オフ型、あるいは数種類のモードを切り替えるダイヤル式だ。

したがってこの何十ものスイッチの存在そのものが、飛行機が安全に運航するために備えていなければならない機能の多さと複雑さの象徴である。

「面白いものをお見せしましょう」

コクピットから再びギャレーにおりてきたとき、金田さんが客室乗務員用の備品入れの引き出しの中から一枚のプリントアウトを出してみせてくれた。表題に「008C／NRT SEA／26AUG」とあり、その下に「18K」「18J」「18F」「18E」などの番号と日本人や外国人の苗字が並んでいる。

フライトの座席名簿だ。

「最後のフライトのときのものです。購入したとき、この机の中にそのまま こうして入っていました」

この機体にも人間と同じように人生があった。

クライヴ・アービングの書いた「ボーイング747を創った男たち（講談社刊）」によると、のちに「ジャンボ」の愛称で呼ばれることになるボーイング747の開発がスタートしたのは、1965年の4月ごろ。のちにC-5A／Bとしてアメリカ空軍に採用される大型輸送機の開発計画がその母体だったというのは有名な話だが、もともとその計画はボーイング社が空軍に提案したものだったらしい。

政治的介入によって開発競争はロッキード社に奪われ、起死回生をねらったボーイングは並行して進めていたその民間型をエアラインに売り込んだ。超大型機による大量輸送で乗客当たりの単価をさげるという利点に着目したパンアメリカン航空は1966年4月に大量25機を発注（のち33機に増加）、これが世界のエアラインの注目を引くきっかけとなった。

しかし開発は難航した。

当時ボーイング社はアメリカ政府の国家的プロジェクトであったマッハ3クラスの大型SST（超音速旅客機）の開発競争でロッキードを下し、社内の生え抜きエンジニアを軒並みSSTに投入していた。747の開発チームは常にアウェイだったという。プラット&ホイットニー社（P&W）製の高バイパス比ターボファンエンジンの開発も遅れ、当初計画の推力に到達できなかった。そのため機体の軽量化でなんとか性能を確保しなければならなかった。初期の機体の性能不足はローンチカスタマーのパンナム社との間で訴訟問題にまで発展するところだった。

素晴らしいのは、ボーイングがその抜本的対策を開発途上から並行して開始していたことだ。水噴射装置の採用などによるエンジン出力の向上、中央燃料タンクの拡大による航続距離の延伸などを盛り込み、さら

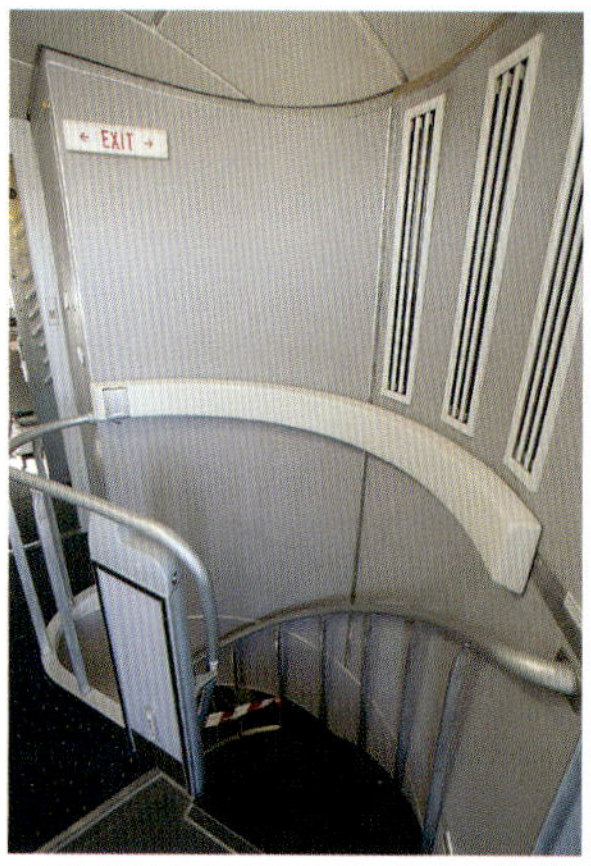

「セクション41」の内部。肉厚1～1.5mmほどのアルミ合金板をプレス加工したフレームとストリンガーを縦横に組み、アルミ合金製の外皮（スキン）を無数のリベットで固定したグリーン色のアルミ用耐食塗装を施したエアフレーム主構造、そこにあしらわれた銀色のインシュレーション・ブランケット（防音・断熱材）と無数の信号ハーネスの束など、普段見えない構造があらわになっている。天井の真上は操縦室なので、操縦桿、ラダーペダルなどの操作系統に連動して動く何系統もの鋼索（操縦索）とその滑車機構などが天井裏に見えている。747の場合は複数系統のケーブル／ロッドシステムを使って、昇降舵／補助翼／方向舵の各操縦翼面を動かす油圧アクチュエータの制御バルブに操縦操作量を機械的に伝えている。ハンドルを回した動きで油圧制御バルブの開度をコントロールしていたクルマの油圧パワステと似た原理だが、747の場合は操縦系統と舵面とを機械的には連結していない。2階への階段は初期の時代の747で主流だった螺旋式。

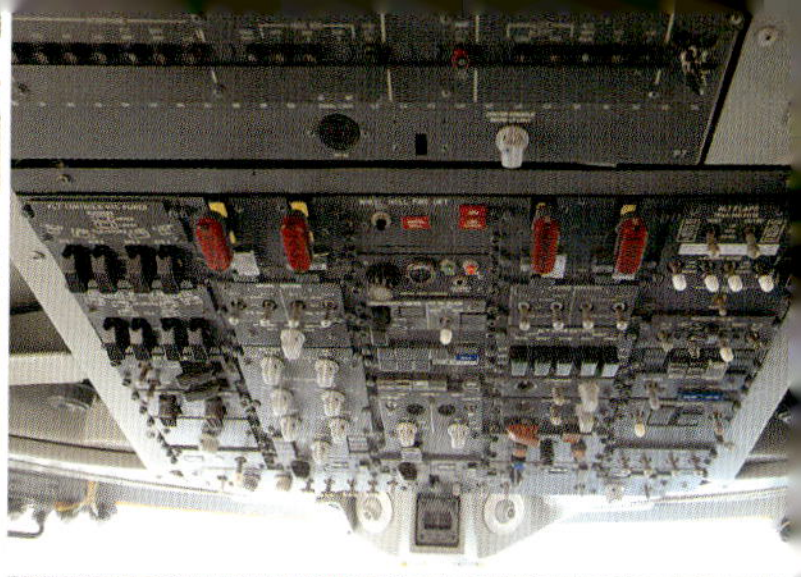

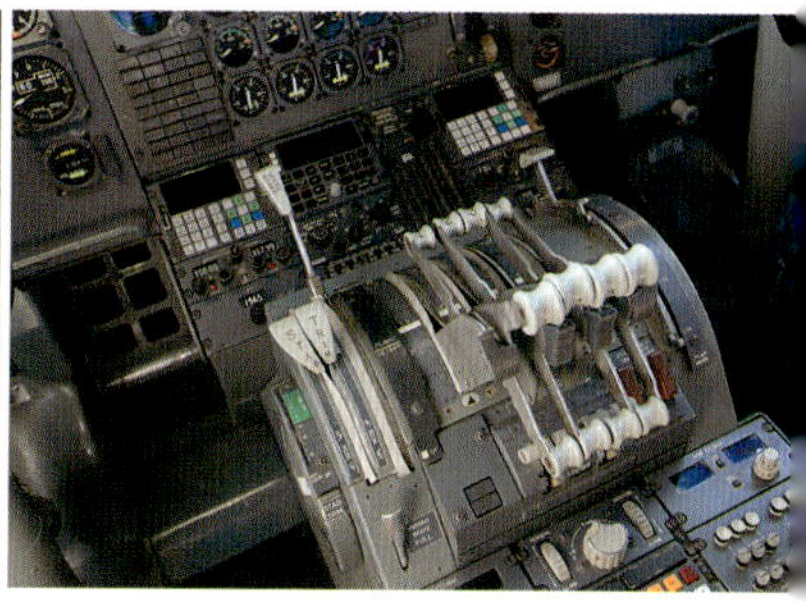

に降着装置や機体構造なども改良した747-200型を並行して設計・開発、1969年2月9日に747が初飛行するころにはほぼ設計を終え、1970年1月22日に機体番号N735PAのパンナム機「クリッパー・コンスティテューション」がワシントン・ダレス空港を離陸して路線就航を開始したそのわずか8ヵ月後に初飛行させた。

747-200は71年1月にノースウエスト航空で路線運航を開始している。エンジンはP&Wに加え、ゼネラルエレクトリック製CF6-50E2、ロールス・ロイス製RB211-524D4を順次採用、各エアラインは自社の機材/整備の都合に合わせて選択ができた。

いっときはその巨体の運用性や性能を疑問視する声もあった747が世界中で信頼され愛用されるようになったのは、初期のこの素早い改良対応もその一因だろう。

747-200の旅客専用型が200B。そのなかの1機であるシリアルナンバー21942は、シンガポール航空の発注でワシントン州エヴァレットのボーイング工場で1979年秋から翌年にかけてラインナンバー471(おおむね470番目前後の生産機)として組み立てられ、1980年9月11日に初飛行した。イギリスのブリティッシュ・エアウェイズ、英連邦系のキャセイパシフィック航空、カンタス航空、ニュージーランド航空、サウジアラビア航空、マレーシア航空などはいずれもRR製エンジンを選んだが、シンガポール航空はP&Wを選択した。

9月25日には登録番号9V-SQQとして路線就航を開始。13年間花形機材として飛んだのち1993年4月10日からガルーダインドネシア航空にリースされて運用、1996年にノースウエスト航空に売却された。機体番号はN642NWに代わり、同年7月11日から稼働している。

そして24年間におよぶ運用期間を終え、2004年8月26日の成田ーシアトルNW008便を最後に引退してツーソンのボーンヤードに行き着いた。

往路は8時間で空を飛んで行ったが、6年後に成田に帰ってくるときは木箱に積められて船便で1週間かかった。ここを安住の地に定め、着陸してくる旅客機を毎日眺めて過ごしている。

飛行機が怖い? 飛行機が嫌い? そういう方はぜひここにきて欲しい。それが人間の英知の結集であることが分かるだろう。

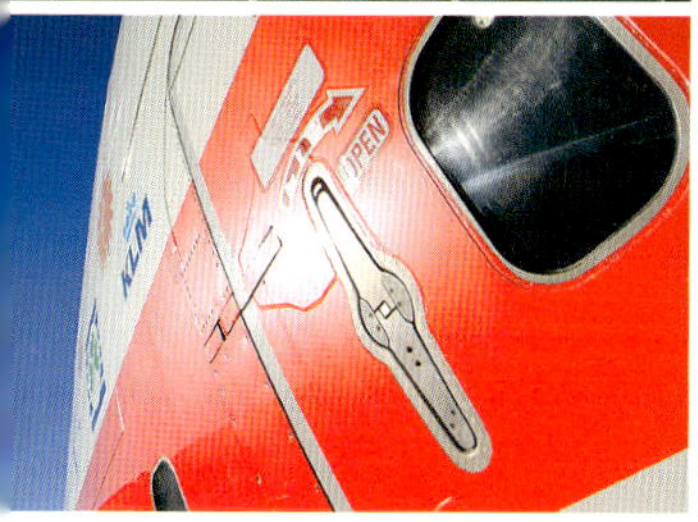

乗降ドアの内部構造も見えるようになっている。航空機は高空の飛行にそなえて機内を与圧しているので、アクセスドアは内開き方式にするのが一般的設計手法だ。乗降ドアの場合は外開き式。開口部よりもドアの方が上下に大きくなっていて、与圧すると機体にドアが押し付けられるようになっている。開閉レバーを手動で閉位置から開位置へ反時計回りに回し始めると、その動きがレバーとカムによりリンク機構によって機械的に伝えられ、ドアの上下部分が写真のように内側に折れ曲がり、これによってドアが出入り口を通り抜けられるようになって外側に開くという機構だ。リンク機構は開閉メカとも連動しており、開閉レバーをそのまま反時計回りに約180度まで回転させていくことによってドアが軽く開くようになっている。通常乗降ドアを開けるのはグランドクルーの仕事だから、外側からも収納式レバーによる同じ操作で開く。また内部が与圧状態にある緊急時の開閉はエアタンクに蓄気したガス圧で開閉をアシストする。このガス圧を壁の小窓を開けて運航毎にチェックするのもCAの仕事だ。

航空科学博物館はボーイング747博物館といってもいいくらい同機の展示が充実している。西棟展示室にはセクション42の2階建て胴体部分を輪切りにしたものが展示されている。空を飛ぶとは思えないくらい巨大なダブルデッキ構造の胴体断面の大きさに対し、その構造がごく薄肉のアルミ合金のフレームとストリンガーとスキンで構成した紙細工のように華奢な軽量構造で出来ているという衝撃的な対比が、航空機とはどんな機械であるかを実感を持って伝えてくれる。何百機のプラモデルを作るよりも、ここにきて断面と構造を見た方が飛行機のことが分かるだろう。2014年11月からは747の主翼部分がエンジンとエンジンパイロンの付いた状態で展示された。特徴的な3段式フラップの折り畳み構造が可動用スクリュージャッキをおさめたカウリング(通称カヌー)とともに見える中央翼部、前縁スラット、短波アンテナや放電索、インテグラルタンクの構造が分かる翼端部なども展示されている。

屋外展示。戦後初の国産旅客機YS-11の試作1号機、三菱MU-2、富士重工業FA-300などの国産航空機、各種セスナやビーチ機、リアジェットなどなじみ深い機材が並んでいて、YSは自由に機内に入ることもできる。エアライナーなどの商業航空機は一般に稼働率が非常に高く、生涯のほとんどを空を飛びながら過ごすが、雲の上はいつも晴天で低温/低湿度なので腐食の心配があまりない。地上でぬれねずみになっても飛べばたちまち乾燥する。逆に地上展示すると飛行機はどんどん痛む。そのため定期的なリペイントが欠かせないという。野外展示の見どころは二重反転ローターの旧ソ連製カモフKa-26型ヘリ。日本に3機輸入され個人が使用していたものだという(寄贈品)。最近展示に加わったのがプッシュバック/トーイング用のトーイングカー。成田空港で長年使われてきたインターナショナル・ハーベスター製の機材で505/95R25という物凄いサイズ表示のミシュラン製タイヤを履いていた。

航空科学博物館は敷地面積5万582㎡、延床面積3750㎡、地上2階(一部5階)。入館料は大人500円(「セクション41」の機内ツアーは別途1人500円)。写真は西棟展示室内で、フロア中央部に全長9.55m、全幅8.56m、全高2.44mという巨大な1/8スケールのボーイング747-400の可動式模型が設置されている。館内には機体の胴体や翼、エンジンなどの構造物、様々な航空機のコクピットの実物や模型、各種シミュレーター(有料)、また東棟には成田空港の1/800ジオラマなどがある。レストラン、レストハウス、ライブラリー、展望室、ミュージアムショップなども完備しており、季節毎のイベントや大人向け・子供向けの航空関係のセミナーや教室なども開催されている。

●取材 2015年12月18日 ●執筆 2016年1月12日 ●掲載 GENROQ 2016年3月号

第45話［プロフェッショナリズム］

NEXCO中日本
新東名延伸

2016年2月13日、新東名高速道路・豊田東JCT～浜松いなさJCT間55.2㎞区間が当初予定より約1年遅れて開通、これによって御殿場JCTから豊田東JCTまでの204.9㎞区間が新東名によって結ばれ、東名高速道路の同区間215.8㎞と並行して走る日本のもうひとつの大動脈が誕生した。延伸部分の通行所要時間はおよそ33分。浜松いなさJCT以西の区間は東名高速へ迂回せざるを得なかった従来に比べ、所要時間は御殿場JCT～豊田東JCT間でおよそ1時間も短縮した。1993年11月19日の国土交通大臣による施行命令から22年。土工区間26.9㎞に対し橋梁区間11.9㎞、トンネル区間16.4㎞、構造物比率51.3%という延伸区間の工事は、2007年11月11日の青木川橋における工事起工式からスタートし、8年の歳月と建設費約6190億円を費やした大事業だった。開通まで1ヵ月を切った1月19日、NEXCO中日本の協力で新東名・延伸区間のまっさらの舗装路面に立った。それはある種の神聖な雰囲気に満ちた場所だった。

PHOTO◉荒川正幸（*Masayuki Arakawa*）
協力◉中日本高速道路株式会社　http://www.c-nexco.co.jp/

トヨタ自動車の技術本館が建っているトヨタ町交差点から東南東に約6㎞。

矢作川上流の巴川ぞいにある琴平町から、郡界川という細い川づたいに谷間を東に行く。道路の周囲だけが開墾されていて、民家がところどころに立ち並んでいるのどかな場所である。

渓谷をはるかにあおぐ橋梁が見えてきた。地図を見ると新東名高速道路の上下本線、奥殿橋らしい。

中日本高速道路株式会社・名古屋支社・豊田工事事務所の小原智工務課長が運転するクルマは道路を左に折れ、斜面をコンクリートで土留めした新興住宅地の造成地のような舗装路を登って行く。岡崎サービスエリアが建設されたのは愛知県岡崎市の北端の宮石町字サクラジリという名の山中だ。

ぽっかりと開けた高台に出ると、セメント工場のような大きな施設が建っていた。サイロと煙突があり周囲に細かい砂利が積んであるからアスファルト混合所かもしれない。なんとも都合のいい場所にアスファルトの工場があったものだ。と考えてから思い直した。まさか高速道路の舗装工事のためにアスファルト工場を作ったのだろうか。

小原さんの所属する豊田工事事務所の担当管内は、豊田東JCTからはじまって岡崎東ICから約6・5㎞上ったところにある上り997m／下り973mの額堂山トンネルまでの約25㎞。そこから浜松いなさJCTまでの約30㎞区間は豊川工事事務所が担当する。一般の建築物や橋梁の工事に比べ道路工事の規模はとてつもなく大きく広いから、工区を細かく区切って管理している。

人口密度の少ない山間部を直線的に貫いていく新東名では、土工工事区間でも高盛土や大断面の切土箇所が多く技術的な難易度が高い。しかし場所によってはまずトンネルを掘ったり橋を架けなければ、道路そのものが作れない。高速道路の工事では土工工事区間に対して、橋梁、トンネルなどのある場所を構造物区間と呼んで区別している。豊田工区だけで橋梁は13ヵ所、トンネルは6ヵ所。豊川工区ではさらに多く、橋梁26ヵ所、トンネル11ヵ所だ。

延伸区間の構造物区間（比率）は51％。2兆5710億円の建設費を投じて建設し2012年4月に開通した御殿場JCT－浜松いなさJCT間144・7㎞区間では、トンネル27％、橋梁33％で構造物比率60％だった。真っすぐで2車線の新東名は日本の高速道路のなかでもっとも快適で走りやすいが、それを実現するため建設は難工事の連続である。

岡崎サービスエリア（SA）は、新東名の清水SAのように上下線集約型の構造で、上り線からでも下り線からでもひとつ建屋を挟んで南北に分かれた駐車場に入るようになっている。その下り線ランプのところから本線に乗り入れる許可をいただいた。本線手前に高圧洗浄の噴射機を持った係員の方が立っていて、我々が乗っていたクルマの前後左右4本のピレリP7を入念に洗浄してくれた。

できたての真っ黒のアスファルトにおそるおそる乗る。

抜けるような晴天に白線のコントラストが凄い。

新東名の舗装は、従来は表層ともにアスファルト舗装だった内部層を、飛行場のエプロンやトンネル内舗装の基礎に使われてきたCRC（連続鉄筋コンクリート）舗装へ変更、大型車両の走行などによる変形を抑止した「コンポジット舗装」である。本線区間にほぼ全面的に採用した高

中日本高速道路株式会社 名古屋支社
豊田工事事務所　工務課長
小原 智氏

新東名高速道路が伊勢湾岸自動車道に連結する豊田東JCT付近。新東名下り線から東海環状自動車道に連結する橋長689mの「Dランプ橋」の上から見た上下線の光景だ。開通24日前の2016年1月19日に撮影。今回の延伸区間は55.2km、道路構造令による道路規格第一種第一級道路（高速自動車国道・計画交通量3万台/日以上・平地部）で、設計速度120km/h、車線数4車線（上下線）。1962年5月31日に工事着工して69年5月26日に全線開通した東名高速道路の建設においては、用地買収の都合、トンネル／橋梁などの配置や土工工事の設計要件に加え、生理学的・心理学的な観点からもクロソイド曲線などのカーブが設計に多用され（最少曲率半径300m）、また最大勾配も道路構造令第20条で定めている設計速度に対する最大縦断勾配の標準値を超える最大5%だったが、新東名では全線で最小曲率半径3000mとしており、最急縦断勾配も設計速度の標準値である2%をクリアしている（＝最大2.0%）。写真のDランプ橋は鋼2径間連続箱桁橋とPRC9径間連続ラーメン箱桁橋をPC鋼材の鋼殻部で連結した構造で、最大支間長78.0m、有効幅員7.01～9.06m、横断勾配9.0～－2.5%、縦断勾配－0.7～4.0%。前方で道路を横切っている白線から先は巴川をまたぐ豊田巴川橋で、上り線が橋長657.0m、上り線が640.0mのPRC6径間連続波形鋼板ウエブラーメン箱桁構造。幅員が上下線で最大25.255mと広く、最大支間長（下り164.0m）は高速道路橋では最大級だという。周辺の合計9つの橋とランプ橋および隣接する郡界川橋（後述）は三井住友建設、富士ピー・エス、安倍日鋼工業の共同企業体が施工した。

速道路は新東名が初めてだという。

舗装は大まかに4層。セメントの路盤工（安定処理基盤）の上に厚さ28㎝の右記CRC舗装を施工、その上部に高粘度のアスファルト中に粗骨材（一般に砂利、砕石、スラグ、再生材、人工軽量骨材などのうち概略5㎜以上の大きさのもの）を8～13％程度充填させ低間隙で水密性に優れたSMA（砕石アスマチックアスファルト舗装）の中間層を4㎝厚に舗装する。表層は多孔質で透水性の高い厚さ4㎝のアスファルト舗装だ。

道路に降り注いだ雨水は表層を通過してSMAの中間層で遮断され、舗装内部の排水溝から排水される理屈である（排水性舗装）。

「やっぱ白線、踏んでませんよね」

荒川カメラマンが感心したように言う。

前を行く小原さん運転のオデッセイ、中日本高速道路株式会社・名古屋支社・建設事業部・計画設計チームの宮部光貴さん、同支社・総務企画部・広報CSチームの竹林正孝さんの乗るインプレッサ・ワゴン、どちらも注意深く白線と白線の間をねらって車線変更をしている。決して白線を踏まない。

新東名の終点で本線はそのまま伊勢湾岸道に連結するが、その手前に北へ向かう東海環状自動車道への接続路がある。その手前で車列は停車した。

小原さんがトランクから取り出したのは厚さ1㎝、縦横50㎝四方のベニヤ板である。

「すみませんがこれをタイヤの下に敷いてもらえますか」

タイヤの前の道路にベニア板を4枚敷いてその上に乗った。

そのココロとはようするに「土足禁止」だ。

そんなこともあるかと頭のどこかで思っていたのだが、なんと本当にそうだった。

高速道路の建設、具体的な構造や設備、管理・保全などは様々な関連法案で策定・規定されている。建設については1957（昭和32）年に公布・施行した「国土開発幹線自動車道建設法（国幹法）」で全国の予定路線、道路の起点と終点、インターチェンジの位置、車線数、設計速度

岡崎サービスエリア上り線パーキングの全景。中央に見えるサービス施設建屋は上り側が東海道53次38番目の岡崎宿を、背面の下り線側は愛知県の県鳥であるコノハズク(フクロウの一種)を取り入れた森のエントランスをイメージしたデザイン。下り線のパーキングは建屋をはさんだ反対側にある。NEXCO中日本のサービスエリアの中では4番目、東海3県では最大の大きさだという。

開通前の本線上に立って写真を撮った。こんな機会はそうそうない。本線内に入場する作業車はあらかじめタイヤの埃や泥を洗浄、停車時はタイヤの下に厚いベニア板を敷くのが開通前の決まりだ。本線には多くの作業車が入っていたが、車線変更の際に白線を踏むクルマは皆無。もちろん強制はされなかったが、我々も自主的に踏まないように注意して走行した。開通前は「公道」ではないので、作業の都合上本線を逆走する場合もあり、我々も何回かUターンしたが、ターンできる場所も決まっていて舗装の上に何重にもゴムシートが敷き重ねてあった。「そんなにこれって面白い話ですか。自分らもうこんなのは当たり前になっちゃってるんで(小原さん)」

などの基本計画をあらかじめ定めている。国幹法で計画されている予定路線は北海道から九州まで1万1520km。これを「国土開発幹線自動車道」という。

その建設を促進するため1956年3月施行の道路整備特別措置法で規定したのが「有料道路」という制度だ。日本道路公団（当時）が建設大臣（現・国土交通大臣）の施行命令を受け、銀行や政府からの借款や道路債権の発行などによって調達した資金で建設、開通後に利用者から通行料金を徴収して返済するという一般的な方式である。

2005年10月1日に道路関係四公団民営化関係法令が施行され、道路関係四公団、すなわち日本道路公団、首都高速道路公団、阪神高速道路公団、本州四国連絡橋公団が解散、新たに東日本高速道路（NEXCO東日本）、中日本高速道路（NEXCO中日本）、西日本高速道路（NEXCO西日本）という3つの高速道路株式会社、および独立行政法人日本高速道路保有・債務返済機構、通称「高速道路機構」が発足した。

高速道路機構（あるいは単に「機構」）は、道路関係四公団の債務を引き継ぎ、道路とサービスエリアの道路区域やインターチェンジなどの付帯設備を保有、高速道路会社にこれを貸し付けて賃貸料を徴収し返済を行っている。行政で言ういわゆる上下分離方式である。

新しい高速道路を建設する場合もシステムは同じ。建設資金は機構が調達、完成した道路と設備は機構が保有し、管理・運営を高速道路会社が行う。

NEXCO中日本の事業エリアは中部地区全域と東京都、神奈川県などの一部。東名高速、新東名、中央道、東海北陸道の全線、および名神、新名神、北陸道などの一部を含む延長2002km（2015年11月現在）区間を管理する。利用台数は1日で187万台にもなる。

高速道路の建設は土木工事、橋梁工事、トンネル工事、舗装工事のほか、施設工事、遮音壁工事、標識工事がスケジュールに沿って行われる。

改めて眺めると高速道路の本線上には驚くほど様々な設備がある。

コンクリート防護柵、ガードレール、遮音壁、中央分離帯、案内標識、道路情報板、車間距離標識や横風／急カーブ注意などの各種標識、道路や標識を照らす照明、中央分離帯にずらり並べ対向車のヘッドライトを遮る眩光防止板（遮光板）、視線誘導標（デリニエーター）や黄色く点滅するプリンカーライト、キロポスト、非常電話、CCTV（監視カメラ）、磁束センサ。インターチェンジには料金所とETC装置、トンネル内には換気設備装置や消化設備。それらに加えて高速道路を運用・保全するための自家発電設備や移動無線用アンテナ、通電線、本線上には旅行時間測定システム(Tシステム)がある。これらをそれぞれ別々の専門業者が製作し、本線上などに搬入し、設置する。ちなみにナンバー自動読取装置（Nシステム）と速度自動取締装置（OBIS）はのちに警察によって設置される。

開通を24日後にひかえた取材日は、施設系5職と呼ばれている建築、電気、通信、機械、造園の受注者が本線上に入って、施設の最後の点検や調整を行っていた。

本線に入ってくる作業車には「高圧洗浄車」「超強力吸引車」などと記載したタンク車もいる。開通にそなえトンネル内壁、橋梁のPCF壁高欄、排水溝、切土部法面のコンクリートにしみ出した茶色い染みなど、これから各部を徹底的に洗浄・清掃

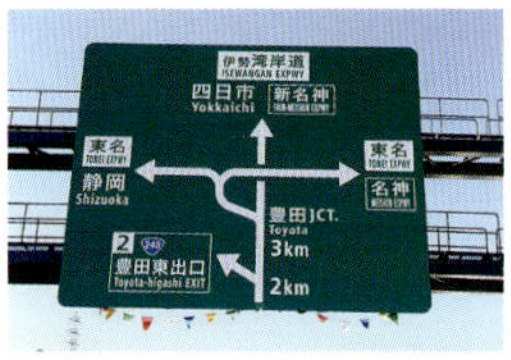

本線上に設置された様々な付帯設備。多くの区間は両サイドが防音壁／遮音壁になっている。さまざまなタイプがあるが、一般にはPCF製の壁高欄の上に亜鉛めっきを施したH鋼などの支柱を組み、ポリエステル樹脂やガラス繊維製の吸音材をルーバー状の開口を設けたアルミや鋼板で左右から挟んでパネル化したユニットをはめ込んで施工するという構造が一般的。豊田巴川橋では周辺環境の日照を確保するため、透明のガラス板を使った透光板が使われている。高速道路に掲げられている案内標識は標識令(道路標識、区画線及び道路標示に関する命令)や国交省の道路技術基準などによって色、大きさなどが規定されている。高速道路会社(NEXCO)3社は2011年に案内標識の規格を改訂、旧来は必要に応じて作成してきた文字フォント(通称「公団文字」「JHゴジック」)を、和文ではMac OSでお馴染みのヒラギノ書体に変更した。標識内のレイアウトも改善して和文／英文ともに文字を大きくしている。1文字のサイズは50cm角。案内標識には反射式、透過式、外照式、内照式がある。12年12月に発生した笹子トンネル天井板落下事故の教訓で、重量の重い内照式案内標識には万一に備えて落下防止索(ワイヤ)が取付けられている。

岡崎SA敷地内に作られたアスファルト混合所。この道路を舗装するためにわざわざ作られた設備で、このようなアスファルトプラントを豊田工区だけで2ヵ所作ったというから驚く。橋、トンネル、専用アスファルト工場。高速道路の建設というのはとてつもない事業だ。

岡崎SAの下り方向、豊田巴川橋の手前にかかる郡界川橋。利用者の視点では橋の部分も連続する道路の一端に過ぎないが、こうして外から眺めると巨大な建造物である。今回の延伸区間55.2kmには39ヵ所も橋梁があるが、上下線ともに橋長740.0mの郡界川橋(左右2本の橋)は豊田工区では最長、延伸区間では新城IC～岡崎東IC間の臼子川に掛かる臼子橋上り線の816.0mに次ぐ2番目の長さである。幅員15.6m(有効幅員14.76m)。PC7径間連続ラーメン箱桁構造橋で、橋脚と主桁をすべて剛結構造とした全コンクリート製。16基の橋脚部は縦方向にトンネルをうがつように基礎を打つため環境変化を最小化できる大口径深礎基礎で、橋脚断面は5×5mの中空構造である。箱桁内には高強度PC鋼撚線(7本撚15.7mm径)8本を通してあり、主桁に全長方向から圧縮応力を与えている。主桁は基準強度σck=50N/mm²のコンクリートを使って軽量化を計った。橋に降った雨水は舗装の排水口から橋脚の排水管を通じて排水するが、そのまま川に流すと水位の上昇などを招くため、外部に調整池を設け、溢れた水をすこしずつ川に流すようにしている。

開通前の本線には付帯設備の設置を行う建築、電気、通信、機械、造園などの専門業者が入って、機器類の点検・調整、細部の調整等の煮詰めの作業を行っていた。いったん開通したらほんのささいな点検・補修であっても、場合によっては通行規制をして行わなければならないから完璧を期す。通称「ダメ攻め」だ。1月8日には国の現地検査が行われ、実際にメジャーを使って幅員が規定通りになっているかどうか測定したという。警察の高速道路機動隊は本線上を何度も試走、その分析によって急カーブの警告などの危険標識の増設を要望する場合もある。最近の事故事例に対応して警察の設置要望が増えているのは、ランプの逆走防止の標識である。開通したらいつどんな事故が起きてもおかしくない。事故車両の搬出の経路の確認など、高速機動隊は緊急時の様々な打ち合わせや訓練も行っているという。「あと3週間。もう待ったなしです(小原さん)」

するのだ。万が一でも舗装の上にエフロまじりの水でもこぼそうものなら、たちまち舗装担当者からクレームの電話がかかってくるという。

豊田市と岡崎市の境をまたぐ郡界川橋を見学したあと、テナントの最終仕上げ真っ最中の岡崎SAの施設を見せてもらった。

ここももちろんオープンまでは全館土禁。靴に不織布のカバーをかけ500mm角の塩ビタイルを敷いた真新しい床をひたひた歩く。

NEXCO中日本の通行料金の収入は年間6339億円(2014年度)にもなるが、管理費などの経費を除いたそのほぼ全額は賃貸料として機構へ支払われている。実は高速道路会社の収益というのは基本的にはサービスエリア事業の売上だけだ。

公団時代、サービスエリアの敷地は本線や料金所と同様、道路法で定める「道路区域」に含まれていたため、休憩所、給油所、自動車修理所などの「道路サービス施設」も法令に従って設置されていた。しかし民営化以降、道路サービス施設の敷地と建物は「道路区域外」とされ高速道路会社が保有することになったので、事業展開の自由度が一挙に増した。例えば岡崎SAは高速道路外からの入場も可能で、一般道側にも60台分の駐車場がある。

NEXCO中日本の高速道路のパーキングエリアを管理・運営するのは中日本エクシス株式会社。事業エリア内には15年4月現在177ヵ所のSAがあり、その売上は14年度で1820億円だ。

おもしろいことにパーキングスペースやトイレなどはいまでも道路区域内、したがって設備は機構が保有している。トイレが別棟になっているのはそういう理由らしい。

完成したばかりのトイレももちろんオープンまでは使用厳禁。作業している皆さんは野外に仮設置された簡易トイレを使っているという。

高速道路は開通のその最後の瞬間まで、大勢の人々によって我が子を育てるように作られていた。その日は晴れ舞台であると同時に、手塩にかけた道路をお客様である高速道路利用者の手に渡す別れのときでもあるのだろう。

新東名の延伸による人流・物流の効率化への貢献は計り知れない。阿寺の七滝や奥来寺山、乳岩峡など奥三河地区への日帰り観光など新たな観光需要の創出も見込まれる。なにより重要なのは大規模災害時や東名高速の大規模補修の際の交通のリダンダンシーがさらに拡大したことだ。

「開通してしばらくしたら事務所も解散です。私ですか? 次はどこにいくのか分かりません」

ドレスアップしたEクラスに乗ってるというカーマニアの小原さんは、差し上げた「GENROQ」を見て嬉しそうに笑った。

新東名はこのあと海老名南JCT～厚木南間約2kmが2016年度、厚木南～伊勢原北間約7kmが2018年度に開通予定、伊勢原北～御殿場JCT間約45kmが開通して予定路線が全通するのは2020年度の計画だ。道路の男たちに作業の安全と栄光あれ。

開業を前に何度かマスコミにも公開されて話題の岡崎サービスエリアでも、最後のツメに余念がなかった。建屋の床面積は展望室になっている2階部分も含め4250m²。設備は既に完全に完成しており、15のテナントもそれぞれの会社から社員が入って営業開始に向けた準備や打ち合わせを行っていた。最近の例にたがわずトイレの装備も素晴らしい。車いすも入れる多目的室や子供用個室に加え更衣室も設備、女性用はパウダーカウンター付き。今回は男女個室ともにいわゆる「音姫」(擬音装置)が設置されている。こんな豪華なトイレは世界中どこの高速道路のSAにもないだろう。取材に同行してくださったNEXCO中日本の皆さんもSAの設備を見るのは初めてらしく、一緒になって感心していた。

岡崎SAの工事の様子。山の8合目付近を切り崩し谷を埋め、ざっと25万3000m²の平らな敷地を本線の北側部に造成した。切り崩した土だけでは高低差最大50mに達する谷を埋めるには足りないため、本線上で13.8km離れた岡崎東インターチェンジ(IC)の工事区間の整地等で発生した残土を、ダンプトラックでここまで運んで使った。そのために岡崎IC～岡崎東SA間にある8ヵ所の橋梁および4ヵ所のトンネル工事を先行して着工、土工工事も先行して行って13.8km区間の道路の基礎工部分を先に完成させ、残土のピストン輸送に利用したという。そこまで考え抜くのが大規模工事の計画である。

●取材 2016年1月19日　●執筆 2016年2月13日
●掲載 GENROQ 2016年4月号

第46話 ［日本の名作］

「宇宙ベアリング」JAXA筑波宇宙センター

2005年10月2日23時8分、y軸のリアクションホイールが作動を停止した。7月31日にx軸を受け持っていた1台を失ったときは危機想定範囲内だったこともあって残り2台のリアクションホイールによる姿勢制御に切り替えて対処したが、2台故障となれば、軌道制御用を兼ねて搭載している2液式化学エンジンである姿勢制御スラスタ（RCS）も併用して姿勢制御をしなければならない。地球から遥か3億km、推進剤の残量を考えると高精度な姿勢制御はできない。こうしてパラボラ型高利得アンテナ（HGA）が使えなくなった。最大256bpsの中利得アンテナ（MGA）による通信には往復34分間を費やす。「はやぶさ」が遭遇し乗り越えたあの4つの危機の、これが最初の試練であった。衛星姿勢制御用リアクションホイール国産化のキー技術のひとつであったボールベアリングのトライボロジー（*）をJAXA筑波宇宙センターで聞いた。

PHOTO◉荒川正幸（*Masayuki Arakawa*）

協力◉国立研究開発法人　宇宙航空研究開発機構　http://www.jaxa.jp

＊トライボロジー（tribology）：一般社団法人日本トライボロジー学会の定義によると、相対運動しながら互いに影響をおよぼしあう2つの表面の間に起こるすべての現象を対象とする科学と技術のこと。潤滑、摩擦、摩耗、焼付き、軸受設計などを含む。

「軸受くん」（非公式マスコット）

宇宙航空研究開発機構（JAXA）が2006年8月31日に発表したレポート「JAXAにおける衛星用ホイールに関する信頼性向上活動について」に「はやぶさ」のリアクションホイールの故障原因が記されている。

地上で行った軌道上データ評価解析（FTA）によれば、リアクションホイールに生じた故障時の摩擦トルクの変化は、駆動用モーターのステーターと磁石の間隙に円周上に巻き付けて接着してあったメタルライナーと呼ぶ部位が剥離して生じた可能性を示唆していた。有限要素法（FEM）を使ったシミュレーションや同じ仕様の装置を使った地上での試験などによってもこの推定が補強されたため、JAXAは「メタルライナーの剥離による巻き込みがリアクションホイールの故障の原因」と結論づけた。

搭載していた3台のリアクションホイールは、アメリカのイサコ・スペースシステムズ社（プラット&ホイットニーやシコルスキーなどを傘下におさめるユナイテッド・テクノロジー社の宇宙航空部門の一社）の製品だったが、「はやぶさ」の特殊な高振動環境に対応させるために設計変更をしていた。剥離したメタルライナーは主要4ヵ所の設計変更点のうちのひとつだった。

大気の影響を受けない無重量状態で運動する物体は、理論的にはその速度と姿勢をたもったまま等速直線運動を続ける。しかし実際には高度数百～数千kmの低軌道上ではごく薄い大気による「大気圧トルク」、人工衛星の質量中心と各部にそれぞれ働く地球引力のわずかな差によって生じる「重力傾度トルク」、衛星の残留磁気と地磁気の干渉による「地磁気トルク」などによって衛星の姿勢は微妙な影響を受ける。赤道上の高度がおよそ3万6000kmに達する静止軌道の場合でも太陽からの電磁波

JAXA 研究開発部門
第二研究ユニット
間庭 和聡研究員

JAXA 研究開発部門
第一研究ユニット
神澤 拓也主任研究員

茨城県つくば市の筑波学園都市にあるJAXA筑波宇宙センター内にある一般見学用施設「スペースドーム」。入場は無料だ。天井と壁面を艶消しの黒で塗装した空間にライトアップした人工衛星などがずらり並んでいて、その迫力に圧倒される。同展示館説明員の吉田和雄さんはJAXAで衛星の開発にたずさわってきたOBの方。お話によると、ここに展示されている衛星のほとんどは地上試験で使われたモデルだという。軌道上でトラブルが発生したときは試験機を使って地上でシミュレーションをすることもあったらしい。最近はコンピューター上で行うため試験機はほとんど作らなくなったというが、軌道上にあっていつかは失われてしまう衛星の双子の兄弟がこうして残っているというのは素晴らしい。右の巨大な四角い黒い物体は、2007年9月14日に種子島宇宙センターからH-ⅡAロケットで打上げられて月周回軌道に投入、地形カメラ、プラズマ観測装置など14種類の観測機器によって月の観測を行うとともに、目が覚めるようなあの月面と地球のHD映像を送ってきてくれたSELENE計画の「かぐや」の試験機。上下モジュールで高さ4.2m、縦横2.1m。質量は打ち上げ時で約3000kg。衛星は一般に推進ロケットと推進剤のタンクを収納しつつ推進のスラスト力を受けるCFRP製などの頑強な筒状の構体を中心に置き、周囲に床と壁の仕切りを作って観測機器を搭載するような構造だ。窓のようにみえているのは背後に設置された観測装置が発する熱を放熱するための熱制御ミラー(OSR)。石英や硼珪酸ガラス表面にAiやAgを蒸着してある。背後に見えているのはH-ⅡA／Bロケット用の第1段用液体燃料エンジン「LE-7A」。質量1.8tで推力1.098kN。

の圧力による「太陽輻射圧トルク」が姿勢の変化に作用するという。微小重力状態ではアンテナや太陽電池パドルを回転させればトルクが生じてその影響で姿勢が乱れるし、熱交換器で使うアンモニアの流れにすら微妙な影響を受ける。

人工衛星に搭載した観測機器やアンテナは常に目標に正確に指向させなくてはならないため、これら擾乱トルクに対して姿勢を高精度に制御する手段が必要だ。

大昔の人工衛星の典型的なイメージは、アンテナを林立させ周囲に太陽電池を張り付けた円筒形の物体が1軸回りにスピンしながら宇宙空間を飛んでいるという図だ。あれは人工衛星に人為的に回転を与えてジャイロ剛性によって姿勢の安定性を得るスピン姿勢安定方式の例である。スピン安定方式は人工衛星の構造が簡単で故障の可能性も低いが、当然ながら人工衛星本体の形状や太陽電池の配置などに制約を受ける。

もうひとつの宇宙船のイメージは、5方をむいた小型のロケットノズルをしゅっしゅっと点射しながら姿勢を変えるシーンである。気体をノズルから高速で噴射することによって大きなトルクを得る姿勢制御スラスタは軌道制御時にも使うが、間欠的な噴射のため、精度の高い姿勢制御がしにくい。もちろん推進剤の搭載量も限られるのでスラスタによる姿勢制御を長時間にわたって持続することは難しい。

そこで多くの人工衛星は「リアクションホイール」という姿勢制御アクチュエータを使った3軸姿勢制御方式を採用している。

直径30㎝ほどの円盤状の構体の内部に上下をボールベアリングで支持したフライホイールをおさめ、電動モータでこれを回転させ、回転数の変動によって生じるトルクを使って衛星の姿勢を安定化し制御するという機器である。

たとえば擾乱トルクによって衛星が時計回りに回転させられた場合、リアクションホイールの回転数を時計回りに増加させれば、その反作用トルクによって衛星に反時計回りのトルクが与えられ、擾乱トルクが相殺される。そういう理屈である。

力学的には人工衛星の角運動量をフライホイールの角運動量に置き換えて保存していることになるので、太陽輻射圧トルクのように同一方向からの擾乱トルクが続く場合は、リアクションホイールの回転数がどんどん増加してやがて上限に達してしまう。回転数を下げれば当然その反作用トルクで衛星が回転する。この場合はスラスタ噴射、あるいはコイルに通電し地球磁気との干渉によってトルクを発生する磁気トルカなどを使ってアンローディング（打ち消し）を行う。

ゼロモーメンタム方式という制御方式では、x軸（ロール軸）、y軸（ピッチ軸）、z軸（ヨー軸）用にリアク

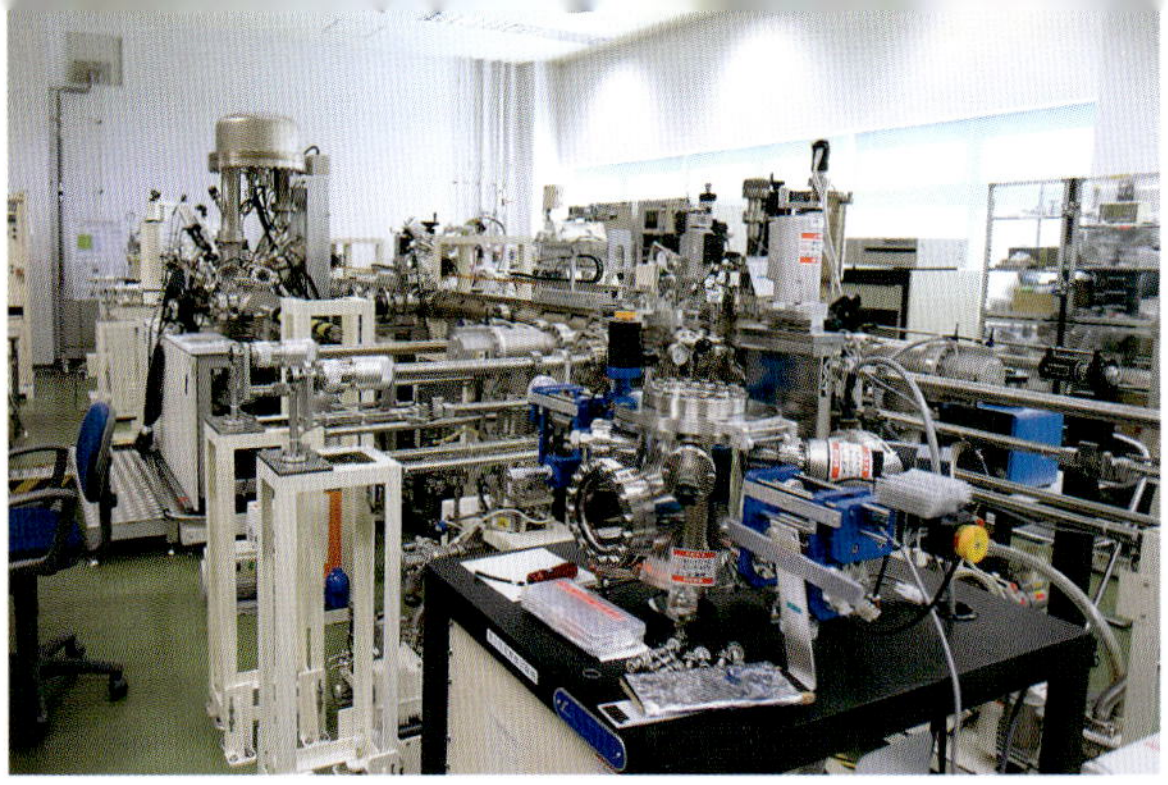

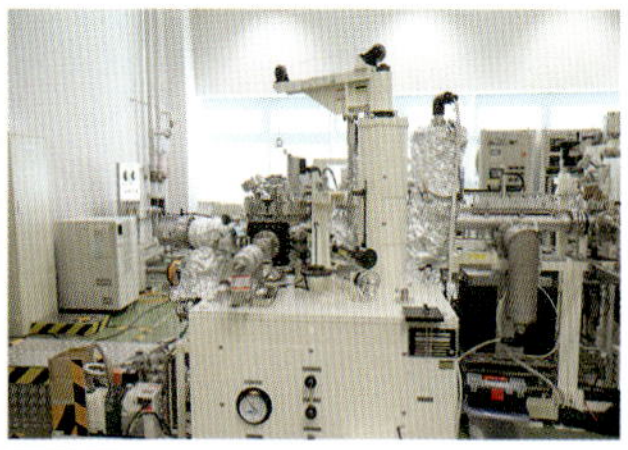

筑波宇宙センター内にある第二研究ユニットの研究設備。ドラマ「下町ロケット」(WOWOW版)のロケでも使われたという。部屋の一方にあるのは材料や潤滑剤などの基本的な性質を調べる「超高真空材料表面特性評価試験設備」。写真右上は毎分数十～数百回転する円形の試験片にピンを押し付け、トルク検出器で摩擦力を測定、またその摩耗量から超高真空状態や各種気体雰囲気における試験片の耐摩耗性を評価する「ピンオンディスク試験装置」。上にタンク状の装置が乗ったものは、超高真空下で試料表面にX線を照射し、光電効果により真空中に放出された光電子の運動エネルギーを観測して元素組成などを調べるXPS(X線光電子分光分析装置)だ。右奥の「長期真空暴露装置」では、超高真空中に長期間置いた材料に水、酸素、窒素、有機ガスなどを微量導入して材料表面の劣化の状態を観察することができる。

宇宙航空研究開発機構(JAXA：Japan aerospace exploration agency)は日本の宇宙開発利用を技術で支える中核的機関で、基礎研究から開発・利用までを一環して行っている。2003年10月1日に日本の宇宙航空分野3機関が統合して発足した。1969年10月に政府が旧科学技術庁所轄の特殊法人として設立、衛星やその打上げ用ロケットの開発などを行ってきた「宇宙開発事業団(NASDA)」、東京大学宇宙航空研究所が改組して1981年に設立され天文衛星や水星探査機などを運用してきた「文部省宇宙科学研究所(ISAS)」、1955年に航空機の研究・開発期間として旧総理府によって設立された「航空宇宙技術研究所(航技研)」である。こういう経緯で内閣府、文部科学省、経済産業省、総務省がJAXAを所轄している。2015年4月には国立研究開発法人になった。筑波宇宙センターはNASDAの施設を受け継いだJAXAの中核的施設のひとつで、ほか相模原キャンパスにはISAS、調布には調布航空宇宙センターがある。(写真：Goo地図)

ションホイールを1台ずつ搭載、それぞれが1軸ずつの姿勢制御を受け持つ。システムの冗長性を高めるために4台搭載する場合が多い。

JAXAの人工衛星が搭載してきたリアクションホイールは、従来海外からの購入品（主に米国製）、あるいは海外メーカーのライセンス生産品だった。しかし「はやぶさ」の例以外にも、技術試験衛星「きく7号」（2000年1月・3月）、電波天文衛星「はるか」（2003年1月・10月）、光衛星間通信実験衛星「きらり」（2005年11月）などにおいても軌道上のリアクションホイールの不具合が生じた（カッコ内は発生年月）。

JAXAでリアクションホイールの開発にあたっている研究開発部門第一研究ユニット主任研究員の神澤拓也氏によると、リアクションホイールの作動回転数は最大6000rpm（スペック）にも達するという。したがって信頼性に加えて機械的精度も非常に重要で、たとえば、高速回転に伴ってほんのわずかにでも振動（擾乱）が生じたりすると、それがリアクションホイールの構体から衛星本体へと伝わり観測センサなどを振動させ、天体や地球の高精度な観測に影響を及ぼすことがあるという。

JAXAではリアクションホイールの性能と信頼性、耐久性のさらなる向上をめざして国内のメーカーと共同で純国産化を計り、苦難の末に完成した国産リアクションホイールを温室効果ガス観測技術衛星（GOSAT）「いぶき」に初めて搭載した。2009年1月23日にH-ⅡAロケットで高度666kmの太陽同期準回帰軌道に投入された「いぶき」は軌道上で7年間稼働しているが、リアクションホイールの故障は一度も起きていない。

その信頼性と性能のキーポイントのひとつが、フライホイールを上下で保持しているボールベアリングだ。

軸受メーカーと共同でリアクションホイール用ボールベアリングの開発にあたったJAXAの研究開発部門第二研究ユニットの間庭和聡研究員は、宇宙で使うボールベアリングの特殊性を教えてくれた。

ひとつは省電力の要求。

一般のボールベアリングは内外のリングの間に数個の鋼球をいれて金属または樹脂製の保持器でこれを等間隔に保持する構造であり、内部に潤滑用グリースを充填して使うことが多い。基本的には宇宙で使うベアリングも同じだが、グリースを充填したのでは攪拌抵抗が大きく、作動させるために電力を消費する。軌道上の衛星はシリコンセルやガリウムヒ素セルなどを使った太陽電池で発電、ニッケルカドミウム式、ニッケル水素式、リチウムイオン式などのバッテリーに蓄電して作動電力を供給している。したがってあらゆる搭載機器に徹底した省電力化を要求する。常時駆動するリアクションホイールのボールベアリングにはとりわけ究極の低トルクが求められている。

そこでグリースのかわりにオイルを極少量使用しているという。

見せていただいた拡大写真では、鋼球と外輪表面が接している部分にほんの少量のオイルが顕微鏡を使わないと見えないぐらいの油膜を作っているだけだった。このわずかの潤滑剤で軌道上で10年以上という作動寿命を確保するため、コットン繊維に熱硬化性樹脂を含浸させ固めた保持器にオイルを浸透させたり、組み立て工程でコンタミが混入しないよう管理を徹底するなどさまざまな工

こちらは「真空機器特性評価試験設備」。直径×長さ＝約1mのチャンバー内を油回転真空ポンプとTMP(ターボ分子ポンプ)で順に減圧、さらに極低温面に残留気体を凝縮するクライオポンプも使って、高度400kmの宇宙空間に相当する1×10^{-6}Paオーダーの真空状態を再現する。内部にはヒーターおよび冷媒による冷却装置があって、温度をおよそ＋100℃～−60℃ほどに調整できる(液体窒素を使えば−150℃も可能)。軸受、歯車、バルブ、波動歯車装置(ハーモニックドライブ®)など、人工衛星を構成する機構部品をこの内部で作動させてみて、寿命の確認などの開発試験を行う。また宇宙で生じた故障などをシミュレーションして不具合の原因究明をすることもある。内部にある質量分析装置によって発生したガスの分析も可能。

国産のリアクションホイール(モックアップ)。内部に上下のボールベアリングで支持した重量約6kgのフライホイールが入っていて、これをモーターで回転させることで角運動量を蓄積して衛星の姿勢を安定化する。また回転数の加減速によって発生したトルクで衛星の姿勢も制御できる。写真は従来のタイプMに対してさらに機械環境耐性、出力トルクの性能向上をはかったタイプM-A型。2017年に打上げ予定の温室効果ガス観測技術衛星2号(GOSAT-2)に搭載予定だ。JAXAのHPには共同開発した製造メーカーである東京・江東区の三菱プレシジョン株式会社の取材レポートが掲載されている(ホーム>事例・インタビュー>宇宙産業を支える企業>現場ルポ>第20回)。

国産リアクションホイールに搭載されている国産ボールベアリング。宇宙空間という特殊な環境における微量潤滑という厳しい条件下で、高信頼性、長寿命、低トルクおよびトルク安定性が要求されるという特殊な製品だ。製造メーカーはスウェーデンのSKFやドイツのシェフラーと並ぶ軸受の世界的メーカーである日本精工株式会社(NSK)。同社の資料では、高精度、面粗度の最適化をはかるための超精密加工、徹底したコンタミコントロールを行ったという。鋼球を保持する樹脂製の保持器の寸法や形状にもノウハウがあるということで、ここではその部位をボカしてある。NSKはこの他液体ロケットエンジンの燃料用バルブ軸受、噴射方向制御用ボールねじ、ドッキング機構やドア、「きぼう」のJEMマニピュレータアームなどのボールねじなどもJAXAに納入している。

「スペースドーム」の展示。手前は2014年5月24日にH-ⅡA24号機で高度628kmの太陽同期準回帰軌道に投入された陸域観測技術衛星「だいち2号(ALOS-2)」の1/3スケールモデル。昼夜・天候の影響を受けずに地上の観測ができるLバンド合成開口レーダー PALSAR-2を搭載、地殻変動などの観測、世界の農作物の作付け状況の把握、CO_2の保有／放出に大きく関係している世界の森林のモニタリング、国土地図の更新、各種インフラや災害状況の把握など、幅広い分野における地球観測を行っている。模型でも巨大だから実機のサイズは凄まじいだろう(太陽電池パドル全長14.4m)。背後にあるのは国際宇宙ステーション(ISS)に連結されている「きぼう」日本実験棟の原寸大模型。2014年7月に幕張メッセで開催された「宇宙博2014」に展示後、寄贈された。船内実験室(PM)、船内保管室(ELM-PS)、船外実験プラットフォーム(EF)が再現されている。

夫をしているという。

オイルそのものも特殊だ。気圧が低いと液体の分子が自由に運動出来るようになるため沸点が低くなる。富士山頂3776mの気圧は377hPa（約0・64気圧）で水はおよそ90℃で沸騰するが、ほぼ0気圧の宇宙空間ではこの現象がさらに低い温度、例えば20℃で起きる。通常のオイルでは温度が上昇するとともにすぐに蒸発してしまって使えない。したがって宇宙における潤滑では旧来MoS_2（二流化モリブデン）のような固体潤滑剤を使うのが普通だったという。

宇宙空間の微小重力環境も無視できない。1g以下の質量の樹脂製保持器であっても重力の有無により地上と軌道上で微妙に挙動が変わることがあるという。コンピューターシミュレーションにより軌道上での保持器挙動を予測した。

軌道上の人工衛星の表面では太陽のあたっている部分はおよそ+120℃、日陰の部分ではマイナス150℃と温度差が非常に激しい。また内部に搭載した観測機器なども熱を発生する。そのため衛星の構体表面を多層断熱材（MLI）などで覆って断熱しておき、アンモニアを循環させて熱交換するヒートパイプ式パネルで冷却したり、熱制御ミラー（OSR）や放熱ルーバーなどを使って放熱したりして、内部機器の温度がざっと±50〜60℃の範囲に保たれるよう制御している。したがってリアクションホイールのスペックでも作動温度をマイナス15℃〜プラス60℃としている。自動車のエンジンにつかわれているボールベアリングよりも一見作動条件が楽であるかのように感じるが、空気がないとオイルが空冷されないので油温が上昇しやすい。言われてみればその通りだ。

宇宙で有利なのは荷重である。

軸受は6自由度の運動のうち1軸の回転運動を残し他の5自由度を拘束する装置だが、回転体の重量を支え、軸方向に垂直に加わるラジアル荷重、軸方向に加わるスラスト荷重を受ける。微小重力状態では遠心力以外のそれらの荷重は、ほとんど無視できるくらい小さくなる。

衛星ではリアクションホイール以外にも、アンテナや太陽電池パドル、観測機器など可動部が無数にあり、そこには必ずボールベアリング、ニードルベアリング、テーパーローラーベアリングなどの各種軸受が使われている。総数はざっと100〜200個にもなるという。それらの設計の基本仕様を大きく左右しているのは、作動時ではなく打ち上げ時に加わる荷重である。リアクションホイールの場合も機器単体で15〜20Gの荷重に耐えるよう設計仕様が決められているが、これも打ち上げ時の荷重に備えるためだ。

取材の20日後の2016年2月17日午後5時45分、H-ⅡA30号機が種子島宇宙センターから打上げられ、「すざく」に続く日本第6番目のX線観測天文衛星「ひとみ」他4基の衛星の軌道投入に成功した。「ひとみ」にも国産リアクションホイール4台が搭載されている。

報道によると「ひとみ」の開発費は日米合わせ400億円。衛星本体の製作費でもおそらく100億円近いはずだ。手作り宇宙仕様ボールベアリング1個の値段も押してしるべし。おそらく汎用市販品の数百倍ではないか。

「とくに名前はないんです。マスコットの『軸受くん』がいるくらいで（間庭研究員）」

ここでは敬意を込めて「宇宙ベアリング」と命名しよう。

軌道高く、衛星の重要な使命を支えている。国産化を誇っていいのではないか。

軌道上のISSに補給物資や観測機器、実験サンプルなどを届ける宇宙ステーション補給機(HTV)。愛称「こうのとり」。最大直径4.4m、全長10m、打ち上げ時重量16.5t。実際にみるとこれまたすさまじい大きさで、よくこんなものを宇宙に打上げることができると思う。改めてH-ⅡAロケットの能力に感心。上部の青い太陽電池パネルが張ってある部分が船内用補給物資を搭載、搭乗員が内部に入って作業できる「与圧部」、その下部のグレーの太陽電池パネルの部分が船外実験装置などを搭載したパレットを収納できる「非与圧部(＝内部写真)」、その下の細いリングが航法電子機器を搭載した「電子モジュール」、下部が推進剤のタンクとスラスタを備える「推進モジュール」である。「補給キャリア与圧部」は模型だが、それ以外の部位は試験機。ペイロードは約6t。帰路はISSから生じたゴミなどを搭載し太平洋上などで大気圏に突入させて燃焼廃棄する。技術実証機を含めすでに5回軌道上に投入された。

なんとも気になるのが衛星の表面を覆っているあの金色のフィルムだ。アポロの月着陸船で初めて使われたこの材料は多層膜断熱材(MLI)と呼ばれている。表面はポリイミドフィルム(米デュポン社の商品名では「カプトン」)、PETフィルム(同「マイラー」)、フッ素系フィルムなどにAlやAgを蒸着した熱制御フィルムで、その裏側にアルミ箔やネットなどを20層ほど積層してある。黄色い色のカプトンフィルムの裏に金属を蒸着してあるから金箔のように見えるのである。「かぐや」の表面に使われている黒いフィルムもMLIの一種で、こちらはカーボンフィルムにAlを蒸着したもの。ISSの外観はおおむね真っ白だが、軌道が330〜400kmと低く、浮遊している原子状酸素によってMLIが劣化しやすいため、これに代えてガラス繊維にAl蒸着し表面をフッ素コーティングした断熱材を使っているためだ。

●取材 2016年1月28日 ●執筆 2016年3月16日
●掲載 GENROQ 2016年5月号

参考文献 「図説宇宙工学」岩崎信夫・的川泰宣共著 日経印刷刊

第47話［日本の名作］

エレキギターの老舗 フジゲン

木のドアを抜けて乾燥室の内部に入ると、たちまち香しい木の温もりにすっぽりと包まれた。サウナのようにむき出しの板材で作った部屋の中に木材が積まれている。雰囲気温度は40℃ほど。単板の場合は絶乾状態になるまでまでざっと1ヵ月間ここで過ごすという。「バイオ乾燥法」はトーンウッドへの応用がはじまったばかりの技術で、遠赤外線を使って木材の細胞膜が含んでいる水分を優しく押し出すようにして乾燥させていく方法らしい。壁の左右にはなぜかスピーカーがついていた。「音楽を流すんです」 植物に話しかけるという話は時々聞くが。「部屋の中で音楽をならせばその周波数に共振して木が響くでしょ。ギターは毎日弾いているとどんどん音がよくなります。共振させ鳴らすというのは案外理にかなってるんです」 日本のエレキギター製造・販売の名門、フジゲンの製品作りを垣間見る。

PHOTO◉荒川正幸（*Masayuki Arakawa*）

協力◉フジゲン株式会社 http://mi.fujigen.co.jp/

大町市 産業観光部 観光課 http://www.city.omachi.nagano.jp

遺伝子解析によってソメイヨシノの2つの秘密が分かった。伊豆大島に本種の株があるオオシマザクラと、江戸彼岸などの野生種であるヤマヒガシ、その双方の遺伝子的特徴があるということ、そして現在のソメイヨシノはすべてクローンだったという衝撃的事実だ。江戸時代に自然交配したものを園芸用として差し木で増やしたという説が濃厚らしい。

3月29日（火）快晴。開花宣言から一週間たっても東京の桜はまだ5分咲きだったが、中央高速〜長野自動車道経由で安曇野（あずみの）ICで降りて県道147号線を北上して行くと、頂きに真っ白な雪を乗せた北アルプス・後立山連峰の威容が見えてきた。このあたりで桜が咲くのは毎年5月中旬から下旬にかけてらしい。

大町市は北アルプスの東側の盆地にある人口約2万8000人の行政区で、立山連峰を横断して富山県に抜ける「立山黒部アルペンルート」の東の玄関口として知られている。4月から10月にかけてのシーズン中は黒部ダム見物に行く観光客で賑わう。

平均気温も平均湿度も低いこの土地はギター作りに最適なのかもしれない。

フジゲン株式会社の大町工場で出迎えてくださったのは同社MI事業部・国内営業部課長の今福三郎氏である。

1960年にバイオリン製造メーカーを買収して三村豊と横内祐一郎の2人がギター製造会社を設立したとき、「日本一のギターメーカーになろう」という志を持って富士山の名を冠し「富士弦楽器製造株式会社」と命名した。ベンチャーズなどのサーフィン・ミュージックの流行をきっかけに東京オリンピックの前後に巻き起こったエレキギター・ブームで事業は急成長、国内有数のメーカーに発展する。当時の自社ブランドは「Greco」である。82年には国内の楽器販売会社とともにアメリカの名門ギターメーカーとの合弁会社を設立してOEM生産を開始、83年のピークには年間1万4000本を生産した。当時世界最大だったと

フジゲン株式会社
MI事業部 国内営業部
今福三郎 課長

フジゲンギターの世界。自社ブランドの高級ギターMasterfield MSA-SP(シングルコイル・ピックアップ仕様)である。税抜メーカー希望小売価格22万5000円。外見はスタンダードなセミアコースティックタイプに近いが、塗装の艶や下地の磨き、指板やバインディングの仕上げ、徹底的に研磨した洋白(Cu-Ni-Zn合金)製フレットなど、細部まで実に美しく仕上げられている。さすが日本製だ。ボディ横幅が15インチ(約381㎜)とスタンダードサイズより1インチ小さく、コンパクトかつ軽量(約2.9kg)なのがセールスポイント。ボディの構造も一般的な合板製の箱組構造ではなく、マホガニー材をNC加工した主構造部を持つ独自の設計である(次ページ写真参照)。上に置いてあるのは塗装前の「生地」状態でこちらはダブルコイルハムバッカー仕様のMSA-HP。出来上がったギターもかっこいいが、この塗装前の状態も木の温もりと精緻な職人芸が一体となった見事なオブジェで、このままインテリアとして飾っておきたいくらいだ。ギターの下に置いてあるのは「キルト」と呼ばれる材(北米西海岸のビッグリーフメイプル＝楓材などにごく希に生じる立体的な縮杢)、右端はカーリーメイプル＝楓の縮杢、上部の黒っぽい木は指板用としてマニア垂涎のブラジリアンローズウッド＝通称「ハカランダ」である。ハカランダはワシントン条約(CITES)の附属書1(絶滅危惧種として商目的の国際取引を制限)記載の樹種で、写真の材は税関の許可を得て輸入したもの。

いう。

現在の社名に変更したのは１９８９年４月。

60年代に日本に80社以上あったギターメーカーはその後淘汰され、現在ではエレキギターの生産は中国や韓国などが中心である。生き残りを賭けたフジゲンは、長年の木材製造技術を生かしクルマの本杢加飾パネルの生産部門を立ち上げ、大手メーカーに部品納入するようになった。現在はそちらの売り上げのほうが多いという。

エレキギター／エレキベースの生産数は月産１６００〜１８００本。うち国内ギター販売メーカーのＯＥＭ生産がおよそ7割を占めるが、「Ｆｕｊｉｇｅｎ」名の自社ブランド製品の製造・販売も積極的に展開しており、その品質と音の良さが認められてヨーロッパを中心に輸出も伸びているという。

大町工場で作られているのは売価10万円以上の中・高級品である。

「ギターの命はとにかく材です。いい材を世界中から買い集め、およそ1年分の生産数に相当する量を常にストックしています」

エレキギターの世界にもすでに60年以上の歴史があり、使われる材の種類も伝統的におおよそ絞られている。

ボディやネック用には硬くて軽く丈夫で音響特性のいい材が選ばれる。バラ類センダン科のマホガニー、同じくムクロジ科のメイプル（楓／紅葉）、同カバノキ科のアルダー、キク類モクセイ科トネリコ属のアッシュなどだ。指板にはマメ科のローズウッド（紫檀）やカキノキ科のエボニー（黒檀）、メイプルなどが使われる。同じ樹種でも産地によって性質が大きく異なり、また特定の樹種の需要が増えて供給が滞ったり、生産地が伐採制限をしたり、絶滅危惧種としてワシントン条約（ＣＩＴＥＳ）の指定を受け輸入が規制されるなどのケースもあるため、よい性質の材を入手するのは大変な苦労がある。

マニアの都市伝説で「マホガニーはホンジュラス産が最高」「ローズウッドはブラジル産がベスト」などと言われるようになったのは、「ビンテージ」と呼ばれている50年代のエレキギターでそれらの材が使われていたからだが、そもそもホンジュラス産マホガニーが使われるようになったのは良質のキューバ産マホガニーが乱伐で枯渇したからだ。「ハカランダ」と呼ばれるブラジリアンローズも、ピアノの黒鍵に使われるエボニー（黒檀）の代替廉価材だった。どうやら良材探しは昔から木材を使う製造業の宿命らしい。

マニアは樹種にばかりこだわるが、重要なのは乾燥状態である。

樹木は３００ℓの水、３７６０ｋｃａｌの日射エネルギー、１・５kgの二酸化炭素を元に、木質部を作るセルロースとヘミセルロースという多糖質の炭水化物、および高分子フェノール性化合物であるリグニンをおよそ１kg生成する。このとき大気に放散される１kgの酸素は光合成の

フジゲン大町工場からの西方向の眺め。燕岳（2763m）、餓鬼岳（2647m）、針の木岳（2821m）、蓮華岳（2799m）など3000m級の山塊が壁のように並ぶ。白い雪を乗せた右端の山脈は後立山連峰、黒部ダムはその向こう側だ。

副産物。春に葉を付けた樹木は夏季にかけてどんどん水を吸って成長し、秋に葉が落ちると吸水量が減る。伐採はこのタイミングを見て秋から冬に行うが、それでも切り倒した木の幹は地面から吸った水で湿っている。

伐採後に放置するとこの水分が蒸発していき、樹種によって3ヵ月から1年で含水率が安定する。日本の気候だとだいたい15％くらい。これを平衡（へいこう）含水率という。しかしこの状態ではまだ湿り気が多過ぎてトーンウッドとしての響きが物足りないことに加え、製品になったあとの経年による乾燥によってネックの反りや曲がり、厚いボディの割れなどが生じたりする危険性があるため、人工乾燥によって木の細胞自体に含まれている結合水まで乾燥させる。

蒸気乾燥法というのは、蒸気を含んだ高温高湿雰囲気に木材をさらして湿らせ、換気によって木材が一気に水蒸気を吐き出すときに乾燥を促進するという一種の逆療法的な手法である。冒頭に書いたバイオ乾燥法は砕いた石をヒーターで加熱することによって遠赤外線を発生させ、これによって細胞膜を破壊せずにより優しく乾燥させるらしい。フジゲンではアコースティックギター用の単板の乾燥から試験的にバイオ乾燥法を使い始めているが、4㎜以上の単板への応用も研究中だ。

「うちでは『絶乾』、つまり絶対乾燥状態まで乾燥させた材しか製品には使いません。含水率でいうと乾燥を終えた段階で5％くらいです。ここまで乾かすと残留応力がほぼ抜け切って変形しにくくなるし、木も硬くなります。まったく変わるのは音です。コンコンコンだったのがカンカンカンになるくらいよく響くようになります」

木材の保管・乾燥はおもに北海道紋別郡にある同社関連会社で行っている。

大町工場における高級エレキギターの生産を見せていただいた。取材時に北工場で製造していたのはネックだ。

長さ1100㎜、幅120㎜、厚さ20㎜くらいのメイプル材を目視点検し、ふしや割れがないところを選んでネックの断面形状をマーキング、バンドソーを使って1本1本手作業で切断する。指板を接着する面が柾目になるよう木取りするのがベストだという。この製品では切り取った材を3枚重ねて接着したものをネックの母材にする。変形を防ぐ設計仕様だが、単板から作るネック仕様もある。

ネックのグリップの断面形状などをNC機のボールエンドミル加工で切削、ローズウッドの板からNC加

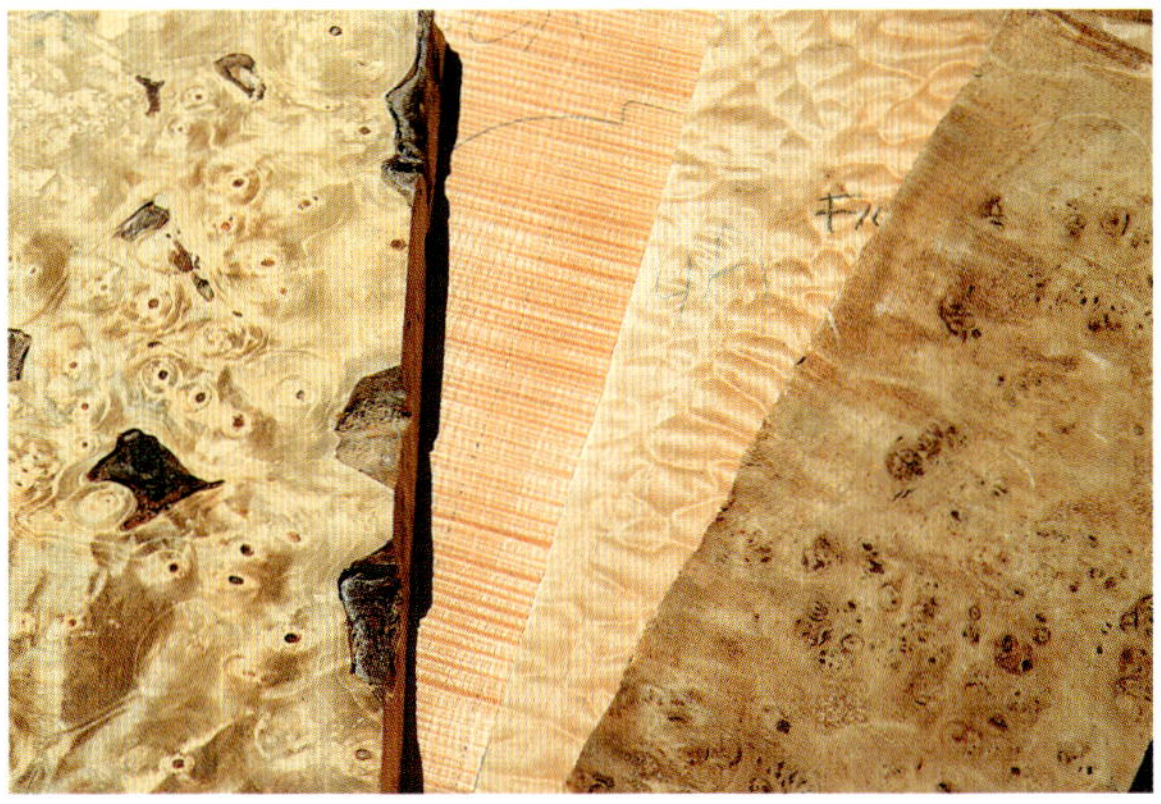

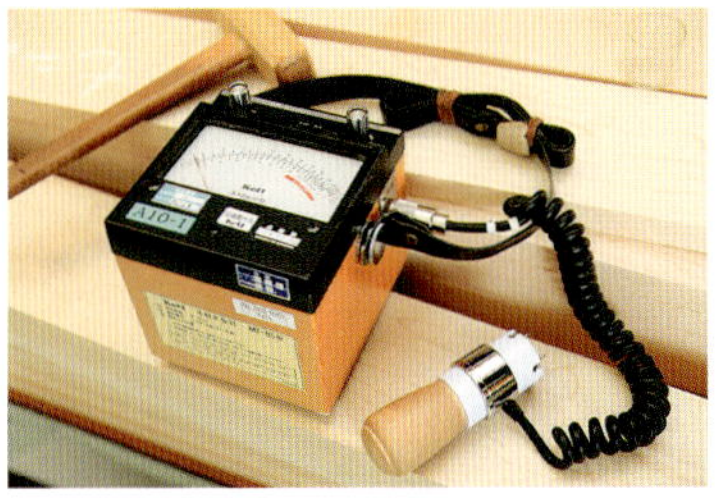

Fujigenブランドのオーダーギターなどに使われる各種の銘木。左からバックアイバール（トチノキのバール杢）、カーリーメイプル、キルト、ポプラバール（ヤマナラシのバール杢）。いずれの木も天然乾燥のあと蒸気乾燥法などの人工乾燥によって絶乾状態まで乾燥させてから加工する。なおフジゲンでは材だけの販売は一切行っていない。下の写真は木材の含水率を測定する水分計。これはKETT社の製品で、木材に細い針を刺して数10ボルトの電圧をかけ、その抵抗値を水分値に換算して表示する電気抵抗式。この他、交流電流を木材に流して電気容量の変化を発振回路で検出する電気容量式、近赤外線式、マイクロ波方式など各種の水分計がある。最近は薪木などの乾燥状態を測定する廉価なハンディタイプのものも販売されているが、プロ用は精度が違うだろう。

アコースティックギター用の合板用の材を実験的に乾燥させている最中のバイオ乾燥炉。大町工場の一角に3年前に設置された。床の上に砕石を入れたヒーターがあり、熱せられた石が発する遠赤外線によって炉内を40℃前後の雰囲気にすると木材の導管内の水分（自由水）と細胞内に含まれる水分（結合水）が押し出されるように蒸発し、その湿気を部屋を作っている木材自体が吸収し外部に放出するという。勝手な推測だが、結果的には炉内の温度だけでなく湿度もまた水分の蒸発に過不足ない最適範囲に自動制御されることになるはずで、部屋が木材で作られていることも細胞膜を破壊せずにやさしく乾燥をうながすというポイントではないかと思う。壁に例の小型スピーカーが見える。

大町工場の北工場のネック加工セクション。ネック用加工機2台、ボディ／ネック兼用加工機1台、予備も入れて5台のNC機を設置している。ここでいま作っているのは5層構造のネック。まずカットしたメイプル材を3枚並べ、中間に化粧材としてウォルナット（胡桃材）の0.6㎜突板を挟んで接着、ヘッド部分の表面には塗装したとき均一な肌が出るようにメイプルの0.6㎜突板を接着する。これをNC加工機にセット、ネックのU字断面のシェイプやヘッドの平面形をボールエンドミルで切削する。すぐとなりの部屋ではNC加工した指板を、加工を終えたネックに接着していた。特殊な木工接着剤を使って、クランプでやさしく均一に圧力をかけ、ヒーターで加熱しながら接着する。NC加工する前に指板を貼っておく機種もある。フジゲンではネックと指板を接着し、バインディングを貼り、研磨してフレットを打ってから、ボディと結合（接着または木ねじ止め）している。

前ページの赤いギター、Fujigen Masterfield MSAのボディ部。「アフリカンマホガニー」とも呼ばれているセンダン科のアカジュ材を3本貼り合わせた分厚い部材を使い、NC加工機でネック取り付け部とボディサイド部が一体となった形状に切削加工してある。この上下に接着する表板と裏板は、マホガニー材の薄板を木目の方向を変えて2枚重ね、上下からカーリーメイプルの0.6㎜突板でサンドイッチし接着した合板をアーチ上に熱成形したもの。上下対称積層になっているのが音響特性と品質の秘密らしい。表板と裏板の中央部裏側には、アーチ形状になじむようスリットを切ったスプルース（松材）製のブレイス（支柱）が貼ってあり、これが本体と密着（接着）する。接着するネックは本体と同じアカジュ、指板はインドローズ（インディアンローズウッド）。

工して作った指板をこれに接着する。

ボディはマホガニーの上に美しい杢の出たメイプルを貼り合わせた材やアッシュやアルダーなどの単板などから、NC切削する。一部のオーダーメイド品を除いてボディは北海道工場で作っている。

中級品では美しい杢の出た材を突板としてボディ木材に接着する仕様もある。クルマの本杢加飾パネルも樹脂基材に突板を接着して作っているが、自動車用の杢の厚みが0・2㎜なのに対し、ギターは0・6㎜とかなり厚い突板を使っている。

北西の建屋ではボディとネックの接着が行われていた。

まず表面に残っているエンドミルの加工跡を、大型の3点ベルトサンダー（スカフサンダー）や手で持って作業するオービタルサンダー、ディスクサンダーなどを使って研磨する。隅々までまったくダレなしにすべすべつるつるに磨き抜かれ、エッジだけ手研磨で丁寧にC面／R面取りしてあって、その仕上げの見事さに唸った。次にネックをボディに接着する。研磨から接着まで1種類のギターを各ひとりが担当している。

「大事なのはネックがボディに対してどの方向にも傾かず、センターに真っすぐ、しかもガタなく付くことです。NC加工だから簡単だと思ったら大間違いで、木は加工後も寸法が暴れますから、丁寧に1本づつすりあわせないと正確な組み立てはできません」

フジゲンの自社ブランド品はオンラインや東京の2店舗でオーダーメイドの受注を行っており、それらの塗装については大町工場で行う。

バフ研磨工程にしかかり品として置かれていた鼈甲柄のセルバインディングを巻いたナチュラルフィニッシュの1本のギターに惹かれた。「Masterfield MFA-FP」というフローティングピックアップ式のアコースティック・エレキギターだそうだが、合わせネックとボディとバインディングが寸分の隙間なく面一になってピカピカに輝いている様には、昔のヨーロッパの超高級キャビネットのような気品が漂っていた（トビラ写真）。

YouTubeにはアメリカのエレキギター・メーカーの工場の生産光景などが数多くアップされている。思い思いの私服を着た作業者がリズミカルに踊り謳うように作っている様はいかにも面白くて楽しげだが、清潔な制服を身につけて帽子をきちっとかぶり白い防塵マスクを着用した職人さん達が黙々と真面目に作業をしているフジゲン大町工場の様子は、まったく対照的にどこか研究所か実験室の光景のようだった。

日本語では「楽しい器」と書くくらいだから、踊って遊んで楽しく作るというのだってハートとしては絶対間違ってない。とはいえやはり工業製品なのだから、均一で優れた性能、信頼性、耐久性を適正な価格において保証しなければならない。

だからきっと、半分遊んでいるように見えるアメリカのメーカーだって工業製品としてのツボはきっちり押さえているに違いない。そうでなくてはクレームと返品の山で会社はつぶれてしまう。

研究所で実験しているように真剣で真摯な作業に見えても、フジゲンの皆さんだって心の中では謳って踊って楽しみながらエレキギターを作っているに違いない。

違いを探せばライバル同士でも、共通点を見いだせば心はひとつ。

木を使って楽器を作る。

鉄とアルミとゴムとガラスでクルマを作るのも素敵な仕事だが、楽器作りの楽しさも負けてはいない。

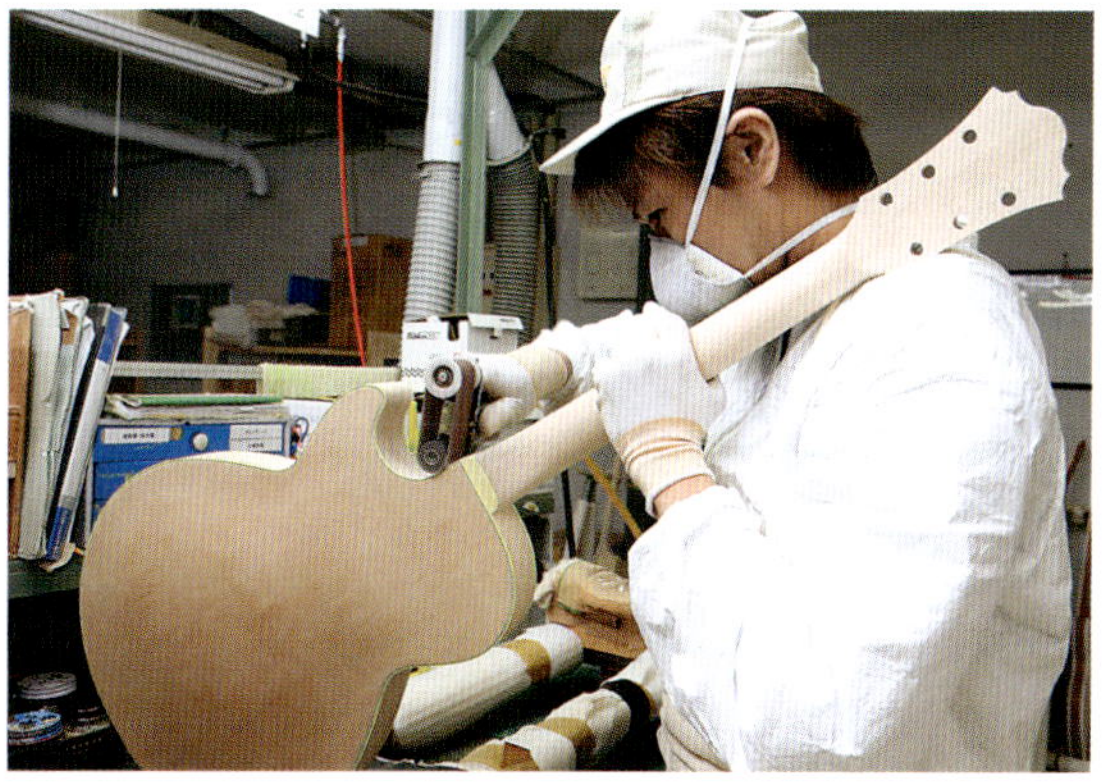

セットネック（ネック接着式）ギターの場合は、ボディと指板のついたネックの表面を研磨し接合部を擦り合わせて接着固定する。ジョイント部などを仕上げて塗装工程へ。塗装は指板やバインディングをマスキングし、シーラ塗装（吸い込み防止の下地）→中塗り→研磨→色塗り塗装→クリヤ塗装→研磨→バフ研磨という基本工程で行う。使用する塗料は機種、価格、質感、色などによって2液ウレタン、2液ポリエステル（＋硬化促進剤）、硝化綿ラッカー（＋硬化促進剤）などを使い分けている。硝化綿ラッカーは火薬製造の副産物として生まれたニトロセルロース樹脂を使った溶剤揮発乾燥型塗料で、40～60年代には鮮やかな色の速乾性塗料はこれ以外世の中に存在しなかったため、50年代のヴィンテージ・エレキギターにも当然ながら使われた。このことがマニアにバイオリンのニスのような一種の音響神話を生んだ。したがって驚くべきことにこの世界にはいまもラッカー塗装の需要がある。

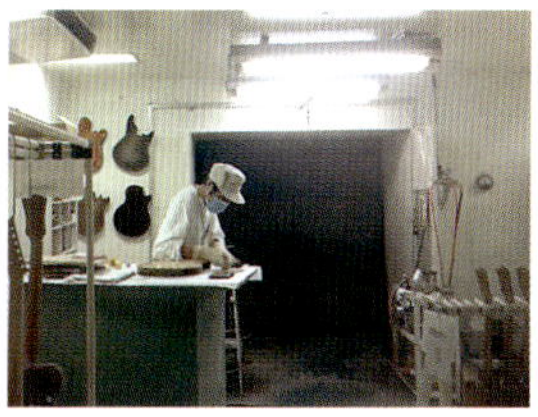

アッセンブルとセットアップの工程。このセクションにはベテランの方々が多かった。ピックアップ、スイッチ、可変抵抗器（POT）などの電気系を配線、マシンヘッド（ペグ）を取付けて弦を貼り、あらかじめ機械成形してから接着してあるナットの高さ、形状、ミゾの幅と深さなどを調整、トラスロッドの調整を行う。大町工場ではオーダーメイドのカスタム品もOEM品や自社ブランド製品とともに工程上を流れており、難しい仕事が多いという。このあと機能と外観の最終検査が待つ。検品のために有名メーカーの完成品が居並ぶ光景はなかなか壮観だ。OEM製品の場合であってもハードケースに納め、ペーパーなどの付属品（海外のマニアは「ケースキャンディ」と呼ぶ）をセットし、ダンボール箱に納めるまでがOEMの仕事である。

こちらはボディとネックを杢ねじで締結するボルトオンネックタイプの製品の組み立て。北海道工場で塗装まで終えて運ばれてきたボディに、大町工場製完成済みネックをシムを一切使わずにフィットさせる。NC加工は木の収縮などを見込んだ寸法になっている。リューターでボディ側の取り付け部ポケットの内側を僅かに削って、数回のトライでぴたっと吸い付くように合わせた。裏返してドリルで4ヵ所下穴を開け、木ねじで締める。その場ですぐネックが規定通りの角度で装着されたか、ボディのセンターライン上に真っすぐついているかどうかを計測する（自工程完結式組み立て）。接着式のセットネックに比べると太いねじで加圧結合し連結するほうが連結部で振動が減衰しにくく音響特性として有利だと思うが、実際には設計、加工精度、材の種類と状態などの影響のほうがはるかに大きいだろう。他の条件一定ならボルトオン優位か。

●取材 2016年3月29日　●執筆 2016年4月12日
●掲載 GENROQ 2016年6月号

第48話 ［全国必見博物館］

リニア・鉄道館

高速の挑戦

蒸気機関車や電気機関車で客車や貨車を牽引する方法のように動力車と客車を分離するのが「動力集中方式」。電車のように駆動力を有する電動車を連結して走らせるのが「動力分散方式」。前者は客室を静かで広くしやすく、客車編成が自在で保守費用が安いが、後者は軸重が分散するためトラクションで有利、カーブやポイントや橋梁などの通過速度を高くでき、線路の保守費用が安い。日本の新幹線はそれをとって後者、新幹線を徹底的に研究して生まれたフランスのTGVは前者を選んだ。2007年4月3日、フランス国有鉄道は動力集中方式のTGVと動力分散方式AGVを組み合わせたTGV4402型車両を使って日本の超電導リニアの速度記録に挑戦。目標は達成できなかったが、このとき樹立した574.8km/hは鉄軌動方式電車のいまも世界記録である。JR東海が運営する「リニア・鉄道館」に鉄道高速化の歴史を垣間見る。

PHOTO◉荒川正幸（*Masayuki Arakawa*）
協力◉リニア・鉄道館　http://museum.jr-central.co.jp

朝6時に東京を出発、東名高速・御殿場JCTから新東名に乗って浜松いなさJCTまで3時間弱、ここから豊田東JCTまでの55・2kmが2016年2月13日に開通した延伸区間だ。2車線の快適な道路を走っていたら、アスファルト工場の横でタイヤを洗ってもらってピカピカの舗装に乗り入れたあの岡崎PAも、橋の箱桁内を見学させてもらった長さ740mの郡界川橋もあっという間に通りすぎて、いつの間にか見慣れた伊勢湾岸道に入っていた。

名港中央ICまではおよそ20分。東京－名古屋3時間半。やっぱり速さでは新幹線にかなわない。

金城埠頭は庄内川河口の三角州を延長するように埋め立てた1・95㎢の広さの逆三角形をした人口島である。「金城」とは名古屋城のことだろう。島の東西は自動車専用の桟橋になっていて、トヨタ、三菱、ホンダ、スズキ各社の新車や国内の中古車など、年間約40万台の自動車がここから専用運搬船に積まれて輸出されている。

名古屋市が策定した「モノづくり文化交流拠点構想」の一環として2007年に金城埠頭の再開発計画が持ち上がり、協力要請を受けた東海旅客鉄道株式会社（JR東海）が、市内と港部を結んで走る名古屋臨海高速鉄道・あおなみ線の終点の金城ふ頭駅から徒歩約2分の1万1600㎡の敷地に、鉄道技術の歴史や進歩などを紹介する「リニア・鉄道館」を開設した。

オープンは2011年3月14日。バリアフリーの施設の延べ床面積は約1万4400㎡。屋外展示の4両も含め39両の車両を展示している。オープン5周年を迎えた2016年3月末までにおよそ350万人もの人々が訪れたという。

東海旅客鉄道株式会社の中島千明さんが館内を案内してくださった。

三角形の高い天井と真っ白の壁と床の明るいエントランスホールから入場すると一転、真っ黒な壁面の部屋の中に入る。

「C62 17」という赤いプレートをつけた蒸気機関車、新幹線型の見慣れぬ車両、そして超電導リニアの初期の試作車両の3両が並んでいる。いずれも当時の世界最高速度を記録した記念すべき車両だという。

イギリスで蒸気機関による貨物鉄道の運行が始まったのは1825年。リバプール・アンド・マンチェスター鉄道が旅客鉄道の運行を開始したのが1830年である。

英国の資金および技術援助を受けて日本で官営鉄道の建設が始まったのはその40年後だ。1872（明治5）年10月15日、新橋駅（現在の東京臨海新交通臨海線汐留駅付近）～横浜駅（現在の桜木町駅）での旅客運

東海旅客鉄道株式会社 リニア・鉄道館
中島千明氏

行を開始。29・0㎞区間の所要時間は53分、すなわち運転時刻表制定速度（信号や停車駅での停止時間も含む平均速度）は32・8㎞／hだった。

英国でrailway、米でrailroad。これを鉄の道＝「鉄道」と呼んだのは福沢諭吉だとする説もある。

1881年の日本鉄道創設を皮切りに私鉄会社も続々と設立、28年後の明治33年には日本の鉄道の総延長は7000㎞を突破した。1963年7月16日に名神高速道路・栗東－尼崎間で開通した日本の高速道路の総延長が7000㎞を超えたのは39年後の2002年だから、鉄道建設のペースがいかに速かったか分かる。

日露戦争の勝利でロシアから取得した東進鉄道などの運営を目的に日本は半官半民の南満州鉄道（満鉄）を設立、鉄道建設は大陸にも進出する。1940（昭和15）年、東京－下関間に欧米式1435㎜標準軌の新線を建設し、高出力の専用機関車（設計名称HEF50形）で客車を牽引して最高速度200㎞／h、9時間あまりで走り、下関－釜山は客車ごとフェリーに積載して航送、朝鮮半島からは再び線路に乗って北京にいたるという壮大な鉄道構想が帝国議会で決定された。

いわゆる「弾丸列車計画」だ。

開業当時の東海道本線高速化のネックは箱根の登攀勾配区間で、東京－大阪間は蒸気機関車で当初約20時間を要していたが、熱海－函南（かんなみ）間で伊豆半島を横断する丹那トンネルが1934年に完成するとこれを約8時間まで短縮。続いて弾丸列車専用のトンネル（新丹那トンネル）の工事にも着手した。

太平洋戦争の戦況悪化と共に弾丸列車計画は頓挫したが、それから17年後の1957年5月30日、国鉄（日本国有鉄道）直轄の研究機関である鉄道技術研究所（現・公益財団法人鉄道総合技術研究所）が銀座山葉ホールで行った「超特急列車 東京－大阪間3時間への可能性」という講演によってその構想がよみがえり、「夢の超特急」の実現は国民的な期待へと膨らんでいく。

鉄道の高速化に向けた技術的挑戦は、だがこのとき突然として再開・浮上したわけではない。終戦とほぼ同時に国鉄と私鉄双方によって技術開発はすでに始まり、着々とそれを積み重ねていた。

レールや案内軌条などに案内誘導されながら車両が走る鉄道は、多数の車両を連結させて走らせても安定性が高く、輸送量と輸送スピードを同時に達成できる。鉄輪式の場合、線路と車輪の間の摩擦力が小さいため、トラクションが低く勾配に弱い

リニア・鉄道館の1階吹き抜けフロアに並ぶ歴代新幹線車両。手前から4両目：0系21形式新幹線電車（1971年製造／車号21-86）。0系は64年10月1日の東海道新幹線開業から使用。東京－新大阪間の所要時間は「ひかり」で4時間（65年11月1日のダイヤ改正以降3時間10分）。1435㎜の標準軌、交流25kV方式最高電圧30kVの交流電化、2両1組の全電動車方式、軸距2500㎜のIS式台車、流線型の先頭車と世界初の気密式車両構造など、画期的な技術を持っていた。23年間で3216両も作られた。手前から3両目：100系123形式新幹線電車（1986年製造／車号123-1）は85年から登場。0系をベースに居住性の改善を図り、編成には2階建て車両も組み込んだ。92年までに1056両製造。手前から2両目：300系322形式新幹線電車（1990年製造／車号322-9001）。民営化後の本格的な技術開発で誕生。東北／上越新幹線用200系で採用したアルミ車体をさらに進化、押し出し材溶接構造とした。低重心化して空力性能をアップ。モーターを交流化（＝小型化）した結果、ブレーキ用抵抗器も廃止できた。最高速度270km/h。92年3月開業の「のぞみ」は東京－新大阪を2時間30分に短縮した。手前の車両：700系723形式新幹線電車（1997年製造／車号723-9001）。4両1組で構成、エアばね懸架、車体間ダンパー、300系から受け継いだセミアクティブサスペンションなどを改良、居住性と経済性を共に大きく改善した。この車両は300系323形式と入れ替えに2014年1月2日から公開されている。

展示車両はいずれも往時の塗装と仕様に美しく復元されている。右端は横須賀線の電化に備えてアメリカから試験的に輸入したED11形式電気機関車(製造年1922年／個体：ED112)。その左横が大正後期から戦後にかけて京浜線や中央本線などで主に通勤電車として使われた木製車体のモハ1形式電車(製造年1922年／モハ1035)。0系の右はカーブでのスピードアップを図るため低重心のアルミ合金製車体にころ軸支持式振り子装置付き台車を組み合わせたクハ381形式電車(製造年1973年／クハ381-1)である。いずれも石の床に埋め込まれたレールの上にちゃんと設置している。

反面、転がり抵抗が低くエネルギー効率がいい。平坦・直線路なら速度も出しやすい。

戦争で甚大な被害を受けた鉄道は復旧を急ぎ、復員輸送や復興資材、食料などの輸送に戦後大活躍する。1947年9月、運輸省鉄道局は東海道本線など主要幹線1849・2kmの電化（線路の上に架線を張って電車が集電するための電力を供給するシステムを設備構築すること）を決定。

1936年から京阪神間の急行用として使用されていたモハ52形式電車（上の写真の左から6両目）は先頭車に空気抵抗の低減を狙った流線形を早くも導入していた。

1階フロア奥のスペースには現存車両が1両しかないものもある貴重な車両を展示。写真左の奥から0系16形式(0系のグリーン車両)、0系37形式(0系立席式ビュフェ車)、クロ381形式(特急「しなの」の長野方先頭車＝パノラマ車)。右写真左端は1944年から製造された通勤型電車モハ63形式。同形式によって起こった桜木町事故は車両火災対策が進められる契機になった。その右は1961年から全国の非電化幹線に特急列車として投入されたキハ82形式気動車。水平シリンダ型で排気量16.98ℓの直列8気筒ディーゼルDMH17H型エンジン＋トルコン式2段液体変速機のパワーユニットを先頭車1基、中間車で2基搭載。

しかし鉄道の高速化実現には様々な要因が絡む。架線方式の差異による集電やパンタグラフの動作状況、高速走行によって架線やレール、枕木、車体などに発生する振動などを調べるため、モハ52形を使った高速度試験が1948年4月25日から三島－沼津間下り線において行われた。このとき蒸気機関車を大きく上回る119km／hを記録している。この試験によって得られた様々なデータやノウハウが東海道本線の電化技術の基礎となった。

1949年6月1日、鉄道開業以来国営事業だった鉄道事業を、独立採算制の公共事業として承継する日本国有鉄道（国鉄）が発足、9月には東京－大阪間を9時間で結ぶ特急列車「へいわ」が運行開始した。のちの特急「つばめ」である。

リニア・鉄道館に展示してある「C62 17」が、狭軌における蒸気機関車の世界記録として今も輝いている129km／hという記録を樹立したのはそれから大きく下った1954年12月15日のことである。120km／hレベルの運行を行ったときに既存のトラス橋などの橋梁構造がその衝撃荷重に耐えうるかどうかを試験するため、総重量88・8t、最大軸重14・96t（軽軸重形）という蒸気機関車をわざわざ引っ張り出し、高速通過試験を行った際のいわば副産物だった。

翌1955年12月には東海道本線の金谷～浜松間の下り線で、EH10形電気機関車に客車と軌道試験車など4両を連結して高速度試験を実施。このときは124km／hを出している。いずれも速度挑戦そのものは目的ではなかった。

これら高速度試験によって橋梁の構造の改修、高速で車体に加わる風圧の影響、レールや橋脚などの耐久性の見直しなどが行われた。

速度を高めるにはパワー。乗り心地を良くしたいならばね下重量低減。加・減速を高めるには軽量化。理屈はクルマと同じである。後2者を試みたのは私鉄だった。

1954年1月に開業した地下鉄丸ノ内線は、アメリカの技術を導入してモーターを車体や台車枠に取り付ける「分離駆動方式」を導入、ばね下荷重を低減して乗り心地が悪くて騒音が大きいという地下鉄のイメージを一新した。グループ内に鉄道車両製造部門を持っていた東京急行電鉄（東急）は、モノコック構造車体の採用によって車両重量を38tから一挙28tに軽量化した新型車両東急5000系電車を同年に導入している。

これらの影響で生まれたのが小田急3000形電車である。

定格電圧675～750Vだった直流モーターを340～375Vに半減し小型軽量化、これを4台直列にして2両の車両に分散配置。車体も先頭車を流線型にし、客車共々軽量・低重心化した。

その技術に国鉄の鉄道技術研究所も関心を持ち、前出の夢の超特急講演会の4ヵ月後、国鉄の東海道本線

多くの展示車両は、ホームと同じ高さに設置されたステップから客車内に入ることができる。車内は徹底的にレストアされていて、使い古されたようなわびしい感じや黴くさい臭いなどとはまったく無縁、現役当時の雰囲気そのままである。車内に足を生み入れると誰でも青春時代の思い出に包み込まれて言葉が出なくなる。1 モハ1形式電車の総木製の素晴らしい雰囲気の車内。2 1960年代から現在まで使われてきた国鉄111系／113系のおなじみの座席配置。展示車両は制御車のクハ111形式電車(1962年製造／車号クハ111-1)である。3 0系21形式新幹線の車内。

東海道新幹線の開業当時は12両編成に対し2両の半室食堂車＝ビュフェ車と車内販売で運用した（1970年以降「ひかり」は全編成16両編成）。山陽新幹線の開業（72年3月15日新大阪ー岡山間、75年3月10日岡山ー博多間開業）によって乗車時間が増えることに対応し、全室食堂車（0系36形式新幹線電車）を新たに設計・製造、74年9月5日から運用した。16両編成（69年12月～）では8号車である。定員は42名。当初廊下との境は壁面だったが、79年以降順次改良されてガラス窓になった。ちなみに新幹線の客室から「一等」「二等」の呼称が廃止され、特別車両券（グリーン券）を購入して乗る「グリーン車」が設置されたのは69年5月10日の国鉄運賃改正時以降。展示車両は75年製造／車号36-84。0系新幹線世代なら、当時の姿のままに仕上げられた車内の様子にただ感激するだろう。

3両の世界速度記録樹立車両の展示。1954年に木曽川橋梁の強度試験において129km/hの記録を樹立したC62形式蒸気機関車（1948年製造／車号C62 17）、300系以降の新幹線の技術開発のためにJR東海が設計、1996年7月26日に443.0km/hを記録した試験車である「300X」こと955形新幹線試験電車（1994年製造／車号955-6）、2003年12月2日、山梨リニア実験線・大月市笹子町～都留市朝日曽雌間18.4km（先行区間）で581km/hの世界記録（当時）を達成した超電導リニアMLX-01-1（1995年製造／車号MLX01-1）。展示されている超電導リニアは甲府方先頭車で、ダブルカスプ型と呼ばれるしゃくれたようなノーズ形状を持つ。東京方先頭車MLX01-2は直線的なエアロウエッジ型で、山梨県立リニア見学センターに展示（拙書「人とものの讃歌」に取材記事収録）。

にこの車両を入れて小田急と国鉄の協力のもと高速度試験を実施、函南～沼津間の下り線で145km／hという当時の狭軌の世界記録を樹立した。

「新幹線50年の技術史（講談社刊）」の中で曽根悟氏は新幹線の3つの技術的源流として、標準軌の新線を構想した弾丸列車、欧米式の交流電化の採用、そして「ロマンスカー」の名称で東京ー小田原間を約1時間で結んだこの動力分散式の小田急3000形電車の存在を掲げている。

1958年11月1日、流線形状と高運転台を組み合わせた先頭車、低重心の軽量車体、浮床構造と二重ガラスの固定窓で静粛化を達成した客車、空気ばねと中空車軸を持った台車などの技術を盛り込んだ当時としては画期的な新性能電車であった国鉄151形式電車（登場時名称は20形式）による特急「こだま」が東海道本線にデビューした。

東京ー大阪間6時間50分。

黒沢明監督の「天国と地獄（1963年）」で身代金受け渡しの舞台として描かれた151系電車は、1959年7月に金谷～焼津間上り線で行われた速度試験で163km／hを記録、狭軌の世界記録を更新するとともに新幹線の実現可能性を内外に宣明した。その8月30日、閣議決定によって運輸省（現・国土交通省）に新幹線の具体化を検討する「日本国有鉄道幹線調査会」が設立され、同調査会は1435mm標準軌を使った新線建設が妥当と結論。1959年3月31日の第31回国会において東海道新幹線建設費1972億円の一部が承認され、運輸大臣から工事許可が下りる。うち288億円は世界銀行（国際復興開発銀行）からの借款でまかなわれた。

開業を1年半後に控えた1963年3月30日、1000形試作旅客電車の4両編成を用いて行われた高速度試験において、新幹線は256km／hの世界速度記録を樹立した。

新幹線の開発に当たった国鉄の技師長、島秀雄は「新幹線は目新しい技術ではなく、信頼できる既存技術の活用である」と語っていたと言われる。戦後灰塵の中から立ち上がって再出発し技術的蓄積を重ねてきた日本の鉄道技術の、新幹線こそまさに集大成だったということだろう。

国鉄末期の経営的停滞で技術進化の速度が鈍るとともに高速鉄道の速度挑戦はフランス（TGV）へと移っていくが、1987年4月1日に国鉄が分割・民営化されると、再び技術開発が活発化した。

2015年4月21日、山梨リニア実験線（山梨県笛吹市ー上野原市間42・8km）においてJR東海の超電導リニアL0系が鉄道史上初めて時速600kmを突破、6月25日にギネスブックに「603km／h」として認定された。

世界頂点への復活。「世界一」と聞いて気分が悪い日本人はいないだろう。

リニア・鉄道館には一般入場者が運転操作を体験出来る新幹線と在来線の運転、車掌シミュレータが計10台設置されている。写真は新幹線N700系のもの。実物大の運転台はちゃんとノーズ部分まで再現されており（トビラ写真参照）、10×3mの大型曲面スクリーンに投影されるCG映像を見ながら、東京ー名古屋間の主要風景をひとり15分間で短縮運転体験出来る。最高速度はもちろん285km/h。運転操作の難易度は「見習い編」「練習編」「達人編」で、達人編はプロの運転士とほとんど同じ条件で運転ができるという。練習編・達人編は運転時間帯や天候を変更設定することも可能。在来線の運転シミュレータはJR東海の研修施設や運輸区で使われている運転訓練装置をベースにしたもので、車掌シミュレータもある。シミュレータの体験は有料。事前予約不可で、入館後に申し込む（新幹線・運転、在来線・車掌は抽選制）。申し込まなかった我々は当然体験できなかった。見るだけでも十分満足。

リニア・鉄道館のもうひとつの見所は日本最大級の鉄道ジオラマ。220㎡という敷地面積の中央部に名古屋駅と名古屋市周辺の街の情景や施設を再現、向かって右には東京、左に京都と大阪の情景を置いて、HOゲージ（1/87）16両編成の700系／N700Aが走る。また「鉄道の24時間」をテーマに照明を朝・昼・夜と変え、朝夕の通勤電車、東海道線などの特急列車、夜間に活躍する補守作業用の車両など、16番ゲージ（1/80）の鉄道模型をそれに合わせて運行するなど、鉄道会社らしい趣向が盛り込まれている。リニア・鉄道館も精密に再現してある。何より圧倒されるのは街に配置された2万5000体のフィギュア。赤頭巾ちゃんと狼、3匹の子豚、竜宮城と浦島太郎など多くの隠れキャラが楽しい。リニア・鉄道館は入館料大人1000円、開館時間10：00～17：30、毎週火曜日定休。詳しくは同館HPを参照。

参考文献
「新幹線50年の技術史」曽根悟著 講談社刊
「東海道新幹線50年の軌跡」リニア・鉄道館刊

●取材 2016年4月22日　●執筆 2016年5月13日
●掲載 GENROQ 2016年7月号

龍神湖（大町ダム）

高瀬ダムの洪水吐

第49話　[日本の名作]

ダムの威容1

高瀬ダム／七倉ダム／大町ダム

太陽熱によって海の水が蒸発、雲が生じて雨が地に注ぎ、河川となって流れ出てゆったりと海に戻っていく。これが地球の大規模水循環システムである。日本は年間降雨量が多いのに山が多く河川が急峻で、降った雨が急な流れになって山を下るため、大型台風などの来襲で豪雨が発生すると、河川の氾濫による家屋の浸水や耕地の冠水、崖くずれや土砂流などの被害が発生しやすい。同時に国土に水が留まるような平野部が少なく河川の水はすぐに海に流れ出てしまうため、今年の初夏は天気がよかったなどと呑気に思っていると水不足のニュースが世間を巡る。ダムは川の流れをせき止めて人工湖を作ることによって川の流れを最適制御して氾濫を防ぎ、水を安定供給して渇水を防ぐとともに、その位置エネルギーを発電に利用するという治水と利水の文明である。高瀬渓谷に巨大ダムを見に行く。

PHOTO◉荒川正幸（*Masayuki Arakawa*）
協力◉大町市役所 産業観光部 観光課　http://www.city.omachi.nagano.jp

大町市役所から同市産業観光部観光課の横山雅史さんが運転する乗用車に乗り換えて出発する。

長野県大町市は、トロリーバスやケーブルカー、ロープウェイなどを使って北アルプスを東西に貫通、黒部ダムを経由して富山県に抜ける「立山黒部アルペンルート」の東の玄関口だ。大町を訪れるほとんどの観光客は町の中心から県道45号線を通って黒部ダム行きトロリーバスが出る扇沢駅に向かうが、今日はその一本南の県道326号を西へ進む。

こちらはクルマの往来もほとんどなく、見上げるように高い北アルプスの稜線を背景に田畑が広がってトラス構造の送電用鉄塔が案山子《かかし》のように立ち並び、のどかな空気である。

道はすぐに森の中に分け入っていく。どこからか渓流のせせらぎが聞こえてきたと思ったら、眼前に真っ黒な巨大なコンクリートの壁が現れた。

地上107mの高さにある幅338mの一直線の堤頂部。そのやや左寄りに水門（クレストゲート）があって、斜めのゲートが急斜面で下り落ちている。

森の中に静かに巨大な斜面がそびえ建つ光景は、どこか古代マヤ文明の神殿を連想させる。

大町ダムである。

「高瀬川には3つのダムがあります。下流側から大町ダム、七倉ダム、そして高瀬ダムです。大町ダムは国土交通省さんの管轄、七倉ダムと高瀬ダムは東京電力さんの施設です」

北アルプス後立山連峰の不動岳や鉢ノ木岳を挟んでこの北側にある黒部ダムと黒四発電所は、黒部水系の上流に作られた施設である。黒部川は北にまっすぐ流れて富山県黒部市で日本海に流れ込む。一方高瀬川の源流は飛騨山脈の槍ヶ岳、樅沢（もみさわ）岳付近で、いわば分水嶺をはさんで黒部渓谷と南隣りの渓谷ということだが、高瀬川はいったん北に流れてから大町市で南に急旋回し、犀川（さいがわ）を経て信濃川と千曲川へ分岐している。すなわち黒部

高瀬ダムの凄まじい光景。斜面の表面のすべてがぎっしりと岩で覆われている。その数8万個。しかも岩ひとつが優にグランドピアノくらいの大きさだ。近隣の採取場から切り出した花崗岩をダンプトラックでピストン輸送し、機械力の助けを借りて一個ずつ並べたものだという。岩を盛り上げて作るロックフィルダムとはいわば巨大な土手のようなものだが、高瀬ダムの全容を鳥瞰すると、クフ王のピラミッドさえ子供に見える規模である(次ページ参照)。内部構造は複雑かつ綿密に計算され施工されている。急峻な渓谷に作られるダムの周囲は土砂崩れによる流出量も多い。高瀬ダムによって生まれた人工湖である高瀬ダム調整湖には、ダムの完成後も大量の土砂が流れ込んでいる。これをトラック輸送で排砂するため、あらかじめダム背面に堤頂まで達する恒久的な道路を建設してある。一般車は通行禁止になっているその道路に、特別の許可をいただいて入ることができた。写真はその道路上から撮影。奥に見えているのはダムの下流面の向かって左端に作られた、ダム湖の水を下流に放水するための滑り台式「洪水吐」である(トビラ写真参照)。上部の水門を開けて放流するが、その流水のエネルギーを減衰するため、滑り台の下端部に形状的な工夫が凝らされている。その設計を「減勢工」という。高瀬ダムの洪水吐はスキージャンプ式減勢工である。

川とは別の水系である。

ダムの建設は下流の生態系などに影響をおよぼすため、水系によって管轄を別ける。黒部川は大阪に本社を置き近畿2府4県や奈良県、三重県などに電力を供給している関西電力の所轄で、黒部ダムも同社の施設だ。一方こちら高瀬川は横山さんの説明の通り東京電力の管轄。ちなみに長野県全域の電力を供給しているのは名古屋に本社のある中部電力である。したがってどちらのダムや発電所も、施設内で使用する電力は中部電力から購入しているという。

高瀬川は水量が多く流れが急峻なため、川の流れが絶えず変化する「暴れ川」として古くから知られており、住民は長い間洪水と渇水に苦しんできた。大町市の地形そのものが高瀬川が運んできた土砂が堆積した複合扇状地だ。

高瀬川下流に大町ダムが作られたのは、大雨のときに河川から流れてくる水を堰き止めて下流に流れる水量を調整し洪水被害を防ぐとともに、降雨量が少ないときはその水を生活用水や農業用水に利用するためだ。治水と利水である。もちろん貯水は発電にも利用している。

新緑のトンネルの中をさらに登っていくと、葛（くず）温泉に出た。

江戸時代以前、高瀬渓谷は人跡未踏の秘境だった。およそ300年前、飢饉の折に葛の根を掘るために山に入った村人が湯を発見した。いわゆる秘湯である。源泉温度80℃。入るとかなり熱いらしい。

1969（昭和44）年8月11日、高瀬川で大規模な洪水が発生、葛の温泉旅館3棟が流され下流の民家234棟が浸水、水田233・6haが水浸しになるという大きな被害が出た。当地では「44被害」と呼ぶ。七倉・高瀬の両ダムの建設計画にはこうした被害を未然に防ぐ目的も含まれていたが、災害当時はまだ着工したばかりであった。

葛温泉のすぐ先にある七倉ダムより上流は中部山岳国立公園である。環境保護とダム施設運営のためマイカーはこの先には入れない。ただし許可を受けたタクシーはOK。高瀬ダムまで片道15分=約2200円だ。

ゲートをくぐりトンネルに入ると、幅員が急に狭くなった。舗装は凸凹、トンネル内の照明も最小限である。上流の高瀬ダム、七倉ダム、その中間にある新高瀬川発電所の3施設を同時に建設するために切り開かれた工事用道路が、いまもそのまま使われている。ダムが建設される場所は山間部が主体だから、建設資材や重機を運搬する手段がない。だからダム建設では何よりも先にまず道路を作る。

標高1200mまで登ると高瀬ダムが見えてきた。

その異形に圧倒される。

大町ダムよりさらに60％も高い堤

高瀬ダムの堤頂から眺めた調整湖。有効貯水容量1620万㎥、総貯水容量7620万㎥、湛水面積131ha。ダム湖としては比較的小型だ。当初は堤高170m級の大型ダムをここに建設し、6ヵ所の発電所で6億kWh／年の電力量を得る構想だったが、電力供給の主体を火力発電に移行する方針になったため、2ヵ所に中規模なダムを作って2つのダム湖で揚水発電(別記述)を行うコンセプトに転換した。調整湖には無数の流木が浮いており、これを専用の船で少しずつ捕獲していた。洪水の時に濁流とともに流れてくる流木は、途中で折り重なって河川の流れを妨げ、洪水被害を大きくする厄介な代物だ。流木の捕獲はダムのもうひとつの重要な機能である。

高176m。黒部ダムに次ぐ日本第2位の高さ。しかしその景観は一般的なダムのイメージとはまったく違う。手前に向かってなだらかに広がったその広大な斜面が、これすべて岩なのである。近くに行くと一個一個が数tもあるような凄まじい巨岩である。

斜面にはつづら折れに道が作られていて、クルマで堤頂部まで登れるようになっていた。

川を堰き止めて人工湖を作る。ダム本体にはその巨大な水圧が水平方向の荷重として加わる。雨や雪解け水とともに周囲の山から土砂がダム湖に流れ込むが、堆積した土砂もダムに荷重をかける(泥圧)。冬に湖が凍結すれば氷の膨張による氷圧も生じる。忘れてはならないのが地震の荷重だ。波立って揺れる水の動水圧が、ダムそのものの堤体の慣性力とともにダムに加わるからである。

これらの力をダムは自重、堤体と地盤の摩擦力、形状的工夫などによって支えている。前2者が支配的な設計を「重力式ダム」という。

さきほどの大町ダムは「重力式コンクリートダム」、高瀬ダムと下流の七倉ダムは重力式ダムの分類で言う「フィルダム」である。フィルダムは土砂や岩石を盛り立てて断面積の大きな裾野の広い堤体を作り、水を堰き止める。何とも原始的なようだが、堤体の底面積が広いから地盤に加わる単位面積当たりの荷重が小さく、地盤が悪い場所でも建設できるため、日本には数多く存在する。

大量の岩石材料を使う高瀬ダムや七倉ダムのような形式を「ロックフィルダム」という。

高瀬ダムの建設は1969年に始まった。

まず工事中に川の流れを迂回させる仮排水路トンネルを掘る。バイパスが開通して河床が干上がったら、およそ40mの厚みに堆積している砂礫層を河底の岩盤に達するまで除去する。バックホウ(パワーショベル)で砂礫を掘りおこし、ブルドーザーやホイールローダーを使ってWABCO社(※1)の特装32t積み重ダンプトラックに乗せ、土捨場にピストン輸送した。

基礎岩盤が出たら、細かい土砂や土を人力で取り除き、高圧水で入念に洗い流す。土台部に亀裂があった場合はセメントと水に混和剤などを混ぜたセメントミルクを注入、充填する。これをグラウチングという。さらに粘性土を水に溶かしたクレイスラリーを表面に塗布する。

こうした入念な地盤処理が堤体と地盤の摩擦力を力学として利用するダムの建設には不可欠だ。

1970年4月から盛り立てに入った。不動沢や濁沢から泥流として流され堆積した細粒土質の粘性土を、2ヵ所の採取場から32t重ダンプで運び、日に3万㎥というペースで積み上げ、コアと呼ぶ壁のような土手を作っていく。コアに使う土はふるいにかけたり混ぜ合わせたりして、一般に岩盤との接触部で粒径50mm前後、その上部で100mm程度、大半部で100〜200mmになるよう厳密に管理する。

20cmほど盛ってはダンピングローラで転圧して締め固める。粘性土の固い壁が水を堰き止めるのである。この設計構造を「ゾーンコア型」などという。

コアを作りながら、その両側に粒

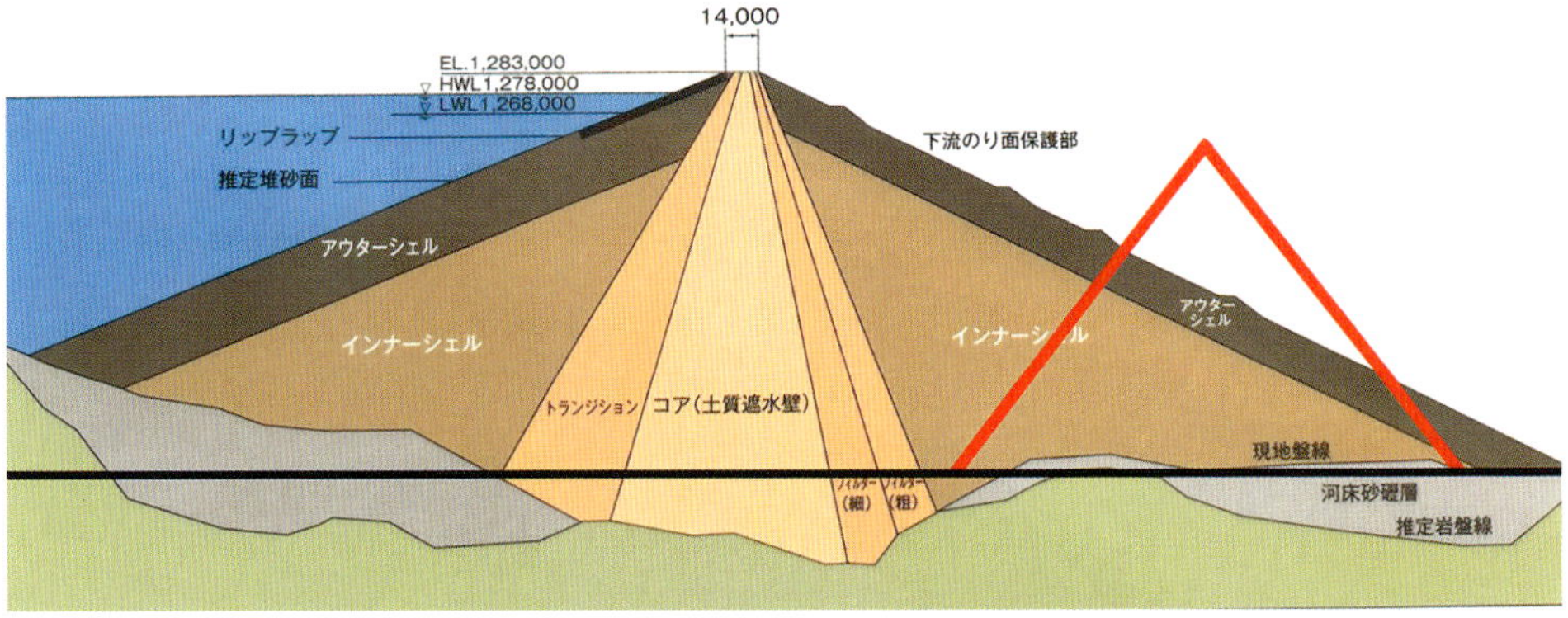

高瀬ダムの内部構造。粒径の異なる土や砂礫、石や岩をレイヤーした複雑な断面構造になっており、水の浸透をある程度許容しながら効率的に排水し、膨大な容積を利用して全体として遮水構造を作る。ロックフィルダムの断面構造や底幅の大きさは、建設サイトの近くでどのような材料が採取して利用できるかによって変わるが、斜面の法勾配は一般的に上流面で1：2〜3.5、下流面で1：1.7〜2.5である(法勾配＝垂直面1に対する水平面の長さの割合)。東京電力提供の図に試しにギザのクフ王のピラミッドを同じ縮尺で書き込んでみた。ピラミッドは高さ138.5m、体積約258万㎥だが、高瀬ダムの堤体積は実にその4.5倍の1159万㎥もある。

Google Earthでダムを見ると、その全体的景観とともに、北側の不動沢で生じている土砂崩れの様子がよくわかる。毎日大量に流れ込んでいる土砂を放置すれば発電用の取水口の埋没、上流河川での洪水リスクの増大、調整池の利水容量減少などの支障が生じる。高瀬ダムではトラック輸送での排砂を前提に下流面に道路を建設している。ダム堆砂というこの現象はダムの維持管理に関する大きな問題だ。1963年10月9日、イタリア北東部ヴェネト州ピーヴァ川の渓谷バイオントダム(アーチ式)の貯水湖脇の斜面で大規模な地滑りが発生、ダム湖に津波現象が生じて堤高262mのダムを超越、およそ5000万tの水が濁流となってダム下流の集落に襲いかかった。2125人の死者を出したこの大惨事は排砂を軽視した人災だった。ちなみにバイオントダムの設計者は黒部ダムの元設計を行なったカルロ・セメンツァだった(写真：GoogleEarth)

(※1)トラック、バス、トレーラーなどのサス、ブレーキ、運転支援システムなどを設計・開発・生産するアメリカの企業。社名はWestinghouse Air Brake Company の略。

大町ダムは1985年に完成、ダム湖である龍神湖は東京ドーム23杯分の2890万㎥の水を貯水している（＝有効貯水容量）。通常は上流から流れてきた水は、大町発電所を経由して下流にそのまま流す。発電量は5.5万kW。水不足の時は龍神湖の水を放流して工業用水や水道水の供給を補う。大雨のときはある流量まではダム湖に流れ込んだ水量を下流に流し、流量が増加してくると下流に流す量を制限しダム湖に溜める（1500㎥/sの洪水を最大400㎥/sに制限）。約3000haの農作地に渇水時最大660万㎥の用水を、また1日最大21.8万㎥の水道水を供給しているという。

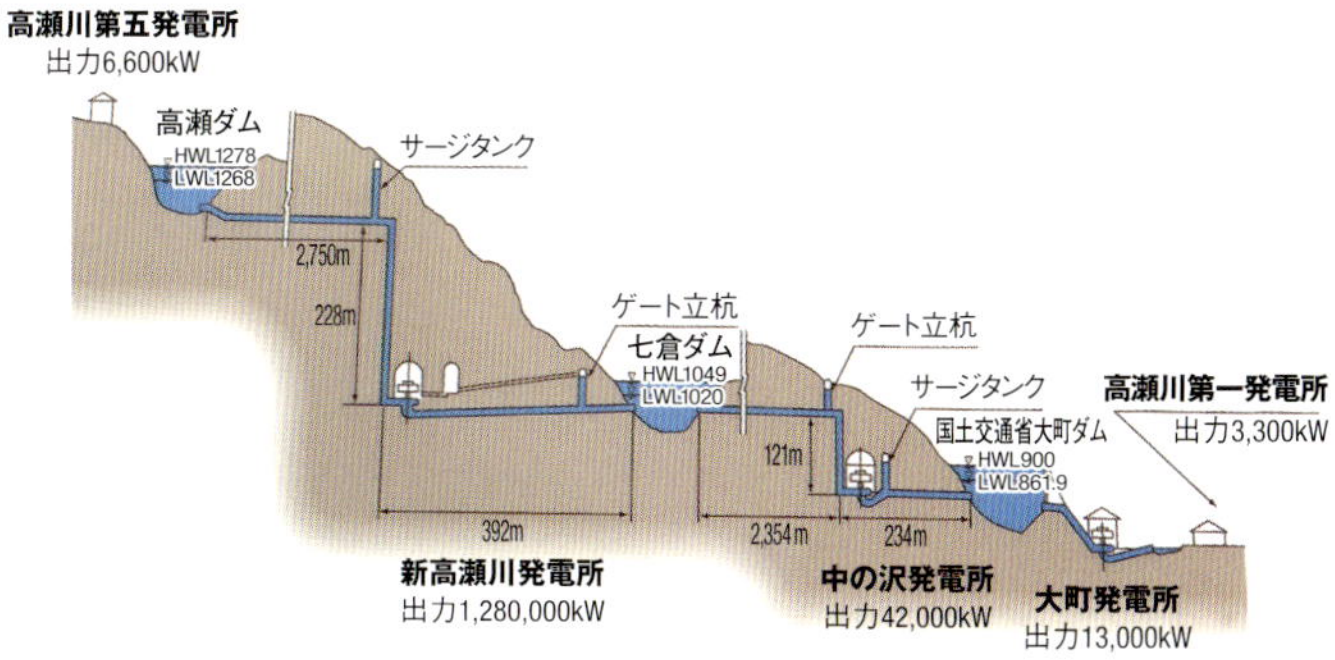

高瀬川水系の3つのダムによる発電。電力需要の大きい日中は上流の高瀬ダム調整湖から地下水路を使って新高瀬発電所に水を送り、36万7000kW発電機4台を駆動し発電する（出力128万kW）。この水は下流の七倉ダム調整湖に導かれ、さらにそこから地下水路で下流の中の沢発電所に導入され発電する（出力4.2万kW）。夜間は余剰している深夜電力を使って新高瀬発電所の33万6000kWのポンプを回し、水を七倉ダム調整湖から汲み上げて高瀬ダム調整湖に戻している（揚水発電）。水力発電の出力kW＝9.8×水の流量（㎥/s）×高低差（m）と表されるように水力発電は水の位置エネルギーを使うため、人工湖の標高が高ければ上流から何段も連続して発電所を設置できる。火力発電や原子力発電に比べ短時間で発電開始可能（3～5分）で需要に応じた出力調整も自在だ。

径150〜300㎜ほどの円礫が主体の砂礫を盛る。ダム湖側に盛った砂礫層は水圧の変化を緩和する一種のバッファの役目をしている。トランジションと呼ぶ。フィルダムはコンクリートダムのように完全に水を遮蔽しているのではない。頑強緻密なコアでも若干の水の浸透を許している。その水は下流面側に盛った砂礫部を透過して地面に導かれる。こちらをフィルターという。高瀬ダムのトランジションとフィルターには主として最初に高瀬川の河床から掘りおこした砂礫を利用した。

その構造の両側に50〜100㎝の大きさの岩を盛る。これがロックだ。ロックの重量がコアを左右から支える構造である。上流側のロックは完成後は湖に沈んで水を透過する。付近の採取場や河床から掘り出した一個数百kgから数tの花崗岩や花崗閃緑岩をおよそ8万個積み並べた。

実際の建設ではコア、トランジション、フィルター、ロックの盛り立ては標高面で並行して行われている。さらに高瀬ダムと七倉ダムではロックの流出や侵食を防ぐため、上流面に岩を並べるリップラップという方法を採用した。

高瀬ダムの建設とそれに関わった人々を題材にした曽根綾子の小説「湖水誕生」には、トラックで次々に運びこまれてくる巨石をブルドーザーを使って配置し、一個一個位置を整えながらタイルのように敷き詰めていく作業を、丸2年かけてひとりで黙々と行った男のエピソードが登場する。曽根は1972年5月から7年間、高瀬ダムの建設現場に通って取材を重ね、それを元にこの小説を書いたという。あるいは実際にブルドーザーを操ってひとりで岩を並べている作業者を目撃し、エピソードに盛り込んだのかもしれない。ごろごろと積まれた無数の岩の並びには、ただ運ばれてきてそこに放り出されただけの状況とは明らかに異なる、ある種の秩序が確かに存在する。それどころか美意識のような配慮さえどこか感じとれるのである。

建設に関わる住民の移住や自然破壊などの観点から、ダム建設は長らく地域社会の大きな反対運動にさらされてきた。ダムによって川の流れが堰き止められたり減少したりした結果、下流の水質が低下したり、藻類や樹木が繁殖して魚が住めない環境になったりしたことも実際にあった。

しかし近年では環境対策も進歩している。

ダム湖におけるプランクトンの増殖（富栄養化）や、その沈降・分解などによる深層水の貧酸化などを抑制・浄化するシステムの開発・採用が進んでいる。下流の自然環境や景観を復元するためにあえて土砂を混ぜて放流したり、一定流量の水を一気に流して制御された洪水を起こし、川底を攪拌して川やその生態系を活性化するフラッシュ放流なども敢行されている。魚が川を遡って産卵することができるような魚道の採用なども考案・実施されているという。

さて。

ここまでダムを見にやってきたのだから、お隣も見ないで帰るわけにはいかない。

黒部ダムである。

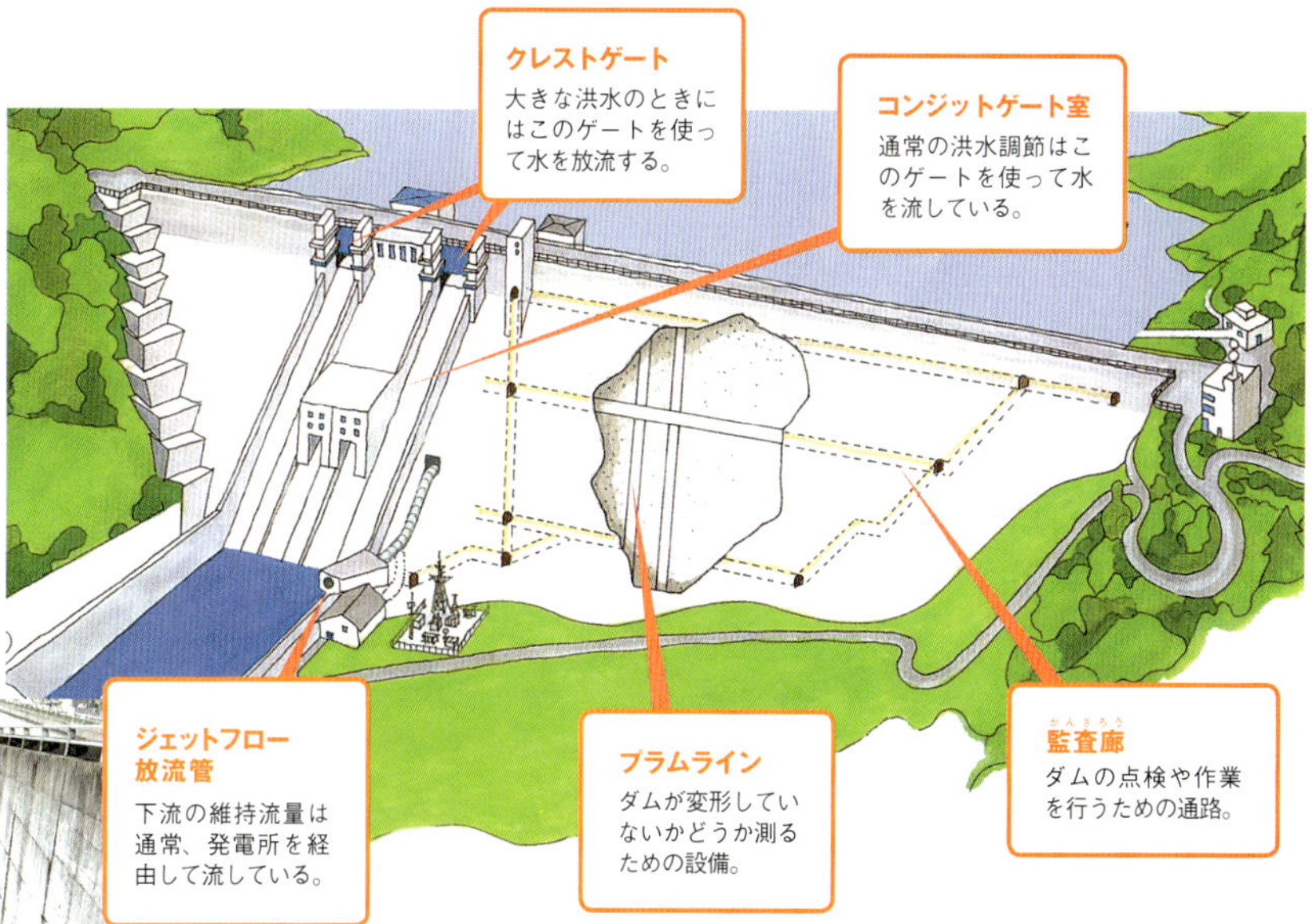

下流にある国土交通省の大町ダムは重力式ダムの分類で言う「重力式コンクリートダム」である。一般財団法人日本ダム協会の調べでは日本にある2700基のダムのうち、およそ4割に相当する1100基がこの形式だという。黒部ダムに象徴されるアーチ式コンクリートダムは実は日本に52基しか存在しない。重力式コンクリートダムの設計ポイントは「強度」「転倒」「滑動」だ。水圧などの水平力でダムが転倒するのを防ぐため、外力と自重の合力の作用点が堤体の底辺の中央3分の1以内にあるよう設計する（「ミドルサードの原則」）。また滑動（滑り）を防止するため堤体と基礎地盤の摩擦力が水平力の4倍以上になるよう確保する。（イラスト：大町ダムパンフレットより転載）

参考文献

「ダムの科学」一般社団法人ダム工学会
ソフトバンク・クリエイティブ刊

「巨大ダムの“なぜ”を科学する」
西松建設「ダム」プロジェクトチーム
アーク出版刊

「湖水誕生」曽根綾子著
中央公論社刊

●取材2016年5月24日
●執筆2016年6月11日
●掲載GENROQ 2016年8月号

右岸トラムウェイ

第50話 ［日本の名作］

ダムの威容2
黒部ダム

展望台の背後の切り立った岩の壁面に、列柱のような巨大な構造物がある。黒く苔むして岩肌に溶け込み、古代文明が築いた空中神殿の遺跡のようだ。トラムウェイという。Googleマップの航空写真を見ると、10mほどの間隔で並行に並んだ長さ215mほどのコンクリート製のレール架を下から列柱で支えた構造物であることがわかる。渓谷を挟んで598m離れたダムの反対側にも同じものがある。黒部ダムの建設に先立ち、地上約240mの断崖絶壁に左右一対建設された。ここにレールを敷き両塔走行型ブライヘルト式25tケーブルクレーンを設置、ケーブルで鉄製のコンクリートバケットを吊り下げて、233m下のバッチャープラントからコンクリートを中吊で輸送、現場に空から打設したのである。この7月で着工開始から満60年。黒部渓谷での死闘を偲ぶ。

PHOTO◉荒川正幸（*Masayuki Arakawa*）
協力◉大町市役所 産業観光部 観光課　http://www.city.omachi.nagano.jp

建設中の黒部ダム

土木とはつまるところ「運搬の工学」である。重機と人員を現場に入れ、土や岩を削って運び出し、鉄やセメント、骨材などの資材を搬入して建設する。だからダムの建設にとってまずもっとも必要なのは現場との間を結ぶ「道路」である。

江戸時代まで人跡未踏の秘境で、地元では「ぐるべつ（魔の川）」と呼ばれてきた黒部渓谷に60年前あの巨大ダムを作ったときも、まず大町市から後立山連峰鳴沢岳の麓付近まで工事用道路を建設、そこから「御前沢落合とし」と呼ばれていた渓谷の建設現場まで後立山連峰・赤沢岳を貫く延長5・4kmのトンネルを掘削してルートを切り開いた。

JR東日本・大糸線大町駅から県道45号扇沢大町線を登って関電トンネル扇沢駅までおよそ17・5km／25分。黒部ダムまで6・1kmは関電トロリーバスに乗って真っ暗な冷たいトンネル内を16分。立山黒部アルペンルートの東の玄関口は、当時の工事用道路をのちに観光用に整備したものだ。関電トンネルの約4・3km部分は当時の大町トンネル本坑をそのまま利用している。

黒部ダム駅でトロリーバスを降りると2つの選択肢が待っている。そのまま歩いてダムの堤頂部に出るか。右に折れて220段の階段を登り展望台へ出るか。

「うわ〜、頑張って登ってきてよかったあ〜」

眼下に広がる絶景を見て、展望台に到着したお母さんたちが歓声をあげた。

美しいアーチを描く雄大な黒部ダムの堤頂高は日本一の186m。それをさらに49m上空から俯瞰する展望台からの光景はまさに神の視点だ。

標高1508m、谷底まで一直線235m。

上から見ると堤頂の両サイドがくの字に折れた黒部ダム独特の形状が

破砕帯（関電トンネル）

展望台から黒部ダムを望む。黒部湖の満水位標高は1448m、利用水深60m、湛水面積は348万8950㎡である。誰もが撮影するおなじみのアングルだが、取材日(2016年5月24日)は素晴らしく空気が澄んで北アルプスの山々がよく見えた。写真左手遠くに見えているのは飛騨山脈の赤牛岳(標高2864m)、その右が木挽山(2301m)。ダムの真上にちょっと突き出しているのが東一ノ越(2512m)。右端が立山連峰の雄山(3003m)である。ダムの左右とは下流側を見たときの方向で呼ぶので、こちらが右岸、対岸が左岸。左岸の山の下の方に鉄道の橋のような構造物が見える。これが左岸のトラムウェイだ。黒部ダムの186mの堤頂に比べると50mほど高い場所にすぎないが、建設中の写真(右ページ)を見るとトラムウェイは地上240mの断崖絶壁にへばりついている。ここに陣取ってはるか直下を見下ろしながらケーブルを操作してコンクリートを打設していくのはいかなる気分だっただろう。もっとも腕が良かったクレーン操縦手は鳶工の出身だったらしい。

よくわかる。

ダムの設計は建設地点の地形、地質、河川の状況などによって大きく左右される。結果的に言えば、この世に2つとして同じ設計のダムはない。

アーチ式コンクリートダムは、堤体を半球状の3次元形状に作り、貯水湖から加わる水圧や動水圧などの水平荷重をアーチ作用によって両岸の基礎岩盤に分散させて伝え、岩盤の剪断抵抗によって荷重を支えるという力学的構造である。ダム建設のプロが書いた「巨大ダムの〝なぜ〟を科学する」(アーク出版)という本では、これを「半分に切ったピンポン玉」と表現している。切り口を下にして手のひらに押しつければ食い込んで滑らずピンポン玉も潰れない。そういうことだ。

荷重のほとんどを圧縮力で支えるためアーチ式ダムは薄い堤体で成立する。圧縮力で支えるから鉄筋も不要だ。コンクリートの量が減り工期が短縮できる。ただし断層や弱層がある複雑な地質では荷重を支えることができない。河床部から高い標高部に至る両岸に、強固な岩盤があることがアーチ式ダム成立の必須条件だ。

ダムの姿としては代表的に思えるアーチ式が、日本に2700基あるダムのうち実は52基しかないのは、立地条件が厳しいからである。

焼け野原同然の状況から戦後再出発した日本は、1950(昭和25)年に勃発した朝鮮戦争による兵站《へいたん》需要によって経済的に躍進するが、当時の日本は火力発電が過半数だったため石炭の欠乏などによって送電量が減少、「電力飢餓」とも呼ばれる深刻な工業用/家庭用の電力不足が生じた。関西電力社長の太田垣士郎が、戦前から構想があった黒四ダムの着工を決意したのは、そうした切迫した電力事情があったからである。

したがって工事を急いだ。未曾有の大事業にもかかわらず予定工期わずか6年、着工4年でダム堤頂高が100mに達したら直ちに湛水(貯水)を開始しダム完成前に発電を始めるという、峻烈極める野心的計画を策定した。

北アルプスは新生代の第三紀(6480万年~180万年前)に花崗岩台地が急激に隆起して出来た地形で、岩盤はやや脆いものの非常に硬い。アーチ式が使えたことは工期短縮上の大きなメリットだった。

基本設計はアーチ式コンクリートダム設計の世界的権威だったイタリアのカルロ・セメンツァに依頼、力学的な計算や実設計を関西電力設計部が受け持った。

工期を急いでいたため工事用トンネルの完成を待たず、ブルドーザーやディーゼルコンプレッサ、大型ドリルなどの重機や資材223tを、立山側から雪上そりに乗せて現場まで運び下ろし、1956(昭和31)年7月、黒部川のバイパスとなる仮排水路トンネル掘削から着工した。

人力輸送も使った。ひとり100kgの荷物を背負った剛力が山間の渓谷を徒歩で運んだのである。56年の

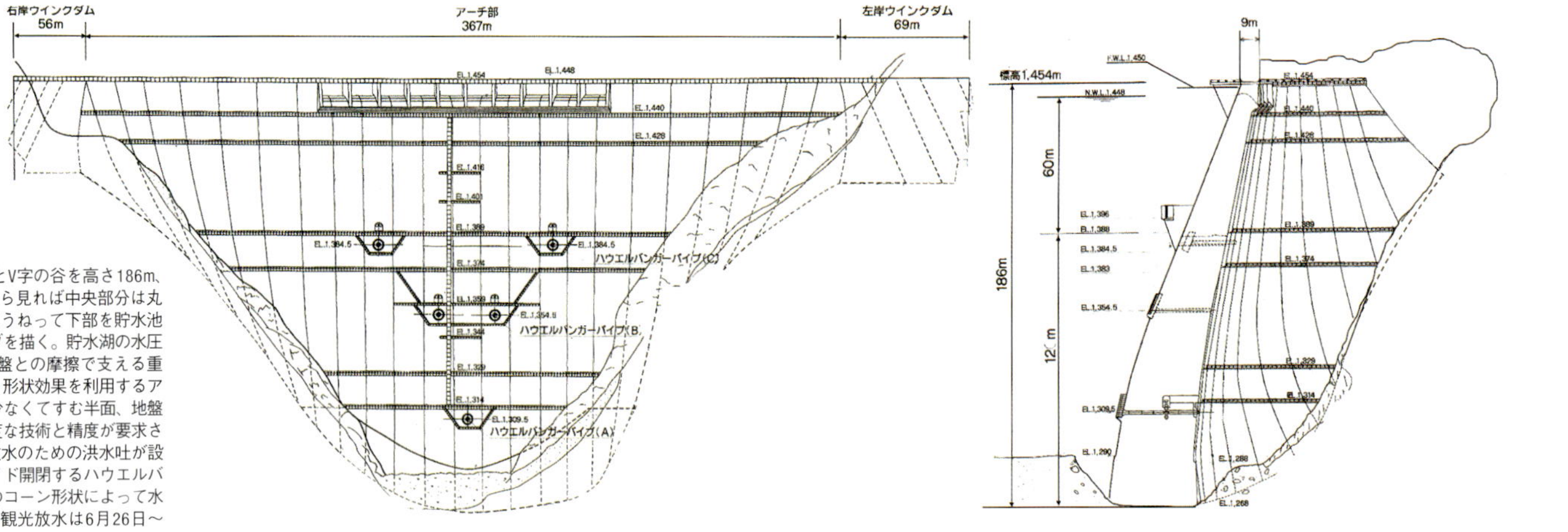

黒部ダムの全体図。正面から見るとV字の谷を高さ186m、幅約400mの壁で塞いでいる。上から見れば中央部分は丸いアーチ状だが、断面ではSの字にうねって下部を貯水池側に突き出したような複雑なカーブを描く。貯水湖の水圧などで生じる水平荷重を自重と岩盤との摩擦で支える重力式ダムに比べ、アーチ作用という形状効果を利用するアーチ式ダムはコンクリートの量が少なくてすむ半面、地盤を選び、設計が難しく、施行に高度な技術と精度が要求される。黒部ダム堤体の5箇所には放水のための洪水吐が設けられている。止水板が前後スライド開閉するハウエルバンガーバルブ方式で、止水板裏側のコーン形状によって水流が拡散され減勢する。2016年の観光放水は6月26日〜10月15日の期間毎日朝から夕方まで行われている。

夏〜秋、57年の春〜夏だけでなんと670tの資材を人力で輸送した。

谷底まで300m。現場の急峻なV字谷には木々が生い繁り、表面には50mもの厚さの土が積もっている。それを切り崩して岩盤まで削り取らなければダムを岩盤に強固に接着できない。大型掘削機で少しずつ削るベンチカット工法を採用する予定だったが、57年5月1日、大町トンネル掘削作業中にトラブルが生じた。

断層破砕作用によって砕かれた花崗岩の間に大量の地下水が溜まっており、坑口から1691m掘削した地点でここに突き当たってトンネル坑内に4℃の冷水が怒濤のように吐出したのである。のちに木本正次が小説化し石原裕次郎主演の映画になった『黒部の太陽』で描かれた死闘は、82・6mの長さの破砕帯を貫通するまで7ヵ月間も続いた。

大きく遅れた計画を取り戻すため、ベンチカットの代わりに「発破」を使うことにした。山肌に無数の坑道を穿ち、穴の中にダイナマイトなどを装填して同時に発火させ、一気に山肌を切りくずす計画である。

58年4月、ようやく大町トンネルが開通。トラック20台を使って80tのダイナマイトなどを搬入、のちに「大発破」として知られるようになる爆破は6月20日に決行された。

この成功で8ヵ月の工期遅れを一気に取り戻す。

土砂を撤去・排出し、8月25日に鍬入れ式を挙行、2ヵ所のトラムウェイと2ヵ所のバッチャープラントの建設にかかった。

コンクリートダム建設には膨大な量の良質なコンクリートが必要だ。現場にコンクリートを輸送していたのではコストがかかるし品質も保証できない。したがって現場にコンクリート工場を建設し逐一供給するのがセオリーである。これがバッチャープラントだ。

地上240mの絶壁に空中神殿＝トラムウェイを作り、ケーブルクレーンを設置する。想像を絶する高所作業だったことだろう。

Googleマップの航空写真で見ると、堤頂長367mのアーチ式ダムの左右下端および末端がともに扇型に開いて重力式構造になっており、さらにアーチの端部と左右の絶壁を直角に接合する左岸69m、右岸56mのウイング構造部があることがわかる。カルロ・セメンツァの元設計を具体的にどう変更したのかは不明。写真矢印はダム建設に先立って左右の山頂部に建設されたトラムウェイ。幅215mのトラムウェイに敷いたレールの上を左右岸のクレーンが連動して横方向にスライド移動するようになっており、互いの間をワイヤーで結んでコンクリートバケットを吊るし、UFOキャッチャーをやりながら生コン工場からダム建設現場のどの位置にもコンクリートを運んで打設することができた。(写真：Googleマップ)

掘削機を使って斜面や河床から取り残した表土を完全に剥がし、岩盤に亀裂などを発見した場合はセメントミルクを注入・充填して補強。

これらの工事に約1年を費やした。59年9月17日定礎式。コンクリートの打設が始まった。

型枠を河床に組んだら、高圧水で岩肌を徹底的に洗浄した。黒部ダムでは人手を使って岩にブラシをかけ、最後は雑巾で丁寧にぬぐったという。そこにモルタルを打ち、間をおかずにコンクリートを打設する。岩盤とダムを強固に接着するこれが重要なポイントだ。

黒部ダムは柱状ブロック工法で作った。ダム堤体を30〜50m×15mほどの区域に細かく区切って鋼製型枠(「ダムフォーム」)を組み、少しずつコンクリートを打設して分厚い壁を作っていくのである。

セメントとはアスファルト、石膏、石灰、樹脂などから作られ、水や溶剤で重合硬化あるいは水和硬化する一種の接着剤である。コンクリート

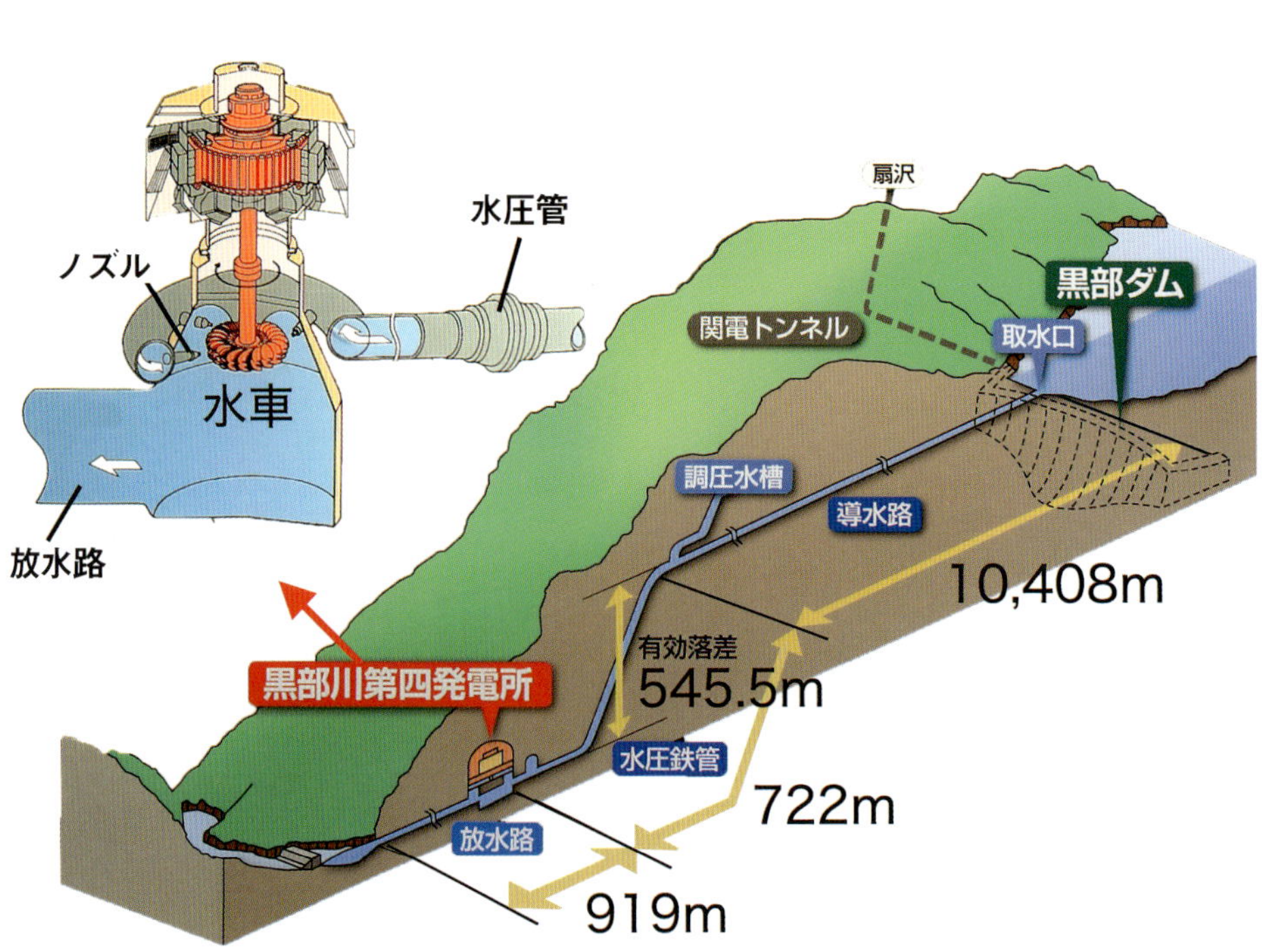

流水は、運動エネルギー、圧力エネルギー、位置エネルギーを持っている。前2者は位置エネルギーに換算できる。これを使って水車を回し、発電機を駆動するのが水力発電だ。総貯水量1億9928万5175㎥の黒部湖の水を、ダム前面部の取水口から内径4.8mの鉄筋コンクリート製円形圧力トンネル式導水管に導いて緩やかな傾斜で1万408m運び、ここからイタリア・フランス合弁のコフォール社製の内径3.25mの鉄管を長さ722.02m、斜度47度20分で連結した水圧鉄管で、黒部奥山国有林東谷の地下に作られた黒部川第4発電所まで一気に滑り落とす。545.5mの高低差の位置エネルギーによって4台の水車を回し、容量9万5000kVAの縦軸三相交流同期発電機4台を駆動する。発電力は最大33万5000kW(国内水力発電所第4位)、年間発生電力量9億5400万kWhである。

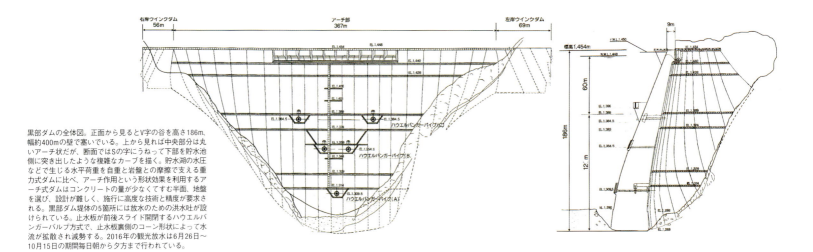

柱状ブロック工法の様子がわかるシーン。上は打設開始直後の1959年秋ごろ。すでに末端部が扇型に開いた重力式構造が着工されている。ブロックを170個以上積み上げていくようにして壁を構築した。コンクリートを打ったら直ちにバイブレーターで振動させて余分なエアを抜き、平らに締め固める。コンクリートを打設すると水和反応を生じて発熱しながら硬化するが、このときセメントの量が多いと水和熱による温度上昇が大きくなり、内部と表面で温度差が生じてひび割れが生じやすい。セメントの配合比（単位セメント量）と一回の打設厚さの制御が重要だ。コンクリ総打設量は159万8139㎥。クフ王のピラミッドの容積は約253万㎥だから、寸法的にははるかに巨大な黒部ダムがいかに薄肉か伺われる。

コンクリート打設に使用したバケット。鉄製の枠内に、底部が開閉式になったバケットと開閉用のエアシリンダ、電気装置が収められている。直径100㎜のワイヤーと吊り上げ用フックで懸架し、バッチャープラントと打設現場の間を空中ピストン輸送した。モノクロ写真は工事中のシーン。かなり荒い骨材が混じっていることがわかる。通常ビル建設などに使うコンクリートは、ポンプで圧送するためスランプ（沈降量）が大きい軟練りで、混ぜる骨材も20㎜以下である。対してダムでは発熱量の少ない中庸熱ポルトランドセメントを使って流動性の低い硬練りに作り、さらにセメントの量を減らして発熱を抑えるため80～150㎜という粗骨材を入れる。現在黒部ダムに展示してあるもの（カラー写真）は当初から使われた容量14tのタイプ、当時の写真に写っているのは1960年2月から導入された容量9㎥＝21.15tの大型バケットである。

はセメントと水に砂や砂利などの骨材を混ぜたもの。モルタルはそこに粗骨材が入っていない状態と考えればいい。

薄肉のアーチ式とはいえ堤高186mという日本最大の規模のダム、コンクリートの総容積は159万8139㎥にもなった。各地の工場で作られた37万2000tのセメントは大町市内の専用停車場まで鉄道で輸送され、そこから20t積トレーラーで現場のバッチャープラントまで運んだ。骨材は隣の高瀬川流域で採取され、22t積の重ダンプで現場へピストン輸送した。いずれも現場に入る最後のルートは大町トンネルである。

はるか上空では左右絶壁のトラムウェイのレール上に設置した25tケーブルクレーンに、直径100㎜のワイヤーが張られていた。鉄製のコンクリートバケットをここにフックで懸架する。左右のクレーンを連動してレール上で横滑りさせながらワイヤーを巻き解いていけば、幅215m、高低240mの範囲のどこにでもコンクリートバケットを運んで下ろすことができる。要するにUFOキャッチャーだ。右岸の崖、現在新展望広場と呼ばれている場所に作られたバッチャープラントで混ぜ合わされた生コンをバケットの中に入れ、ワイヤーを巻き上げながら鉄で組んだ型枠までバケットを空中輸送する。バケットの底部は開閉式になっており、電気信号でエアシリンダを操作して底蓋を開いてコンクリートを打設した。

ブロックの表面に厚さ1～1・5mになるよう平らにコンクリートを打設したら、隣のブロックとの継ぎ目部にパイプを設置して冷却水を流しコンクリートを収縮、間隙にセメントを充填して接着一体化する。これを何百回何千回と繰り返しながら層を重ねて高くしていくのである。大型生コン車1・5台分のコンクリートが入るバケット8基を駆使し、1959年9月から62年12月にかけ、のべ17万8000回の打設を行った。建設ピーク時には一日あたり打設回数は960回／8653㎥に達したという。

実は黒部ダムは元設計を大きく変更している。

黒部ダムは513億円（当時）の総工費の26％に相当する133億2000万円を世界銀行からの借款でまかなった。世界銀行はダムの専門家による顧問団を組織して建設計画や建設過程を逐一厳しく監視していたが、1959年12月2日、カルロ・セメンツァと並ぶアーチ式ダムの権威だったフランスのアンドレ・コインが設計、フランスのプロバンス地域のレイラン川下流で世界一の薄さの堤体を誇っていた堤頂高66・5mのマルパッセダムが大雨による圧力に耐えられずに決壊、2つの村を飲み込んで421人の死者を出すという大災害が起きた。顧問団は黒部ダムの規模縮小を切り出す。

関西電力設計部はカルロ・セメンツァの基本設計を改良、アーチ式ダムの両側にコンクリートの重量で荷重を支える重力式ダム構造と、人口湖側の岩盤に直角に接するウイング構造を追加して、規模を縮小せずに強度に対する不安を解消した。「建設中に絶壁の岩盤に亀裂が見つかったため途中で急遽設計を変更した」とする記述もあるが、建設中の写真を見ると明らかに堤高の低い時点から左右の重力式構造やウイング部の施工を開始しているため、この大規模な設計変更が行われたのは着工前だったと思われる。

1960年10月1日湛水開始。61年1月15日黒部川第4発電所1・2号機発電開始。

黒部ダムが完成・竣工したのは1963年6月5日であった。

のべ1000万人が働き、171名の尊い犠牲の上に築かれた日本の偉業だった。

黒部ダムにはもう一ヵ所、「謎の神殿」がある。下流側の右岸渓谷のはるか下、断崖の途中だ。河床から展望台までの高さ＝235mから写真計測してみると、中央の列柱の高さは10m近くあった。列柱の奥は埋められていて内部に入れる様子はない。おそらくこれはダム建設中に黒部川の流れをバイパスするために掘削された仮排水路と呼ばれる地下トンネルの出口、吐口（はけぐち）だ。仮排水路が完成すると上流で川を堰き止め上流側の水門（呑口＝のみくち）を開いて迂回を開始する。このとき樽酒を積んだ船を一緒に流し自然への感謝とともに安全を祈願する「転流式」を行うのが、ダム工事のならわしだ。ダム完成後に仮排水路をコンクリートで埋めて塞ぐのが「湛水式」。この瞬間から水がダム湖に貯水される。巨大な吐口もまた黒部の死闘の遺跡である。

参考文献

「巨大ダムの“なぜ”を科学する」西松建設「ダム」プロジェクトチーム　アーク出版刊
「黒四ダム 1千万人の激闘」「厳冬 黒四ダムに挑む」NHK出版刊

●取材 2016年5月24日　●執筆 2016年7月10日　●掲載 GENROQ 2016年9月号

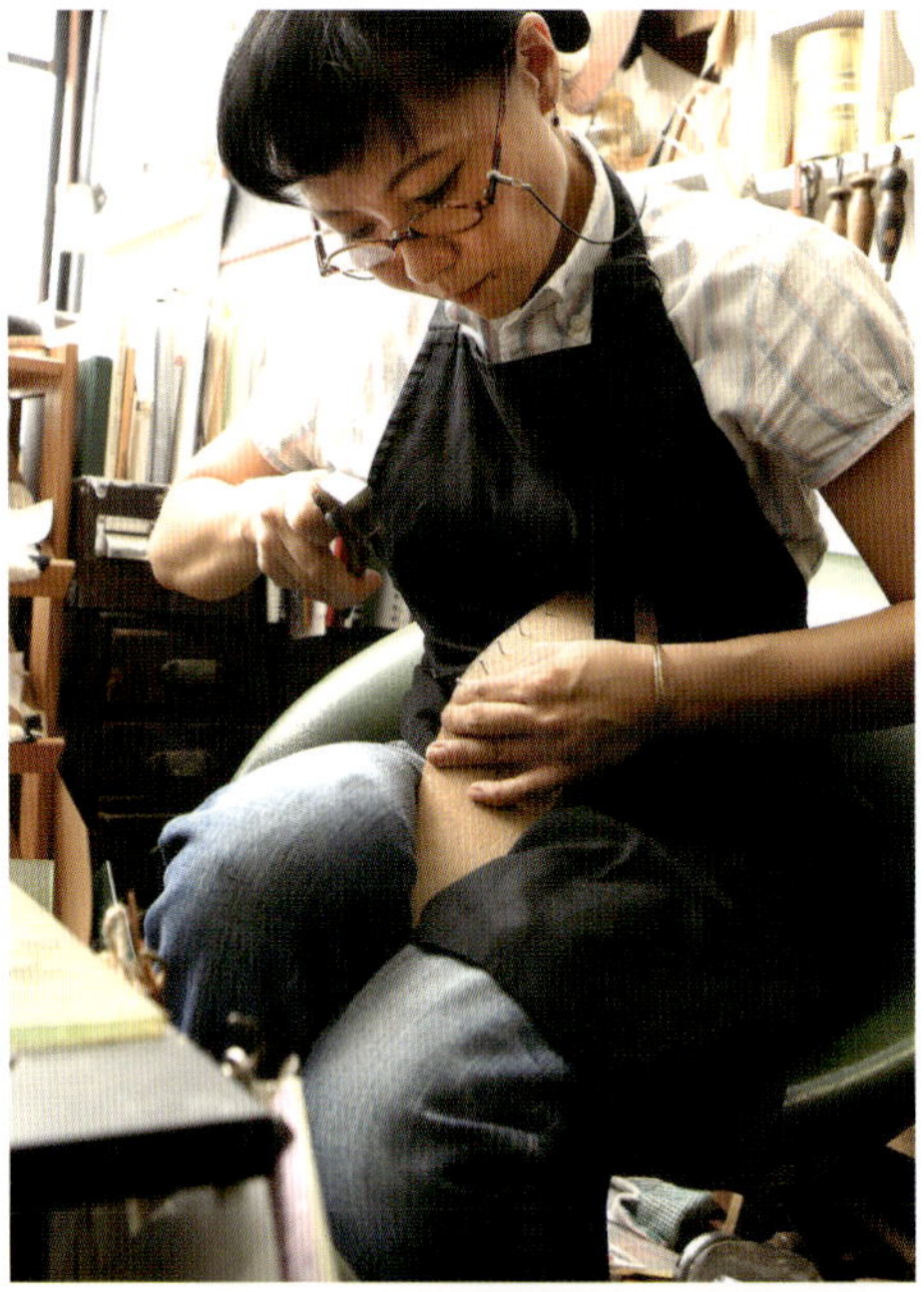

第51話 ［プロフェッショナリズム］

ビスポーク靴の製作と伝承

大川由紀子

人が生まれたとき、その骨は305本あるという。成長にしたがって接合したり分離したりして成人では約206本に落ち着くが、その25.2%、52本の骨は両足首から先の部位に集中している。ヒトが立ちあがって2足歩行を始めたとき、なにかがそこで起きた。4つの脚に体重を分散し胴体を弓のようにしならせて走るかわり、そのバランスをヒトは足の裏に取り込んだのである。親指の付け根と踵で荷重を支える土踏まずのアーチ、親指と小指で支える横断面のアーチ、そして歩くときに踵から接地し、荷重を移動させ、親指で路面を蹴るというあおり運動。その筋肉の動きが血流の脈動になって「ミルキングアクション」という血液循環の促進効果さえも生んだ。靴は2足歩行という奇跡の進化の補助デバイスである。英国伝統のオーダーメイド手作り靴の精神とノウハウを世界に伝える、日本人・大川由紀子の挑戦。

PHOTO◉荒川正幸（*Masayuki Arakawa*）　協力◉Bench Made　http://benchmade.jp

サドルオックスフォード

Bench Made/CEO **大川由紀子さん**

父親の革靴を磨くのが楽しくて、大人になったら靴磨きになろうと思っていた。

「靴を作る職人になります」高校の先生に進路についてそう言ったが、どこで何を学べば靴作りの職人になれるのか誰にも答えられない。短大でデザインを勉強し、製靴メーカーのデザイン企画に就職した。

しかし大量生産の紳士靴というのは自分がイメージしていた靴作りの世界とは少し違った。

創業1866年のイギリスの名門「ジョン・ロブ」。

オーダーメイドのビスポーク靴をそこで制作している靴職人のほとんどが、同じロンドンにあって100年以上の歴史を持つ「コードウエイナーズカレッジ」で靴作りを学んだ卒業生であることを知り、会社を辞め単身渡英した。バブル崩壊直後1992年のことである。

客の足の形を採寸して木型を作り、それを元に靴を製作するおよそ20工程を、革材料だけを使ってすべて手作りする英国伝統のビスポーク靴の製法を「ハンドソーンウエルテッド」という。

工程はそれぞれ専門分野の職人の分業制である。

「ラスト（Last）メーカー」と呼ばれているのは木型職人。椅子に座った顧客の足の下に紙を敷き、鉛筆でなぞって足幅と足長などの外形、土踏まずを除いた接地面の形状を取り、足の幅の最も広い部分、土踏まずが最もくびれた部分、甲が最も高い部分、踵から甲にかけてなど、足の各断面外周部の寸法をメジャーで

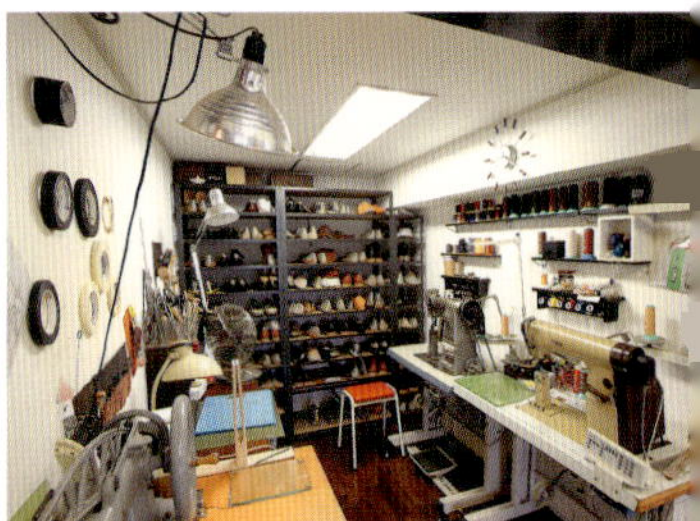

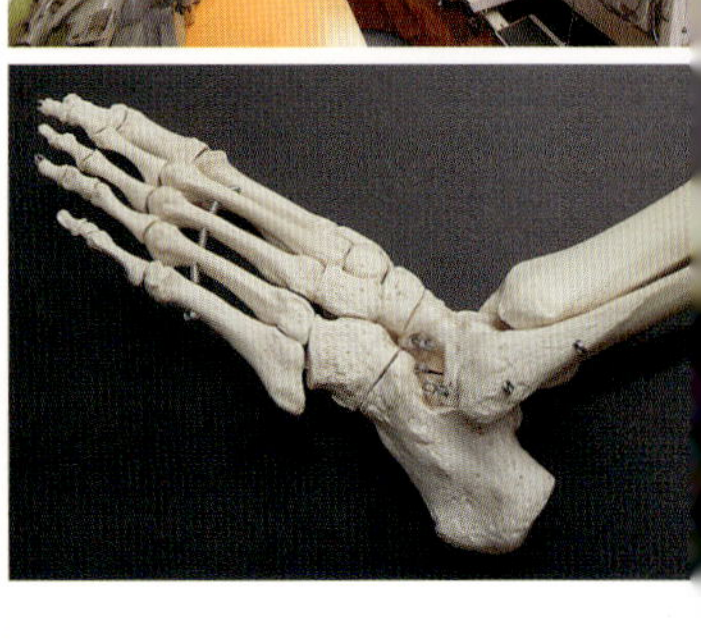

大川由紀子が作るBench Madeブランドのビスポーク靴。写真の見本品は英国靴のクラシックスタイルの中でオックスフォードとかバルモラルと呼ばれている様式で、ドレスコード1＝礼装で着用することができる。見分け方は紐を締める羽根の部分が甲の下に潜り込んでいること(内羽根式)。ヴィクトリア女王の夫アルバート公(1819～1861)が1853年に作らせたミドルブーツが内羽根式の起源とされており、様式名も同公が静養したスコットランド・アバディーンシャー州にあるBalmoral castleからきている。この見本では、つま先にカバー(トウキャップ)が付いており、その後端には軽量化と通気性のデザインが様式化した穴飾り(ブローギング)と、ギザギザのカット(ピンキング)が入っている。CAPSと呼ばれるスタイルだ。しきたりを無視した和装などありえないのと同じように、英国伝統の様式とドレスコードに対する正しい知識と理解は、ビスポーク靴の愛好にも不可欠だろう。周囲に並べたのはビスポーク靴作りに使う専用の工具と革素材。外装＝アッパーには生後半年以内の仔牛の革＝カーフをアニリン鞣ししたのちグレージング(ローラーで加圧・摩擦)した「ボックスカーフ」を使う。仔牛のと畜数は年間で制限されており、品質上位半数の皮革はエルメスが買い占めている。市場に流通する1級～5級のグレードはそれ以下の品質のランクである。Bench Madeではジョン・ロブ時代のコネクションを生かしてエルメスグレードの最高級品を入手し使用している。キメ、収縮性、耐久性がまったく違うという。

測定する。この「ドラフト（原図）」を元に、客の足の形を3次元の木型に再現する。

「パターンカッター」は靴のデザインを行い、「アッパー」と呼ばれる靴の外装部や内側の「ライニング」などのカットパターンを描く職人である。

「クリッカー」。パターンに従って革を裁断する専門職。

「クローザー」はミシンを使って革を縫い合わせ、アッパーを仕上げる職人。

そして「ボトムメーカー」。底付け職人だ。木型を元にビスポーク靴の最大のポイント部分である「インソール（中底）」を作り、アッパーと縫い合わせて靴を完成させる。

本場英国でもこれらの作業を積み重ねて靴を作るビスポークブーツメーカーと呼ばれる店は、当時ジョン・ロブを含めすでに6店しか残っておらず、学校の授業でもハンドソーンウエルテッドの技法のすべては教えていなかった。大川はここでも大きな落胆を味わうが、幸運にも夜間に有志が集まって実社会の経験者を招き学ぶアダルトスクールで、ジョン・ロブのボトムメーカーのひとりだったポール・ウイルソンに出会う。

底付けの技法を夢中で学んだ。

次は木型だ。

知り合った木型職人のところに通って助手を務めながら、木型の製作技術を吸収した。

昨今はインターネットやメンズ雑誌などでもビスポーク靴の製作工程が紹介されているが、大きくクローズアップされるのはインソールとアッパー、そして「アウトソール」（靴底）」を一気に縫い上げる底付けの工程である。いかにも熟達の職人技を感じさせるし、一気に靴がかたちになっていくシーンに爽快感がある。

大川は言う。

「底付けは確かに力仕事だが、1日8時間休まずやれば2年でなんとか技術を習得できる。木型通り作るのだからフィッティングに対して責任もない。しかし木型は靴の出来を左右する。4年やってもモノにならずに辞めていく人間もいる」

木型は単に客の足の3次元形状の複製ではない。

足は夕方になるとむくんで大きくなる。それで「靴は夕方買え」などというのだが、ビスポーク靴ではフィッティングに関する言いわけは一切通用しない。だから靴ひもで締めるハイラインステップと呼ぶ甲の最も高い部分を採寸するとき、メジャーできつく締めた状態と緩めた状態を測って、その差から客の足がむくみやすいかどうかを推定して木型に反映させる。

大きな足、小さな足、外反母趾などのトラブルを抱えた足、いかなる客の足にもフィットし、それを正しく支えて歩行を助けるビスポーク靴の性能を決めるのは、要するに解剖学的な所見と知識、そして経験である。大川は医大で特別講座を受講し、足の骨に関する解剖学も徹底的に学んだ。

カレッジ入学半年目、ジョン・ロブの社長に「アルバイトで働かせて欲しい」と私信で直訴。学校に通いながら夢のビスポークブーツメーカーに潜り込む。大川は次第に頭角を現し、96年、シュー&レザーニュースという業界新聞でヤングデザイナー・オブ・ジ・イヤーに選ばれた。

1997年、ジョン・ロブに東洋人として初めて就職。クリッカーからスタートし、パターンカッター、クローザーを歴任した。エリザベス女王の靴作りにも参加できた。

夢を叶えても熱情は止まらない。ビスポークの5つの技術すべてを習得したかった。

当時ジョン・ロブには木型職人が9人。パターンカッター、クリッカー、クローザーも社員職人が行い、20名の底付けはいずれも契約制の自営業者が行っていた。木型から底付けまでのすべてのノウハウを身につけるという野望はようするに慣例にも伝統にも反していた。第一毎日仕事をしているのだから別の専門分野の技術を習得するのは物理的に無理だ。

気にしなかった。1日8時間働いて家に帰ると、木型を作り、全工程をひとりで作業して月に2足のペースで自分の勉強のための靴を作った。

本国でも遠く離れた母国日本でも「ジョン・ロブに凄腕の日本人がいるらしい」というウワサが広まる。

英国でスクールをやらないかという誘いもあったが、2004年8月、円満退社して帰国。ハンドソーンウエルテッドの全工程を教える教室を成城学園の駅前近くに開講する。2006年、教室内に接客設備を作ってオリジナルブランド「Bench Made」を開業した。

それから10年。

1日10～12時間働く。休みは月曜日だけ。月に2足半のペース、200工程をひとりで仕上げるのにおおむね120時間かかる。

英国伝統のオックスフォード、ダービーなどのクラシック靴の基本料金は税別33万円。サイドエラスティックやジップアップなどのブーツが43～46万円。しかし英国のジョン・ロブなら最低約60万円、エルメスが経営するパリのジョン・ロブはさらに数割高い。しかも日本から注文すると輸入時に35%の関税がかかる。「一足最低100万円」がこの世界の常識だから、大川の靴は格安だ。

お客さんは国内からだけではなく海外からもくる。ひとりで13足作ったという人もいるという。

ビスポーク靴のなにがそれほど人々を熱狂させるのだろう。

木型からインソールの型を取る工程を見せていただいた。

インソールとは靴の内側の中底の部分だ。薄い中敷きと厚いアウトソール（靴底）の中間にあって、足裏の荷重を直接受ける。

使うのはアニリン鞣しの牛革。水の中に半日漬けておいたものを取り出し、割ったガラスの端面で銀面（表面）をこすって一皮むいてから木型の足裏部分に銀を乗せ、中心部を釘で固定してから周囲をナイフで切った。

「わに」と呼ばれるペンチのような工具で周囲から引っ張りながら、端を釘で固定していく。

一周打ち付けると、水で柔らかくなった分厚い革が木型の裏にぴったり張り付いた。ここで初めて気がついたのだが、木型の足裏の部分には土踏まずのアーチだけではなく、足裏の断面形も丸く3次元で表現されていたのである。そのまま1～2週間おくと、革が乾燥して木型の立体形状がインソールに反転される。

木型の足裏の3次元形状を写し取ったインソール、木型を使って切り出した革を縫い合わせて作ったアッパー、それらを木型に被せ、わにで張ってから釘で固定し、縫い合わせる。革は伸びきっているから、履い

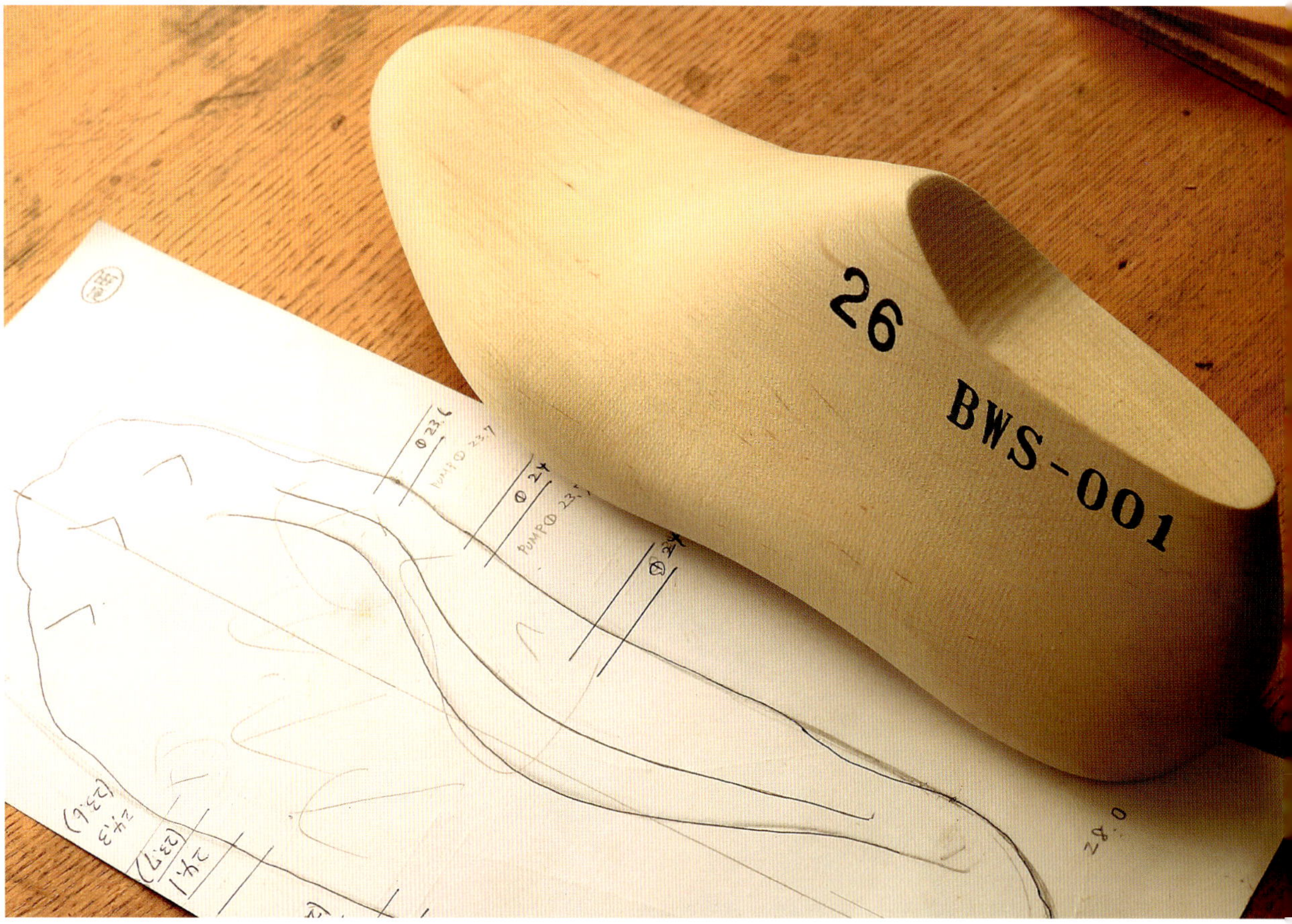

顧客の足から取る原図＝ドローイングと、その寸法データから作る木型。ビスポーク靴作りを紹介した「Handmade SHOES FOR MEN」にはカバノキ科のセイヨウシデ（Carpinus betulus）から木型のブランクを作る工程まで出ているが、さすがに現在は倣い加工で成形されたブランク材をベースにする。木型用ヤスリ（前ページ写真の上部の赤いハンドル）で削って顧客の足の3次元形状を映していくが、このとき採寸時に触診などで読み取った足の特徴、癖、トラブルなども形状に反映させる。以後の工程はすべて木型を基準に行われるため、木型の3次元形状がビスポーク靴の生命であるフィット感を決定する。ビスポーク靴の店は日本にもかなり増えてきたが、木型から作っているところは少ないという。

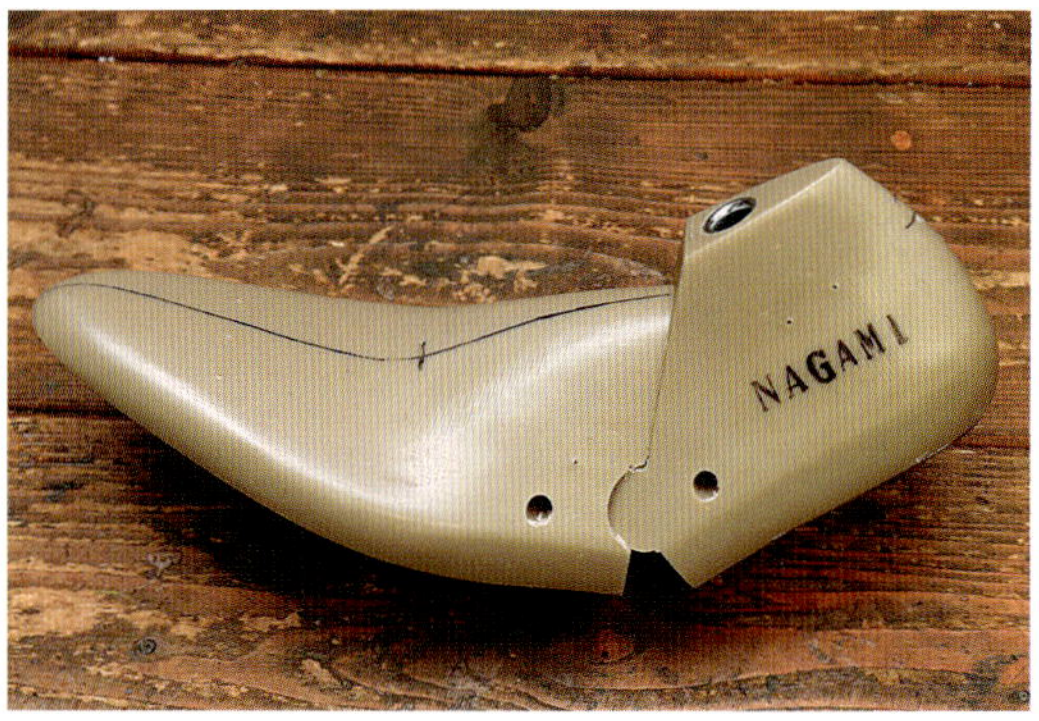

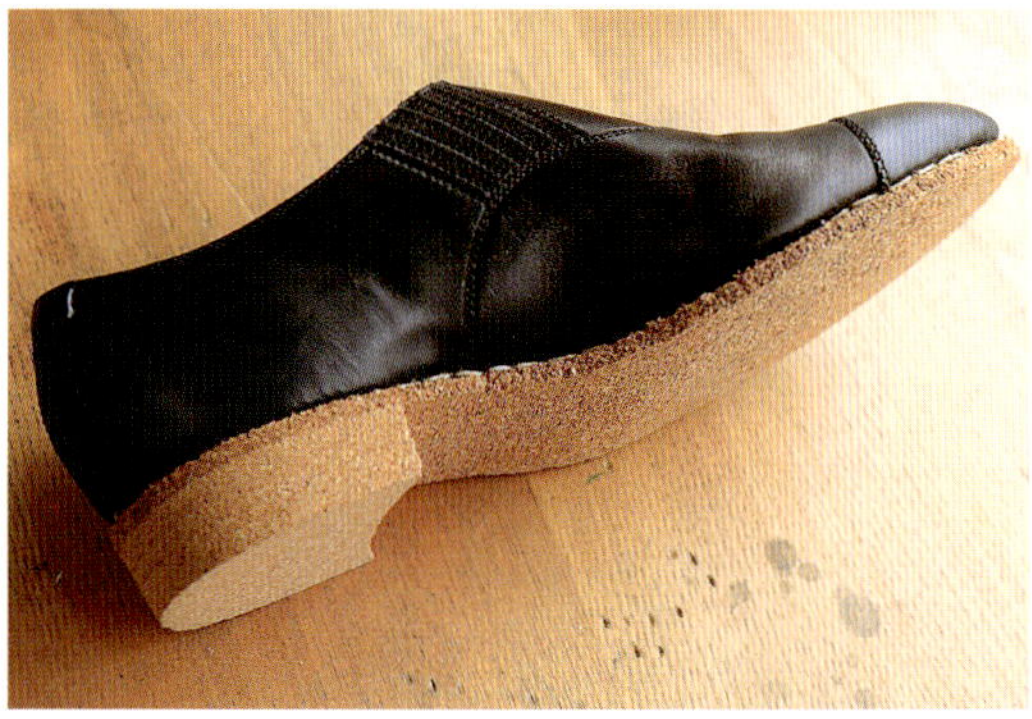

木型（Last）は本来2分割になっていて、分解しながら製作途中の靴からするりと抜けるようになっている。Bench Madeでは無可動の木型（＝Solid）をブランク材から片側だけ作り、これをメーカーに送って可動式の樹脂型を左右製作、左右の足の形にそれぞれ合わせて修正するという方法を採用している。この木型を使ってまず作るのがコルク底の靴、仮縫い靴だ。顧客に履いてもらって1時間ほど散歩してもらい、フィッティング感の感想、甲の部分への折れ皺の入り方などから、きつい部分、ゆるい部分などを判定し木型の修正に生かす。デザインのチェックも同時にできるメリットもある。英国のビスポーク靴ではこういうサービスはないから「3足作って納得」というのが常識らしい。

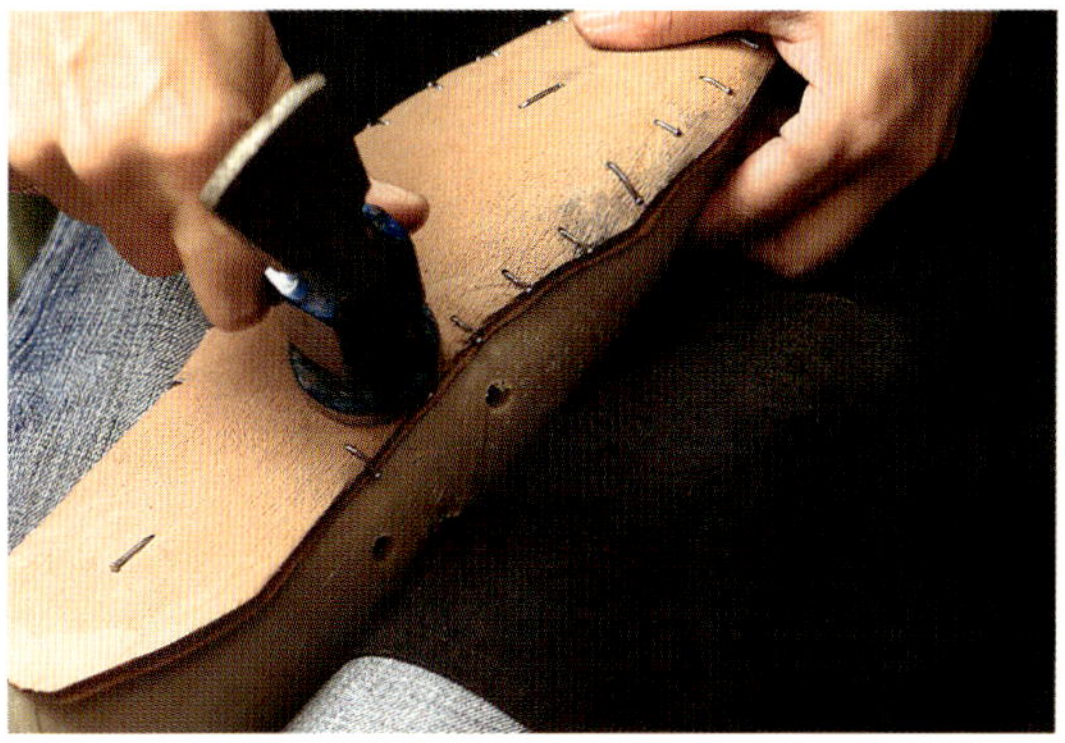

「クルマとはどの部位のことか」と問われたら、それはシャシーナンバーが打刻してあるモノコック／シャシーである。クルマのすべてはこれで決まる。外板を変えたってエンジンを換装したってインテリアを作り替えたって、シャシーが同じならそれは同じクルマだ。ビスポーク靴ではそれが「インソール」である。水に濡らした皮を木型の裏に釘で固定し、立体を形状記憶させる。シャシーナンバーはないが、靴に組み込み長年使用するうちに顧客の足裏の形状と荷重配分・荷重移動のくせが刻印される。これが生命。「インソールを交換しないならたとえアッパーを全部取り替えたとしたってビスポーク靴では『修理』の範疇です（大川）」

ているうちに伸びて型崩れするということはない。

アウトソール（靴底）とヒール（踵）をつけて完成した靴は、当然ながら客の足に吸いつくようにフィットする。歩くと汗をかいてインソールは湿り、そこに体重が乗る。インソールはさらに足に馴染んで足裏の形状や歩き方の癖を形状に記憶していく。

一般の既製靴のインソールはショッキングなことに革ですらない。ほとんどがパルプボード（厚紙）製だ。一足10数万円もする高級既製靴でも革でない場合がある。厚紙の平らなインソールに形状記憶機能などあるわけがない。

「ロールス・ロイスを盗まれた人が、クルマはあげるからトランクに入っていた自分の靴だけ返して欲しいと新聞に広告を出した。ジョン・ロブにはそんな逸話があります。長年履いて足に馴染んだビスポーク靴にはお金では買えない価値があるということです」

お気に入りの靴なら誰でもかかとがすり減ったら交換して履く。高級靴なら底の張替えも出すかもしれない。しかしつま先などの外装に大きな傷をつけたり、履き潰して穴があいてしまったら、きっとそこが寿命と諦めるだろう。

「そんなことはありません。ビスポークは修理できます。チャールズ皇太子だってご自分の靴のアッパーに穴が空いたのをパッチで修理して履いておられます」

体に馴染んだインソール一枚だけ使ってあとは全部作り変え、そういうとてつもない作業もあり得る。ジョン・ロブではどんな仕事も理由なく断わったりはしなかった。体型の変化や加齢などによって足の形が変わってしまった顧客の注文に応じて、かつて製作した靴をばらばらに分解し、インソールを切って革を継ぎ足し幅を広げ、それを使ってまったく新しい靴を作ったこともあった。

その精神は大川の靴作りにも受け継がれている。1年間はフィッティングの不具合修正は無償、そのあとも靴の寿命が尽きるまで面倒を見る。顧客のリスクを低減するため、本家ではやらない「仮縫い」もやる。

気がつくと英国に6店あったビスポークメーカーは3つになっていた。ジョン・ロブ伝統のハンドソーンウエルテッド製法の200工程、そのすべてを習得し教えることができる人間も世界にほとんど皆無になっていた。

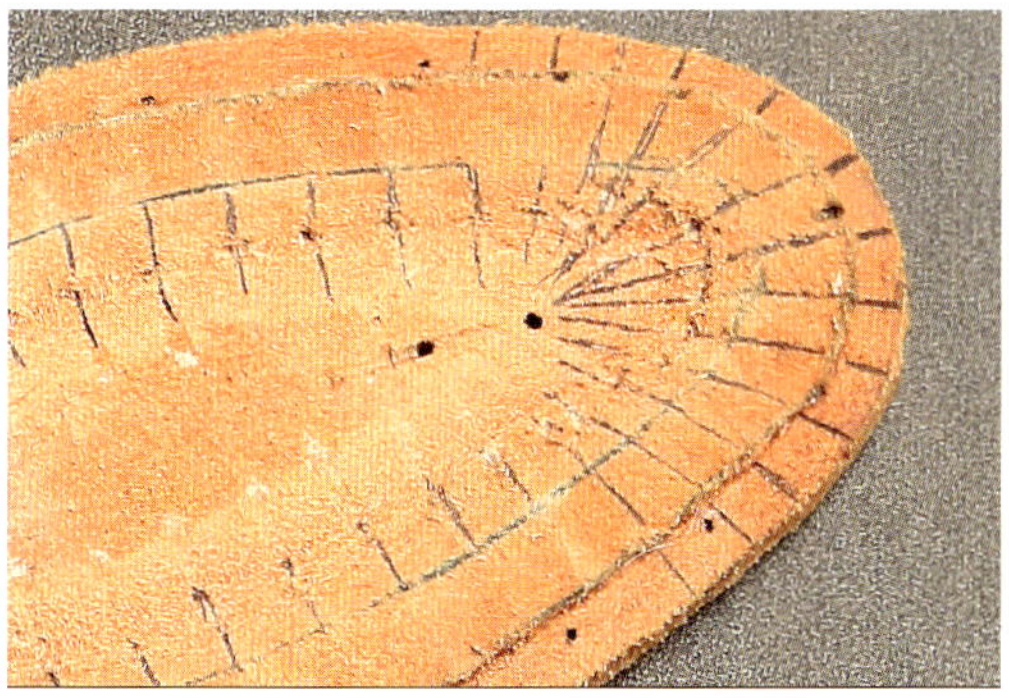

だから大川の教室には日本全国はもとより、世界中から生徒が学びにくる。仕事の合間、あるいは仕事をしながら、1回3時間の教室を週3日7クラス持って、60人の生徒にビスポーク靴作りのAからZまでを教えている。

大川の教室からはすでに5人の生徒が巣立ってビスポーク靴作りをしているという。

日本はいまやビスポーク靴の本場の様相である。

著書「紳士靴を嗜む」の中で服飾ジャーナリストの飯野高広さんは、大企業に見切りをつけて職人志向を抱き、修行を重ねた人が断絶寸前だった手作りの製作技術を継承し、インターネットの口コミで世界を相手にビスポーク靴を作っているという日本のビスポーク靴の繁栄は、1990年代以降の不況が逆に幸いした結果であるという興味深い分析をしておられる。

靴磨きに憧れた少女は、英国ビスポーク靴の伝承者、その技能と伝統の語り部になったのである。

（文中の敬称を略しています）

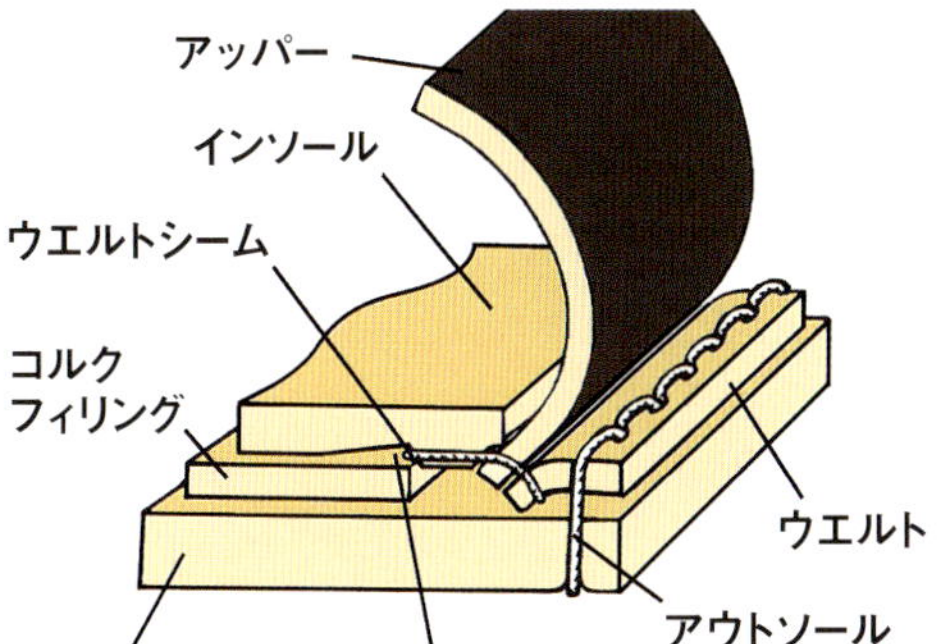

インソールの底面の周囲1周に幅5mmほどの段差を、またその1センチ内側の一周にチャンネル（溝）と呼ぶ凹みをナイフで切る。アッパーとインソールを木型にかぶせ、わに（前ページ写真の靴の左横）でアッパーを引っ張れるだけ引っ張ってインソールに釘で仮固定し、革を細長く切ったウエルト、アッパー、インソールを「すくい針」というカーブしたキリで一気に貫いて下穴をあけ、左右から麻糸を通して縛るようにして縫い付けていく。アウトソール（靴底）はウエルトに対して縫い付ける。だから底の貼り替えは簡単だ。また糸を切って靴を完全分解することもできる。英国伝統のビスポーク靴では革以外の素材は使わないため、全体を木型ごと水につけて縮ませるというような修理方法も可能だ。写真はスクールの生徒さんの作品である。図版参考：「Handmade SHOES FOR MEN」

ジョン・ロブのハンドソーンウエルテッドではすくい縫いの際に使う針にイノシシの毛を使っているという。しかし日本では入手できず、試行錯誤の結果、ナイロンの釣り糸を使っている。麻糸を何本か捻ってワックスで固めたものを絡めて縫う。シューメーカーによってワックスの素材は蜜蝋、レジン、パラフィンなど、いろいろ工夫する。ジョン・ロブ（John Lobb）は、同名の靴職人が1866年にロンドンで創業、1902年に二代目がパリに出店。1976年エルメスグループによって買収された。ジョン・ロブ・ブランドの既製靴、パリのアトリエにおけるビスポーク、世界中に展開しているブティックなどはすべてエルメスグループの経営である。大川由紀子が修行したロンドンのビスポーク部門だけが創業者一族の手元に残り、今も伝統的製法を守り続けている。

参考文献

「Handmade SHOES FOR MEN」 h.f.ullmann publishing GmbH刊
「紳士靴を嗜む」 飯野高広著 朝日新聞出版刊

●取材 2016年8月2日 ●執筆 2016年8月12日
●掲載 GENROQ 2016年10月号

第52話 [日本の名作]

天童木工

リオオリンピックとパラリンピックで一躍脚光を浴びたあの日本製の卓球台。澄川伸一が今大会のためにデザインし、千葉県流山市の卓球台メーカーが製造した。天板の色も話題だったが、とりわけ目を引いたのは優雅な3次曲面を描くあのX型の木製脚だろう。激しいプレーで選手の体がぶつかったときにも振動がすぐに減衰する特性を目指して試作を繰り返し、1.5㎜の厚さにスライスした山毛欅の板を58枚積層し型の中に入れて曲げながら接着していくという成形合板技術を駆使しておよそ8㎝の厚みの部材を作った。使用する木材は東日本震災復興の願いを込めた岩手県宮古市産の山毛欅材。脚の製造を担当したのは成形合板の技術で世界に冠たる山形県の家具メーカー、株式会社天童木工である。同社に成形合板の伝統を取材した。

PHOTO◉上野由日路(*Yoshihiro Ueno*)　協力◉株式会社天童木工　www.tendo-mokko.co.jp

木製の椅子や家具の脚などをよく見ると、薄い板が何枚も重なっているような断面が見えることがある。

あれが成形合板。

ベニヤ板を熱で曲げて作るのかな、薄い板を曲げといて重ねて接着するのかな、なんとなくそんな風に思いながら見ているが、実際はちょっと違う。

作業を見せていただいた。

1・0㎜、1・5㎜などに薄くスライスした板(「単板」)を一枚づつローラー機に通して接着材を塗り、木目が直交するように5枚10枚と手で積み重ね、ふんわりした薄板の束を作る。これを手で抱えて複雑な形状をした型の隙間に差し込むように入れ、型を閉じて加熱する。

型閉じ時の圧力などによって板が押し曲げられ、加熱によって熱硬化性接着剤が硬化しその形状のまま接着する。

つまり成形と接着を同時に行うのである。

曲げていくときにぱりぱりと板が割れてしまわないものか。

あとで接着剤が剥がれて分解したりしないのか。

そこが技術だ。

見学させていただいたイージーチェアの場合、厚みや重ね合わせ枚数の異なる単板の束を3セット使い、上下左右4つの型で挟み込んで、一筆書きのように一体にデザインされた前後の脚+座面+背もたれの片側部分を一発成形で作っていた。ずれないよう歪まないよう微調整しながら板の束を差し込んで順に型締めしていく作業は、まさしく熟達の技だ。

フレームは先端に行くにつれてテーパ状に細くなっていく繊細なデザイン。無垢の木材なら斜めに削ればいいだけだが、この製品では単板の長さをあらかじめ精密に調整しておき、先端に行くにつれて積層枚数がだんだん少なくなるようにしている。少しでも重ね合わせがずれたら、隙

Souve Collectionとバタフライスツール
(1956年のオリジナル)

国産杉の成形合板

天童木工製の「DAN」シリーズ(小林幹也デザイン)のイージーチェア(T-3235WB-AG 12万3000円〈税別〉～)のフレームの成形工程。ここで使う材料は厚さ1.0mmと1.5mmにスライスしたホワイトビーチだ。ブナ属の落葉広葉樹で、硬く目が詰まっており強く粘りがあって合板に向く。一般にはブナまたはヨーロピアンビーチの名で知られるが、ドイツやクロアチアから輸入したものを使っている。① 成形用の巨大な型。油圧可動式で型は上下左右4分割。こうした縦型タイプの成形機は同社の乾三郎が最初に考案・開発したという。② 幅30cmほどの長い材をローラー機に通しながら熱硬化性ユリアメラミン樹脂接着剤を表面に塗布、木目を直行させせながら重ねていく。③ 部位によって1.5mm×10枚＋1.0mm×19枚、1.5mm×7枚＋1.0mm×4枚などと積層枚数を変えて3セット作る。テーパー形状部は何枚かの長さを短くする。④ 型はなんと木製。NC加工した薄板を積層・接着したもので本製品の場合は成形面に金属板が貼ってある(写真は別の製品用)。⑤ 積層した板の束を型に差し込み、上の型の左右に上端が分かれるようYの字に配置する。⑥ 型を閉じて下端をしっかり固定したら、上の型の下部に別のセットを挟み込む。⑦ 少しづつ型を下ろしていく。板材と板材の隙間に三角形の長いコマが挿入されていることに注意(「コマ入れ成形」)。⑧ 右の型との間に3つ目のセットを曲げながら差し込む。かなりの力仕事だ。⑨ 右の型を閉じていく。⑩ 無垢材で作ったコマ。成形合板製のバドミントンラケットの構造にも似ている。⑪ 型をぴたりと閉じ加圧保持しながら定電圧のヒーターで35分間加熱、接着剤を熱硬化する。曲げと接着を同時に行うのが成形合板の特徴だ。⑫ 電熱を切ってから10～15分間型内で冷却してから取り出し。成形サイクルは概ね1時間1個である。⑬ 成形後にNC加工機や切断機などで形状を分割カットしていく(写真は別の製品用)。⑭ 成形し組み立てたフレーム。これを塗装部門に送る。

間が空くか型締めの圧力で板が潰れてしまう。

加工、塗装、組み立て、クッション製作と張地、家具作りはもちろんすべての工程が手作りの職人芸である。しかし合板の成形作業までもが一つ一つ手作りだとは思わなかった。

山形県天童市、人口6万2千人。山形盆地のほぼ中央にある。

天童は江戸時代から将棋の駒作りで知られてきた。日本製の駒の95％はいまもここで作られている。

株式会社天童木工が同町の木工家具建具工業組合を母体にこの地に設立されたのは、１９４０年のことである。地元の名士だった大山不二太郎を社長に迎えたことからも地元の期待を担った起業だったことがうかがわれる。戦時中は弾薬箱の製造などを行っていたが、仙台市に支所があった商工省産業工芸指導所が取り組んでいた囮用の木製模擬飛行機の製作に協力したのが成形合板との出会いだった。

戦後、軍需の仕事を失った天童木工は本業の家具作りに戻り、大量に備蓄してあった地元の杉材を使って、ちゃぶ台や茶箪笥、流し台などの製造を始めた。その品質の高さが評判になり、終戦直後にもかかわらず百貨店などを通じて全国で飛ぶように売れたという。この定評が三越を通じて米軍住宅用家具の製造・納入を行うという大きなビジネスに結びついた。

いち早く戦後復興の好機を手にした同社だったが、それだけなら地方の家具メーカーで終わっていたかもしれない。

天童木工の歴史は幾重もの機智と英断によって織り成されているように見える。

成形合板はフィンランドの建築家のアルヴァ・アールト（１８９８～１９７６）が考案した技術で、軽量で強度に富み、耐久性に優れ、形状の自由度が高い。明治時代に国策として産業振興のために設立された国立産業工芸指導所の商工技師だった剣持 勇らがこれに注目、戦時中から研究していた。例の囮飛行機は実用の一例だった。

天童木工の工場長、加藤徳吉が構想したのは、成形合板技術の家具への応用だ。

成形合板の技術的ポイントのひとつは、分厚く積層した単板各層の接着剤を均一に深部まで短時間で硬化させるその方法である。加藤は戦時中ドイツで航空機の成形合板製プロペラを接着するために開発されたという高周波発信機の存在を知り、大山社長に導入を進言した。高周波振動によって素材に生じる熱で熱硬化型接着剤を固めるという理屈。当時25万円という大金であったが、大山は子供に褒美のおもちゃを買い与えるかのように許可したという。終戦わずか2年目の１９４７年のことだ。

リオデジャネイロ・オリンピック／パラリンピックの公式卓球台として採用され、一躍脚光を浴びた株式会社三英の「infinity」。特徴あるデザインの脚部の製造を天童木工が担当した。1.5㎜の山毛欅材の単板を部位によって58枚積層成形。型は木製(積層材)、接着剤は熱硬化性ユリアメラミン、硬化は高周波加熱方式だという。3つの部位に分けて成形し結合する。仕上げまですべてが手作業だ。本番のオリンピック用4台、パラリンピック用6台、試作、練習用、展示用も加え、これまでに24台を製造・納入した。同製品は75万円(税別)で市販するが、市販品の脚部も天童木工で製造する。

工芸指導所でも成形合板の技術を一般に公開・奨励し、バドミントンのラケットなどがこの技術で作られて外貨を稼いだが、天童木工は高周波発信機を駆使してより複雑で高度な成形合板製の家具の製造をいち早く実現する。

1953年、その技術を買われ、丹下健三設計の愛知県民会館に成形合板の椅子を1400席、また静岡市立体育館には同じく3000席を納入した。

このころ、工芸指導所で剣持勇の助手だった乾三郎を同社の技術担当役員として迎えている。乾は複雑な形状を一発成形する縦型の多方向プレスマシンを設計するなど多くの技術革新を行った。のちに電子レンジの技術を応用したマイクロウェーブ加熱装置も発明している。

1954年、工芸試験所の紹介でひとりのデザイナーが工場を訪れた。柳宗理という。

持ち込んだ作品「バタフライスツール」は複雑な3次曲面を描く。その魅力に思わず製品化の協力を受けあったが、成形合板でこれを実現するには3年間を費やした。しかし完成した製品は国内だけでなく海外でも絶賛され、1957年のミラノ・トリレンナーレ展で金賞を受賞、翌年にはニューヨーク近代美術館のパーマネントコレクションに選定される。柳と天童木工の名は一躍世界的に知られるようになった。

柳に続けと、国内外の多くのデザイナーが天童木工に作品を持ち込んできたが、それらを次々に製品化していったのも先見の明であった。1950年代末にはハーマンミラー社のデザイン部長だったジョージ・ネルソンが来日、これを契機に50年間以上におよぶ同社との関係がスタートする。

契約した建築家やデザイナーはこれまでに国内外70人以上。水之江忠臣、長大作、松村勝男らは多くのロングラン商品をデザインした。厚さ14・2㎜、重さ1039gの最新版カタログには285ページにわたって1000点近い家具が掲載されているが、柳のバタフライスツールはもちろん、乾三郎の作である座卓(59年)やプライチェア(60年)、田辺麗子のムライスツール(61年)、菅澤光政のロッキングチェア(66年)、磯崎新のモンローチェア(73年)などはいまもカタログモデルである。

広大な工場敷地の裏手には世界各国からやってきた木材が保管されている。写真は国内各地から送られてきた杉や檜などの針葉樹。これを同社特許の圧密加工技術で製品にして原産地に納品する地産地消プロジェクトの一環である。圧密加工では木材から板材を切り出した廃材部を利用し、これを3～5㎜の厚さにスライス、真空乾燥させてから専用に開発した圧密ローラー機に通して、加熱しながら加圧、半分以下の厚みの単板を作る。以下の工程は一般の広葉樹の成形合板と同じだ。

天童木工のもうひとつの仕事、コントラクトも拡大成長した。

ホテル、企業、図書館やホール、福祉施設などからの注文で、椅子、テーブル、ソファ、家具、展示台などを作ってきた。納入実績は官公庁、各地方自治体、国立劇場、帝国劇場、国立近代美術館、最高裁判所、さらには首相官邸、宮内庁にもおよぶ。皇居吹上御所にも天童木工製の家具がしつらえられていると聞く。

OEMの製造品目に関しては、同社は一切明らかにしていない。しかしすでに意匠権や著作権が切れ、世界中で生産されているミッドセンチュリーの有名なデザイナー家具のいくつかは、当時その優れた成形合板の技術が買われて天童木工がOEM製造し輸出したものだった。美しいデザインで有名なあの成形合板製の椅子、インドローズの突板を貼ったMoMAパーマネントコレクションのチェアとオットマン、垂涎のそのオリジナルモデルは日本の山形で天童木工が作っていたと聞けば、家具愛好家なら心震えるに違いない。

技術、実績、名声、栄誉、すべてを手中にしても合板加工技術に対する好奇心には抗えない。あるとき地元のベンツのオーナーから割れたウッドパネルの修繕を依頼され、苦心して修理方法を考え、直した。それが自動車の加飾パネルとステアリングの製造を始めるきっかけだった。

1985年の初代ホンダ・レジェンド用に加飾パネルとウッドステアリングを納入。初代アコード・インスパイア(89年)では、上級グレード用に北米産クスノキ科のミルトルの玉杢やアフリカ産マメ科のゼブラウッドの突板を貼った加飾パネルを作った。2000年、成形合板を使った芯材の上から突板を貼るという独自製法のウッドステアリングを開発、2代目トヨタ・ウインダムの輸出用に採用される。この技術でつくるステアリングは、現在もレクサス各車用として製造・納入している。

近年脚光を浴びた技術が国産の杉や檜を材料に使う成形合板の開発だ。

成形合板の材料はその9割を良質な輸入材に頼ってきたが、翻ると国内に植林されている人工林の8割を占める杉の需要は減少するばかり。

杉の有効利用の研究が地方自治体でも盛んに行われているが、成形合板への採用は難しい。進化を遂げて複雑化している広葉樹に比べると、太古の姿のままの針葉樹は細胞の構成が単純で、組織の多くが水を根から樹幹を通して葉へ送る仮道管で構成されており、細胞と細胞の間の空隙が大きいため比重が小さく柔らかいからだ。

天童木工常務取締役の西塚直臣は、木材をプレスして強化するというフローリング材などの建材の製造で使われている圧密加工技術を応用すれば、針葉樹の強度を向上させて成形合板を作ることができるのではないかと考えた。試作を繰り返し、専用の圧密ロール機を三菱重工と共同開発、軟質針葉樹の成形合板の製造技術を実用化した。

地元山形県産の金山杉を使った成形合板の家具は2014年4月に発売され、大きな反響を呼ぶ。

国産針葉樹材の使用をさらに全国へと拡大するため、企業や地方自治体などから地元の杉や檜などの軟質針葉樹を仕入れ圧密加工、成形合板の机や椅子、窓口カウンターなどを作って地元に送り返すという木材の地産地消プロジェクトを開始した。

岡山県真庭市落合地域創造センターは地元産の檜を利用した図書館家具（カウンター、書架、椅子等）を製作。福島県国見町は地元の杉を使用して町役場の議場デスクやチェアを、えちごトキめきリゾート雪月花は、地元産杉を使用して車両用のテーブル、チェア等を作った。地元の木で家具を作って欲しいという問い合わせは全国から舞い込んでいる。

2015年11月、同社の圧密加工技術は、経済産業省「第6回ものづくり日本大賞」の製品・技術開発部門において、栄えある内閣総理大臣賞を受賞した。

工場を案内してくださった同社の福島幸雄取締役企画部長は言う。

「無垢の木材を使った家具などでは製品になるのは木材の4割とも5割とも言われていますが、成形合板は薄く剥いて接着するので伐採した材の8割が使えます。真空乾燥法などの人工乾燥も存分に駆使できますから、例えば2月に切ったばかりの木を6月に家具にして故郷に帰すこともできます」

国産杉の成形合板で作ったソファの肘掛は、ピンク色の木目がまっすぐ通って、どこかほんのりと素朴で優しい香りがした。

これこそ日本の名作だ。

挽き割り（加工）したパーツを組み立て、下地処理をしてから塗装工程に入る。二液性ポリウレタン塗料を使用、塗装しては表面を研磨するという工程を少ないもので4回、多いものでは12回も繰り返し、平滑な表面を作り出している。この塗装技術が同社の自動車部品製造部門におけるステアリングや加飾パネルの製造にも活かされている。塗装しているのは前ページで成形工程を見たあの「DAN」のイージーチェア。色見本にあわせて塗装を重ねていく。

柳宗理デザインの「バタフライスツール」（1956年）。ニューヨーク近代美術館、ルーブル美術館、メトロポリタン美術館などが収蔵する世界的な名作である。現在でも生産中で、ホワイトビーチ1.0㎜を7枚使い、複雑な3次曲面を作るために金型を使用、蒸気加熱でユリアメラミン樹脂接着剤を硬化させている。天童市は「ふるさと納税」の返礼のラインナップに天童木工製の家具を加えているが、10万円の寄付で定価4万5000円のバタフライスツール、あるいは6万円のマッシュルームスツールがもらえる（http://www.furusato-tax.jp）。名作入手の絶好のチャンスだ。

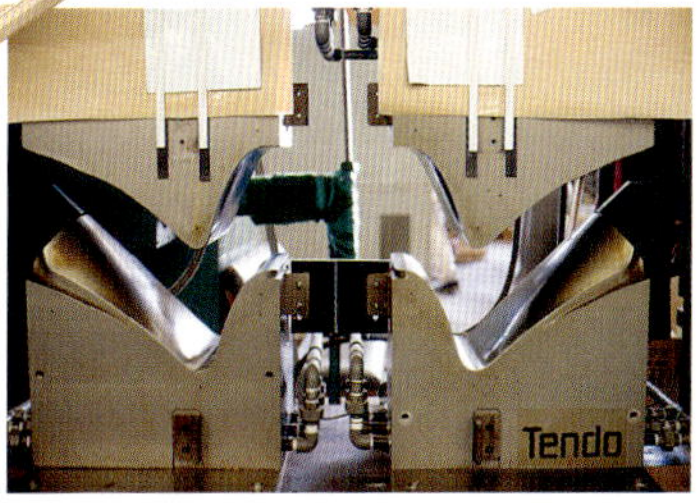

椅子やソファのクッションの製作と張地の縫製、張り込み工程。クッションは様々な硬度と特製のウレタンフォームを部位によって何種類も使いわけて接着し成形、表面に薄く柔らかいウレタンを貼ってから張地を巻いている。生地の種類は膨大で、防汚、撥水、難燃、抗菌、耐アルコールなどの機能や、汚れを水で濡らしてふき取れるものなど多彩な機能性のものが用意されており、注文時に合皮、本革なども含めてセレクトできる。

地元山形県産の金山杉を圧密加工した成形合板のアームチェアとテーブルのセット。デザインそのものは従来からあるT-5593とT-9290と同じだが、楢材の板目突板だった仕様を、内部まですべて圧密加工杉材にした別注品。天童木工では既製品の仕様変更から一品製作の特注品まで、あらゆるオーダーメイドに対応している。数年前にカタログモデルのイージーチェアの塗色／張地変更をオーダーして作っていただいたのだが、本革を伸びるだけ伸ばして固めのクッションに貼ってあるからなのか、毎日使っているのに革に皺がよってこないことに驚いている。毎日眺めて座って、毎日幸せだ。

●取材2016年9月9日 ●執筆2016年9月14日 ●掲載GENROQ 2016年11月号

参考文献 「天童木工」菅澤光政著 美術出版社刊

第53話 ［プロフェッショナリズム］

技術とシェアで世界No.1
デンソーのカーエアコン

家電の世界では室内の温度分布を赤外線センサーで検知し、これをもとに温度制御をするというふれ込みのエアコンがここ数年話題を呼んでいる。しかし日本の自動車のエアコンの性能と技術は、もはや次元が違う。基本となる冷房能力がそもそも家電のざっと2倍、15年20万kmにおよぶクルマのライフサイクルに対応する高い信頼性を誇り、制御技術もけた違いだ。最新鋭のカーエアコン・システムでは車内外10ヶ所以上のセンサーで環境をモニター、後部座席天井に設置した高性能赤外線センサーで後席乗員の頭部や体の温熱感を推定し、乗員の快適感を個別に制御している。ベンツにもBMWにもここまで進んだエアコンはまだない。世界中の自動車メーカーにエアコンを供給するニッポンのメガサプライヤー、株式会社デンソーに行く。

PHOTO◉上野由日路（*Yoshihiro Ueno*）　協力◉株式会社デンソー http://www.denso.co.jp/ja/

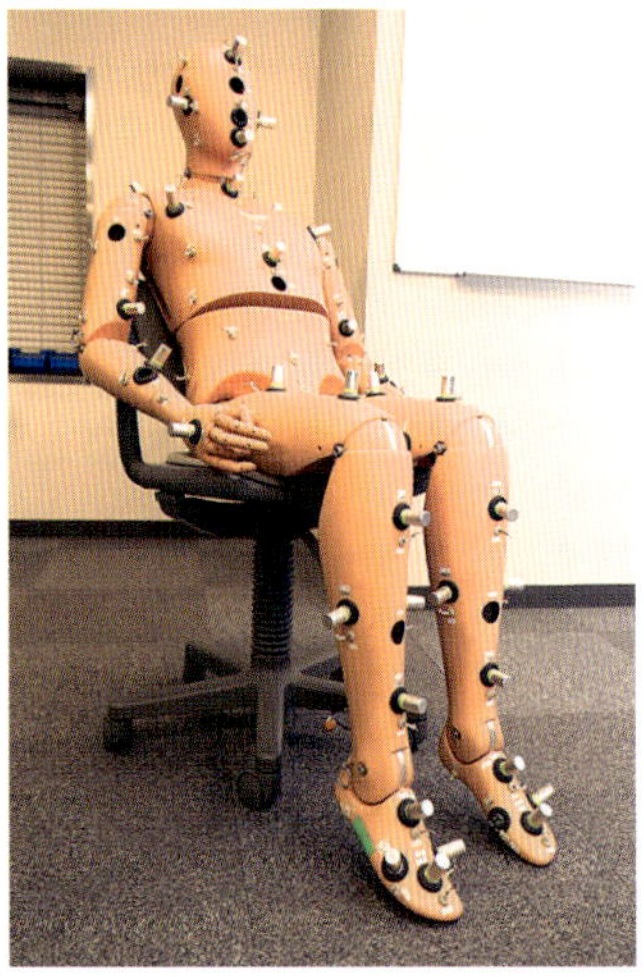

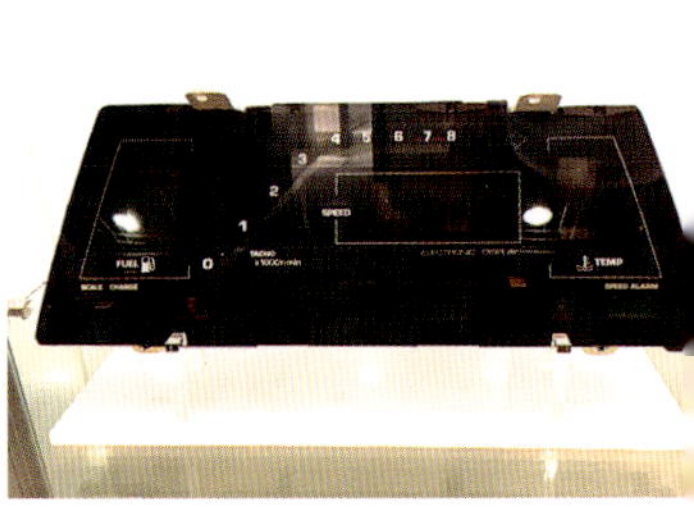

新東名高速道路の終点の豊田東JCTから伊勢湾岸自動車道に入って15km・10分ほど走ると、右手に大きな観覧車が見えてくる。刈谷ハイウェイオアシスは、フードコートだけでなく遊戯施設や温泉、名物「えびせんべいの里」の出店などがあるユニークなパーキングエリアだ。「刈谷」という名は、877（元慶元）年に出雲国から一族を引き連れてこの地に移住してきた狩谷出雲守からきているらしい。

名古屋市の東側に隣接する現在の刈谷市一帯は、天文2年（1533）に水野忠政が刈谷城を築城して以来、松平、稲垣、三浦、土井諸氏に引き継がれ二万三千石の城下町として栄えたが、1926年、豊田佐吉が発明した「G型自動織機」の生産工場が作られたことをきっかけに大小の機械工場が集まるようになって、戦後は工業都市化の道を一気に進んだ。

現在の刈谷市は日本の大手自動車部品メーカーが集結する一大自動車産業地域である。ここに本社機能や工場などを置くのは今回取材にうかがった株式会社デンソーを始め、アイシン精機、豊田自動織機、トヨタ車体、トヨタ紡織、ジェイテクト、愛知製鋼など、トヨタグループの中核をなす企業をはじめ37社。東海道本線刈谷駅の北口側の昭和町とその周辺の広大な一角には、デンソーとアイシン精機の本社、トヨタ車体・刈谷工場、アドヴィックス・刈谷工場などのモダンな建屋が並んでいる。

ナビの指示を頼りに、昭和町の南端を東西に走る道路からデンソー本

株式会社デンソー
冷暖房技術1部 部長
立岩成洋 氏

株式会社デンソー
常務役員 冷暖房事業部長
武内裕嗣 氏

エンジンかトランスミッションのようなこの物体、HVACとよばれるエアコンの本体である。Heating Ventilating and Air Conditioningの略で「エイチバック」と読むのが一般的だ。樹脂製のケースの内部には冷媒を流して室内気を冷やすエバポレーター(蒸発器)、エンジン冷却水を還流させて室内気を温めるヒーターコア、冷気と暖気をエアミックスして吹き出し温度を制御する可変ドア機構、エアを送風するブロワファン、内外気の導入と循環の切替用シャッターなどが入っている。写真はプリウス用のHVACで室内気を温めるための電気式ヒーター(一部の仕向地に設定)も内蔵している。ヒートポンプ式エアコンを採用したプリウスPHVのHVACの場合は、外気から冷媒が奪ってきた熱を放熱する室内コンデンサーが内蔵してある。インパネの奥底に設置してあり、普段目に触れることのない裏方のコンポーネントだが、加飾も無駄も排した徹底した機能美は、パワートレインの魅力に勝るとも劣らない。写真の背景に映っているのは刈谷市のデンソー本社にあって一般公開している「デンソーギャラリー」に展示されている「DENSO号」というワンオフモデル。2009年に同社の創立60周年を記念して社内の有志が製作したものだ。1950年に同社が開発、50台製造・販売した電気自動車「デンソー号」(6人乗り、最高速度43km/h、1充電での走行距離195km)の姿をモチーフにしているが、内部には同社の最新技術が詰め込まれているという。残念ながら詳細は明らかにされていないが、レトロなボディの各所にはセンサーらしき装置が付いており、インテリアもガラスの一体パネルにTFTを埋め込んだモダンなもので、これはもうただものではない。外装の出来も見事で、これを見るためだけでもデンソーギャラリーに行く価値は100%ある。

社の敷地に乗り入れると、守衛さんのいるゲートを通らずに、なぜかそのまま構内の駐車場に入れてしまった。すぐ目の前が5号館、目指す「デンソーギャラリー」はその3階にあるはずである。

広報の方にうかがうと、本社南の駐車場と5号館の一部はパブリックスペースとして市民に開放されており、開館日は自由に出入りすることができるのだという。

自動車はおよそ2〜3万点の部品から構成されているが、それら部品のほとんどは「サプライヤー」と呼ばれる自動車部品メーカーが生産し、自動車メーカーの生産ラインにジャストインタイムで納入している。自動車メーカーに直接部品を納入するメーカーは、その部品に関して「Tier1(第1層)」と呼ばれる。

その部品にももちろんたくさんのパーツが使われているが、金具やねじ、配線、専門分野の部品などは、それぞれ専門の部品メーカーからTier1に納められている。その納入メーカーを「Tier2」と呼ぶ。エンジンやトランスミッションなどのように複雑で部品点数の多いコンポーネントの場合、納入メーカーは「Tier3」「Tier4」などにおよぶ場合もある。ある部品ではTier1として部品を自動車メーカーに直接納入しているが、別の部品ではTier2の立場になるという場合ももちろんある。

こうして自動車部品メーカーが協力しあってパーツを供給しているピラミッド構造を「サプライチェーン」という。

たとえば生産台数でVWと世界一を競い合っているトヨタ自動車の場合、Tier1のサプライヤーは約500社、Tier2は約9000社、Tier3ともなると約2万9000社に上る。世界にはおよそ10万社の自動車部品サプライヤーがあるという(いずれも帝国データバンク調べ)が、その中で世界規模のネットワークを持つ巨大企業を「メガサプライヤー」と呼ぶ。

株式会社デンソーは、北米、ヨーロッパ、アジアなど世界37ヵ国に188社の連結子会社および36の関連会社を展開し、年間売上高4兆5245億円(2015年度)を誇る世界第2位(2015年)のメガサプライヤーだ(※1)。1949年にトヨタ自動車の電装・ラジエーター部門が日本電装株式会社として独立、96年に現在の社名になった。

同社の自動車部品の生産品目は燃料噴射システム、ディーゼル用コモンレールシステム、スターター、オルタネーターなどのパワートレイン関係部品、エアコンなどの空調関連部品、運転支援システム、メーター、ヘッドアップディスプレイ、カーナビなどの情報関連機器、ECUなどの電子機器、モーターなど多岐におよぶ。エアコンを始めとする熱関連

(※1)サプライヤーの世界第1位はドイツのボッシュ社。2位のデンソー以下、マグナインターナショナル、現代モービス、コンチネンタル、ZF、ジョンソンコントロールズ、アイシン精機、フォルシア、リアコーポレーションなどのメガサプライヤーが並ぶ。近年は電動化、自動運転に向け既存事業の再編が進んでいる。(2015年マークラインズ調べ)

デンソーギャラリーに展示してあるカーエアコンの発展史。右端はトヨペット・クラウンのオプションとして1957年に採用されたトランクタイプに続き、59年に開発されたダッシュタイプのクーラー。当時アメリカでは、エアコンがついていないヨーロッパ車などに後付けするインパネ吊り下げタイプの市販カークーラーが出回り、日本にも進出していた。しかし日本の高温多湿の環境にはデンソー製の方が優れていたという。中央は1967年にクラウンが採用したHVACによって冷暖エアミックスできる初のエアコン。左端は車内外温度センサー、日射センサーの情報をもとに吹き出し温度、吹き出し口、風量などを自動制御するオートエアコンで、71年にセンチュリーに採用された。

機器は売上比で同社の31・2%（2015年度）をしめている。

デンソーギャラリーにはそれらの生産品目が多数展示されていて、自動車部品の進化の歴史や最新技術などがわかりやすく紹介されており、非常に面白い。青春時代に乗っていたクルマのメーターパネルなどに遭遇して、思わず声が出たりする。

デンソーのカーエアコンの出発点はラジエーターだ。トヨタ自動車・刈谷工場の時代からラジエーターを製造、この技術を応用して独立後の1952年に車内用のヒーターを開発・生産した。1954年にはドイツのボッシュ社と技術提携して丸型ヒーターを開発し多くの車種が採用。

世界で初めてクルマに冷房装置を搭載したのは1939年のパッカードだといわれるが、普及し始めたのは50年代。デンソーはいち早くアメリカ製の全密閉型フロン冷凍装置（ウォータークーラー）を入手して独自に研究・開発し、1957年にトヨペット・クラウンのオプション用としてトランク積載型クーラーを納入した。このとき大阪のタクシー会社と契約を結んで営業車に装着してもらい市内を走らせたが、これがカークーラーに対する一般の理解を高めるのに大いに貢献したという。

技術の進化を重ねて60年。デンソーのエアコンはいまや日本車はもとより世界各国のクルマに採用されている。カーエアコンのシェアはもちろん世界No.1である。

ここでエアコンの原理を一席。

顔を洗うと火照った肌がひんやりするのは、水の分子が液体から気体へと相転移するとき（蒸発するとき）、分子間結合力などの引力から解放されて自由になった分子が周囲の熱を吸収（吸熱）するからだ。

アルコールのように沸点が低い（エタノール＝78℃）液体なら、気化はより急激に起きて急速に熱を奪う。エアコンの冷媒というのは極端に沸点が低くて蒸発しやすい液体のことだ。例えばカーエアコン用のR134aの沸点はなんとマイナス26・1℃である。

ラジエーターは走行風でLLC（エンジン冷却水）を冷やす装置だが、ラジエーターの一種であるエバポレータ（蒸発器）の内部に約0℃の冷たい冷媒を流し、走行風の代わりに室内気をファンで吹きつければ、室内気が一瞬で冷たく冷える。

原理は要するにこれだ。

ただし冷媒は高価な液体だから、ガソリンのように補給しながらどんどん消費するわけにはいかない。

そこでリサイクルする。

室内機を冷やした冷媒は10℃ほどの温度の気体になっている。これを外部のラジエーター（コンデンサ＝凝縮器）に還流し、外気に当てて発熱させ、冷やして液体に戻すのである。ただし外は35℃の真夏だから10℃の冷媒を冷やせるわけがない。

そこで冷媒をコンプレッサーでいったん圧縮する。断熱圧縮されると冷媒は60℃ほどの高温になるから、外気でも十分に冷える。冷えて30℃ほどの液体になった冷媒を膨張弁（エキスパンションバルブ）で急減圧すると、0℃で低圧の状態に戻る。

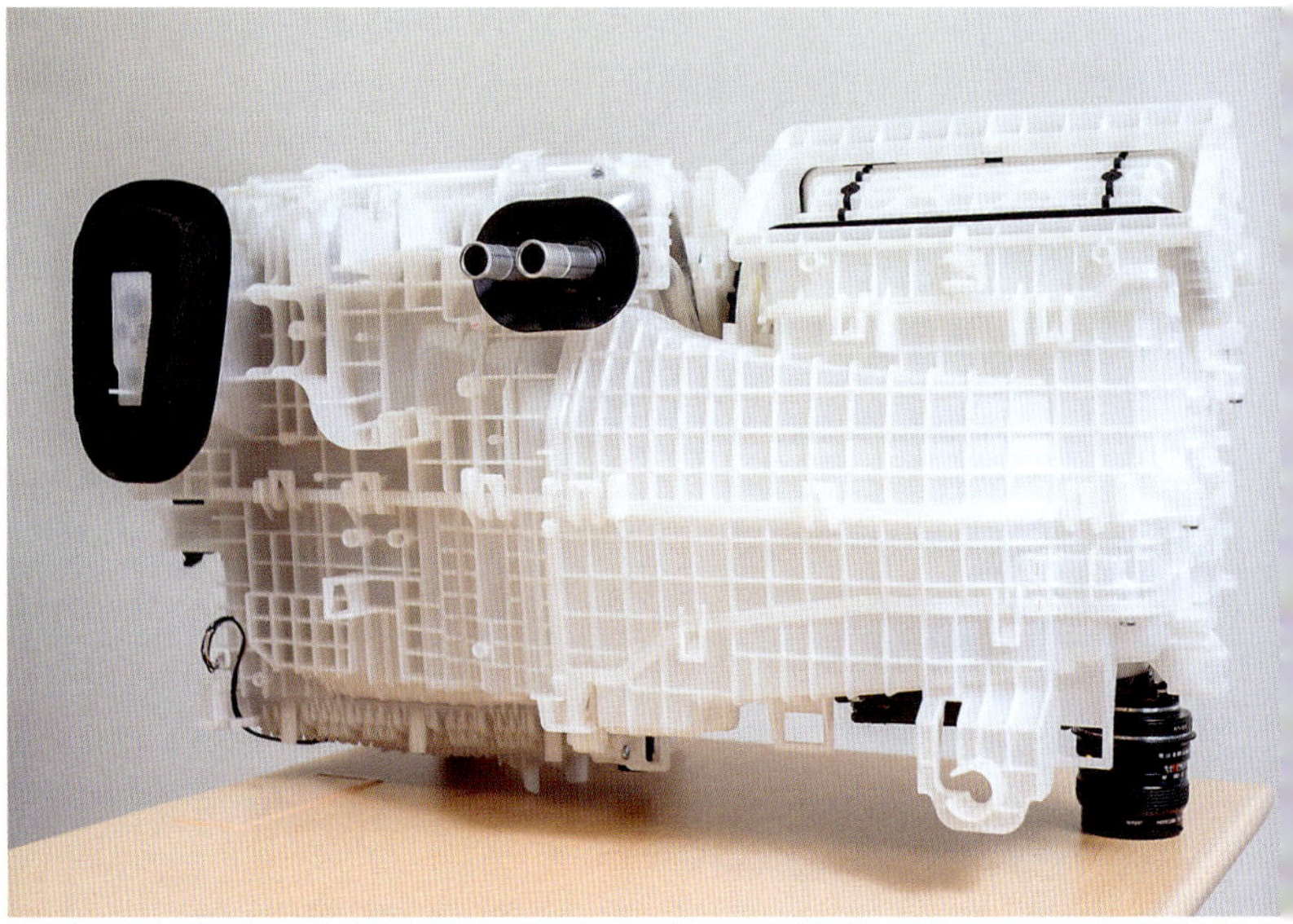

前ページのプリウス用HVACを車両前方から見たところ。樹脂ケースには驚くほど細くリブが入れられているが、内部のエアの流れやブロワファンの回転によって生じる振動などがパネルから放射されて騒音になることを防止するためにパネル剛性を高めるのが目的だ。手に持っているのはレクサスLSのHVACに内蔵しているエアミックス用のドア機構。フィルムを巻いたロール軸をウォーム軸で駆動して畳の上で反物を転がすように上下に移動、フィルムを繰り出したり巻き取ったりすることで開口面積を連続可変するという、凄まじくアタマのいい機構。作動音も非常に静かだという。

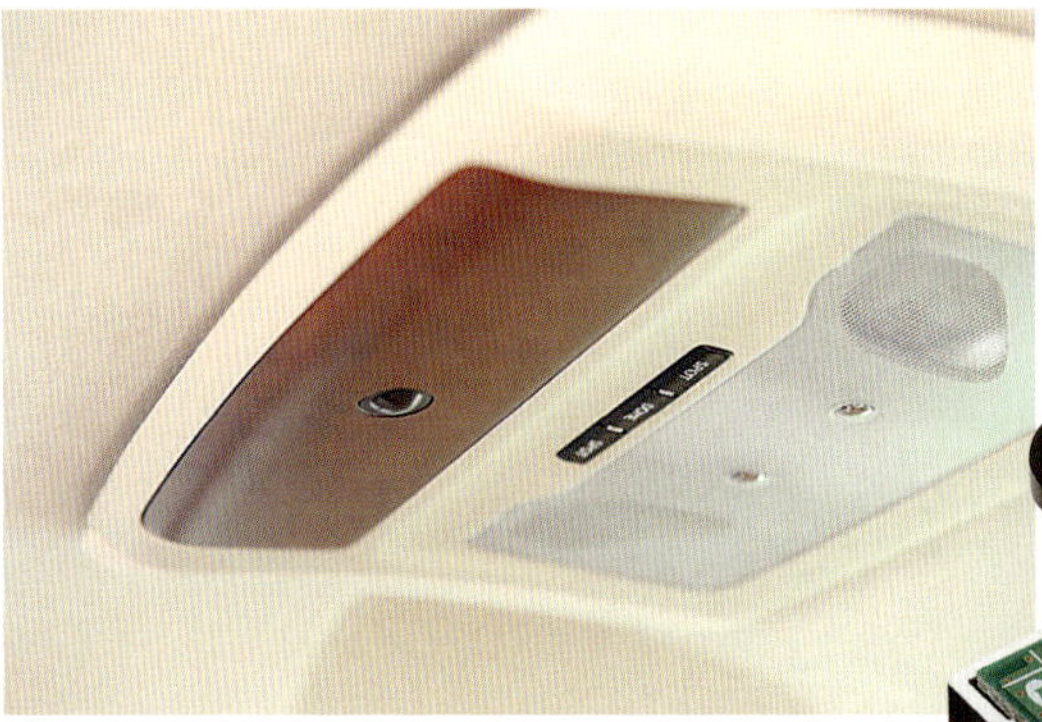

レクサスLSの「クライメート・コンシェルジュ」装着車の一部には後席天井に広角／多眼式のマトリクスIRセンサーが装着される。本体の回路基板にセットされたサーモパイルチップに6ヵ所の温接点があり、114°の範囲から放射された赤外線をレンズで6つの温接点に焦点させ、後席の乗員の皮膚温度と着衣表面温度を測定する。このデータをもとに各人の温熱感を推定し、エアコンの制御に利用している。6ヵ所同時センシングできるのはデンソーのユニットだけだという。

これがエアコンの冷凍サイクル、より厳密には「ヒートポンプサイクル」である。

　エバポレーターで冷やされる空気の温度はおおむね一定だから、昔のクーラーのようにこれだけでは室内が寒くなりすぎる。そこでLLCを流して室内気を温めるヒーターコアを併設し、エバポレーターを通った冷気とヒーターコアを通った暖気を混ぜることで、吹き出し温度を調整している。これがエアコンだ。

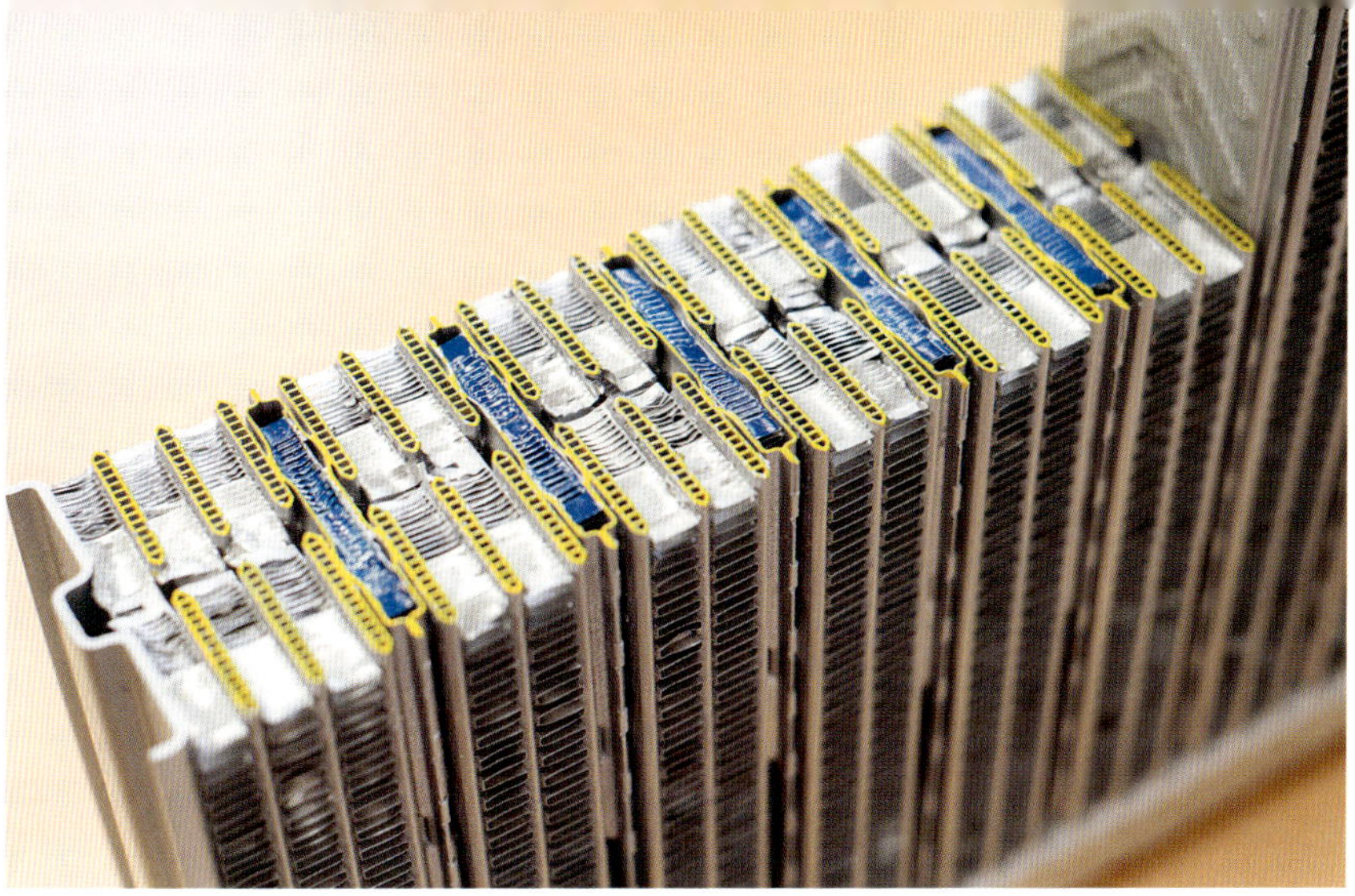

アイドリングストップ機構付きエアコン用の蓄冷式エバポレーターの断面。黄色部分が冷媒が通るチューブ、銀色の部分が放冷フィン(=室内エアが通過して冷やされる通路)、青いのがパラフィン製の蓄冷材である。通常は冷媒が室内エアと蓄冷材を冷やし、冷媒の流れが止まるアイドルストップ時は蓄冷材がエアを冷やす。蓄冷材↔冷媒は直接的接触だが、蓄冷材↔エアは間接的接触だから、素早く蓄冷してゆっくり放冷することができる。エバポレーターは従来の非蓄冷型と同サイズなので、HVACの設計を変えず採用できる。夏季のアイドルストップ時間が倍近くに延びるので、大幅な燃費節約が可能。トヨタ、ダイハツ、ホンダ、スズキが採用している。

　2012年にレクサスLSが採用した「クライメート・コンシェルジュ」は、冷暖房だけでなく空気で冷やすエアシートやシートヒーターなども駆使して後席乗員の快適性を左右個別制御する。例えば外を歩いて火照った人が快適温度に保たれた後席に乗り込んできたら、その情報を高性能赤外線センサで検知、皮膚温度や着衣表面温度からその人の温熱感を推定し、座っている座席を集中的にクールダウン、体の温度が快適レベルになるまで持続する。

「暑い」「寒い」には個人差がある。室内の温度制御だけでは全員を快適にはできない。最新のオートエアコンは個人の温熱感を左右席別にねらって制御するところまで進化しているのである。

　エアコンの大きなテーマも省エネだ。

　エアコンのコンプレッサーは通常エンジンで駆動しているため、その駆動負荷が燃費に大きな影響を与える。

　デンソーでは、ベンチュリー管の原理を使った簡素な構造の流体ポンプをコンデンサーの下流に入れ（内蔵）、コンプレッサーの駆動力を低減する「エジェクターサイクル」というアイデアを小型化・高効率化し、カーエアコンに組み込むことに成功した。流体ポンプは無動力、低圧側の冷媒を送り込む動力となっているのは、減圧時に生じる高圧の冷媒の流速のエネルギーだ。

　この技術が高く評価され、開発に当たったデンソーの武内裕嗣氏（現同社常務役員 冷暖房事業部長）ほか9人は、経済産業省の第1回「ものづくり日本大賞」の製品・技術開発部門において内閣総理大臣賞を受賞している。

　燃費向上に大きく貢献するのが停止中のアイドルストップ機能。しかしエンジンが止まればコンプレッサーも停止して冷凍サイクルが止まり、吹き出し温度が上昇して室内が暑くなってくる。そうするともうエンジンを再始動せざるをえない。真夏期のアイドルストップ持続時間はエアコンの吹き出し温度で決まると言ってもいい。

　デンソーが開発した蓄冷式エバポレーターは、冷媒の通路に接してパラフィン製の蓄冷材がサンドイッチされている。エアコン作動時には室内気とともに蓄冷材を冷やしておき、アイドルストップして冷媒の流れが止まると、そこを通り抜ける空気をきんきんに冷えている蓄冷材で冷却するのである。吹き出し温度の上昇を抑えることで、アイドリングストップ中の車内の快適性保持時間を従来の約2倍の1分間程度まで伸ばすことができた。これによる燃費向上効果は2〜3%にもなるという。

　例えばマイナス10℃の真冬の外気にもちゃんと熱はある。冷媒の温度が外気温より低ければ外気から吸熱して、その熱をエアコンの理屈と同様に室内まで運んで放熱し、ヒーターのように温めることができる。

　家電でこの原理を利用しているのがヒートポンプ式給湯器。冷媒にCO^{2}を使って給湯・暖房するのが東京電力、電力中央研究所と共同開発しデンソーが家電5社にOEM供給している「エコキュート」である。

　この原理を使うのがヒートポンプ式カーエアコン。新型プリウスPHVが採用したデンソー製ヒートポンプ付エアコンは、冷媒で暖房する室内用コンデンサを装備し、エンジンが作動していないEV走行時に外気から熱をくみ上げ、室内に温風を供給している。

　日本車のエアコン性能に文句ある奴は世界におそらくひとりもいないだろう。性能・品質世界一のカーエアコン、これは我々全員が誇りにしていい話である。

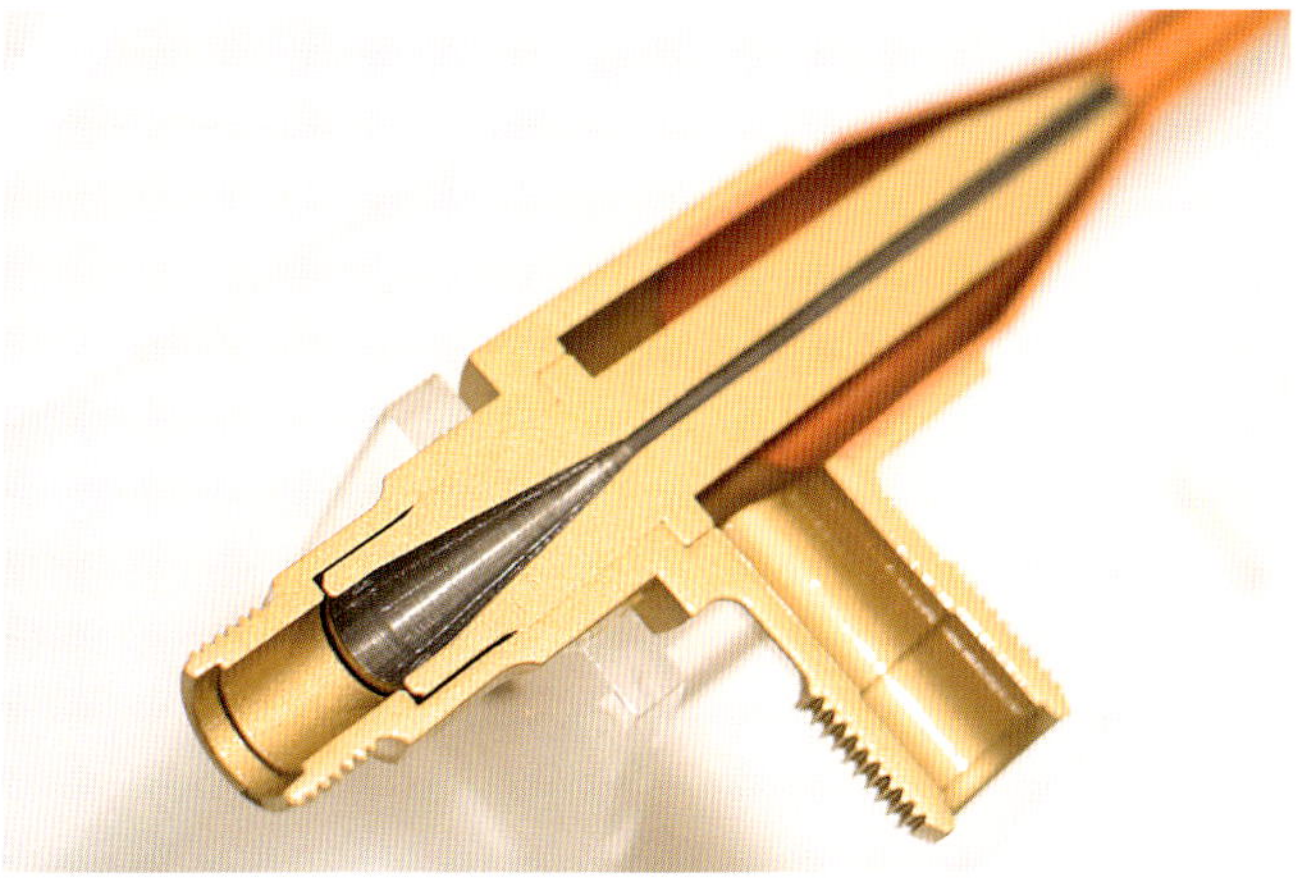

冷凍車用エジェクター。ボールペンを太くしたくらいの小型サイズで無動力の、一種の流体ポンプ。コンデンサーで液化した高圧の冷媒の減圧エネルギーを利用して、エバポレーターを通って気化した低圧の冷媒を吸い出し、コンプレッサーに送り込む。これによってコンプレッサーの駆動力を低減するという素晴らしいアイディアだ。実験によるとコンプレッサーの負荷は25℃で11%、40℃では24%も低減、それによって燃費がおよそ1.5%向上(12.0km/ℓ→12.2km/ℓ)向上したという。経済産業省・第1回「ものづくり日本大賞」製品・技術開発部門・内閣総理大臣賞を受賞。下段の写真2点はプリウス搭載タイプ。

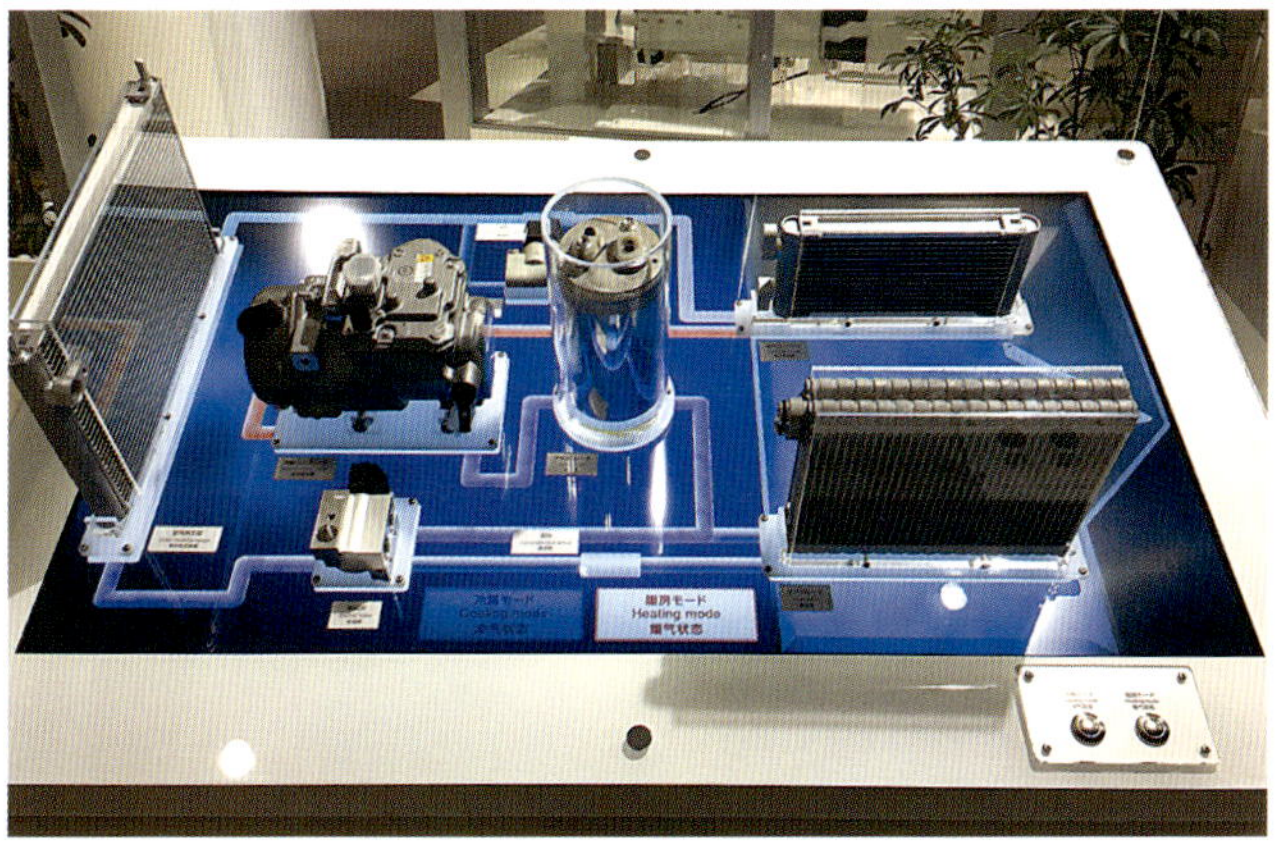

こちらは冬の省エネ。EV車やPHEV車のモーター走行時はエンジンの熱をヒーターに利用できない。といって電熱ヒーターを採用するとせっかくのバッテリー容量を消費してしまう。そこでエアコンの冷凍サイクルを利用し、冷房とは逆に外気から熱を吸熱して、その熱を室内まで運んで放熱、ヒーターのように車内を温めるという「エコキュート」と同じ原理のヒートポンプ式エアコンがEV／PHEV各車に採用されている。「エコキュート」自体もデンソーが東京電力、電力中央研究所と共同開発したものだ。

●取材 2016年9月21日　●執筆 2016年10月11日　●掲載 GENROQ 2016年12月号

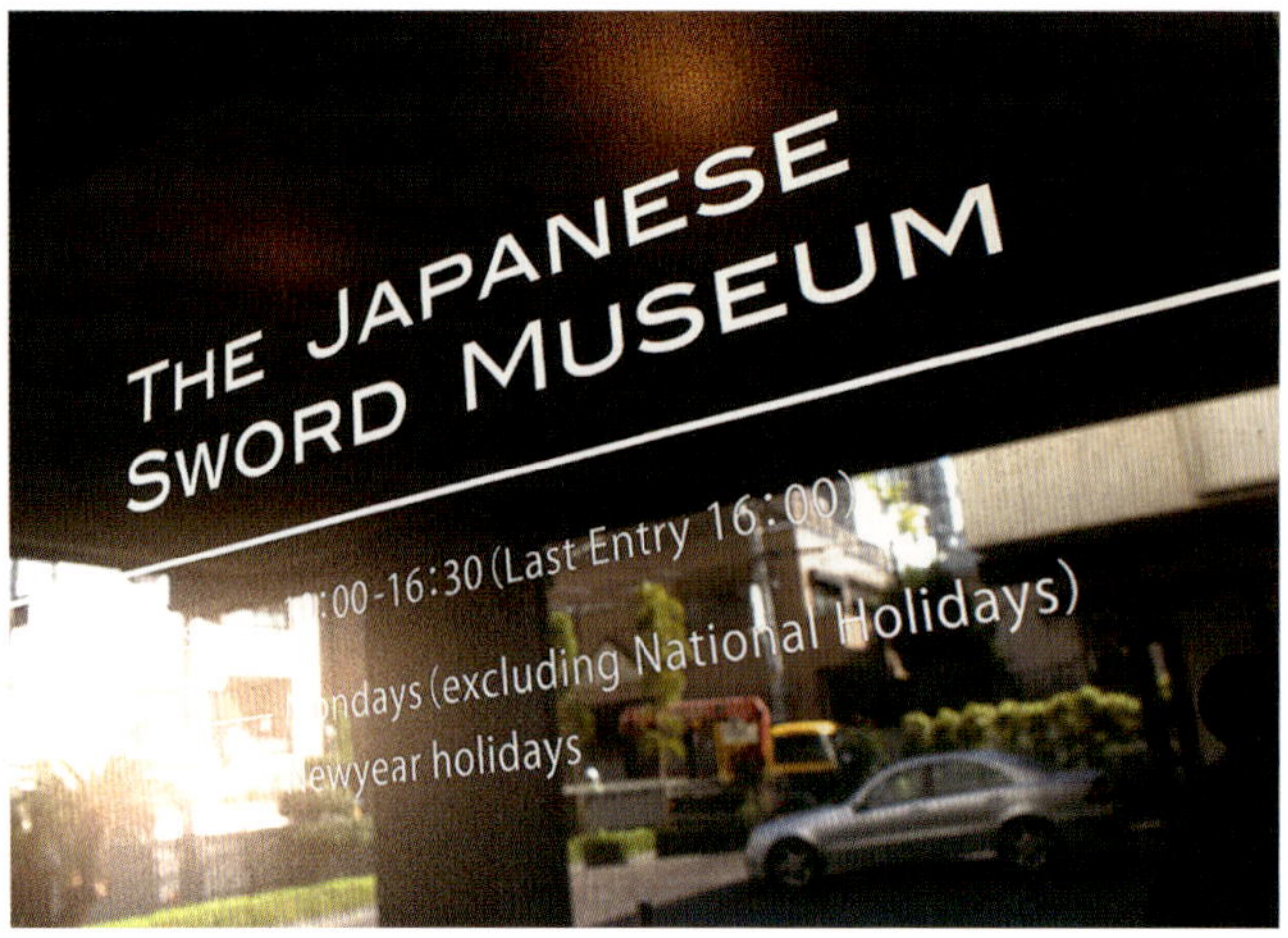

第54話 ［日本の名作］

刀剣博物館

日本刀入門① 歴史・姿・五ヶ伝

「真剣勝負」「鞘当て」「焼きを入れる」「単刀直入」「抜き差しならぬ」「太刀打ちできない」「切羽詰まる」「鐔迫り合い」「鎬を削る」「懐刀」「目抜き通り」「抜き打ち」「土壇場」「うっとり」「折り紙つき」「とんちんかん」「伝家の宝刀を抜く」。調所一郎さんが書いた「刀と日本語」（里文出版刊）には、刀や袴、刀の戦さなどにまつわる慣用句とその由来が30個も収録されている。日本人と刀が精神性の奥底で繋がっているというひとつの小さな証拠だろう。日本刀については皆様の方がお詳しいと思うが、つけ焼刃の勉強の地金が出ないよう注意しながら、大上段に構えず、可能な限り一刀両断にしてみたい。

PHOTO◉上野由日路（*Yoshihiro Ueno*）
協力◉公益財団法人 日本美術刀剣保存協会 刀剣博物館 http://www.touken.or.jp

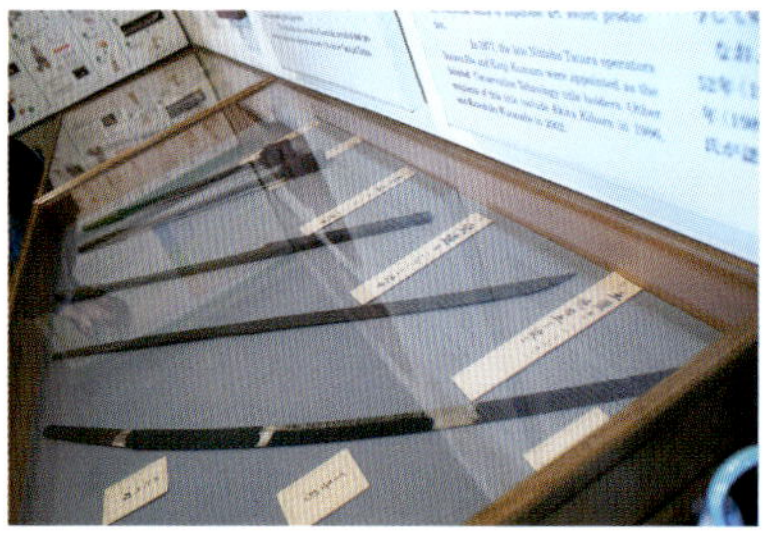

高層ビルが立ち並ぶ新宿副都心からわずか500m、甲州街道＝国道20号線をはさんで南側の代々木4丁目から5丁目にかけて広がる高台は、マンションやお屋敷が建ち並ぶ閑静な住宅地である。

高野辰之が作詞した文部省唱歌の「春の小川」は、このあたりを南北に流れて渋谷に下り、宇田川へと合流する河骨（こうほね）川を歌ったものだ。その水源のひとつである大きな池があったという旧山内邸の跡地に、日本美術刀剣保存協会と同協会が運営し一般公開している刀剣博物館がある（取材当時）。

「刀剣乱舞」のブレイクで女性の来館客が一気に増えたというニュースがマスコミを賑わせたが、最近は外国人観光客の姿も目立つという。取材当日も10時の開館を前にやってきたバックパック姿の2人連れの外国人が、玄関脇に置かれた巨大な鉧（けら）を興味深そうに眺めていた。

日本刀には1000年以上の歴史があるが、明治時代にいったんその製造の歴史が途絶えている。これを復活させたのは昭和に入ってからの

日本美術刀剣保存協会
学芸部博物館事業課
田中宏子 氏

日本美術刀剣保存協会
学芸副部長
日野原 大 氏

切羽と鎺（はばき）

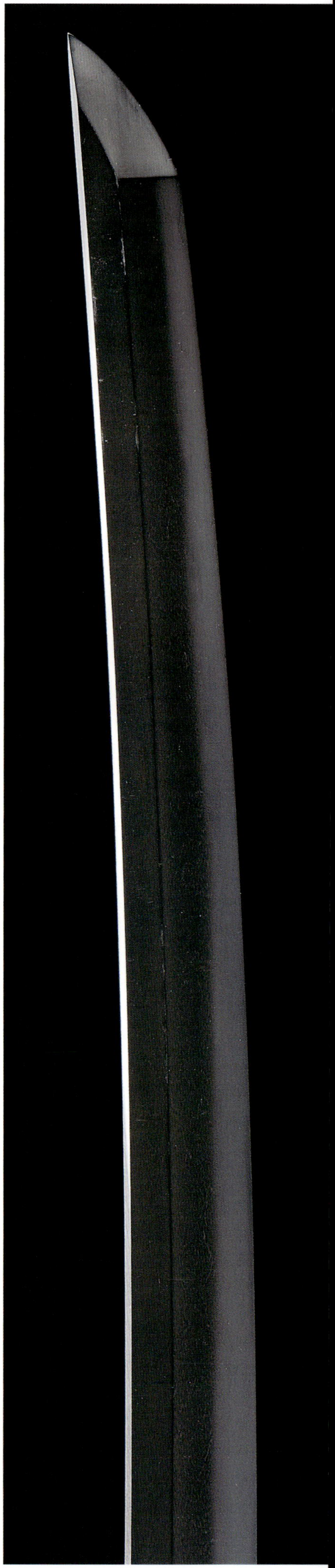
国宝 太刀 延吉
（刀剣博物館蔵）
原寸大

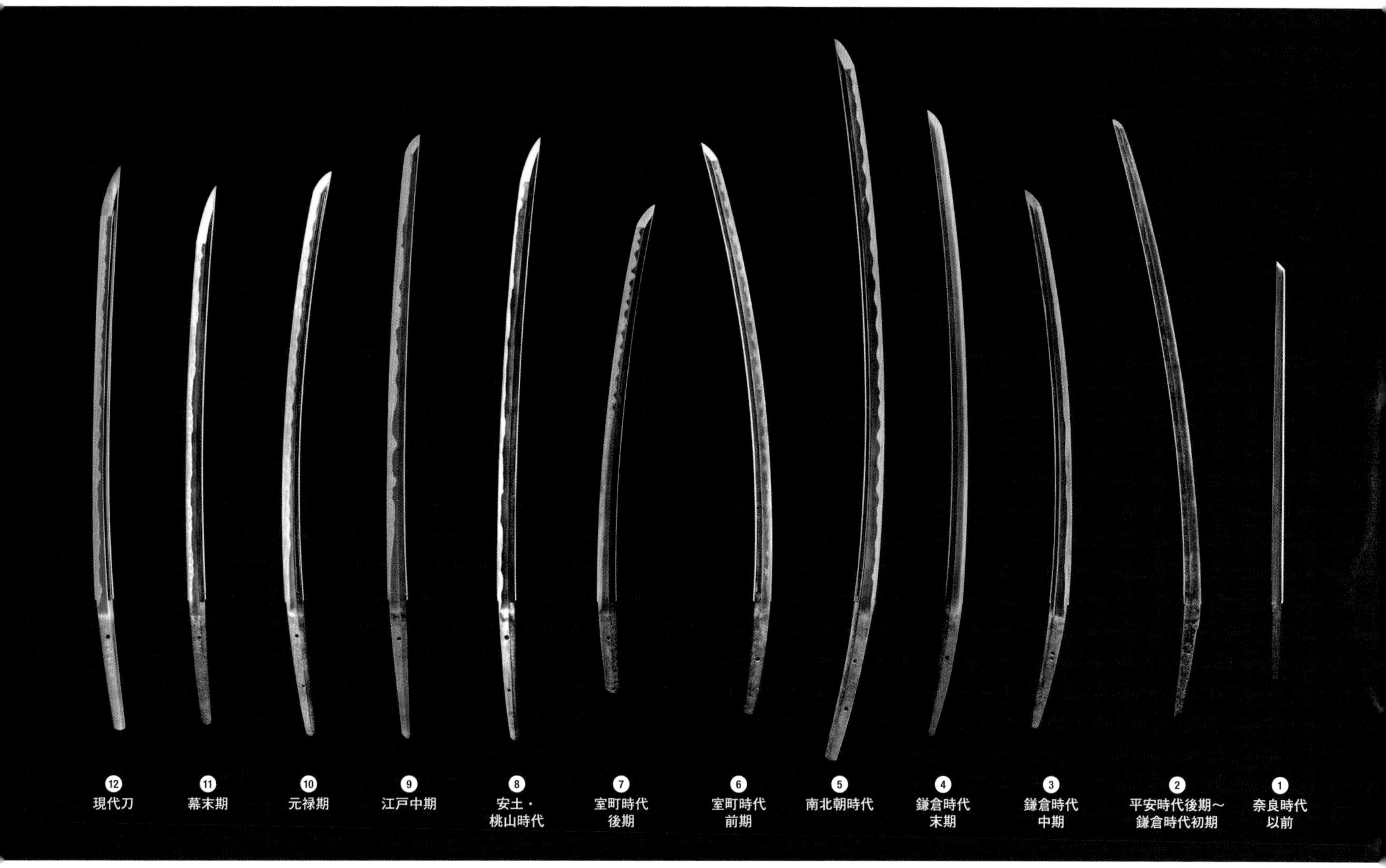

日本刀の姿の変遷。写真の中央から右側及び左側の最初の1点が室町時代以前に作られていた「太刀」、左の5本が「打刀」である。①大陸から伝来した直刃の様式。「古事記」などに登場する神話時代の剣は直刀だ。②反りのある彎刀(わんとう)の出現は10世紀後半頃。写真の太刀は細身で先端の幅が非常に狭く、根元から反りが付いている(「腰反り」)。また先端に行くにしたがって反りが少し起き上がっていくように見える(「うつむく」という)。③鎌倉中期。先細りの傾向がなくなり、先端部でも反りが継続している。日宋貿易時代(10～13世紀)には反りのついた太刀が武器や工芸品として中国に輸出され「日本刀」「倭刀」と呼ばれてすでに知られていたという。④鎌倉末期。やや細身で②と似ているが、先端部の反りはさらに強い。⑤南北朝期。身幅が広く長寸で豪壮。三尺(90.9cm)を越すようなものもあった。後世(おもに天正～慶長年間＝1573～1615年)に打刀にするため、短く磨上(すりあげ)られて無銘になったものが目立つようになる。⑥室町前期。やや短く、身幅も狭くなる。鋒は中間のサイズで上半への反りが強い。⑦室町後期。寸法がぐっと詰まって打刀になる。身幅はやや広く、先端の反りが強い。片手打ちに適すよう茎が短い。⑧安土・桃山期。元から先まで身幅が広く、鋒が大きい。南北朝期の太刀を磨上げたような姿である。⑨江戸中期。反りが非常に浅く、先端が細く鋒も小さい。「寛文新刀」とも呼ぶ。⑩元禄期。「寛文新刀」よりやや反りが深い。⑪幕末期。身幅が広く、二尺五～六寸(75.75～78cm)と長寸で、反りが浅く鋒が大きい。このころから江戸時代以前の古刀を模倣したものが出現する。⑫現代刀。明治以後現代までに作られた日本刀は基本的に上記あらゆる時代の作風(姿と鍛え)の模倣である。鎌倉時代の太刀を写したものが多い。(写真：刀剣博物館)

軍部の指導だ。1934（昭和9）年に西洋式の指揮刀（サーベル）に代えて日本刀の佩刀を正式化した。このため終戦後は武器として再び弾圧の危機を迎える。1948年2月、文部大臣の認可によって日本美術刀剣保存協会（日刀保）が設立されたのは、日本古来の伝統である日本刀の美術性や意義を広く啓蒙するなどの目的のためだった。

会員数は現在約5000名弱。2012年に公益財団法人の認定を受けている。

同協会の業務のひとつは、日本刀や刀装・刀装具の真贋判定などの鑑定だ。専門の鑑定士を擁し、刀の状態、製作年代や製作国、流派、作者を見極めて鑑定書を発行する。日刀保の鑑定書は美術品としての評価の大きな指標になっている。

もうひとつは伝統技術の継承・保存・発展。日本刀の材料である「玉鋼」を生産する施設として文化庁の日本遺産に認定されている「日刀保たたら」（島根県仁多郡）を運営、また無形文化財である日本刀の製作、研ぎ、刀装・刀装具の製作などの技術の向上と継承を図っている。美術品である日本刀の鑑賞を目的として、調査研究、セミナーやコンクール、鑑賞会などを行うのも同会の主要な業務のひとつである。

刀剣博物館は1968年5月に同協会会員の協力合資を基礎として設立された。年間6回ほどの展覧会を開催、会員の寄贈などによって日刀保が所蔵している国宝3点、重要文化財7点、重要美術品15点などの名刀の展示も随時行っている。

刀剣博物館・学芸副部長の日野原大さん、同館・学芸部博物館事業課の田中宏子さんに伺ったお話などを参考に日本刀を俯瞰してみよう。

日本刀とは日本古来の精錬法によって砂鉄から作った玉鋼（たまはがね）と呼ばれる炭素鋼を用い、伝統的な製造法で作られた刀剣の総称だ。ちなみに「鋼＝はがね」の語源は「刃金」である。

日本刀の条件を満たしており、かつ焼損・破損のない健全な状態であると各都道府県の教育委員会が認定すれば「銃砲刀剣類登録証」が発行され、誰でも所持できる。

海外から持ち帰った刀でも真性の日本刀であると審査されれば登録証が発行されるが、外国製の刀、あるいは戦時中に砲兵工廠で大量生産された下士官刀（曹長刀）のように日本刀に類似していても伝統的な製法で作られていない場合は、原則的に登録は認められない。

日本刀は武器として武士が所有しただけではなく、古くから儀礼用、神前などへの奉納用、ステイタスシンボル、御守などとして使われてきた。美術性についても早くから認められており、海外でよく流布されているような日本刀＝サムライの武器というステレオタイプの認識は正しくない。

鉄を精錬し武器、甲冑、農具などを作る鍛鉄技術は古墳時代（5世紀以後）に大陸から伝わったといわれる。古代期の刀剣は反りのない直刀（ちょくとう）だったが、平安時代の中期頃、刀身に反りのついた彎刀（わんとう）が出現する。これをもって一般に日本刀の出発とするが、それには理由がある。

反りとは焼入れのときに力学的に生じる現象である。

日本刀の刃の硬度はビッカース硬さで600~800HV、おおむねカミソリの刃先と同じくらいだ。刀身を炭火でおよそ800℃に加熱してから水（冷水）に投じて急冷し、鋼の組織をマルテンサイト変態させ、

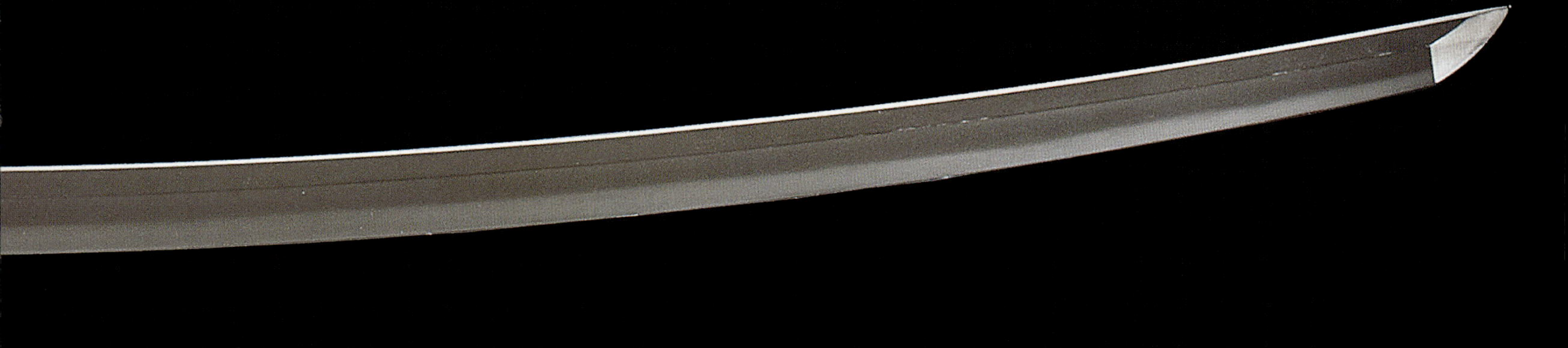

国宝 太刀 銘 延吉

刀剣博物館所蔵の国宝「太刀 銘 延吉」。鎌倉時代後期の作で、鎬造。刃文はまっすぐな「直刃」である。後水尾天皇(在位1611～1629年)の御料(＝皇室財産)だったことがある名刀。長さ73.48㎝、反り2.73㎝、鋒長2.58㎝、茎長15.4㎝。磨上はされておらず銘が残っている。延吉は鎌倉末期の文保ごろ(1317～18年)に活躍した大和国吉野郡の龍門派の刀工で、龍門延吉とも呼ばれる。桃山時代の糸巻太刀拵と金襴の袋も残っている。(写真：刀剣博物館)

結晶粒微細化強化によって硬度を高めている(＝焼き入れ)。

しかしマルテンサイトは延性や靭性が低いため、静的応力や衝撃入力などによって刀が折れやすくなる。そこで焼入れの前に刀身の表面に木炭や砥石の微粉から作った粘土(焼刃土)を薄く伸ばして置き、焼入れ時の温度変化を部位に応じて制御している。刃以外の本体(棟)の部分では焼刃土を厚く塗布することで温度低下を緩慢にし(徐冷)、硬度は低いが延性や靭性に富んだパーライトとフェライトの組織に変態させる。

このときの体積膨張はマルテンサイト部位ではより大きくなる。このため刃の部分は全長方向に伸び、これによって反りが生じるのである。反ることによって棟側に引張応力、刃部では圧縮応力が残留し、力学的に釣り合っているともいえる。

彎刀が出現したということは、およそ1000年前にすでに日本刀が焼入れ温度の制御による材料物性の最適化を行っていたという論拠といえるだろう。

刀身の側面には全長にわたってくっきり通る綾線があり、日本刀の断面は薄い菱形になるように作られている。刀全体を平滑に鏡面研磨する「研磨」という特殊な技術によって一層強調されるこの精緻な綾線を「鎬(しのぎ)」という。

戦のとき刀同士ががちんと当たって擦れ合い「鎬を削る」くらいなら、相当の接戦だということである。

彎刀、鎬造(しのぎづくり)という日本刀の2つの基本様式が定まったのは、平安時代中期の永延(987年)のころと言われている。

ところで映画やドラマに登場する武士の刀は漆塗りの鞘と糸巻きの柄に仕込まれているが、任侠映画で登場するのは何の飾りもない白鞘だ。

現代の日本刀の世界では、日本刀とは中身の刀身本体のことを示し、外装部位は「拵(こしらえ)」と呼んで区別している。いわば拳銃とホルスターの関係である。刀の反りは上記の理由で1本1本異なるから、鞘師は刀の反りに合わせてオーダーメイドで鞘を作る。別の刀の拵は「反りが合わない」から使えない。刀とは「元の鞘に収まる」ものだ。

刀の表面にはもちろん塗装やめっき、PVDなどの表面処理は一切なく、鋼(はがね)の地肌のままである。酸化を防ぐため表面に油(古来は丁子油)を塗って保管する。漆塗りの鞘に油を塗って収めると油が木に染み出して漆を痛めるため、通常は漆を塗っていない白鞘に入れて保管する。白鞘とはそういう役目のものである。休鞘(やすめざや)ともいう。

日本刀の握りの部分は「茎(なかご)」と呼ばれている。当初はこの握り部分も刀身と一体に鉄で作られていたが、彎刀が登場し鎬作りが一般的になって時代をやや下ると、朴木に鮫と呼ばれる鱏(エイ)の皮を鞣したものを貼り紐や革を巻いて作った柄の中に茎を差し込み、茎に開けた穴に竹の釘(竹目釘)を入れて固定するという、別体アセンブリ方式に改良された。

鎌倉時代になって武士勢力の拡大とともに生産量が伸び、全国各地で刀の生産が盛んになる。刀工は腕を競い合い、自らの作品の茎に作者名や居住地名、制作年などを鏨で刻む「銘」を切るようになった。

幕府お膝元の相模国(今の神奈川県の一部)の相州鍛冶、良質の砂鉄が産出することから栄えた備前国(岡山県の一部)などが隆盛を極めた。前者の代表的刀工が正宗(まさむね)、後者の代表的刀工が友成、正恒(まさつね)だ。

また山城国(京都)、大和国(奈良)、備中、筑前などでも刀作りが栄え刀工流派が生まれた。

当時は作刀技術の情報交換ネットワークなどはないから、技術はおもに刀工から弟子へ、弟子から孫弟子へと縦に伝えられた。とはいえ近隣では情報交換もあっただろうし、入手する材料も地区で共用したはずだから、地域ごとに作風の傾向は似る。大きな視野で見れば国ごとに大きな傾向が現れる。

幕末まで継承されてきた各流派を

刀剣博物館の展示室。年間6回ほどの展覧会を行っている。日本刀というのは本来、手に持って光にかざしながら、刃文や地鉄の鍛え肌を鑑賞するもので、均一で明るい照明下の展示では姿以外の美しさがよくわからない。刀剣博物館では展示室をやや暗く設定するとともに刀身に照明が写り込むようにして、刃文や地鉄などが鑑賞しやすいよう工夫している。刀剣は表面に油を塗布して保存するが、鍛え肌などが見えにくいため鑑賞や展示の際は(ポンポンと打ち粉をふって油を吸わせてから)油を拭う。文化庁では、国宝や重要文化財当の国指定資料に対して展示期間を制限し、文化財のよりよい状態での保存、継承を目指している。国宝などの貴重な刀剣を常設展示していないのはそのためだ。2017年秋には両国国技館の近くの旧安田庭園内に建設中の新施設に移転する予定である。

日刀保たたらの断面構造図

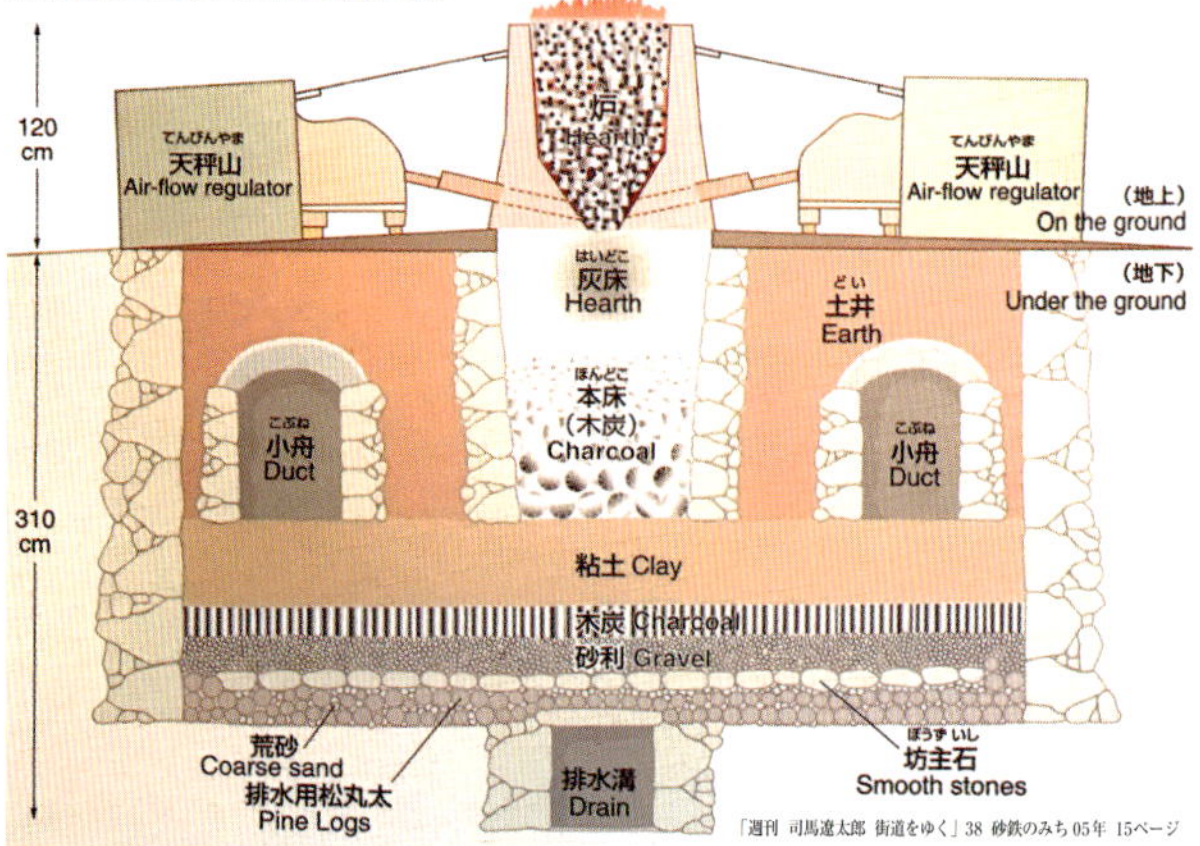

「週刊 司馬遼太郎 街道をゆく」38 砂鉄のみち 05年 15ページ

日本刀の材料の「玉鋼」は「たたら吹き」という古来の製法で砂鉄から精錬される。古刀時代から奥出雲を中心とした山陰地方で栄えてきたが、明治以降の近代製鉄法(洋銑)の発展で1925(大正14)年頃に途絶えた。1933年、軍部の指導で「靖国たたら」として奥出雲町鳥上で復活するが、終戦で再び操業中止を余儀なくされる。1976年、日本美術刀剣保存協会がこの「靖国たたら」を「日刀保たたら」として復活させた。粘土で作った炉に真砂(まさ)砂鉄と呼ばれる中国山地で算出される山砂鉄を約10t、約12tの木炭と交互にくべながら3昼夜高温で燃焼させ、酸化鉄の酸素を木炭の炭素と結合させて酸素を奪う還元反応によって、およそ2.5tの鋼塊である「鉧(けら)」を得る(写真)。「日刀保たたら」の区分では炭素量1.0～1.5%を一級、0.5～1.2%を二級としている。この玉鋼を全国の刀匠に作刀のために頒布している。

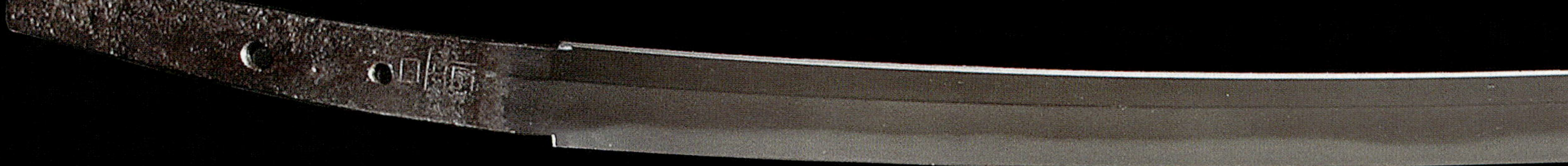

大きく「相州伝」「美濃伝」「山城伝」「大和伝」「備前伝」の5つに分類し、いまでは一般に「五ヵ伝」と呼んでいる。

刀工の五ヵ伝が日本刀の歴史の緯（たて）糸ならば、経（よこ）糸は時代による姿の変遷だ。

一般に刀剣というが、地位の高い身分の人間が所持するものを古来は剣と呼んだらしい。三種の神器の一つは剣で、天叢雲剣（あめのむらくものつるぎ）とも草那芸之大刀（くさなぎのたち）とも呼ぶが、このように直刃の時代から刀は「剣」「大刀」「横刀」と記されてきた。後二者の読みは「たち」だ。袴に収めた刀を腰の位置に吊すことを「佩く（はく）」というが、横刀とはその姿の描写ともいえる。

平安後期以降はこれに代えて「太刀」という字が当てられるようになった。

太刀は時代を下るうちに長大で豪壮な姿へと変わっていくが、応仁の乱（1467~1477年）を契機に下克上の戦国時代に突入すると、各地の守護大名は軍備を拡張、兵器産業を発展させ、戦闘の形式も歩兵の密集隊形による集団戦闘へ変化して、刀はより短く軽いものに変化した。身軽に携帯し素早く抜けるよう、刃を上にして帯にさすようになった。

これを「打刀」という。

太刀は吊って佩くが、打刀は差して「帯刀（たいとう）」する。

茎の銘は通常、佩刀あるいは帯刀したときの外側（刀表）に刻む。したがって太刀と打刀では銘の位置が反対側になるため、どちらとして作られたものかはすぐに区別できる。

太刀として作られた刀剣を戦国時代以降に短く切りつめ、目釘穴を開け直して打刀に改造したものも多くある。これを「磨上（すりあげ）」という。大磨上の結果、銘がなくなってしまった無銘刀も数多い。

織田信長が所有し福岡藩黒田家に伝わった国宝「名物へし切り長谷部」（福岡市博物館所蔵）は、南北朝時代に太刀として作られ、後世の大磨上によって無銘になったが、桃山時代の研師で鑑定家の本阿弥光徳（ほんあみこうとく）が、南北朝時代の山城の刀工「長谷部国重」の作と鑑定し、その旨を茎（なかご）に金で象嵌した。

こうした鑑定が可能なのも、鋒の形状、刀身の反り、身幅などの姿の特徴から製作時代が、また地鉄の肌などの鍛え方や刃文の形などから製造された地方・地域・流派・作家などが、それぞれかなり正確に推定できるからだ。

鑑定の目利きであれば、茎の銘を見なくても「何代目誰々」と作者を鑑定できるのである。

日本古来、独自の歴史をたどってきた美術品である日本刀。次章もさらにその世界を追う。

日本刀の刃文。棟の組織（パーライト）が焼刃（マルテンサイト）に変化していく境界線に現れるもので、焼入れのときに温度制御のため刀身に置く焼刃土の置き方によって様々な形状が生まれ、時代、国、流派によって個性を競い合っている。日本刀の鑑賞においてはパーライトの地にマルテンサイトの結晶が白い砂つぶのようにきらきら光っている状態を「沸（にえ）」、粒子が細かくて白く霞がかかったように見える状態を「匂（におい）」と呼んでいる。写真は江戸末期の武蔵国の刀工、水心子正秀の作で、「濤瀾（とうらん）」と呼ばれる刃文の匂出来である。

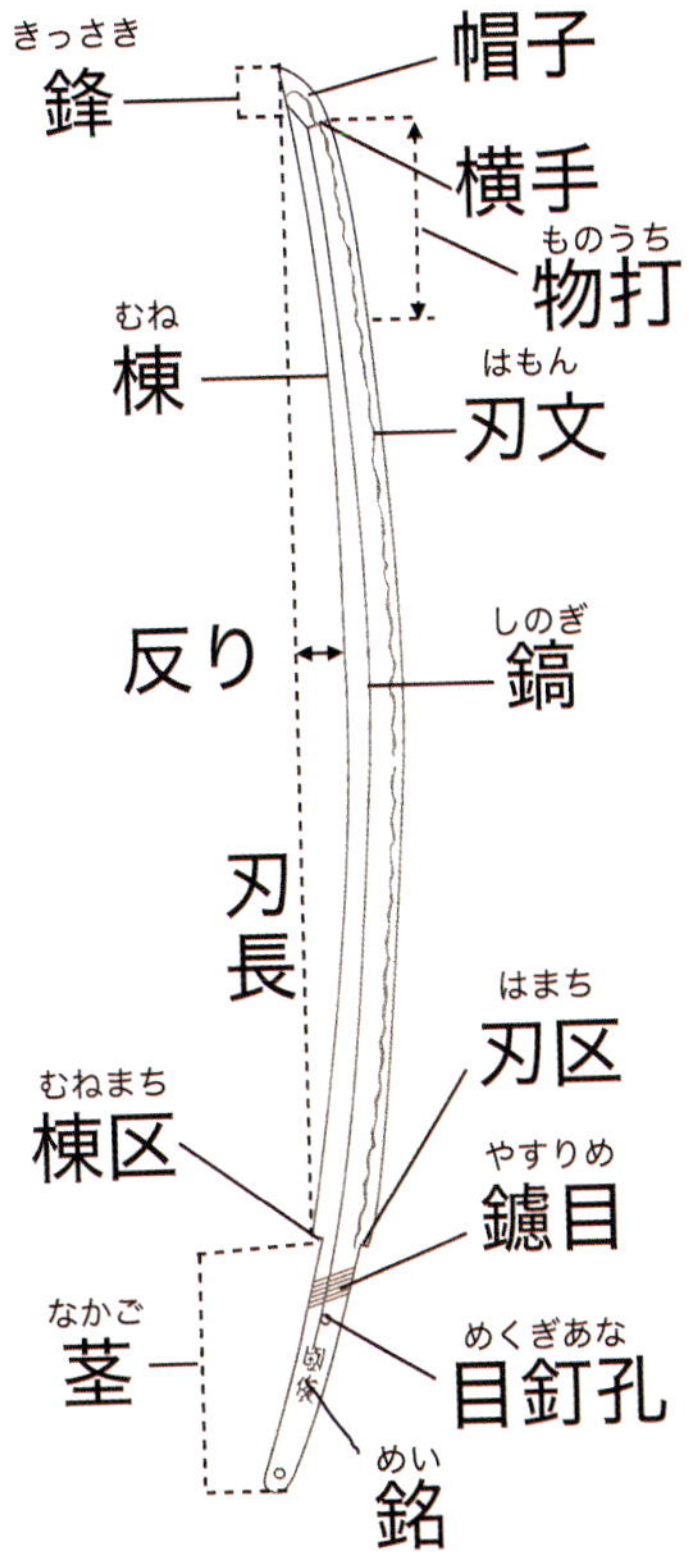

日本刀の勉強で最初に壁として立ちはだかるのが、難しい漢字とその読み方だ。ここでは刀の各部位の名称を記した。「物打ち」と言うのは日本刀で切り込むときのいわばスイートスポットで、古来から「鋒三寸」ほどの長さと言われてきた。室蘭工大名誉教授の臺丸谷政志先生が行った実験では、刃長72cmの太刀の鋒から350mmの位置に衝撃を与えたときの刀身の動的な変位は、鋒から20～21cmの位置、すなわち通常物打ちとされている部位で最小になっていることがわかった。先生は「物打ち」とはつまり「バットの芯に相当する」のではないかと言う興味深い考察をしておられる。この論理では刀の長さによって物打ちの長さも変化することになる。

国宝 太刀 銘 延吉（刀剣博物館所蔵） 原寸大

上記の「国宝 銘 延吉」の茎（なかご）部分。トビラに掲げた鋒部分と同様、原寸大である。茎には普通仕上げの鑢目を残し、そこに鏨で銘を刻む。鑢目にも水平、斜め、大きな斜め、傾斜を重ね合わせた化粧鑢など、流派や刀工によって様々な様式がある。茎は素手で触り、柄に収めるときにも油はつけないので、古い刀ではこのように錆びて朽ちこみ鑢目が分からなくなっている場合も多い。刀は茎に開けた目釘穴に竹の釘を差し込んで柄を固定するが、臺丸谷政志先生が行った実験では、物打ち同様、目釘穴の部位での衝撃応答変位もやはり最小になっていた。竹製の小さな目釘で固定されているにもかかわらず、戦の際にも柄から刀身がすっぽ抜けないことの要因ではないかと先生は推察している。（写真：刀剣博物館）

●取材 2016年10月27日　●執筆 2016年11月12日　●掲載 GENROQ 2017年1月号

参考文献
「日本の刀剣」久保恭子監修　東京美術刊
「図説日本刀入門」学研パブリッシング刊
「日本刀の科学」臺丸谷政志著 SBクリエイティブ刊

第55話　[日本の名作]

吉原義一

日本刀入門② 鍛錬

鞴(ふいご)がついた火床(ほど)の前に陣取った義一さんの正面に長い柄の大槌(おおつち)を持った3人のお弟子さんが並び、青白く燃える炭の中から引き抜いた梃台が金床の上に乗っていよいよ鍛錬が始まると、名画の一場面が突然動き始めたような不思議な錯覚にとらわれた。だん、ちん、ちん。だん、ちん、ちん。だん、ちん、ちん。石を敷き詰めた鍛錬場の床に振動が伝わる。打ちおろす槌は重さ7.4kg、3人が正確なリズムを刻みながら同じ場所を同じ力加減で叩く。5セットくらい打つと師匠が右手に持った小さな槌で合いの手が入り始めた。だん、ちん、ちん、こん。だん、ちん、ちん、こん。「相槌を打つ」というのはまさにこのことだったかと思い至る。日本刀入門の第2回、鍛錬の秘密である。

PHOTO◉荒川正幸（*Masayuki Arakawa*）　協力◉吉原義一

葛飾区高砂は寅さんの銅像が立っている京成金町線の柴又駅から西に700mほど入った住宅地。瓦屋根に黒壁の鍛錬場は、吉原家の立派な門の横手の道路に面して立っていた。お弟子さんたちが石畳の床のお掃除をする光景が格子窓から覗き見える。界隈ではすっかりおなじみの日常の光景なのだろう。

吉原義一。

1990(平成元)年、23歳で文化庁の作刀承認を取得。公益財団法人・日本美術刀剣保存協会が主催する新作名刀展でいきなり努力賞と新人賞を受賞。以後10年連続で特賞を受賞し、史上最年少36歳で同協会から無鑑査の認定を受けたという日本刀鍛治の世界のホープである。

緊張して門を叩くと、笑顔で迎えてくださった。

吉原家は十数代続いた刃物鍛冶。明治時代にいったん廃れた日本刀の復興を期して1933(昭和8)年に日本刀鍛錬伝習所が開設されると、義一さんの曾祖父の吉原勝吉氏はその第1号門下生として入所する。そこで日本刀の作刀技術を習得、「吉原国家(初代)」の雅号で日本刀の製作と研究に邁進、やがて東京・世田谷に日本荘鍛錬刀所を開設して刀剣界の重鎮となっていく。しかし戦後は作刀が禁止されたため、大工道具などを製造する鉄工所を経営していたという。

弟子としてその作刀技術を継いだのが、孫の義人氏と荘二氏の兄弟である。「吉原義人(よしんど)」「武蔵住国家」の雅号で作刀と研究に打ち込んだお2人は1972(昭和47)年、江戸時代に伝承が途絶えて以来幻の技法とされてきた、熱処理によって地鉄(じがね)に白く浮き出るように現れる「映り」の再現に成功、刀剣界の脚光を浴びた。お2人とも東京都無形文化財の指定を受けておられる名工である。

義一さんは兄弟刀匠の鍛錬の様子を毎日眺めながら育ち、18歳のとき

心鉄　皮鉄

玉鋼

藁灰

松炭

吉原家の鍛錬場での向こう槌の様子。荒川カメラマンが捉えた瞬間は、早崎治のオリンピック公式ポスター(1964年)のあのスタートシーンの躍動感を彷彿とさせる。お弟子さんは現在6人。撮影のときに向こう槌を打ってくださったのは黒本知輝さん(30)、宮城朋幸さん(26)、辻村圭さん(26)。黒本さんと宮城さんは文化庁の作刀承認を受けていて、ご自分の作品も作り始めておられる。「作刀承認を受けてからがまあ本当の修行ですね(義一さん)」。文化庁は無形文化財としての作刀技術を保存し、かつ粗製乱造を防止するため、刀匠一人当たりの年間作刀数を太刀と打刀の場合で24振に制限している。義一さんはコンクールなどに出品するための作刀もしているが、基本は顧客からのオーダーに応じる注文製作である。近年は海外からの依頼の方が多く、アメリカが主流だという。父義人氏は1970年代にテキサス州ダラスの大学の構内に鍛錬場などの仕事場を再現し、研ぎ師らとともに1ヵ月間かけて日本刀の鍛錬から研ぎまでを実演したことがあるという。そんなこともあってアメリカには日本刀に対する造詣の深い人が数多く存在し、専門書の発行も盛んである。義人師匠の作刀の工程を入念に追ったオールカラーの豪華本もアメリカで出版された本だった。国内のオーダーはもちろん白鞘入りがほとんどだが、海外はやはり拵付きを望む人が多いらしい。吉原家では拵や金物も作っているそうで、義一さん自身も金物を作るという。取材当日も金物作りを修行中の皆さん(トビラの記念写真の女性)が本家に出入りしていた。

に父義人氏に弟子入りする。作刀承認を取得するには最低5年間の修行が必要とされているが、義一さんは最短でその資格を得て吉原家4代目となった。

吉原家の鍛錬場にお邪魔して、日本刀の鍛錬の工程についてお話を伺った。

●材料　たたら製鉄法によって砂鉄から還元・精鉄される「玉鋼（たまはがね）」は、微量の硅素Si、燐P、硫黄S、チタンTiなどを含むが、クロムやニッケルなどの合金元素は含有しない炭素鋼である。義一さんは日刀保たたら（前章参照）の玉鋼を購入して使っている。おもに使うのは炭素量1・3％以上の1級B品である。

●水減しと小割り　黒炭である松の炭をなたで一寸角（3㎝角）に切ったものを火床に入れ、火を起こす。ひと振の日本刀ができるまでおよそ15日間、1俵12kgの炭10俵を使うという。ごろりとした鉄塊である玉鋼を熱して赤めては槌で叩くという作業を繰り返し、3～5㎜の薄さに延べたら水に入れて急冷する（＝「水減し」）。これを2～3㎝角に割る（＝「小割り」）。このときの割れ方でその小片の炭素量がわかるという。粘らず割れて破断面が光る部位は炭素量1％以上、刀身の外側の皮鉄（かわがね）に使う。それ以外は心鉄（しんがね）用などに回す。

●積み沸かし　梃台（てこだい）は長い把手棒の先に四角い平板を鍛接した道具。台の部分も刀になるので、前に作った刀の玉鋼を使う。小割りした玉鋼の小片を台の上に2・5～3kg積み重ね、全体を和紙で包んで藁灰をまぶし、泥汁をかけて火床に入れ、ゆっくり温度を上げながら1250～1300℃まで加熱する。把手から手に伝わる湯が煮えるようなぐつぐつという振動感で温度を察し、取り出した玉鋼の表面の色温度で見極める。高温雰囲気では鉄に含む炭素が雰囲気中の酸素と結合しCOやCO_2として蒸発していく「脱炭」という反応が起こるが、和紙－藁灰－泥汁はそれを防ぐため鉄を空気から遮断する古の知恵だ。溶融温度まであと数百℃という高温まで鉄を加熱することで融点の低い不純物が溶け出し、また叩くことで小片が互いに鍛接（後述）して一塊になっていく。この作業は皮鉄と心鉄、それぞれの素材ごとに別々に行う。

●鍛錬　素材を熱し、槌で叩いて打ち延ばす作業が「鍛錬」である。一般に鍛造とは加圧することで金属内部の空隙をつぶし、結晶を微細化して材料強度を高める冶金技術で、槌で打つ日本刀の鍛錬では表面の不純物や酸化物が衝撃力で火花となって飛散・除去される効果もある。ある程度打ち延ばしたら中央に鏨（たがね）を打ち込み、裏側へ折りかえして2つに重ね、再び熱して叩く。これを反復するのを「折り返し鍛錬」

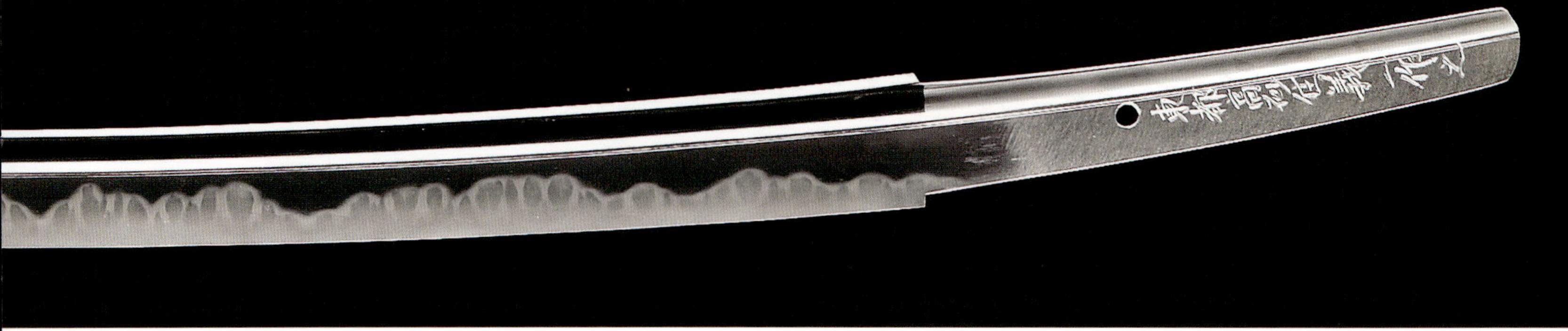

太刀 平成27年新作名刀展出品作
銘　東都高砂住義一作之
　　平成二十七年弥生吉日
長さ　74.6cm
地鉄　板目肌よく積み映り強く立つ
刃文　重花丁子乱れ（蛙子丁子）
（写真：吉原義一）

という。不純物が叩き出され清浄された境界面同士を接合して叩くと、原子同士が極めて近接するため相互の引力で接着する。これが鍛錬接合＝「鍛接」である。吉原流では5回ほど折り返したら（「下鍛え」）、鏨を入れて梃棒から切り離し3分割、別の鍛錬で作った鋼と組み合わせて再び積み上げて沸かし、ここから6～7回の折り返し鍛錬を行う（「上げ鍛え」）。最もいい部分を選別して使うのがおそらくその目的だろう。

●折り返しの回数　10回折り返し鍛錬すれば層は1024だが、12回なら4096層、15回なら3万2768層にもなる。層が多いほど上等かと思うが、そういうことでもない。義一さんによるとよく切れ、しかも折れない刀の炭素量は0・7％前後だという。藁灰や泥で酸素を遮断しても加熱の度にわずかな脱炭は起こり、一回の折り返し鍛錬で炭素はざっと0・03％減少する。最初の積み沸かしのときに炭素は0・3％ほど減少しているから、炭素量1・3％の玉鋼を10回鍛錬すると、炭素含有量はおのずと0・7％ほどに調整されることになる。とはいえまさか一回一回冷やして材料分析し炭素量を測定することもできないので、槌の感触や折り返しのときの粘りなどで炭素量を判定する。10数回の折り返し鍛錬で玉鋼の重量そのものも約半分になる。これも驚くべきことだ。

炭素量が最適なものを選別して折り返し鍛錬した皮鉄を、長さ約15cm、幅およそ10cm、厚さ2cmほどに延べてからU字に折り、別に鍛えた心鉄にかぶせる。これを板状に延べていく。Uの字の先端（写真上端）が最終的に刃になるから、この手法＝「甲伏せ」では刃と胴体は同じ鋼である。刃の部分（「刃鉄」）を別に鍛えて挟む「本三枚」や「四方詰め」などの構造も流派により存在するが、国宝に指定されているような古刀期の刀は実は単層構造の無垢（「丸鍛え」）であるとも言われており、多層構造は必ずしも日本刀の機能的本質ではないという説がある（＝良質の鉄の節約が目的など）。しかし現代刀は美術品だから、すべての構造、工程、技法が機械力学的、材料力学的に最適でなければならないとする理由もまたない。

●造り込み　現代の日本刀は炭素量の少ない粘りのある心鉄の周囲に、炭素量のやや多い皮鉄を被せて鍛接した二層（多層）構造である。心鉄には炭素量0・5％ほどの玉鋼を10回ほど折り返し鍛錬し、炭素量を0・2～0・3％に調整したものを使う。吉原流は「甲伏せ（こうぶせ）」という技法。叩き伸ばした皮鉄をU文字に折って、梃棒の先に鍛接した心鉄に巻き付けるように被せ、藁灰ー泥汁をしてから熱し、長さ30cmくらいになるまで細く打ち延べていく（「甲伏せ鍛え」）。2層構造のまま金太郎飴のように長く伸びていく。

●素延べと火造り　約1100℃に熱した素材を水に濡らした槌で叩きながら、刀の姿に整える（「素延べ」）。叩けるのは700℃くらいまで。色が赤黒くなってきたら火床に戻す。「火造り」からは刀匠ひとりで槌を振るう。赤めて叩きながら、刀の姿、側面や帽子の周囲のくっきりした折れ線（鎬、棟角、庵）などを正確に打ち出していく。刃の部分の断面を三角形に整形していく時点で全体にわずかな反りもつける。「ヤスリや砥石で削ってかたちを作るよりも叩いて作ったほうがずっと楽です。鉄も無駄にならないし」義一さんが天才と呼ばれる所以である。

●土置き　鉄を変態点まで熱してから急冷するとマルテンサイトという硬い組織になる（結晶粒微細化強化）。ただし全体がマルテンサイトでは延性や靭性に乏しく静的応力や衝撃入力で刀が折れやすい。そこで焼入れに際して刀身の表面にヘラで粘土を塗り、刃以外の本体部分（棟）部分の温度低下速度を緩慢にして、延性・靭性の高いパーライトとフェライトの組織になるよう温度制御する。これが「土置き」である。刃文とはパーライト／フェライトとマルテンサ

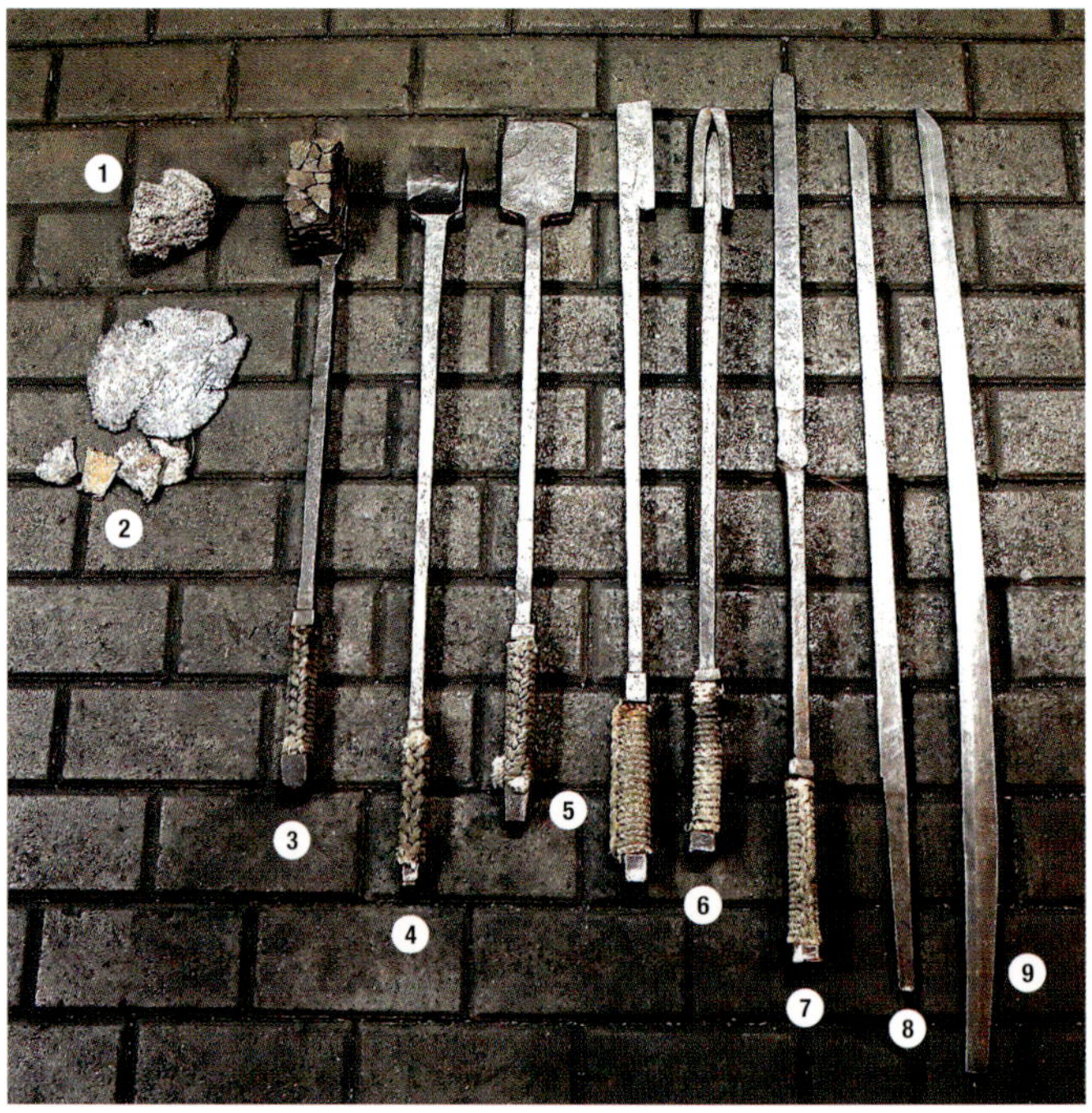

刀の製作工程の見本を見せていただいた。①玉鋼、②水減しして小割りした状態、③積み沸かし、④折り返し鍛錬、⑤皮鉄（左）と心鉄（右）、⑥甲伏せ、⑦造り込み、⑧素延べ、⑨火造り。⑦→⑧で刀の鋒（きっさき）を作るときは、完成時とは逆の角度に先端を落とし、熱して叩きながら刃先を反対の方向へと少しずつ持ち上げていくという手法で行う。こうすると鋒の部分全体が炭素量の多い皮鉄で包まれることになる。

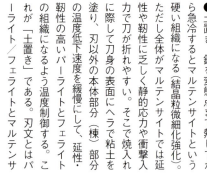

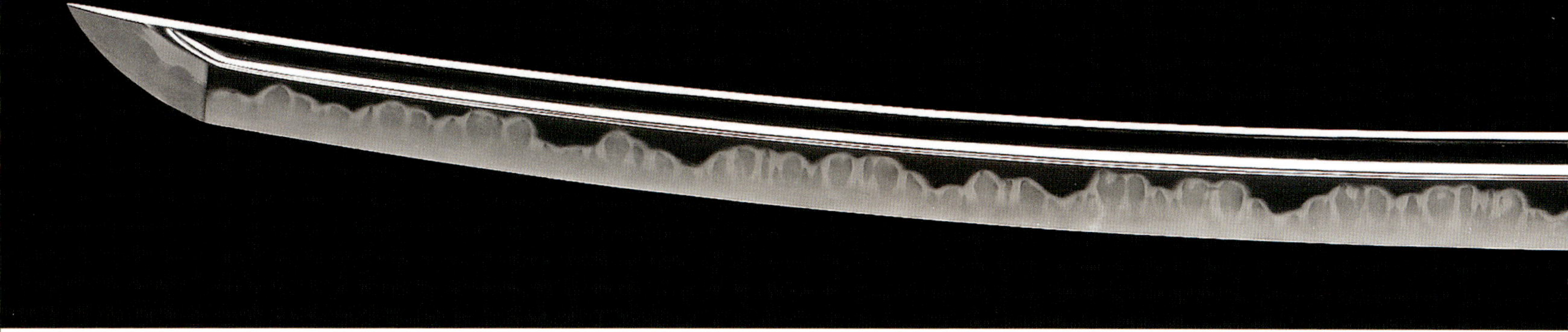

イトの境界に生じるので土置きの加減で刃文のかたちが変わる。刃文は日本刀の美術的価値を決める大きな要素なので、土置きには刀匠の芸術性が発揮される。吉原家の刃文は備前流の「丁子」だ。

●焼入れ　理論的には炭素量が0・77%のとき鉄の変態は最も低い温度＝727℃で起こる。したがって炭素量に応じて焼き入れ時の加熱温度を微調整する必要がある。また備前の姿を再現するために、刃の部分の温度が高く棟の部分の温度がまだ低いタイミングで水中に投じている。これが「匂い」や「映り」といった地鉄の芸術性を現出させるノウハウらしい。そのために高温で短時間加熱する。「長い時間熱していると棟まで熱くなって『映り』は出ません」焼入れに使うのは水だ。一般に炭素量0・7%の鉄がマルテンサイト変態するためには200℃/秒の冷却速度が必要だといわれる。「真冬でも冷たい水を使います。夏だと水温が高いので焼きが甘くなります」　日本刀の反りの大半は焼き入れ時にマルテンサイト部の膨張によって生じる（前章参照）。

●焼戻し・反り直し・鍛冶押し　金属の調質ではクエンチング（焼き入れ）とテンパリング（焼き戻し）は通常セットだが、日本刀でもちゃんとテンパリングする。180℃ほどに熱して常温でゆっくり冷却すると残留応力が低減し、組織が時効して安定化し、物性に靭性が生じる。このあと反りの修正を行う。銅のブロックを熱して棟に乗せ、水で冷却することによって微妙に反りを修正することができるという。砥石で表面を研磨して刃文や映りの出来などを確認する（鍛冶押し）。刃文や焼きの入り方に納得がいかない場合は火床に入れて焼き鈍《なま》し、土置きからやり直す。「そういうこともしばしばあります。何回かはやり直せますが、刃文の確認のためにその都度砥石をかけるので、刀がどんどん薄くなってしまいます」

●鑢と銘　柄の中に入る茎（なかご）に鑢をかけ、目釘穴をドリルで開け、鏨で銘を入れる。このあと刀は研ぎ師の所に送られ、日本刀の製作にとってもうひとつの重要な作業である「研ぎ」を行って完成する。

向こう槌を打つ瞬間は鍛錬場の空気が張り詰めたが、吉原家には1日中和気藹々とした空気があって、お弟子さんたちも、拵の金物作りの勉強にきているという関係者の皆さんも終始笑顔で接してくださった。東京などというと全国から集まってきた人間がセレブ気取りを競い合ういけすかない都会だと思われがちだが、皇居の東に広がる下町には昔ながらの街並みと人情が残っている。義一さんの刀に刻まれた「東都高砂住義一作之」の銘にそんな江戸東京の風情とプライドを感じた。

取材が終わると、どっしりと貫禄ある義一さんの横顔にいたずらっ子のような茶目っ気が宿った。

「実は僕もクルマ大好きで、ホールパンテーラのコンプリートカーに乗ってたことあるんです」

刀匠吉原義一が我ら同好の士だったことは、その日何より嬉しいニュースだった。

次章は「研ぎ」を見に行く。

折り返し鍛錬の様子。叩いて延べ、鏨を打って裏側へと折り返している。義一さんは「叩けば叩くほど鉄は減ってなくなっていく」という。数kgの玉鋼を使って完成した日本刀の重量は1.2〜1.5kgほど。確かにその通りだ。叩いて鍛えないと材質強化も炭素量調整も不純物除去もできないが、一方折り返して鍛接し、層を重ねていくことにはどういう冶金学的メリットがあるのだろう。「玉鋼というのは炭素量・組織など場所によって不均一な状態ですから、折り返して練るようにしながら均一にしていきます。ですから玉鋼にとって折り返し鍛錬というのは、なくてはならない作業です（義一さん）」。

鍛錬場の壁面には素延べや火造りを終えた材料がたくさんストックしてあった。お弟子さんが制作中のものも含まれているが「夏は鍛錬するととにかく暑いので、冬の間に作っておくということもあります（義一さん）」 よく見ると鋒の複雑な稜線なども火造りの段階でほとんど完璧に叩いて成形されている。もちろん古備前の刀の雰囲気を求めるなら、刃文や地鉄だけでなく、それにふさわしい姿も再現しなければならないが、定規もノギスも治具も使わず、すべて感覚を研ぎ澄ませて行う。絵画のセンスも要求される仕事である。

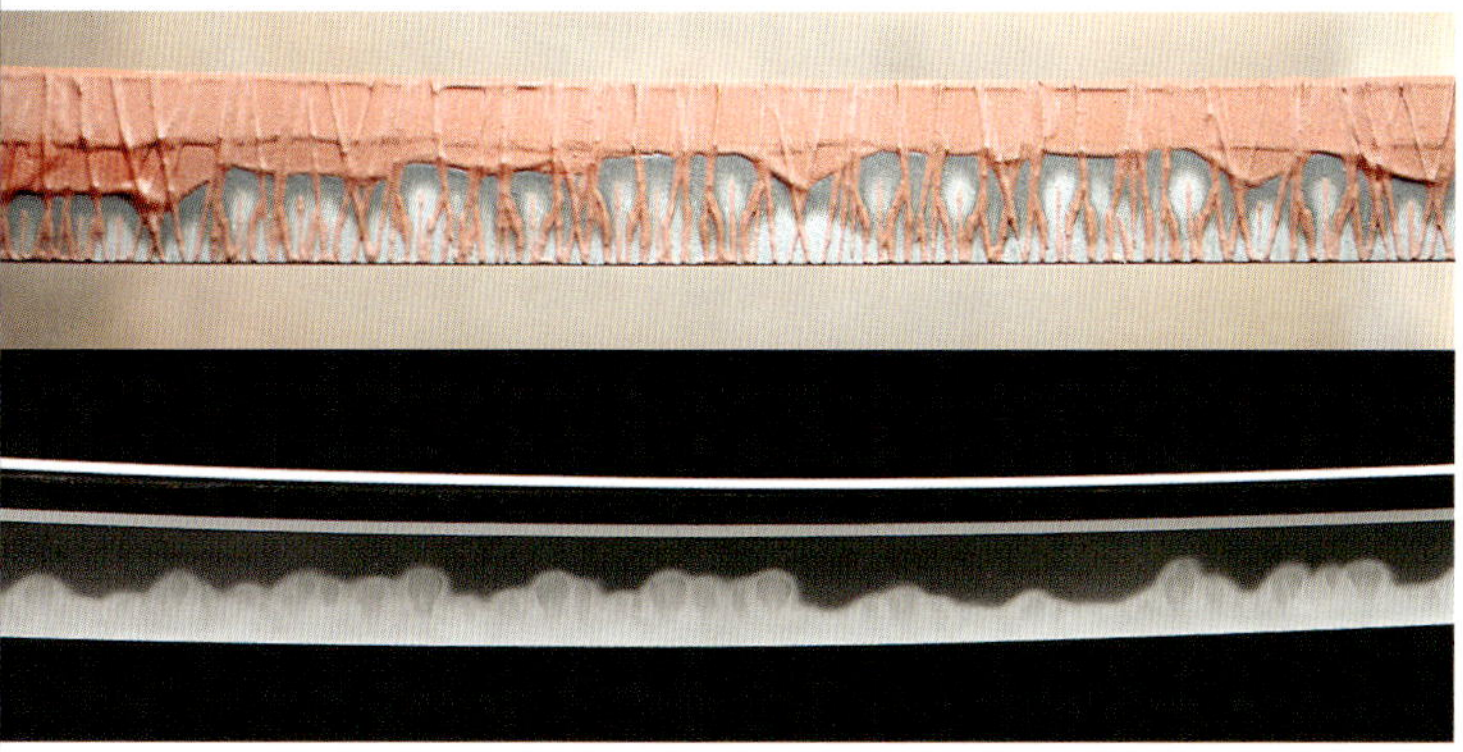

土置きの様子。刃の部分には灰色の粘土が薄く、棟の部分にピンク色の粘土がやや厚く塗ってある。縦に細く置いた土は「足」という。薄い部分は水中に投じたときの温度変化速度が早いためマルテンサイト変態し、ピンクの部位はゆっくり冷える（徐冷）ので延性・靭性の高いパーライトとフェライトの組織になる。出来上がった別の刀（下）に見える蛙子丁子と呼ばれる刃文と見比べると、ピンク色の土置きと足との相関関係がなんとなくうかがわれるが、実際のポイントは灰色の土の置き方だという。「刃先は薄く、棟が厚くなるよう、出来上がりの刃文のかたちも考えながら微妙に塗ります。刃文はこれでほとんど決まります。秘伝というならここが秘伝です」

●取材2016年12月2日　●執筆 2016年12月9日　●掲載GENROQ 2017年2月号

参考文献
「吉原師匠に聞く日本刀とっておきの話」　吉原義人／鈴木重好　Amazon Services
「日本刀の科学」　臺丸谷政志著 SBクリエイティブ刊

第56話 [プロフェッショナリズム]

臼木良彦

日本刀入門③ 研磨

「刀を使え。拳銃は最後の手段だ」(©「忍者部隊月光」1964～1966年国際放映)。あの番組を夢中で見ていたころ、小学校の校医が住んでるジャングルの洋館の二軒隣に「刀剣」という怪しい木札を掲げた日本屋敷があった。刀のその姿でもちらと見えないかと塀の隙間から中をのぞくのが習慣のようになっていたが、ひっそり静まり返っていつも人気がなかった。10年後、近所の喫茶店で知り合ったK君は、その屋敷に住み込んで刀剣研磨の修行中のお弟子さんだった。暗くて寒い研ぎ場で本物の刀の銀色の反りと姿を持つ。ズシリとした鉄の色と光に圧倒された一瞬だった。「研磨」という刀剣芸術を取材する。

PHOTO◉荒川正幸（*Masayuki Arakawa*）　刀身写真◉臼木良彦　協力◉吉原義一

深川に住んでいた臼木良彦少年はそのころ武道に夢中、1967（昭和42）年、11歳で東京双水執流松井伝の流れを汲む北島胡空氏の光尊会に入門、居合と柔術の修行を積んだ。たまたま母上の同郷の学友の嫁ぎ先が葛飾区高砂の刀鍛冶だった。のちに兄弟揃って無鑑査刀匠となる吉原家の兄、義人（よしんど）氏である。鍛錬場に初めて遊びに行った臼木少年は日本刀の虜になり、週末になると泊まり込みで遊びに行って鍛錬の様子を眺めたという。

高校に入っても日本刀への情熱は冷めない。義人刀匠に「研ぎ師になったらどうか」とアドバイスを受け刀剣研磨の重要無形文化財保持者、すなわち「人間国宝」の藤代松雄氏に紹介される。

1975（昭和50）年、18歳で刀剣研磨の名門「刀剣藤代」に入門した。場所は九段の一口坂、それが内科医の二軒隣のあの屋敷である。

師走の晴れた日、隅田川の河口を挟んで佃島の対岸、深川不動尊から徒歩10分ほどの古石場にある臼木良彦氏の仕事場にお邪魔した。淡いピンク色の外壁のコンクリ4階建てビルはおそらく上階がご自宅なのだろう。長身のお弟子さんに2階に通されると8畳ほどの板張りの部屋になっていて、その半分が研ぎ場である。

仕事着の先生は気さくに迎えてくださった。

刀剣研磨の仕事場の雰囲気は独特だ。斜めに傾斜した板床に「砥台」「踏まえ木」「研ぎ桶」「床几（しょうぎ）」「爪木（つまぎ）」などと呼ばれる伝統的な木製の仕事道具が左右2セット設えられ、ホースで手元に水が引いてある。「研ぎ桶」の中の透き通った水には細長い砥石が何本か浸されていた。

奥の壁の左右には縦に細長い窓。低い光が背後からバックライトのように差し込む。

下地（備水砥）

金肌

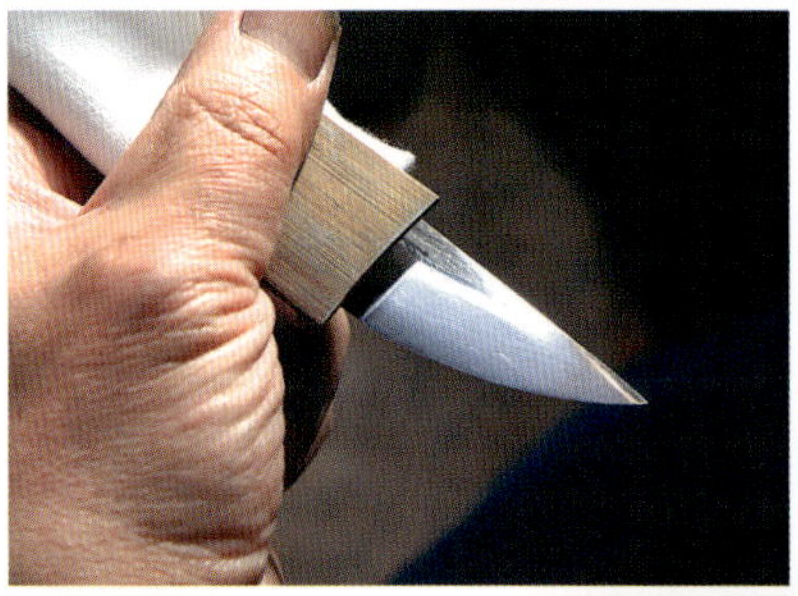

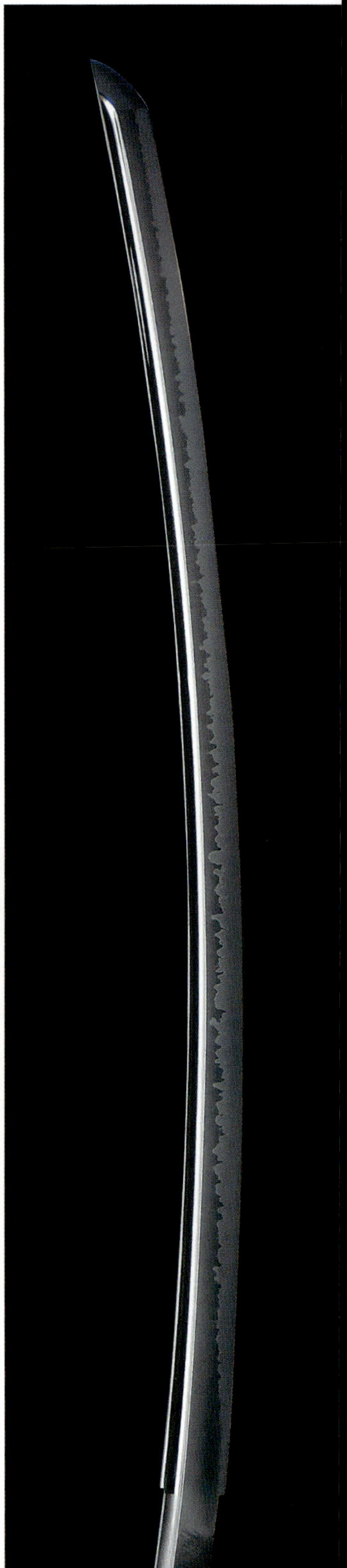

太刀　銘　正也作　平成二十八年春
（写真：吉田政也）

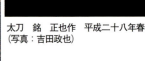

研磨は刀の表面の様子を詳細に観察しながら行う仕事である。光線の加減は重要だ。大野正さんの「日本刀職人職談」には「研磨の作業場は一日を通じて光の変化が少ない北向きの部屋が良い」と書いてある。先生の作業場の窓は南向きだから、あえて窓を小さくしたのだろう。

臼木氏は日本刀研磨の第一人者である。10年間の修行ののち1985年に独立、刀剣の研磨を続けながら各地で実演や講演を行い、マスコミの取材にも応じるなど日本刀の研磨技術を広く紹介してきた。2001年3月に東京都江東区無形文化財に指定、2005年2月（公財）日本美術刀剣保存会（日刀保）の刀剣研磨・無鑑査となる。

「よく切れるように日本刀の刃を研ぐ仕事」昔はよくそう誤解されたという。研磨の過程で鋭く切れる刃物になることも間違いないが、刀剣研磨の目的とは日本刀の全姿を整えながら鋒（きっさき）、鎬（しのぎ）、棟（むね）などの稜線を美しく引き、地鉄と刃の全体を鏡面になるまで研磨し、日本刀の姿の美、鍛錬と焼入れによって生まれた鉄の美を引き出すことにある。単に磨きというだけでなく「造形」と「彩り」をそこに加えた広範囲な作業である。

研磨のために持ち込まれる日本刀は、旧家の蔵などから発見された錆びついた古い家宝もあれば、吉原一家のような現代刀匠が製作した新作刀の場合もあるが、販売業者などが海外で発見し里帰りさせた古刀や新刀などの昔の刀を蘇らせる仕事がもっとも多いという。

防錆のため表面に引く油を定期的に塗り替える「手入れ」と呼ぶメンテナンスを行っている限り、一度研磨した刀はざっと100年は研磨する必要がない。したがって名刀でもそうでなくても刀剣研磨とは基本的には一期一会の仕事である。

■下地研ぎ

荒い砥石で刀の姿を整え、目の細かい砥石に変えながら前段の砥石目を磨き取るという手順を繰り返して、

刀を両手でがっしりと持ち、砥石に押さえつけて素早く動かしながら研ぐ。初めて刀剣の研磨を見てもっともショックを受けるのは刀身を素手で持つことである。刀剣研磨は茎以外の全姿を鏡面まで研磨する。棟を研磨するときは右ページの写真のように刃を上から押さえて研ぐ。なんとも衝撃的な絵である。「手は切れないんでしょうか」「案外切れないものです」　日本刀の刃の垂直断面形はふっくらとしたカーブを描いている（「蛤刃」）。刃先の先端の断面角度（刃角）も包丁やハンティングナイフなどに比べるとずっと大きい。刃角が大きければナイフは頑丈になって刃こぼれしにくくなるが、垂直方向の剪断抵抗が大きくなるので切れ味は鈍る。だから素手で押しても切れないのだろう。その証拠に昔は剣難よけの祈祷として山伏や行者が寺社の境内などで刀の刃の上を素足で歩く「刀の刃渡り」という行事があった。それならなぜ日本刀は「切れる」のか。おそらく武術の奥義で引き切っているからではないかと思う。垂直に当たれば刃角が大きい刃物でも、斜めに斬り込めば刃角は見かけ上小さくなるからだ。刀身の反りも斜め引き切りの効果に貢献しているはずだ。

全姿を準鏡面まで仕上げていく工程。主に日本各地から産出される天然砥石を使う。産地によって砥石に名前が付いており、下地研ぎの工程名は砥石名で呼ぶ。

●構え　研ぎの作業の姿勢は道具とともに伝承されてきた作業の基本だ。研ぎ桶の手前に砥台を斜めに傾斜させて砥石を乗せ、踏まえ木のSの字型の先端で砥石を押さえつつ反対の端に左右両足で乗って体重をかける。刀は両手で持って上から砥石に押し付け、砥石の種類に応じて斜め方向あるいは前後方向に動かして研磨する。

●金剛砥（こんごうと）　非常に研磨力の高い（番手の荒い）砥石。古い刀が錆びて朽ち込んでいたり、新作刀の鍛冶押し（鍛冶が行う荒仕上げ）の整形が十分でないときなどに基本形を整え造形するために使う。現在は人造砥石が使われている。人造砥石は一般に珪石とコークスから作る炭化珪素系砥粒と、ボーキサイトから作るアルミナ系砥粒のものがあるが、金剛砥は前者を長石や無機質粘土などのセラミック結合剤と混練し高圧高温で焼成したもの（ビトリファイド法）。

●備水砥（びんすいと）　福井県産の常見寺砥や愛媛県産の伊予砥など古くから使われてきた天然砥石が産出されなくなり、現在は熊本県で産出されるこの砥石を2番目に使っている。錆の朽ち込みのない刀や鍛冶押しの出来がいい新作刀では金剛砥を抜かし、備水砥から始める場合もある。研磨度で大別3種類あり、刀の鉄や状態によって使いわける。天然砥石は目詰まりしにくくドレッシングもしやすいが、天然ゆえに個体差も部位差もあるため、これを読まなければならない。

●改正砥（かいせいと）　山形県産出の天然砥石。改正砥までは包丁のように砥石に対して刀の表面を斜めに当てながら研ぐ。

●名倉砥（なぐらと）　愛知県北設楽郡三輪村砥山から産出する石英粗面岩質凝灰岩。最初は斜めにかけ、改正の目が取れて名倉の目になったら、刀の全長方向へと研ぎ方向を変え、研ぎの効きを高めるためしゃくるようにかける（「タツを突く」）。

●細名倉砥（こまなぐらと）　名倉砥は層をなして産出する堆積岩なので、層に応じて荒中細の3種類に分け、これらを段階的に使っている。細名倉は下地の総仕上げだが、ここまでの各段階で前段の研ぎ目がきちんと消せていないと、細名倉をかけても傷が目立つだけである。

●内曇砥（刃引き）　京都府で産出される粘土質の多い砥石。水をあまりつけず、しゃくらずやや力を込めて手前に引き、細名倉の目を潰していくようにかける。

●内曇砥（地引き）　内曇砥のやや硬いものを使って刃部以外の地鉄を研磨する。折り返し鍛錬で生まれた鉄の板目・柾目を浮き立たせる。

下地研ぎについて臼木先生は2016年の日刀保の研修会の講評で「いかに（鉄を）減らさずに研磨するかが肝要」「そのためには適切な砥石

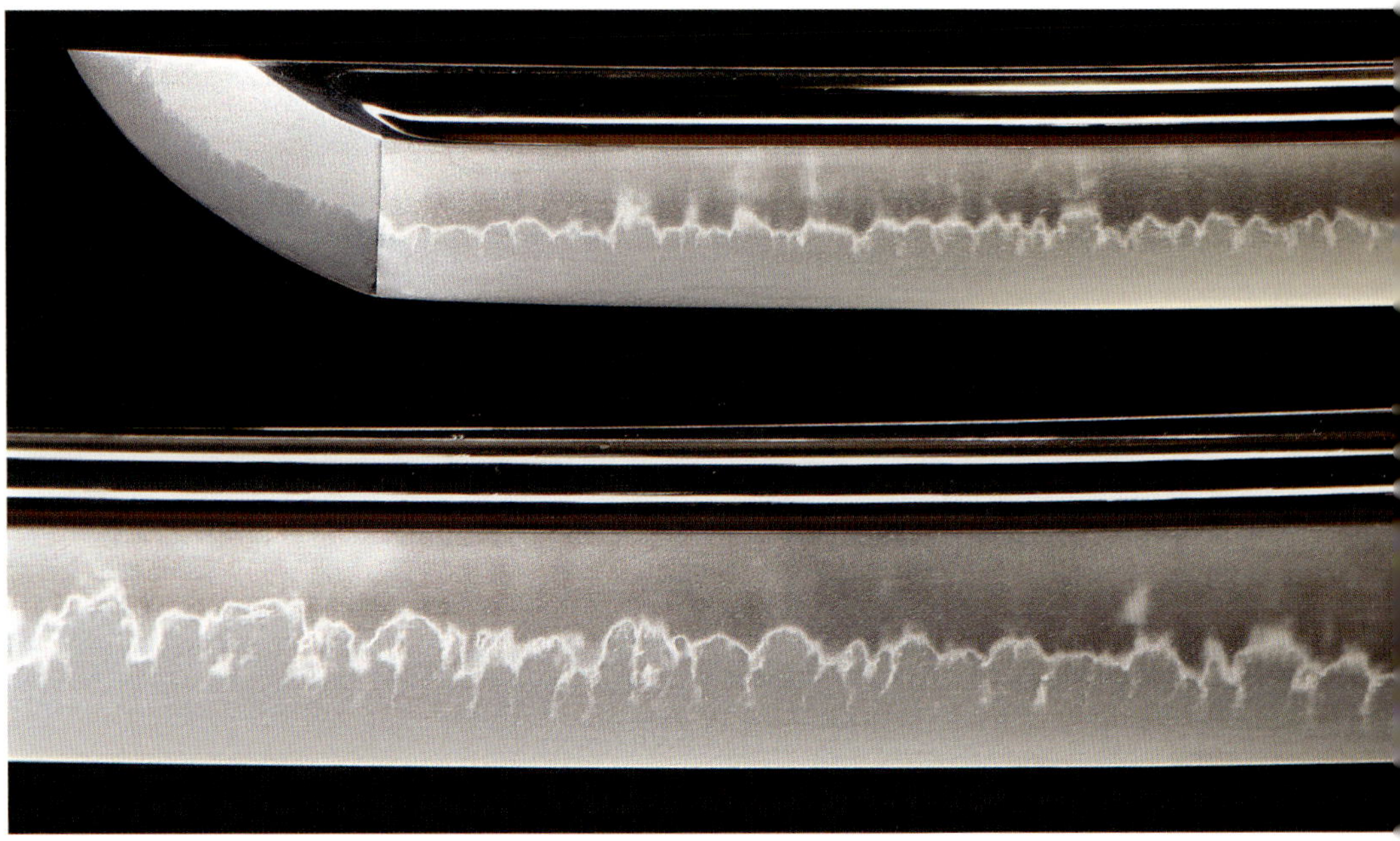

太刀　銘　正也作　平成二十八年春(写真：臼木良彦)

臼木先生が行った差し込み研ぎによって見事な刃文と映り(鎬地に見える雲のような白い翳り)を浮き立たせた美濃加茂の新進気鋭の刀匠吉田政也氏作二尺六分八寸(96.4㎝)の太刀。近年刀剣鍛冶では焼土を置かずに生のまま熱した刀を水焼入れし、出来上がる刃文の偶然性の美を探求する「裸焼き」「ずぶ焼き」という手法に挑む刀匠が若手を中心に増えてきている。一説によれば古刀の名刀の中にもずぶ焼きのものが多くあるらしい。江戸時代以前の古い研磨技法である差し込み研ぎの再評価など、江戸から明治にかけて大きく変化した日本刀の作刀技術や美学を見直す動きである。賛否両論あるようだが、このような躍動感のある刃文を見ると確かに新風を感じる。

①備水砥 ②改正砥 ③名倉砥 ④中名倉砥 ⑤細名倉砥 ⑥内曇砥(刃引き用)⑦内曇砥(地引き用)　天然砥石とは硬い石英などの砥粒が柔らかい絹雲母などと混じりあった状態の石材のことで、石、砂、泥、生物、火山灰などが地上や海底に沈殿し、続成作用によって岩石になった水成岩や凝灰岩などの堆積岩が主体だ。日本の国土は造山運動などによって堆積岩が地表近くに隆起していることが多く、古くから各地で良質の砥石が産出した。良質の砥石があったからこそ鉄を鋭く研ぐ技術が発達し、日本刀や薙刀、槍などの武器や包丁などの刃物が数多く作られたとする説もある。しかし古くから使われてきた優れた性質の砥石は資源払底で徐々に産出されなくなり、現在では代用材が探されて用いられている。上記①～⑤も刀剣研磨の長い歴史から見れば代用材である。

刀の研磨の際は砥石に水をかけながら行うので、刀身の酸化防止のためアルカリ(炭酸水素ナトリウム水溶液)を混ぜる。旧来は藁灰や炭から作る「灰汁水(あくみず)」を使っていたので、いまでもその名で呼ばれることが多い。「アルカリを常時使うから研ぎ師には指紋がない」というのは有名な話である。「そうそう。だからiPhoneの指紋認証がぜんぜん効かなくて私も一回一回パスワード打ち込んでるの」。早くiPhoneを虹彩認証にしてほしいそうだ。

選びと砥石の加工（ドレッシング）が大事」と述べておられる。

■仕上げ研ぎ

下地研ぎで出した姿と肌を鑑賞用として完成させていく工程。江戸時代以降、とくに明治になって開発された技法も含まれ、秘伝や口伝といった研ぎ師のノウハウもこれ以降の工程に多い。多くは刀を手に持ち、指先で行う。

●刃艶（はずや）　柔らかくきめ細かい内曇砥を選んで水に浸け層状に薄く割り、楮（こうぞ）から作られ漆の濾過に使われる吉野紙に漆で貼り付けてさらに青砥石で薄く研ぎ、ナイフで小指大に切る。刀の表面に乗せ、親指で押さえ水をつけながら研磨する。いくばくも磨かぬうちに砥粒は摩滅して紙だけになる。指先で当てるので均一で緻密な目が出て地鉄がさらに浮きたつ。

古くから存在する金属の鏡面研磨の方法のひとつが、磨き上げた硬い金属で対象金属の表面をこすって艶を出す、いわゆる「へら磨き」である。刀剣の磨きの工程もこの技法。磨き棒で鎬地をこすって鏡面に光らせる。現代の磨き棒は一般に第14～16族元素を鉄やコバルトなどの鉄系金属で焼結した超硬合金製で、接触面を鏡面にしたもの。

●地艶（じづや）　同様に京都産の鳴滝砥（なるたきと）を吉野紙に貼ったもの。白っぽい刃艶の研磨目（くもり）が晴れ、地鉄が黒っぽく見えてくる。刀の地鉄の硬軟に応じて鳴滝砥の硬軟を選別するなど、技術と経験を要する。

●拭い（ぬぐい）　明治時代以降に開発された化粧の手法である。鍛冶の時に飛び散る酸化鉄を集め、炉で焼成し、丁子油などで溶いた「金肌（かなはだ）」を使う。指先で点々と置いて脱脂綿で磨くと刀身が青黒く光る。ようするに一種の金属磨きコンパウンドだろう。

●刃取り（はどり）　拭いをかけると刀身全体が黒くなる。そこで刃艶を丸く切ったものを刃文に沿って指でかけ、焼刃の部分を白く浮き立たせる。白く波打つこの刃取りが「刃文」だと誤解されがちだが、刃取りは地鉄と刃部の差異を強調する化粧で、逆に本来の刃文は見えにくくなる。本末転倒しているようだが、先生は「刀を美しく見せるには適切な技法」だという。師匠の藤代松雄氏は磁鉄鋼などの粉末を使う「差し込み」と呼ばれる江戸時代以前に行われていた化粧法を復活させた研ぎ師である。金肌拭いほど刃文が黒くならないので拭い後の刃取りはしない。近年この研ぎ方が再注目されており、所有していた名刀コレクションを先生のところに持ち込み、すべて差し込み研ぎにやり直すコレクターもいるという。

●磨き　超硬合金などの硬質な金属の磨き棒やヘラを使って鎬地と棟をこすって磨き、鏡面を出す化粧研ぎ。これによって白い刃、青黒い地鉄、鏡面の鎬地という神々しい三色の刀身に仕上がる。

●筋切り／なるめ　鋒の仕上げ。スプリングのような弾性を持った「なるめ台」の上に刃艶を載せ、帽子に白い均一なヘアラインを入れる。日刀保の第68回研磨・外装技術発表会の講評では「帽子は刀の顔、ここが決まらないとだらしない研ぎになる」「刀（の製作時代や性質や出来など）を見極めて地艶や刃取りをしないとミスマッチになってしまう」と臼木先生は述べている。

小さな砥石を刀身に乗せて指先で磨く。これもまた衝撃的な光景である。いまにもずばっといきそうで、こそばゆくなってくる。写真は内曇砥から自作した刃艶。鍛冶の炭切りと同様、刃艶や地艶などを準備するのもお弟子さんたちの大事な仕事なのだろう。

下地の研ぎでざっと8工程、仕上げの作業で大別6工程。一日8時間作業して1本の日本刀を研磨するのに平均2週間、ざっと100～110時間。その手間をかけてなお、その出来を厳しく吟味される世界である。それゆえその技術で人間国宝も選定されるのだろう。

臼木先生は武道の世界でも成就された。双水執流組討腰之廻師範、清漣館代表である。真剣での居合にも経験が深い。

「切れる切れないの話ばかりになりがちですが、実際に日本刀でなにかを切って見ると刀身は一発で傷だらけになるし刀身も微妙に曲がって鞘に入らなくなったりします。昔の刀が綺麗な姿でこれだけ残っていまに伝えられているのは、武器ではなく『宝』としてずっと大切にされてきたという証でしょう」

「宝」というその言葉が心に響いた。2011年の時点でのべ249万5234点の日本刀が登録されている。新たに発見されたり海外から里帰りして新規登録される刀も年間1万点を超える。

日本人50人につき1本の刀。日本の宝。

臼木先生の一番弟子は日本初の女流刀剣研磨師である神山貴恵さん。入門8年、2016年・第68回刀剣研磨・外装技術発表会の鎬造の部で特賞（竹屋賞）、平造の部で優秀賞を受賞した。臼木先生の5人のお弟子さんのうち3人は女性である。「鍛冶の神様（金屋子神）だって女神ですからね」 38年前、藤代先生の研ぎ場に初めて行ったあの晩、研ぎ台の前でひとりのお弟子さんが黙々と刀を研いでいた。「ちょっとコーヒーでも飲んできて」兄弟子のK君にそう言われて立ち上がり、部屋を出て行った猫のように軽い身のこなしの眼光鋭い青年こそ、若き日の臼木先生だったに違いないといまではそう確信している。

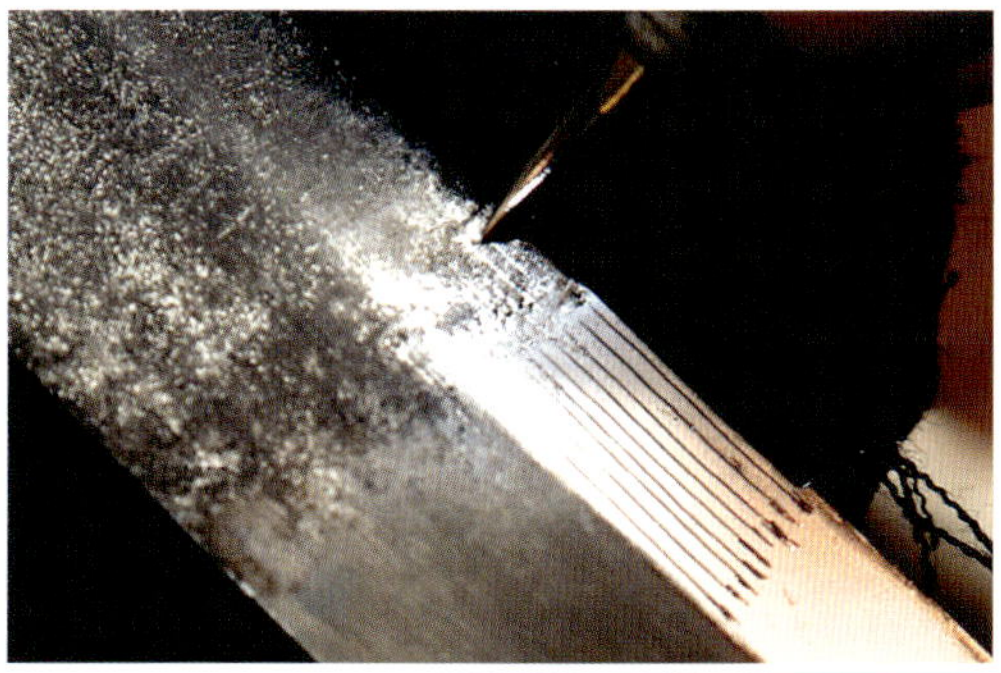

研磨の最後に行うのが「流し」という模様付けだ。磨いた鎬地の鎺元（はばきもと）と帽子の裏棟を内曇砥で白く曇らせ、磨き棒の先端で何本か線を引く。奇数が普通。「研摩師のサイン」と言われている。「ああバーコードね。下手に限ってこういうところに凝る。こんなものに時間をかけるくらいならもっと他にやることがあるだろうって弟子にはいつもそう教えています」さすが先生、ライターもヘボほど「オレが」「私が」と連呼するんです。

●取材 2016年12月19日　●執筆 2017年1月13日　●掲載 GENROQ 2017年3月号

参考文献
「日本刀職人職談」大野 正著　光芸出版
「温故創新」4K KATANA PROJECT（BD/DVD）

第57話　[日本の名作]

世界に誇る大阪・堺の打刃物

水野鍛錬所物語

刃物の切れ味は鍛冶屋の出来のそれ次第、そしてもちろんそれを使う人の腕次第。だが「日本刀を作る人が打った包丁ならさぞかし切れるだろう」というのは多少話がごっちゃである。他の条件一定なら刃物の切れ味を決めるのは「刃角」と「先端硬度」だ。刃角が同じなら刃が硬いほど切れ味はいい。鉄は炭素の含有量が多いほど硬くなるが、日本刀の皮鉄の炭素量が0.7%前後なのに対し、片刃の和包丁の鋼の炭素量は1.05〜1.35%。しかも包丁は刃角も鋭い。包丁の切れ味あなどるなかれ。日本が世界に誇る手作り片刃の和包丁、大阪・堺の老舗、水野鍛錬所にお邪魔した。

PHOTO◉荒川正幸(*Masayuki Arakawa*)
協力◉株式会社水野鍛錬所　http://www.mizunotanrenjo.jp

「鍛鐵降魔」法隆寺123世管 佐伯定胤から送られた言葉

ものの始まりなんでも堺。こういうインパクトのあるお国自慢があるらしい。大阪府堺市の観光ページには、堺で初めて作られ全国に広まった製品や文化の例として「自転車」「線香」「三味線」「傘」「紙箱」「ショベルとスコップ」など32種類が掲げられている。

なんでも堺、とはちと言い過ぎだが自転車はいまも国内生産の4割がメイド・イン・サカイらしい。

種子島（鉄砲）と共に日本に伝来した煙草、鉄砲の量産ついでに煙草包丁も作ったのが堺の包丁作りの出発点で、日本全国で販売されている手作り和包丁の実に9割がここで作られてきたという。びっくりするような日本秘話だ。

大阪は抜けるような快晴だった。1615年の大坂夏の陣で焼き払われたのち徳川幕府によって町割りが整備され、近世の環濠都市として再生した堺の旧市街の町並みの一部は、1945年7月10日の堺大空襲を免れて江戸町家の姿をいまに残す。旧市街の北エリア、紀州街道沿いにある水野鍛錬所の表も、組子格子と漆喰の虫籠窓を持つ美しい厨子二階町家様式である。軒先には江戸幕府の御用鉄砲鍛冶だった榎並屋勘左衛門と芝辻理右衛門の屋敷跡を示す石碑と観光案内板が建っていた。

創業145年の水野鍛錬所5代目水野 淳氏はきりりとした男前、京都府出身でなんと30歳まで舞台役者をしていたという。鍛錬所のひとり娘の七菜子さんと結婚、老舗を継ぐためにゼロから修行を始めた。

株式会社水野鍛錬所 代表取締役
水野 淳 氏（刀銘「範忠」）

「鍛冶」「研ぎ」「柄」「鞘」という分業制の堺の包丁作り技術の集大成として水野鍛錬所がプロデュースした正夫(柳刃)の限定品。残念ながらすでに完売だが、あまりの素晴らしさゆえあえてご紹介することにした。ただし包丁が妖しい黒金色に見えているのは、白熱電球光を上手に写し込んだ荒川さんの撮影イリュージョンであって、実物は通常の白い鋼色である。柄は黒檀製の八角柄に銀の角と鐺(こじり)、刀のように目釘で固定する方式だ。鞘も黒檀に彫り模様入りの別誂品(彫りを見せるため裏返してある)。包丁は水野鍛錬所「源昭忠」の本焼と本焼DXである。「本焼き」とは本文で解説した「合わせ」ではなく、全体が安来鋼1枚で作られている製品の堺包丁での名称。堺でも本焼きを作る職人は水野さんを含め4人しかいないという。「源昭忠」ブランドでは「本焼」が切れ味のいい白紙3号、「本焼DX」が刃持ちのいい青紙2号である。全体が鋼製1枚なので薄く軽い。また柄から鎬の部分に焼き土を置いて焼きが入らないようにしており、その境に刃文が見えているが、これは焼入れ後の曲がりの修正をやりやすくするのが主目的だ。ブランド名の上に小さく「賜 台覧」と刻印があるのは、1952(昭和27)年と1980(昭和55年)の2回、三笠宮崇仁殿下、三笠宮寛仁殿下が水野鍛錬所に台覧されたことを記念するもの。写真の品物：特別鍛え柳刃総銀黒檀八角柄目釘付黒檀鞘　本焼DX(青紙2号)尺2寸＝360㎜　79万1640円(完売)

1872(明治5)年、初代水野寅吉氏が堺で包丁を作り始めたのが水野鍛錬所の事始め。2代目は立命館日本刀鍛錬研究所の桜井卍正次氏に入門、刀匠「水野正範」として日本刀の作刀に従事した。1934年から戦後にかけて20年間におよんだ法隆寺・昭和の大修理では、その腕前を見込まれて五重塔の相輪の四方についている「魔除け鎌」を製作・奉納している(1952年)。勲六等瑞宝章の名工だ。つまり水野鍛錬所の跡取りは初代が始めた包丁作りと2代目名人の日本刀、2つの伝統を継がなければいけない。

包丁については、2代目正範が日本の河豚料理公認1号の老舗「下関春帆楼」の主人と協力して、いまでは全国の板前に使われている「ふぐ引き包丁」を発明したときの弟子、名人・本城永一郎氏に師事。

包丁作りに邁進しながら5年間日本刀作りの修行も積み、東京・高砂の吉原義一刀匠にも入門、2014年に文化庁の日本刀作刀承認を受けて5代目「範忠」となった。

お店の奥にある鍛冶場は三和土床150㎡くらいの広さ。弟子も取らずここでひとり毎日包丁を作る。

堺の包丁は分業制だ。「鍛冶屋」が鋼を打って包丁を作り、「研ぎ屋」が外観を整え刃を研磨し、大阪弁で「えーや」と呼ばれる「柄師」が柄を、「鞘師」が鞘を作る。「問屋」という大手の元締めが生産を管理して自社ブランドの包丁を全国へ出荷、関東などの有名ブランドへのOEM供給なども行っている。水野鍛錬所のように鍛冶屋が自社ブランド包丁を直販するのは老舗ならではの珍しいケースだ。水野鍛錬所の和包丁ブランド名は「源昭忠」である。

「うちには秘伝はありません。全部お見せします」

包丁作りの行程の「火造り」と「焼入れ」を見せてくださった。

大阪で「正夫(しょうぶ)」と呼ぶジェット戦闘機のようなあの刺身包丁、いまから作るのは「合わせの青2の9寸」だ。9寸とは刃長約27㎝、寿司職人が柵を切るときに使う一般的なサイズである。

「堺刃物組合連合会史」(昭和53年)には「伝統的堺包丁の特色は鋼と地鉄の合わせ」とある。鉄Feに適量の炭素Cを加えたのが鋼(はがね)、熱処理すれば組織はマルテンサイトに変態してビッカース硬さHV800前後までになる。ただし熱処理鋼は硬い代わりに靭性に乏しい。

そこで脱炭して靭性を高めた生鉄を用意し、これに鋼を貼り合わせて鍛接一体化する。これが「合わせ」という技法だ。日本刀は鉄を鋼でくるんで作っていたが、合わせ包丁は2枚背合わせである。

堺の和包丁のほとんどは、日本が誇る刃物用鋼材を使う。日立金属安来製作所製「YSS安来鋼(「ヤスキハガネ」)」。

新潟県三条市の打刃物メーカー、三条製作所の岩崎航介氏は「よい鋼

9寸(刃長270㎜)の柳刃包丁の製作工程。①鋼切り(鋼材を熱し、板の先端を開先形状に成形、切り離す) ②③(切り離した鋼②に鍛接剤をつけ③の生鉄の延板に乗せ赤めて叩いて鍛接する) ④鍛接して先延ばしした状態　⑤鉄の部分を少し残して切断する　⑥中子伸ばし(柄に入る部分の鉄を打って伸ばす) ⑦火造りの終了状態　⑧仕上げ工程の終了状態　最初の鋼の開先形状が包丁の裏に赤線のようにかすかに見える。中子と鎬は鉄なので焼きが入らず、熱処理後に成形しやすい。

ひとりのための作業場としてはちょっと広すぎる水野鍛錬所の工場。そのはずで戦時中は軍刀を作る工場としてここで多くの職人が働いていたという。同社は堺が発祥の全国学生相撲選手権大会の優勝者に毎年堺市長から授与される日本刀を昭和26年から奉納してきたが、2015年以降は水野さんが製作しており、その日本刀もここで作った。堺市は大阪市の南に位置する人口83万7000人(2016年)、面積149.8万㎡の大阪第2の規模の都市。摂津、河内、和泉の国境に位置することから「堺」と呼ばれ、早くから商業都市として発展、南北朝時代には明国との勘合貿易の中心地として栄えた。織田信長と接見したイエズス会の宣教師ルイス・フロイスは「東洋のベニス」と称したという。

はよい鉄鉱石から生まれる」と書いている。現代の日本刀の玉鋼の原料になっている出雲地方の砂鉄は、刃物を脆くする燐P、火造りでひびを生じさせる硫黄Sなどの不純物が世界的に見ても非常に少ない素材だという。

1899（明治32）年、島根県安来市に雲伯鉄鋼合資会社として創業、日本で初めて高速度工具鋼（JIS・HSS、通称ハイス）を作った安来製作所は、玉鋼など和鋼の研究を元に独自の融解精錬技術と熱間加工技術を駆使して不純物の少ない優れた刃物用鋼を開発、なんともあっぱれなイマジネーションを発揮してこれを「白紙（しろがみ）」と命名した。東京・木屋の加藤俊男氏の著書「刃物あれこれ」によると「白紙の原料は100％砂鉄系」らしい。包丁の世界では「白」の一言で通じる。

白紙は包丁だけでなく鋏や剃刀でもベストセラーになったが、レーヨンやナイロンなどの合成繊維が登場すると裁ち鋏の切れ味の低下が早くなった。そこで1・0〜2・0％のタングステンW、0・2〜0・5％のクロムCrを配合して切れ味の持続性を良くした改良版が作られた。これが安来鋼「青紙（あおがみ）」である。

「『白』は切れ味がいいから料理人には『白』を薦めます。でも加工会社の現場なら何時間も何時間も切り続け、いちいち研いでられない。そういう用途には切れ味が持続する『青』が向いてます」

炭素量が多いと鋼はより硬くなるから、安来鋼は炭素量でもランク分けしている。「1号」は炭素量1・25〜1・35％、「2号」は1・05〜1・15％、「3号」は0・80〜0・90％。「白紙1号」「青紙2号」などと呼ぶ。略して「白1」「青2」だ。

火造りが始まった。

安来の青2の細長い板をコークス炉である火床（ほど）に入れて熱し、ベルトハンマーで20秒間くらいコンコンコンコンと打って先端を「開先形」に成形（写真説明参照）、再び熱し手槌と鏨を使って長さ10㎝ほどに切り落とす。

二番目の材料は極軟鉄。幅3㎝、長さ30㎝ほどの生鉄の延板だ。火床で真っ赤になるまで熱し、地鉄の表面に水をつけながら打って酸化鉄をはじき飛ばす。

鉄板と鋼片の接着＝鍛接には、水野さんが「くすり」と呼ぶ粉状の鍛接剤を使う。一般的には鍛造の際に飛び散る酸化鉄に硼酸H_3BO_3などを混ぜたもので、一種のフラックス（融材）である。鋼にこれをたっぷり盛ってから鉄板の先端にのせ、火床に戻して850℃程度まで赤め、最初は静かに鋼側から機械で打つ。さらに数分加熱してから機械で打ち2枚をぴったり鍛接＝鍛冶付けする。

「赤め過ぎると鋼が崩れてしまいます。なるたけ低温でつけるのがコツです」

電気でエアを送風するコークス炉とベルトハンマー、そして手鎚による火造り。鋼切りから包丁の形状になるまで25分だった。通常の仕事では熱している間に他を叩くので、仕事はもっと早くなる。途中測ってもいないのに、できた包丁はシルエットが正確なだけでなく、元が厚く先が薄い断面変化にちゃんとなっている。叩いた感触で厚みがわかるのだという。

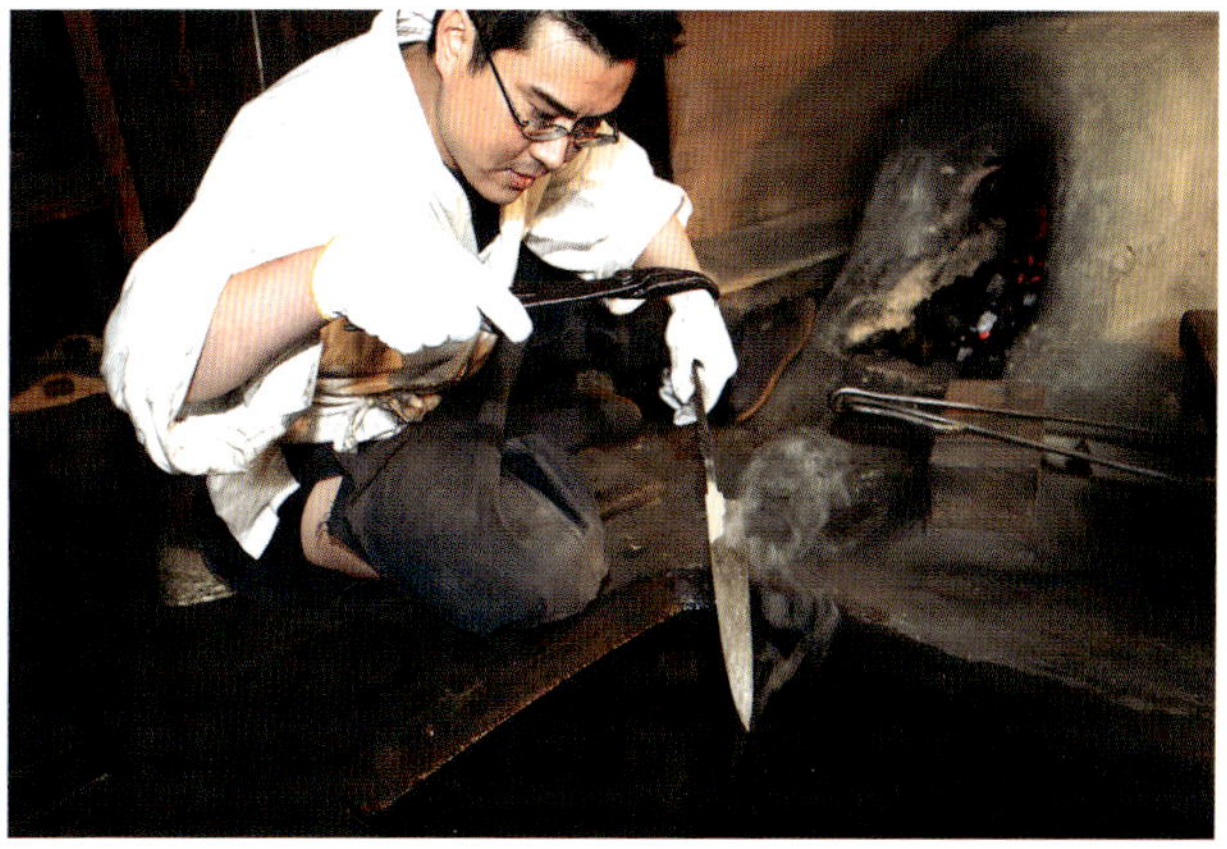

焼入れ／焼き戻し。ここでの加熱は赤松の炭を使う。細かく炭切りしておくと空気が通りやすく、温度が均一に早く上がる。火床の内部で炭を燃やすと酸素が不足し、内部にある酸化物から酸素を奪う還元反応が生じ、高熱による鉄の酸化が抑制される効果がある(還元炎)。ざっと780℃に赤めた包丁が大きく反っている。水に焼入れ後すぐに焼き戻し。テンパリング温度は180℃、水を垂らしそのはじけ具合で温度を判断する。一般に純粋な炭素鋼は急冷しないと硬度が出ない。ところがクロムを0.3％も添加すると焼入れ性は俄然向上、13％のクロムを含むマルテンサイト系SUSでは空冷だけで焼きが入る。ただし高クロム鋼は残留オーステナイトが生じて時効で変態し変形を招くため、液体窒素などで急冷して人工時効する。これがいわゆるサブゼロ処理だ。

2層一体になった延板を切り離し、「箸」と呼ぶやっとこでつかんで尻を熱し、柄が入る細い中子を成形する。30秒ほど機械成形して階段状にしてからまた熱し、この繰り返しで瞬く間に中子を細く伸ばしていく。

次は包丁の先伸ばし。本体部分を熱しながら機械で叩くその反復を数回。時々手鎚で打つのは形状の微調整のため。綺麗に成形するとあとの仕事が楽になる。

鋼切りの赤め開始から25分、見事に柳刃包丁の流線型ができあがった。

「ハンマーの調整が悪くていつもより遅かった。残念」

火造りの日には1日20本以上打つ。750℃まで再加熱してから酸素を遮断するため藁灰の中に入れて一晩ゆっくり徐冷、鍛造時の残留応力を除去しておく。

次は包丁の外観を整える約10工程の「仕上げ」。周囲の形状は油圧式の切断機で剪断し研削機やヤスリで整える。もっとも重要なのは「本均し(ほんならし)」。裏側がほんのり凹んだ片刃和包丁伝統の凹断面裏形状、これを叩いて作る。削って作るのではない。

焼入れ。

焼入れ専用の火床で使うのは日本刀で使っていたのと同じ松炭だ。脱脂した包丁を粘土状の「焼き土」の中にどっぷり浸けてから、ゆっくり乾燥させる。

日本刀は鋼の刃部だけに焼きを入れ、かつ観賞用の刃文もつけるために焼き土の盛りの厚さと形状で温度制御をするが、合わせ包丁の場合は焼き土を均一に塗布しておくことで焼きむらを防ぐのが目的だ。

「土に水が吸着して弾きがなくなるからだと理解してます」

修行をはじめるのが遅かった水野さんは、体で仕事を覚えるだけでなく、理屈で納得しながら学んだ。しかし現代の冶金学の知識に照らしても一子相伝で伝えられてきた伝統技法がいつも必ず正しいことに驚かされたという。

火床の中に投じて加熱して2分、780℃ほどに赤熱した包丁を取り出すと、なんとぐんにゃりしなるように曲がっていた。そのまま水の中に入れる。

ジューン。

鋼は鉄より膨張率が高い。だから鉄側に反る。日本刀の反りと理屈は似ているがこちらは背合わせだから上昇せずにドリフトする。

焼入れ後、水野さんはすぐに包丁を180℃に再加熱、空冷して焼戻し(テンパリング)を行う。金床の上に乗せ、鋼の側から鎚で打って曲がり(反り)を修正した。

日本刀は例え切っても試し切りだが、包丁は毎日毎晩切りまくる。そして切った先にはまな板がある。

大妻女子大学の岡村たか子氏の論文によると、刃先でまな板を連打すると刃先がどんどん平らになり、これによって包丁が切れなくなるという。まな板500回連打の刃先の劣化度は、大根を空中で1万回切ったときに等しいらしい。

世界に先駆けて刃物鋼の研究を行い、重ねた紙を一気に切って包丁の切れ味を試験する「本多式切れ味試験機」を開発した鉄の神様・本多光太郎博士も「切れ味は刃物に加わる圧力に関係する」「切れ味は切断回数とともに対数的に減少する」と書いておられる。

つまり鋼の和包丁は「研いで使う」のが絶対の基本なのだ。

熱処理した合わせ包丁を鉄の方から斜めに研磨すると、柔らかい鉄の先端に数ミリほど焼きの入った鋼が顔を出す。使用者がこれを砥石で研ぐと、まず軟鉄が削れて鉄粉が生じ、砥石の砥泥にその鉄粉が混入することで硬い鋼の研磨が促進される。刃先を砥石にピタリと当てて研げば、柔らかい鉄が先に減っていくので自動的に刃角が鋭角になる。

これが合わせ片刃包丁の秘密である。

鍛冶の仕事はここで終了、包丁は研ぎ屋に渡って外形を整え鎬を立て刃をつけて戻ってくる。

初めて包丁を作ったときは見ただけで突き返されたという。「こんなもん研げるかいな」

作って作ってやっとこれだというものが出来て渡したら途中で戻ってきた。「歪みは出るわ、刃(はー)はかけるわ、えーかげんにしいや」

いまでは研ぎ屋の新米に言う。「下手な刃つけやがって」

「堺の包丁は分業制だから甘えられない。互いに監視してるから手が抜けません。それが品質の秘密です」

そのときお店の戸が開いて、小柄で腰の低い初老の男性がひょっと顔を出し、手に持った包みを社長に渡して、にっと笑って帰って行った。

「あ、いまのがその研ぎ屋さん(笑)」

水野鍛錬所一代。それこそ朝の連続ドラマにして欲しいような、そんな物語である。

仕上げ工程。剪断し打ち磨いて包丁の形を整えていく。「本均し」は、かまぼこ型に湾曲させた金床に鋼側を乗せ、鉄側から手鎚で打って鋼の面をわずかな凹面にする工程。できた凹面を片刃包丁の「裏すき」という。水野さんは「樋(ひ)」と呼ぶ。樋をつけると刃角がそれだけ鋭くなって切れ味が増し、切った刺身が包丁に張り付かず、表から研いだ刃先の「かえり」を裏から取るときに裏が砥石に総当たりしないので早く研げる。片刃和包丁伝統の断面設計形状だ。佐賀県唐津市のサイトウ刃物店のHPには「源昭忠和包丁は裏すきの仕事が素晴らしい」と書いてある。

洋包丁に和包丁、両刃に片刃、三徳に出刃に菜切りにペティナイフに牛刀に薄刃。「鰻裂」と呼ばれるうなぎ専用包丁は大阪裂、江戸裂、京裂、名古屋裂、九州裂と地方で形式が異なる。伝統的な片刃の和包丁だけでも300種類あるという。和包丁は通常、刃が付いた表の鎬のところにブランド名が打刻されているが、水野鍛錬所「源昭忠」の刻印は裏面だけ。だから水野さんの作った包丁では特等席に所有銘を切ってもらえる。使いこなせないことを承知の上で正夫の24cmの本焼(白3)を買ってしまった。堺の銘切り職人がすごい銘を切ってくれた。うわ〜大事にします。いやそのつまり使い倒します。

●取材 2017年1月26日　●執筆 2017年2月12日　●掲載GENROQ 2017年4月号

参考文献
「刃物の見方」岩崎航介著 慶友社刊
「刃物あれこれ」加藤俊男 朝倉健太郎著 アグネ技術センター刊

第58話 ［プロフェッショナリズム］

食と発明の偉人
安藤百福

戦争が終わり死の恐怖が夜空から去ると、凄まじい飢餓がやってきた。1945年の日本の人口は7200万、1年間の白米消費量は国内生産の900万tをはるかに上回る1200万tに達していた。近隣植民地からの海路輸入に頼ってきた食料供給は連合軍の海上封鎖によって事実上遮断され、終戦を前に食料備蓄はすでに底をついていた。そこに外地から150万人の兵が復員、昭和20年と21年は冷夏で明治38年以来の凶作に見舞われる。廃墟の大阪・梅田の街に一杯のラーメンを求める人々の長蛇の列を見たとき、おそらく安藤百福の心に永遠の信念が刻まれたに違いない。正四位勲2等の偉人にしばし思いをはせる。

PHOTO◉荒川正幸（*Masayuki Arakawa*）
協力◉日清食品ホールディングス http://www.instantramen-museum.jp/

堺で取材し、市内のビジネスホテルで一泊した翌朝、阪神高速11号に乗って池田に向かった。

池田市は大阪府の北部豊能地域に位置する人口約15万3500人の行政区画で、市南西部のダイハツ町にはダイハツ工業の本社、市中央部には原生林や里山が残り桜と紅葉で親しまれる五月山がある。庭園木から苗木まで生産している北部細河地区の植木栽培は、川口市／さいたま市（埼玉県）、稲沢市（愛知県）、久留米市（福岡県）と並ぶ植木四大産地のひとつだという。

池田ランプで阪神高速を降り、伊丹空港を左に見ながら住宅地の中に分け入って行く。

住居の向こうに美術館のようなモダンな建屋が現れた。インスタントラーメン発明記念館。

安藤百福がインスタントラーメンを発明したとき、すぐ近くの呉服町に住んでいたという。ここがインスタントラーメン発祥の地だ。

午前9時30分の開館と同時に20人ほどの外国人の観光グループがエントランスホールにそろそろと入ってきた。同行の通訳の説明に聞き入る。後で尋ねたらオーストラリアから来たという。

日清食品ホールディングス広報部の村上瑛子さんと岡田夏季さんが館内を案内してくださった。

フロアの真ん中にいきなり木造の小屋が建っていた。

3坪ほどの簡易な木造建屋の横に鶏小屋があり自転車がとまっている。窓におろした物干竿に手拭が吊るしてある。現物大ジオラマには空気さえ昭和のまま漂っている。

内部は6畳ほどの三和土《たたき》で部屋そのものが調理場だ。卓上ガスコンロ、深鍋、ふるい、ボウル、様々な調味料の容器、小さな製麺機。巨大なコンロの上には中華鍋が乗っていて、照明の工夫で油の中で本当に調理しているかのように演出している。

研究小屋と称したこの台所の中で1957年から丸1年間を費やし「インスタントラーメン」という概念そ

日清食品ホールディングス 広報部
岡田夏季 さん

日清食品ホールディングス 広報部
村上瑛子 さん

大阪・池田市のインスタントラーメン発明記念館に展示された安藤百福の研究開発小屋。「お湯をかけるだけですぐ食べられるラーメン」という発想そのものは終戦直後に思いついて温めていた。信用組合の倒産で実業家としての資産を失ったときその構想を実行しようとたったひとりで立ち上がった。むかしなじみの大工に依頼して裏庭に3坪の小屋を建て、難波千日前の道具屋筋などを歩いて中古の製麺機や直径1mもある中華鍋、小麦粉などの食材を購入して自転車で運ぶ。朝5時に起き1日20時間「即席ラーメン」という概念を立証するための実験を重ねたという。既成の乾麺ではなく麺そのものも小麦粉から開発した。水や塩などの配合比は微妙で、うまくないと団子になったり製麺機に入れたときにボロボロにちぎれたりした。湯をかけるだけで食べられるようにするため麺に味をつける。最大のポイントは乾燥法だ。干し魚、のしあわび、高野豆腐など日本古来の保存食は水分を乾燥させることで酵素の作用や細菌の発生を抑制している。天ぷらから「油で揚げる」乾燥法を思いつき、試行錯誤の末に「瞬間油熱乾燥法」という特許技術を独力で開発した。1958年春当時は家族総出の作業で1日400食を作るのが精いっぱいだったという。大卒初任給1万3500円、煙草1箱40円、かけそば一杯25円の時代に85g35円のチキンラーメンは安くなかったが、同年8月25日大阪市中央卸売市場で正規販売商品として認められると人気沸騰、翌年大阪府高槻市に1万5000㎡の土地を購入して製造工場を建設(のち拡張)、大量生産に着手した。大ヒットを飛ばすと市場に類似品が出現し乱立する。「真似してなにが悪い」日本はまだその程度の民度だった。商標盗用、製法特許騒動などが次々と勃発した。中国のことなど笑えない。安藤百福はそんな業界をとりまとめる製造組合(現・一般社団法人日本即席食品工業協会)の設立にも奔走した。

のものが発明されたのである。

安藤百福がそこに行き着くまでに47年間の紆余曲折があった。

1910(明治43)年、日本統治時代の台湾で生まれた。幼少時代に両親を亡くし繊維問屋を営む祖父母のもとで育つ。父の遺産を元手に22歳のとき台北市にメリヤス(平編布地とその製品の通称でニットとジャージのこと)を扱う繊維商社を起業、翌1933(昭和8)年に大阪に移住し事業を拡張した。

何事も人任せにせず、自分の足で歩いて現場の実情を見ないと気がすまない性分だったという。いまでいう「現地現物主義」だ。

やがて太平洋戦争が勃発。

幻灯機、航空機エンジン部品、燃料用木炭などの製造を手掛けたり、仮設住宅を建築したり、蓖麻《ひま》の葉で蚕を飼う蚕糸事業を企画するなど、戦時中も頭をフル回転させた。

戦後も廃墟から素早く立ち上がる。海水から塩を精製する製塩事業を手始めに、魚介類の加工・販売を行う会社を設立。食糧供給の現状を打開するため栄養研究所を設立して栄養食品の開発を行ったり、トヨタ自動車の協力を取りつけて自動車の構造や製造技術を若者に教育する専門学校を名古屋市に設立したりした。

順風満帆に見えた安藤の戦後設計は2つの出来事によって阻まれた。1948年、脱税容疑でGHQ(連合軍最高司令官総司令部)に収監され、4年間の服役を課されて財産・不動産を差し押さえられたこと。訴訟の末2年で釈放されるが、1951年、今度は信用組合の理事長職を引き受けたことで経営破綻の社会的責任を問われ財産を失ってしまう。

庭に小屋を建てて「お湯をかけるだけで食べられるラーメンを作ろう」と思い立ったのは、実業家として無一文になったそのときだった。

インスタントラーメンは間違いなく世界的な発明である。

世界ラーメン協会(WINA)の統計によると、インスタントラーメンの年間消費量は全世界977・1億食。世界の人口は72億9500万人(国連経済社会局推定)だから、信じがたいことに世界中の人間が月に1個以上食べている計算である。

実際の消費の中心はもちろんアジアだ。中国と香港だけで404・3億食/年、次いでインドネシア132億食/年、日本は三番目の55・4億食である。

しかしアメリカ(42・1億食)、ブラジル(22・8億食)、ロシア(18・4億食)だってびっくりするくらい食べてる。食の本場フランスで年間6000万食というのも驚きの数字である(いずれも2015年のデータ)。

この食文化のすべては1958年＝お湯をかけるだけで食べられるインスタントラーメン、1971年＝

チキンラーメンファクトリー　体験工程

小麦粉を練って延べて蒸し、味をつけて油で揚げて乾燥させてチキンラーメンを作る。安藤百福の発明の追体験。蒸しの待ち時間に専用のチキンラーメン袋に好きな絵を書くのが楽しい。大事なのは今日の日付の記入だ。市販のチキンラーメンの賞味期限は食品ロス削減の観点から2014年4月1日以降2ヵ月延長されて8ヵ月になったが、ここでつくった手作りチキンラーメンの賞味期限は1ヵ月。インスタントラーメンが一大ブームになり、類似品が続発して製造会社が360社にも達し、粗悪な品質の製品が出回ったとき、製品の製造年月日を袋に印刷することを決めたのも日清食品だった。厚生省が食品衛生法で表示を義務つける以前のことである。

これを発泡スチロールの容器に入れたカップヌードル、この安藤百福の発明2段ロケットによって生まれたのだから呆然とせざるを得まい。

発明記念館の館内には2つの体験型アトラクションがある。

「マイカップヌードルファクトリー」は、専用の空のカップヌードル容器の白く空いたスペースにマジックで自由にお絵描きし、スタッフが待つトッピングカウンターに手渡すと、麺を入れた後、好きなスープと具材を入れて封をし、包装してくれるという趣向。プロセスが簡単でお絵かきと列に並ぶ時間を除けば数分で終わって回転が早いので事前予約なしで体験できる。もちろん出来上がったマイカップヌードルは持ち帰って家で食べることができる。

1971年9月、いろんな体験をした中学3年の夏休み明け、新発売のカップヌードルを初めて食べたとき「なんだチキンラーメンを容器に入れただけじゃないか」と思ったものだ。ある意味その通り。それがカップヌードルという大発明だった。

マイカップヌードルファクトリー

自分で自由にお絵描きした容器に、麺とスープと具材を入れて封をしてくれるアトラクション。スープは4種類、具材は12種類。定番のエビ、タマゴ、コロチャー、ネギの他に、当日はチェダーチーズやキムチ、カニ風味のカマボコ、ガーリックチップなどが用意されていた。一食300円(税込)、事前予約は不要。赤い帽子をかぶった地元の小学生の歓声で溢れていた。

「発明・発見の大切さ伝える体験型食育ミュージアム」というユニークな構想で設立されたインスタントラーメン発明記念館は1999年11月21日にオープン。2004年11月と2015年3月の二度にわたるリニューアルをへて2016年9月15日には累計来館者数700万人を達成した。館内には様々な展示とアトラクションがあるが、白眉は「安藤百福とインスタントラーメン物語」。カーブした白い壁面にチキンラーメンとカップヌードルの発明と発展史が語られており、当時の貴重な資料は壁面の裏に隠されている。引き戸を開けたりハンドルを回したりすると、発明当時使っていた製麺機や袋詰めするときのヒートシーラー、むかしは街角によくあったカップヌードルの自動販売機などがアクリル窓越しに現れるという仕掛けだ。扉の向こうから現れると大人でもうわ〜と思う。

発泡スチロール容器がパッケージと調理器と食器をかねる、ただそれだけのことだが、インスタントラーメンの発明に群がり真似して類似品を作った誰にも13年間考えつかなかった。

だからカップに色を塗って麺と具を装填してもらうこと、これは間違いなくカップヌードルという本質の体験に他ならない。

中に入っているインスタントラーメンそのものは、その13年前あの小屋の中で発明した。だからそれを実感するにはこの手でもう一度作るしかない。

二階にあるのは「チキンラーメンファクトリー」。小麦粉から製麺し、本物のチキンラーメンを自分の手で作るというアトラクションだ。

こちらは一回90分の入れ替え制、3ヵ月前から予約を受け付けている。

ひよこちゃんのデザインの三角巾を巻き、オレンジと白のストライプのエプロンをつけ、豪州観光団や主婦やカップルに囲まれて一緒にラーメン作りをするのはちょっと恥ずかしかった。手をアルコール消毒してから開始だ。

材料はボウルの中の粉。準強力粉（中力粉）に卵粉とビタミンとカルシウム分が入っている。ゴマ油、食塩、かん水を水に溶いた「練り水」をここに加え、手で混ぜる。

麺棒で押しつぶしてできた生地を2人に1台づつ設置されている小型の製麺機のローラーの間に入れ、手動でハンドルを回して延べる。通してはたたみ、通してはたたみを繰り返す。

通せば通すほど生地が滑らかにしなやかにしっとりしてくる。10回通したら圧延方向を変えてもう一回。端を織り込んでさらに三回だ。

ちなみに戦車の前面装甲板も炭素鋼の連鋳ビレットの方向を変えながら10数回ローラーに通して熱延する。高運動エネルギー減衰鋼板も歯ごたえのある美味いラーメン生地も密度と靭性を出す製造の真理は同じだ。

10分ほどポリ袋の中で熟成した麺生地を、ローラーの間隔を狭くした製麺機にさらに通す。今度は出てくる生地が薄くなる。熱延鋼板の製造同様、容積不変で横幅規制されているから長さが伸びる。ローラーの間隙を狭くしながら4回通すと肉厚0・7㎜、長さは約2ｍにもなった。

製麺機をがちゃんと切り替え、今度は切り刃にもう一度通せば、麺が細く裁断されて出てくる。これを鋏で20㎝ほどの間隔に切っていく。

ひとり100gづつ計量してざる

1971年に発売された日清食品のカップヌードルは現在世界80以上の国と地域で販売されているという。もちろん味付けは嗜好に合わせさまざまだ。「世界のインスタントラーメン」の展示では、日本をはじめアメリカ、メキシコ、ベトナム、インドネシアなどで販売されているカップヌードルのパッケージが並んでいる。発売45周年を迎えた2016年3月には、世界における累計販売食数が400億食を突破した。

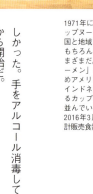

に入れると、スタッフが蒸し器に投入してくれる。100℃で数分間蒸熱すると小麦粉に含まれる澱粉質が糊化（α化）され消化しやすい状態に変化する。

蒸し上がった麺をボウルに戻し、少量のごま油をスプレーし、手早くほぐし、鶏がらを煮詰めたチキンエキスや調味料などで作った「味付けスープ」を適量レードルで加え、数えながら10秒間混ぜる。熱いうちにしないと麺が固まってしまうという。10秒以上混ぜると粘りがでて麺と麺がくっつきやすくなってしまうという。

突然分かった。

圧延の回数。方向。熟成。蒸熱。そしてエキスのレシピとその浸透時間。そのすべてがあの小屋の中で丸1年間試しに試して、ついに見つけ出したインスタントラーメン発明の秘密そのものなのだということが。

最後に麺を160℃の油で2分ほど揚げてもらう。油で揚げる前30～40％あった水分が一気に蒸発し、10％以下まで乾燥する。乾燥によって長期保存が可能になる。食べる前にお湯を注ぐと、油揚げのときに麺全体に開いた無数の小さな空隙から浸透給水し、麺が素早く復元する。

これが特許「瞬間油熱乾燥法」、安藤百福が裏庭で到達した大発明の終着点である。

オーストラリアの観光団から大きな拍手と歓声が上がった。

完成した麺を袋に入れてもらってシールする。

当時の日本は高度成長期。チキンラーメン発売のその年に神戸でスーパーのチェーン店が誕生、ネスレ社が1938年に開発したインスタントコーヒーが国産化されたのは1960年である。インスタント時代の到来だった。そういう時代性にも恵まれた。

しかし発明記念館見学順路のラスト、壁一面を埋めつくした日清食品の過去の製品の展示を見て、その考えが間違いであることに気がついた。

チキンラーメンのすぐ横にインスタント蕎麦がある。その横にはインスタントパスタがある。「お茶漬ラーメン」「棒々鶏ラーメン」「キャロットチキンラーメン」「黒ゴマラーメン」、見たことも聞いたこともない製品が並んでいた。

発明は最初の一回とカップヌードルだけではないのだ。何度も何度も反復して行われてきたのだ。

「出前一丁」「日清焼そばUFO」「日清のどん兵衛」「日清ラ王」、ヒット作は枚挙にいとまないが、消えていった製品の数も多い。1975年、30億円の巨費を投じて開発した「カップライス」は、インスタントラーメンに匹敵する画期的な技術発明だったにもかかわらず当時は大ヒットに至らなかった。

七転八起。

安藤百福の人生はまさにこれだ。挑戦し続けた人生だった。

ホールに戻ると入口の壁面に、漢語のようなレリーフが掲げてあった。

食足世平
食創為世
美健賢食
食為聖職

食たりてこそ太平の世、世のために食を作れ、美と健康はよい食から出でる、すなわち食の仕事は聖職なのである、そんな意味に読めた。

「〝日々清らかに豊かな味を作る〟というのが日清食品の社名の由来です。」

人の生きるために働くあなたの仕事は聖職である。

天界に登った偉人からそんなことを言われたら涙を流し、きっと身を粉にして毎日頑張るだろう。

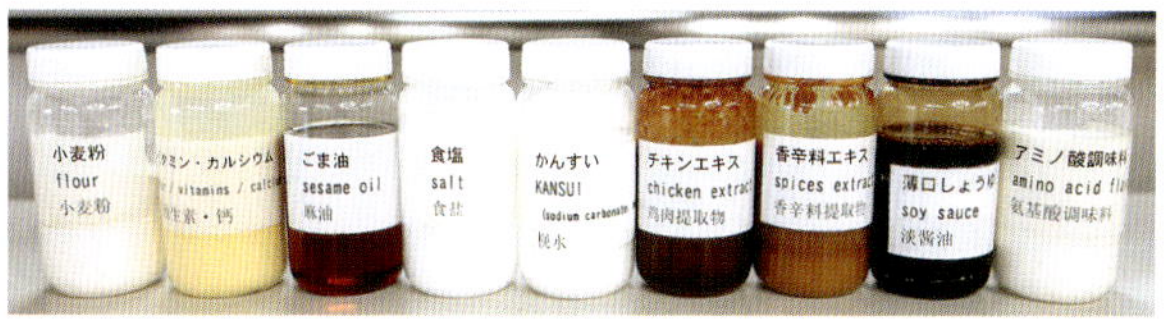

チキンラーメンファクトリー　レシピ

左から準強力粉（中力粉）、卵の粉とビタミンとカルシウム粉末、これらを練るために加える「練り水」の材料3種（水＋ごま油、食塩、かん水）。かん水の主成分は炭酸カリウム（アルカリ塩）で、小麦粉に弾力性を与え、中華麺独特の風味やコシ、黄色い色を出すために使われる食品衛生法で認められている食品添加物だ。そして麺を蒸したあとに加える「味付けスープ」用材料は、鶏がらを煮詰めたチキンエキス、にんにくと生姜を煮詰めた香辛料エキス、薄口醤油＋ごま油＋食塩、アミノ酸調味料。合成保存料や着色料は使用していない。

チキンラーメンファクトリー

安藤百福が試行錯誤の末にたどり着いたインスタントラーメンのレシピと調理方法とは実に絶妙のピンポイントである。それを実体験できるユニークなアトラクション。個人・団体で参加可能で、体験希望日の3ヵ月前からウェブサイト、携帯サイト、電話で予約を受け付けている。参加費は中学生以上500円、小学生300円。所要時間90分で自分の手で小麦粉から作ったチキンラーメンが完成、市販のチキンラーメンとヒヨコちゃんバンダナと一緒に持ち帰ることができる。横浜市のみなとみらい21地区にある「カップヌードルミュージアム」でも同じ体験ができる。

チキンラーメンに始まった日清食品のインスタントラーメン史を約800種類の製品パッケージの展示で一望する「インスタントラーメン・トンネル」。ああこんなのがあった、これもあったと、その懐かしさにしばし思いをはせるが、見たことも聞いたこともない製品もまた多いことに驚かされる。東京に帰って自分で作ったチキンラーメンにお湯をかけて食べてみた。市販品より麺が少し太く、柔らかくてほぐれやすく、スープがちょっと薄味で、びっくりするくらいおいしかった。

●取材 2017年1月27日　●執筆 2017年3月12日
●掲載 GENROQ 2017年5月号

参考文献　「転んでもただでは起きるな！ 定本・安藤百福」
安藤百福発明記念館編　中公文庫刊

第59話 ［全国必見博物館］

いすゞプラザ

「いすず」という名称はもともとトラックとバスにつけられた商品名、三重県伊勢市の五十鈴川からとったとされている。石球流として知られる永坂石埭の書風にならって「いすゞ」と書いたところに趣がある。倭建命(ヤマトタケル)に草薙剣を与えて伊勢神宮を創建した倭姫命(ヤマトヒメ)が着物の裾を洗ったのが八称宜山の源泉から北流して伊勢湾に注ぐ御裳濯川(みもすそがわ)で、「五十鈴の宮」と呼ばれていた伊勢神宮の内宮すなわち皇大神宮を世俗と隔てる境界でもあったために「五十鈴川」とも呼ばれるようになったという。だがそもそも50の鈴=「五十鈴」とはなんのことなのか。いすゞ自動車創立80周年記念事業の一環としてオープンした「いすゞプラザ」を取材する。

PHOTO◉荒川正幸(*Masayuki Arakawa*)　協力◉いすゞプラザ　http://www.isuzu.co.jp/plaza/

マンションの一室で火災が発生、部屋が真っ赤になってほんのり煙まで上がると、3台の消防車と救急車が走ってきた。煙はどうも電子タバコが火元らしい。

幸い火災はすぐ鎮火したようで消防車はゆっくりと1台づつ帰っていくが、けが人を収容したと思しき救急車は赤灯を回し歩道まで使って大きくUターン、赤信号を突っ切りながら夜の街を疾走していく。渋滞している駅前通りは避けて街を半周、かなり離れた街道沿いにある小さな病院まで搬送した。

なるほど働くクルマの情景だ。

この街を走る小さなミニチュアカーやトラックはミニカーサイズよりひと回り小さいHOスケールの1／87だ。指の上に乗るくらいの小さな車体の中にモーターとバッテリーとCPUが入っていて、道路の下に埋設された鉄線をガイダンスにして自走している。バッテリーがなくなると自分でトンネルの中に入って行って楽屋にあるターミナルで充電するらしい。ジオラマもついにここまできたか。

「ドイツ・ハンブルクにあるミニチュアワンダーランド、あれを見に行って感激しまして、規模ではかなわないけど技術と工夫で越えようとみんなで相談しました」

館内を案内してくださったいすゞ自動車コーポレートコミュニケーション部プラザグループの中尾博さんが言う。

2017年4月11日に開館した「いすゞプラザ」は創業80年目を迎えたいすゞ自動車株式会社の歴史を振り返りながら、日本の物流・人流を支えているいすゞのトラックやバスとそのクルマ造り、稼働サポートなどを紹介し、同社の世界観を発信する施設だ。ほとんどの展示の内容を社内のそれぞれの部署の有志がアイディアを出しあって考案したりスケッチしてデザインしたりしたという。

クルマ造りのプロならではの手腕が発揮されているのが2階フロアにある「いすゞのクルマづくり」。車両企画、基本設計、スタイリング、そして車体やエンジンなどの生産工程

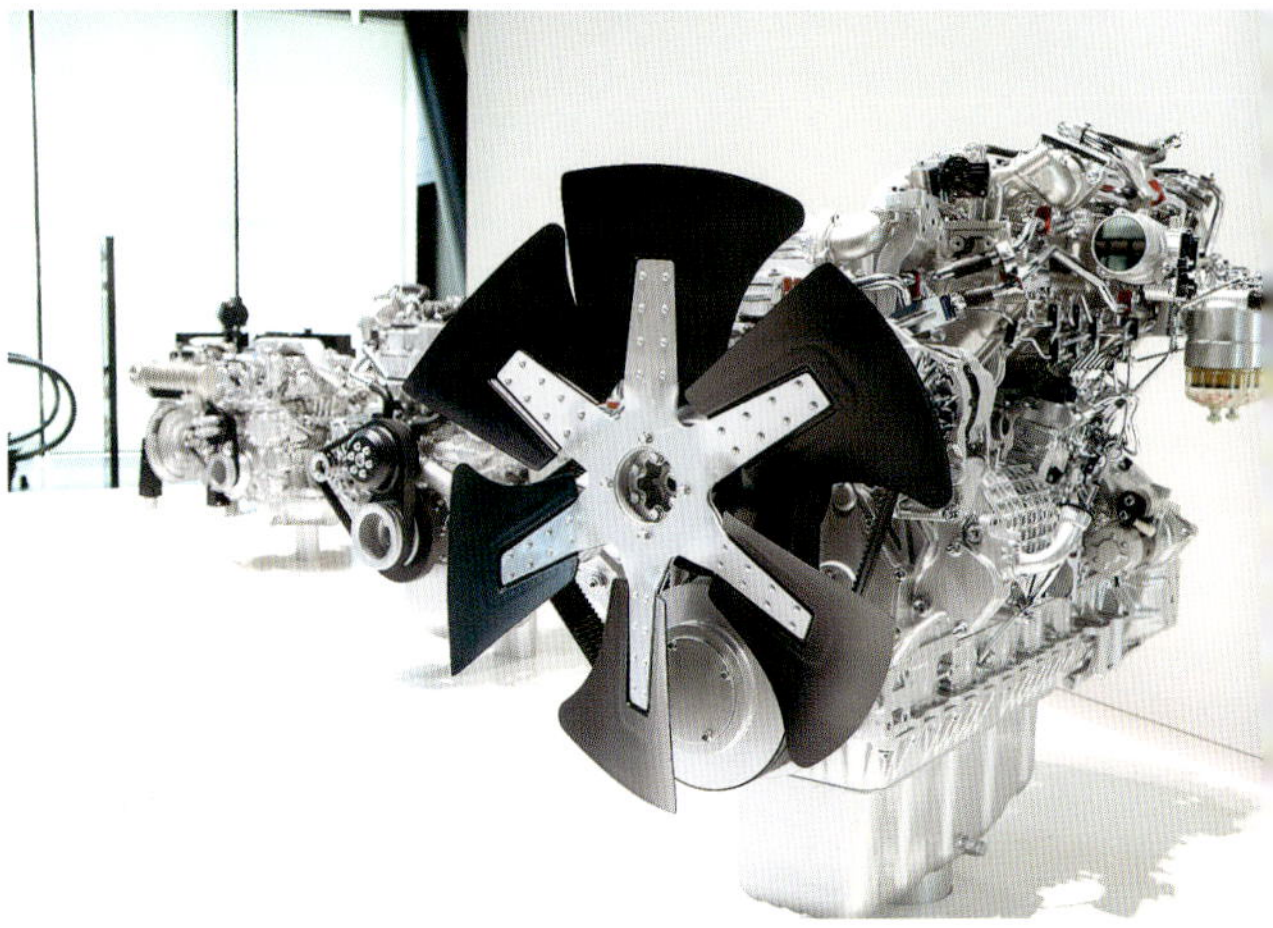

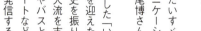

いすゞプラザの内部。総面積5884㎡建屋は3階建て構造、「『運ぶ』を支えるいすゞ」「いすゞのクルマづくり」「いすゞの歴史」という展示テーマが3つのフロアに展開されている。壁面と床はすべてブラックで統一、「いすゞの道＝ISUZUWAY」を表現した巨大なホワイトの帯がそれぞれのフロアを連結しているというデザインだ。小型トラック「エルフ」、中型トラック「フォワード」、大型トラック「ギガ」、大型路線バス「エルガ」、タイ工場で生産する「D-MAX」など、展示している現行車のボディカラーもホワイトで統一している。建物の外観も素晴らしい。黒く塗装した丸鋼をV字に組んで建屋を周囲から支え一階一周をガラスで囲ってピロティ式構造にしたバウハウス風モダン建築で、正面から見ると南側が一段せり上がってファサードが斜め段違いになっている。屋内に高い車体のトラックを収容するために南側一階の天井を高くした結果生まれたデザインだ。白い壁面に細長く回廊状の窓をくり抜いたところに日本風の趣があるのもいい。設計を担当した坂倉建築研究所はル・コルビュジエの弟子だった坂倉準三が設立した設計事務所である。モノトーンはホワイトとグレーとレッドというい すゞのコーポレートカラーを意識した配色で、展示の随所にあしらわれた三番目のカラーであるレッドが引き立つという演出だ。

まで、トラックがどうやって造られていくかを画像や実物のボディ、部品の展示などでわかりやすく解説している。ディスプレイの位置がちょっと低めなのは小学校5年生の社会科見学を念頭に置いているから。

もちろん我々クルマ好きのおじさんだってちょっと中腰で手を叩いて喜ぶ。

設計者は子供たちに「設計図」という概念を目で見て理解してもらうため、サスペンションやエンジン部品の前に原寸大の図面をプリントした透明アクリル板を置いて、設計と見比べられるようにしたという妙案はカーマニアにこそ穴があくまで見てほしい。

ボディ生産ラインの設計・生産担当者は「クルマのボディを塗装する」という作業を来場者に体験して欲しくて、本物の小型トラック「エルフ」のキャブの前に立って本物のスプレーガンを握りトリガーを引くと選んだボディカラーが腕の動かし方にそって拡張現実で車体に塗装されていくという、びっくりするようなシミュレーターを考案した。

「エルフ」の車体を真っ二つに切ってパワートレインやサスペンションなどの機構を解説したディスプレイもある。傍らに置かれた4JJ1-TCS型・直列4気筒3ℓディーゼルターボエンジンの展示台には液晶ディスプレイがついていて、目の前のエンジンの様子が背景とともにリアルタイムで映し出されているのだが、台を回転させてエンジンを眺める視点を変えると、内部の動弁系メカの作動の様子を描いたCG動画がエンジン画像の上にぴったり拡張現実で重なる。台を回して視点を動かせば腰下のピストンとクランクの作動、オイル通路に潤滑油が送られ循環していく光景などと切り替わる。こういうARの使い方があるのか。

展示のプロの力だけではここまで正鵠をついた企画はできないだろう。エンジニアが考案して作っているから奥行が深い。エンジニアリングのマインドが香る。それがいすゞプラザの価値である。

この機会にいすゞ自動車の興味深い歴史を一席。

出発点はペリーの黒船来航にまで遡る。

1853（寛永6）年、軍事力によるアメリカの外圧に動揺した幕府は、品川沖の東京湾11ヵ所に防衛拠点（要塞）である台場を造営、144年間続いた「大船建造の禁」を自ら解いて、隅田川河口の石川島、いまの東京都中央区佃に造船所を建設して軍艦の建造に着手した。明治維新ののち水戸藩が作ったこの造船施設の払い下げを受けて1875（明治9）年に創立したのが、のちの東京石川島造船所（現・IHI）である。

初代取締役会長は財界の重鎮・渋沢栄一。

日本は第1次世界大戦（1914～18年）の好景気で大きく飛躍・発展、陸軍は諸外国の動勢にならって兵站の自動車化を模索し、1918（大

東にスカイツリー、西に富士山が見える架空の街の1/87スケールの情景。駅や住宅や広場やお寺やビルや高速道路や観覧車のある遊園地に加え、いすゞのトラック工場とディーラー、大黒埠頭のような輸出ヤードと自動車運搬船もある。クルマは665台、うち自走可能45台。いすゞ車はピアッツァなどの乗用車も含め195台で、当然そのほとんどが3Dプリンタを使ったスクラッチビルドだ。3300体のフィギュアは野外ステージで開催されているアイドルのパフォーマンスを見学していたりお祭りで神輿を担いでいたり。夕焼けが暗転して夜空になると、道路上にいるクルマのヘッドライトとテールライトが点灯、1/87ギガが1台走ってきてターミナルに到着するとちゃんとバックで荷降ろし場につけた。背景の空には働くクルマの情景が映る。なんとすべてこのジオラマを使ってコマ撮り撮影したアニメーションだ。ここで2時間はいけるだろう。

正７）年３月、自動車製造やその保有に対して国家が補助金を支給し有事の際にこれを徴用して使うという「軍用自動車保護法」を成立させた。

この補助法の適用を受けたのがのちにいすゞ自動車を形成する自動車製造業３社すなわち、１９１０年に東京瓦斯会社（現・東京ガス）の機械部門から独立しトラックの製造に挑んでいた東京瓦斯電気工業（ＴＧＥ）、１９２４年に日本初の純国産自動車「脱兎号」を作った快進社＝のちのダット自動車製造、そして１９２３（大正12）年９月の関東大震災で甚大な損害を受けたものの敷地内に自動車工場を再建し、好景気の反動不況対策としてマリンエンジンで取引があった英国のウーズレー社と契約を結んでＡ９型乗用車の国産化を行っていた石川島造船所であった。

関東大震災は実は日本の自動車インフラ発展の契機だった。破壊された鉄道網に代わって震災復興を支えたのは自動車輸送に他ならなかったからである。

しかしこれを機にアメリカのビッグ２も日本に進出、フォードは横浜市子安（現・マツダＲ＆Ｄセンター横浜）、ＧＭは大阪市大正区（現・鶴町１丁目付近）に工場を建設してＣＫＤ生産を開始した。価格的にこれに太刀打ちできなかった国内３社の業績は伸び悩む。

憂慮した国は自動車産業の育成を図る具体案を模索するため商工省の下に自動車工業確立調査委員会を設置、トラックとバスの標準形式化、課税緩和などの保護、さらに自動車製造３社の合併などを提言する（１９３２年３月）。

これに応じてトラック２車型、バス３車型を設計、石川島造船自動車部がエンジン、ダット自動車がドライブトレイン、前後アクスルとブレーキをＴＧＥ、そしてフレームや操舵系、ボディなどを鉄道省が生産した。これら「商工省標準形式自動車」につけられた車名が「いすゞ」号だったのである。

さてその「いすず」とはなにか。

神道では人が悟りを得て黙居する様を「ス」という。またスメラミコト（天皇）が大祓などの神事を行うことを「ス」に始まって「ス」に終わることから「スズ」と呼んだという。日本人は古来から「あいうえお」に始まる五十音図に特別の意味「言霊（ことたま）」を見出し、「五十」という文字に「最初から最後まで」というニュアンスを感じてきたという。「ス」に始まって「ス」に終わるのは、五十のスズということだ。

これを五十鈴（いすず）と呼んだのである。

「いすゞ」と書かれた最初のエンブレムの周囲には12のさざ波が描かれているから、いすゞ号の語源が五十鈴宮ではなく五十鈴川だったことは確かだろう。もっとも先方はご存じのようで、20年に一度行われる伊勢神宮の式年遷宮にはいすゞの社長が招待され列席しているという。

１９３７年９月、商工省の指導の下、自動車製造３社の合併が完了。東京自動車工業株式会社の発足だ。

これに先立ちダット号とダットサンの製作・販売権はダット自動車の親会社である戸畑鋳物に無償譲渡されている。のちに分離独立して日産自動車株式会社になった（設立１９３３年12月）。

盧溝橋事件（１９３７年７月）を発端に日中戦争が勃発すると、軍部はディーゼルエンジンの大量生産化を促進するため、設計形式の整理統合と部品共用化を図る「エンジン統制」を実施、その製造認可を唯一受けた東京自動車工業は、政府の指導によって社名をヂーゼル自動車工業と改める（１９４１年４月）。このとき戦車など履帯式車両の生産を行っていた日野製作所は政策によって分

一階フロアにはいすゞのトラックやバスなどの現行車が展示されていて、運転席や車両内部に入ることができる。目玉はいすゞSKW-475型、すなわち防衛省に納入されている陸上自衛隊「3 1/2トラック（2003年以前の旧称＝73式大型トラック）」だ。1999年に配備されたこの新型は、当初10ℓ8P型V8ディーゼルを搭載していたが2005年納入型以降は「ギガ」同様9.8ℓ6UZ系直6ディーゼルに換装した。

いすゞプラザのユニークなハイテク展示。エンジンのオンタイム映像にARでCG動画を重ねるという画期的アイディアがすごい。「ギガ」のヘッドのCG映像が画面タッチでばらばらに分解、360度どの方向からでも見ることができるというCATIA体験風ディスプレイもある。軽い画像データを利用しているので動きも超速。これで30分いける（てか雑誌記事6ページいけるか）。いすゞプラザは入場無料だが事前の予約が必要（土曜日のみフリー入場）。ウイークデーに予約すればゆっくり見学できる。予約や休館日などの詳細はHPで。

「いすゞの歴史」フロアの実車展示。9台の車両はいずれも自社内で徹底的にレストアされており見ごたえがある。写真は石川島造船所時代にライセンス生産した1924年型ウーズレーCP型と1948年製TX80トラック。白眉はディーゼル乗用車「ベレル（1962～67年）」だ。一回目のマイチェン後の1964年型2000スーパーデラックスで、古代裂のデザインを元にポリエステル糸でジャカード織したインテリアの内張りが当時の納入メーカーの協力で復元されていて実に素晴らしい。

クルマの設計、デザインから生産の工程までを実物の部品を交えて詳細に解説する見所満載の「いすゞのクルマづくり」フロア。熱可塑性樹脂の射出成型時の湯流れ（金型内の樹脂フロー）の瞬間を時系列順に飾っている展示など、おそらく世界でここだけだろう。ゲートの方案次第でウエルド（流れてきた樹脂同士が型内で合流する部分にできる接合痕）やシルバリング（ガス起因で生じる銀色の条痕）などが左右されるので製品の出来にとってはとても重要なポイントなのだが、それを小学5年生に見せたいと思うその熱意である。

離されたが（1942年5月）、これが後年の日野自動車である。

1952年4月の対日講和条約発行を契機に、終戦後規制されていた乗用車の販売が段階的に自由化されると、通産省は自動車技術を短期間に育成するため海外メーカーとの提携による乗用車のKD生産を奨励・推進した。日産自動車は英オースチン社、日野ヂーゼル工業は仏ルノー公団、新三菱重工業は米ウイリスオーバーランド社、そしていすゞ自動車は英ルーツ社との間に製造契約を締結する。

1953年10月、いすゞ自動車は大森に設置したラインでヒルマン・ミンクスの組み立てを開始。当初6・4％だったその国産化率を急速に高め、1956年9月に登場した第2世代ニューヒルマン・ミンクスの途中からはボディの製造もダットサンやトヨペットのボディ製造を行っていた新三菱重工名古屋機器製作所の大江工場（現・三菱自動車／および三菱重工名古屋航空宇宙システム製作所大江工場）に委託し、1957年10月には国産化率100％（部品価格換算）を達成した。

1962年1月藤沢工場が完成。同年に登場したディーゼル乗用車「ベレル」以降はボディも同工場で内製した。ベレルBellelは「五十鈴」にちなんで鈴=Bellにローマ数字の50=Lを組み合わせた命名である。

いすゞプラザはその藤沢工場の敷地に隣接している。道路を挟んで反対側の塀の内側は敷地面積101万6500㎡、ざっと1km四方にわたる広大な自動車工場だ。

1964年4月には小型乗用車「ベレット」の生産を開始、1967年「フローリアン」、1968年「117クーペ」、1974年「ジェミニ」、1981年「ピアッツァ」など、1992年12月に自社における乗用車の生産を中止するまで累計40万6625台を生産・販売した。また「エルフ」は初代TL型の生産を1962年に旧川崎工場から移管、中型トラックや大型トラックの生産も開始。敷地内に設計・開発部門、デザインセンターなども設置されて、藤沢工場はいすゞ自動車の設計・生産の本拠地としてこの55年間拡大・発展してきた。

そんな街に誕生したいすゞプラザは地域のコミュニティエリアとして施設の一部を開放、前掲の社会科見学のほか「ものづくり教室」を開催するなど地域との交流を推進している。

しかしなにより素晴らしいのはこの施設そのもののデザインだ。かくも楽しくマニアックなアイディアの殿堂が、混乱と喧騒のオタク巣窟と化していないのは、ひとえにそれを納める箱と部屋がデザイン整然として見事に統一されているからだろう。「美しいおもちゃ箱」。それこそクルマという商品パッケージの魅力そのものだ。

子供のときからクルマが好きで好きでそれでクルマの会社に入社したのだから、クルマ会社の中の人はやっぱり一人残らずクルマ好きだが、一段とマニアックなトラック系に惹かれていすゞ自動車に入社した人のマニア度はやっぱなんか半端ない。それが炸裂しているのがいすゞ100年史を1/43ミニチュアカーで再現したこの展示回廊。110台のうち80台が3Dプリンターを駆使したフルスクラッチ。研磨・塗装・仕上げは社内有志で分担し、車列の最後尾の第1号ウーズレー車はモデラーでもある細井 行いすゞ自動車会長が担当した。製作ミーティングでは開口一番「パテは使っていいの？」と聞いたというから、会長、友達になれそうですね。

●取材 2017年3月31日　●執筆 2017年4月14日　●掲載 GENROQ 2017年6月号

参考文献
「いすゞ乗用車1922-2002」
当摩節夫著　三樹書房刊

「ます万寿」（初代歌川広重「江戸名所百景」より）高橋由貴子作

「格子写楽」デザイン：浅葉克己
（映画ポスターのデザインを江戸木版画41色で表現）

株式会社高橋工房
代表
高橋由貴子氏

第60話 ［プロフェッショナリズム］

伝統的工芸品江戸木版画の継承

高橋由貴子

「皆さんお小さいとき学校で『ばれん』という道具を手に持って版画を摺ったでしょ。自分の描いた絵を自分で板に彫って摺ってひとりで全行程やるから、あれは『アート』なのね。でも江戸木版画は板、紙、礬水（どうさ）、彫り、摺り、それぞれの職人が技を極めて行う分業ですからこれは『工芸』なんです。全部むかしのままの道具と技法でやる伝統的な工芸、それで国の指定を受けています。でも浮世絵版画なんて毎日の生活に必要ないから仕事がないでしょ。お給料もらえなければ後継者も育たない。ですから新しい企画を立てて仕事をいろいろ作る、この伝統的技術を守って残していく方法のひとつです」江戸木版画の制作技術を見学に行った我々は、伝統工芸を守り残そうと奮闘する由貴子さんの情熱にたちまち魅了された。江戸木版画の世界を垣間見る。

PHOTO◉荒川正幸（*Masayuki Arakawa*）
協力◉東京伝統木版画工芸協同組合 http://edohanga.jp　高橋工房 http://www.takahashi-kobo.com

国会、政府機関、最高裁判所、公官庁が集中し、丸の内・大手町のオフィス街を擁する皇居周辺の東京・千代田区は、江戸城総構えがそのまま現代の都市機能に飲み込まれた構造である。江戸城外堀の神田川を挟んで北岸の文京区水道と呼ばれる一帯には、古くから裁断、印刷、製本などの印刷関連事業所が立ち並ぶ。

太田道灌が１４５７年に築いた江戸城に徳川家康が入城してから12年後の慶長7（１６０２）年の江戸古地図を見ると、水道あたりには平川の流れが注いだ白鳥池と小石川沼という大きな池がある。四神相応の原理に基づいて江戸城の大規模な改修・築城工事が始まり、神田山を切り崩した土砂で日比谷入江（いまの有楽町～丸の内一帯）を埋め立て、平らになった神田を東西に横断する運河を掘って平川の流れを神田川につなぎ外堀とした「平川つけかえ」が行われたときにその池も埋めたらしい。浮世絵の製造が家内制手工業として事業化した江戸中期ころ、その新しい産業の担い手が集約してそこに住みついたのが始まりだ。

高橋工房は水道2丁目の一角に上品な隠れ家のようにひっそりとあった。この地で創業したのは安政年間（１８５５～１９１２年）。初代は版木を使って紙に多色摺りの印刷を行う専門職「摺師」で、高橋家はその伝統を１００年以上にわたって継承している。法人組織になったのは１９６３（昭和38）年。我々を迎えてくださった高橋由貴子さんは6代目である。

「お前のやるべきことは版元だ。版元がいなければこの先この世界は残っていけないよ」と5代目である父上の助言を受け、摺りの基本を学んだ上で歴代にならって版元になった。

「版元」とは江戸木版画の制作プロデューサーである。職人は受け継い

経済産業大臣指定
伝統的工芸品の伝統証紙

高橋工房で見せていただいた江戸木版画の摺師の仕事場。彫師が掘った版木を使って和紙に一色づつ色を摺っていく作業。使われている道具も手順もすべて伝統的なものだ。例えばおなじみのばれん、これも職人が作る特製品の本ばれんである。福岡県八女市の黒木町、星野町、お隣のうきは市などにしか生息しない真竹の変種「皮白竹」の竹皮(竹の子の外側を包んでいる薄皮)を細く糸状にして撚紐を作り、これを渦巻きに巻いたものを芯材に、薄い和紙を毎日一枚づつ42枚はり重ね、絽(もじり織りと平織りを組み合わせ腰を出した絹織物で着物の夏生地)を貼って漆で固めたものを当皮に使う。外側も竹の皮で包むがこれは消耗品らしい。摺師は摺りの強弱や色版の大きさなどで各種のばれんを使い分ける。絵の具を水と溶き合わせて版木に置いていくときの溶棒も竹串に竹皮を縛り付けた自作品である。経済産業省の「経済産業大臣指定伝統的工芸品」には2017年1月26日現在225品目が指定されているが、その選定要件は①主に日常生活の用に供される製品で②製造工程が手工業的であり③伝統的な技術・技法で製造され④伝統的な原材料を使っており⑤一定の地域で産地形成されていること(内容骨子)である。現代の絵の具や既製品の筆、市販のばれんなどを使ったのでは良い仕事ができないだけでなく、伝統的工芸品としての価値も失うのである。

だ技を日々鍛錬して磨き後代に伝えるのが仕事、その職人にどんな仕事をしてもらうか考えるのが版元の仕事だ。職人に手間を払って作品を作り、宣伝し、販売する。浮世絵は江戸時代からこのシステムで回転してきた。

マッカーサー元帥の招聘でGHQ本部に出かけ木版画の技術を披露したという4代目春正の時代から、高橋家は摺師とともに版元も兼ねている。由貴子さんはその仕事を継いだのである。

工房の2階は二方に窓がある明るい8畳の作業場になっていて、摺師になって4年という高橋工房の早田(そうだ)憲康さんが伝統的な江戸木版画の摺りの実演をしてくださった。

初夏の一日にふさわしい鯉のぼりの図柄である。

中央の四角い部分はいわゆる浮世絵。「広重」と作者名がある。しかしどう見ても周囲にあしらわれた朱の三つ巴や水玉の手ぬぐい、編笠などは後年誰かが図案として付け足したものだ。こういうのは一体「あり」なのか。

頭の中を整理しよう。

「浮世絵」とは絵画のテーマのジャンルのことである。「江戸木版画」はそれを印刷する伝統的な技法のことである。両者は表裏一体のものとして発展したが、木版画ではない浮世絵もあったし、浮世絵でない江戸木版画だってあり得る。

浮世の絵というくらいだから浮世絵の題材は風景・風物、風俗、演劇、人物など世俗のものだ。平安時代から描かれてきた大和絵の画風や技法が、江戸の庶民文化の発展の中で風俗画として生かされるようになった。

当初の浮世絵はしたがって肉筆画だった。寛文10(1670年)ころ「見返り美人」で知られる絵師菱川師宣らの図柄を墨摺絵という単色の版画にして販売したのが浮世絵版画の最初。丹を使う丹絵、漆を版木に塗って摺る漆絵、紅を使う紅絵、その版木に数色の色を挿して摺る紅摺絵などに発展、江戸中期の明和2(1765)年、浮世絵師で幕府の旗本だった大久保甚四郎(大久保巨川)と阿部八之進(阿部莎鶏)が複数の版木と「見当」と呼ぶ合いマークを使ってぴたり摺り重ねる多色摺り技法を開発した。

楮(こうぞ)、三椏(みつまた)、雁皮(がんぴ)などから作る和紙の生産が各地で盛んになり、越前奉書、伊予柾紙、西ノ内紙など含水時の収縮率の低い丈夫な紙が安定的に大量供給できるようになったことも背景にあった。多色摺り技法を使った絵師鈴木春信の美人画などが人気を博し、東錦絵(吾妻錦絵)と呼ばれる浮世絵が大量に作られ販売された。

江戸中期には彫師、摺師の分業制も確立し、世俗のテーマ性と版画という印刷技術が一体となって美人画

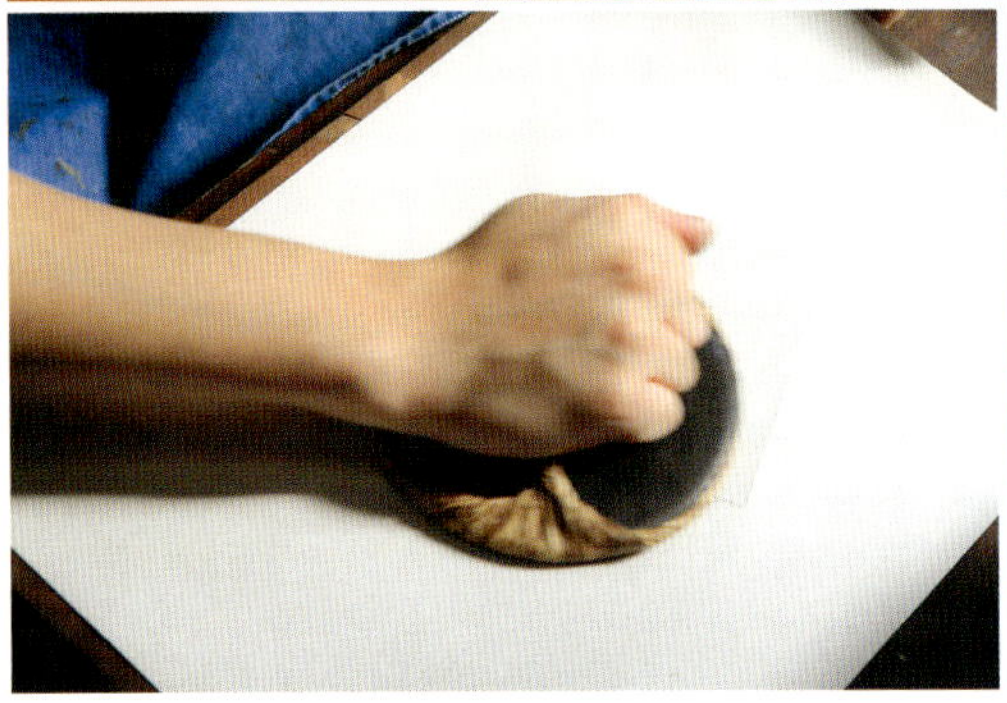

絵の具は本藍、紺青(こんじょう)、紅殻、石黄、胡粉、雲母(きら)などの植物性や鉱物性の顔料を、乳鉢と乳棒で擦って膠を加えたもの。礬水(どうさ)を引いた和紙(生漉奉書)はあらかじめ湿らせておく。絵の具を摺ると紙は吸水して伸び、これで版ずれを生じるため、最初から吸水させ伸ばしておくのである。版木の色版の部分を水をつけたブラシで擦って湿らせ、絵の具を溶棒でとんとんと置き、色が均一に乗るように界面活性剤代わりの澱粉糊をほぼ同量置いてからブラシでよくならす。L字型の「鍵見当」に紙の端を合わせ、中央の「引きつけ見当」に紙の下を沿わせて乗せ、ばれんで摺る。版木も収縮するし紙も暴れるから作業は機械的にはいかない。「合わないものはなんとかして合わせる」のが摺師の技だ。

の北尾重政や喜多川歌磨呂（1753～1806）、役者絵を描いた謎の絵師東洲斎写楽（活動期間1794～1795年ごろ）らが活躍する。葛飾北斎（1760～1849）の「冨嶽三十六景」や歌川広重（1797～1858）の「東海道五十三次」などの名所絵（風景画）は、江戸後期の旅行ブームに乗って作られた一種の絵葉書やガイドブックだったという。

浮世絵のジャンルのひとつとして江戸時代に密かに流行したのが春画である。

いずれにせよ浮世絵が美術・芸術として認識されたことはなかった。浮世絵はいわば色刷りのポスターや絵葉書、雑誌のような存在だった。これを根本的に見直したのは例によって海外の識者だ。

ピュリッツァー賞作家のジェームス・A・ミッチナーは戦後日本にアメリカ海軍士官として上陸したときに浮世絵に触れてその美しさに心酔、作家時代に収集した5500点のコレクションをのちにホノルル・ミュージアム・オブ・アートに寄贈している。同館の主任研究員だったピーター・モースも北斎の世界的コレクターだった。大英博物館、ニューヨーク・メトロポリタン美術館、ボストン美術館などでも浮世絵の常設展示や企画展示を行っており、現在では浮世絵は日本の芸術として世界的に認識されている。

たとえどのように認識しようとも浮世絵は印刷物だ。

版木は木質が均一緻密で彫刻が容易、堅牢で摺りの摩擦に耐え、水を吸っても収縮の少ない山桜を使う。数年乾燥させ荒・中・仕上げの鉋をかけ、縦横30～40㎝、厚さ25㎜ほどに整える。絵師が和紙に墨で描いた原画を裏返して版木に直接糊で貼り、その墨線に沿って小刀で切り込み、鋤鑿（すきのみ）、丸鑿、平鑿などで空地をさらう。

すなわち原画は残存しない。彫りと一緒になくなってしまうのだ。「凱風快晴」の赤富士も「大はしあたけの夕立」も広重の「矢矧之橋」も、残っているのは版画という印刷物であって原画はない。

すでに著作権も失効しているから、西洋の名画などと同様その図案を写真撮影し印刷して販売するのは自由だ。お土産物のカードやポスターや出版物として浮世絵の図柄はどこでも安価で販売されている。

一方、江戸時代には浮世絵の唯一の印刷手段だった木版画の技法・技術は高橋工房のような職人集団によって大切に伝承されてきた。オリジナルの図柄をもとに当時の技法そのままに版木を作り、当時とおなじ顔料で作った絵の具を使って和紙に摺り、当時の印刷を現代に再現することがいまも可能だ。

由貴子さんが現在理事長を務める東京伝統木版画工芸協同組合では、伝統的な木版画技術を駆使して新たに版木を作成、2004（平成16）年に広重の「江戸名所百景」120点を再現、続いて2009年「東海道五十三次」55点、2012年「冨嶽三十六景」46点を再現した。この事業などが認められ経済産業省の「経済産業大臣指定伝統的工芸品」の指定を受け、また「江戸木版画」は特許庁認可の商標にもなった。

復元事業で再現した浮世絵の一枚「神田紺屋町（江戸名所百景）」を見せていただいた。

おなじみの美しい構図だが、近くに寄ってよく見ると登りのように干されている染物の図柄の部分に布のような凸凹の質感が浮き出ている。「『布目摺り』といって、版木のこの部分に本物の布が貼ってあって、それをばれんで摺って紙に写し取るん

東京伝統木版画工芸協会(当時)が平成10(1998)年から6年間を費やして復刻した初代歌川広重「江戸名所百景」の版画全120点の中の「神田紺屋町」。染物職人が多く居住していた当地の情景である。染物には版元の魚屋栄吉の「魚」と広重の「広」を図案化してある。ちょっとお茶目なカメオ出演だが、よく見ると染物に布目の凹凸がある。版木に本物の布を貼ってテクスチャーを写し取る「布目摺り」という技法だ。この作品ではその布も200年前の生地を再現したものを使っている。

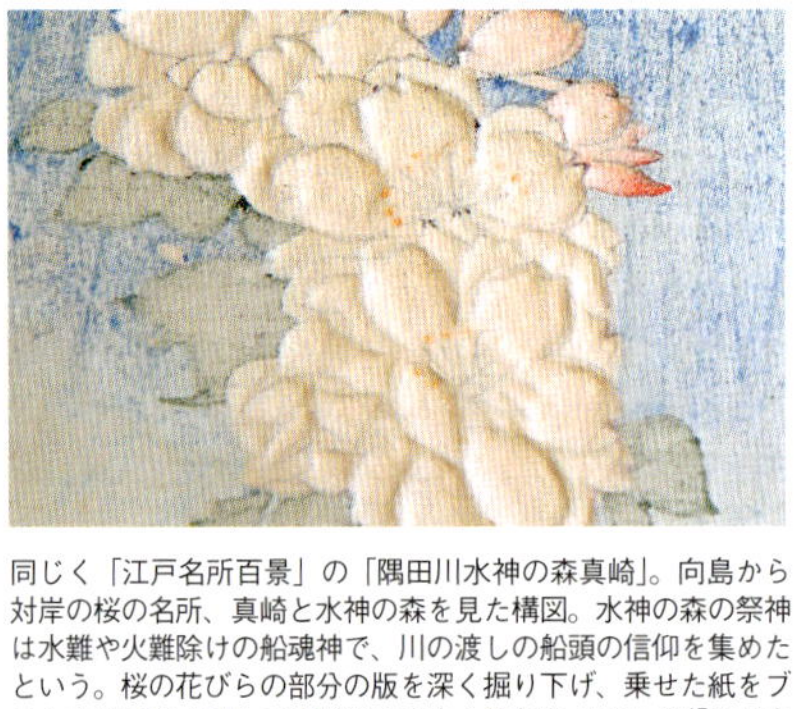

同じく「江戸名所百景」の「隅田川水神の森真崎」。向島から対岸の桜の名所、真崎と水神の森を見た構図。水神の森の祭神は水難や火難除けの船魂神で、川の渡しの船頭の信仰を集めたという。桜の花びらの部分の版を深く掘り下げ、乗せた紙をブラシなどで強く押して模様部分を丸く隆起させている(「きめ出し」)。色を摺らずに版の模様だけを紙に転写する技法を「空摺り」という。またこのように紙の裏に絵の具がしみているのが江戸木版画の特徴である。実際に和紙に手で摺ったこれらの版画作品は購入可能(購入問い合わせは表記組合http://edohanga.jp)。

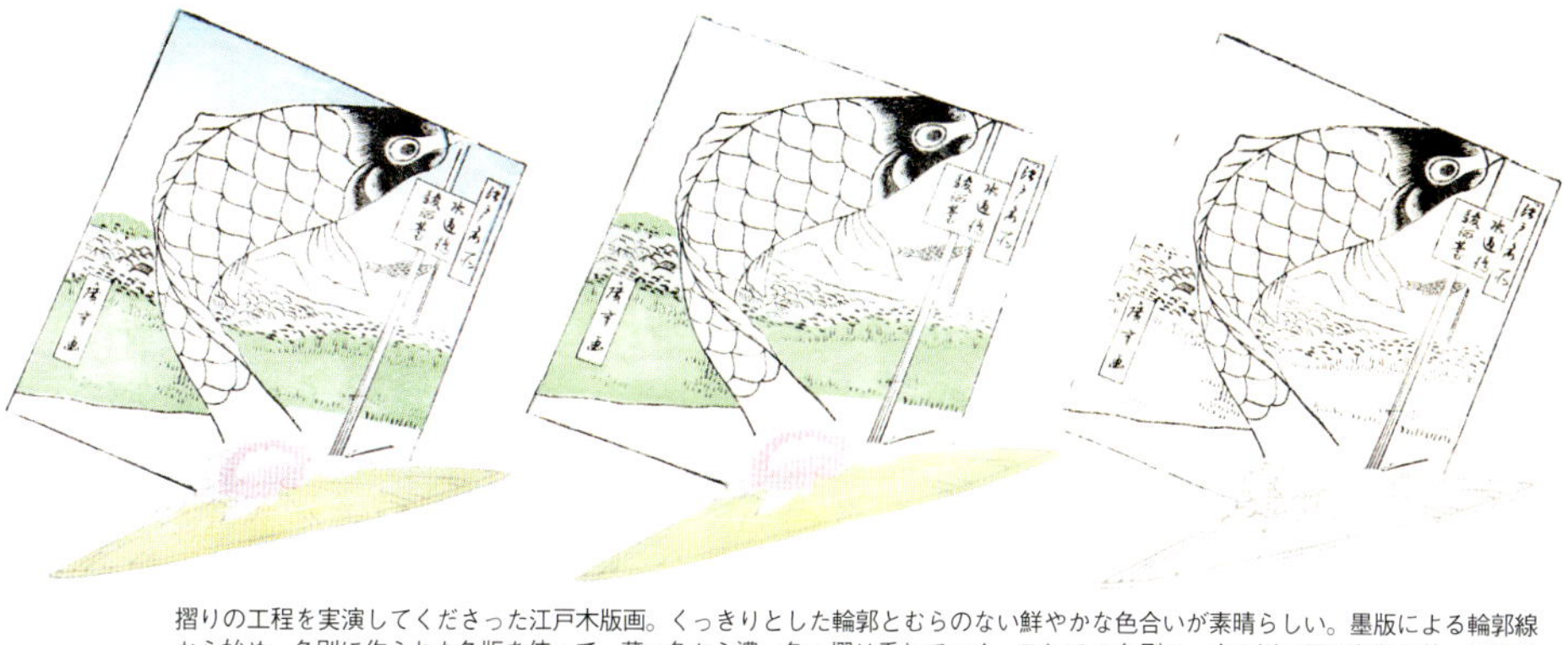

摺りの工程を実演してくださった江戸木版画。くっきりとした輪郭とむらのない鮮やかな色合いが素晴らしい。墨版による輪郭線から始め、色別に作られた色版を使って、薄い色から濃い色へ摺り重ねていく。これで18色刷り。空や川は同じ色版を使って濃い色を版に塗り、ブラシでぼかしてから摺り重ねる「ぼかし」を行っている。技法によって「拭きぼかし」「刷毛ぼかし」などがある。

です。江戸の人たちは浮世絵を壁に飾ってただ眺めるのではなく、手にとって触って楽しんでいたのね」

当時の技術を伝承して再現する商品的価値はまさしくここに存在する。当時のままの技法で再現した作品なら、浮き出るように鮮やかな色合い、楮から手漉きで作った越前生漉奉書の温かい質感、江戸時代の職人が工夫を凝らした数々の技法の面白さが楽しめるからだ。書画などと同様、絵の具の滲みを防ぐため和紙の摺面に礬水（どうさ＝明礬[*1]と膠[*2]の混合液）を引いており、その独特の香りもほのかにする。

しかし江戸時代の技術レベルは現代の目で見ても高いという。和紙、礬水の膠、彫りの刃物、顔料など、いい材料も入手できなくなっている。版元である由貴子さんは版元として職人に高い技能を要求する一方、全国を飛び回っていい材料を探しまわっている。つい最近も有望な和膠を発見して仕入れたばかりだ。

どれほど職人が腕を磨き、いい素材を使っても、作った製品が売れなければ商売にならない。版元が存続できなければ職人に仕事は入らないし、収入もない仕事に後継者が育つわけがない。

若手4人を抱える高橋工房の当主であり版元であり組合の理事長でもある由貴子さんは、アンテナを広げ、才覚と智恵と機知の知略を凝らして企画を立案する。檜の升の内側に本物の浮世絵版画を貼って美しいオブジェを作ったり、手ぬぐいやポチ袋に浮世絵の図柄を生かしたオリジナル工芸品を企画・販売したり。だがその真骨頂は浮世絵との関係すら断ち切っていることである。

水彩画や油彩画を江戸木版画の技法で再現しようというチャレンジだ。

その挑戦を具現化したのが「E・MA・KI（絵巻物）」。著名なアーティストに依頼して絵物語の挿絵を描いてもらい、多色摺りの版木と摺りの技法で原画の水彩や油彩のタッチを表現した。現物を拝見すると版画とは思えない繊細な色とトーンに感嘆する。

挑戦対象が絵ですらない場合もある。正倉院宝物の琵琶（びわ）の一部に表現されている螺鈿（らでん）、その真珠色を版画のテクニックで表現した。螺鈿の専門家がよくよく眺めて「よく上手に貝を紙に貼りつけましたね」と褒めてくださったという逸話があるほどの出来栄えだ。

「男の方は石橋を叩いても渡らないという方が多いでしょ。私はなにも考えずに突っ走るタイプ（笑）。『またか』『今度はなんだ』と職人さんにはあきれられています」

それでもみんなが力を貸してくれる。江戸木版画の技法に限界はないと信じているから、そう信じている由貴子さんを信じているからだ。ひたむきで無垢な情熱は山だって動かす。

協会が出版した書籍を参考資料として購入、少し離れた駐車場のクルマに戻って荒川さんの撮影機材を積んでいると、摺師のあの早田さんが走ってきて小銭を手渡してくれた。

「さっきのお釣りだそうです（笑）」

領収書はちゃんとくださったのにお釣りは忘れた。さすが江戸っ子。江戸の版画職人に幸あれ。

＊1 明礬（みょうばん）：ナトリウム、カリウムなどの一価の硫酸塩とクロム、鉄、アルミなど三価の硫酸鉛が化合した複塩で、一般的には硫酸カリウムと硫酸アルミニウムが化合したカリ明礬のこと。媒染材、皮鞣、防水、写真定着の硬膜処理液、アジサイのアントシアニンの発色などにも使われる。
＊2 膠（にかわ）：コラーゲンなどの動物性蛋白質を加水分解して得る水溶性のペプチド（アミノ酸）のこと。洋膠（ゼラチン）は接着剤などに使う。日本画の礬水に使われるのは鹿膠の和膠が多い。

高橋工房が版元となり企画、3年間を費やして製作した「E・MA・KI（絵巻物）」。洋画家小杉小二郎が「マッチ売りの少女」、日本画家堀川えい子が「竹取物語」、彫刻家舟越桂が「ピノッキオ」のそれぞれ原画絵巻を描き、江戸木版画の技法で再現する。油彩、水彩など原画の雰囲気を再現するために版木や紙の素材選びから研究を重ねた。「平成十九年度東京都ものづくり新集積形成事業」に採択されている。八十八部限定で130万円（残僅少）。同じ原画をもとにした美しい絵本も販売されている（一冊1800円、三冊セット5400円。問い合わせは高橋工房へ）。

正倉院宝物の螺鈿紫檀五弦琵琶（らでんしたんのごげんびわ）の表面一部「撥面」と呼ぶ部分の螺鈿（らでん）細工を木版画で表現するという技術的挑戦。実物は紫檀の材を彫り込んで凹みを作り、貝殻の真珠層から切り出した板をはめ込んでいるが、彫り、摺り、きめ出しという木版画の技法によってその図柄、真珠層の虹色、螺鈿の立体感などを描き出している。

葛飾北斎の肉筆画を江戸木版画の技法で再現してしまったという驚異的な作品。原画は長野県小布施町の祇園祭の祭屋台のひとつである東町祭屋台（北斎館所蔵・長野県宝）に描かれている天井絵で、天保15（1844）年に北斎が筆をとって描いた。長方形のスペースの両端に陽と陰の太極図を暗示するかのように「龍」と「鳳凰」がそれぞれ逆回りに描かれているが、版画で表現したのはその片側の「鳳凰」図。縦1.23m、横1.26mの極彩飾の原画をおよそ30㎝四方の大きさに縮小、何枚もの色版を使い分け、合計150色摺りで肉筆画の繊細な色使いを表現した。

●取材 2017年3月17日　●執筆 2017年5月11日　●掲載 GENROQ 2017年7月号

参考文献
「浮世絵『名所江戸百景』復刻物語」東京伝統木版画工芸協会編　芸艸堂刊

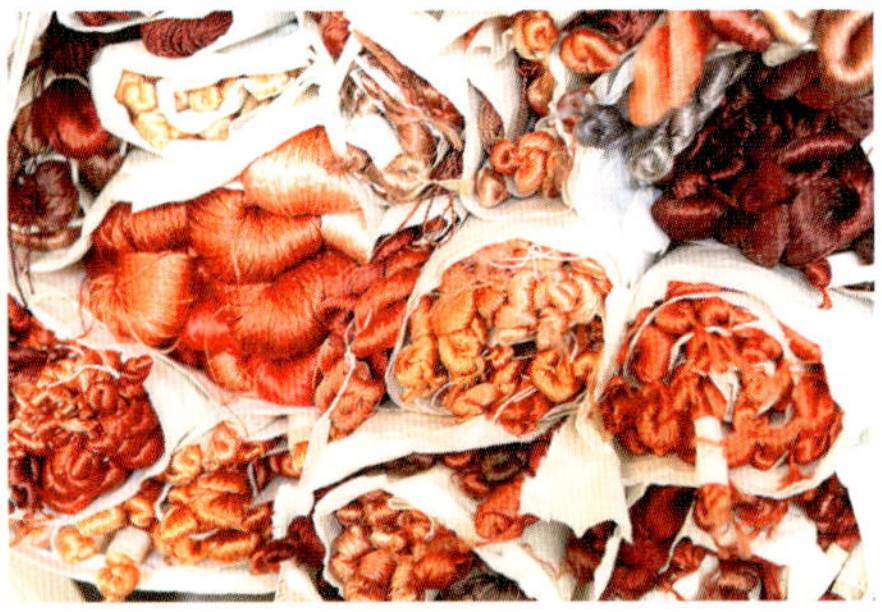

第61話 ［日本の名作］

1652年創業 有職組紐《ゆうそくくみひも》 道明《どうみょう》

「組紐(くみひも)」は帯締めや羽織紐などの和装になくてはならない存在だ。和の雰囲気あるアクセサリーとしても愛好されており、江戸初期から続く老舗である上野池之端の道明が全国で開催している組紐教室には400人もの生徒さんが通って趣味の組紐作りを学んでいるという。だが歴史的に見れば組紐は決して女性だけの装束や趣好ではない。例えば武将が身につけていた鎧は「耳紐」「高紐」「水呑緒」「受緒懸緒(うけおかけお)」「引合緒」「忍緒」「大総角(おおあげまさ)」「繰締緒」など表面ほぼすべてが組紐で覆われていた。日本刀の「下緒」も組紐の発展史に大きく関わっている。5世紀に大陸から伝来し、日本独自の技術として進化してきた組紐の世界を垣間見る。

PHOTO◉荒川正幸(*Masayuki Arakawa*)　協力◉株式会社道明 http://www.kdomyo.com

道明葵一郎社長を囲んで道明の皆さん
（左端が「ハープの手」の山口さん）

西郷さんの銅像が建っている上野恩賜公園の入口から南に200mほど、上野4丁目交差点に面したコンビニの裏手に「仲町通り」の入口がある。夕方6時以降になると池之端会館の角まで160mほどの狭い道沿いに200人以上の客引きがずらり並ぶという。客引き行為を禁じる文京区の黄色い看板はなんと3ヵ国語だ。

江戸組紐の老舗、道明(どうみょう)本店は歓楽街の一角に高級着物店と寄り添うようにしてある。鉄筋コンクリート5階建てのモダンな社屋だが、よく見ると打ち放しの外壁一部が下見板張りのような意匠になっていて、さりげなく和の趣が取り入れられているのがさすがだ。

こじんまりしたフロアに入ると左側が一段高い畳の座敷になっていて、美しい色合いの組紐が箱の中にずらり並ぶ。同系色を濃い色から淡い色に並べることを繧繝（うんげん）というが、なにか色鉛筆のセットを眺めるような楽しさがある。お客さんは商品ケースの正面の椅子に座り、接客の担当者は商品をはさんで正座で応対する。

開店とほぼ同時に和装姿の女性が訪れ、目を輝かせながら色とりどりの帯締めを選び始めた。

代表取締役社長の道明葵一郎さんは颯爽とスーツを着こなしたお若い方だった。

当主12代目。

承応元年（1652年）、越後高田藩士だった創業者が武士を辞めて町人として池之端で下緒を作り始めたのが有職組紐道明の出発点だ。創業365年。江戸時代の屋号は「越前屋」で、道明新兵衛が初代を名乗ったのが創業から100年ほど下った江戸中期のころだというから、葵一郎さんは代を数え始めてからの12代目ということである。それにしてもこれほど高名な屋号のお名前の方が実際にいらっしゃるとは思わなかった。

池之端は湯島天神膝元の町人街だったというが、明治時代に置屋がおかれて三業地ができたらしい。現在の道明の売り上げの9割以上を占める「帯締め」が生まれたのは、帯が巨大化してお太鼓結びが登場した幕末以降で、案外歴史は浅い。戊辰戦争でお店は一度全焼したというが再建、その時代は華やかに着飾った芸者衆がひっきりなしに店頭に訪れていたことだろう。

関東大震災、太平洋戦争の空襲でも大きな被害を受けたが、その都度

高台を使った高麗組の作業。向こう側に2列見えるのがスライドレールに乗せたコマで、それぞれに玉をぶら下げた手持ち糸が1本ずつ引っかかっている。こちらにも2セットあるから、左右25本づつ扇状に糸が広がる。いま手で綾をとるように左の扇の列を上下に分けてから竹へらを差し込んだところ。このあと向こうのコマから手持ち糸＋玉を外し、上下の糸の間をくぐらせてから写真手前左端のコマにかける。すると扇状の糸列に斜めに1本糸が絡むことになる。この作業を外と内、右と左で繰り返す。作業の様子は道明のHPで動画で紹介されている(http://domyo.co.jp/craftmanship/)。組み進むにつれてコマはどんどん前に進んでいくから、先頭のコマが空になったらレールから外して後方に移動させる。なかなか頭がいい。山口さんが高台で高麗組を組んでいる姿はハープを奏でるように優雅だった。へらの打ち込みが均等でないとたるみが出たり紐が斜めに歪んだりするという。滑るようになめらかでよどみない作業が均一な組目を作るこつらしい。高台は平打紐の組み台で、高麗組のほか「安田組」「畝組」「亀甲組」「常組」などを作る。横枠は2段、4段、6段とあって薄いものから厚いものまで対応できるし、最高144玉まで使えるので複雑で繊細な柄や文字のものも高台で作る。17世紀の「千蔵のうふぎ」という書物に高台の作業の様子が描かれていることから歴史は古い。

再建してこの池之端を動かない。戦後の木造社屋を建て替えて2016年2月に竣工したばかりのモダン建築は元建築設計士だったという社長ご自身でプロデュースしたという。独特な接客のレイアウトも旧社屋の伝統の形式をそっくり受け継いだものである。

社長や社屋がモダンになっても組紐作りの伝統は変わらない。

紐の歴史は人の歴史くらい古いといわれる。原点は細く裂いた獣皮や樹皮、草木の蔓などの繊維だ。強度・耐久性確保のために撚ったり編んだりして紐が生まれた。中国、エジプト、インド、ペルーなどに古代の紐の遺品資料が残っているが、日本でも東釧路から発掘された縄文時代の早期平底土器に平組の一種である三つ編の圧痕があり、福井県鳥浜貝塚からは平組紐の祖型である三つ組紐の現物が出土しているから、数千年前から作られていたらしい。

糸の組み方には古代から様々なパターンが見られ、その形式や由来から名称がつけられている。構造的には平らな「平打紐」、丸断面の「丸打紐」、角断面の「角打ち紐」の3種類に大別できる。

飛鳥時代から奈良時代にかけて大陸から仏教とともに仏具、経典、巻物などの飾り紐として四つ組、八つ組、角八つ組、奈良組、新羅組、高麗組、常組など様々なパターンの組紐が伝来した。法隆寺献納宝物（明治初期に法隆寺から皇室に献上されたもの）や正倉院宝物には7世紀後半～8世紀前半の組紐が残っている。

奈良時代には色糸を駆使した組帯などが礼服用として作られるようになり、鎌倉時代に下ると柔軟性と強靭さを兼ね備える組紐の優れた性能が買われて鎧や武具に応用されるなど、日本独自の発展を遂げていく。

江戸時代に帯刀の作法が定まると「下緒」を己の手で作るのが武士の間で流行した。

下緒というのは打刀（日本刀）の鞘（さや）についている「栗形」というD環に通す鹿革や組紐のスリングのことで、刀を奪われないよう胴に回したりなどして結んだ。これが江戸時代にファッション化した結果、古来の様々な組紐の技法が再研究・編纂されたのである。現在でも参考にされている「止戈枢要」「百工比照」などの組紐の作業手引き書も著述されている。文化十一年発行の「刀と拵備考」では刀（打刀）の下緒の定尺を「五尺（151・5㎝）」としているが、帯締めの長さが通常五尺なのは当初下緒を流用したからだ。

そもそも「組紐」とはどういうものか。

組紐は糸を使って布を織る「組物」という技法の一種だ。

1本の糸を結び目のようにループ状に絡めながら布にしていくものを編物（ニット）、横一線に並べた経糸に1本づつ緯糸を交差させ一段づつ布地を作っていくものを織物（テキ

道明が復元制作した組物と組紐のコレクション。右の組物は昔の装束の復元で、平緒台という組み台で268玉を駆使し、ひとりの職人が1年近くかけて組んだもの。手間がかかるという点では復元した組物のなかでも最高の部類だという。左は御岳神社所蔵の畠山重忠（平安～鎌倉時代の武将1164～1205）の鎧に使われていた「紫裾濃威鎧緒」の復元作品。両面に亀甲柄が出るという特殊な組み方で上下に糸が入れ替わっていっている。144玉だが作業は圧倒的に複雑、技術的には最上位だそうだ。どちらも草木染めによる染色も再現している。

スタイル）というが、組物では糸と糸は斜めに交わっている。つまりトポロジーとしては編物でも織物でもない。「編む」のでも「織る」のでもなく、組物は「組む」のである。組物の技法で組んだ紐が組紐である。

制作工程を見せていただいた。

道明で使うのはもちろん絹糸。21デニールの単糸4本引き揃えて下撚りをかけ、それを3本合わせて上撚りをかけた「三子（みっこ）」で、一般の織物用よりもしっかり撚った強撚糸だ。断面が角張っているせいで糸束を握るときしきしする。

組紐に使う糸は本社ビル内にある工房ですべて染めている。ガスコンロとステンレスのボールを使い、小ロットごとに勘と経験を駆使して手作業で染めていく作業だ。一般の製品は明治時代以降ずっとアゾ染料の一種である酸性染料（化学染料）を使ってきたというが、歴史的組紐の復元模造では草木染めをする場合もある。基本の7色からあらゆる色を染め分けることができ、年間で約5000色を染めている。糸の部位によって色を変える段染め、だんだんと色をぼかしていくぼかし染めなども製品の柄などに応じて使う。

染め上げた糸から糸口を引いてギヤ駆動の「座繰り」に装着した木枠（「小枠」）へといったん巻き取り、ここから繰り出した糸を風車のような「経切（へきり）台」に巻きつけて切り、糸を10数本単位のグループにする。組紐作りではこの糸束を1単位として1本の糸のように扱いながら組む。この糸束を「手持ち」という。

法隆寺や正倉院の組紐は手作業で手持ちを組んでいく「くて打ち」などの方法で作っていたという説もあるようだが、組み台を使う江戸以降の技法では糸を絡めていく操作がやりやすいように、手持ちを「玉」と呼ぶ糸巻に巻きつけておく。木製の玉の中心部には鉛の重りが付いていて、その重さで組目の締まり＝組紐の柔軟性が左右される。糸一本につき重さ一匁（3・75g）が目安とされている。

手持ちを巻きつけたこの玉を何個も用意する。「組紐に使う糸の総本数÷手持ち本数＝玉数」である。複雑な組みほど玉数は多くなり総本数も多くなるから、手持ちを減らして調整する。

道明で制作のとりしきりなどを行っている山口佳子さんが見せてくださったのは、奈良時代に伝来した組紐技法をもとにした「高麗組」という平打紐だ。段染めの糸を使い、手持ちは12本、玉は50玉。つまり総本数600本だ。

木材の角材を縦横に組み合わせた1m四方ほどの檻のような組み台を「高台」という。

台の両側には左右2本づつレールがあり、その上にスライド式の木製のコマが4台ずつ乗っている。各コマに6本ずつ棒が立っており、玉をぶら下げた手持ちが1本（1束）ずつそこに引っかけてある。左右25玉ずつの玉から伸びていく左右25本ずつの糸は、空中でピンと扇状に張ってから中央で600本ひとふさにまとまり、台の正面に立つ鳥居のテンション棒に巻きつけてある。50本の手持ち糸を互いにがっちり絡めれば1本の丈夫な紐になるという理屈だ。

組みが始まるとその手の動きの美しさに目を奪われた。

右側25本の扇状の糸列に右手の甲を差し込んで、綾をとるように糸束の配列を上下に分ける。竹のへらを間に差し込んで仮固定し、右側のレールの先頭コマの先端の棒に引っかかっている玉を取って、上下に分けた糸の間をくぐらせ、反対側のレールの最後方にあるコマの最後端の棒にかける。竹へらでトントントントンと四回叩いて締める。これを左右繰り返していく。

考えてみるとシンプルな話だ。織物のように緯糸に対して緯糸を直角に絡めるのではなく、斜めに走る糸束に対し斜めに1本の糸を絡めているだけである。

しかしこれは「基本中の基本」だという。

組み方は簡単なものから複雑なものまで様々、最高に複雑高度なものでは144玉を駆使して複雑な亀甲柄を両面に作る技法などもある（写真参照）。組み台にも組に応じて考案された丸台、綾竹台、唐組台、角台、三角台、内記台などの種類があってそれぞれやり方やコツが異なる。

道明の組紐の糸は池之端の本社4階の工房で染色する。40～80℃の湯に酸性染料を溶かし、絹糸を浸して見本通りの色に染めていく。黄色、茶色、緑、紫、赤、鉄紺、橙の7色からあらゆる色を染め分ける。大半の色にレシピはなくまた糸の量や気温、湿度などで発色が変わるため、そのつど染料の量を調整しないと同じ色にはならないらしい。素敵な青磁色の染めを行っているのが小林修平さん、赤い染料を調合しているのが伊東沙百合さん。二人ともまだお若いが、染色の経験が長い葵一郎社長は二人ともセンスがいいとその技術に太鼓判を押す。蟻酸を加えて色を定着させる。

こちらは丸台と呼ばれる組み台。24本持ち32玉で「御岳組」を組んでいる。各玉につけた手持ち糸は中心に集められて鏡台と呼ぶドーナツ型の面板中央の穴の中に重りで吊り下げられている。糸と糸とを絡めていくのは周囲に垂らした玉の配置変えである。雑に玉を置くと組目が不揃いになる。中央の吊錘と、鉛の入った玉の落ちる力のバランスで組目の締まりが決まるため、一定の高さから手を離して落とす。そっと落とすと締まりが弱くなる。また丸台に向かう姿勢が悪いと紐が歪むという。単純なだけに高台より難しい。御岳組や笹浪組、戦国時代に考案された丸源氏組などでは手持ちをなるべく平らに並べるが、奈良組や新源氏組などでは玉をくるっと回して手持ちに撚りをかける。丸台を使った組紐の様子は江戸初期に描かれた「彩画職人部類(国立国会図書館所蔵)に描かれている。

仕上げ作業は組紐スクールの講師もやっておられる榎本未奈さんが見せてくださった。組紐の末端にはふさがついているが、帯締めの場合は組紐を構成している糸をほぐしただけではボリュームが足りないので、ふさを長めにして切り取り、これをふさの根元に再び縫い付けてふさの量を倍増する「足しふさ」をする。実に繊細な作業である。蒸気を当てて湯のしできれいに揃えたら幅28㎜に切った洋紙を紐に巻いて糊付けし、ふさのところにスライドさせて紙の端をガイドにしてふさの端を切る。

五尺の帯締めに限ったとしても各種の組に5000色のカラー、色柄や組柄を加えればそのバリエーションは膨大だ。豊富な店頭在庫をその場で購入することもできるが、多くのお客さんが好みの組と色・柄で制作注文する。制作は群馬県にある工場で取りまとめているが、実際の作業はすべて内職性だという。

「組み台を置かしてもらってお家で作っていただいています。組み台は分解してしまうことができますから場所はとりません。そういうこともあって職人さんは基本的にひとつの台とひとつの組の専門です。高台で高麗組を組む方はそれひと筋。80歳以上のベテランの方もおられます」

5階の資料室には昔の組紐や組物の構造や色柄を解析し復元した見事なコレクションが木箱に納められて保管されていた。

正倉院宝物の組紐の研究に取り組んだのは6代目道明新兵衛だった。江戸時代の武士による研究を継承するだけでなく、古典の作品の調査から構造や色などを読み取って復元模造する事業に取り組んだ。明治15(1882)年にドイツから電動式製紐機が輸入されると手作り組紐は急速に廃れていくが、昭和期の7代目道明新兵衛は組紐の組織を分類・体系化するという学術的研究を展開し、「ひも(学生社刊)」など多数の著書を残した。これらの研究の成果は現在の道明の製品にも活かされているという。

8代目山岡一晴は著書「道明の組紐」の中でこう書いている。

「組紐は組む人の技量のまま、その人の心のままに組み上がっていきます。美しい組紐を作るには自分が美しくなれば良いのです。すばらしい人間性の持ち主はすばらしいものを造り上げるのです」

まさにその通りだろう。

作っていただいた謙信風合口拵の打刀用(五尺)と短刀用(二尺五寸)の下緒。笹浪組の卵色だ。下緒はふさを短くする場合が多い(居合流派などで異なる)。きれいに目が揃ってしっかり締まり、硬すぎず柔らかすぎず、そこが道明の下緒が最高峰と言われる所以だろう。50年ほど前に母が池の端の道明の店頭で選んで買った帯締めが入っていた箱と寸分違わず同じ化粧箱に入っていたのには感激した。

池之端の店舗には常時600種類の帯締めが揃っている。無地の冠組なら1万5120円だが柄が入ると2万8080円。前出の「紫裾濃威鎧緒」の復元から生まれた両面亀甲組は12万9600円。例えば本金糸で草木染めなら1本30万円になるという。色名のあるものは和洋合わせて300色程度(和名約170色)で、それ以外にも様々な色を作る。見本さえあればどんな色でも調色・再現できるという。組紐の技術で作った道明のネクタイも30年の歴史がありファンが多い。

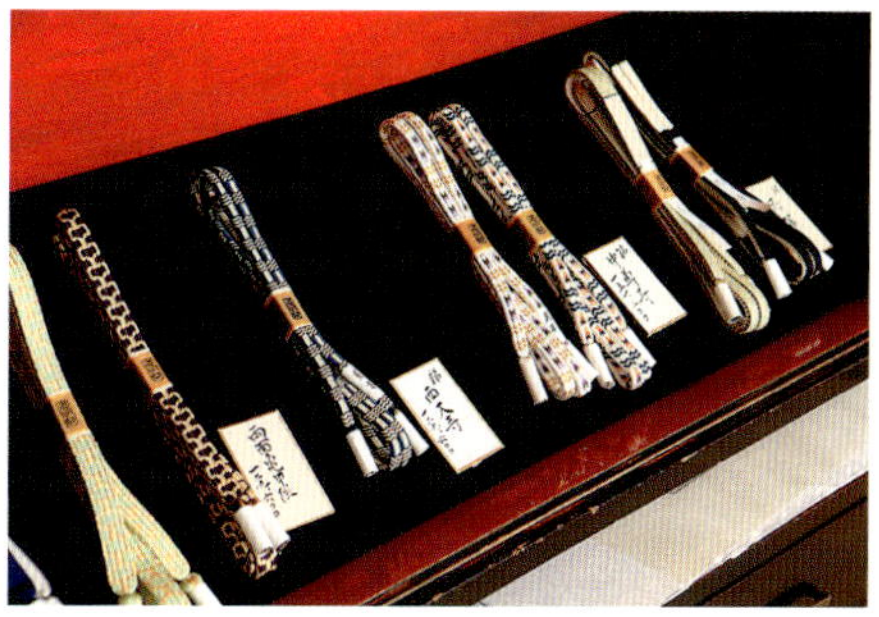

●取材 2017年5月23日 ●執筆 2017年6月13日
●掲載 GENROQ 2017年8月号

参考文献
「道明の組紐」山岡一晴著 東京伝統木版画工芸協会編 芸艸堂刊
「組紐と組物」組紐・組物学会編 株式会社テクスト刊 その他

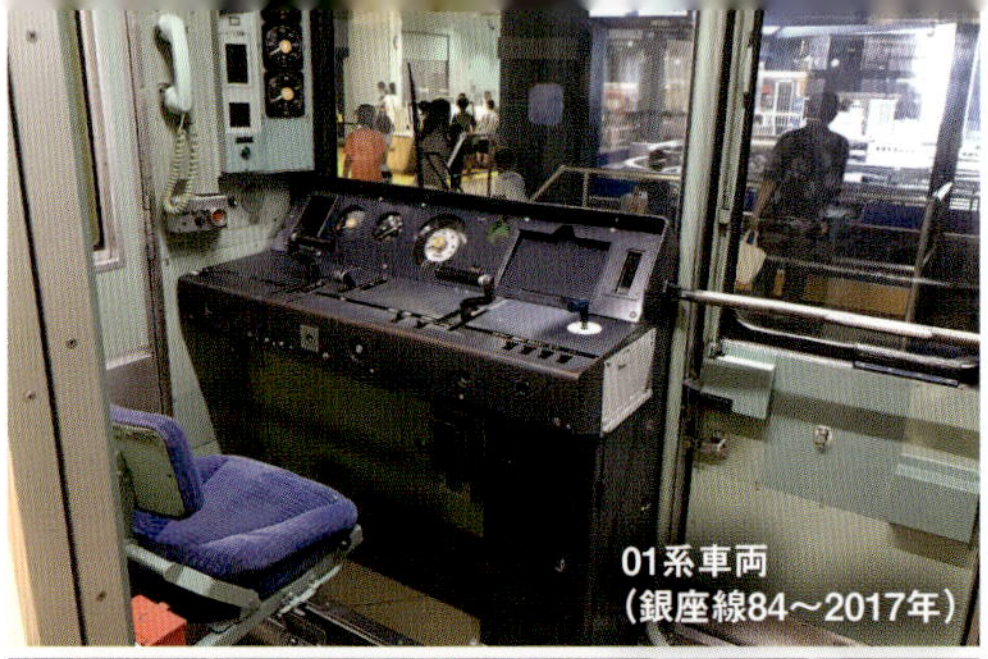

01系車両
（銀座線84～2017年）

副都心線の
地下構造と地形断面

第62話 ［東京の刻印］

東京メトロ・地下鉄博物館
地下鉄90年

東京には2つの運営系列の地下鉄が走っている。民営の東京地下鉄株式会社の通称「東京メトロ」、公営の東京都交通局「都営地下鉄」である。総延長は東京メトロ9路線304.1km、都営4路線109.0km。1日あたりそれぞれ706.7万人、259.6万人の乗客を運ぶ。すなわち2系統合計の1年間の総輸送人数はなんと35億3663万7000人だ（2015年度）。世界151の都市を走る地下鉄の中でモスクワと1、2位を競う輸送量である。しかし東京に初めて地下鉄が走ったのはロンドンでの開業から64年も遅れた1927年、ブエノスアイレスやマドリード、アテネよりも遅い世界第15番目だった。2017年12月30日で開業90年を迎える東京の地下鉄を振り返る。

PHOTO●荒川正幸（*Masayuki Arakawa*）　協力●地下鉄博物館 http://www.chikahaku.jp

千代田線の運転シミュレーター

机の上に肘をついて左腕を倒し手の平を広げれば、これが東京都心の地形だ。西から東に伸びる台地が手の甲までくると低くなって指と指の間に谷が刻まれる。神田川が流れていたり渋谷とか四ツ谷とか千駄ヶ谷などの地名がついているのは指の間の部分、代官山とか青山とか市ヶ谷台などの地名は指の上。皇居があるのはちょうど中指の先端あたりで、ここから先は真っ平らで広大な机の上、東京の下町地区である。

東京メトロ東西線のA線・西船堀行きは東京都心の西部の中野の地下から出発、皇居の北をかすめて九段坂を下り、九段下駅と神保町駅の中間地点で俎橋（まないたばし）をくぐる。ここは首都高5号池袋線の高架、靖国通り、日本橋川、そして地下鉄東西線と都営新宿線が4層の立体で交差する。軟弱な地盤の川の下に地下鉄を通すため、地面に400本の管を埋設してマイナス25～27℃に冷却した塩化カリウムを流し込み3万7000㎥＝トラック4000台分の土を丸々凍結、これによって掘削工事を敢行した場所である。わずか80mを掘るのに1年9ヵ月を費やしたという（開業1969年3月）。

下町地区の地下をさらに東に進んで行くと、江東区南砂町で35％の急勾配を登って東西線は地上に出る。南砂↔西船橋間14kmは空中の高架を走るのだ。もちろん用地買収費用が安価なら地下を掘るより建設費が安いからである。河幅770mもある荒川の上は橋長1236mの鉄道橋で渡る。荒川中川橋梁は完成時日本最長のワーレントラス式鉄道橋だった。

西葛西駅の次が葛西駅。公益財団法人メトロ文化財団が運営する「地下鉄博物館」はこの葛西駅の高架下にある。

開館は1986年7月。東西線地

東京国際フォーラム付近で
JR線の下をくぐる丸ノ内線

早川徳次（東京地下鉄道株式会社）

上区間の高架の耐震補強工事を行った際に展示品を入れ替えて内容を刷新した（2003年6月リニューアル）。年間平均16万人ほどが見学に訪れるというが、取材当日も大勢の小学生に混じって外国人観光客の姿もちらほら見えた。入場料は大人210円。券売機でチケットを購入すると出てくるのは地下鉄の切符、自動改札機に通して入場する。

いきなり現れるのが真っ赤な車体に波模様の丸ノ内線300形車両だ。四ツ谷駅で地上を走る光景はおなじみだった。「東京メトロのひみつ（PHP研究所編）」によると1954（昭和29）年に登場した300形のこの斬新な塗装は、帝都高速度交通営団総裁の鈴木清秀が欧米を視察したとき、ロンドンバスと「ベンソン・アンド・ヘッジス」（現JTの煙草ブランド）のパッケージから思いついて東京芸術大学にデザイン依頼したものだったという。後者は金色の箱で有名だが、アメリカのエアライナーのパンナムが機内販売していたのは赤い缶入りだったからそのことかもしれない。赤のストライプと波模様は後継の02系車両で復活している。

300形の横に早川徳次（1881〜1942）の銅像があった。

1804年にイギリスのルチャード・トレシビックが鋳鉄製のL字断面レールの上に蒸気機関車を乗せて走らせたのが鉄道の出発、1830年に開業したリバプール・アンド・マンチェスター鉄道を皮切りに、ヴィクトリア王朝期のイギリスで民営鉄道が次々に開通した（＝鉄道狂時代）。すでに過密化していたロンドン市街には大きな駅を建設する場所がなかったため、国中に放射状に張り巡らした鉄道網の始発駅はロンドン市周囲に並ぶことになった。当時の鉄道旅行は最寄りの鉄道に乗ってまずロンドンに行き、そこから他の鉄

地下鉄博物館最大の展示物。実物大でトンネル内部の設備を再現したものである。シールドマシンで掘削すると基本的には正円断面になる。地下鉄は私鉄との相互乗り入れの都合などで集電方式や車両の横断面積／長さなどのサイズが異なるが、これは代表的なモデルである。①鉄筋コンクリートセグメント（シールドマシンで掘削しながらプレキャスト板をボルト結合して切羽を支えていく工法・構造）。②剛体電車線（天井から懸架したトロリー線から車両パンタグラフに1500Vの電力を供給）。③建築限界（トンネル内設備の突出限界）。④車両限界（車両の横断面サイズの限界、③との間に余裕を設けてある）。⑤信号機（伝統的な設備だが東京メトロ各線では電車内に信号機機能を備えるCS－ATCに置換）。⑥列車無線用誘導線（曲がりくねる地下では電波が飛びにくいので、乗務員と総合司令所との通信はトンネル内の誘導線で行う）。⑦防振まくら木（コンクリート道床ではまくら木の下に厚さ3㎝のゴムを敷いて振動を減衰）。⑧連絡送電線（路線ごとに数ヵ所ある送電所からの電流の非常切り替え用）。⑨コンクリート道床／バラスト道床（後者は防振ゴムの代わりに薄いゴムマット＋砕石で支持）。⑩インバートコンクリート（コンクリート道床の土台部分）。⑪低圧配電線（照明や作業用の電力を供給）。⑫トンネル照明。⑬信号・通信ケーブル。⑭沿線電話（保守や非常時用の電話を200m間隔で設置）⑮インピーダンスボンド（車両駆動は直流、制御用信号は交流、後者の制御用装置）。⑯高圧配電線（駅の構内で使う3300Vまたは6600Vの交流を送電するケーブル）。⑰レール（現在の東京メトロでは60kg／mの規格）。⑱軌条絶縁装置（信号区間を分割するための設備）。

日本初の地下鉄＝現・銀座線(1927年に開業開始1939年全通)のために開発された1000形車両で1968年まで運用。軌間は標準軌、集電は第三軌条方式で共にニューヨーク地下鉄にならい、ATS＝自動列車停止装置や自動ドアもすでに備えていた。モーターや制御装置も当初はアメリカ製(GEやウエスティングハウス)だった。しかし車両デザインは日本独自のもので、不燃性を考慮した車体は全鋼製、座席にも難燃材を使用、視認性向上のため外板はベルリン地下鉄にならってイエロー(帯金黄色、のちオレンジ)に塗装した。インテリアは木目調(初期は木調手塗り塗装)で車内は間接照明式、使わないときばねで定位置に戻る「リコ式吊り手」もアメリカから輸入装着するなど、大変に凝ったデザインだった(日本車両製造製)。地下鉄博物館所蔵のこの第1号車(1001号)は2008年2月に経済産業省の近代化産業遺産の認定を受けている。2017年3月には文化審議会から、重要文化財に指定するよう文部科学大臣に答申された。

道に乗り換えて再度出発することだった。自動車発明以前の話だから各始発駅間の交通手段は馬車である。そこで各鉄道駅をトンネルで結ぶ地下鉄道システムを考案・建設した。メトロポリタン鉄道が運営する世界初の地下鉄パディントン－ファリンドンストリート間６㎞の開通は１８３２年である。開業当時は当然蒸気機関車、通常は煙突を使って排出する水蒸気を水タンクに循環させる飽和式蒸気機関車を採用、路線各所には排煙用の縦穴が作られていた。

電気機関車による鉄道は１８７９年にヴェルナー・フォン・ジーメンスが開発して試験運用、１８８１年にベルリン近郊の路面電車で商業化した。１８９６年にブダペストで開通した世界第2番目の地下鉄は最初から電化に踏み切った。

都市の過密化を回避する地下鉄は電車の実用化を機に世界中の大都市で注目され、１８９７年ボストン、１８９８年ウィーン、１９００年パリ、１９０２年ベルリン、１９０４年ニューヨークなどで続々と開業する。

南満州鉄道（１９０６～１９４５年）と鉄道院中部鉄道管理局で鉄道畑を歩み、佐野鉄道（いまの東武佐野線）と高野登山鉄道（南海高野線）の支配人を歴任した早川徳次もヨーロッパの視察旅行で地下鉄の可能性に刮目、東京の交通発展の未来はこれしかないと確信し、帰国後独自に交通量の調査や地質調査などを行って地下鉄の可能性を探った。東京市にも地下鉄建設を訴えたが財政難の市には予算がなく、早川は民営での事業化を決意して１９１７年に「東京軽便地下鉄道」を発足する。

徹底した調査によって早川が地下鉄実現の可能性を証明していくにつれ、東京－横浜間の私鉄建設を進めていた「武蔵電機鉄道」や三井財閥系の「東京鉄道」などが地下鉄建設参入を目論み、早川に接近するようになる。地下鉄の早期実現化を推進するため鉄道院は早川に東京鉄道との合併を提案、これによって「東京地下鉄道株式会社」が誕生した。

関東大震災によって計画は遅延、計画区間の短縮も迫られるが、試掘開始から11年後の１９２７（昭和２）年12月30日、日本初の地下鉄が上野－浅草間で開業した。乗車時間５分間の２・２㎞区間に２年３ヵ月を費やした大工事はロンドンと同じ開削方式（写真説明参照）で行った。軌間（２本の線路の間隔）、集電方式、信号、保安装置などはおもにニューヨークの地下鉄の規格や技術を導入、機械制御式（打子式）のＡＴＳ＝列車自動停止装置、自動改札機などの最新技術も採用した。

東京の地下鉄建設に挑んだもうひとりの男がいる。帝大から農商務省を経て鉄道省に勤務していた早川と一歳違いの五島慶太である。早川の地下鉄構想に感銘を受けて鉄道省を辞し、前出の武蔵電機鉄道の経営に参画、持ち前の手腕で渋谷－神奈川間の私鉄路線（現・東急東横線）を完成させた。一方早川の指導で上野－浅草間の地下鉄建設に挑みノウハウを蓄積した大倉土木（いまの大成建設）も独自に「東京高速鉄道」を発足、東京市から地下鉄の免許を取得し、五島慶太を常務取締役に抜擢、渋谷－新橋間６・３㎞の地下鉄の建設の指揮を委ねる。工事は４年で完了、１９３９年１月15日の全線開業にこぎつけた。

地下鉄の創設者を自負する早川と、結果的にその技術を利用したことになった後発の五島はおのずと反目することになり、当時の新聞も「地下鉄騒動」などとして報道した。結局双方の地下鉄は新橋駅で相互乗り入れを実現、浅草－渋谷間14・３㎞が地下鉄でつながった。これが現在の東京メトロ銀座線である。

両者の最終的な決着に暗躍したのは鉄道省監督局鉄道課長だった佐藤栄作である（のちの内閣総理大臣）。日本銀行総裁や東京商工会議所会頭

1954年開通の丸ノ内線用に開発・製造した300形。1996年まで運用していた。銀座線同様1435㎜の標準軌と第三軌条方式集電装置を備える。通常の電車は空中に張ったトロリー線(架空電車線)からパンタグラフで集電するが、第三軌条方式ではレールの横に碍子で絶縁した給電用のレール(第三軌条)を敷き、車両側の集電靴(コレクターシュー)で電力供給を受ける。銀座線、丸ノ内線だけでなく初期の時代に作られた日本の各都市の地下鉄、ロンドン、パリ、ベルリン、ニューヨークなどの地下鉄はいまでもこの方式。大阪の郊外鉄道である北大阪急行電鉄や近鉄けいはんな線は、先にできていた大阪市営地下鉄に乗り入れるため地下鉄式に合わせて第三軌条方式を採用した。架線方式が1500Vなのに対し第三軌条方式は安全性を考慮して600Vないし750Vに設定している。

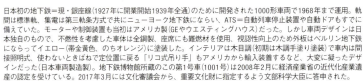

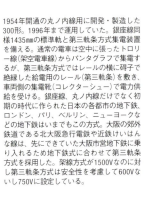

手前右の大きな装置が銀座線100形(運用1938～68年)の600V直流モーター。車軸と平行に置く吊り掛け駆動タイプで線路からの衝撃を直接受けるため大型だ。左の丸ノ内線用300形(運用1954～96年)用の直流モーターでは、車体側に設置してプロペラシャフトを介し駆動力を伝達する車体装架カルダン駆動方式を採用し小型化(重量1330kg→800kg)、同じ75kWの出力で減速比を3.44から7.23に高めて高速化した。奥はパンタグラフ、右端に見えているのは五島慶太が参加していた東京高速鉄道が渋谷～新橋間の路線(合併後の銀座線一部)用に製作した100形車両。この個体(129号)も近代化産業遺産の認定を受けている。

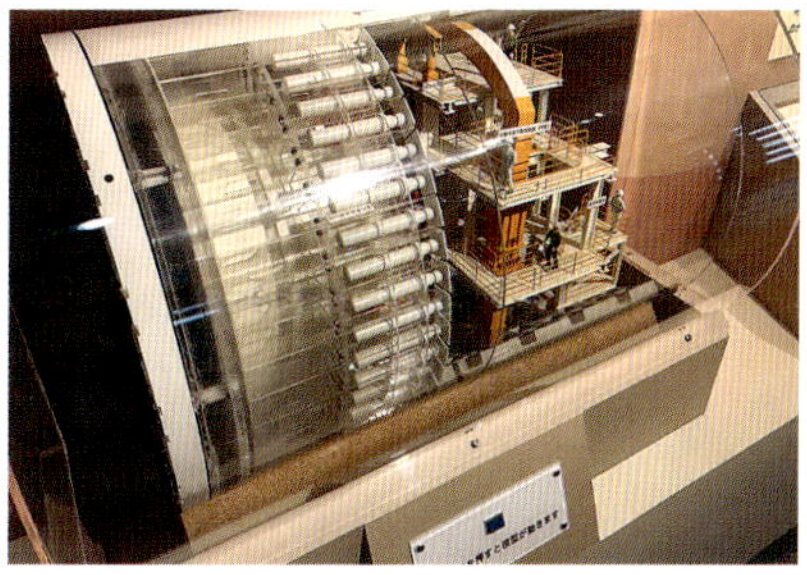

モグラのように地中を掘り進むのがシールド工法。1843年のロンドン・テムズトンネルの建設で採用したが、このときは手掘り方式。20年後に行われた世界初の地下鉄工事では予算の関係で、地面を溝のように掘りさげトンネル構造を建設してから埋め戻すという開削工法を使った。前面の回転式のカッターで掘削していくシールドマシンは1960年代にロンドン・ヴィクトリアライン地下鉄の建設で導入、日本の地下鉄工事では1969年3月開通の東西線から本格的に使用した。駅部分を開削工法、駅間トンネルをシールド工法で構築するのが標準的な工法だ。地下鉄博物館に展示されているのは副都心線の東新宿駅～新宿三丁目駅間(両方向)のトンネルを泥水加圧シールド工法で掘削した実物のカッターディスク。

などの大物を仲裁人に擁立して調停に乗り出し、東京地下鉄道と東京高速鉄道を合併、喧嘩両成敗とばかりに早川、五島の両者を経営の実権から切り離した上で、第二段階として国が「帝都高速度交通営団法」を交付、合併した会社を官営化して東京市が中心となって経営することに決定する。「営団地下鉄」の誕生だ。

　地下鉄発展史を読むと、どの記述にも早川徳次に対する「地下鉄の父」という麗句に対し、五島慶太の経営辣腕ぶりを当時のマスコミが揶揄して名付けた「強盗慶太」という雑言が対比的に登場する。しかし競争調停を名目に地下鉄の権利をそっくり召し上げ、2人の功労者を追放した本当の強盗は官権である。

　空襲によって壊滅した東京。地下鉄銀座線の損害は軽微で戦後復興に一役買った。営団地下鉄は1925年に内務省が策定していた東京高速道路網計画をもとにした戦災復興院の計画を受け1951年に丸ノ内線の建設に着工、53億円の総工費をかけて1954年1月に開業する。

　広げた手のひらを思い出していただきたい。都心中央部をコの字形に半周する丸ノ内線ルートは、指の山谷を縦断して走らなければならない。四ツ谷駅や茗荷谷駅では地上に顔を出し、御茶ノ水駅ではガーター橋で神田川を渡ってJR線の下をくぐり抜けるという丸ノ内線の変幻自在のルートはこうして必然的に生まれた。銀座線渋谷駅がビルの3階＝地上12・1mの空中にあるのも、渋谷が地形の谷底だからだ。

　丸ノ内線開業の同年、東京に第3の地下鉄計画が胎動する。戦前から地下鉄参入を検討していた東京都が営団地下鉄から地下鉄建設の免許の割譲を受けていよいよ事業に参入したのである。東京都交通局「都営地下鉄」だ。

地下世界には各種のライフラインが這い回り地下施設もあるため、地下鉄は互いにその間隙を縫うように走る。地上の鉄道に比べると勾配もカーブもきつい。暗いトンネル内を走るジェットコースターの様相だから、安全運航のためには自動列車制御装置が必要不可欠である。7社15路線の私鉄と相互乗り入れを行っている東京メトロは、9路線の運行状況、電力供給、施設や車両の状態などをリアルタイムで監視する総合指令所を設置し、運行を集中管理している。東京都内どこかの地下にあるらしいがテロ対策などのため場所は公開されていない。写真は地下鉄博物館の展示。

　1956年に着工した都営浅草線は、泉岳寺駅以南で京浜急行電鉄の京急本線、押上駅以北で京成電鉄・押上線とそれぞれ相互乗り入れをするという画期的な計画だった。軌間は欧米式の標準軌（1435㎜）を採用していた京急に合わせることになり、京成線が全面改修を行った。

　しかし東京オリンピックの開催に合わせてつくられた営団日比谷線（1964年8月開通）の場合は逆、相互乗り入れする東武伊勢崎線と東急東横線がともに日本の鉄道の標準である狭軌（1067㎜）だったため、地下鉄がそれに合わせて狭軌にすることになった。銀座線と丸ノ内線の集電はニューヨーク式の第三軌条方式だが、これもパンタグラフによる一般的な架線集電方式に改めている。

　ちなみに1978年12月開業の都営新宿線は京王電鉄京王線の乗り入れのために1372㎜という特殊な軌間（馬車軌間）を採用した。路面電車（都電）への乗り入れを考慮して京王はこの規格を採用したらしい。

　東京の地下鉄に2つの運営会社、2つの集電方式、3つの軌間。こんなことになったのは複雑な発展の経緯があったからだ。

　2004年4月、帝都高速度交通営団は再び民営化されて「東京地下鉄株式会社」となる。愛称は「東京メトロ」。

　2008年6月14日、東京メトロ9番目、東京13本目の地下鉄路線である副都心線が開通。これによって戦前から検討・策定されてきた東京の地下鉄の建設計画はすべて完了した。1925年銀座線の起工式の際には思わず感極まってむせび泣いたという早川徳次、20も歳下の鉄道省の若輩に地下鉄を乗っ取られ自団駄を踏んで悔しがった五島慶太、2人がともに思い描いた東京の夢は、90年の歳月を費やしてついに完成したのである。

●取材 2017年6月29日　●執筆 2017年7月13日
●掲載 GENROQ 2017年9月号

参考文献
「図解地下鉄の科学」川辺謙一著　講談社刊
「東京の地下鉄路線網はどのようにつくられたのか」東京地下鉄研究会編　洋泉社刊　その他

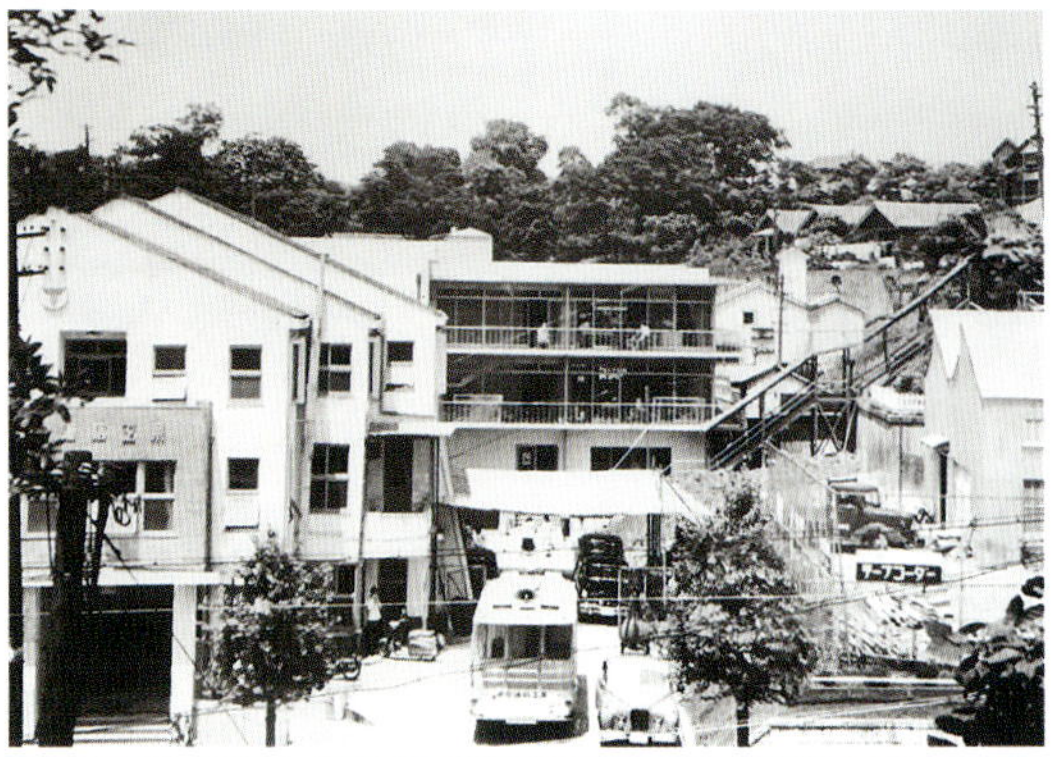

第63話 ［日本の名作］

ソニー成功物語

「真面目なる技術者の技能を最高度に発揮せしむべき自由闊達にして愉快なる理想工場の建設」「技術上の困難はむしろこれを歓迎」「経営規模としてはむしろ小なるを望み、大経営企業の大経営なるがために進み得ざる分野に技術の進路と経営活動を期する」終戦わずか9ヵ月後の1946年5月、井深大がソニーの前身である東京通信工業株式会社の創設に際して起草した設立趣意書の一部である。焼け野原から出発して経済大国に急成長した戦後日本奇跡の復興の象徴的存在ともいえるソニーの秘密がそこに垣間見える。「世界のソニー」はいかにして誕生したのか。

PHOTO◉荒川正幸（*Masayuki Arakawa*）
協力◉ソニー歴史資料館 https://www.sony.co.jp/SonyInfo/CorporateInfo/History/Museum/

ソニー広報部編「ソニー自叙伝」は、2001年にワック社から刊行された新書版で554ページという超大作だ。物語は早稲田大学第一高等学院に通う井深大（まさる）少年がアマチュア無線の仲間と一緒に校内の科学部に入り浸り、試行錯誤して作った拡声器が1930年開催の極東オリンピックで使用されたり、牛込の富士見教会の鐘楼をスピーカー式の電子鐘楼に改築したり、ネオン管に高周波の電流を流すと周波数が変わるにつれて光が伸縮するという特性を使った「走るネオン」の原理で特許を取得、特許局でも学生発明家として知られるようになったエピソードなど、驚くべき天才性の発露で周囲の大人達を驚かした前史からスタートする。

1940年、同窓生とともに日本測定器（日測）を設立、井深が発明した「周波数継電機」という装置を陸海軍に納入する。海軍は航空機から潜水艦を捜索する磁気探知機（MAD）に使用、陸軍は熱線誘導（IRホーミング）兵器への利用を目論んでいたという。そのころ海軍航空技術廠・光熱兵器部の海軍技術中尉で、終生の盟友となる盛田昭夫と出会う。

終戦直後、井深38歳、盛田25歳のとき超大物の財界人らの支援を得てソニーの前身である「東京通信工業株式会社（東通工）」を設立、日本橋白木屋三階の一室で少人数の仲間たちとともに出発し、4年後には世界最先端技術であった録音テープとテープレコーダーの自力による開発と製造に成功する。1955年に日本初のトランジスタラジオを発売、その後も日本初、世界初の数々の商品を世に送り出し、大手電気メーカーを尻目に世界的なメーカーへと成長していく。

ソニーのサクセスストーリーは冒険小説でも読んでいるかのような痛

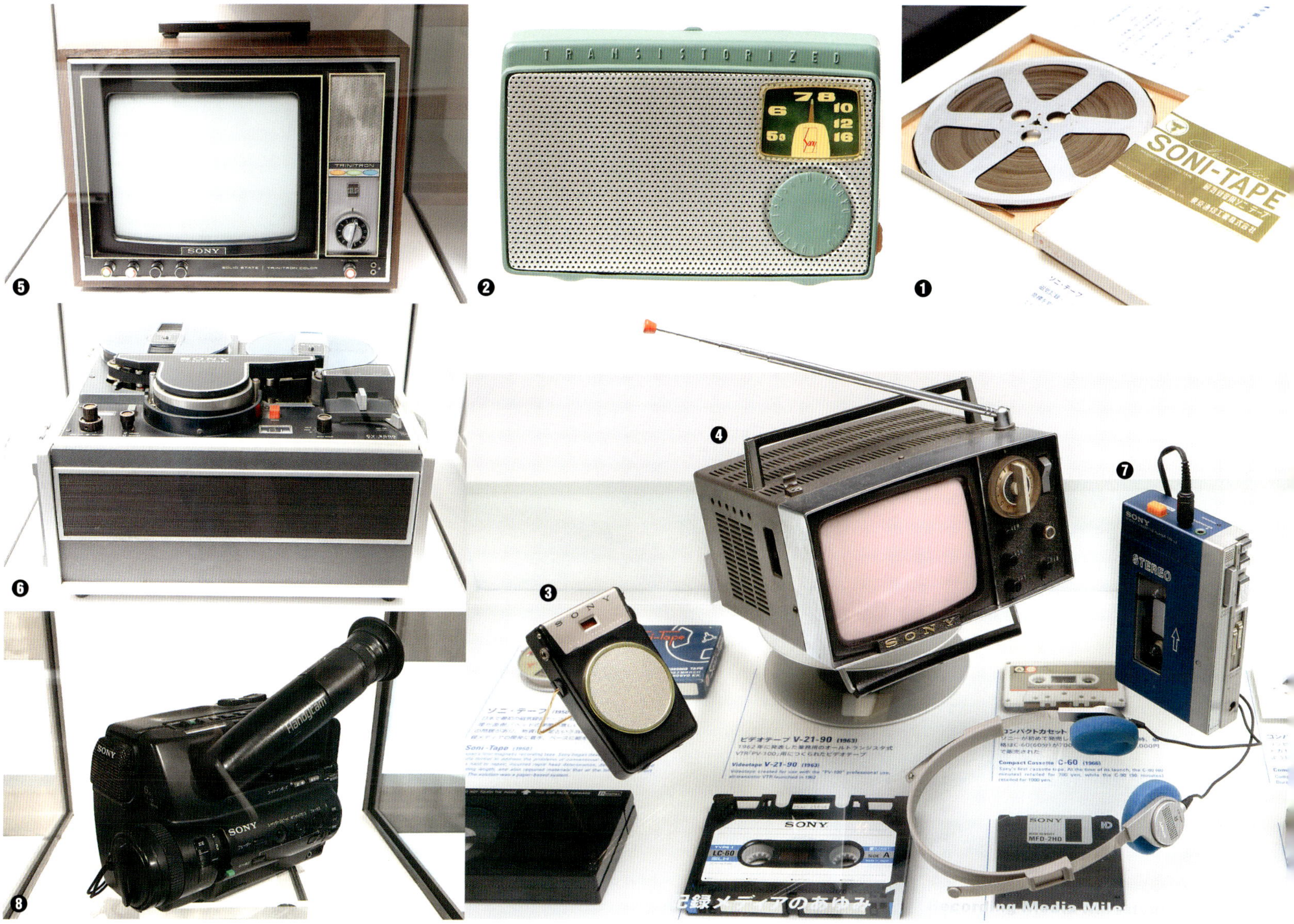

ソニー歴史資料館に展示されているソニーの金字塔的製品。❶1950年に日本初の磁気テープレコーダー「G型」とともに発売した磁気録音テープ「SONI-TAPE」。原材料から試行錯誤して自社開発した（別項参照）。❷❸自社でトランジスタの製造を実現、これを使った日本初のトランジスタラジオが1955年に発売したTR-55型（❷）。3年後にアメリカで先行発売したTR-610型（❸）では小型化とともに国内販売価格を1万円まで低減した。トランジスタラジオの性能と信頼性によって「SONY」ブランドは一躍アメリカで知られるようになる。❹自社開発したシリコントランジスタを使った5インチマイクロテレビTV5-503型（1962年発売6万5000円）。❺単電子銃に3本の電子ビームを走らせアパチャーグリルと組み合わせて画像を描くという独自のトリニトロン方式を採用したKV-1310型カラーテレビ（1968年発売11万8000円）。この技術でアメリカ芸術アカデミーのエミー賞を受賞している。❻1965年に一般家庭用として19万8000円で販売したVTR機CV-2000。オープンリール式モノクロ録画である。❼初代ウォークマン「TPS-L2」型（1979年7月発売3万3000円）。ステレオ再生機能とともに軽量で音のいいヘッドホンが付属していたことが大成功の要因だった。❽半導体CCDと8mmビデオ規格を使ったコンパクトVTRカメラCCD-TR55型（1989年5月発売16万円）。バブル時代の海外旅行ブームに乗って「パスポートサイズ」という愛称で大ヒットした。

快さに満ちている。

ソニー株式会社のホームページにはそのダイジェスト版が掲載されているから、せっかく御殿山まで行くなら、あらかじめざっと目を通しておくことをお薦めする。

ソニー歴史資料館。

ソニー株式会社が運営する施設である。入場無料、事前予約制。

ワンフロアのコンパクトな館内にはソニーの代表的な製品250点が展示されていて、会社の歴史やそれらの商品の開発や生産にまつわるエピソードなどが紹介してある。パソコンを使ってソニーの歴史資料の閲覧も可能だ。

世代を超えて誰もが楽しめるのは「発想庫」と命名された小部屋の中のショーケース。分野別にずらりと展示された歴代のソニー製品の中から見覚えのある製品を見つければ、きっと懐かしい気持ちが湧き上がってくる。

「これこれ、あったあった」「欲しくて欲しくてバイトして買ったよなあ」「いまでも大切に持ってるぞ、ここに飾ってあるのよりオレのやつの方が程度がいいぞ」一瞬で青春時代にタイムスリップできる。

ソニー物語を少しかじってくれば、時代を追って解説していくメインフロアの「発想通史」の展示が俄然面白い。

「これが自力開発したというトランジスタとトランジスタラジオか」

「日本初のテープレコーダー、なんと電子レンジくらいの大きさだ」

「これがフランク・シナトラが欲しがって駄々をこねたという、あのエピタキシャル（気相成長法）メサトランジスタを使った5インチマイクロテレビか」

戦後すぐに会社を設立したものの仕事がなく資金繰りに奔走、新円を稼ぐためになんと電気座布団を考案して売り出すが、さすがに東通工の社名を冠するのをはばかって「銀座ネッスル（熱する）商会」という冗談のようなブランド名で販売、これが大いに売れて経営を助けたというエピソードも、実物を見て一体どんな代物だったか確かめることができる。

磁気記録テープの開発展示の前に立てば「開発担当者に任ぜられた木原信敏さんが、神田の薬品問屋で買ってきた蓚酸第二鉄をフライパンで炒めて録音テープ用の磁性体にしたんだ。それをラッカーで溶いて紙テープに塗ったんだ」などと、誰かをつかまえて己の自慢話のように解説したくなるかもしれない。まさにここはソニー物語の聖地巡礼といった趣に満ちている。

それにしても根本的な疑問は残る。なぜ小さな町工場がわずか15年ほどで世界的知名度の企業になれたのか。なぜそんなことが現実的に可能だったのか。

東京通信工業から世界のソニーへと拡大成長していく過程で実現させた主な開発品や製品は、磁気録音テープとテープレコーダー、トランジスタとその応用製品、ビデオテープレコーダー（VTR）とその各種フォーマット、トリニトロン方式カラーテレビ、半導体CCDを使ったVTRカメラ、それらを発展させた放送業務用プロ機材などである。

それらの多くはソニーが開発を始める以前に基本原理としてすでに存在していた。

磁気録音テープは1936年にドイツのAEG社が発明、戦後アメリカでこれを製品化し、テープレコーダーも発売されていた。AFRS（アメリカ軍放送局）の放送機材の仕事を受注していた関係で現物を見ることができた井深らはその将来性に刮目して開発に着手、海外メーカーからの一切の技術供与や援助を受けず、一見した実物と雑誌などで得た基本的な概念だけを手掛かりにテープとテープレコーダーを独力で開発した。フライパンで炒めて磁性体を作ったという話はこのときの逸話である。

磁気録音法（交流バイアス法）の特許は安立電気から購入している。

1949年には手作りの試作機が完成、据え置き型テープレコーダー「G」型を1950年に発売。自社製磁気テープは「音」「音波」を意味するsonicから「SONIテープ」と命名した。国会図書館、最高裁判所、法務府などが購入してくれたが、巨大で重い（35kg）こともあって一般への販売は難航した。しかし技術者は直ちにそのコンパクト化に挑み、翌1951年には重量13kgでトランクケース式に持ち運べる「H型」を発売し、学校教材として広く貸し出しもしている。

このときのコンパクト化の発想と経験が、のちに放送機材や民生用として活躍した電池式携帯型録音機＝通称「デンスケ」の開発、そしてウォークマンという世界的商品へとつながっていく。

1952年、初めてアメリカを視察した井深はニューヨークの繁栄ぶりに圧倒された。1948年6月にベル研究所の物理学者ジョン・バーディーン、ウォルター・ブラッテン、ウィリアム・ショックレーの3名が発表したトランジスタ（増幅またはスイッチング機能を持つ半導体素子）の将来性に魅せられていた井深は、トランジスタの製造権をこのときウエスタン・エレクトリック社から購入、自社生産化に乗り出す。製品への応用については製造権を売ったWE社ですら補聴器くらいしかアイデアを持っていなかったが、アマチュア無線少年だった井深は当初からラジオを作ろうと目論んでいた。

トランジスタの決め手は生産技術だ。酸化ゲルマニウム還元装置、その純度を上げるゾーン精製装置、できたゲルマニウム結晶をスライスするダイヤモンド砥石式切断機などを自社開発し、短期間で発振に成功。これを使った電池式のコンパクトトラ

ソニーの本社などの施設が点在していた品川区の御殿山。そこにあるソニー歴史資料館は既存の建物を利用して2007年にオープンした。井深大が戦後資本金19万円・従業員約20名で発足した東京通信工業の13年間を経て、ソニー株式会社として世界的な企業に成長していく歩みを、およそ250点のソニー製品と資料の展示によって俯瞰することができる。年間ざっと5000人が見学に訪れるという。事前に電話予約が必要（ホームページ＞企業情報＞歴史＞ソニー歴史資料館）。入場は無料。

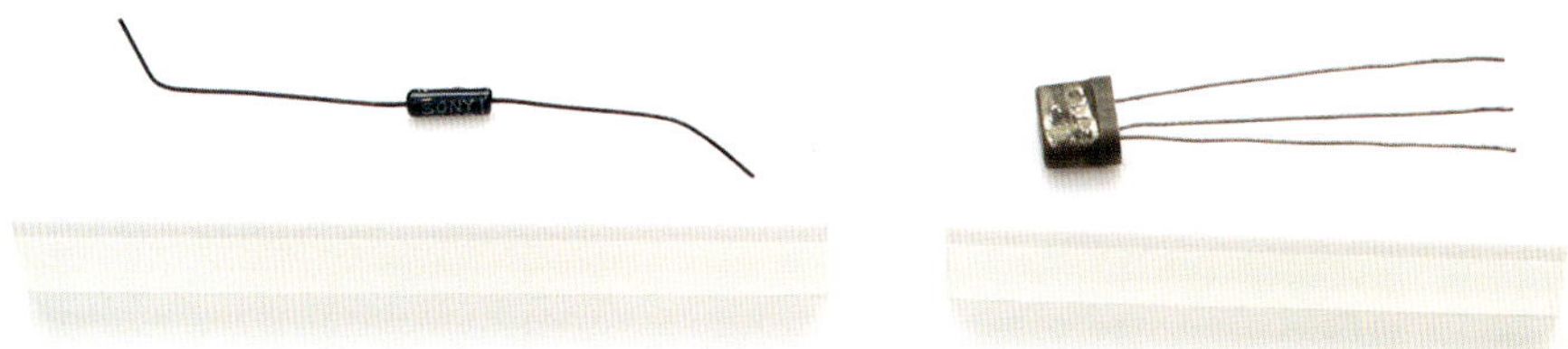

当時の最先端技術だったトランジスタにいち早く注目し製品化したソニーは大手家電メーカーの松下電器、三洋電機、早川電機（シャープ）とトランジスタのOEM供給の契約を結んで大量生産に着手した。これが国内のトランジスタ家電製品の普及につながった。ソニー歴史資料館に展示されているのは1954年に開発した高周波検波用ポイントコンタクト型ゲルマニウムダイオード1T23型（左）と、TR-55型ラジオに採用した国産第1号トランジスタの1T-1型。

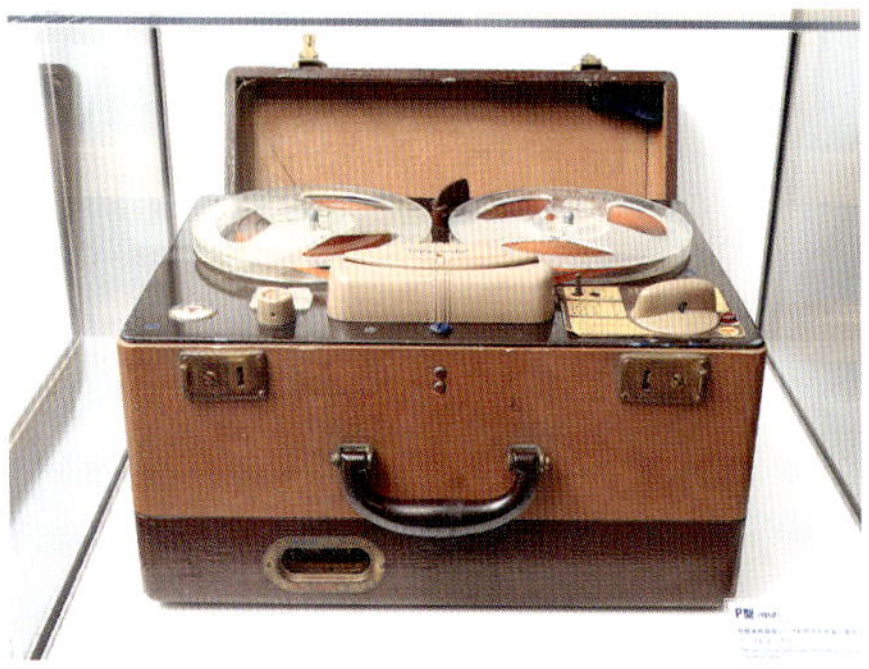

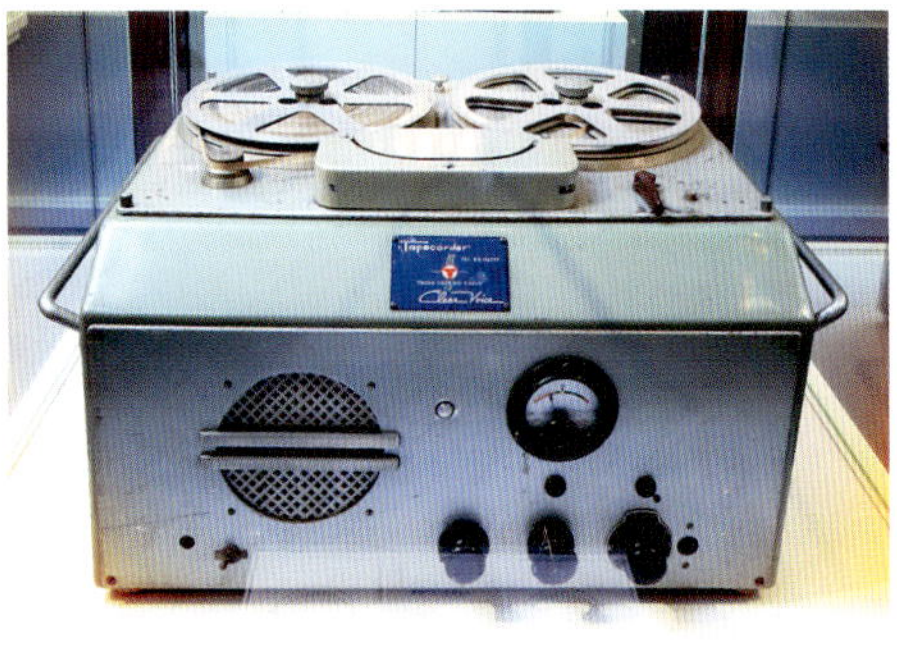

東京通信工業時代、ほとんど基本原理の情報だけをもとに独力で開発した磁気テープとテープレコーダー。テープ自体の素材やそこに塗布する磁性体、接着剤などの原材料から模索した。磁性材料を乳鉢ですって続飯（ご飯の糊）で紙テープに塗流という失敗作から出発し、メイクアンドトライで数年で製品化までに漕ぎつけた。テープレコーダー機の開発にも同時に取り組み1949年末に試作1号機が完成、1950年に「G型（写真右）」を発売する。「G」はGovernmentの略で、当初から公官庁などへの売り込みを考えていた。左の製品は東北大学岡村研究室と共同研究したフェライトを使ったヘッドを採用、持ち運びできるトランク型にした「H型」（1951年8万4000円）。デザインは柳宗理に依頼した。この時代から外観のイメージに配慮していたことがうかがえる。

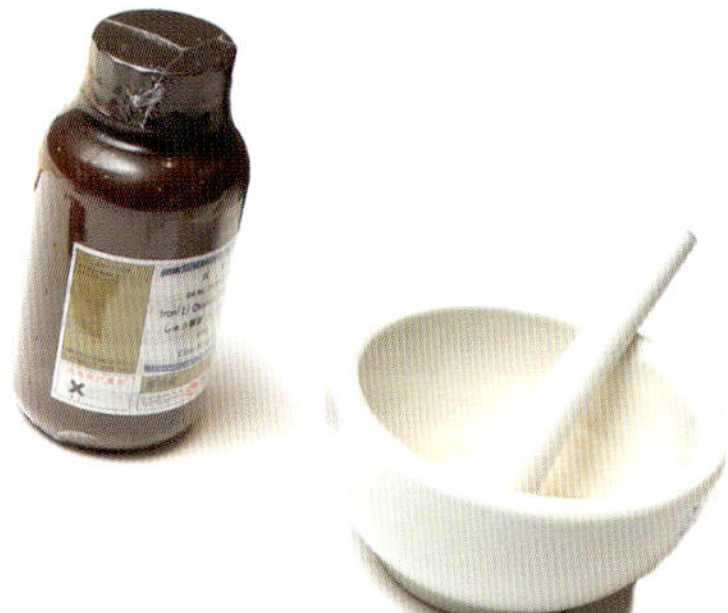

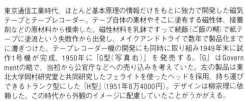

ソニー歴史資料館の「発想庫」にはラジオ、テレビ、ビデオデッキ、ビデオカメラ、パーソナルオーディオ、ホームオーディオ、デジタルカメラ、パソコン、そしてAIBOなど歴代の代表的なソニー製品がずらりディスプレイされている。老若男女いかなる世代の人が見学に行っても、きっと青春時代の思い出のアイテムと再会できるだろう。私事だがポータブルテレビ4-203型を買ってもらって以来TVと録画機器はずっとソニー、9年前一度だけ浮気したときは画面の下にSONYというロゴがついていないというだけで毎日居心地が悪く、いくばくも使わずに友人に譲ってしまった。

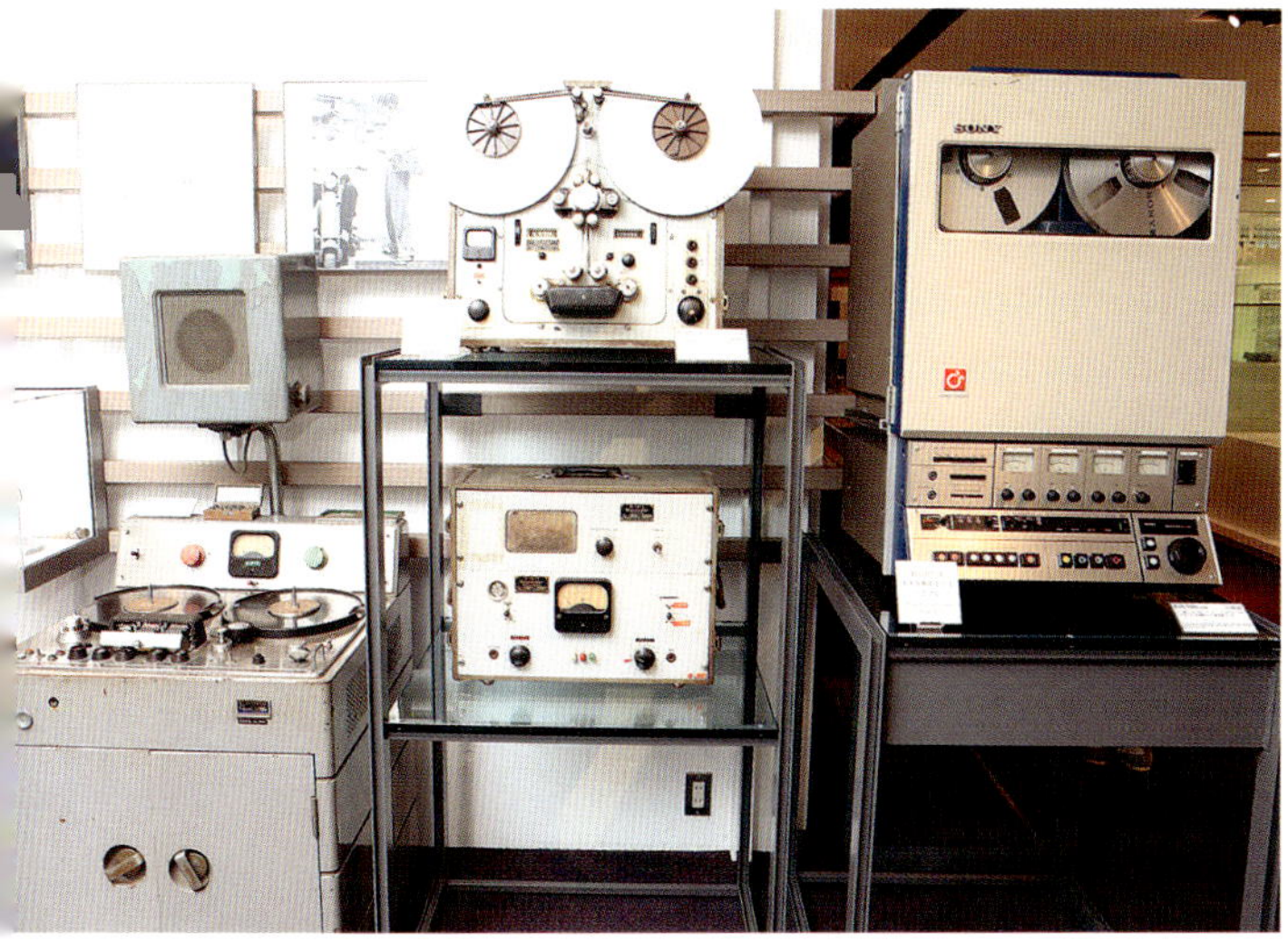

創業翌年の1947年にNHKから調整卓の製作を発注されたのをきっかけにソニーは業務用・放送用の機器も数多く作ってきた。1950年に民生用テープレコーダー、58年にビデオテープレコーダー(VTR)を開発すると、その技術を直ちにプロ用機器に応用している。家庭用カセット式VTRとして開発したU-マチック(1971年発売)はその後放送機器として開発、1976年に高品位のビデオ編集ができる業務用ビデオ編集機BVU-200が登場してビデオによるニュース映像取材の先鞭を告げた。民生用ではVHSとのフォーマット戦争に巻き込まれたベータ方式カセットは、放送業務用のカメラ一体型VTR「ベータカム」のフォーマットとして世界中で活躍した。

1966年夏に日本でロケを行い67年6月に世界公開された「007は二度死ぬ」に登場したトヨタ2000GTのオープンカーには、映画的小道具として「特殊装備」が搭載されていたが、うち5点はソニーの市販製品だった。左上：FMラジオ2FA-24W型、左下：テープレコーダー TC-905型(デッキ部)、中央：4型ポータブルテレビ4-203型(CRT部)、右下：FM／SW／MWレシーバー 7F-73型、右上：ワイヤレスマイクCRT-20型(2本)。助手席には66年発表の試作電池式VTRを改造した機器が設置されていた(いずれも10年ほど前ソニー広報センターの協力で特定)。また映画の公開に合わせ当時銀座のソニービルで撮影予備車と思われる車両(ルームミラーなし)が公開されている(写真：MPS)

ジオの開発も進め、第1号のTR-55型5石ラジオを1955年に発売した。世界初のトランジスタラジオの座は4ヵ月差でアメリカ製品に先を越されたものの、ソニーの場合はトランジスタもそれを搭載するプリント基板も自社製だったことに意味がある。このときもすかさず改良を進めアメリカ製よりも小さく軽いTR-63型を開発、アメリカに輸出して脚光を浴びた。

海外での知名度上昇を狙って社名を「ソニー株式会社」に変更したのも思い切った決断だった。

ラジオができたら次はテレビ。テレビができたら次はカラー化。製品ができたらすぐにコンパクト化。

当然といえば当然の成り行きなのだが、ソニーはいつも誰よりも早く技術的な動向を見抜き、誰よりも早く開発に着手し製品化を実現した。そしてライバルの追従が始まる前に小型化する。設立趣意書の通り小さな経営規模だから小回りがきいたのである。

磁気録音テープ技術の応用であるVTR技術では世界の放送局やメーカーが開発を競い合ったが、ソニーはアメリカのメーカーの技術を導入して学んだのち自社開発に転じ、1961年に世界初のトランジスタ式VTRであるSV-201型を発売、すかさずコンパクト版のPV-100型も開発した。

VTRができたらもちろん次はカラーVTRだ。カラー化ができたら次はそのカセット化だ。

カセット式VTRの一般家庭への普及は日本の家電メーカーを真っぷたつに分けたフォーマット戦争になったが、その反省からオーディオカセットサイズの8㎜ビデオ規格では統一規格化が進み、自社開発の半導体CCDを使ったコンパクトカラーVTRカメラ「ハンディカム」の登場に結びつく。1989年にソニーが発売したCCD-TR55型は「パスポートサイズ」というニックネームで海外旅行ブームに乗って人気を博した。

井深とソニーの経営陣は確かに機を見るに敏だった。アンテナを広げ最新テクノロジーの動向を正しく察知し、常に一歩早く動いた。しかし実際に開発し成功させたのは技術者である。ソニーは優秀な人材に恵まれたが、その人々が寝食を忘れ身を粉にして開発に邁進した。「カセットデンスケ」を海外出張に持参して音楽を聴いていた井深が「録音機能をはぶいてステレオ再生にしてくれ」と頼んだのがウォークマンの開発のきっかけだったというのは有名な話だが、このときは企画会議で「4ヵ月後に発売」と決まり、ドライバーユニット口径23㎜、重量50gという画期的な軽量ステレオヘッドホンの製品化も同時進行したため、開発担当エンジニアは週2〜3回の徹夜も辞さなかった。

フライパンで磁性体を作った木原信敏は「テープレコーダーの小型化ができるまで帰ってくるな」と熱海の旅館に缶詰にされたことがあったらしい。そんなときの技術者の気持ちを木原はこう代弁している。

「井深さんの喜ぶ顔が見たくてつい頑張ってしまうんだ」

ソニーの物語には井深の発想と夢を陰で支えた側近や技術者、製品のすばらしさに驚いて販売を助けた商社や代理店などの人々、資金を援助した銀行家や財界人などが多く登場する。技術と戦略の物語でありながら同時にそれはソニーに己の夢を投影し託した人々の物語でもある。「愉快なる理想工場」とはすなわちそのことだ。それは井深がきっと日本の未来に描いた夢のかたちだったのだろう。

ソニー製品のファンか否かソニー製品を買ったことがあるかないか、そんなことは関係ない。ソニー物語とは日本人の誰もが世界に胸を張って語ることができる痛快無比の成功体験である。

●取材 2017年7月26日 ●執筆 2017年8月14日
●掲載 GENROQ 2017年10月号

参考文献　「ソニー自叙伝」ソニー広報部編　ワック株式会社刊

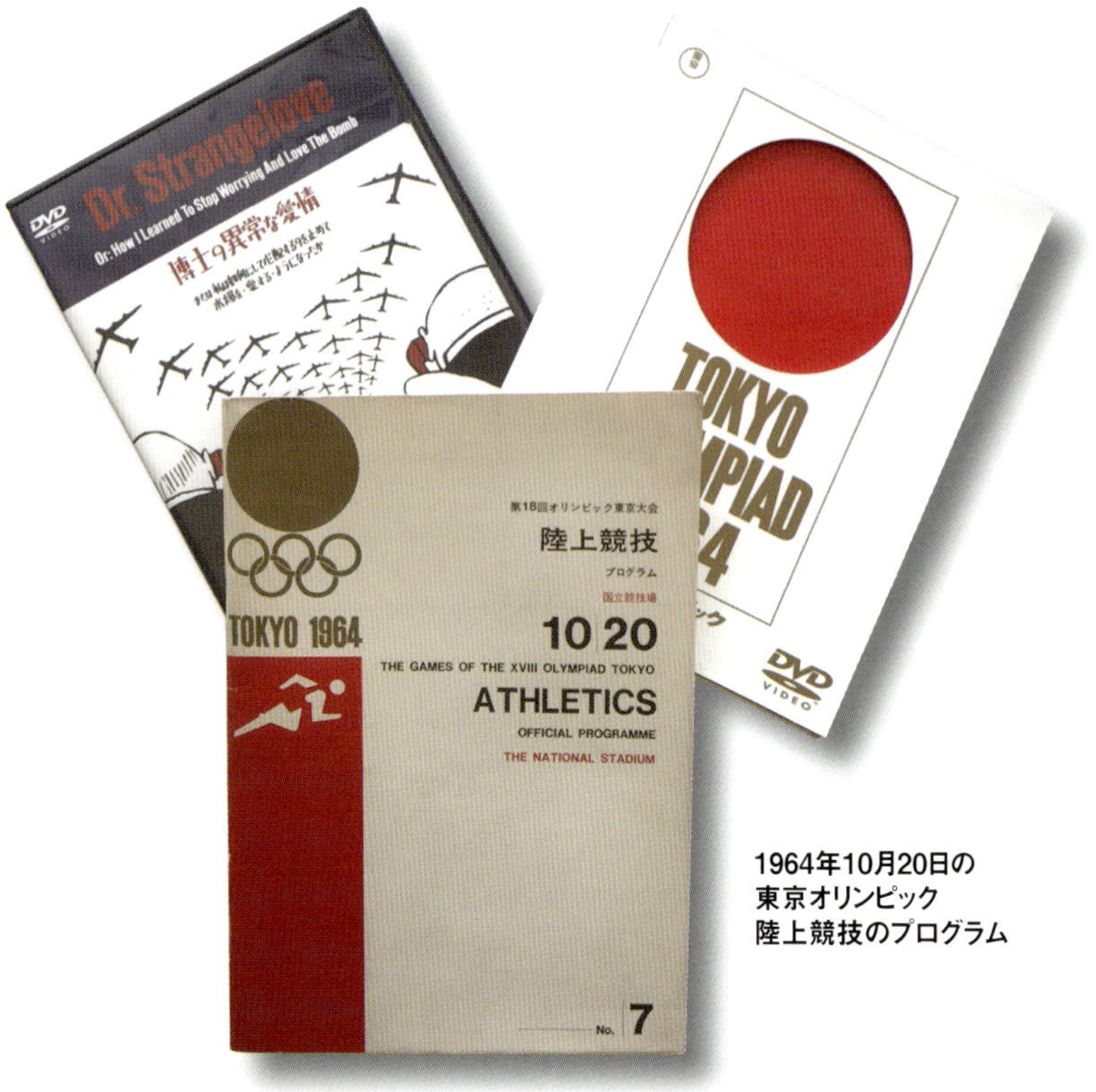

1964年10月20日の
東京オリンピック
陸上競技のプログラム

第64話　［昭和の残像］

巨匠が愛したシネキャメラ

アリ35

スタンリー・キューブリックといえば直球堅物、ジョークが冴えるタイプの監督ではないが、1962年10月に勃発し世界が核戦争の恐怖に震撼したキューバ危機のその直後に、国家間の駆け引きというのはどたばた喜劇そのものであるということを早くも看破していたのはさすがだった。戦略爆撃機に搭乗する数名の乗員の英雄的行為によってMAD＝相互確証破壊を前提とした核抑止力が瓦解、世界が核戦争で破滅してしまうという喜劇「博士の異常な愛情」には、笑えない冗談以外に思わずはっとするような名シーンが登場する。巨匠たちに使われたムービーキャメラに関する小原稿。

PHOTO●荒川正幸（*Masayuki Arakawa*）

Arriflex35ⅡB
＋Carl Zeiss
Distagon
16mm f2.0
＋200ft.マガジン
（原寸大）

アメリカの大統領は、シークレットサービスが「ビスケット」と呼ぶ樹脂製の厚いカードを常にポケットに入れて持ち歩いている。

2つに折ると中から「ゴールドコード」と呼ばれる英数字のパスワードを印字した赤い紙片が出てくる。大統領に常時随伴している軍事顧問（4軍将校）が携帯する黒い革のカバーがついたゼロハリバートン製のブリーフケース「フットボール」に設置された通信装置を使い、事前に策定されている戦略プランに基づいた核攻撃命令をゴールドコードとともにNMCC（国家軍事指揮センター）に送信、国防長官がこれを追認したのち統合参謀本部議長が核兵器使用を発令、各部隊にEAM（緊急行動指令）、すなわち核攻撃命令を下達する。

要するにいまも昔も軍司令官など

が独断で隷下部隊に核攻撃の命令を下すのはシステム的に不可能だということだが、共産主義国家による陰謀という妄想に取り憑かれたジャック・D・リッパー准将は、大統領命令がなくても攻撃コードを出すことができる「空爆計画R号＝Wing Attack Plan R」という（もちろん架空の）抜け穴を利用し、核爆弾を搭載してAAD（空中警戒任務）中だった戦略爆撃飛行隊に攻撃命令を出してしまう。

大統領は最高戦争会議を招集、核戦争を防ぐためソ連書記長に直接電話をしてこの緊急事態を伝えるとともに、攻撃命令を発令した空軍基地に陸軍の空挺部隊を急行させ司令官の拘束を命じるが、リッパー准将もそれを見越して基地内に「コンディションレッド」を発令、外部との通信を遮断したうえ武装した守備隊を配置し、敵（つまり味方）の攻撃に備えていた。

大統領の命を受けた攻撃部隊の隊列が向かってくる様子が双眼鏡に映る。

「ソ連軍もやるな。俺たちそっくりだ」

モノクロ作品「博士の異常な愛情」には2種類の画面アスペクト比のシーンが登場する（＊1）。メインは当時ハリウッド映画で標準的だった横長のヨーロッパビスタサイズ＝1：1・666。当時のスナップ写真を見ると大型のミッチェルBNCRを使って撮影している。

対して核攻撃命令を受け悲壮な決意でソ連に向かう爆撃機内のシーンは1・375のスタンダードサイズだ。小型のアリフレックス35ⅡBを使っている。

撮影はのちに「スターウォーズ（1977年）を撮るイギリス人キャメラマンのギルバート・テイラー。

しかしどう考えてもスタンダードサイズの画面の上下は当時の劇場上映時は遮幕でカットされて画面に映らなかったはずだ。アスペクト比の違いはビデオ化で初めて露呈したものである。したがってこれは定説とは違って演出ではなくカメラの都合だろう（＊2）。

だがアリフレックスを使ったシーンは素晴らしい。画面の粒子が荒く

【アリ35Ⅱ実測重量】ファインダー付きキャメラ本体（35ⅡC）＝2274g、16V DCバリアブルスピードモーター＝1068g、500ft.マガジン＝2000g、ハイハット＝1003g、Distagon16㎜＝394g。「時計じかけのオレンジ」でキューブリックが手持ち撮影している有名な写真のあの状態（200ft.マガジン＋Distagon16㎜）ならフィルム込みざっと6kgだ。もちろんこの他に駆動用バッテリーが必要。

Arriflex35ⅡC＋500ft.マガジン

「小型・軽量」とは言っても現物は機関銃のように頑強で重くがっちりしていてアマチュア用カメラとは別世界の趣だ。【右ページ】（原寸大）「博士の以上な愛情」や「東京オリンピック」の撮影に使われたアリフレックス35ⅡBシリーズ。写真の個体は32V DCハイスピード（最高80コマ／秒）モーター付きの35ⅡBHSである。キューブリックも愛用したカールツァイスDistagon16㎜ f2.0レンズと、手持ち撮影に適した小型200ft.マガジンを装着した状態。【左】1964年に登場した改良型35ⅡC。ファインダーなどの装備以外はB型と変わらない。ワンタッチで脱着できる純正のサンシェードは根元の部分にフィルターを差し込むマウントが付いている。アリ35の欠点は垂直に装着されたモーターで、3脚に固定するときは写真のようなハイハットと呼ぶマウントにいったん装着しなければならなかった。こちらは500ft.マガジン。

なり、映像が不安定に揺れ、木陰に隠れた守備隊が30口径の機関銃の乾いた射撃音が遠く反響する。どこか絵空事のようなその客観的な視点は、報道キャメラの戦闘記録映像そのものだ。

アリフレックスはキューブリックの大のお気に入りだった。35Ⅱを自慢気に持ったキューブリックのポートレート写真はいまもネット上に何十点と残っている。もしこれで広告料をもらっていなかったなら正常な愛情ではないだろう。

アーノルド&リヒター社についてはこの連載でも以前一度取り上げた（「人とものの讃歌」収録）。アウグスト・アーノルドとロベルト・リヒターによって１９１７年ドイツのミュンヘンで創業した映画用撮影機材のメーカーで、２人の名前から2文字ずつ取ったＡＲＲＩが登録商標。１９３８年３月にレフレックスミラーシャッター（図参照）を採用した小型軽量のムービーキャメラを発売、アリフレックスと命名する。感材は国際標準規格の35㎜ロールフィルムである。

通称アリ35。

ミッチェルに代表される当時の映画用ムービーキャメラは複雑で大きく単体でも50kg以上あるような代物だったが、アリ35は小型で軽量だった。本体は肉厚のアルミ砂型鋳物製、外部電源で駆動するモーターをボディ下部に固定、ギヤで駆動力を伝達する。フィルムはマガジンに収めておきワンタッチ交換。ターレット式レンズマウントに３本のレンズを装着し瞬時に切り替える。アリ35はレフレックス式というだけでなく、手持ちのムービー撮影を可能にした画期的なキャメラだった。

これに目をつけたのがナチ宣伝省だ。大量のアリ35を購入し撮影専門部隊を組織、その機動力を活かして式典や演説、スポーツ競技や労働風景、兵器の開発などナチのプロパガンダ映像を撮影、上演した。戦争が始まるとアリはタフネスの本領を発揮する。ナチが第二次世界大戦で撮影した戦闘の記録映像は、凄惨なホロコーストのシーンも含め、多くがアリ35で撮影されたものである。

血塗られたキャメラ。しかし合理的なフランス人は気にしなかったようだ。戦後再建されたフランス三軍はナチから武装解除した小・重火器、戦闘車両、航空機などそのまま使用、その様子もアリ35でフィルムに収めている。アーノルド&リヒター社もまた戦後すぐに復興しており、１９４６年には改良型のアリ35Ⅱを、53年にはシャッター開角度１８０度のアリ35ⅡＡを発売した。

アリの機動性に新しい映像美の可能性を見出したのもフランス人だった。全編のロケ撮影や即興的演出などによって１９５０年代後半から60年代にかけて一世を風靡したフランスのヌーベルバーグの左岸派やカイエ派の若い監督たち、ジャン・リュック・ゴダールやフランソワ・トリュフォーらである。手持ち撮影を駆使し、アリで生き生きとした映像を作った。

60年代になるとハリウッドにもこのムーブメントが上陸、アリはニュース映画などで広く使われるようになる。キューブリックが「博士の異常な愛情」で手持ち撮影を行ったのもそのころである。

１９６３年11月22日に起きたＪＦＫ暗殺事件の影響で「博士の異常な愛情」の全米公開は2ヵ月ほど延期、コング少佐のセリフが改変されたのは有名な話だ（「ダラスで遊べる」→「ベガスで遊べる」）。日本での公開は１９６４年10月6日（火）、東京オリ

アルミ製純正ケース。500ft.マガジンにモーターとサンシェードをつけた状態でかっちり収まる。いかにもドイツ的な機能的デザインとがっしりした見事な作りに痺れる。6年ほど前、eBayの取引で知り合ったアメリカ人広告キャメラマン（リタイヤ）から新品同様のコンディションの35ⅡB、35ⅡC、16㎜の16ST、レンズとアクセサリー一式、ケースなどまとめてフルセットで購入した。到着後なんとなく先方の住所をGoogleストリートビューで確認してみたら、ミルバレーの丘の上に建つものすごい豪邸だった。2年後、家族と一緒に日本に遊びにきてくれた。

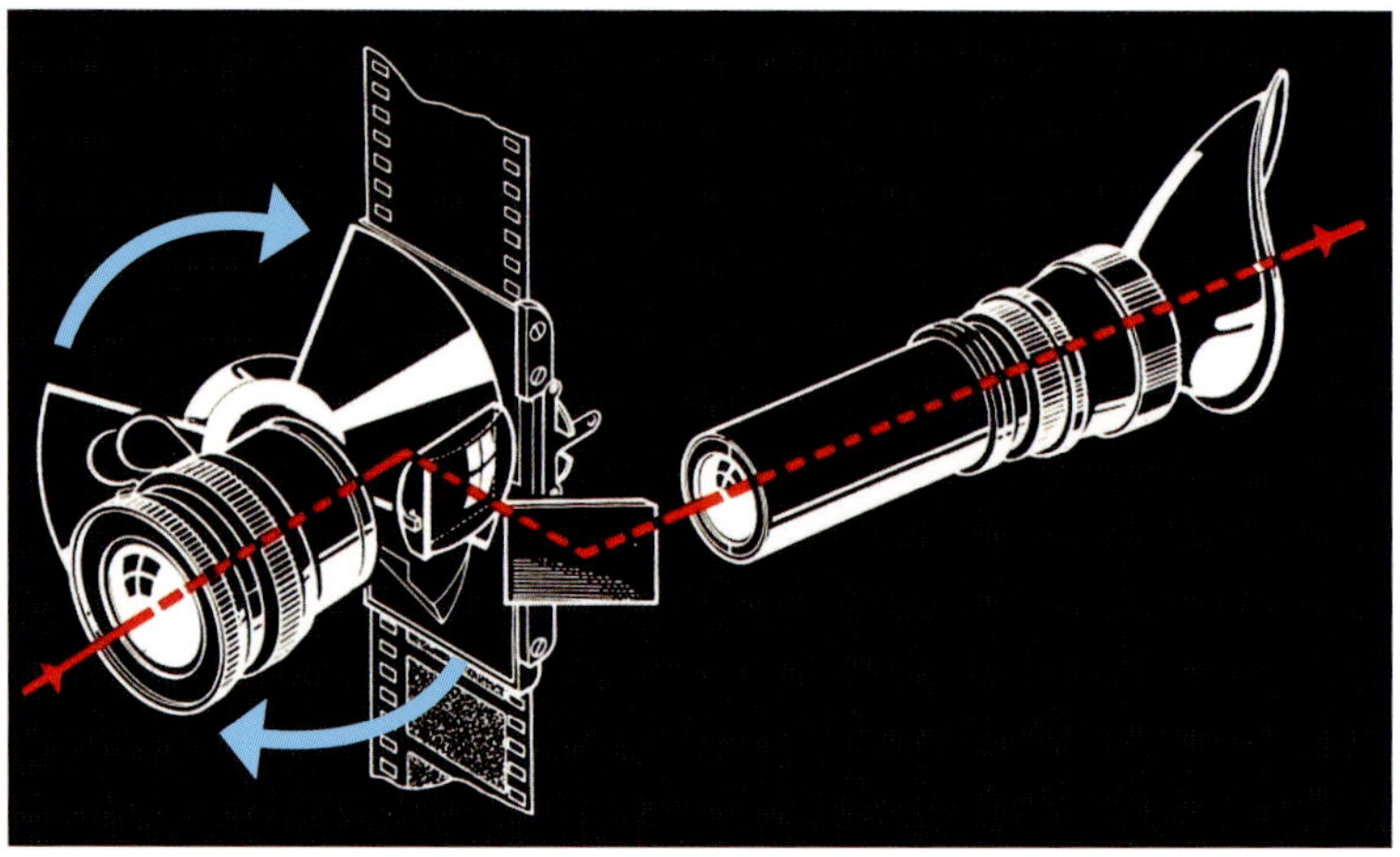

アリフレックスのミラーシャッター式レフレックス機構。蝶々のような形状が回転式シャッター（水色矢印）。この絵の状態ではレンズの光軸を遮っていてフィルムは露光されず、入射光は回転式シャッターの表面に貼られた鏡で45度反射、プリズムによる再反射で左右逆転しファインダーに届く。これを見て構図とピントが確認できる。この間にフィルムを駆動し次のコマに動かし、フィルムが定位置にきて一瞬静止したタイミングで回転式シャッターの切り欠き部が通過、レンズを通した像がフィルムに入射して露光する。シャッター開度は180度だから、標準運行速度の場合シャッターは毎秒12回転し24回露光、1コマ当たり露光時間は48分の1秒固定である。レフレックス機構は1885年にカルビン・スミスによって発明されて以来スチールカメラに導入され「一眼レフ」の主要機構として普及したが、エーリッヒ・ケストナーがこの回転式ミラーシャッターを発明しムービーキャメラに応用した。

ンピック開会式の4日前だった。映画評論家の大伴昌司は「公開時の映画館内はがらがらだった」と記している。

市川崑はスポーツにはまったく関心がなかったらしいが、オリンピックのシンボルマークをデザインした亀倉雄策の推挙もあって東京オリンピックの公式記録映画「東京オリンピック」の監督を引き受けた。

当時ニュース映像を製作していた大手7社からスポーツ撮影専門のキャメラマンと撮影機材が集められ、宮川一夫、長野重一、安岡章太郎など劇映画撮影のベテランも加えた総勢265名の大部隊を編成、大会期間中、各競技場に散って決定的瞬間を狙った。

日本のニュース映画ではアメリカ軍が第二次世界大戦で使ったゼンマイ式カメラであるベル&ハウエル社の「アイモ」や「フィルモ」が主力として使われていたが、市川監督の希望でアリフレックス35ⅡBキャメラが大会組織委員会によって大量に購入された。使用されたアリ35は全部で43台。ほかに日本中からかき集めた27台のアイモ、6台のミッチェル・マークⅡ、フランスのエクレール社のカメフレックス8台を使った。選手の表情をアップで捉えるためキルフィット社製テレキラーなど200㎜1本、1600㎜2本、1200㎜3本、1000㎜2本の超望遠レンズも購入・調達した。15日間で撮影したフィルムは32万2933フィート、およそ59時間45分にもおよんだという。

1964年10月20日、朝から小雨の降る寒い火曜日、学校を午前中で早退し国立競技場に着くと女子4×400mリレーの予選が始まっていた。

午後3時30分、女子800m決勝。400mで銀メダルを獲得した第6コースのイギリスのエリザベス・バッカーはスタートから2周目第3コーナーまで中団に埋もれていたが、最後のホームストレートに入るやものすごいスパートをかけて一気にライバルを引き離し、2分1秒1の世界新記録でゴールした。国立競技場は地響きのような大歓声に包まれた。

映画「東京オリンピック」でもこのシーンは白眉だ。2周目から先頭集団にぴたりフォーカスを合わせ、ゼッケン55番のバッカーがひとり抜きん出て全力疾走でゴールを切った後、そのまま真っ直ぐ走っていってフィールドにいた婚約者に飛びつくまでをワンカットで捉えている。

あの日、フィールドの中央、2mくらいの高さのやぐらの上にひとりのキャメラマンがぽつんと立って、大砲のように細長い超望遠レンズをつけたムービーキャメラを三脚に据えて構えていたのをよく覚えている。とても目立って、少し滑稽だった。

スポーツニュース映画撮影のベテラン山口益夫の姿だったらしい。一発勝負の超望遠2分連続流し撮り、山口の卓越した撮影技術はいまも語り草になっている。

アメリカン・ニューシネマの代表作デニス・ホッパー監督「イージーライダー(1969年)」ではオープンカーの座席の上に三脚を立て、ツァイスのズームを装着したアリ35ⅡCで有名なあのラストシーンを撮影した。同年の「ブリット」のマスタングとチャージャーの歴史に残るカーチェイスのオンボード映像、車内やトランクに据えていたのもアリ35Ⅱだ。「スターウォーズ」最初の3部作ではジョージ・ルーカスがアリ35ⅡCを使っているショットがある。

名画の影にアリ35。映像に愛された。

(＊1)現在発売されているブルーレイ版やDVD版ではアスペクト比の差異は再現されていない。

(＊2)1964年発売の35ⅡC以降はアナモフィックレンズとファインダーを装着しビスタサイズで撮影が可能になったが、当時のⅡBモデルの標準仕様ではスタンダードサイズにしか対応していない。

35㎜フィルムは映画用とスチル撮影用にかつて広くつかわれた規格だ。アリフレックス用のロールフィルムと、パトローネに収められたスチルカメラ用の135フィルムを比べてみると、35.0㎜の横幅、両サイドに開いた駆動用の穴(パーフォレーション)の大きさと間隔など、まったく同じである。ウィリアム・K・ディクソンが1894年にモーションピクチャー(＝映画)を発明したときに開発した35㎜フォーマットが1909年に国際規格になり、数年後スチルカメラ用のロールフィルムに流用された。一般化したのはライカが採用した1925年以降だ。ムービーはフィルムを縦方向に運行させて18×24㎜の1コマを毎秒24枚づつ撮影していくが、スチルカメラは横方向に巻き上げながら24×36㎜のフレームを記録する。

②

①

④

③

マガジンは頑強なアルダイキャスト製。駆動用ギヤ機構が内臓された精密な作りだ。①ロールフィルムを装填、フィルムを外部に引き出す。②目印で長さをはかり、③反対側から差し込んで巻き取りコアに固定する。④フィルムのループをキャメラの中に入れながらマガジンを装着しフィルムをゲートにセット。互いの駆動用ヘリカルギヤが噛み合ってモーターの回転をマガジンに伝える。この高周波ギヤノイズがアリ35の泣き所で、これを解決したのが72年登場の35BLシリーズ。キューブリックは「シャイニング」(1980)でアリ35BLを駆使し同録移動撮影を行った。

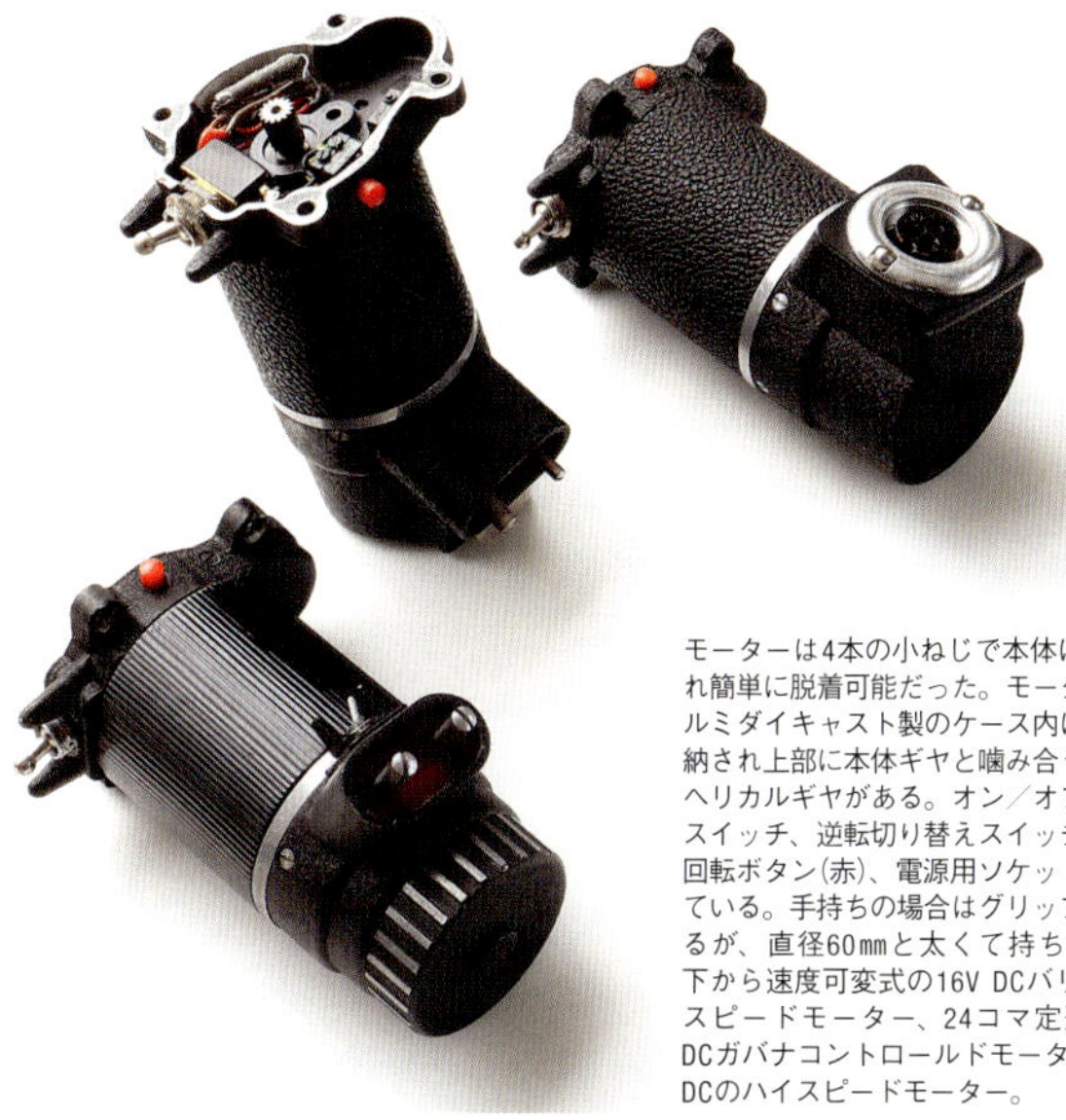

モーターは4本の小ねじで本体に固定され簡単に脱着可能だった。モーターはアルミダイキャスト製のケース内に縦に収納され上部に本体ギヤと噛み合う駆動用ヘリカルギヤがある。オン／オフトグルスイッチ、逆転切り替えスイッチ、瞬間回転ボタン(赤)、電源用ソケットが付いている。手持ちの場合はグリップにもなるが、直径60㎜と太くて持ちにくい。下から速度可変式の16V DCバリアブルスピードモーター、24コマ定速の16V DCガバナコントロールドモーター、32V DCのハイスピードモーター。

●取材 2017年9月1日　●執筆 2017年9月13日　●掲載 GENROQ 2017年11月号

参考文献
「35mmカメラの取り扱い方」伊地智昭亘著　日本映画テレビ技術協会編
「TOKYOオリンピック物語」野地秩嘉著　小学館刊

第65話 ［プロフェッショナリズム］

特許庁

東京モーターショーの華は自動運転車、そして世界の自動車メーカーが開発に鎬を削るエンジンの熱効率向上技術やEVなどのハイテクだ。クルマは「特許技術の塊」などと表現されることも多いが、自動車メーカーが出願している特許技術は設計に関するものだけではなく、それを作るための素材、成型、溶接、接着、塗装などの生産技術も含まれる。ブランドや車名、そのロゴマークは商標として登録され法律によって保護されている。しかしほとんどのクルマが外観のスタイリングに関する権利まで取得していることをご存知だろうか。特許庁の仕事を取材した。

PHOTO◉荒川正幸（*Masayuki Arakawa*）　協力◉特許庁 https://www.jpo.go.jp/indexj.htm

東京の小学生の間では少なくとも55年前にはすでに「東京特許許可局」という早口言葉は知れ渡っていた。

残念ながらそういう名前の組織が過去に存在したことはない。

「特許庁」の前身である商標登録所が農商務省工務局に設置されたのは1884（明治17）年6月9日、初代所長は「知的財産法の父」といわれ日本の特許制度の設立に大きな貢献をした高橋是清である。1936年に勃発した2・26事件の際、不当にも叛乱軍によって赤坂の自宅で暗殺されてしまった人物だ。

商標登録所は翌年に設置された専売特許所と統合され特許局と改称、商工省→内閣技術院→商工省と所轄が変わったのち1949年5月に通商産業省の設置にともない特許庁という名称になった。

現在の特許庁は経済産業省の外局である。

そもそも「特許」とはなにか。

その概念の基本となっているのは「知的財産権」という法律に定められた権利だ。人間の知的創造活動によって生み出されたアイディアや作品や製品などを創作者の財産として保護する権利のことである。

経済産業省設置法第4章第3節によると特許庁とは、知的財産権の中で産業財産権四法の権利、すなわち発明を保護する「特許権」、物品の形状・構造・組み合わせなどの考案を保護する「実用新案権」、物品の形状・模様・色彩などのデザインに関する「意匠権」、そして商品やサービスを区別するために使用する文字や記号などの「商標権」に関する審査、登録、審判などの事務を行うことを通じて経済および産業の発展を図ることを任務とする組織だ。

例えばあなたが画期的な発明を考案、これが特許権によって保護された場合、このアイディアを20年間独占的に使用できる。これが「特別に許可＝特許」の語源だろう。特許が

高橋是清
(1854～1936 特許局初代局長)

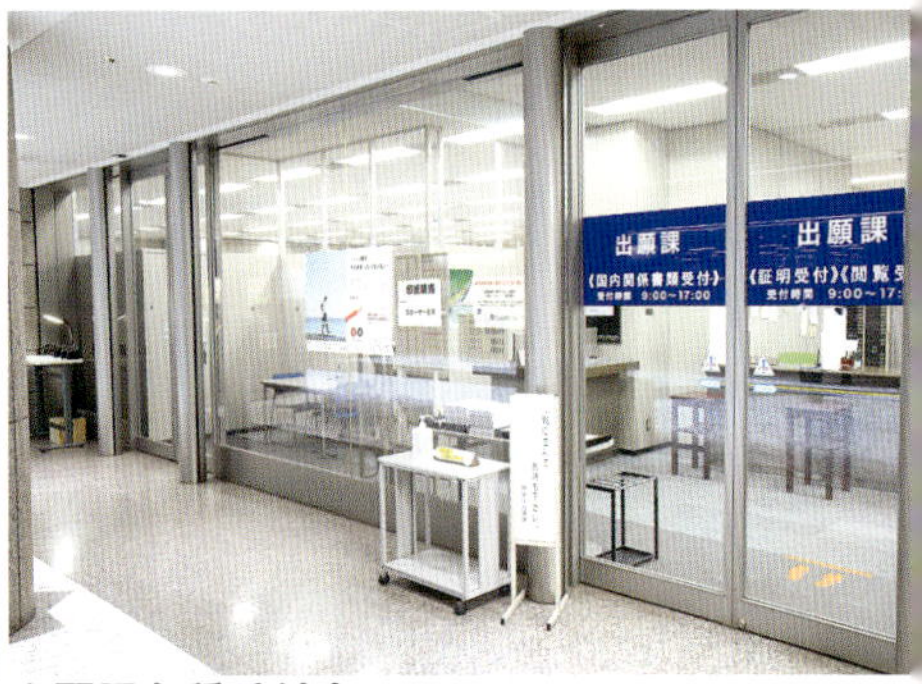

出願課各種受付窓口

あればアイデアを独占的に製品化して販売したり、その発明を利用を他人に有償で許諾したり譲渡したりすることでお金もうけができるし、研究費用なども回収、その資金を新たな研究に投資できる。これが「知的創造サイクル」という考え方である。

ちなみに文芸、美術、音楽、映画などを製作すれば創作者に対して「著作権」が生じる。これも知的財産権のひとつだが、著作権の場合は自動的に権利が生じて、作者の死後50年間保護されるため、産業財産権とは性質が異なる。所轄も特許庁ではなく文化庁だ。

特許庁が取り扱う産業財産権の場合は、企業や個人などの創作者が特許庁に権利の保護を出願、「特許権」「意匠権」「商標権」については審査のうえ権利の発生を判断する。この審査を行うのが審査官という人材だ。

２０１７（平成29）年現在特許庁の審査官は１８８０名。審査第一部は物理・光学・社会基盤の発明および意匠、審査第二部は機械の発明、第三部は化学、第四部は電気および通信に関する発明の審査を、また審査業務部商標部門が商標の審査を担当している。

２０１６年には企業や個人から31万８３８１件の特許の出願があった。近年はオンラインによる出願が主流である。

出願内容は公開特許公報で一般に公開される。「審査請求」という手続きを経ると特許庁によって出願内容の審査が行われる。審査官は出願の資料を熟読して発明の内容を理解し、国内外の特許文献、学術文献、マニュアル、カタログ、雑誌などのデータベース、あるいは商用データベースなどを参照して過去に同じ発明がないか、あるいは過去の発明から簡単に思いつくようなものでないかを審査し、特許性を判断する。

審査請求された発明のうち、一回の審査で特許が認められるものはわずか10％程度だという。残り90％はなんらかの理由で特許にならず、その理由が文書で特許法の適用条文とともに示される。特許の場合は権利範囲の内容を変更し再審査を受けることができるし、特許にならない理由も含めて審査官に電話や面談で相談することもできる。

実はこれが特許取得のテクニックだという。特許の内容はすべて文章で表現されるから、文章の表現が権利の範囲を左右する。出願人の依頼を受けた弁護士や弁理士などの代理人は過去に登録された関連特許を詳細に調べたうえ、あえてやや広義に解釈できるような説明文を書いて出願する。審査官の調査によってそれ

東京都千代田区霞ヶ関3丁目、かつて「超高層のあけぼの」と呼ばれた霞が関ビルのお隣りに立つ特許庁総合庁舎。界隈でも際立ってモダンで洗練されたバウハウス風デザインのこの庁舎が竣工したのは1989年6月。花崗岩を使った外壁、大理石をふんだんにあしらったエントランスなどに当時の勢いある国力を感じる。手前は「叡智の微笑」と命名された彫刻家流政之の作品だ。庁舎内部は現在大規模な改修工事中で、一部の部署は六本木仮庁舎に移動して業務を行っている。ところで永田町界隈には坂が多い。江戸時代に岡部筑前守・安部摂津守・渡辺丹後守のお屋敷が並んでいたから「三べ坂」、両側にぐみの木が並んでいたので「茱萸(ぐみ)坂」。横関英一の「江戸の坂 東京の坂」によると「転んだらすぐに地面を3回舐めないと3年以内に死ぬ」という迷信が由来だという「三年坂」など由緒ある名前の坂もある。しかし国会議事堂を左、首相官邸と内閣総理大臣公邸を右に見ながら内閣府下交差点を通って特許庁前交差点で都道405号に突き当たる急坂にはなぜか名前がない。江戸時代までこの一帯は「溜池」という沼の底に沈んでおり、二代将軍徳川家秀忠が行なった江戸城総構えの大工事の際にその地形を外堀の一部として利用したが、明治時代に埋め立てられて運河になり、いまの特許庁前交差点には葵橋という橋がかかっていた。特許庁がここに移転してきたのは2・26事件のあった1936(昭和11)年8月である。

特許庁総合庁舎の北側は地形の急斜面を利用した美しい植栽になっており、内部を散策できるようにも設計されている。敷地の東端には旧地名に因んで「三年町庁舎」と呼ばれていた1934年(昭和9年)竣工の旧庁舎の正門の一部、そして特許法施行50周年を記念して昭和11年に建立された記念碑が移設してある。特許庁の職員にもこれらの記念碑の存在はあまり知られていないそうだ。

が特許にならず、その理由が示されれば、それによって特許の範囲を的確にシェイプアップし、結果的にぎりぎりまで広い権利を確保することができる。

ずる賢いと言えばそれまでだが、審査官のみなさんも先刻ご承知のようである。

最終的には審査請求された特許のうち、およそ70％が特許として認められ、特許登録原簿に登録され特許権が発生する。特許権の継続期間は前記の通り20年間である。

商標。

商標とは事業者が自分の商品やサービスを他人のそれと区別するために使用するシンボルなどのことで、商標権は「文字や図形などによるマーク」と「使用する商品・サービス」の組み合わせに対して付与されている。商品・サービスのジャンルが異なれば商標権の効力はおよばない。

一例が「ＰＲＩＵＳ」だ。この商標は自動車の商品名としてはトヨタ自動車が商標権を持っているが、パソコンの商品名では日立製作所が商標権を持っている。これらの権利範囲を決めるのはもちろん出願人だ。

試しに中国での裁判の結果が話題になった「ウルトラマン」をデータベースで検索していただいたら、円谷プロダクションは劇映画やドラマのキャラクターとしてだけでなく、ガス湯沸かし器、エッグスライサー、かつお節削り器、スプーン、かいろ、あんどん、ネームプレート、五徳、金属製のきゃたつおよびはしご、犬用鎖など、ありとあらゆる商品のジャンルに対して「ウルトラマン」の商標権を取得していた。

商標に関しては痛い思い出がある。10年ほど前、若気のいたりで仲間と一緒に自動車雑誌を作って発行・発売しようとくわだて、ユニークな雑誌名を思いついた。せっかくだからと特許庁に商標登録を出願、商標権の実体審査を受けたところ「同じ雑誌名のものがすでに存在する」という理由で拒絶されてしまったのだ。

意匠審査については、審査第一部・意匠課の藤澤崇彦課長補佐にお話をうかがうことができた。

意匠法では意匠のことを「物品の形状・模様・色彩およびこれらの結合」と規定している。量産しうるものであれば意匠登録の対象だ。つまり我々の身の回りにあるほとんどの工業製品のデザインがそれに含まれることになるが、例えばビルなどの建築物は「量産しうるもの」ではないため意匠登録できないという。ここがなかなか面白い。

特許権の範囲を決めるのは文章だったが、意匠権の範囲を決める中心となるのは出願人から提出された物品外観の図面、CG、写真など（基本的に6面図）である。審査官はその図の情報からどのような形なのかを把握し、用途および機能を認定したうえで、1000万件以上の意匠情報が蓄積されているデータベースを駆使して過去に作られたデザインを検索、これまでにない意匠であると認められるかどうかを審査する。

驚くべきことに自動車メーカーは

同庁舎5階にある「審判廷」。「審判官が審判手続のうち口頭審理および証拠調べを行う場所」で、特許の無効審判や商標登録取消審判に関する手続きも含んでいる。地方裁判所のようなレイアウトで、正面に審判長と審判官、その手前に審判書記官、左側に請求人、右側に権利者(被請求人)が着席する。中央には証人席がある。審判廷はこのほか経済産業省別館1階にも2ヵ所設置してあり、年間200～300件の口頭審理を行っている。

同庁舎2階にある「公報閲覧室」。独立行政法人 工業所有権情報・研修館が特許庁の監督のもとで運営する。審査官が使用する端末と同等の機能を備えた閲覧用機器が設置されており、1885(明治18)年以降の国内特許文献、各国の発行当初からの外国特許文献など膨大な量のデータベースを、様々な条件で検索し閲覧することができる。身分証明書を提示し利用申請書を提出すれば誰でも使用できる。出願前の調査、技術動向や権利などの調査などに利用されている。

ほとんどの新型車のデザインについて意匠出願している。クルマの外観全体を対象とする場合もあれば、レクサスの「スピンドルグリル」のようにブランディングのポイントになる部分意匠を対象として出願するケースもある。海外のメーカーからの出願もある。

意匠の場合も一度発表してしまったら新規性は認められない。意匠登録を目指すならば、自動車メーカーは開発中の段階で出願しておかなければならない。デザイン開発中に例えば3案の候補があったら「関連意匠制度」を利用して3案とも出願する場合もありうる。ようするに特許庁の審査第一部には世界中の自動車メーカーから出願された発売前の新型車のデザイン図が集結しているということだ。当然ながら審査官にはその内容を外部に漏らしてはいけないという守秘義務がある。

出願から登録までの期間は意匠権の場合、平均6・1～6・2ヵ月とかなり短いが、クルマの場合はデザインの決定から発売まで2年以上はかかるため、最大3年間は外観を秘密にしつつ権利を設定できる「秘密意匠制度」という仕組みが意匠法にちゃんと設定してある。

それにしても世の中のクルマのデザインは一見どれも似たり寄ったりだ。一体どうやってなにをもって「新規性」を判断するのだろう。

第一のヒント。審査第一部に48名所属している審査官はいずれも工業デザインに関する教育などを受けたデザインの専門家だが、クルマの意匠審査を担当しているのはその中のたったひとり。つまりクルマのスタイリングに関してはプロである。

第二にバッチ審査方式であること。クルマの場合なら半年分約80件くらいの出願をためておき、1ヵ月半くらいの期間で集中的に審査するという。およそ10万件のデータベースを参照するため、集中審査すれば作業を合理化できるし、なにより発売前のクルマのデザインを相互に参照しながらデザインのトレンドを明確に把握することができる。

ここ10年の自動車スタイリングのポイントといえば、ヘッドライトとグリルで作るフロントマスクやボディサイドの派手なキャラクターラインである。何年間か集中的にその部位を注視していれば新規なアイディアが出現すれば確かにすぐに気がつくだろう。審査官は意匠権が争われている裁判例も見ておりデザイン的にいまどこが競争・競合の争点なのかも把握している。それを評価に変えて差異を細かく判定するという。万が一まったく同じデザインが複数出願されていたらどうなるのか。これは簡単。出願日が1日でも早い方に権利がある。

審査の結果、意匠の新規性が認められ意匠権が発生した場合はその内容は公開される。特許情報プラットフォーム「J-PlatPat」で誰でも見ることができる。

特許庁は特許審査については2023年度までに一次審査通知までの期間を平均10ヵ月以内、権利化までの期間（標準審査期間）を平均14ヵ月以内に短縮する目標を掲げ、日本で特許を取得すれば海外でも審査結果が速やかに取得できるような「世界最速・最高品質の知財システム」の実現を目指している。官公庁というと堅苦しいイメージがあるが、特許庁の皆さんはスマートで明るく頭脳明晰、お話していて実に気持ちのいい方ばかりだった。希望があれば庁舎内一部の見学も可能だが、なによりその前に特許情報プラットフォームの面白さにめっちゃハマるだろう。

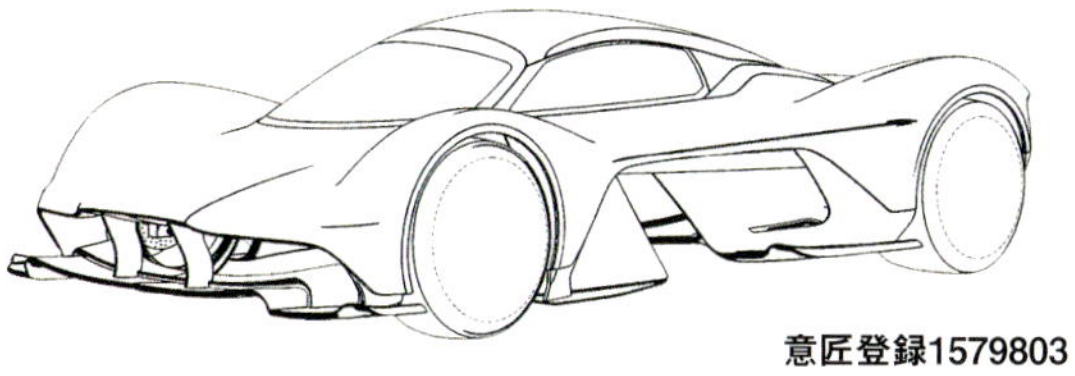

意匠登録1579803

上の線図はアストンマーティン ラゴンダ リミテッドから2016年11月2日に出願され2017年6月2日に登録された意匠登録1579803号。形状からみて先日日本でも公開され世界で150台が限定発売される「ヴァルキリー(Valkyrie)」(下)だと思われる。検索結果を見るとデザイン検討案やショーカーの意匠に対して意匠登録を出願・登録していると思しきケースも見受けられる。またマイナーチェンジや、市販車ベースのショーカーの場合など形状の一部を変更した場合は、変更箇所に限定して意匠登録を出願することもできる。

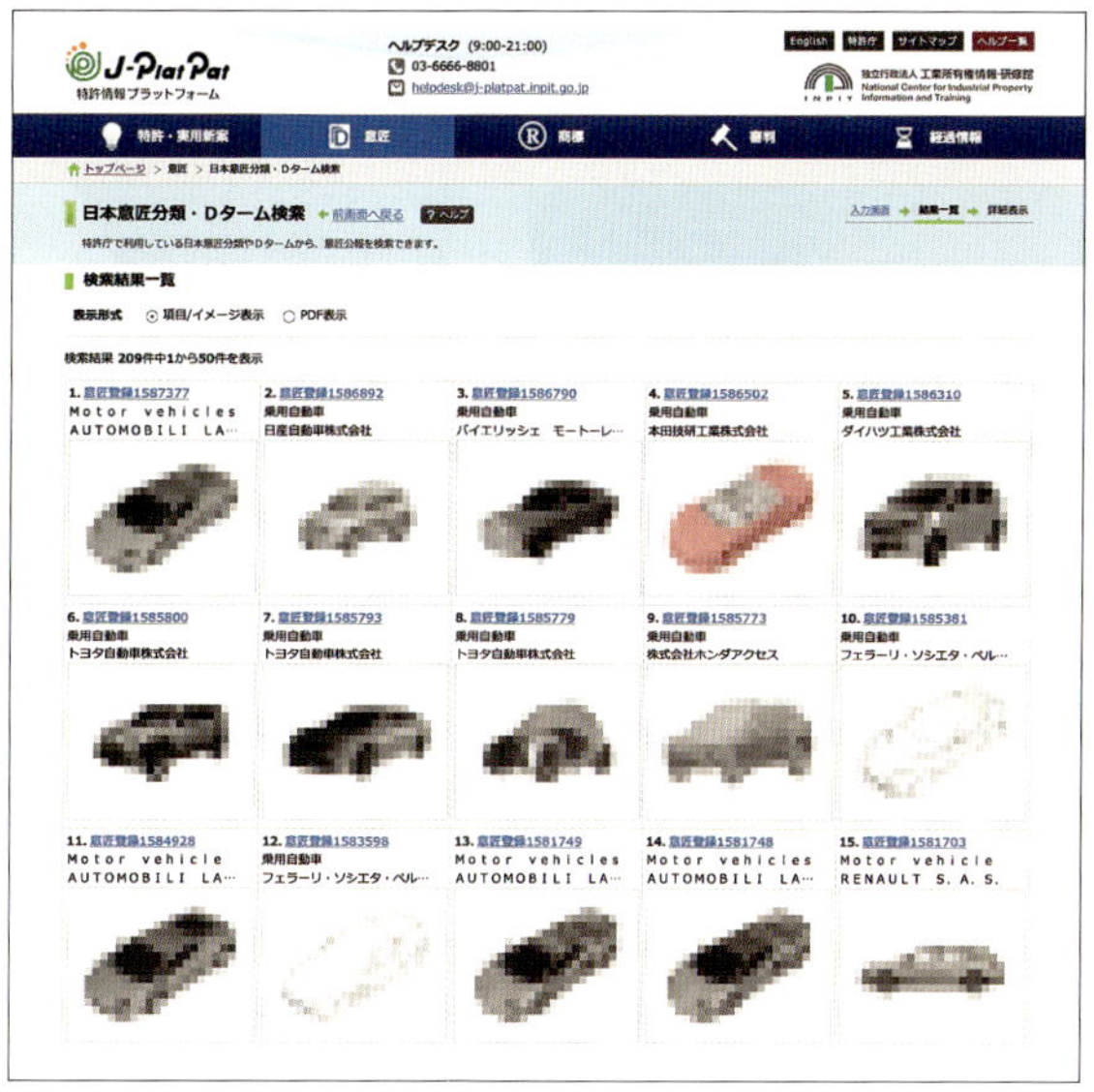

「特許情報プラットフォームJ-PlatPat-INPIT)ではインターネットを通じて、公開された特許、実用新案、商標登録、意匠登録の内容を閲覧できるデータベースだ。特許庁の特許電子図書館を引き継いで2015年3月に開設された。クルマの意匠登録を閲覧するには、ホーム画面で意匠＞3.日本意匠分類・Dターム検索を選び、分類指定「現行分類Dターム」、検索オプションは「全て」、「検索式」に自動車の意匠登録の分類(＝Dターム)である「G22100」と打ち込む。下段の検索オプション(範囲指定)のウインドウを開いて、例えば登録日を「20170101～20170930」にしてみると10月16日現在64件がヒットした。「一覧表示」をクリックすると写真のようなリストが表示される。

特許庁総合庁舎地下階にある特許庁図書館。同庁舎の改修工事完成後は移設が検討されているという。特許庁図書館は農商務省 特許局図書館として1887(明治20)年に設置された現在国内で唯一の産業財産権に関する専門図書館である。内外の産業財産権に関する図書、特許法の改正に関する資料、参考文献(会議資料)、寄贈本、雑誌など所蔵図書は約4万点。コレクションの白眉は専売特許条例を策定した高橋是清が作成した直筆の「高橋是清氏特許制度ニ關スル遺稿」全7巻(写真)だ。また現在の特許法の基礎となった昭和34年特許法大改正時に制度改正審議室長だった荒玉義人が会議の内容などを編纂した文庫も所蔵している。

●取材 2017年10月3日 ●執筆 2017年10月13日 ●掲載 GENROQ 2017年12月号

第66話 [全国必見博物館]

木材と森林のおはなし

木は薄皮一枚の生き物、細胞分裂が生じているのは樹皮の下層で木の幹を包んでいる緑色のごく薄い形成層だけである。地中に張り巡らした根から1日に300ℓの水をミネラルとともに吸い上げると、3760kcalの日射エネルギーと1.5kgの二酸化炭素を元に、光合成によって1kgの多糖質の炭素化合物を生成する。このうち約半分が形成層の細胞分裂によって外側のコルク質の細胞である樹皮、そして己を支える主構造であるヘミセルロースとリグニンからなる内側の木質部に変化する。大気に放散される約1kgの酸素はその素晴らしい副産物だ。木材とはいわば炭素を固定して作られる木質部の優れた物性を利用する文明なのだが、木材として使用し続ける限り二酸化炭素は固定されたままであるという点が重要な環境的ポイントである。「木材・合板博物館」館長、安藤農学博士に日本の森林と木材のお話を伺った。

PHOTO◉上野由日路(*Yoshihiro Ueno*)　協力◉木材・合板博物館　http://www.woodmuseum.jp/index.html

CLT(Cross laminated timber)

OSB(Oriented strand board)

東京の木材保管庫兼商取引場である貯木場、すなわち木場は江戸から東京への発展にともなってその場所を幾度も変えてきた。

江戸入場から13年後の1603年2月、征夷大将軍を拝命した徳川家康は江戸開府を宣言し、天下普請によって江戸築城を開始する。最初に行ったのが神田山を切り崩して日比谷入江を埋め立て、江戸湊の海岸線に船着場を建設する大工事だ。江戸城外郭石垣に使った石材はいまの神奈川県真鶴市や東伊豆市の採石場から輝石安山岩(火成岩)を切り出し、300艘とも400艘とも言われる石船で江戸湊まで運んだ。高さ二十二間半(44・3m)の外観五層環立式木造高層建築だった大天守の柱は檜材である。木曽川上流の木曽谷で伐採、筏に組んで伊勢湾まで川下りし、1年かけて船で江戸まで曳航したという。長さ十七間(約33・5m)、末口の直径四尺五寸(約1・4m)の巨木を運んだ記録も残っている。

江戸に運ばれた木材はいまの首都高速環状線江戸橋JCT↔京橋JCT間と都道316号線にはさまれた一帯にあった木置き場に一時保管されてから工事現場に陸送された。しかしこの木置き場は1641年明暦の大火の際に焼失、積み上げた木材が火事の拡大の要因でもあったことから隅田川の河口埋立地に貯木場が新設された。「元木場」である。さらに1699年には深川築地町、現在の江東区木場公園あたりに移転。これが「木場」。

明治時代以降は全国から鉄道で輸送されてくる木材を取引する産地別専門問屋なども登場し木場は木材取引の中心として栄える。関東大震災

木材・合板博物館 館長
安藤直人 氏
(東京大学名誉教授　農学博士)

木材・合板博物館の上階に併設されている「ものづくりコーナー」というワークショップに保管されていた国産の木の見本と合板を並べてみた。日本では古くから丸太を鋸引きして角材や板材にした材（「製材」）が使われてきたが、現在の建築材料などの主流は様々な加工を施して工業製品としての安定した物性と品質を付与した木質材料だ。写真中央は丸太から薄くスライスした単板を乾燥させ、繊維の方向を直交させながら接着剤積層した「合板」。寸法安定性が高く、高い比強度を発揮し価格も安いため、住宅を作る際の耐力壁、床下地、屋根下地などの構造用、住宅内装や家具などの構造材や化粧材として広く使われている。ちょっと意外な合板の大きな需要はコンクリートを打ち込む際に使う型枠だ。合板＝面材だが、乾燥させた角材や板材などを繊維方向が平行になるよう並べて接着した軸材を「集成材」という。右上は杉単板を積層してブロックにした単板積層材（「LVL」）。集成材の一種で合板に近いが、断面サイズや形状を自由に設定できるため大型木造の梁などにも使われ初めている。国産材の供給はスギが年間およそ720万㎥＝約46％をしめる。ついでにヒノキ、カラマツ、エゾマツ／トドマツなど。針葉樹が8割だ。ちなみに写真内にある広葉樹は4種類。どれだかお分かりだろうか。

と東京大空襲で大きな被害を受けたが二度復興、昭和の高度経済成長時代になると用地不足や環境問題などが持ち上がって移転を迫られ、１９７４年に東京都のゴミ処分場として人工島になった第14号埋立地、別名「夢の島」の港湾部に新しい貯木場が設置された。「新木場」である。

Ｇｏｏｇｌｅマップの航空写真で眺めると現在の新木場の貯木場は空っぽだ。１９８０年代、合板の原材料としてそれまで大量に輸入されてきた丸太の輸出をインドネシア、フィリピン、マレーシアなどが相次いで禁止したことを契機に合板の製造工場は海外に進出、丸太の取引が大幅に減少したからだ。

低い屋根の物流倉庫やタクシー会社の営業所などが並ぶ新木場1丁目にひときわ目立つ18階建てのジャパン建材・新木場タワー。木材・合板博物館はその3階である。

ジャパン建材株式会社はＪＫホールディングス傘下の総合建材卸売商社。創業75年の歴史をもつという。

日本で最初に合板を作ったのは浅野吉次郎という人物で、海外製の合板を参考に、丸太を薄板にかつらむきするロータリーレース機、薄板を接着する膠（にかわ）ベースの接着材などを自力で開発、１９１０（明治43）年に「浅野式合板」として専売特許（第１７６３３号）を取得した。浅野式に始まった日本における合板製造１００周年を記念して２００７年にＪＫホールディングスの働きかけで木材一般と合板に関する理解の普及と啓発を目的としたＮＰＯ法人木材・合板博物館（現・公益財団法人ＰＨＯＥＮＩＸ）を設立、同博物館が開館する。合板メーカー、ディーラー、工務店、住宅会社、木材関係者など１９３社が賛助会員として名を連ねており、年間ざっと１万人が訪れているという。

ワンフロア４００㎡ほどのスペースを5つのコーナーに分け、木材や合板の性質から森林と地球環境に至るまで、多角的な視点から紹介している。じっくり見て読んで理解すればたっぷり1時間は楽しめる。昔から日本で一般的に木材として使われ馴染みの深い樺（カバ）、檜（ヒノキ）、松（マツ）、山毛欅（ブナ）、欅（ケヤキ）、檜葉（ヒバ）などの木材が樹皮つきの状態で展示されていて、実際に手で触れてそれぞれの違いを実感できるのも特徴だ。製材した状態の木材を見ることはあっても、樹皮や白っぽい辺材、赤い芯材など実際の木の構造や特色を見る機会はなかなかない。

合板の展示の一角に小さな機械装置があった。丸太を回転させながら外周を薄板にかつらむきするロータリーレース機、その展示用ミニチュアだ。小型とはいえ実際に単板を作ることができる。

「名南製作所の長谷川克次さんという方が発明した外周駆動式のベニヤレースです。これなら中小径の木材

木材・合板博物館の展示。3階フロアは5つのコーナーで構成され、木材や合板だけでなく、森林や地球環境など木に関するAtoZをわかりやすく解説している。入場は無料。開館時間は10：00～17:00、月曜・火曜・祝日が定休なので注意。クルマの場合は新木場タワーの駐車場が無料で利用できる。4階には工作スペースや自由に閲覧できる書籍のコレクションがあり、木製品や書籍の販売も行っている。

でも細くなるまで効率よく加工できる。合板の国産材の利用の可能性がこれでぐんと高まったんです」

木材・合板博物館の館長である安藤直人農学博士によれば日本の合板製造にとって革命的な発明だという。

合板はロータリーレースでかつらむきした薄板（単板）を乾燥させ、フェノール樹脂系、レゾルシノール系などの熱硬化性接着剤あるいは水性高分子イソシアネート系接着剤（いわゆる瞬間接着剤）などを塗布し、繊維方向が直交するように奇数枚積層した面材である。建築物に広く使われているおなじみの材料だ。ちなみに「ベニア」というのは合板の材料である単板のこと。「ベニア板」という通称はしたがって正しくない。

合板の意外に大きな需要はコンクリート建築の型枠だという。1964年の東京オリンピックやバブル期の建設的ラッシュでは膨大な量の合板が型枠用として使われたらしい。

浅野吉次郎が開発したロータリーレースやその後に海外から輸入された機械など従来から使われてきたスピンドル駆動式ロータリーレースは、丸太の両端を支持して駆動回転させる方式だった。このため小径の木では加工が難しく、削り残しも太かった。外周駆動式のベニヤレースでは外周に刃がついた「ガンギロール」を何枚も並べ、丸太の外周にそれを食いつかせて駆動するから細い木材を直径100㎜ほどに細るまでかつらむきできる。外周駆動式の登場で2000（平成12）年にわずか14・5万㎥だった合板の国産材利用率は2011（平成24）年に260万㎥へ、なんと18倍も拡大したのだという。

しかし木を切って木材にして、地球環境的にはそういうことでいいのか。

安藤博士はいう。

「そこが大きな誤解。木材利用は環境破壊ではない。その逆です」

日本の森林面積はおよそ2512・2万ha（ヘクタール）。国土面積は約3780万haだからその3分の2が森林ということになる。この比率はロシア、マレーシア、スウェーデンなどを上回り、フィンランドに次ぐ世界第2位なのだという。その森林面積のうち約53％＝1334万haが地面に落ちた種から生えた木が育って自然に遷移を繰り返し生態系が保たれている天然林だが、約41％にあたる1036万haは何世代にもわたって木材を収穫し、苗木を植えて再生してきた人工林である。

木は成長していくときに大気中の二酸化炭素を固体に変えて蓄える。地球上には約40億ha、およそ1兆6500億tにおよぶ森林があるが、これらが1年間にセルロースやリグニンなどの木質に変化して固定する二酸化炭素の量はざっと1230億tである。伐採して木材に利用しても焼却しない限り炭素は固定され続けるから、それも加えると地球上の木と木材が吸収固定している炭素の総量は1兆4700億tあまりに達する。石油／石炭が貯蔵する炭素量に比べれば7分の1だが、大気中の二酸化炭素量の約2倍。それに石炭だってそもそも植物由来である。

光合成による炭素の固定は林齢10～30年で最大になる。これを過ぎると森林の枯死量が増加してきて光合成の生産量は減少、枯木が生物に分解されて二酸化炭素の放出量が増えることもあって固定との収支がゼロに近づき、実質的な二酸化炭素吸収能力がなくなっていく。ある程度森林が育ったら間伐（間引き）や主伐（伐採）をして木材へと利用し、苗木を植えて育てた方がいい。伐採した木材の中に炭素は固定されているし、若木は二酸化炭素をどんどん吸収固定して育つからである。

日本の森林は戦時中に枯渇し、高度成長期以降は合板用木材の供給は輸入に頼らざるを得ない状況がずっと続いてきたが、昭和20年代後半から植林を進めた木が大きく成長し、安藤博士によれば「いよいよ伐採期に入った」状況だという。

日本の木材需要量は約7952万㎥、国民ひとり当たりの木材消費量は年間0・6㎥だ。これはニュージーランド、カナダ、中国、アメリカ、オーストラリアなどの諸外国に比べてやや低い水準だが、日本の森林はどんどん成長拡大しており、年間増加量は約8000万㎥に達している。つまり日本はいつの間にか国内で消費する木材をすべて国産材によって賄うことができる環境へ復活したのだ。にも関わらず製材用材、パルプ・チップ材、合板用の木材のうち76％に相当する6010万㎥がいまだに輸入されている。世界第2位の森林率を誇るにも関わらず木材自給率はたった24％に過ぎないのである。

「木は日本唯一の資源です。日本はもっと自分の国の木を使って経済活

樹皮のついた状態の各種の木が展示されている。これは家具や彫刻などに使われる欅(ケヤキ)だ。木材は樹種固有の組織構造を持っているが、共通する特徴として上下の繊維方向、幹に対する放射方向、杢目に接する接線方向という3つの基軸をもつ(＝木材の異方向性)。丸太から切り出した製材は柱のように立てて荷重を圧縮方向に支えれば高い強度を発揮できるが、土台や梁のように横にして曲げや剪断力がかかると弱い。集成材や合板などの木質材料は、その欠点を改良している。

石油、石炭、鉱物などの地球資源はその生成に数億年を費やして蓄積されたものだが、木はたった30～50年で成長する。使用する木材の量が成長する樹木の量を超えなければ木材は永久に資源として活用できる。1本の大木が一年間に固定する二酸化炭素の量は約14kgだが、木材として利用すれば炭素はずっと固定されたままになる。ちなみに日本の木造住宅が貯蔵し続けている総炭素量はおよそ1億4000万tで、日本の全森林の貯蔵量のおよそ18%にもおよぶ。木材製品の高耐久化技術やリサイクル技術も進んでいる。

LVLで作った地球儀、手前の四角い布が同じ縮尺の森林総面積である。球体の表面積は4π×半径²、地球の直径は12742kmだから表面積は概算5.1億k㎡だ（正確には510,065,600k㎡）。しかしそのほとんどは海で、地球の陸地の総面積は1億4889万k㎡＝約29.2%に過ぎない。森林面積はそのさらに27%、約40億3000万ha＝4030万k㎡だ。確かにこれくらいしかない。

動をしないとだめです。地球温暖化防止の観点からいっても欧州材や南米材を輸入すれば輸送エネルギーでCO_2が出る。日本の木を使って若い木を育てれば炭素もより多く固定できます」

世界的規模では確かに1年間におよそ1540万haの森林が消失しており、これによって放出される炭素量は化石燃料による年間放出量（約60億t／年）の約半分にも相当している。しかし製材のための伐採はそのわずか3%に過ぎない。1分間に30haにもおよぶ森林の大量消失は焼畑式移動農業によるものが45%、森林の牧場化や農地化によるものが45%をしめる。木材を使うから森林が破壊されているのではない。

確かに木材を乾燥させるためにも熱エネルギーが必要だし、合板の場合はさらに接着や圧縮などの工程で1㎥の材料を作るために約120kgの炭素が放出される。しかし1㎥の鋼を作るときの炭素放出量は約5・3t、アルミニウム1㎥の生産ではなんと22tのCO_2を放出する。木材は加工のエネルギーも節約できるのだ。

博物館に柾目と板目の違いを実際の単板突板で展示した壁面があった。

触ってみるとほんのりと暖かい。金属や鉱物などに比べて熱伝導率が非常に低いから、指先や手の平から木材表面への熱の移動が遅く、温度低下率が低いからそう感じるのである。これが「木の温もり」だ。熱伝導率が低いということは断熱性が高いということでもある。調理器具などの持ち手に木が使われてきたのも熱伝導率が低く熱くなりにくいからだが、その性質を活かした設計構造の木造建築を作れば暖冷房のエネルギーが節約できる。

木の材料のセルロースは多孔質構造で水との親和性があるので、日本の気温と湿度の環境では12～15%の含水率で平衡に達するまで水分を吸・放湿して湿度を一定範囲に保つ。「木は呼吸している」と称される所以だ。

木は美しいだけではなく優れた素材である。

2010年10月、木材利用を促進する「公共建築物等における木材の利用の促進に関する法律」が施行された。農林水産省は2020年ごろまでに木材自給率50%の達成を目指している。

「ヨーロッパではCLT（クロス・ラミネーテッド・ティンバー）を利用して木造で20階建てのビルまで作っています。カーボンファイバーを上回る強度の複合素材である『ナノセルロースファイバー』を木の繊維質から作る技術も開発されてきています。木を知り、木を使い、木を活かし、森と生きるということは日本にとって大きなテーマなんです」

木材利用は環境破壊ではない。その逆なのである。

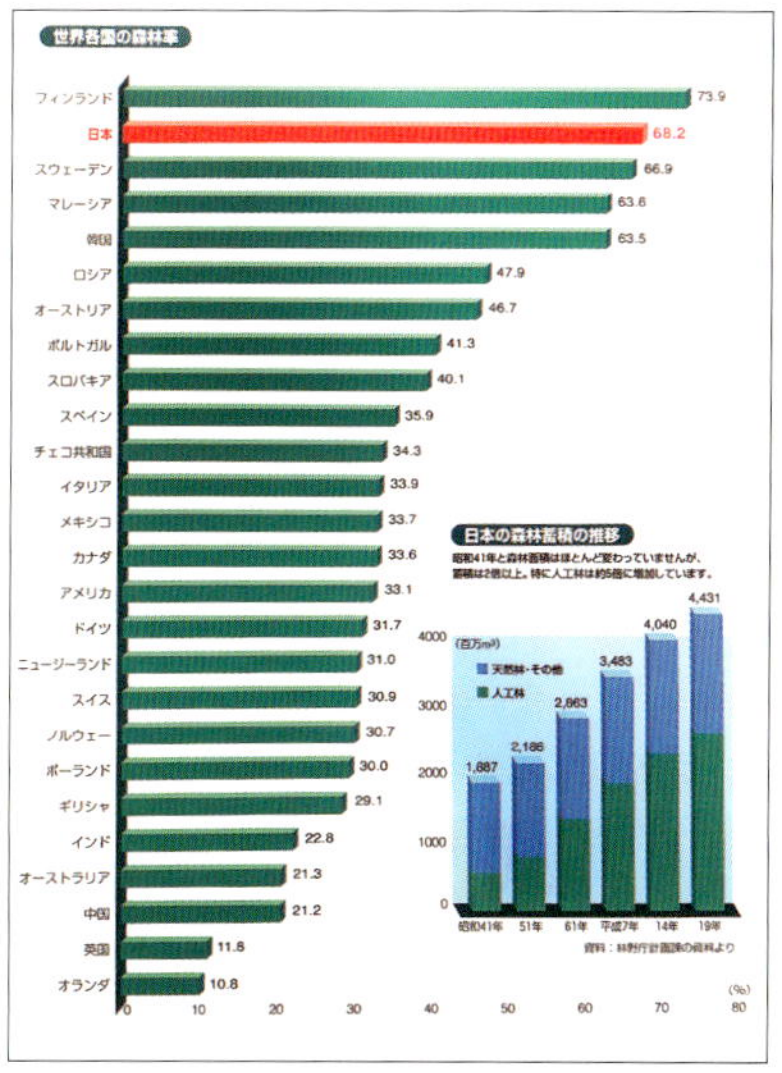

驚きの事実、日本の森林面積2512.2万haは国土面積のざっと68%、フィンランドに次ぐ世界第2位である。うち約41%＝1036万haが何世代にもわたって人間の手が入り、間伐ー主伐ー植林という育成サイクルを繰り返してきた人工林だ。面積一定でも木が育てば木の容積は増して森林蓄積量＝炭素固定量が増える。この50年間で人工林の森林蓄積量は5倍に増加、いまや伐採期を迎えている。この資源を有効利用しない手はないし、伐採して若木を植えないと二酸化炭素の固定量は増加しなくなる。

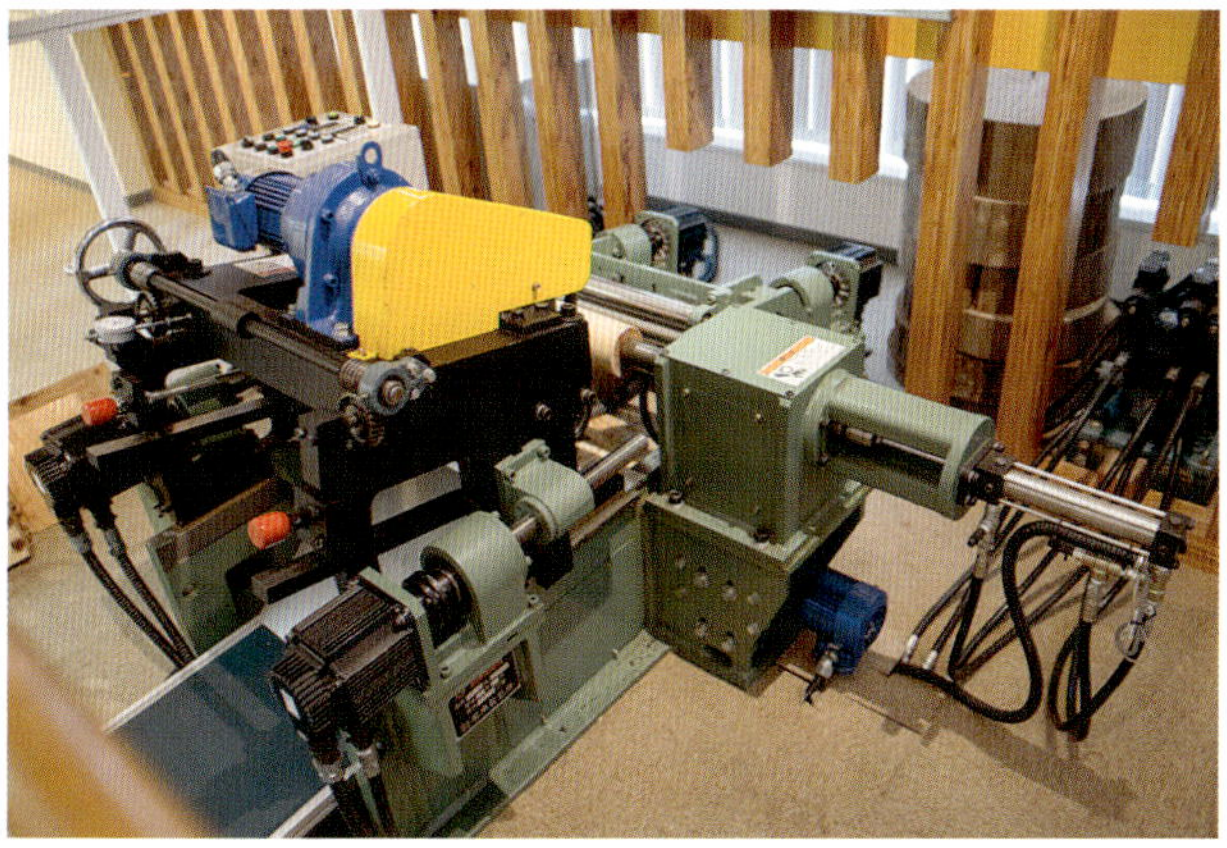

株式会社名南製作所の長谷川克次氏が発明した外周駆動式ベニヤレースのミニチュア。丸太は両側から軸で保持しているが、駆動するのは周囲に刃のついた「ガンギロール」（矢印）。丸太外周に刃を食いこませて回転させる。このためため針葉樹の間伐材などのような中小径の木材でも容易にかつらむきすることができる。かつては合板を作るためにユーカリ、セラヤ、メランティなどの巨木をインドネシア、フィリピン、マレーシアから輸入していたが、この技術で国産材の合板への利用の道が大きく開けた。

●取材 2017年11月8日　●執筆 2017年11月14日
●掲載 GENROQ 2018年1月号

参考文献
「地球環境に優しい木材の知識」財団法人 日本木材総合情報センター刊
「木材の魅力・体力・底力　木の力」社団法人 日本木材加工技術協会関西支部刊

第67話 ［プロフェッショナリズム］

光とミクロの追求
株式会社ニコン

TVなどの大形LCD(液晶ディスプレイ)パネル生産の世界シェア1位は韓国LG、2位台湾Innolux、3位韓国サムスン、4位台湾AUO、5位中国BOE。スマホ用などの中小型LCDでも1位は台湾のCPT、2位中国BOE、3位中国Centuryだ。OLED(有機ELディスプレイ)は1位サムソン、2位LG、3位AUO。かつて半導体事業で世界を席巻した日本はシェア競争で下位に沈んだ。しかしフラットパネルディスプレイの商品競争力の根幹である精度とコストを左右する「FPD露光装置」という製造設備については、日本の2大カメラメーカーがそれぞれ独自の技術を駆使して世界シェアのほぼ100%を握っていることをご存じだろうか。上記メーカーはすべて日本製の機械を使ってマザーガラスに回路パターンを焼き付けているのだ。ニコン100年の焦点はカメラだけではない。

PHOTO●上野由日路(*Yoshihiro Ueno*)　協力●ニコンミュージアム http://www.nikon.co.jp/corporate/museum/

株式会社ニコンは2017年7月に創立100周年を迎えた。これに先立つ2014年11月に有楽町のビックカメラ正面の新有楽町ビルにあった本社をJR品川駅港南口（東口）の巨大オフィスビル「品川インターシティ」へ移転、1917（大正6）年に用地を取得し最初の工場を建設して以来ニコンの総本山として知られてきたJR横須賀線西大井駅近傍の大井製作所からも、一部部門と関連会社を同ビル内に移転して、1933（昭和8）年に作られた有名なEの字型の大井製作所101号館の解体が始まった。

品川インターシティC棟2階にあるニコンミュージアムも100周年記念事業の一環として2015年10月17日に開館した施設だ。ニコンファンの新しい聖地である。

ビアンコブルイエと思しき白い大理石造りの豪華なフロア階からミュージアムに足を踏み入れると、天井、壁面、床をすべて黒系統で統一した暗く落ち着いた雰囲気。ニコンが追求するテーマのひとつである「光」を際立たせる演出だ。

副館長の長田友幸さん、同社100周年プロジェクト室の岩田浩満さんのお2人が館内を案内してくださった。

展示は常設展示と企画展に分かれていて、取材当日は創立100周年記念企画展の最終回・第4回として、ニコンの一眼レフカメラ用レンズを発売当初の製品から現代の最新型まで年代順にずらり並べて紹介するという「FマウントNIKKORの世界」を開催中だった。

デジカメ時代になって以降もニコンの一眼レフのレンズマウントの規格は不変だが、もちろん光学技術やカメラシステムは飛躍的な進化を遂げてきたから、58年間の製品ラインナップはカメラ用レンズ進化の足跡そのものだ。

20世紀初頭、急速な軍事技術の近代化によって諸外国では「製鋼、火薬、光学の三大技術が軍事力の要」と言われた。1905年5月日本海海戦で日本海軍の連合艦隊がロシア・バルチック艦隊を撃破し世界を驚かせたが、実は戦艦をはじめ連合艦隊の主要な艦船はイギリスなどで建

FPD露光装置

前玉に非球面レンズを使用
（1968年発売
OP Fisheye-Nikkor 10mm F5.6）

HAL9000の眼
（合成写真）

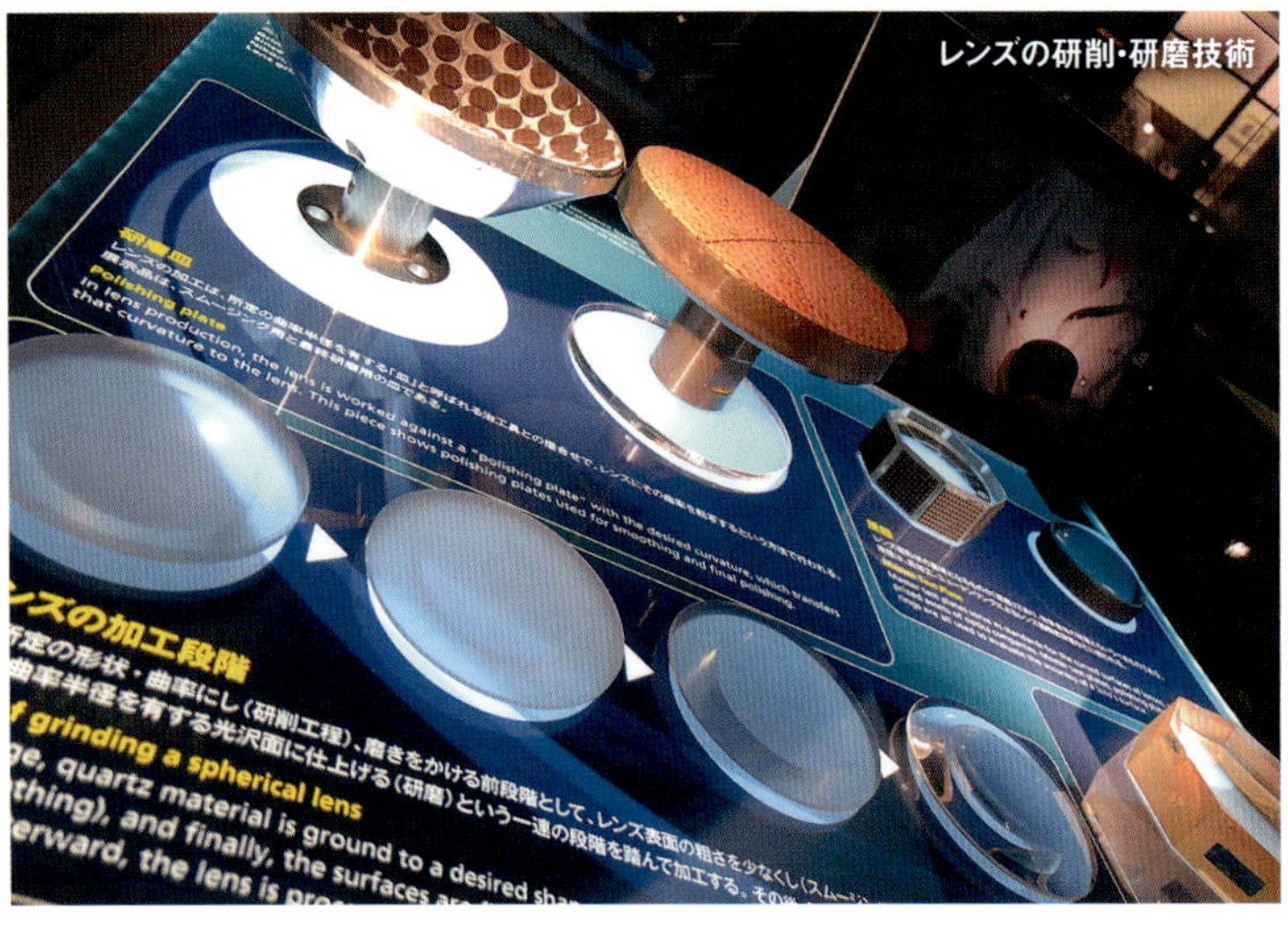

レンズの研削・研磨技術

ArF液晶スキャナー投影レンズ

半導体ウエハ

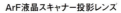

ニコンミュージアムの白眉は「ニコンⅠ型」から始まるカメラや交換レンズなど合わせて450台以上、年代順にずらりと並んだ巨大ウインドウだ。すべてを網羅すれば膨大な数になるレンズやコンパクトカメラについては主要な製品をチョイスして飾っているが、国内で販売した一眼レフカメラはほぼすべて展示してあるという。1959年発売の「F」の展示品は#6400028、生産28台目の個体で、ごく初期の布幕シャッター仕様だ（量産型は金属幕）。レンズシャッターの故障が多くて「壊れックス」という不名誉なニックネームがついてしまったという初代「ニコレックス35」（1960年3月〜）、海洋探検家でアクアラングの発明者であるジャック・クストーが設立したラ・スピロテクニーク社が開発した水中カメラ「カリプソ」の製造権の譲渡を受け、5代にわたって改良しながら生産・販売した全天候カメラ「ニコノス」（1963年8月〜）なども並んでいる。2017年夏からはウインドウの前にニコンF、F2、F3などの実機を置いてなんと自由に触れるようにした。貴重な本物をいじれるなんて博物館の展示としては画期的だ。長田副館長曰く「カメラは道具で美術品じゃないですし、ぜひ実際に触って構えてみてください。でも結構ぶつけられちゃったりしてかわいそうなんで（泣）、どうか大事に取り扱ってください」

造されたもので、主砲・副砲の命中精度を左右する測距儀などの光学兵器はすべて外国製だった。実情を憂慮した国は光学技術を日本の国策重要10種のひとつと定め、技術の確立と国産化を急ぐ。

1916（大正5）年、海軍から潜水艦の建造を依頼された三菱合資会社社長の岩崎小弥太（三菱の創業者岩崎弥太郎の弟の長男）は光学機械の国産化のために、民間で光学機械の開発に当たってきた岩城硝子の専門部門と東京計器を統合して日本光學工業株式會社（現・株式会社ニコン）を設立する。東京府荏原郡大井町に建設した生産工場において測距儀、探照灯用反射鏡、望遠鏡や双眼鏡などの製造を開始。潜望鏡の開発にも着手した。

当時光学技術の最先端はドイツである。日本光学の設立に関わった藤井龍蔵は第一次世界大戦終結直後の1919（大正8）年にカールツァイスなどドイツの光学メーカーを視察、同時に現地で技術者を募集した。敗戦後の就職難の影響もあって光学設計、光学ガラス製造、機械加工、一般製図の優秀なドイツ人技術者8人が集まり、1921年に日本に招いて大井工場などに配属した。

指導によって測遠機、指揮装置（一種のアナログ計算機）、望遠鏡、潜望鏡、航空機用照準眼鏡などの国産化が実現した。技術者の帰国後も1928（昭和3）年までひとり留まって設計部数学課主任を務めたハインリッヒ・アハトの指導の成果はとくに大きかった。設計部長の砂山角野ら設計陣は1929（昭和4）年末にツァイスのテッサー型（カールツァイスが開発した単焦点レンズの構造名称）「アニター12cmF／4・5」を試作、これに修正を加えたものはドイツ製テッサーに見劣りしないレベルに到達した。続いて7・5cm、10・5cm、18cmの開発にも成功、当時一般的だった日本光学工業＝日光という通称にドイツ製レンズなどの名称の伝統である語尾の「R」をつけて「NIKKOR」と命名する（1932年に商標登録）。

ミュージアムにはアハトの講義を翻訳した「大正13年9月4日起」の日付のある「光學系計算ニ就テ」という指導書が飾られている。スポットライトに浮かび上がっている指導書は複製品だという。この一冊がいまも社宝として敬われている証だろう。

1935（昭和10）年、近江屋写真用品（のちのハンザ株式会社）から発売された国産初の小型カメラは、ニコンとキヤノンの合作だった。フォーカルプレーンシャッター、ファインダーカバーなどボディの組み立ては精機光学研究所（現・キヤノン株式会社）が行い、レンズ、マウント、ファインダー光学系、距離計連動機構をニコンが担当した。さるオーナーの好意でこれも実物が展示されている。見たのはもちろん初めてだ。

軍需関係の仕事が完全に途絶えた

展示の特長は製品との距離が近いこと。ずらり並んだ企画展のレンズも生のままだ。ガラスの覆いがあった測量機の展示なども開館後に撤去したという。当日、館内に何人かいらした上品な感じのお客さんは、思わず触りたくなる気持ちを押し殺すように両手を後ろに組んで、静かにレンズ群に視線を注いでおられた。開館2年5ヵ月ですでに8万人が来館したというが、ニコンファンにとっては何度でも巡礼したくなる場所だろう。

終戦後、ニコンは当時の商工省から民需転換許可を得て双眼鏡の生産から再開し、眼鏡用レンズ、各種のライカ用レンズを開発・発売する。ところが日本製カメラに思わぬ活況が訪れていた。進駐してきた占領軍、特にアメリカ軍の若い下士官／兵が初めて見る異国を記念に写真に収めるためにカメラを競うように購入したからだ。終戦2ヵ月後、ニコンも自社ブランドカメラの開発を決定、6×6と35㎜判の二眼レフカメラ（仮称「ニコフレックス」）の試作をへて35㎜レンジファインダーカメラを1947年10月に発表、翌年3月から発売した。このときに「Nikon」という商品名が初めて使われた。

GHQ（連合国軍最高司令官総司令部）による輸出促進令（1948年9月）に後押しされた政府の輸出促進策によって日本製カメラはアメリカへ大量に輸出され、外貨の稼ぎ頭へと急成長する。しかし焦土と化した国土の復興に大きく貢献したのは、軍用の測距機器の設計・製造などの経験を生かして開発した測量機だった。正像式で整準ねじ4本のガーレー式レベル（水準測量機）がまだ一般的だった土木業界に、内焦式光学系を使う倒像式の高精度なヨーロッパ型ウイルド式レベルが広く普及したのはニコンの貢献だ。ティィングレベル、トランシット（経緯儀）、セオドライト（角度測量機）など、優れた測量機は隠れたベストセラーとして経済成長時代の日本の土木技術を支えた。今日では光学とデジタル技術を駆使して精密測距、測角が可能なトータルステーションに進化している。

1957（昭和32）年9月に発売したレンジファインダーカメラ「ニコンSP」はアメリカの3大ネットワークのひとつNBCで「ドイツのカメラに勝った」と紹介されている。終戦からわずか12年目の快挙。さらにレンズを通した画像で構図を作る一眼レフカメラではニコンは世界の先頭を独走した。「ペンタゴナル・ダハプリズム」「クイックリターンミラー機構」「完全自動絞り機構」という三つの「夢」を叶え、超広角から超望遠までのレンズとともにカメラシステムとして1959（昭和34）年4月に発売した「ニコンF」である。

ニコンのレンズを根底から支えていたのが光学ガラスの自社製造技術だ。

東京大学理学部の小穴純教授の指導を受け、マイクロフィルム作成用の超高解像力レンズを開発、通常1㎜あたり300本程度の解像力を一気に3倍の1260本にした「ウルトラマイクロニッコール29・5㎜f1・2」は1964（昭和39）年に完成した。この超解像力レンズ技術がのちに半導体製造装置開発の決め手のひとつになる。

半導体製造工程ではシリコンウエハに感光剤を塗布、レンズを通した光で回路を照射しエッチングすることで微細な電子回路パターンを得る。レンズの解像度が高いほど集積度を上げることができるが、露光動作を高速で正確に行うための機械的精度も要求される。

回析格子を製造する刻線機の開発に成功し精密制御の技術も蓄積していたニコンは、1976（昭和51）年に国主導で設立された超エル・エス・アイ技術研究組合の依頼で半導体露光装置（ステッパー）を開発する。80年代、NEC、東芝、富士通、

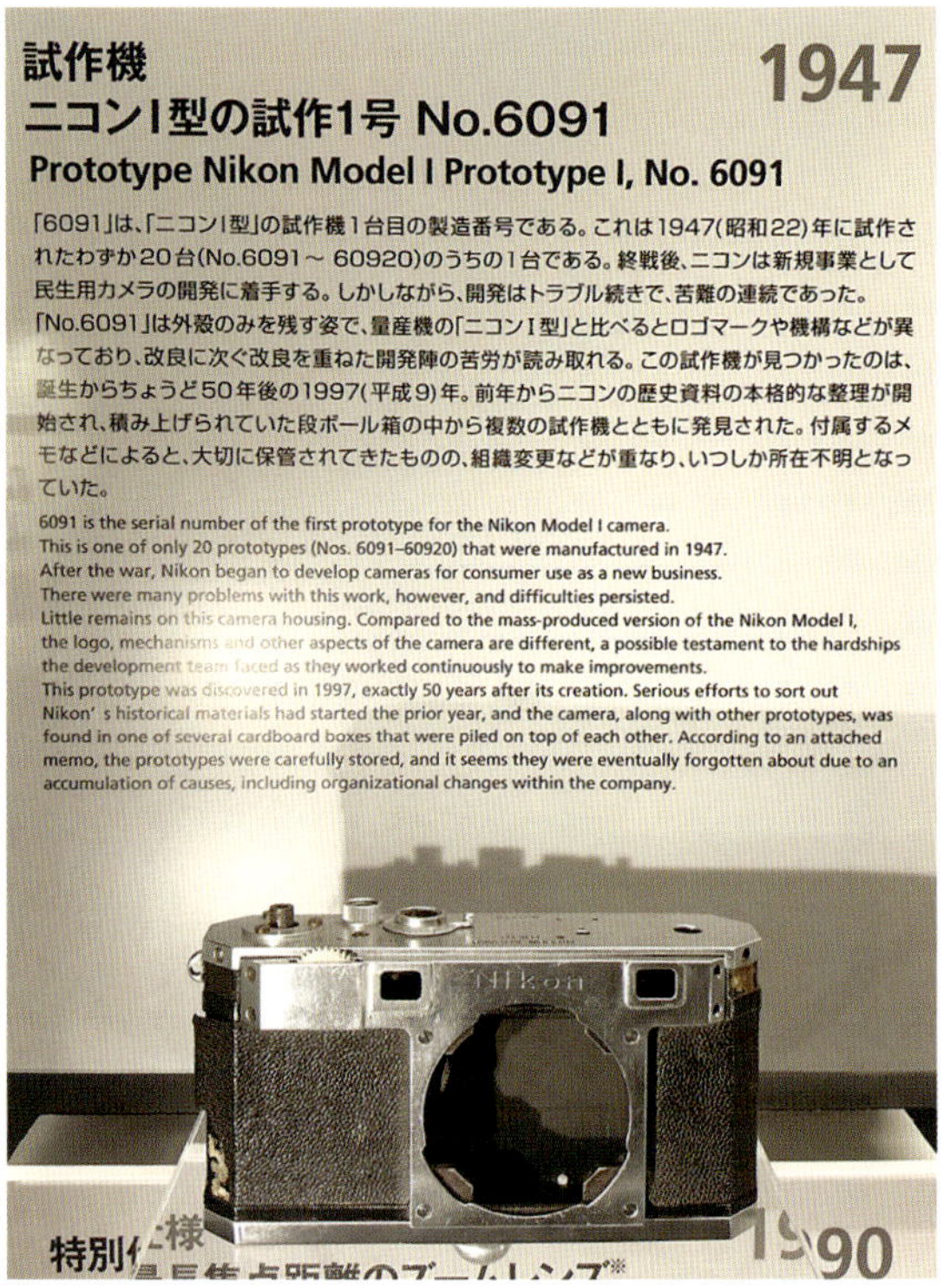
試作機
ニコンI型の試作1号 No.6091
1947
Prototype Nikon Model I Prototype I, No. 6091
「6091」は、「ニコンI型」の試作機1台目の製造番号である。これは1947(昭和22)年に試作されたわずか20台(No.6091～60920)のうちの1台である。終戦後、ニコンは新規事業として民生用カメラの開発に着手する。しかしながら、開発はトラブル続きで、苦難の連続であった。「No.6091」は外殻のみを残す姿で、量産機の「ニコンI型」と比べるとロゴマークや機構などが異なっており、改良に次ぐ改良を重ねた開発陣の苦労が読み取れる。この試作機が見つかったのは、誕生からちょうど50年後の1997(平成9)年。前年からニコンの歴史資料の本格的な整理が開始され、積み上げられていた段ボール箱の中から複数の試作機とともに発見された。付属するメモなどによると、大切に保管されてきたものの、組織変更などが重なり、いつしか所在不明となっていた。
6091 is the serial number of the first prototype for the Nikon Model I camera.
This is one of only 20 prototypes (Nos. 6091–60920) that were manufactured in 1947.
After the war, Nikon began to develop cameras for consumer use as a new business.
There were many problems with this work, however, and difficulties persisted.
Little remains on this camera housing. Compared to the mass-produced version of the Nikon Model I, the logo, mechanisms and other aspects of the camera are different, a possible testament to the hardships the development team faced as they worked continuously to make improvements.
This prototype was discovered in 1997, exactly 50 years after its creation. Serious efforts to sort out Nikon' s historical materials had started the prior year, and the camera, along with other prototypes, was found in one of several cardboard boxes that were piled on top of each other. According to an attached memo, the prototypes were carefully stored, and it seems they were eventually forgotten about due to an accumulation of causes, including organizational changes within the company.

荒川龍彦著「明るい暗箱」(朝日ソノラマ刊)によると初の自社製35㎜カメラの開発は故障続きの苦難の連続だったという。20台作られた試作の1号機である「No.6091」の外殻部が展示されていた。通常より撮像サイズの狭い24×32㎜(ニコン版)のこの製品を一般に現在では「ニコンＩ型」と読んでいる。「T-1307-1」と刻印された「F」の試作機も驚きだ。Fマウントではなく、ミラーアップしてレンジファインダー用レンズを使うことを前提にコンツールファインダー(一種の擬似ファインダー)がついている。

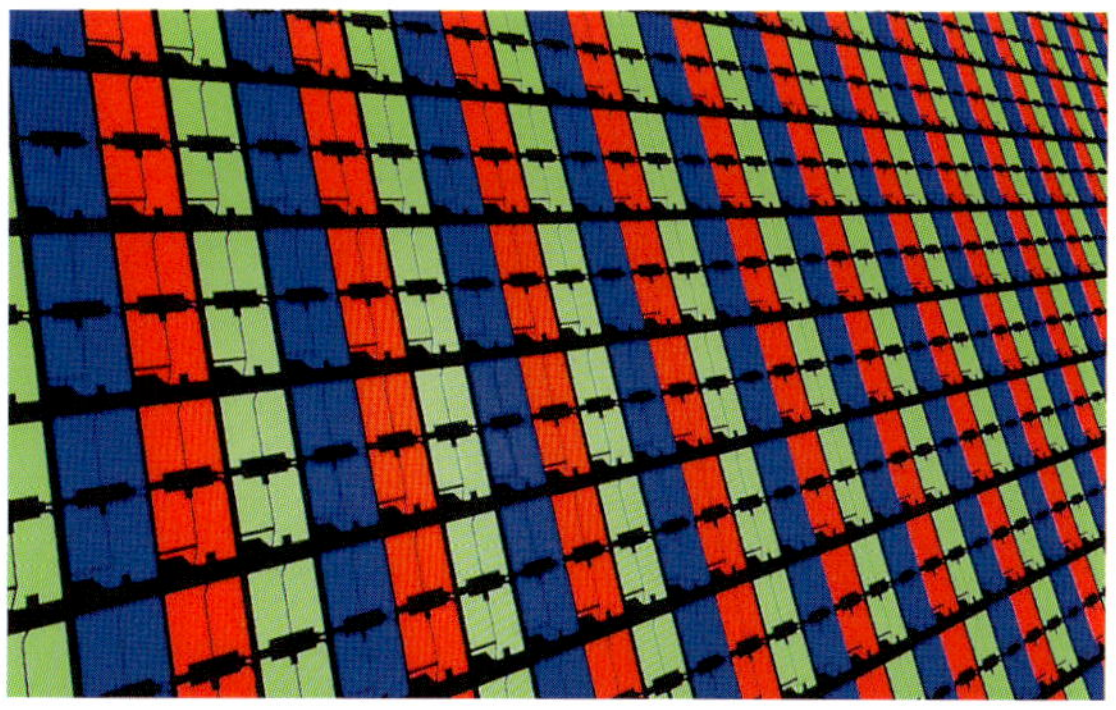

NASAの要求仕様に基づいて1970～80年代に製造した特別仕様カメラ。マットブラックのフォトミックFTNは1971年7月のアポロ15号、F3ベースの「Big Camera」と「Small Camera」は1980年にスペースシャトルで使われた。「Small」の方は特殊な薄いフィルムを使う72枚撮りだ。ちなみに2016年11月30日に開催されたドイツのWast Lichtフォトグラフィカ・オークションにシリアル「10」のダミー／展示用のNASA仕様フォトミックFTN（ダミーレンズ、モータードライブF-36とバッテリーパック付き）が出品され、18000ユーロ＝約240万円で落札されている。NASAへの納入はその後も続いており、2013年には「ニコンD4」38台とレンズ64本、2017年には「D5」を53台納入したというが、いまやいずれも市販品である。

LCDのマザーガラスに露光される電極とTFTのパターンおよび第10世代マザーガラス用FPD露光装置「FX-101S」の1/12模型。ニコンの特許は10数本のレンズを使って走査するマルチレンズシステムだ。FX-101Sは6畳敷くらいの広さの薄板ガラスを70秒の走査で露光する。これを8分割すれば60インチの大型液晶パネルになる。有機ELパネル用マザーガラスの露光にも同じ設備を使う。

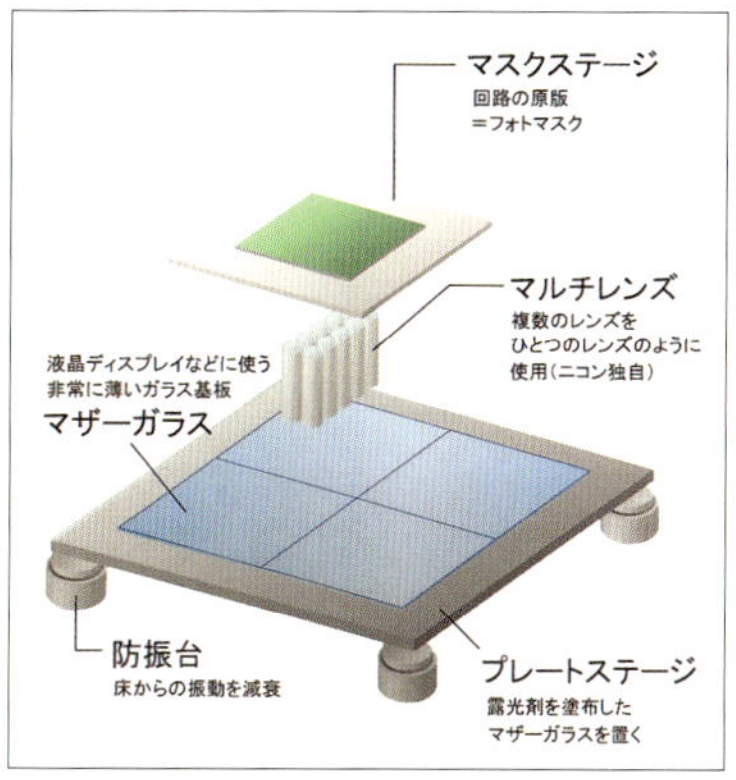

三菱電機、日立製作所など日本のメーカーがDRAM半導体の技術で世界を制していったときに大活躍したのがニコンのステッパーだった。

レンズの解像度は光源の波長が短くなるほど、またレンズ口径が大きくなるほど高くなる。波長の短い紫外線を使い、これに対応できる石英レンズを大口径化することで解像度をアップ。さらに投影レンズとシリコンウエハの間に純水を満たすことで55㎚（ナノメートル）以下の解像度を実現したArF液浸スキャナー「NSR-S609B」を2006年に開発した。最先端スキャナーでは解像度38㎚以下を実現、マルチプルパターニング対応により7㎚ノードプロセスの半導体量産に対応している。

このステッパーの技術を応用したのがFPD露光装置だ。

パソコン、スマホ、薄型TVなどに使われているLCDやOLEDは、マザーガラスというガラス基板上に格子状のX、Y電極および薄膜トランジスタ（TFT）によるスイッチをフォトエッチング技術によって作り、格子1組を1画素として光の透過を制御し光をR、G、Bのカラーフィルターに導いてカラー映像を作る。解像力と精密制御技術に加えコストダウンのための量産性が競争力の決め手だ。

ニコンのFPD露光装置は10数本のレンズを束にして使うマルチレンズ式。第10世代と呼ばれている2880×3130㎜サイズのマザーガラスに対応した「FX-101S」型はテニスコート1面くらいの巨大な機械で、4回計70秒の走査で60インチパネル8枚分を露光する。ガラスの巨大化と走査の高速化で生産性は90年代後半に比べ12倍にも跳ね上がった。

マザーガラスの厚みはわずか0.5～0.7㎜しかない。フロート法やフュージョン法というガラスの製法上、わずかな平面度や厚みのばらつきは避けられないし、巨大で薄いガラスは熱や応力でも微妙に歪む。これをセンサーで測定し、露光走査時にそれぞれのレンズをシフトさせフォーカスを自動調整しながらスキャンしているのである。最先端スキャナーの重ね合わせ精度は≦±0.35μmだ。

回路の精細度ではTV用を超えるというスマホやタブレット用FPDの場合は第6世代＝1500×1850㎜のガラスを使い5インチパネル308枚分を一工程で露光している。

FPD露光装置は大船にある横浜製作所で設計、横須賀のペリー公園のそばの横須賀製作所などでユニットを製造し、海外へは船で運んで現地で組み立てている。ニコンのFPD露光装置世界シェアは60％強、残り約4割はキヤノンだ。100％日本。だから「負けた」などと考えることはない。肝っ玉は日本の技術、もし政府がFPD露光装置の輸出を禁じたら攻守はひっくり返る。

iPS細胞から作った網膜細胞の移植に成功した理化学研究所の高橋政代氏の研究室でも使われている細胞培養観察装置「バイオステーションCT」、金星探査機「あかつき」や陸域観測技術衛星「だいち」などJAXAの人工衛星に搭載している光学系機器。ニコンの技術は幅広い。

ニコンミュージアムで出会うことができるのは、だから懐かしい思い出だけではない。

【余談】人気TV番組「MythBusters（邦題「怪しい伝説」）」のアダム・サヴェジが「ロード・オブ・ザ・リング」のピーター・ジャクソンを訪ねて「2001年宇宙の旅」のHAL9000のプロップを見せてもらう動画がYouTubeにアップされている。HALの「眼」がニコンの魚眼レンズ「Fish-eye-NIKKOR 8mm f/8」だったことはよく知られているし、ジャクソン所有のレンズ1963年製のシリアル「No.88621」とそのプロップが2010年11月25日開催のクリスティのオークションで2万7615ドルで落札されたものであることは確かだが、このプロップはマニアが作ったフェイク品としてネットでよく知られているもので、映画に登場したものとは大きく形状が違う。となるとレンズもいささか怪しい。ちなみに映画の中のHALの主観シーンは同型のニコン製レンズをミッチェルかARRIにマウントして撮影したという説があるらしい。もし本当なら驚異的な描写力だ。

●取材 2017年12月5日　●執筆 2017年12月13日
●掲載 GENROQ 2018年2月号

参考文献　「光とミクロと共に ニコン75年史」発行 株式会社ニコン

1932年(昭和7)白木屋火災

第68話 ［プロフェッショナリズム］

東京消防庁　消防博物館

江戸東京火消の話

小学校3年生のとき、近くの中華料理店で木造2階建屋を全焼する火事があった。あとからあとからやってくる消防車のサイレンの音に野趣をそそられ、よせばいいのに夕食そこそこ外に飛び出し、現場を二重三重に取り巻く野次馬の中をくぐりぬけて最前列にぽっと出ると、見慣れた建屋から巨大な火炎が轟音とともに渦を巻いて立ち上っていた。怒号のような指令が飛び交うなか、すさまじい熱で体が押し戻されそうだ。そのとき数人の銀色の消防士が頭から水をかぶると燃えさかる建物の中に突入した。野次馬から発せられた悲鳴とも感嘆ともつかない「あ〜」「うあ〜」という叫び声がいまも耳の中に残っている。江戸の火消の勇気を受け継ぐ東京消防庁、そのミニ歴史である。

PHOTO◉荒川正幸（*Masayuki Arakawa*）　協力◉消防博物館 http://www.tfd.metro.tokyo.jp/ts/museum.html

全国都道府県警察の警察公務の監察権と指導権を有する警察庁は内閣総理大臣所轄の国家公安委員会に設置された国家機関だ。自衛隊はもちろん防衛省の管轄、海上保安庁は国土交通省の外局である。

では「消防」はどこの公官庁の所轄か。

総務省の外局に「消防庁」という組織がある。火災、地震、風水害などの災害への対策や対応を立案し、消防施設・設備の強化拡充のため火災警報器やスプリンクラーの設置基準、ガソリンなどの危険物の保管基準などを策定、また地域ごとの防災計画のサポート、「国民保護法」（武装攻撃事態等の警報の発令や避難のための権限などを定めた法律）に基づいた保護計画の策定などを行っている。しかし消防庁にはいわゆる消防士あるいは消防隊員（正式には消防吏員＝しょうぼうりいん）は所属していないし、全国の消防への直接指揮権も有していない。

消防組織法第6条では消防の責任を負ってその費用を負担するのは市町村と定めている。戦前の消防組織は各地方の警察の一部門だったが、1948年3月7日に施行されたこの法律によって消防署や消防団を統括する「消防本部」は地方自治体が運営・管理することになった。これを「自治体消防」という。消防記念日＝3月7日は自治体消防の誕生を記した日である。

ここからがちょっとややこしいのだが、実は東京都の都心部、特別区とよばれる地区（＝東京23区）の消防を管轄区域する消防本部だけは、

東京消防庁
消防防災資料センター／消防博物館　本村久美 氏

消防組織法第26条および28条の規定で「東京消防庁」と呼ぶと定められている。前出の総務省消防庁は国家行政組織だが、東京消防庁は東京都が管轄する自治体消防組織だ。

1847（明治7）年、内務省下に設立された国家首都警察である警視庁から、戦後になって消防の組織が分離独立したのだが、内務省の解体によって自治体警察になった警視庁が戦前の組織名を引き継いだため、消防も警察と対等の組織であるというイメージを抱かれるように「庁」と命名したらしい。消防組織法の策定とともにこれらの判断にはGHQの意向が強く反映されている。東京消防庁の長を警視総監と同様に消防総監と呼ぶのも同じ理由だ。

面積626・7㎢、人口921万人、人口密度1・5万人／㎢という世界最大の過密地域である東京特別区を担当する東京消防庁は、その規模においても確かに例外的である。職員数は2017年1月現在1万8362人。789㎢の面積に853・8万人が生活するニューヨーク市消防局の1万1051人（2016年）を超え世界一の陣容だという

東京23区内には10ヵ所の消防方面本部、81ヵ所の消防署、208ヵ所の消防出張所など303ヵ所の消防拠点があり、ポンプ車489台、はしご車83台、化学車48台、特殊災害対策車18台、救急車251台、消防ヘリコプター7機、消防艇9隻などを配備している。2017年の救急件数は78万5240件と過去最高を記録したが、建築基準や防災対策などの取り組みの成果として東京23区の火災は2017年で4205件、消失床面積2万800㎡と発生件数／被害ともに減少の傾向にある。それでも一地方の自治体消防組織がこれだけの機材と人員を配備している理由は、もちろん巨大地震によって生じる大災害に備えるためである。

それは過去の苦い経験から築かれた認識だ。400年間に5回もの壊滅的な火災被害を受けた大都市は、世界中探しても江戸・東京以外に類例がない。

武蔵野は月の入るべき山もなし
草より出でて草にこそ入れ

古歌に歌われて揶揄されたとおり、葦やすすきが生い茂る原野だった江戸に徳川家康によって計画都市の建設が着工され、江戸湊を望む江戸城配下に上下水道が張り巡らされて一町四十丈四方を原則に設計された町屋が立ち並び始めると、江戸の人口は徐々に、やがて爆発的に増加していった。

密集して立つ木造住宅で朝昼晩に薪をつかった家事仕事、いつか火事にならぬはずがない。雨水を貯めておく天水桶があるくらいで火が出ても消火の手段はほとんどなかった。頻発する火事のたびに町民が共同で消火にあたった。

東京都新宿区四谷。東京消防庁の消防博物館、正式名「消防防災資料センター」は、半蔵門から新宿にかけて東西に走る江戸時代の甲州街道の一部である新宿通りと、都心を取り巻く都道319号環状3号線の一部である外苑東通りが交差する四谷三丁目の角に建つ10階建てタワーの中にある。1992（平成4）年に建物が完成する以前にここにあった四谷消防署が1階北側と2階に同居しているが、それ以外のほとんどは博物館の施設にあてられていて、その充実した内容に驚く。常設展は3・4・5階。今回の記事でご紹介した江戸時代の火消は5階、消防の組織や機械化が進んだ明治時代は4階、現代の消防の展示は3階だ。7階には貴重な資料を閲覧できる図書資料室も完備している。一番人気は5階フロアの野外におかれた消防ヘリコプターの展示（操縦席に搭乗可能）、そして地下一階への吹き抜け部分に展示されたもう一機の消防ヘリと消防車だ。写真のヘリはシュドアビアシオン（のちのアエロスパシアル）のSA316アルエットⅢ型（1997年製）。左の消防車は1924（大正13）年に輸入して丸の内分署に配備した「アーレンス-フォックス消防ポンプ自動車」。右は翌25年に輸入し日本橋消防署に配備した梯子車3号車が装備していたカールメッツ社製機械駆動式木製4連23m梯子を、1971年にいすゞ製のバス用シャシに載せ替えた「いすゞ・メッツ梯子自動車」。梯子車3号車は1号車2号車とともに1932年の日本橋白木屋火災に出場したという。

5階「消防の夜明け」の展示から。江戸の町火消が組のシンボルにした「纏（まとい）」の復元品がずらりならぶ。当時の本物は桐の木の表面に牡蠣殻を砕いたものを塗って耐火性を与えていたという。棒の上部に「陀上（だし）」と呼ぶシンボル、下部に回転させたとき踊る房飾りの「馬簾（ばれん）」がついている。纏を町火消のシンボルにしたのは大岡越前守で、本人の纏は丸い「芥子（けし）」の実の下に四角い「升（ます）」のデザイン。いろは48組、本所・深川16組のそれぞれの纏にも「消し」につながる芥子や邪気を払うとされた竹が多く使われている。博物館がある四谷を担当していた五番く組の纏は「四」と「谷」の組み合わせだ。このデザインはいまも江戸消防記念会・四谷地区「四番く組」の纏に使われている。

「火消（ひけし）」である。

隣家に延焼していくような火災規模に至った場合、有効な消火方法は当時「破壊消火」しかなかった。火を消すのではなく、燃焼の3要素から可燃物を除去するという、いわゆる除去消火法だ。風の向きや火の勢い、家並みなどを見極めながら炎の行く手にある建屋を壊し、なんとか延焼を食い止めるのである。

だが強風で飛び火が始まったらもう手がつけられない。

1657（明暦3）年1月18日、江戸っ子が「からっ風」とよぶ乾燥した北風が吹く午後2時、本郷丸山本妙寺から出火。強風にあおられた火はたちまち湯島、そして神田へと延焼、夕刻にかけて日本橋一帯をへて八丁堀、霊巌島に燃え広がり、夜半には江戸湊の鉄炮洲と佃島まで達した。炎は一晩中燃えさかって江戸下町をなめつくすが、翌朝今度は小石川伝通院表門の与力屋敷からまた出火する。一説に放火ともいわれるが水戸家下屋敷から燃え広がった炎は風にあおられて竹橋門、牛込門、田安門で外堀を超え、江戸城北の丸に燃え移った。

黒漆喰で塗り固めた耐火建築の江戸城大天守を燃え倒したのは、おそろしく巨大な火炎竜巻だったという。大量に備蓄していた鉄砲用の火薬が誘爆し地獄絵になった。

屍累々その数10万。「明暦の大火」という。

幕府は復旧と同時に江戸の防災改革に着手する。本丸にあった徳川御三家の上屋敷を郭外に、また大名小路の外様大名屋敷は外堀の外へそれぞれ移転し、空いた土地を飛び火による延焼をふせぐための火除け地にした。町人地も町割りをあらためて道路を拡張、「広小路（ひろこうじ）」と呼ばれる火除け地を設け、町屋は破壊消火をやりやすくするために瓦葺きや三階建てを禁止して道路に面し庇（ひさし）をつけるようにした。商店などは燃えにくい土蔵造りで再建、長土手に松を植えた防火堤も市中七ヵ所に建設する。

また消防隊の常設の必要性を感じた幕府は、扶持（棒級）をもらって火事に備える100人以上の火消から構成された常設の消火組織を旗本に作らせた。「定火消（じょうびけし）」だ。10組おいたことから「十人火消」ともいう。

町人地の火消の再編強化をおこなったのは、8代徳川吉宗が行った享保の改革に携わった町奉行で、のちに講談や歌舞伎の「大岡政談」で知られるようになる大岡越前守（大岡忠相）である。破壊消火という仕事の性質上、火消をかって出るのは鳶職や大工職の人々が多かった。これを体系的に組織化して「町火消（まちびけし）」の組合を創設、1720（享保5）年には隅田川以西の町々を担当するいろは四十八組、本所・深川16組を編成した。運営費用は町費をもってまかなった。一例をあげると一番組の「い組」は人足496名、本町、室町、本銀町、駿河町、呉服町などいまの日本橋一帯を担当した。

これが体系化された自治体消防の始まりといっていい。

しかし江戸から火事はなくならない。1772（明和9）年2月29日、目黒行人坂の大円寺から出た火は江戸城周辺の武家屋敷から千住方面にまで燃え広がって死者1万5000人を出す。原因は放火。犯人の大円

江戸町火消の道具。手前の高張提灯は夜間に纏や幟（のぼり）の代わりに掲げ、組名や役職名を表した。大刺又は建物を壊す時につかう道具。柱をのこで切り刺又で押し倒した。国土地理院の「消防署」の地図記号（右上）は刺又の先端である。現在の消防でも長短の刺又が常備されていて、火災中期以降の残火処理の際に短いものは畳をはがすため、長いものは天井を落として屋根裏を消化するためなどに使われているという。奥の展示は龍吐水と呼ばれる手動式ポンプ。玄蕃桶と呼ぶ桶で水を補給しながら使うが、東京消防庁が同型のものでテストしてみたところ水は10mくらいしか飛ばず、注水消化の効果は非常に低かったようだ。

4階「消防の変遷」の展示。明治時代になるとヨーロッパ各国の消防制度や装備を導入、組織を近代化するとともに機械化を推進して東京の消防組織は大きく変貌する。もっとも大きな変化は高性能なポンプの採用で、水をかけて消化する注水消化が本格化した。最初は腕用（手動）ポンプ、ついで1884（明治17）年に最初の蒸気ポンプ（石炭式蒸気機関でポンプを駆動）をイギリスから輸入、1899年には国産化にも成功した。展示されているのはその国産蒸気ポンプで、馬で牽いた。日本初の消防自動車は1911（明治44）年に大阪市が導入したものである。

3階「現代の消防」の展示から。東京23区内からの119番通報は大手町の東京消防庁本庁舎内にある災害緊急情報センターに接続、災害現場にもっとも近い消防部隊に出場指令がでる（出動とはいわない）。消防隊員は防火服、防火帽、空気呼吸器などを装着、消防車に乗車して出場。ポンプ車は現場近くの消火栓や防水水槽近くに停車し吸管を接続、放水を始める。ホース1本は20m。火災の種類や規模によって各種の口径・形状のノズルを使い分けるが、通常のノズルでは効果が低い大規模火災の際には写真中央下の放水銃を使う。建屋内に侵入するための破壊用の道具も装備している。

寺の坊主は池波正太郎の「鬼平犯科帳」で知られる火付盗賊改役、長谷川平蔵に捕らえられた。「目黒行人坂大火」という。

さらに1806（文化3）年3月4日、芝・車町の材木座界隈から出火、南風にあおられて現在の芝公園にあった薩摩藩上屋敷や増上寺が全焼。火災は数寄屋橋、京橋から日本橋、浅草まで延焼して江戸530町・12万6000戸が炎の中に消えた。死者1200人。「丙寅（ひのえとら）大火」である。

3度の大火にみまわれた江戸っ子はそのつどたくましくなった。

火事と喧嘩は江戸の華

見栄っ張りで気が短い江戸っ子の、いかにもてやんでえな開き直りである。

火の見櫓や火の見梯子から町方が火事を見つけると、半鐘を打って知らせる。町火消は普段の仕事をおっ放り出して番所に走り「駆けつけ人足手形」をみせて身分を証明、印伴纏（しるしばんてん）をまとって手に鳶口、刺又、のこぎり、掛矢などの道具を持ち、名主や頭取を筆頭に一番乗りを目指して火事場に向かった。寄騎は馬の上から指揮にあたり、火消たちは龍土水（手押しポンプ）や手桶で水をかけては道具を使って建物を打ち壊していく。威勢のいい火消は屋根にのぼって組のシンボルである纏（まとい）をたて自組の担当を誇示した。纏を焼くわけにはいかないから消化作業もおのずと必死になる。からくも延焼を食い止め鎮火すると、煤で真っ黒に汚れた印伴纏を裏返し、図柄をあしらった面をみせて木鑓（きやり）など唄いながら揚々とひきあげたという。

東京消防庁が現在配備しているヘリコプターは7機。歴代よりアエロスパシアル、ユーロコプター（現エアバス・ヘリコプター）、レオナルド・フィンメカニカなどヨーロッパ製の機体を採用している。2017年4月にはアグスタウエストランドAW139型が4代目「ちどり」として導入された。消防博物館3階に展示しているこのアエロスパシアルSA365NドーフィンⅡ型は、1982年から1997年までの15年間運用された実機で、83年の三宅島噴火、89年の江東区南砂高層マンション火災、95年の阪神・淡路大震災への応援出場などをはじめ875件の災害に出場、526人もの人命を救助したという。人に例えればまさしく英雄だ。

そんな江戸の価値観がすべて崩壊し近代化へ邁進した明治維新。新生東京府は1870（明治3）年「消防局」を設置して江戸の町火消を「消防団」と改組するとともに「消防章程」を制定、服務・規律、進退・賞罰などについて定めた。東京府、司法省警保寮、東京警視庁と所轄が転々としたのち1880（明治13）年に内務省警視局（現警察庁）に消防本部を設置。海外から腕用ポンプや蒸気ポンプを輸入し、消火栓の設置を進めて、水をかけて可燃物の温度を下げる近代的な冷却消火法＝注水消火へと転換した。

地下1階にはいろいろな時代の6台消防車と救急車1台を展示している。こちらは1854年に設立されたドイツの梯子車メーカー、マルギス社製の梯子車。1983年に東京消防庁が導入したこの車両はシャシとヘッドにイタリア・イベコ社のものを使っている（装備名は「イベコ・マルギス梯子自動車」）。梯子は地上高30mで、先端には写真のようにバスケットを装着できる。建築の高層化に対応して70年代には50m級の梯子車も導入したが、高い梯子車ほど水平方向の作業範囲が狭い範囲に限定されるため、現在は離れたところから作業できる30m級と40m級バスケット付き梯子車が主流になっているらしい。

全国的にみれば江戸時代からの自治的な消防組織がまだ一般的であったため、政府は1894（明治27）年に消防組規則（勅令第15号）を制定、消防組織の全国的な統一をおこなう。このときに前記の通り消防は市町村の費用で運営され警察の一部門として掌握されることになった。

近代都市になった東京に再び大火災が襲いかかる。

1923年9月1日関東大震災。発生した火災で21万2000戸が焼失、死者数は10万人を超えた。

1945年3月10日の東京大空襲ではナパーム（ナフサに増粘剤と乳化剤を加えた可燃性油脂）焼夷弾による無差別爆撃によって東京35区の3分の1にあたる41万㎢が消失、死者・行方不明者10万人以上、被災家屋26万8000戸を出すという惨劇をまねいた。双方とも密集した木造住宅によって消火活動がままならなかった。

文部科学省地震調査研究推進本部が2012年1月1日に発表した「南関東付近で発生するM7程度の地震が30年以内に発生する確率70％程度」という首都直下型地震、これによって想定される被害は内閣府作成の最悪のシナリオの場合（冬18時発生風速15m／s）揺れによる建物全壊数15万棟18％に対し、火災による消失は65万棟77％。死者数でも火災によるものが55％、6600人をしめる。東京消防庁の職員が日々備え対峙しているのはこのおそろしい可能性である。

いずれくる大災害。そのとき頼りにできるのは、決死の覚悟で出動してくれる消防だけだ。

江戸と東京の火消の心意気を見るような東京・四谷の消防博物館。取材のお礼を言って外に出て振り返ると「四」と「谷」をデザインした正面玄関の上に凛と立つタワーの姿が、屋根の上に掲げられた纏に見えた。

●取材 2017年12月19日 ●執筆 2018年1月14日 ●掲載 GENROQ 2018年3月号

参考文献 「江戸の町」内藤昌／穂積和夫著 草思社刊

Alps Calf コードバン ランドセル

ウエットブルーの選択

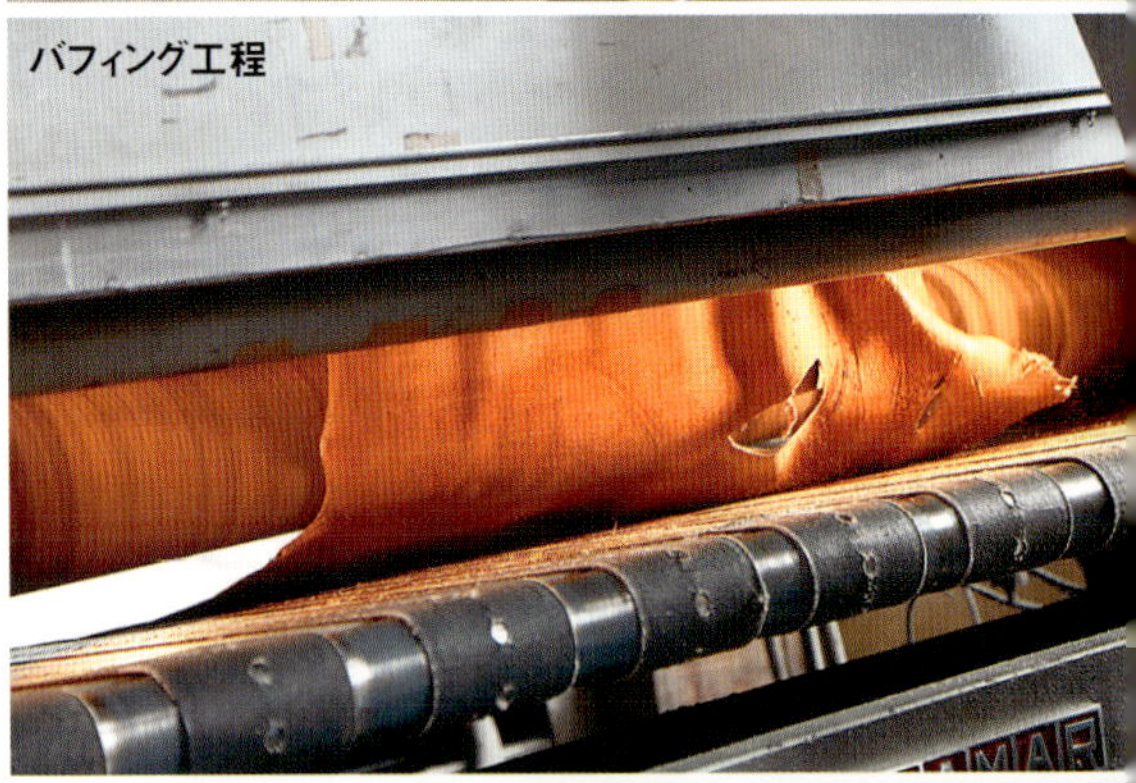

バフィング工程

ダイナバック

空打ち（ミリング）

第69話 ［プロフェッショナリズム］

ALPSブランド宮内産業（株）
本革の鞣製

先代GZG50型センチュリーのインテリアの本革を生産していた宮内産業（株）にお邪魔したのは1998年10月、もう20年も前のことだ。牛革のためにと畜される牛は世界に一頭もいないこと、ホルスタインでも黒毛和牛でも鞣してしまえば同じ牛革になること、分厚い革を上下真っ2つに裂いて、裂いた面を表に出したのがスウェードであること、自動車用本革は軽自動車用からロールス・ロイス用まですべて表面をペイントで塗装した塗装革であることなど、見るもの聞くことすべてが新鮮だった。たった1度の取材であれほど知見が広がったことはあとにもさきにもない。一度学べば一生身につく自動車用皮革の豆知識、20年ぶりの再取材である。

PHOTO◉市 健治（*Kenji Ichi*） 協力◉宮内産業株式会社 http://www.alps-calf.co.jp/index.html

1937（昭和12）年、東京・墨田区で毛皮などの取り扱いを始め、戦時中に飯田市に疎開してきて油脂を製造する事業を行っていた宮内商店が、同市松尾地区に工場を建設して皮革の鞣製を始めたのは、東京オリンピックが開催された1964年のことである。当地では畜産が盛んで、すぐそばには食肉加工工場もあったから原皮が入手しやすかったのも開業の理由だった。

現在の宮内清彦社長は2代目。20年ぶりの再会だ。

宮内産業の高級本革製品はALPSブランドで知られる。自動車アフターマーケット用に生産・販売されている「ノーザンプトン」はほとんどの内装ショップが使用している。また同社は馬のお尻の皮から作る「コードバン」の生産を常時行っている世界3社中の1社で（最大手はコードバン靴のALDENに供給するシカゴのホーウィンHorween社）宮内産業はランドセル用コードバンで有名だ。

コードバン、カーフやステア（牛革）、ピッグスキン（豚革）、シープスキン（羊革）、オーストリッチ（駝鳥）、リザード（トカゲやヘビ類）など様々な革製品が存在するが、ここでは話題を牛革に絞る。

牛革は牛肉生産の副産物である。皮革のためにと畜される牛は原則的にはこの世に一頭もいない。肉牛や乳牛の生産・消費国（アメリカ、ブラジル、中国、アルゼンチン）からは大量の原皮が生じる。これが牛革の原材料だ。皮革製品の製造のことを一般に「鞣し」「鞣製」（英語では日焼けと同じTanning タンニング）と呼ぶ。鞣し工場＝タンナーだ。

以下自動車用牛革の生産を中心に製造工程を簡単にまとめた。宮内産業におけるコードバンの生産などは写真説明を参照されたい。

■生体の組織

そもそも「鞣し」とはなにか。化

宮内産業株式会社がある長野県飯田市は、南アルプスと中央アルプスに挟まれた伊那谷の平野部に立地する人口10万の都市である。市中央部には南北に天竜川が流れている。この地方は古墳時代から古代馬(軍馬)の生産を行って大和朝廷に納めていたというが、江戸時代には飯田藩下で飯田街道(伊奈街道)の宿場町として栄え、中馬(ちゅうま)と呼ばれる駄賃馬稼(人流物流システム)の中心地としてやはりさかんに馬の生産が行われたという。写真は工場内に11基ある大型ドラムである。ウエットブルーまでの工程は①水戻し－塩漬けの原皮に付いている汚れを除去し水に浸漬して生皮の状態に戻す。②フレッシング－裏面の脂肪や肉を機械的にこそぎ落とす。③脱毛／石灰－石灰乳水溶液に浸漬しアルカリで表皮や毛を内部の脂肪分とともに分解除去する。④脱灰／酵解－石灰を除去・中和してから蛋白質分解酵素を入れ余分な蛋白質を分解除去し銀面をなめらかにする。⑤クロム鞣し－三価クロム鞣剤水溶液に浸漬して鞣しをおこなう。20年前の取材時にはこのドラムで原皮からウエットブルーまでの全工程を行っていたが、現在は姫路や和歌山のメーカーに外注しており、ウエットブルー以降の作業に特化している。日本では政府の方針でブランド畜産が奨励され牛肉の総生産量が減っているので、原皮の多くは輸入である。宮内産業の場合はニュージーランドのジャージー種と北海道の黒毛和種／ホルスタインを使う。取材当日はこのドラムでコードバンの鞣し工程(タンニン鞣し)を行っていた。

学変化を利用した生体組織の工業製品化のことである。生体時の皮膚や原皮は皮（Hide）と呼ぶが、複雑な工程をへて皮革製品になったものは革（Leather）という。

生体の皮膚は骨や腱、軟骨などと同様、コラーゲンと呼ばれる蛋白質の一種でできている。コラーゲン蛋白質の分子の多くは、グリシン、ヒドロキシプロリン、アラニンなどのアミノ酸が結合したペプチド鎖が3本集まった3重らせん構造である。皮膚組織の場合はその3重らせん構造が集まって直径100㎛前後の半透明の極細繊維＝コラーゲンフィブリルをつくっており、フィブリルが集まって直径5㎛ほどのコラーゲンファイバーを、これが集まって繊維束であるファイバーバンドル（直径約0・1㎜）を構成している。皮膚はこれらのコラーゲン繊維が3次元的にランダムに絡み合った状態で、繊維間に脂肪が介在することによって伸縮性や柔軟性、強度を発揮する。

アミノ酸は複雑な有機化合物で20以上の種類が存在するが、多数の側鎖が水や有機物などと結びつくと腐敗する。これを防ぐのが鞣しの大きな目的である。

■ウエットブルー

牛革製造の第1段階は「ウエットブルー」の生産だ。

塩漬けや生で保管されている原皮を洗浄、毛や内部の脂肪分を表皮層とともに分解除去する前処理工程をおこなったのち、「クロム鞣剤」とともに大型の回転式ドラムに投入する（詳細キャプション参照）。鞣剤が含有する3価のクロム化合物である塩基性クロム塩の多核錯体がコラーゲン繊維の分子と架橋結合し、生体時の構造を保ったまま構造が安定化する。これが「クロム鞣し」だ。

工程を終えるとなめらかな真皮が表に露出し、クロム鞣剤の影響で全体が上品な水色に染まる。「ウエットブルー」という。

いったんウエットブルーにしてしまえば腐敗せず臭気もなく真皮が露出して革の表面の傷がよく見えるため、現在の牛革市場では主にウエットブルーで国際間取引されている。

真っ黒な黒毛も白黒のホルスタインも茶色のジャージー種も、ウエットブルーになってしまうとまったく区別がつかなくなる。本革シートに座ったらバックレストはジャージー種だが座面はホルスタインだったということも十分あり得る。

牛革の品質を決めるのは牛の種別ではなく成牛時の年齢と性別だ。「カーフ」は生後半年以内、「キップ」は2年までの子牛のことで、2年以上は雌を「カウ」、去勢した雄を「ステア」、繁殖用の雄を「ブル」と呼ぶ。子牛と成牛の主な違いはサイズおよび皮膚の厚さと硬さである。成牛の面積はおおむね420～450デシ

試験室：自動車メーカーの要求を試験するための設備。引張り強さ、引裂強さ、破裂強さなどの機械的強度、耐熱性(83℃／1000時間)、耐光性、耐摩耗性、耐寒衝撃性、耐傷つき性などが数値で要求される。また汗の成分、整髪剤、エンジンオイル、ATフルード、ウオッシャー液、グリス、バッテリー液、洗剤、冷汗の成分であるオレイン酸などを白布に塗布して摩擦し、色落ちしないことを確認する。市販の手入れ剤14種の攻撃性に対する耐久性テスト、鞣剤の残留などで生じる可能性のあるシックハウス対策(VOC測定)も最近の要求だ。シボや塗装などで変わる表面の触感を数値化した要求に対応した試験もおこなう(ピアノ線を革の表面をスライドさせ電気抵抗値を測定)。風合いのいい染め革などではこれらの要求は絶対にクリアできない。手入れ剤が自動車メーカーに攻撃手段の一種とみなされているところが現実の面白さだ。

（1デシ＝10㎝四方）、カーフやキップは100デシ以下だ。自動車用はカウハイドが主流である。

■選別と分割

原皮の歩留まりで問題なのは生体時の傷だ。傷と聞くと怪我の痕跡を連想するが、皮膚疾患も多く含まれる。ウエットブルーの状態でこれを選別する。傷のないものは平均で全体の2割ほどだという。傷のないものは表面（「銀」と呼ぶ）をそのまま生かすスムーズ革に使う。自動車用だとセミアニリンレザーとかナッパレザーなどと呼ばれている高級車用だ。傷のある残り大半は型押し革に回す。ボックスレザーなどというが、自動車用本革の大半がこの型押し革である。

興味深いのはウエットブルーの選別の後で行う「分割（スプリット）」という工程だ。原皮の厚みは成牛で3～4㎜、ウエットブルーで3㎜前後だが、製品の自動車用革は厚さ1～1・3㎜ほどである。そこでスプリットマシンという機械にウエットブルーを投入し、鋭い循環式刃物によって革の真ん中から上下に切り裂く。これで厚みを調整するのである。

引き裂かれた裏面は当然コラーゲンファイバーの構造が露出し起毛した状態だ。これを表にして使うときは「スウェード」と呼ぶ。となるとスウェードには反対側が銀面のスウェード（高級品）と、反対側が裏面＝「床」のスウェード（廉価品）が存在することになる。床スウェードは旧来革手（＝革の作業用手袋／ウエットブルーのままだから新品時は水色）くらいにしか使い道はなかったが、なんと最近はコストダウンのためにこれに樹脂と塗料を塗り込んで型押ししたものを革巻きハンドルなどに使うケース増えてきているという。言われてみれば最近のハンドルの中にはひどく表面品質が低いものがある。この手がシート用に使われるようになるのも時間の問題だろう。

■再鞣し

クロム鞣しだけが鞣製の手法ではない。ミモザから抽出されるワットルエキス、木の渋であるケブラチョ、チェスナットエキスなどの植物性タンニンを使う方法を「タンニン鞣し」という。タンニンに含まれるポリフェノール化合物がコラーゲンのアミノ基と結合して安定化する。クロム鞣しは柔らかく強く熱や摩擦に強靭に仕上がるため重用されるが、タンニン鞣しの革は緻密で硬く吸湿性に富み収斂性が少ないという特徴がある。靴底やベルト、ランドセルの牛革などはタンニン鞣しが主流だ。最近はさらに優れた物性を引き出す合成鞣剤もある。

ウエットブルーをもう一度タンニン鞣剤や合成鞣剤に浸漬して再度鞣しを行ない、両者の長所を併せ持たせるのが「再鞣し」工程だ。専用の回転式ドラムに投入して行うが、自動車用皮革の場合はこのとき「加脂」と「染色」も同時に行う。

生体時の皮膚に柔軟性を与えていた脂肪を腐敗防止のために分解除去してしまったため、代わりに加脂剤を使って合成樹脂を投入する。昔は加脂に鱈油などの魚油を使っていたため完成した皮革製品には独特のつんとする匂いがあった。一般に「革

ウエットブルー選別：協力業者から納品されたウエットブルーを水につけ柔らかくしてから機械で平らにのし、傷とサイズの選別をする。型押しの不要な綺麗な表面のものは「ヨーロッパ／北海道のいい原皮なら半分取れるが通常は2割くらい、よくない産地だと100枚で1枚もないくらい(宮内清彦社長)」いま作業しているのは馬革のコードバン(＝馬の尻部分)以外の上半身部。鞣したあとでは牛革と区別がつかない。物性も変わらないらしい。ただしサイズが小さくたてがみの部分が使えないので歩留まりが悪いらしい。ランボが牛革なのは当然としてもフェラーリは馬革を使えよと(笑)。

分割：スプリッティングマシンにウエットブルーを投入して、革を銀面側(表側)と床面側(裏側)の上下に真ん中から切り裂いて厚みを調整する。自動車用シートのばあいは肉厚1.2㎜くらいが普通。切り裂いた面がスウェード＝裏革。これをバックスキンとよぶ人がいるが、Buck-skinとはその綴りの通り鹿革のこと(正確には鹿革のヌバックのこと)である。ちなみにコードバンは馬の尻の革をタンニン鞣しし、床面をサンドペーパーで研磨したもの(コードバンの表面は銀面ではない)。

再鞣し：ランドセル用の牛革は真っ平らで硬いが、自動車シート用は柔らかくしなやかだ。クロム鞣しを終えたウエットブルーをさらにもう一度合成鞣剤やタンニン鞣剤に浸漬してそれら用途に応じた特性を付与する。またこの工程では染料による染色と加脂も行う(本文参照)。

の匂い」と信じられてきたのはそれである。鞣した革も合成樹脂も無臭だから現代の革には匂いがない。合成樹脂は酸化も蒸発もしないのでもはや革が乾燥することもなくなり、現在の自動車用皮革は基本的に手入れの必要がない。むしろ余分な油脂を浸透させるとバクテリアや黴の発生を誘発したりトラブルの原因になる（試験室の写真説明参照）。

再鞣し時には染料を投入して革全体を着色する。これは表面の化粧のためではなく、塗装をした革を裁断したり縫製したりした時に白い地が露出して不自然に見えないようにするのが目的だ。したがって黒く塗装する革は黒く染め、茶色で塗装する革は茶色で染色しておく。逆にこれが「クルマの革は染め革だ」と勘違いする要因でもある。大手内装クリーニング業者が「ベンツの革は染め革です」とウソ八百の講義をしていたケースがあるが、自動車用内装には染め革など絶対に使っていない。自動車用皮革の表面はロールス・ロイスから軽自動車まですべて塗装である。

乾燥・含浸・塗装：革に投入した染料や加脂剤を固着するため乾燥させる。ネット貼りとは革の端をトグルと呼ぶ小さな金属製の器具でつまんで引っ張りパンチングメタルに引っ掛ける作業で革を全方向に展張、50℃の乾燥炉に2時間ほどいれて平らに引き延ばす工程だ。塗装はまず樹脂のベースコートをローラーで塗り込み炉中で強制乾燥してから、色のついたペイント（一液湿気硬化型）をスプレー吹きする。ランドセル用コードバンのばあい塗料はローラー塗りで、乾燥やブツ取りをはさんで6回塗装。

■乾燥・バフィング

「革は濡らしてはいけない」というのは常識だが、実は再鞣しまでの工程はすべて水に浸した状態で行っている。革は本来、水にも熱にも強い。問題は濡れたまま乾燥させると収縮してごわごわに硬くなってしまうことだ。したがって加工工程でも乾燥は重要である。乾燥には自然乾燥（陰干し）、強制乾燥、ネット貼りなどの方法がある。自動車用の場合自然乾燥で生乾きになるまで水分を飛ばしてからネット貼りすることが多い。

再鞣しを終え乾燥するとシープスキンの50万円のブルゾンのような素晴らしい風合いの染め革が完成する。

しかしクルマには使えない。

まず銀面を平滑でスムーズにするためサンドペーパーをかける。「バフィング」という。自動車用の場合は傷のないスムーズ革でもバフィングしているようだ。ちなみにバフィングしたままの状態で使うのが「ヌバック」である。

■含浸・塗装

自動車メーカーには10社10様の厳しい品質基準があるが、本革に対しても例外ではない。耐摩耗性の試験では表面の擦れや剥がれだけでなく汗、エンジンオイル、バッテリー液などが付着した状態で摩擦しても色落ちしないことなどを要求する。耐久性に関する品質要求は徹底的だ。これらすべて耐えられるのは表面に厚く塗装を施した塗装革だけである。

塗装工程ではローラーを使ってまず繊維束の間隙にアクリル樹脂やメラミン樹脂のベースコートを塗り込んで強度を高め、これを下地として表面に顔料塗料をスプレーする。宮内産業では一液性湿気硬化型塗料を使っているが、一般には水性二液ウレタンもよく使う。

型押し：エンボス、ボックスともいう。塗装後に行う。上は本来の牛革のシボの状態、下がロール型で人工的なシボを加圧（80kg/㎠）＋加熱（80℃）で転写した状態。自然な風合いはなくなってしまうが傷や欠点は消え、工業製品として均一な銀面になる。ユーザーが求めているのは自然で風合いのあるファッションではなく完璧な自動車なのだからこれも仕方がない。

■型押し・軟化処理

傷のある革はバフィングして塗装しても表面にその痕跡が残って見える。そこで金属型をつかって革シボ模様を熱転写する。ステアリングなどではディンプル模様を型押しする場合もある。

塗装すると革は硬くなるのでドラムの中に入れて回転させながら4時間ほど揉みほぐして軟化する。しわくちゃになった革をダイナパックという機械に入れて引き伸ばし皺をとる。

■トップコート

最後に表面につや消しのクリヤウレタン塗料を9～20μほどスプレー塗装し、表面に強靭な層を形成する。場合によってはこの後さらに柔軟処理を行う場合もある。

２０２７年開業予定の中央新幹線（超電導リニア）は延長２５０１９ｍのトンネルで南アルプスを貫通、この伊那谷で再び地上に顔を出す。中央新幹線長野駅は宮内産業から北に２・５㎞ほどの市中央部飯田市座光寺・上郷飯沼地区に建設される予定だそうだ。そうするとここも東京の通勤圏になるだろう。20年後もし生きてても、きっと取材はもう無理かな。

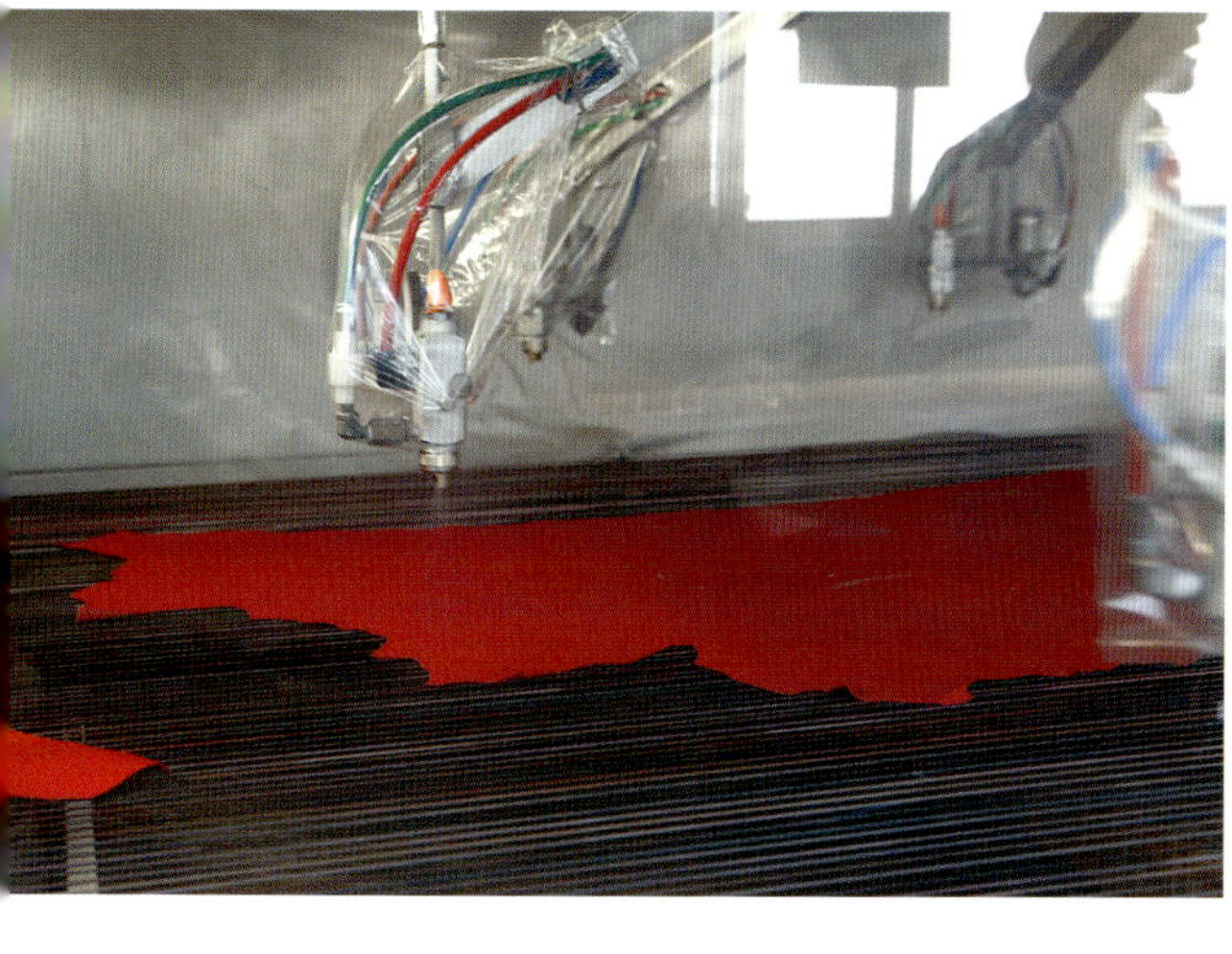

上塗り工程：空打ちなどの軟化処理をしたのち、つや消しクリヤを塗装し表面の物性を保証する。この素晴らしいレッドの革は某高級アフターマーケットシート用。宮内産業のアフター自動車用「ハイクラス」はスムーズ15色、型押し30色。価格はおおよそハイクラス＝70円／デシ、型押しで50円／デシくらいだという。一頭分2～3万円くらいの計算だ。ただしOEMは価格競争が苛烈らしい。自動車用OEMではアメリカGST Autoleather Inc.、同Eagle Ottawa LLC.、日本のミドリオートレザー（株）がシェア上位3社。欧州ではドイツBader GmbH & Co. やEissmann Automotive Deutschland GmbHが大手である。

●取材 2018年1月26日 ●執筆 2018年2月16日 ●掲載 GENROQ 2018年4月号

参考文献　「新版 皮革科学」日本皮革技術協会刊

第70話 ［プロフェッショナリズム］

うなぎパイの秘密

日本やアメリカでパイといえば甘いお菓子だが、オーストラリアでパイといえば断固ミートパイである。パイの世界の名著ジャネット・クラークソンの「パイの歴史物語」にはパイの語源についてパテ、パスタ、ペストリー、パスティーとの関連を指摘している。14〜15世紀ごろまでのパイはかまどで肉を焼くための容器で、食べるようになったのは16世紀以後らしい。パイの種類は世界に数多く、イングランドにはパイ生地にうなぎを詰めて焼くイールパイという郷土料理が存在し、これが地名にもなっている。しかしここでの話題は生地を何度も折り畳んで層にしてから輪切りにして焼いて作るフィユタージュのパイ菓子「パルミエ」だ。日本が生んだ傑作洋菓子の小さくておいしい秘密。

PHOTO◉荒川正幸（*Masayuki Arakawa*）　協力◉うなぎパイファクトリー http://www.unagipai-factory.jp

うなぎパイシアター

「うなくん」と「うなくん号」（移動カフェ）

期間限定スイーツ
ウナギパイミルフィーユ仕立て

うなぎの寝床（見学コース内）

やばい。

誰もが最初のその瞬間こう思ったはずだ。

「夜のお菓子うなぎパイ」

裏を返えして原材料名を見ると、小麦粉、砂糖、バター、植物油脂、うなぎ粉……と書いてある。「うなぎの粉」とは一体なんのことだろう。しかしマムシのエキスとかガラナとかマカとか高麗人参とか精力増強効果があるとされるような成分は一切記載がない。

食べても大丈夫なのか。

おそるおそる袋を開けると、ふんわりバターの甘い香りとパイの香りがする。そっとかじってみると、かりっとした表面とさくっとした歯ごたえだ。

すごく香ばしい。

甘すぎない。

めちゃくちゃおいしい。

夜もうなぎもどこかに吹き飛んであっというまに1枚目がなくなり2本目に手が伸びる。

これは完璧なひとつのマーケティング的小世界だ。商品名で注意を引き、キャッチフレーズで野趣をそそり、素敵なその味でたちまち魅了する。1枚づつ透明の袋に密封された商品が宣伝・広告・拡販のすべてを演じている。

そして最後に目が行くのが「浜名湖名産」というその文字。

こんなに妖しくてこんなにおいしいのに、うなぎパイは地元浜松周辺と名古屋以外ではなかなか手にはいらない。コンビニやスーパーには売ってないし割れやすいので通販も行っていない。東京の空港やデパートの名産品売り場なら置いているかも。

つまり「希少性」こそうなぎパイの四番目にして決定的な吸引力だ。こ

有限会社春華堂／株式会社うなぎパイ本舗
経営管理室 広報担当
手嶋千恵さん

全長12mの窯を流れるムービングベルトの終点に待ち構えていてうなぎパイの検品を行っている職人。幅と長さのサイズ、焼き色などを目視検査して規格外の商品をはじく。写真を撮影した時点では焼き上がりが好調なのかほとんどのパイが検査をパスしていたが、約1時間後にもう一度戻ってくると、やや全般に焼き色が濃すぎるのか、流れてくるパイの数割がはじかれていた。それらのパイは「お得用袋」として浜松市内の直営店で販売される。2017年4月に東京のマーケティング専門会社が全国20歳以上の男女1000人を対象に「お土産お菓子」の認知度に関する調査を行ったところ、うなぎパイは認知度73.7％。札幌の「白い恋人」についで堂々の全国第2位だった。3位は僅差で鎌倉の「鳩サブレー」、4位以下京都の「生八つ橋」、東京「東京ばな奈」と続く。調べて見ると「鳩サブレー」と「生八ツ橋」は明治時代から存在し「白い恋人」が誕生したのは1976年、「東京ばな奈」がもっとも新しく1991年のデビューだった。春華堂は社の方針で浜松以外には直営店は出店しないらしい。「地元名産」のプライドを守る心意気だ。

れはあくまでも浜松の名産品なのである。

東名高速・浜松西ＩＣから南に約８㎞ほど下った丘陵地帯に切り開かれた浜松技術工業団地の一角に「うなぎパイファクトリー」はあった。広大な敷地に電子機器メーカーや精密試作加工会社などが並んでいて、お隣はエンジニアリングプラスチックの金型製造で知られる大手メーカー。ベージュ色で窓のない近代的なうなぎパイ工場も正面の壁面に大きな「うなぎパイ」のロゴマークがなければ電子機器工場みたいに見える。浜松市中区神田町の旧工場が老朽化したため２００５年4月にこの新工場を建設した際、以前から多く寄せられていた「うなぎパイの製造過程が見てみたい」というファンの声に応えて見学コースを設置した。以来年間平均70万人以上が来場しているという。取材当日も専用駐車場は自家用車や観光バスでほぼ満杯だった。

「あの、そもそもうなぎの粉というのは一体なんですか」

有限会社春華堂／株式会社うなぎパイ本舗・経営管理室・広報担当の手嶋千恵さんにお会いして開口一番、この商品最大の謎を尋ねてみた。

「はい。そのご質問が一番多いです。うなぎの粉、本当に入っています。蒲焼に使わない部分、頭と骨、これを煮出して出汁をとって粉末にしたもの、これをパイ生地に練りこんでいます」

粉は専門業者が納入しているという。うなぎの蒲焼は工場で大量生産されコンビニなどで広く販売されているからその製造過程の副産物かもしれない。現物の粉は見られなかったが、見学コースに設置された「うなぎパイシアター」で見た動画の中にボールに入れられたベージュ色の粉が登場している。キャスターの少女はそれを舐めて「魚の味がする〜」と歓声をあげる。

うなぎパイを食べても魚の味などしない。いや実はほんのちょっぴりしているのだろうか。そのほんの少しのうなぎの味が病みつきの秘密なのだろうか。

「おいしさの要素のひとつとして含まれていると思います」

ますます面白い。

ちなみにうなぎパイ6本分に含まれるビタミンＡはうなぎ１００g分に相当する。滋養強壮の件はともかく、お菓子としての栄養価は期待できる。

うなぎパイの発売元である有限会社春華堂は浜松市にある老舗の和菓子／洋菓子店である。初代社長山崎芳蔵氏が１８８７（明治20）年に創業、一説には江戸時代に浜松名産の浜納豆から考案されて全国に広まったともいわれる甘納豆を浜松で作って東海道線・浜松駅で販売し人気を呼んだ。１９４１年、２代目の山崎幸一社長は黄身桃山を白豆の最中餡で包んだ卵型のお菓子「知也保（ちゃぼ）」を創作、これも同店の人気商品になった。この商品では実用新案を取得するなど2代目も創意工夫の

「紙は9回以上折れない」という都市伝説があるが、パイ生地は伸びるのでもちろん何度でも折れる。うなぎパイは矢印の幅に9000もの層があるという。荒川さんが撮ってくれたこの写真を見ると、最終的に生地を三つ折りにしてから輪切りにしていることがわかる。さらに円内をよく見ると、その生地は内折り（ハート形）に4つ折りした生地をさらにジグザグ（M型）に4つ折りしてあるようだ（＝16層）。フィユタージュは三つ折りや四つ折りしながら層を作っていくパイ製法で、動画でも職人は生地を三つ折りにしていた。単純に考えれば4回折りを3度繰り返してから3回折りx1、さらに4回折りx2、最後に3回折れば9216層になるが、片側にしか砂糖を振らないなら生地同士がくっつく部分は一体化して層にならないから、こんな単純な計算ではないはずだ。

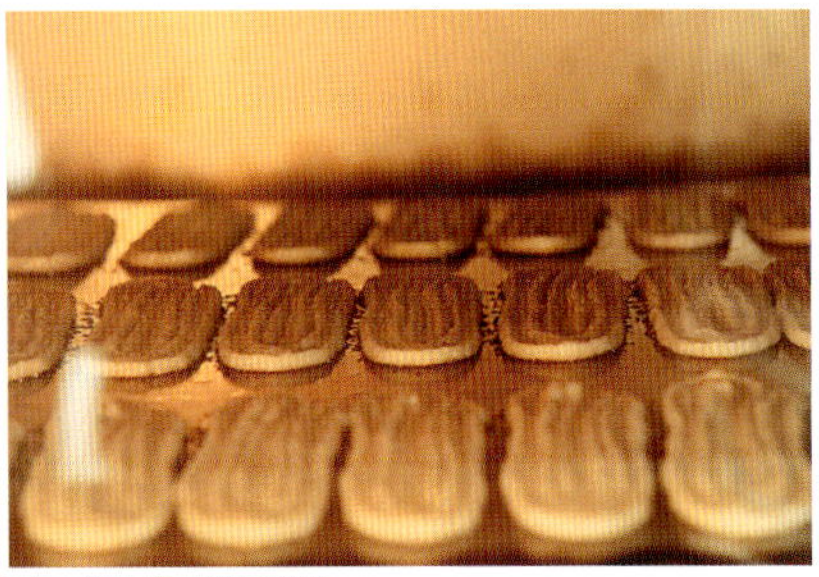

輪切りにしてムービングベルト上に横倒しに並べられたときのパイ生地の幅は1センチ程度。これが数m先では一気にうなぎパイの幅＝約30mmにボンと広がる。フィユタージュに練り込まれたバターと1層1層にはさみこまれたグラニュー糖が急激に蒸発することによって層間が剥離して膨張し、横方向に幅が広がるのである。ここがパイの面白さ。ラインスピードは公表されていないが、目視では50cm／10秒くらい、つまり12m／3分くらいだろう。焼き時間はおどろくほど短い。とすると常道の200℃より炉内は高温か。

人だったようだ（現在も「知也保の卵」の商品名で販売中）。

昭和30年代の高度成長期、「知也保」を超える浜松の名産品を作りたいと考えた同社長は、旅先での何気ない会話から「うなぎを使った浜名湖名産お菓子」という着想を得る。社内でさまざまなアイディアを出して試作した中で、うなぎのエキスを練りこんだパイ生地を使ってパルミエ風洋菓子を作った職人がいた。これが有望となって開発がスタートする。

当時の開発研究ノートが近年になって社内で発掘されたそうだが、おいしさを追求しレシピや焼き方の様々な研究が徹底的に行われたらしい。大正時代に日本に入ってきたフランス菓子のパルミエ（Palmier＝椰子の葉）はご存知の通りパイ生地を内側に四つ折りしてハート形を作り、薄く輪切りにして焼いたものだ。対してうなぎパイは蒲焼を連想させる細長い形状。試作段階では頭をひねったり串に刺したりもしてみたらしい。

苦心の開発の末、1961（昭和36）年1月「うなぎパイ」の発売開始。疲れて家に帰ってきたお父さんを囲んで家族団らんで食べて欲しいという願いから「夜のお菓子」と命名したが、誰もが思ったあの妖しい勘違いから評判になって1962年に60万本だった年間売り上げ本数が3年後に790万本に達するという大ヒットになった。発売当初のパッケージは浜名湖をイメージした水色。これを当時の「まむしドリンク」に似た赤と黄色のカラーリングに変更したのも爆発的売り上げに結びついた一要因だったという。確かに赤と黄色は日本のエナジードリンクの定番カラーだ。

発売当初のレシピと製法をいまも忠実に守りながらうなぎパイは作られているが、製造工程でもっともノウハウが多い生地の「仕込み」「仕上げ」の工程は残念ながら公開されていない。「うなぎパイシアター」の動画でその光景を垣間見ると、なんと職人の手作業である。

小麦粉、バター、うなぎの粉を計量し、水を入れてミキサーで撹拌、1個6kgの生地玉を作る。これをうなぎパイ職人が手に持った麺棒で押し込むようにしながら伸ばし、折るという作業を繰り返してパイ生地を作り、冷蔵庫で24時間ねかせる。これが「仕込み工程」。

小麦粉の成分の7〜8割は澱粉質、1割ほどが糖蛋白質であるグリアジンとグルテニンだ。小麦粉が水を吸収するとこのふたつの蛋白質のアミノ酸の側鎖がイオン結合、水素結合、分子内ジスルフィド架橋などによって結合、3次元の網目状になった高弾性のグルテン（麩質）を形成する。もちもちの麺やパンになるかさくさくのパイになるかの違いはグルテンの量。練るときの水の量が少なければ生成されるグルテンも減ってさくさくになる。生地に混ぜるバターなどの脂肪分が多ければ水分の吸収が抑制されてグルテンは減少する。すべての化学反応は温度に依存するから雰囲気温度が低いならグルテンの生成も遅い。「材料と道具をよく冷やす」「水は最小」「手早く作業」。パイ作りのこの基本三原則はひとえにグルテンの生成を抑えるためだ。

うなぎパイの生地に使っているバターはメーカー特注の専用品。味だけでなくバターは食感を生む秘密でもあるからだ。

仕上げ工程では一晩ねかせた生地

「伸ばす、折る、伸ばす、折る。うなぎパイ作りは集中力と根気、そして体力のいる作業である」春華堂が配布している小冊子「守るもの攻めるもの」にはそう書いてある。一人前になるまで10年。職人のモチベーションをさらに高めるため、2014年から新たにうなぎパイ職人の「師範制度」を導入した。技術、素材や技術の知識、人間性など「心、技、体」を360度評価して「錬士」「範士」「宗家」「師範」などの称号を付与する。ピラミッドの頂点である「師範」は現在1名、「宗家」3名。箱詰め商品の中に入っている「職人くんの日々」という小冊子には彼らの奮闘ぶりがイラストで描かれている。

にグラニュー糖を振り、麺棒で押し込み、折り返してからパイローラーという機械で細長く伸べる。これを何回も繰り返し「層」にしていく。麺棒は長さ90㎝の桜材。硬くて長持ちするらしいが、両端が痩せて細くなるまで使い込むというから凄まじい。グラニュー糖は大粒のやはり特注品。1回に掴んで振る量はうなぎパイ職人の勘だが、ベテランは1gと違わないという。生地の硬さは湿度や気温で毎日変わっているから伸ばしかたは毎日微妙に変える。

仕上げのこの工程自体はお菓子作りでフィユタージュと呼ばれる「折りパイ」の製法と大筋では似ているが、うなぎの粉、特注バター、専用グラニュー糖という原材料のこだわりに加え、最終的なパイの層が一般的なパルミエよりもはるかに多い9000層にもなっているところが特徴だという。これも食感の秘密だ（写真説明参照）。

ここから先は自動化された工程である。

生地に砂糖を馴染ませるため15分くらい置いた生地をパイカッターに投入してパイ生地を薄く輪切りにし、細かいチェーンを敷き詰めたようなムービングベルトの上に横倒しに並べていく。ベルトはそのまま長さ12mの窯（電気炉）の中に入る。

フィユタージュの一般的な焼き温度は200℃前後だが、窯内の温度はもっと高いように思えた。投入から2m付近の見学窓から炉内を覗くとパイの幅は2㎝くらいしかないが、およそ5m地点の二番目の覗き窓から見ると幅が一気に広がってうなぎパイのサイズ＝幅約30㎜になっている。高熱で激しく蒸発するグラニュー糖（とバター）の圧力によって横倒しのパイ生地が横方向に膨張する。これを「パイの層が立つ」と言うらしい。

8m付近の第三の窓ではもう黄金色に焼けている。途中でひっくり返しているような様子はないので、おそらくヒーターが上下にあるのだろう。電気炉の温度もその日の気温と湿度で微妙に調整するという。

窯から出てきたうなぎパイは160℃。ここで自動式のハケを使って透明の液体を塗る。社内でも数人しかレシピを知らないという「秘伝のタレ」だ。一般にパイの艶出しに使うのは卵黄や砂糖水だが、うなぎパイの秘伝のタレで唯一公表されている成分はガーリック。開発当時2代目が餃子からヒントを得て香りつけのために提案したという。炉から出た直後の熱い状態で塗布していること、片面にしか塗っていないこと、塗布後すぐ冷風を当てて40℃に冷却しているのもポイントのように見えた。

目視検査を受けたうなぎパイはX線異物検知器を通って1本1本透明のパッケージに自動包装、自動ラインなどで箱詰めされていく。現在この工場では6本のラインを使ってオリジナルの「うなぎパイ」、1970年1月に東名高速開通を記念して登場した「うなぎパイナッツ入り」、1993年1月発売のナッツとはちみつ入り「うなぎパイミニ」、そして同年4月発売のブランデー風味「真夜中のお菓子うなぎパイV.S.O.P.」の4種類を製造している。生産数は1日なんと20万～30万本。1個6kgの生地玉600～900個分を毎日うなぎパイ職人53人で手作りしている。

うなぎパイファクトリーには工場直売店が併設されていて、うなぎパイ4種類に加え姉妹商品「朝のお菓子すっぽんパイ」「昼のお菓子しらすパイ」なども販売されている。

オリジナルのうなぎパイ36本入りを買って帰って食べてみた。

やっぱりうまい。おいしい。もうとまらない。

窯からでてきてすぐ、焼きあがったうなぎパイの表面に自動式のハケ(シリコン製)で「秘伝のタレ」を塗っている。左のSUS製タンクから供給されているのは透明の液体だ。レシピで公開されているのはガーリックだけだが、そう言われるとあれこれ邪推したくなるのが人情。これだと思った山椒、胡椒は「入っていません」という回答。しかしかりっとした表面の質感からみて砂糖水がベースだろう。

ラインの末端では箱詰め／包装を行っている。2017年4月に導入したという自動機が画像認識でうなぎパイを1列に並べ、X線異物検出器を通してから1本1本包装する。ここで割れチェックも行っている。包装したパイを規定の枚数ごとにもう一度密閉包装する。乾燥剤はこの袋内に投入。箱詰めと包装にも自動機が導入されていて、パイとしおりを入れてからエアで蓋を吸って被せ、いかにもお土産物らしい伝統の包装紙でくるむ。作業者は全員頭まで完全に覆う白衣にマスク、手袋。工程内全体は揚圧(気圧を高める)されており、外部からの埃や虫の侵入を封じている(＝クリーンルーム)。

工場直売店でお土産が買えるのも楽しみのひとつ。「うなぎパイ」は12本入り891円(税込962円)、16本入り1189円(同1284円)、「うなぎパイV.S.O.P.」10本入り1819円(同1964円)、「うなぎパイミニ」10本入り660円(同712円)。このお値段をどうかお忘れなく。「浜名湖名産」ゆえ販売は東海・中京地区が中心、割れやすい商品のため通販もしていない。その稀少性をいいことにネット通販では定価の3倍以上の値を掲げる転売業者が横行している。どうか転売品に手を出さぬようご注意あれ。

うなぎファクトリー内に設置された「うなぎパイカフェ」。2015年7月にリニューアルオープンした。取材当日いただいたのは季節限定の「うなぎパイミルフィーユ仕立て」(750円)。うなぎパイのミニ、工場内にあるアイス製造室でバニラビーンズを使って作った自家製ジェラート、静岡産の紅ほっぺをあしらった冬のデザートだ(4月中旬くらいまで提供)。最高においしかったのは手で立てた抹茶をレモンソーダに入れる「お茶スカッシュ」650円。ここに来たらぜひお試しを。

●取材 2018年2月28日　●執筆 2018年3月14日　●掲載 GENROQ 2018年5月号

参考文献　「パイの歴史物語」ジャネット・クラークソン著 竹田円訳 原書房刊

第71話 ［全国必見博物館］

岐阜かかみがはら航空宇宙博物館

足掛け3年半の期間と49億円の費用を投じた「かかみがはら航空宇宙博物館」の全面改装工事が完了、2018年3月24日(土)リニューアルオープンした。マスコミがいっせいに報じたこともあって3月の一週間だけで3万人もの来場者が詰めかけたという。リニューアル最大の呼び物はもちろん世界に一機しか残存しない実物のキ61「飛燕」戦闘機だが、床面積が広がって格段に見やすくなった航空機展示フロアやNASAとJAXAの協力を得て新設した宇宙開発関係の展示なども注目だ。混雑が緩和してきた頃合いを見計らって、4月6日にお邪魔した。改修費用のほとんどを岐阜県と各務原市が負担したということもあって博物館名には新たに「岐阜」の冠がついた。「岐阜かかみがはら航空博物館」、ニックネームは「空宙博」と書いて「そらはく」だ。

PHOTO◉荒川正幸（*Masayuki Arakawa*）　協力◉岐阜かかみがはら航空宇宙博物館 http://www.sorahaku.net

曇天の空を切り裂く轟音をたてて頭上をT-4中等練習機が飛んでいく。また1機。もう1機だ。ひときわ鋭く割れるような音をけたてて森の向こうから離陸していったのはF4EJファントム。

博物館の北の丘の向こう側にあるのは航空自衛隊岐阜基地である。退役が迫っているファントムを運用している戦闘機部隊はいまや茨城県百里基地の二個飛行隊だけだが、岐阜基地に展開している飛行開発実験団（PDTW）はミサイルや誘導爆弾などの開発テストベッドとして何機かのF4EJを保有する。

ここに来るのは実は3度目だ。改築前の2013年7月22日に取材見学したときはF4EJ、F-15イーグル、T-4中等練習機などの開発実験などに携わった航空自衛隊の元テストパイロットである森田康仁さんが学芸担当嘱託職員として館内を案内してくださった。

「T-4では音速を突破したりもしました」

説明の合間になにげなくおっしゃったその言葉が忘れられない。練習機であるT-4の最大速度はマッハ0・91、通常の飛行では超音速など出ない。つまり森田さんは機体の限界をテストするため機体をわざと急降下させて強引に音速を突破したのだ。テストパイロットとはなんとも凄まじい職業である。

今回案内してくださったのは同館広報渉外課長の加藤喜生さん。取材の腕章をもらって館内に入場すると順路の最初は黒い壁と床に囲まれた展示室（右上の館内図A1）。ライト兄弟の初飛行に幕を開けた航空史の解説である。天井からは1903年12月17日にノースカロライナ州キティホーク近郊キルデビルヒルズで4回の動力操縦飛行に成功した「ライトフライヤー号」のレプリカが吊るしてある。アメリカにおける博物学の権威スミソニアン学術協会が運営する博物館群の中のひとつである国立航空宇宙博物館が所有する図面の提供を受け、リニューアルに際して日本で復元したものだそうだ。フライヤー1の実機は、チャールズ・リンドバーグのライアンNYP1、Me262とV2ロケット、チャック・イエーガーのベルXS1（X1）、アポロ11号司令船CSM107などの歴史的航空宇宙機とともにスミソ

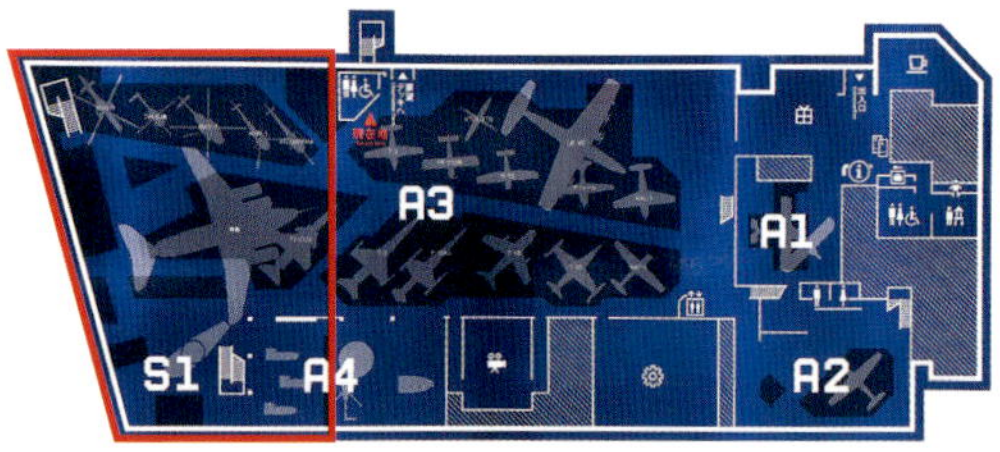

赤枠内＝増築部分

三菱ハ42-21ル試作エンジン

H-II衛星フェアリング

H-II用LE-7液体燃料二段燃焼サイクルエンジン

ライトフライヤー号

A2展示室2階にある休憩所から見た飛燕の圧倒的な構造美。無塗装にしたゆえにかまぼこ型のエアフレーム横断面形、海軍機と違ってほっそりした後部胴体、分厚い翼断面形などの設計的な特徴が鮮やかに浮き出ている。設計形状だけを再現したプラモデルなどと決定的に違うのは物体としての構造感と質感だ。各断面のフレームをストリンガーで結んで立体にし何十枚ものアルミパネルをそこにリベット止めして作られた総金属製機体というのは提灯のようにきゃしゃで繊細で弱々しく、いかにも軽い。こんなものに1000psをくくりつけたら空くらい飛ぶという実感がある。本機は性能向上型の飛燕II型（キ61-Ⅱ改）の開発過程で1944年春ごろ川崎航空機岐阜工場で製作された試作17号機（製造番号6117号）で、終戦まで陸軍多摩飛行場（現・在日米軍横田基地）の陸軍航空審査部に所属していたが米軍に基地ごと接収され、基地内に1953年まで展示されてから財団法人日本航空協会（現・一般財団法人）に返還された。このとき航空協会の依頼で米軍が機体内外部を補修している。各地の空自航空祭や遊園地／デパートの催しなどに貸し出されたのち、1986年に鹿児島県の知覧特攻平和会館に貸与され29年間屋内展示、2015年9月に71年ぶりに生まれ故郷の岐阜工場に戻った。修復は社内の有志20人が担当。機体塗装とともに下地に大量に使われていた自動車板金用ポリパテをすべて剥離したが、内部などは剥離剤の影響を懸念して1953年の米軍修復時のまま残された。徹底したレストアを行えなかったのは寺社仏閣や仏像などに適用される「文化財保護」という考え方を日本航空協会が適用したからだ。しかし「塗装しなければ再塗装もしなくていいから結局は痛まない」「塗装するより腐食しない環境に保存するのが先決」という考え方そのものは確かに理にかなっている。

ニアン博物館が所蔵している。

日本で初めて飛行機が空を飛んだのは意外にもライト兄弟の初飛行のわずか7年後である。「富国強兵」を掲げ近代化を急いだ明治日本は、西欧で飛躍的発展を遂げていた航空機分野にも注目、陸軍、帝国大学、中央気象台の合同で「臨時軍用気球研究会」を発足させて飛行場の建設予定地を模索するとともに、徳永好敏陸軍工兵大尉と日野熊蔵陸軍歩兵大尉をフランスに派遣して操縦技術を習得させた。2人はフランス製アンリ・ファルマン3複葉機とドイツ製の小型単葉機グラーデ2リベーレ機を購入して日本に持ち帰り、1910年12月14日、東京の陸軍代々木練兵場において10万人の観衆が見守る中、徳永大尉がファルマン機を操縦して1分20秒の動力飛行を敢行した。現在の代々木公園内の木立の中に「日本航空発祥之地」と記した巨大な石碑と2人の胸像がひっそり埋れている。

翌1911年4月1日、日本初の飛行場である所沢試験場が開港、ついで1917（大正6）年、陸軍第3師団の砲兵演習場だった各務原（かかみがはら）に本格的な飛行場である陸軍各務原飛行場が作られ、所沢からまず航空第2大隊が引っ越してきた。

一方、1878年に東京で創業した川崎造船所は発展の可能性を的確に見据えて1919年に兵庫工場内に自動車・航空機製作部門を設立、1922年に各務原飛行場の脇に設置した分工場でフランスのサムソン2A2型＝乙式一型偵察機のライセンス生産を開始する。同部門は1937年に川崎航空機工業として独立、これを機に各務原は航空機製造業の街として発展していった。

黒いトンネルをくぐってB2フロアへと順路を進むと、銀色に輝く機体が目に飛び込んできた。

飛燕だ。

世界で唯一現存している実機の所有者である一般財団法人日本航空協会の依頼によって川崎重工業株式会社航空宇宙カンパニーが約1年を費やして修復、神戸ポートターミナル大ホールで開催した同社創立120周年記念展（2016年10月15日〜11月3日）で一般公開した機体である。リニューアルオープンを機に本館に展示されることが決まっており、分解して神戸から輸送、改装工事の最中は分解したまま裏手の収蔵庫内で仮設公開していた。2017年1月19日その機会をとらえて2度目の取材にきた。同日は修復作業にあたった同社の有志関係者数名にお会いして直接お話を伺うこともできた。

己の主脚で地面に立った飛燕の姿はなかなかに凛々しい。

右は改装前のメイン展示フロア(2013年7月22日撮影)、左が今回の大改装後。ほぼ同じ位置から撮影。奥側(北側)が増設部分で、床面積が1.7倍拡大したため、翼と翼が折り重なるように詰め込まれていた旧展示が広々と生まれ変わった。おかげで「こんな機体こんなエンジン前からあったっけ」という再発見がある。航空は白、宇宙は黒という新しいテーマカラーにしたがって床もすべて貼り直されているが、小型機は人力で牽引して外に出し、大型機は館内で大移動するなどして床を長尺していったという。岐阜かかみがはら航空宇宙博物館は1996年3月23日に開館。入場料はリニューアル前と同様大人800円だ。

終戦6年後の1951年に横田基地内で撮影された飛燕。尾翼に赤い「17」の文字があることからオリジナル塗装の状態だろう。風防はあけっぱなし、主翼前縁の機銃覆が欠品しているなど機体の痛みもうかがわれる。オリジナルの計器類などはこのときほとんどなくなった。しかしこの機体が最大のダメージを受けたのは返還後である。全国たらい回し展示巡業の過程で搬入都合で主翼を切断したのだ。飛行能力はこのとき消失した。国宝阿修羅像だってかつては打ち捨ててそこらに転がしてあったのだから、時と場合によってころころ変わる日本の文化財保護思想など傾聴に値しない。(写真：JamesE.Gates)

永久的保存という観点からあえて塗装は施していない。機首の黒い防眩塗装や主翼前縁の黄橙色の敵味方識別塗装、翼と胴体の白縁の日の丸もなしだ。面白いのは無塗装であることを逆に利用して日の丸の国籍識別標識を機体と翼にスライド投影するという演出。AR技術を利用すれば塗装した姿をスマホで体験するという手法も可能だろう。それなら塗装のバリエーションの再現もできる。資源が不足した大戦末期の機体は下地処理を省略して金属に直接塗装したり迷彩を塗りたくったりしたようだから、拡張現実でも十分実感はでると思う。

戦時中に飛燕を開発・生産していたのはもちろん各務原飛行場に隣接した川崎航空機である。1935年陸軍がキ10（キ＝陸軍機体計画番号）を九五式戦闘機として制式化したのに続き、川崎航空機はメッサーシュミットMe109E用ダイムラーベンツ製DB601（A）型33・9ℓ V12（倒立）エンジンの製造権をドイツから入手して国産化する計画を推進、これを搭載する日本初の液冷式戦闘機のキ61の開発を土井武夫技師を中心にすすめて1941年12月に初飛行に成功した。1943年に「三式戦闘機」として陸軍が制式化したその航空機の一般向け愛称が「飛燕」だった。川崎航空機・明石工場（現・川崎重工明石工場）でエンジン、岐阜工場（現・航空宇宙カンパニー岐阜工場）が機体を生産してアセンブルし、隣接の岐阜飛行場で試験飛行を行うという生産工程によって終戦近くまでにおよそ3150機を製造した。すなわちここに飛燕が展示されているのは「里帰り」である。

とはいえ航空博物学という観点でも観客の人気という点でもやはり日本の航空史展示に零戦は欠かせない。リニューアルに際しては各方面に実機の入手について打診したらしいが諸処の事情で実現せず、レプリカを作って展示することになった。飛燕の展示室の天井から吊り下げられている緑がかったグレー（灰緑色）の機体は当時の図面や考証から再現した零戦の試作型、12試艦上戦闘機（12試艦戦）の実物大模型だ。

各務原市の周囲には航空機の部品の製作や試作を行う企業が沢山ある。12試艦戦を作ったのも川崎重工の発注で木製の実物大模型（モックアップ）の製作を40年以上にわたって続けてきた市内金属団地にある徳田工業（株）。機体外板のパネルや沈頭鋲の表現だけでなく主翼ねじり下げなど12試艦戦→零戦の設計的特徴も再現されており、映画用大道具の類とは一線を画す出来栄えだ。ぶっとい胴体から尾翼にかけての曲線など惚

A2展示室に懸架してある12試艦上戦闘機の複製。零戦の試作型である。1937年5月に海軍から内示された計画要求に基づいて設計を開始したが、海軍が背反条件の優先順で揺れ動いたため主任設計者の堀越二郎は最適化に苦慮した。1939年3月16日に12試艦戦(A6M1)試作1号機が完成、4月1日に各務原飛行場で初飛行。零式艦上戦闘機11型(A6M2)として海軍が制式化したのは1940年7月24日である。どうせレプリカ作るなら世界に1機も残っていない試作型にしたという発想がいい。博物学とはこうでなくては。

本博物館の航空機展示の特徴は岐阜基地が防衛航空技術開発の中心地であることを反映し、防衛技本や航技研時代の試作機が数多く公開されていること。これは1997年に制式化され2010年までに34機を調達した川崎OH-1観測ヘリコプターの開発途上で乗降性や整備性などの検討のために制作された木製のモックアップ。おそらく12試艦戦を作った各務原市内の徳田工業(株)が製作したと思われる。合板を熱加工して釘で固定する技法で沈頭鋲で固定するパネルラインを表現している。実機をみるより逆に感心してしまう。

れ惚れとする。外板が凸凹になってしまった実機にはこの優雅な感じはない。

マニア必見はスミソニアン博物館から貸与された排気タービンの三菱ハ42-21ル試作エンジンだろう。

飛燕ルームから壁も床も真っ白に仕上げられた本館のメイン展示室である広大なA3展示室に出ると雲の上に飛び出したときのようなまばゆい明るさだった。見事な演出だ。

今回の大改装では建屋の北側を敷地の境界まで増築、床面積を5500㎡から9400㎡へと1・7倍拡張したうえ床材もすべて貼り替えた。展示機は改装前と同じだが、天井から吊り下げられていたグライダーなどの展示をやめて合計19機に削減したため機体の周囲にたっぷりとしたスペースが生まれた。機体の見やすさは浜松エアパーク（航空自衛隊浜松広報館）と双璧だ。

所蔵機の多くは陸海空の自衛隊からの貸与（毎年更新手続）だが、巨大なUF-XS実験飛行艇や低騒音STOL実験機「飛鳥」をはじめ、フライバイワイヤ試験機T2CCV研究機、航技研VTOL実験機、高揚力研究機X1Gなど、防衛技本（現・防衛装備庁）、航技研（現JAXA）などが開発した防衛航空技術の試験機が数多く所蔵されているのが特徴だ。

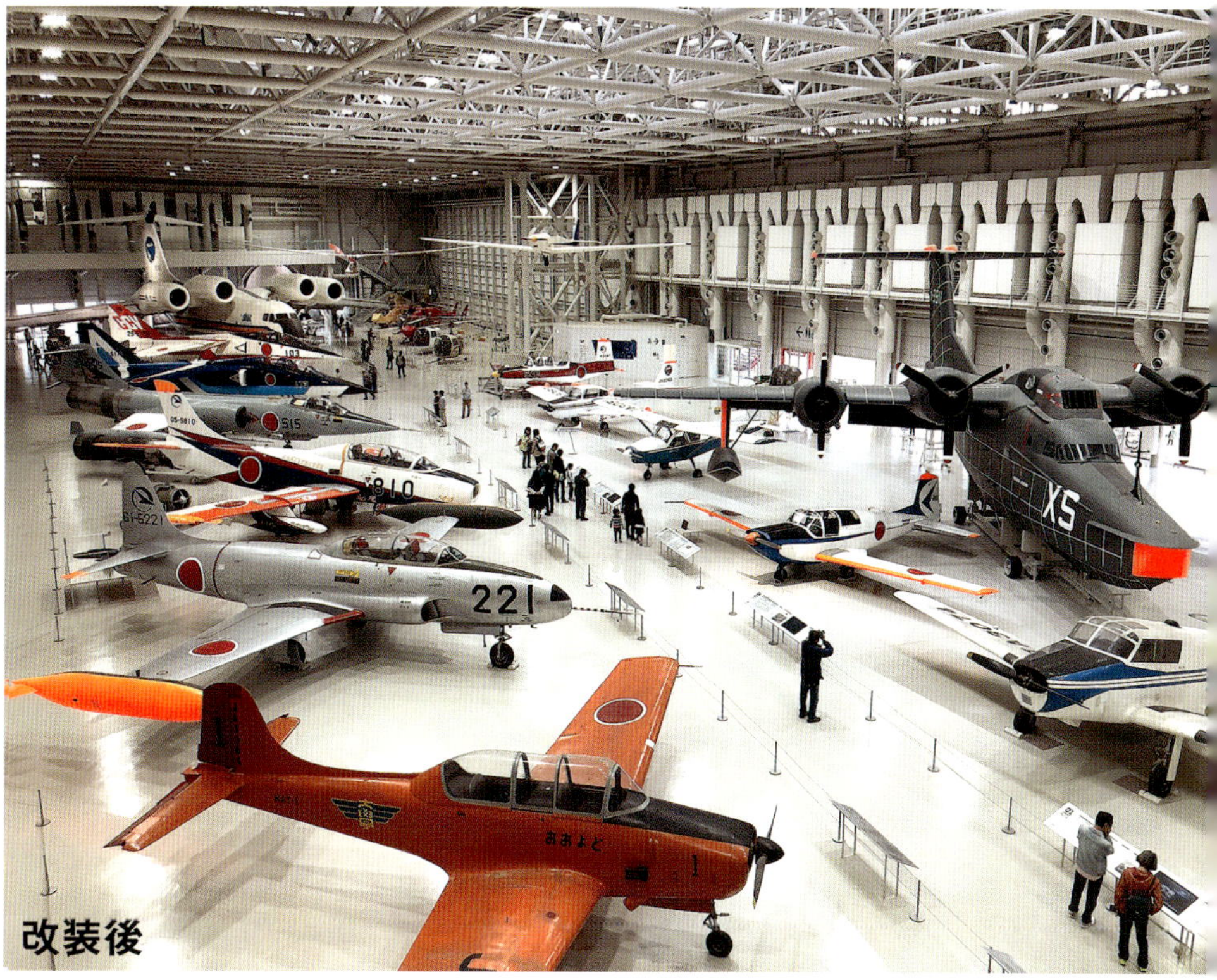

戦時中は飛燕だけでなく多くの航空機が岐阜飛行場を拠点に初飛行や試験飛行を行った。戦後飛行場は米空軍に接収されGifuAB（ギフエアベース）となるが、講和後の1957年に返還が始まると航空機やその装備品の開発を行う防衛技本の試験場施設および実験などを担当する航空自衛隊・実験航空隊が浜松基地から移駐してきて、岐阜基地は航空自衛隊が運用する航空機の開発・試験の中心地になっていった。現在は前述の飛行開発実験団始め10を超える部隊や機関を岐阜基地に配備・設置する。だから各務原の空では試作開発中の航空機がチェイサー機とペアで飛んでいるのを見かけるのもざらだ。名港トリトン近くの三菱重工・名古屋航空宇宙システム製作所でアセンブルされた先進技術実証機X2（ステルス実証機）の32回におよぶ試験飛行も、すべてここを基地として実施した。元テストパイロットの存在や試作機の展示には、そういう各務原ならではのバックグラウンドがある。

フロアの北端からは再び床と壁が黒。リニューアル第3の目玉は「宇宙」だ。

川崎重工業株式会社航空宇宙カンパニーはH-ⅡA／Bや次期H3ロケットの衛星フェアリングの開発・製造をはじめ、宇宙ステーション日本実験モジュール（JEM）、宇宙往還技術試験機（HOPE-X）、技術試験衛星Ⅶ（ETS-Ⅶ）のドッキング機構などの宇宙ロボティックスプロジェクト、そして有人宇宙技術の開発に参画している。各務原の地場産業はいまや宇宙開発にも関わっている。

宇宙開発の展示では日本のロケット技術、人工衛星、有人宇宙開発、そして日本やNASAの宇宙探査プログラムなどを実物や模型で紹介している。必見はJAXAから貸与されている通信放送技術衛星（COMET）「かけはし」の地上試験用モデルだ。JAXA筑波宇宙センター内の「スペースドーム」で見た人工衛星群と同様、実物と同じ構造の試作機。その巨体には誰もが驚くだろう。

飛燕、試作機、精密モックアップ、宇宙開発技術。岐阜かかみがはら航空宇宙博物館は「航空宇宙の街」を自認する地元の誇りが凝縮された施設だ。かっこいい飛行機やスペースクラフトを眺めて帰るだけでもいいが、日本の航空技術発展史と各務原との関係を学んでから行けばより深く博物鑑賞できるだろう。青森県立三沢航空科学館、航空自衛隊浜松エアパークと並ぶ日本三大航空博物館のひとつはリニューアルでさらに見所満載の内容になった。

新設された宇宙開発の展示。各務原市に点在する航空産業はいまや宇宙開発にも大きく関わる。JAXAからH-Ⅱロケットの実機を貸りる話もあったそうだが、輸送コストの観点で断念したという（H-Ⅱの実機や実機レプリカ混成機はJAXA種子島宇宙センター、筑波宇宙センター、名古屋市科学館に展示）。宇宙開発関係最大の展示は国際宇宙ステーションISS日本実験棟「きぼう」の原寸大模型だ。この他NASAからの貸与品、小惑星探査機「はやぶさ2」や火星探査ミッションMSLローバー（キュリオシティ）の原寸大模型なども興味深い。全長2.9m、全幅2.7m、全高2.2mというキュリオシティのでかさには驚く。

「きぼう」の原寸大模型内部。JAXA筑波宇宙センター内「スペースドーム」にある模型は2014年7月開催「宇宙博2014」のために神奈川県の（株）ファインが制作したものだが、どうやら同じ会社に発注して作ったようだ。船内実験室（PM）、船外実験プラットフォーム（EF）、ロボットアーム（JEMRMS）が再現されている。船内保管室（ELM-PS）はついていないが、PM船内はかなりアップデートされており、機器類にハーネス類が結線されていたり万国旗が飾られて運用中の雰囲気が再現されているなど、本家のものより一段と臨場感と完成度が増しているのには驚いた。

●取材 2018年4月6日　●執筆 2018年4月16日　●掲載 GENROQ 2018年6月号

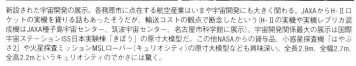

ADDITIONAL REPORT

三式戦闘機「飛燕」とその修復作業

一般財団法人日本航空協会の依頼によって川崎重工業株式会社航空宇宙カンパニーが約1年を費やして修復、2016年10月15日〜11月3日に神戸ポートターミナル・大ホールで開催した同社の創立120周年記念展で一般公開して約4万4000人もの来場者が訪れて話題を呼んだ三式戦闘機「飛燕」は、「岐阜かかみがはら航空宇宙博物館」のリニューアル工事完成までの期間、同館の収蔵庫内に分解した状態で展示公開されていた。先のページでご紹介したように現在は組み立てられた状態で所蔵されている。ここでは2017年1月19日に同館収蔵庫で分解状態の飛燕を撮影した写真と、同期の修復作業にあたった川崎重工業株式会社航空宇宙カンパニーの関係者の方々のインタビューを収録する。現出は「モーターファン・イラストレーテッド」誌である。修復に関する見解の文責は筆者にある。

PHOTO◉山上博也（*Hiroya YAMAGAMI*）
協力◉岐阜かかみがはら航空宇宙博物館／川崎重工業株式会社航空宇宙カンパニー

川崎航空機と「飛燕」

川崎重工業株式会社航空宇宙カンパニーは、中等練習機T−4、固定翼哨戒機P−3C、CH−47J／JA型ヘリコプター、OH−1観測ヘリコプター、次期固定翼哨戒機XP−1、次期輸送機XC−2など防衛省向けの航空機・ヘリコプターの開発・製造・ライセンス生産を始め、ボーイング社との共同開発によるボーイング767、777、787の分担製造、ブラジル・エンブラエル社との共同開発によるエンブラエル170／175／190／195の分担製造、JAXAのH−ⅡA、H−ⅡBロケットのフェアリングの製造など、幅広い分野で事業展開をしている航空宇宙メーカーである。

1919（大正8）年に川崎造船所兵庫工場内に自動車・航空機製作所として設立、1922年に岐阜県各務原市に設立した分工場におけるフランスのサムソン2A−2型飛行機のライセンス生産から航空機産業に進出し、1934年には陸軍機体計画番号（キ番号）キ10が九五式戦闘機として正式採用されている。川崎航空機工業（株）として独立したのは1937（昭和12）年である。

1936年1月、同社はドイツのメッサーシュミットMe109Eが採用した1000馬力級ダイムラーベンツ製DB601（A）型33・9ℓ液冷倒立V12エンジンの製造権を購入、ハ40型として国産化する計画を推進するとともに、これを搭載する日本初の液冷式（水冷式）戦闘機の計画案を陸軍に提出した。キ61の試作開発命令が陸軍から正式に下ったのは1940（昭和15）年2月である。

設計主務者は計画案段階から参画していた同社の土井武夫技師（1904〜1996）。零戦を設計した堀越二郎、戦後YS−11の設計を指導した木村秀政らとは帝国大学工学部航空学科の同期である。

川崎重工業株式会社
航空宇宙カンパニー 岐阜工場 社友
榊 達朗 氏

重岐阜エンジニアリング株式会社
システム技術本部
副本部長兼技術情報管理部長
水嶋源司 氏

川崎重工業株式会社
技術本部第五設計部
プロシニア(HaRET)
積山喜規 氏

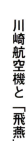

岐阜県各務原市にある「岐阜かかみがはら航空宇宙博物館」に展示されている「飛燕」II型6117号機。2018年3月に予定されている同館のリニューアルオープンまでの期間はこのように分解された状態で同館敷地内の収蔵庫内で展示公開されている。開館時には元どおりに組み立てられるが、塗装は施さない。本来表面保護のために施す塗装が痛んで補修塗装が何層にもなってくれば、いずれ剥離せねばならなくなって機体の負担になる。金属が電気化学的な反応(電気分解による酸化還元反応)によって腐食するのは、おおむね湿度60%以上でかつ気温20℃以上だから、両者がこれ以下になるような環境で保管すれば、塗装をしなくても酸化による腐食は事実上防止できる。保護よりも環境、この考えは正論である。

川崎重工による新造復元①ー発動機覆上部　痛みが激しかった上部エンジンカウルは新造。外板はストレッチ成形機による通常の製造法ではなく、リバースエンジニアリングで3D設計しNCで木型を製作、OBの熟練作業者らがジュラルミン板を使って手で叩き出したという。外板は一枚構造で裏面に補強のリブが入り、沈頭鋲でそれを固定している。外板が3次曲面のうえ、点検口、固定具、小さなエアインテーク、12.7mm機関砲(ホ103)の機銃口のディテールなど実に複雑で繊細な設計構造で、これだけでも機体構造のミニチュア的感興がある。

真珠湾攻撃の4日後の1941（昭和16）年12月12日に試作1号機が初飛行、陸軍航空審査部のテストを経て1943（昭和18）年6月に三式戦闘機として正式化された。「三式」とは当時陸海軍が採用していた命名法で「皇紀2603年正式制定」の意である。「飛燕」というニックネームは翌年1月6日の各新聞紙上で公開され、当時から広く国民に親しまれたという。

川崎航空機岐阜工場（現・航空宇宙カンパニー岐阜工場）が機体、明石工場（現・川崎重工明石工場）がエンジンを生産、大戦末期に空冷星形14気筒32・4ℓのハ112Ⅱ型（海軍名「金星」62型）に換装したキ100＝五式戦闘機に転用した機体も含め、終戦近くまでにおよそ3150機が作られた。

太平洋戦争ではラバウル、ニューギニア、フィリピンなどに進出し各航空隊が配備。1944年7月に連合軍がサイパン島を占領し本土空襲が始まると防空迎撃機として投入されたが、排気タービン（ターボチャージャー）付きエンジンを生かして高度1万m以上の高度で侵攻してくるB-29を迎え撃つには武装までも外して軽量化するほかなく、攻撃は主に体当たりで行なったといわれる。また残存の機体の多くも1945年3月からの沖縄戦に投入され、計97機が特攻に使われた。

戦後残った試作17号機

広範囲にオリジナルの状態を残している「飛燕」の存在は、川崎重工が修復を行なったこの個体が世界で唯一である。

本機は性能向上型の「飛燕」Ⅱ型（キ61-Ⅱ改）の開発のために岐阜工場で1944年春ごろに製作された試作17号機（製造番号6117号）で、エンジンも遠心式機械式過給機を改良して過給圧を高めるとともに水エタノール噴射を併用して1175ps→1500psへ出力向上を図ったハ140型の増加試作型である。

終戦まで陸軍多摩飛行場（現・在日米軍横田基地）の陸軍航空審査部に所属しており、同部の資材を使った臨時防空飛行隊（福生飛行隊）に配備されていた可能性がある。多摩飛行場の武装解除時に米軍に接収されたが、機体・エンジンとも試作型であったためかアメリカ本土に運ばれて調査されることもなく（生産型の「飛燕」Ⅱ型数機をアメリカに運んでいる）陸軍の特攻兵器キ115「剣」とともに横田基地内に野ざらしのまま展示されていた（コラム参照）。

1953年、機体は財団法人日本航空協会（現・一般財団法人日本航空協会）に返還されたが、これに先立って8年余の野外展示によって傷んだ機体を修復した。この作業は米軍に依頼したという。動翼の羽布や機内各部の塗装などはそのときに修復され、すでにほとんど紛失していた計器類は軽飛行機のものを流用してそれらしく整えたらしい。

返還後、東京・日比谷公園で一般公開されたが、このとき左右一体型の主翼が搬入経路を通過できず、左右翼の主桁を切断して3分割した。オリジナル構造での飛行復元の可能性はこの時点で絶たれたといえる。

その後も各地の空自航空祭や遊園地の催しなどに貸し出された。「むかしどこかで『飛燕』を見た」という思い出のある方もいらっしゃるだろうが、間違いなく本機である。本稿

主翼下面の主脚収納口。グレーの塗装は1950年代の米軍による補修時に施されたもので、溶剤などが隙間に浸透して構造に損傷を与える可能性があるとして剥離は許可されなかった。本来の機内色は今回の修復で発見された塗料の破片から「くすんだ黄緑色」と判明しており、新製された上部防弾板に再現されている。

川崎重工による新造復元②ー風防　アクリル板は米軍による補修時(1950年代)に交換されていたが、フレームの腐食が進行しており、アクリル板のみの交換は難しいと判断しフレームから新造した。分厚いアクリル板をジュラ板で表裏から挟み込んでリベットで止める構造のためリベットの締め付け具合が難しかったという。アクリルの厚みと透明感、フレームとのフィッティング、アクリルとフレームとの見事な面一感など、さすが航空機メーカーの復元だけあって、これまで見た復元作業のなかでは群を抜くレベル。まさしく惚れ惚れとする出来であった。

筆者も1965年ごろ埼玉県の入間の空自基地祭で見た。

23年間航空自衛隊岐阜基地が保管したのち、機体は1986年に、沖縄戦の際に海軍鹿屋航空基地とともに陸軍の特攻の拠点だった知覧特攻基地を記念して鹿児島県知覧町に設立された知覧特攻平和会館に貸し出され、一式「隼」や、米軍から返還された当時は飛行可能だったがその後の放置によって飛べなくなった四式「疾風」などとともに29年間屋内展示されていた。

2015年になって所有者である日本航空協会が修復を決め、創立120周年の記念事業の一環として当時の開発・製造である川崎重工航空宇宙カンパニーが作業を引き受けた。各務原市にある同社岐阜工場、すなわち生まれ故郷に「飛燕」が戻ったのは2015年9月である。

修復を担当したのは社内の有志およそ20人。富田 光プロジェクトリーダー、水嶋源司マネージャーはじめ全員が本業との兼務で作業に当たったという。創立120周年記念展に展示することが決まっていたため、残業時間と土日出勤を駆使して作業を進めた。一部新造した部品の製作にはOBや社内の教員クラスの技能者、航空機部品製造の関連会社の協力を仰いだ。

また当時エンジンを製造していた明石工場の同社モーターサイクル＆エンジンカンパニーからも数名の有志が名乗り出て、過給機復元のためのプロジェクトチームを結成した。

修復の概要

戦闘機などの軍用機の修復と保存はアメリカとイギリスを中心に広く行なわれており、民間航空機として登録され、飛行展示を行なっている機体も数多く存在する。近年ではドイツ機や日本機などほとんどが失われている敗戦国の戦闘機のレストアや、新規製作に限りなく近い復元なども民間団体や博物館、マニアなどの手によって熱心に行なわれている。

これらの修復には大別してふたつの方向性がある。

ひとつは飛行可能な状態に維持・復元あるいは新造すること。機体・エンジンともに信頼性と耐久性を確保するため徹底的に修復し、必要ならば部品だけでなくエアフレームや翼などの主構造も新規製作する。もちろん現代の航空機として飛行するためには航空法規上で要求されている最新の計器や無線機、トランスポンダーなどを装備、関係機関に飛行認可を得なければならない。これらの作業によってオリジナリティは低下するが、それと引き換えに航空機としての機能を維持・継承できる。

いまひとつは歴史的資料として各部の状態を徹底的に考証し研究したうえ、同じ材料、製造方法、塗装や仕上げによって往時の状態を再現する手法である。飛行という機能をあえて断念することによって、機体構造にもエンジン構造にも各部仕様にも徹底した再現ができるメリットがある。

飛行可能な機体の多くがこれまでに事故によって失われていることを考えれば、数機以下しか残存していない機体を飛行させるリスクは大きい。したがってどちらのレストア思想も理にかなっているといえる。

「飛燕」の修復に際しては独立行政法人国立文化財機構の関連団体である東京文化財研究所などの指導を仰いだうえ、美術品や社寺などの文化財と同様「文化財保護の観点」という世界に類例のない方針が機体所有者の日本航空協会によって提示された。

したがって修復計画はすべて事前に航空協会の承認を得たうえで実施した。機体やエンジンなどの非接触式計測（3D測定）や紛失部品などの復元は許可されたが、エンジンの分解はボルト1本の脱着も認められな

設計主務者の土井武夫技師によると「飛燕」の設計の大きな特徴はエアフレームと翼の結合方式だという。翼は左右一体構造で中央部にはコックピットの床板が貼られており、リベット結合でアルミ合金板を貼り合わせた凹型断面形のレールがその左右に付いている(写真ではこのレールを利用して主翼を展示台に固定保持している)。フレーム側のコックピット下端両側にはそれに合う閉断面凸構造があり、翼の上にフレームを乗せて両者をボルトで結合する。生産性が高いのに加え重心の調整がしやすいのも特徴で、大戦末期にごく短時間の開発で軽量で強力な空冷エンジンに換装出来た(＝五式戦闘機)のも構造上重心の調整が容易だったからだという。

本機6117号機にもともと搭載されていたエンジン。性能向上型ハ140の増加試作エンジンと言われてきたが、今回の調査でシリンダーブロックはプラグ角度が40度であることからハ40のものであること、クランクケースはあちこちに使用しないボスがあり銘板がないことなどからハ40用でもハ140用でもない試作品、配管も配線も試作然としているが、変速機の増速機の支持がハ40の片持式から両端支持になってベアリングが大型化されている(そのため過給機の形状が異なる)というハ140の大きな改良点はすでに盛り込まれているなど、固有の特徴が発見された。しかしエンジンの分解調査は許可されなかった。またアルミモノコック構造のエンジン架(Me109はアルミ鍛造フレーム構造)は変形が大きく、強度も確保できないので機体への搭載は断念した。

かった。5層にも塗り重なっていた塗装は、機体各部の凹みに充填されていた自動車補修用ポリパテとともに弱い溶剤を使って注意深く剥離したが、外板の張り替えや板金修理、再塗装は「機体に負担をかける」という理由で許可されなかった。

風防、エンジンカウル、計器盤と計器類の一部など今回の修復で新造・復元された20カ所の部位を拝見したが、さすが航空機製造メーカー、スミソニアンにおける日本機修復に引けを取らない水準であった。しかも製造国・製造元の手による作業なのだからこれ以上価値ある復元品はない。

紛失部品の再現には難航したという。「飛燕」の設計・製造に関する詳細な資料は終戦時に大本営の命令で焼却したため、ほとんど残っていないからだ。数少ない資料からラジエーターや過給機などの構造を設計的に考察し推定再現したが、残念ながらこれらについてはオリジナルの復元とは認められず、完成時には搭載できないという。

他方、米軍に依頼した補修塗装の一部（コックピット内や主脚収納部内など）、返還後に日本が切断した主翼などは現状を維持することになっている。

「文化財保護」という考え方は、高松塚古墳の喪失以後とりわけ厳格化されるようになったという。しかし機械は仏像ではない。

開館以来28年間「動態保存」という方針で所蔵車の修復や維持管理を行なってきたトヨタ博物館は「文化財に動態保存はありえない。動態すなわち消耗である」とする文化庁の考え方に理解と敬意を表しつつも、その理念をいささかも曲げていない。「クルマは走ってなんぼ」それが同館の博物史観の根幹だからだ。

機械には機械にふさわしい修復と保存の方法があるはずである。なにより重要なのは設計と製造の技術と内容を正しく残し伝えることだ。それさえあれば芸術品と違って機械はいつでも誰にでも作り直すことができるからである。

「飛燕」の設計図を残らず焼き払ったことは、翼の主桁を叩き切ったのと同様、機械の文化保存に対する蛮行以外の何物でもなかった。しかも誰に強要されたわけでもなく日本人が己の手でやったのである。だからこそ「飛燕」の機体とエンジンを分解し精査しその設計を徹底的に解明し、完全に修復した機体を世界に公開して、その設計と成果をともに後世に示すべきだ。

「これは機械ではなく戦争遺品なのだ」。もしそういう話なら、もちろん靖国神社への奉納展示がふさわしい。

「飛燕」は横田基地のどこに展示されていたのか

「飛燕」II型6117号機は戦後8年間米空軍横田飛行場にあった。1947年に基地内で撮影された写真の背景には木造のバラックと三角形の格納庫が写っているが、これは多摩陸軍飛行場時代の建物で、格納庫の方はいまも残っている。この写真を見たとき「横田基地の取材の際にいつも連絡バスが停まる在日米軍司令部裏の駐車場の前ではないか」と直感した。1947年撮影の横田基地の航空写真を精査してみたところ２機の小型飛行機の機影が映っていた。

1947年JAMES E. GATES氏撮影の「飛燕」II型6117号機。右奥にいまも横田基地内で使われている三角屋根の格納庫が見える。

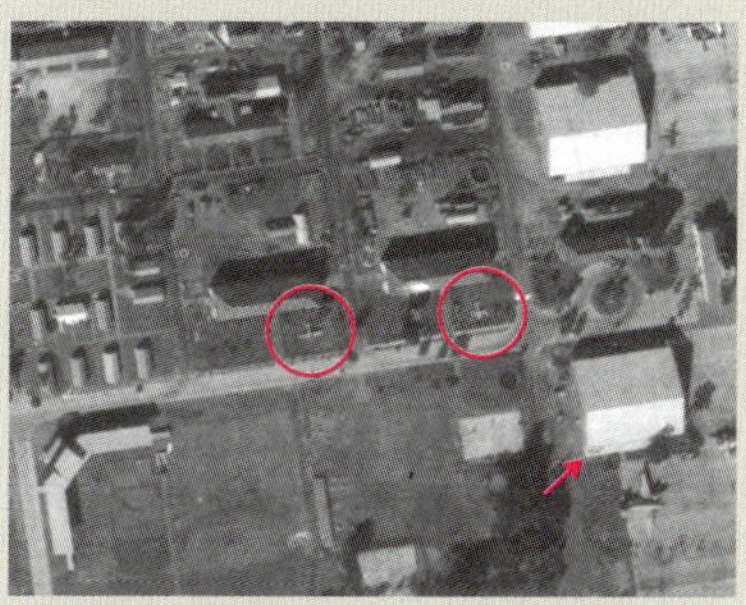

1947年11月14日撮影の横田基地の航空写真。格納庫（矢印）の近くのWilkinsアベニューの兵舎33号と34号の前に２機の機影が見える。角度からすると左の大きな機体が「飛燕」が撮影された位置である可能性が高い。小さい方はキ115「剣」と思われる。（写真：国土地理院）

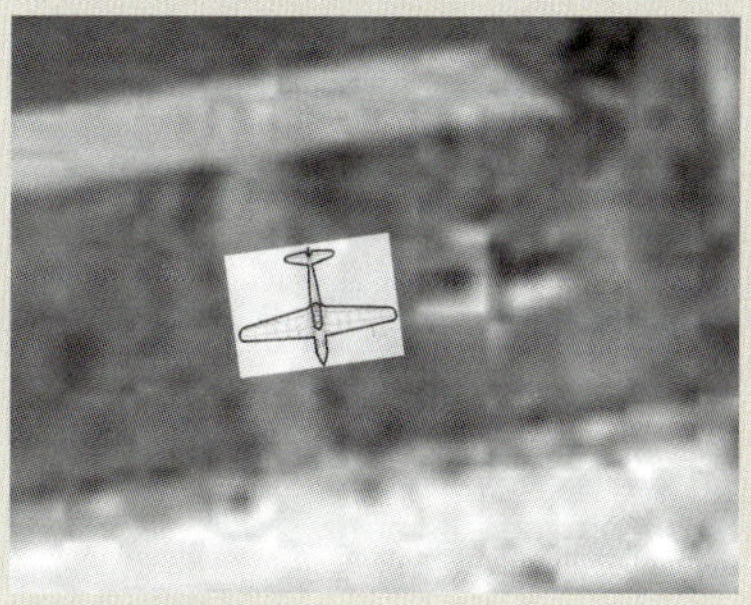

「飛燕」の平面形を合成してみたもの。翼の平面形の印象が若干違う感じもしたが、シルエットはおおむね一致する。

現在の横田基地。「飛燕」らしき飛行機が展示されていた場所には在日米軍司令部（USFJ）が入るビルディング714が建っている。また三角屋根のあの格納庫（ビル51）は現在DIYセンターである。（写真：goo地図）

点火プラグの上部を横方向につないでいくような中空の管が見えるが、機首から導入した外気でプラグを冷却する仕組みだという。ハ40の写真では確認できない。

川崎重工による新造復元③ーハ140用過給機　紛失しているハ140の過給機はハ40用とは形状などが異なる。写真１点と主断面図、組み立てマニュアルなどしか残存していない資料をもとに明石工場のモーターサイクル＆エンジンカンパニーの有志が復元に取り組んだ。ハウジングはNCで木型を作って砂型鋳造したが、現代の技術だときれいに出来すぎてしまうので、手作り感を出すのに苦心したという。コンプレッサーやタービンの翼形の詳細なエンジニアリング的検証まではやっていないが、ハウジング内部の空気流路の形状なども含めて往時の設計を再現した（写真は現在展示エンジンとともに展示されている復元品）。

川崎重工による新造復元④ー液冷エンジン採用の最大のメリットは機体の前面投影面積の減少による最高速度の増加だが、各国ともラジエーターの搭載位置による抗力の増加などに悩んだ。Me109とP-40は機首下、スピットファイアは翼下、P-51と「飛燕」は胴体下に搭載、Fw109DとTa152は機種に環状のものを設置した。本機はラジエーターも紛失していたため、当時の簡単な技術資料をもとにラジエーターメーカーが推定復元した。実際に水を流して機能確認をしており、機体に仮装着してカウリングを被せ搭載できることも確認したが、過給機と同様完全な意味での設計復元ではないので、機体への搭載は許可されない（併設展示）。

川崎重工による新造復元⑤ー計器盤　I型、II型、五式で計器や配置が異なるというが、試作機である本機のものはそのどれともさらに異なる。横田基地時代に撮影された数枚の写真が残っており、それをもとに復元した。それによると中央左上が旋回計なのはI型の特徴を受け継いでいた（II型は水平儀）。オリジナルの計器の何点かは数人のコレクターから実物の寄贈を受けた。また中央左から水温計、油温計、油圧計のカラフルな計器は復元（赤い燃圧計はオリジナル）、また左の四角い操作パネル（「冷却器扉開度指示（温ー冷）」「下ゲ翼開度指示（上ー下）」などの銘板も当時のフォントを忠実に再現して復元した。

第72話 ［日本の名作］

国境を超えた高校生バンド
京都橘高校吹奏楽部

「パサデナ・トーナメント・オブ・ローゼズ」略してローズパレードは、毎年1月1日の朝、伝統のフットボールゲーム「ローズボウル」の開催に先立ってアメリカ・カリフォルニア州パサデナ市の沿道で数十万人の観客の声援を受けながら挙行され、全米TV生中継で数千万人が視聴するという世界最大のパレードイベントである。2018年第129回は2機のF35ライトニングⅡをしたがえたB2スピリットが上空をフライオーバーしてスタート、アメリカ海兵隊騎馬儀仗隊を先頭に39のフロート、20のマーチングバンド、20の騎馬隊がパレードした。ここに日本から参加して大観衆を魅了し「今年のローズパレード5大ニュース」に選出された日本の高校生バンドがある。京都橘高校吹奏楽部。新緑の京都にインタビューに伺った。

PHOTO◉荒川正幸（*Masayuki Arakawa*）
協力◉京都橘高等学校 http://www.tachibana-hs.jp　写真提供◉日米グリーンバンド協会（撮影:小池和文）

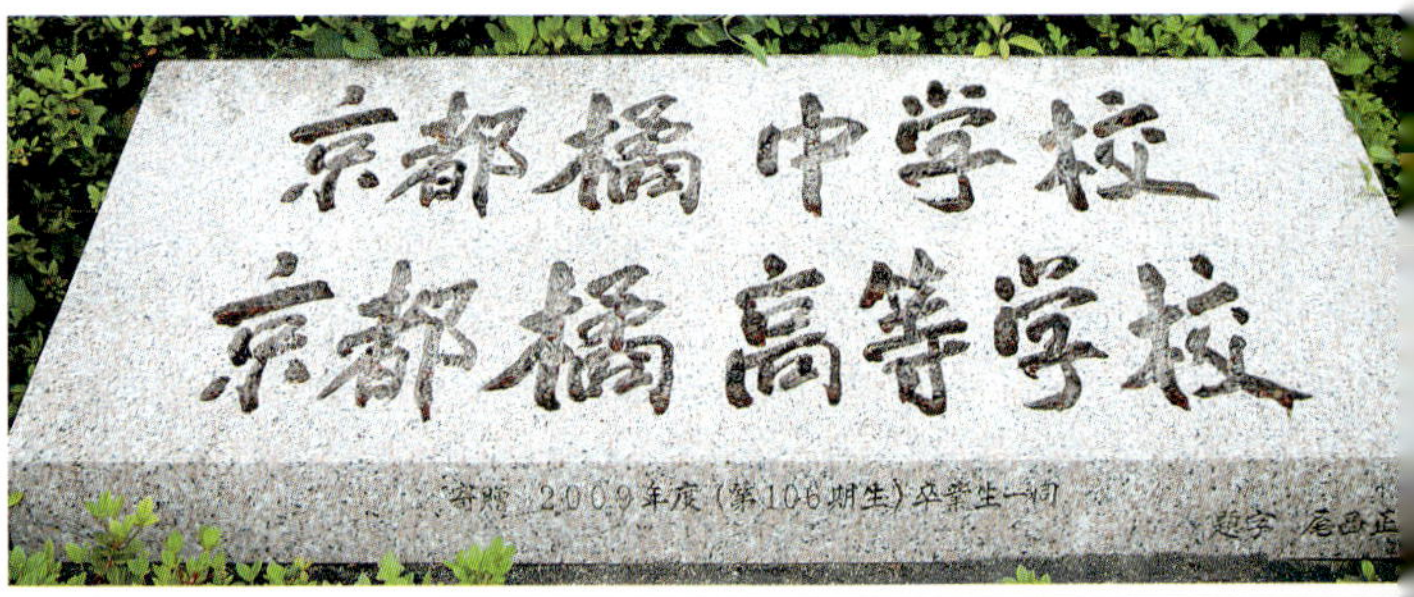

日米友好団体「日米グリーンバンド協会」の代表としてローズパレードに参加したのは京都橘高校吹奏楽部所属の現役生徒105名、OB／OG95名の総勢男女200名。

パレードのスタート順は24番目だったが、全米NBCネットワークの生放送はあまりに劇的だった。男性アナウンサーが「キヨウト、タ・チ・バ・ナ」と一言一句間違えないよう慎重に発音しながらバンドを紹介、引き継いだ女性アナウンサーが「200人のメンバーはダンスをしながら……」と言いかけたまさにその瞬間、彼らのパフォーマンスの最大の特徴である激しいダンスムーブメントが始まったのだ。あまりのタイミングにアナウンサーは声を裏返して「そう！これよ、これ！」と叫ぶ。

うわーっという大歓声がTVの音声から漏れ聞こえてきた。

スウィングジャズの名曲「シングシングシング」に続くのはピットブルの「ファイヤボール」だ。こんな調子こいた曲を吹奏楽で演奏しなが

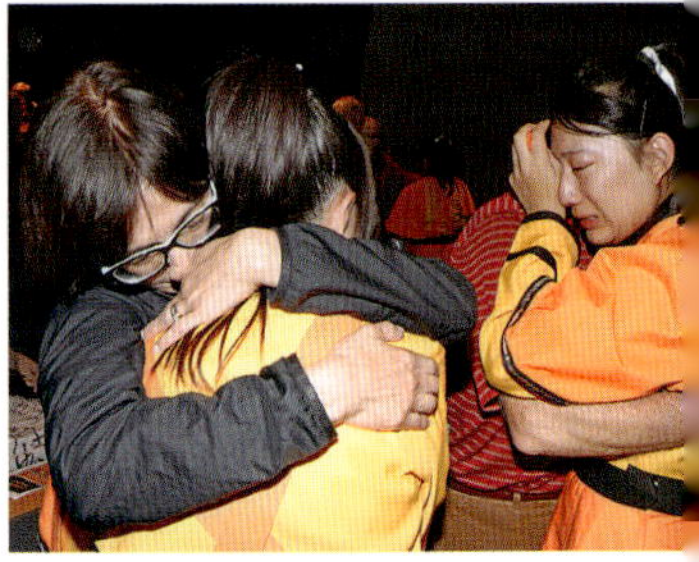

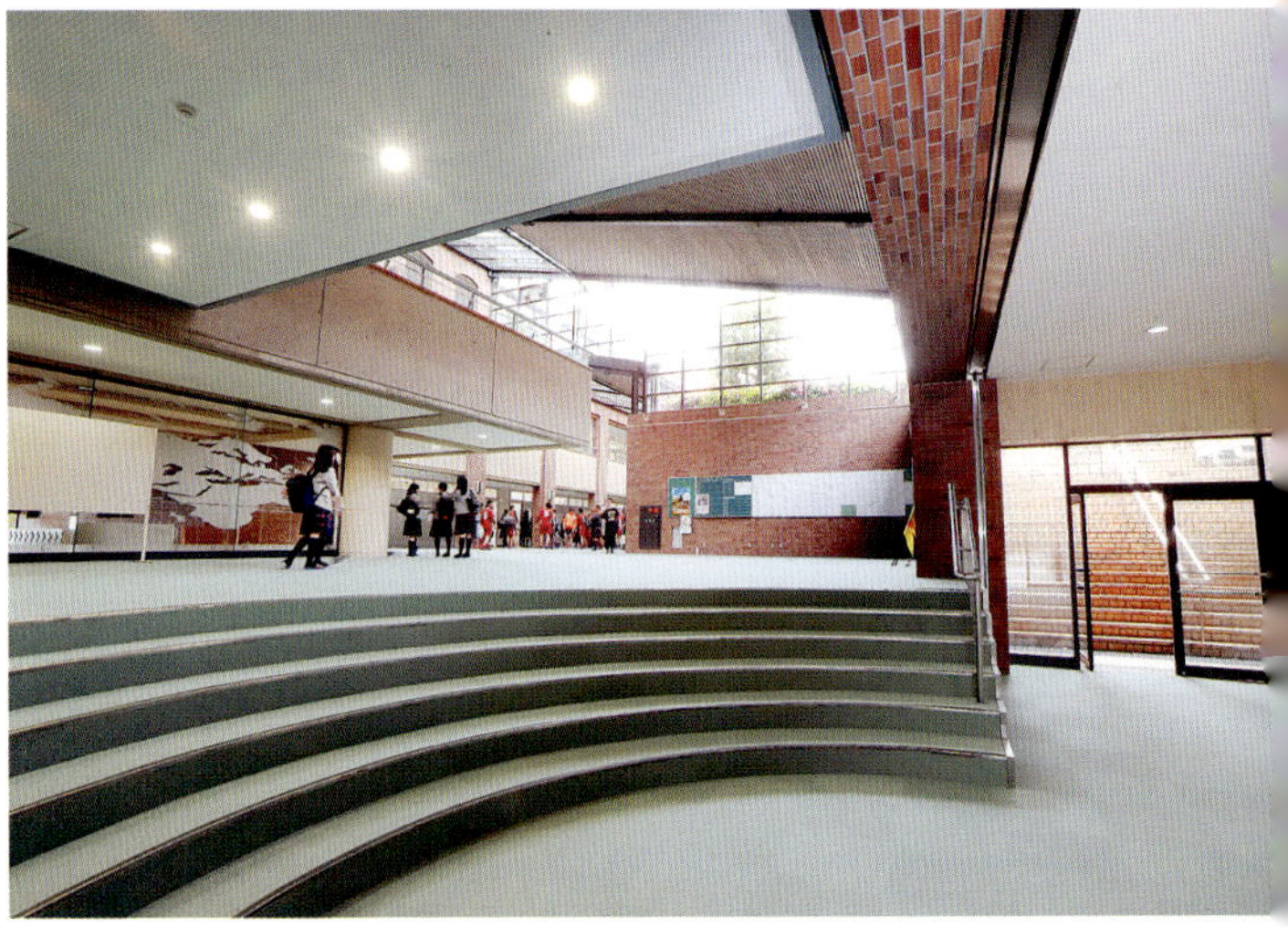

教諭 生徒指導部長
吹奏楽部副顧問
早見明美 先生

教諭（音楽）吹奏楽部顧問
兼城 裕 先生
（かねしろゆたか）

吹奏楽部マーチング指導
（フリーランス）
横山弘文 先生

吹奏楽部特別顧問
平松久司 先生

ローズパレードに参加したアメリカ遠征は2017年12月25日～1月5日の日程。アナハイム・エンジェルスタジアム駐車場における3日間の練習、ランチョ・ロス・アミーゴ国立リハビリセンターでの慰問演奏(27日)、プロの指導でアニメのアフレコ演奏を行う「ディズニーワークショップ」体験とディズニーランド園内でのパレード(29日)、パサデナ・シティカレッジ併設ロビンソン・スタジアムでのフィールドドリル(30日)、1月1日午前中のパサデナでのローズパレード、そしてラ・パルマのジョンF.ケネディ高校ホールでのステージドリル＋吹奏楽演奏(2日)と、濃密なプログラムをこなした。この間2泊3日はボランティアのホストファミリー宅でホームステイを体験、日米グリーンバンド協会の記念植樹(3日)というセレモニーにも出席している。写真は12月29日朝、ディズニーランドへの出陣前エンジェル・スタジアム正面での撮影。現役＋OB/OG＝200人がパートごとに並ぶ様に鉄壁のチームワークを感じる。現地ではあちこちで連日記念撮影をしたようだ。オレンジ色のユニフォームは1981年、短大の意匠科に通っていた吹奏楽部卒業生のデザインを起用したもの。楽器同様ユニフォームも部の備品で1年単位で部員に貸し出す。クリーニング、サイズ調整、修理などは家庭で保護者が行っている。「薄いオレンジと濃いオレンジがあるのは途中で生地が廃盤になったためで色落ちではありません(早見先生)」。アメリカ遠征は部員数のおよそ2倍のメンバーがいたので多数を新調したがそれらは濃いオレンジ。「私たちは薄い色の方がかわいいって言ってます(ドラムメジャー)」「濃いのに統一したいが子供たちが薄いのが好きなのでかえられないんです(横山先生)」。(撮影：小池和文)

らマーチングするバンドなんて世界にない。飛んで弾んで前を蹴るステップがそこに加わるとカーニバルのような陽気な隊列になる。大歓声大歓声。そしてもう一回だめ押しの「シングシングシング」だ。

その日パレードの沿道で次々に起きた魔法のような観客の反応はYouTubeに何十本とアップされている。

観客の心を掴んだ選曲。絶妙のタイミング。

しかしどちらも偶然の産物ではなかった。

同校吹奏楽部のマーチングのコーチを20年間務めてきたフリーのマーチング指導者横山弘文先生は、生徒たちと相談しながらこの日のための曲選びを数年前から密かに行ってきた。ヒスパニックの住民が多いカリフォルニアという土地柄も考慮しつつ選曲し毎年少しづつレパートリーに加えた。

マーチングバンドは通常、曲目と演奏順を決めたら曲間にだんだんちー、だんだんちー、どらだらどらだらだん、という8拍間のドラム（「ロールオフ」）を挟みながら順番に演奏、その繰り返しでゴールまで歩く。だが生徒たちと横山先生は9㎞にもおよぶパレード沿道の風景や観客席の位置を考えながら曲の順序とタイミングまで綿密に計画していた。

パレード前夜12月31日の大晦日、交通が遮断されたパレードコースを横山先生は歩数を数えながら踏破している。タイミングの最終確認をおこなっている。生中継のあの奇跡的なタイミングとは、研ぎ澄ました演出の狙いがずばり的中した瞬間だったのである。

それだけではない。金管楽器パートの唇を休ませるため観客がまばらな箇所では間奏を挟んで手を振りながら歩き、前を行くフロートとの間隔が広がるとすかさずテンポの早い曲に切り替えて隊列を加速した。

動画を見るとフロントチーム後方に黒いユニフォームを着てメイス（指揮杖）を持った横山先生が隊列を率いている。横山先生が指で合図を出すと、隊列中央に配置された打楽器パートの脇にいる別の先生がそれを確認、ドラムパートに次の曲を教える。ドラムは8拍のロールオフのあと各曲ごとに異なる16拍間のドラムマーチを演奏するから、それを聞けば次の曲がなにか分かる。最初のステップから200人一糸乱れず入ることができるのである。

選曲。ダンス。演出。そして自由自在のタイミング調整。大観衆を沸かせた京都橘高校吹奏楽部のパフォーマンスは、大手「ロスアンジェルス・デイリーニュース」紙、地元「パサデナ・スターニュース」紙の双方において「B2飛来」「アースウインド&ファイアのフロート参加」などとともに「2018年ローズパレード最高の瞬間」として報道され、最

1985年に竣工した1200人収容のフェスティバルホール。入学・卒業式、イベントなどを行っている。吹奏楽部は一般公開のステージドリルや吹奏楽演奏会などを年数回このホールで開催する。校舎移転の際に平松先生の強い働きかけで作られたという。中学・高校にこんな立派なコンサートホールがあるなんて羨ましい。

京都橘中学校・高等学校があるのは京都府伏見区桃山町。すぐ北側は明治天皇の墓所である伏見桃山陵の敷地だ。一帯は古くから景勝地として知られ、豊臣秀吉の隠居後の住まいである木幡山伏見城もこの丘の上にあった。同志社女子大学の山田邦和教授が作成した「第３期伏見城(豊臣期木幡山城)城下町推定復元図)」によると、同校の敷地には安土桃山時代、あまりの強さゆえ敵将からも尊敬された戦国時代の名将、立花宗茂の屋敷があったようだ。日本語では「立花」と「橘」は同じ意味、ともに不老不死の霊力を暗示する。立花宗茂、きっと空の上から橘高校吹奏楽部の活躍を目を細めて見守っているに違いあるまい。

大級の賛辞を受けた。

京都橘中学校・高等学校。

１９０２（明治35）年に中森孟夫によって「京都女子手芸学校」として創設された由緒ある私立校である。京都御所の西３５０m、現在京都ブライトンホテルがある場所に校舎があったことから、御所の「右近橘（うこんのたちばな）」にちなんで１９５７年に京都橘女子高等学校・京都橘女子中学校と改称、１９８５年４月に現在の伏見区桃山町の校舎に移転した。男女共学になったのは２０００年４月から。

女子高時代の１９６１年に吹奏楽部を設立したのは現・吹奏楽部特別顧問の平松久司先生だ。

国立音楽大学器楽科を卒業後、京都市交響楽団に就職して第一トランペット奏者を務めていたが胸を患って離席、１年半の休養ののち縁あって京都橘女子高校の音楽の教諭に就任した。

「吹奏楽」とは原則的には金管楽器と木管楽器を主体とした編成で演奏する音楽のことで、16世紀にフランスのルイ16世の歩兵連隊の軍楽隊として組織されてから各国の軍隊に急速に広まった。吹奏楽の音楽性を大きく飛躍させたのはオーケストラにおいても管楽器を重視したリヒャルト・ワーグナーだったという。

日本はおよそ２００年間におよんだ鎖国によってモンテヴェルディのオペラに始まりバロックを経てモーツァルトに至る16世紀から18世紀にかけての西洋の音楽的発展をほぼ丸々見逃した。多くの日本人は明治初期に来日した外国の軍楽隊が演奏する吹奏楽によって初めて西洋音楽に触れた。これもあって陸海軍の軍楽隊を始めとして吹奏楽団は早くから広く親しまれ、学校教育にも取り入れられた。

しかし平松先生が吹奏楽部を設置した当時でも女子高で吹奏楽部がある学校はまだ少なかった。いざ指導を始めてみると横隔膜呼吸が難しい、息が続かないなど男子との違いが表面化し、体力の補強でそれを補うべく練習にマーチングを取り入れることにした。

「マーチング」とは楽器を演奏しながら行進し隊列変換を行うことでも音楽表現をする演奏形態の総称だ。これまた戦場に出陣する兵士を送る「行進演奏」が起源。その軍隊的イメージもあって「女の子なのに、はしたない」と言って退部させようとする保護者が続出したという。

流れが変わったのは１９７０年３月15日から始まった大阪万国博覧会。男子の名門バンドとともに招かれパレードの先導役などを務めたことで軍隊式マーチングの世界に女子マーチングが認知される大きな契機になった。１９７２年にマーチング指導協会が設立され「５mを８歩で歩く」という現在の歩幅基準が決まると、女子マーチングの可能性はさらに開かれた。

１９７５年３月26日～４月２日、平松先生は吹奏楽部のメンバーを引率してイギリス・ヨークシャー州ハロゲイトで開催された世界青少年フェスティバルに参加した。マーチングの本場で日本からきた女子マーチングバンドは喝采をあび、１週間におよんだホームステイの別れでは列車のホームで生徒とホストが抱き合って涙を流すという光景が繰り広げられた。教育としての海外交流の重要性もこのとき改めて認識したという。

１９８１年から始まった３年に１度のハワイ遠征旅行、１９９６年のアトランタ・オリンピック関連行事への遠征参加、２度にわたるローズパレード参加など、海外交流は同校吹奏楽部の良き伝統として根付いている。

平松先生は軍隊式主流のマーチングに女性らしさ、京都らしさをそえるために早くから様々な工夫をした。そのひとつがダンスのような振り付けだ。90年代中盤からマーチング指導者として招かれた宮一弘先生も「軍隊式からの脱却」という平松先生の精神を継承、宮先生の一番弟子だった横山先生がさらにそれを受け継いだ。

現在のような激しいダンスムーブメントが導入されたきっかけは２００４年「バーン・ザ・フロア」の再来日公演（２００４年９月17日～東京国際フォーラム／名古屋レインボーホール）だ。これを見た３年生男子生徒から「こういうのがやりたい」と横山先生に提案があり、みんなでＤＶＤを見ながら「シングシングシング」と「インザムード」の振り付けを研究、ステージやフロアのドリルから取り入れ、パレードへ応用していった。同校「シングシングシング」ステージドリルの導入部分で、前列のカラーガードが行うダンスにいまも「バーン・ザ・フロア」の振りがほぼそのまま残っている（片足

学校の敷地は東西約400m、南北約130mの平たい三角形で、西端に特別教室棟が伸びている。音楽室はその真ん中あたり。授業時間以外は吹奏楽部の部室として使用。2018年4月現在の全校生徒数は中学が199人(6クラス)、高校が991人(29クラス)の計1190人。吹奏楽部は107人だから全校生徒のおよそ10%だ。学校では個人宛のファンレターや贈り物などは(当たり前の話だが)一切受け付けていない。ノベルティの販売もしていない。吹奏楽部指定の寄付は可能。詳細は学校のHP＞記念事業＞募金概要と申込方法＞寄付の用途PDF＞課外活動支援。

京都橘高校吹奏楽部ではドラムメジャー(※注)がマーチング指導に深く参画する。115期吹奏楽部ドラムメジャーさん(お名前／ニックネームは伏せる)。中学からクラリネットを始め、強豪校でマーチングをやりたいと思って入学・入部。1年生の10月下旬、1・2・3年生部員全員の投票で1年生ドラムメジャーに選出された。以後ドラムメジャーになるための心構えと準備をしてきた。大変礼儀正しく真面目で誠実な印象の方で、2時間のインタビューの最中、聞かれたとき以外は発言せず背筋を伸ばして静かに座っていた。

エンジェルスタジアム駐車場での練習風景。ローズパレード最大の難関はスタート直後、オレンジグローブBlvdからウエストコロラドBlvdへと回り込む110度ターン。しかもここには大観客席が設置され各局TV実況中継ブースやTVカメラの砲列が並ぶ。ここで見せ場を作るため横山先生の指導で「スーパーマリオ」の曲に乗って高速ターンする「マリオターン」を2012年のローズパレード用に開発した。しかし今回は200人、隊列は100mもある。日程より4日も早く現地入りして東西650m、南北200mの広大な駐車場で3日間特訓をした。「110度ターン、マーチングしながらの曲変更、アホになるほど練習しました（横山先生）」

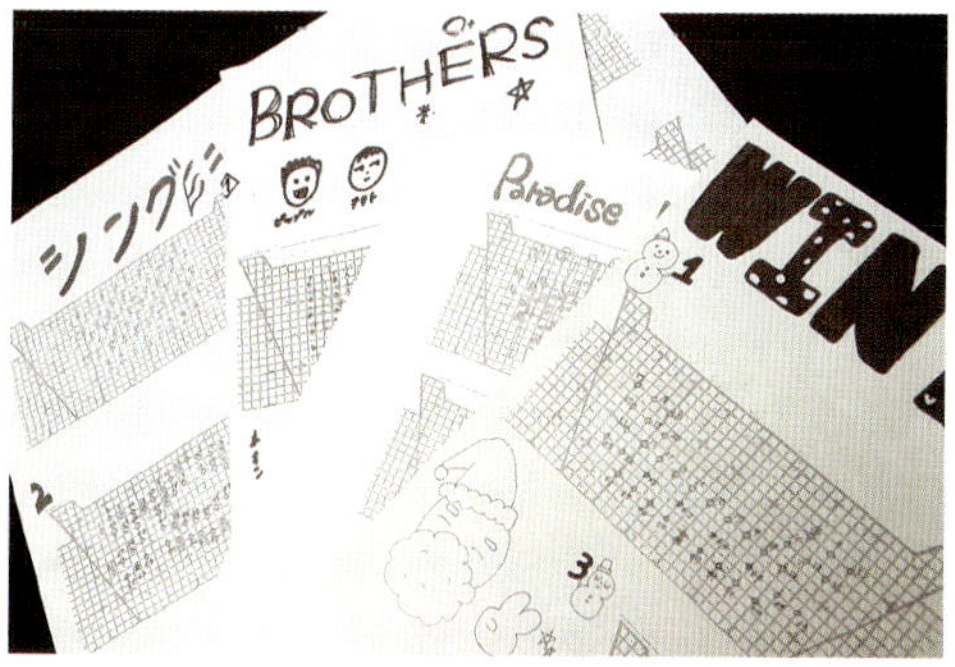

校内のフェスティバルホールや音楽ホールでおこなうステージドリルのフォーメーションを記載したコンテ。グリッド上に数字の丸印があり、自分の数字を追っていけばどのように隊列変換すればいいかわかる。多くの学校ではマーチング指導者の先生に謝礼を払ってコンテを書いてもらうが、同校吹奏楽部ではこの通り生徒が自分たちで作成する。自主性は同校吹奏楽部の大きな教育的な柱である。

多くの生徒は中学校から吹奏楽を始めて自前の楽器を持っており、アメリカ遠征でもほとんどのOB/OGは楽器を持参した。金管楽器は演奏者の唇の振動と息の速度で基音と倍音を切り替え、共鳴管の長さを変えることで音高を変える管楽器。したがって体が揺れると口唇周辺にストレスがかかり疲労が大きくなるが、動画を見ると激しく踊っていても上半身は安定してはとんどぶれていないことがわかる。そのためには強靭な体幹がいるはずだ。練習によって彼らはアスリートのように自分を鍛え上げる。

ローズパレードでのフロントチーム。隊列の先頭はドラムメジャー（3年生）。両脇は昨年度と一昨年度のドラムメジャー（OG）、横断幕を持つ4人のバナーの左側で日章旗を掲げて踊っているのが今回インタビューをしたドラムメジャー（このとき2年生）、右側で日米グリーンバンド協会の緑の旗を持っているのが2017年10月末の選挙で選ばれた1年生ドラムメジャーだ。高校の横断幕は1993年に保護者が寄贈したもの。

で立ったまま180度ターンを繰り返すなど）。

しかし彼らは踊るだけではない。同時に楽器も演奏している。吹奏楽やマーチングの経験者ほどその技術に驚嘆する。どうやって学習するのか。

既成の楽譜の中から新曲を選ぶと、吹奏楽の演奏を座奏でまずしっかり学ぶ。マーチングで演奏する曲は楽譜を丸暗記しなければならない。23年間顧問を務めた田中宏幸先生に代わって4月に着任した音楽教諭兼吹奏楽部顧問の兼城裕先生は、京都の府立高校で10年間吹奏楽部の顧問を務め、直近の6年間は京都府立北陵高校吹奏楽部を指導してコンクールで優秀な成績を納めてきた若手のホープ。平松先生も横山先生もその才能を手放しで称賛する。

演奏の練習と並行してドラムメジャーが中心となりダンスの振り付けを創案、構成係がマーチング構成を考えドリルのコンテを作成、これをもとに全員を指導する。

「自分たちが制作にかかわっているから練習のポイントがわかる。だから生徒が生徒を指導できるんです。構成の修正や変更も自在。私が不在でも自主的に練習が進みます（横山先生）」

ただし練習量は想像を絶する。17歳のドラムメジャーはさらりという。

「毎日朝練習が7時から8時半まで、放課後練習が4時から7時まで、土曜日は午後1時から7時まで、日曜日は朝9時から7時までです。あと夏休みはお盆に3日間あります」

ところで。

京都橘吹奏楽部には公式ファンクラブも公式SNSも存在しないが、非公式のファンクラブはひとつある。

それはなんと海外のサイトだ。

YouTubeなどにアップされた演奏シーンの動画リンク集だけでなく、学校の歴史や全日本マーチングコンテストの詳細などまで体系的に英文で記述されていて驚かされる。掲示板では海外の橘ファンが連日英語で熱く語り合う。

ウエブマスターのビル・ベイリーさんはヘルシンキ在住のフィンランド人。YouTubeで見て大ファンになりインターネットで情報を集め翻訳ソフトの助けを借りて読解、思いを募らせて2016年夏にファンサイトを立ち上げた。現在アクセスは世界98カ国からある。西欧／東欧と北米／南米と東南アジアはほぼすべての国から。ロシア、ウクライナ、中国、インド、パキスタン、マーチングがさかんな南アフリカはもちろん、モロッコ、コートジボアール、トーゴ、マダガスカルなどにも京都橘吹奏楽部のファンがいるという。なんと素敵な話だろう。

あの驚くべきパフォーマンスをたった3年間の高校生活で習得するにはひたすら練習を積むしかないことは確かだ。だがそれは完全に無償の行為である。報酬はない。個人に輝く栄誉もない。国家や行政の支援もない。先輩の指導に応えるため、仲間の足を引っ張らぬため、自分が心に抱いてきた夢のため、彼らは3年間ただ黙々とその精神と肉体と技能を鍛えあげることによって己を高めているのである。

彼らのひたむきな演奏は見るものの心を揺さぶる。なぜなら彼らのその無償の努力とは人種・言語・思想・国境を遥かに超えたもっとも高い次元の人間性にすべて捧げられているからである。それに気づくとき胸を打たれぬ人間はいない。

京都橘高校吹奏楽部に栄光あれ。君らは私たちの小さな輝く宝石だ。

ローズパレードのゴール地点での素晴らしいショット。9kmを踊りながらマーチングするという目標を完遂した安堵感と達成感、そして互いを支え合う深い絆がこの一瞬に凝縮されている。彼らの部活動は卒業とともに終わるが、1000日間の汗と涙の日々を共に乗り越えた結束の深さは計り知れない。卒業しても多くの生徒は自分のSNSのウォールにユニフォーム姿の記念写真を貼っているという。一度オレンジに染まったら永遠にオレンジ。

●取材 2018年4月24日 ●執筆 2018年5月14日 ●掲載 GENROQ 2018年7月号

（※注）DrumMajor＝「楽隊長」のこと。軍楽隊では通常少佐（＝Major）が務めることから「鼓笛少佐」と呼ばれる。

江戸東京博物館
EDO-TOKYO MUSEUM

東洲斎写楽
「市川鰕蔵の竹村定之進」の左目
デザイン：佐藤晃一

実物大での再現

第73話 ［東京の刻印］

江戸東京博物館

「先週とはどっちの方向だ！ わかるもんなら指差して見てくれ」（ロバート・A・ハインライン「夏への扉」福島正実訳） 1975（昭和50）年、東京・千代田区東神田にある都立一橋高校校舎の改築工事現場から江戸時代の暮石や遺物、200体以上の人骨などが発見された。調査を進めていくうち地中に幾重にも折り重なった層が形成されていることが分かった。のちに「V層」と呼ばれるようになった3.2m以上の深さにある地層が1657年以前のものであると特定できたのは、その上に厚い焼土の層があったからである。明暦の大火の惨禍だった。同じような焼土は1mと60cmの深さにもあった。関東大震災、そして東京大空襲の痕跡である。江戸はどこにあるのか。答えは真下だ。江戸は東京の下に埋まっている。江戸東京博物館9000m²、驚異の展示を見る。

PHOTO◉荒川正幸（*Masayuki Arakawa*） 協力◉江戸東京博物館 https://www.edo-tokyo-museum.or.jp

赤煉瓦の東京駅と東京スカイツリーを直線で結ぶと約5・3km、その線の真ん中あたりを斜めに隅田川が流れている。川の東岸、JR両国駅のすぐ北側にあるのが大相撲の両国国技館だ。

この一帯は江戸時代から「本所（ほんじょ）」と呼ばれてきた。

Googleマップを航空写真モード＋3D表示にしてみると、緑青色の瓦屋根に金色の頭飾りを乗せた国技館の隣に、巨大な下駄のような形の建物があることに気がつく。Ctrlキーを押しながらぐるぐる回してみると、そのとてもない大きさと異形がよくわかる。建物全体は4本の太い支柱で支えられて空中に浮いており、地上部分は広大なピロティ構造。

設計は大阪万博のエキスポタワー、静岡県長泉町のベルナール・ビュッフェ博物館、沖縄海洋博のアクアポリスなどを手がけた菊竹清訓である。

見上げるようなその大きさに圧倒されながら広場を歩き、入場券を買ってシャルル・ド・ゴール空港を思わせるガラスチューブ式のエスカレーターに乗って一直線に6階フロアへ。

内部に入ると屋内は天井まで3階分の空間が巨大な吹き抜けになっていて、度肝を抜かれる。1階ではなくあえて2階から入場するのがこの仕掛けの肝だ。眼下の広いアリーナには瓦葺きの屋根に四角い櫓（やぐら）をいただいた建物がある。紫に染め抜いた櫓幕の正面には「角切銀杏」の紋、横に「きやうげんづくし中むらかん三良」の文字。江戸時代の芝居小屋「中村座」の間口11間（21・6m）のファサードの実物大再現だ。櫓は芝居興行に対する幕府公認の印だったらしい。

その屋根の斜め上を跨ぐようにして巨大な木造の橋がかかっている。江戸東京博物館の名物にしてタイムスリップの入り口、江戸時代の木造の日本橋の復元である。

江戸東京博物館 事業企画課
展示事業係 主任学芸員
松井かおる 氏

明治10年代後半の
銀座四丁目（25分の1）

超精密な縮小展示

体験型展示

庶民生活の再現

江戸と昭和のカルチャー

江戸東京博物館 常設展6階江戸ゾーン「江戸城と町割り」に展示してある30分の1「寛永の町人地」。日本橋は東京湾から江戸中心部に建築資材や物資を運ぶための重要な運河だった道三堀に連結した旧平川（そのまま堀割構造に利用）に1604年に架けられた橋で、ここを五街道の起点と定めた。明治になって石造に変わるまで木造時代に10回も焼失しており、その都度再建している。江戸東京博物館の実物大の日本橋は1806年／1819年の改架記録と当時の絵画を元に江戸後期の姿を再現、また復元模型の方は明暦の大火以前の寛永期（1624～1645年）頃の様子を「江戸図屏風」や当時の資料などから考証した。橋を渡った北側の大通りはここから始まる日光街道である。日本橋の位置は現在と同じだから、この模型の写真でいうと橋を渡ったところの広場がいまの「日本橋北詰」交差点、正面三階建ての建屋が現在三越本店が立っている三角形の地所、右角がスルガ銀行東京支店のビルのあたりだ。いまでもこの通り＝国道4号線には、元禄12（1699）年創業の「日本橋にんべん」（鰹節）、大阪夏の陣（1615年）のあと大阪から江戸に下り寛政4（1792）年から打刃物をあつかってきた包丁の「木屋」、創業280年の「八木長本店」（乾物）、嘉永2年創業の「山本海苔店本店」、慶応3（1867）年から日本橋で営業する「千疋屋」などの老舗が並ぶ。江戸東京博物館からは地下鉄で25分、歩いても40分（約3km）ほどだから、博物館見学のあと本物の日本橋に行ってみるのも一興だ。江戸東京博物館は1993（平成5）年に開館、公設民営化の一環として指定管理者制度が導入されて以降は公益財団法人東京都歴史文化財団が運営している。

屋内にあると巨大だが、これでも橋の北側半分14間＝約27・5mだという。高欄（手すり）と床板には檜材、橋杭、梁、桁、親柱などの主構造には欅材と、当時と同じ材料・工法で橋脚構造を復元している。親柱もちゃんと釿（ちょうな）で削ってある。

つまりそこがアミューズメントパークとこの施設との決定的な違いだ。館内を案内してくださった江戸東京博物館・主任学芸員の松井かおるさんによれば、館内の展示物や解説などはすべて当時の資料や記録に基づき江戸博物史の権威、各界の専門家、博物館の学芸員らが時間をかけて入念に考証したものである。

日本橋を歩いて反対側の空中にあるフロアに渡ると、橋の延長線上に江戸時代の日本橋北詰界隈を約6・5m×4・5mの面積範囲に30分の1で縮小再現したジオラマがある。江戸時代にタイムスリップしながら、同時にここで自分の視点もまた30分の1に縮めなくてはいけないのだが、大して時間はかからない。設置されている双眼鏡で覗いてみると、驚くほどのリアリズムにあっというまに引き込まれるからだ。

考証の題材となったのは1960年に発見、現在千葉県佐倉市の国立歴史民俗博物館が所蔵する「江戸図屏風」。六曲一双165・2cm×366cmの屏風に、第三代将軍徳川家光のころ寛永期（1624～45年）の江戸の市街地および郊外の様子を街並みや祭りの様子まで詳細に描いた絵図で、資料の少ない江戸前期の貴重な情報源である。

並べられた人形の数は800。開館10年目の2003年のリニューアルのときに、東京・人形町の生まれの3代目館長竹内誠氏の提案で製作した。衣装、結髪、化粧などの歴史に詳しいポーラ研究所シニア研究員の村田孝子さんの協力なども得て、人形の考証だけで1年を費やしたという。

30分の1感覚を体の中に保ったまま、隣の大名屋敷のジオラマに移動する。日本橋で800人がひしめき、いたるところで哀感の情景を繰り広げていた2万2000㎡＝6600坪の同じ敷地面積に建っているのは、たった一軒の豪邸である。江戸城大手門前の龍ノ口にあった越前・福井藩主松平伊予守忠昌の上屋敷。地図を見てみると現在そこには地上23階の三井住友銀行本店ビル、22階の日本生命丸の内ガーデンタワーという2本の超高層ビルが立っている（千代田区大手町1-1）。

屋敷の構造は実に興味深い。屋敷を一周する土塀の内側は長屋造りになっていて、下級武士は警護をかねてここに居住したという。四方に城構えのように矢倉（櫓）が建ち、家族や使用人、武士が通常使用する小

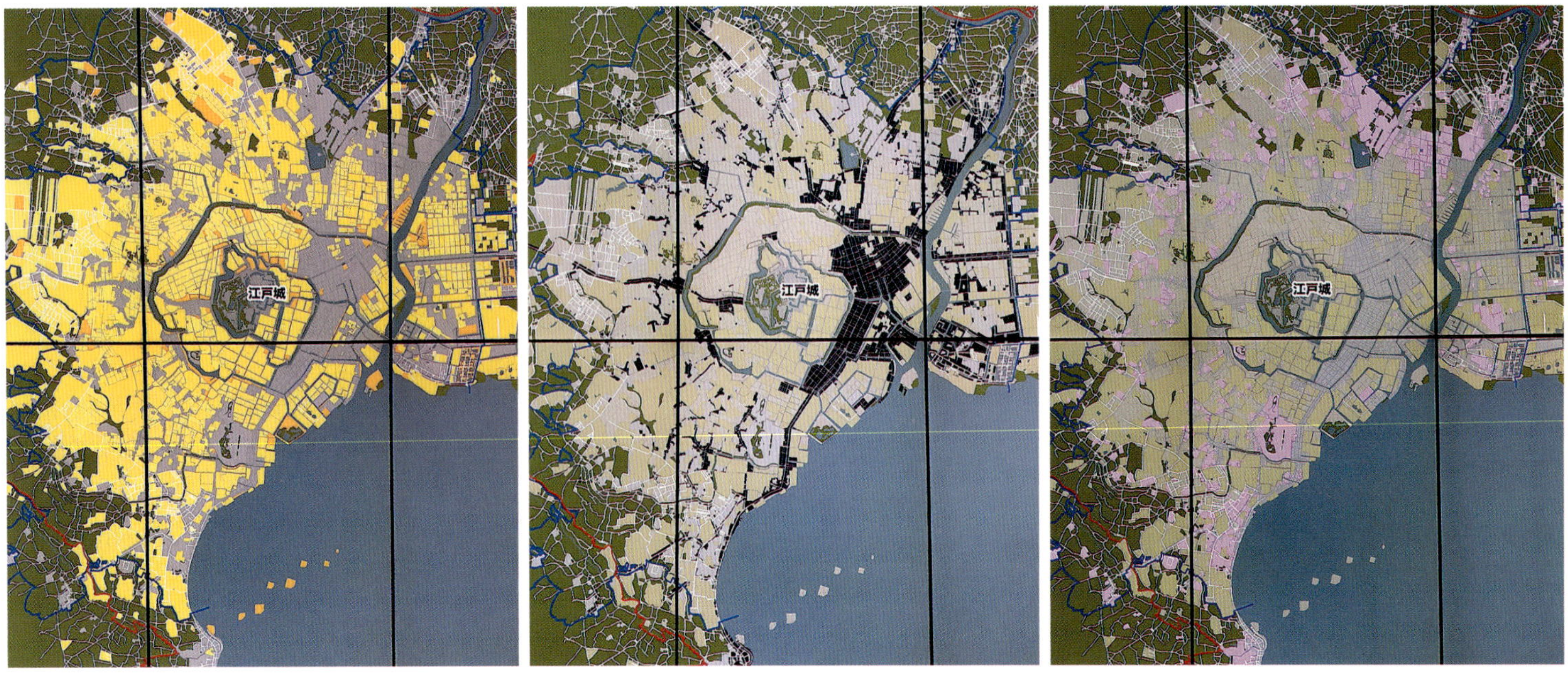

明暦の大火(1657)の後、幕府は江戸の改造に着手、本丸の徳川御三家の上屋敷を郭外に、大名小路の外様大名屋敷を外堀の外へ移転、町割りをあらためて道路を拡張し「広小路」と呼ばれる火除け地を設けた。結果町人地(写真の黒)、寺社地(写真のピンク)は外縁に移動拡大して江戸の範囲が広がった。しかし大江戸完成後の享保10年(1725)のデータでも、江戸の境界は江戸城を中心にした半径5km弱ほどの範囲＝69.9k㎡で、現在の東京23区(612k㎡)のわずか11％ほどに過ぎない。うち66.4％が武家地(写真黄色)、12.5％が町人地、15.4％が寺社地だった(享保10年)。俗に「大江戸八百八町」というが、正徳3(1713)年の記録では933町、そこに約43万人の町人が住んでいた。町人地の面積を8.7k㎡とすれば人口密度は5万人／k㎡、全国第1位の東京都豊島区の2.2倍である。

門のほか、藩主が使う豪華な台所門、そして将軍を迎えるために漆塗りに彩色を施し天井画まで描いた豪華な御成門がある。

かくの豪邸も江戸城の規模に比べれば猫の額のようなものだ。

同じスペースを使って30分の1で再現できるのは江戸城本丸大広間と松之大廊下など殿中のほんの一部分だけ。江戸城天守、二丸、三丸一部を再現した模型はさらに7分の1に縮めた200分の1サイズでないと入りきらない。

もちろん博物館内には等身大の展示もある。

お姫様用の実物の駕籠はガラス越しに見るだけだが、実際に乗り込める実物大の復元模型が用意してあった。津山藩主が参勤交代のときに使った駕籠の復元で、将軍家のお姫様用に比べると驚くほど簡素な作りだ。安政6（1859）年の記録によると、鳥取藩主池田慶徳の出府の際は鳥取―江戸間約702kmの道程を駕籠に乗り1日平均32km、21泊22日で移動したらしい。

庶民文化の展示にも触れて実感できる体験型展示があった。

例えば「棒手売（ぼてふり）」の天秤。ざるや木桶、かごなどに食品・食材、生活用品、おもちゃ、金魚や鈴虫などを入れ、天秤棒で担いで売り歩く。江戸ではもっとも簡単にできる職業だった。桶に入っていたのは春の魚の鰡（ぼら560g）と真鯵（まあじ260g）と鱵（さより95g）。重さまで再現したシリコン製模型で、担いでみるとずっしり重い。中身は季節に合わせてちゃんと入れ替えているという。

だが日本橋北詰のあのにぎわいも、豪奢な福井藩主のお屋敷や江戸城天守も、明暦3（1657）年1月18日に発生し江戸を焼き尽くした明暦の大火によって実はすべて消滅してしまったのだという事実に直面すると、衝撃を受けざるを得ない。

2日間燃え狂った大火災の死者10万。防衛戦術上の観点から隅田川に橋が1本も架けられておらず、川を渡って逃げることができなかったことも被害を拡大した。

大火からの復興に当たって幕府は江戸の大改修に着手（第68話「江戸東京の火消の話」参照）、1660年には隅田川をまたぐ両国橋を作り、東岸の本所に犠牲者を弔う回向院を建立した。優雅なアーチを天に描く長さ96間（174・6m）の雄大な両国橋の姿は、焦土と化した江戸の惨状に復興の希望を与える大きなシンボルとなったという。

館内には江戸後期のその両国橋西詰あたりの賑わいを1500体の人形を駆使して再現した30分の1模型もあった。火災の延焼を防ぐために設けられた広小路（火除け地）に、下り酒の紋を掲げた見世物小屋、水

「てやんでえべらぼうめ、こちとら神田の水で産湯を使って……」とは江戸っ子のおきまりの台詞だが、この「水」は川の水ではなく、江戸に引かれた上水道、神田上水と玉川上水のことである。三代家光のころまでに完成した前者は井の頭池を水源とする神田川を改修して水源としたが、1655年にできた玉川上水は東京西部の羽村から四谷・大木戸までの43km、高低差90mをわずか7ヵ月で人力開削した人口河川である。ルートは羽村からJR中央線武蔵境あたりまでが五日市街道沿い、高井戸から四谷までが甲州街道沿い。四谷・大木戸から江戸中心部へは地下に埋設した石樋や木樋などの暗渠方式の水道管で導き、城内や武家地だけでなく町人地の上水井戸にも供給した。1974年にサッポロビール恵比寿工場(現・恵比寿ガーデンプレイス)が水道水に切り替えるまでは水源として活用していた。地形のマクロ的俯瞰から現物の木樋／上水井戸まで展示した内容は実に素晴らしい。

江戸城の200分の1再現模型。別名千代田城。江戸城の天下普請(国家事業)は1603年に着工、1607年に天守が完成した。2017年2月に島根県松江市の松江歴史館で発見された「江戸始図」によるとこの慶長度天守は巨大な連立式、本丸南には5連外枡形、敷地北端には複合丸馬出(いずれも虎口の一種)を備える実戦的設計だった。泰平の世になると二代秀忠は見栄えのいい独立式天守を北側の馬出し部に再建、本丸の面積を拡大する(元和の天守)。さらに三代家光はこの天守を解体して1638年に3つ目の寛永天守を造営、江戸城総構えが完成した。しかし1657年の明暦の大火で天守・本丸・二丸・三丸は全焼、天守はそれ以降再建されなかった。以後城内は5回も消失している。城跡地は現在宮内庁管理地の皇居附属庭園(皇居東御苑)で一般公開している(写真：Googleマップ)。

茶屋、髪結床などが建ち並び、寿司や蕎麦や天ぷらを売る屋台に人々が集まって、隅田川には花火見物の屋形船や屋根船、舳先が尖った猪牙船（ちょきふね）が浮かんでいる。復興をなしとげた庶民の喜びが炸裂しているかのような立体絵巻だ。

明治以降、江戸が東京になってからの展示も充実している。

圧巻は明治10年代後半＝１８７０年ごろの銀座４丁目付近の様子を再現した25分の１模型。いま和光本館、銀座三越、GINZAPLACE、円柱状の銀座名物三愛ドリームセンターがある交差点付近に、当時は煉瓦建２～３階の低いビルがずらり並んでいて「銀座煉瓦街」と呼ばれ、周囲には数十社を数える新聞社があったという。和光の場所に建っていた「朝野新聞社」は館内に現物大でも再現されている。

近代国家にふさわしい耐火都市計画の一環として行政の肝入りで作られた銀座煉瓦街を壊滅させたのは、しかし火事ではなかった。１９２１年９月１日に起きた関東大震災である。

明暦の大火の犠牲者を祀った両国橋の回向院から５００ｍほど、江戸東京博物館の敷地のちょうど北側にある横綱町公園には、地震で家屋が全半壊した被災者がそのとき多数避難していた。そこで火災が発生する。運び込まれた家財道具や荷物などに炎は次々に燃え移って巨大な火炎旋風が発生、２００ｍ×１００ｍほどの敷地内でなんと３万８０００人が焼け死んだ。

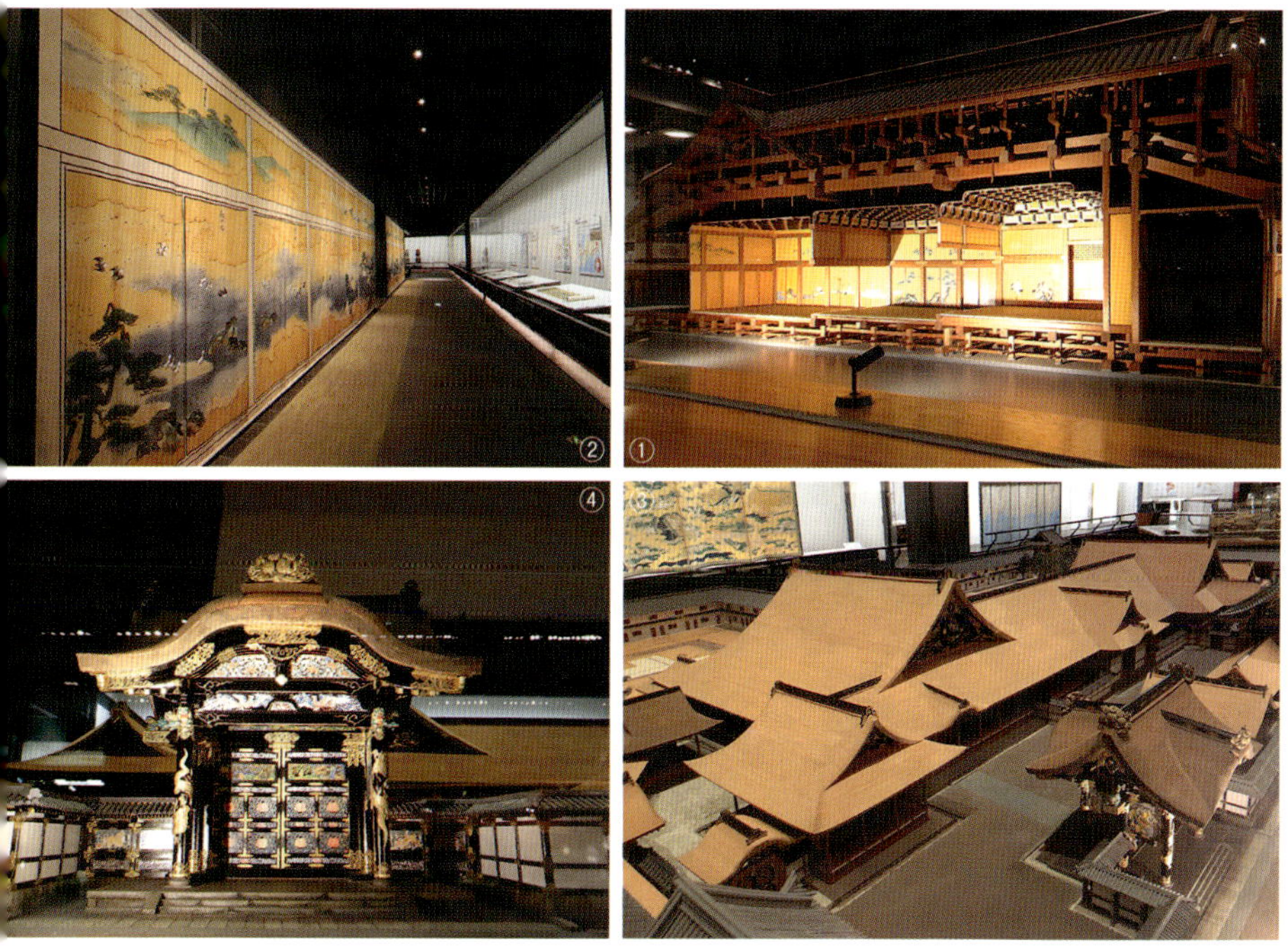

①江戸城本丸大広間(30分の1)。それに続く大廊下(「松之大廊下」)と白書院も再現。②2015年のリニューアルで設置された松之大廊下の襖絵の休験展示(実物大)。本丸焼失時に再建のために描かれた下絵を拡大したもの。襖を挟んで廊下の反対側は控の間だったが、襖自体ははめ殺し構造で開かなかったという(一部は板絵)。③福井藩主松平伊予守忠昌の上屋敷(30分の1)。長屋と台所門は瓦葺だが、御成門と藩の業務を行なう表(おもて)は茅葺の上品な造りだ。藩主が家族とともに住む奥(おく)は外観の記録がほとんど残っていないため、あえて再現していない。④同上屋敷の御成門。

江戸と東京の大きな特徴は庶民文化だ。江戸東京博物館の博物学的視点も庶民文化にあるが、そこは人情、やはりきらびやかな殿中の文化にも目を奪われてしまう。四方ガラス張りの部屋の中に、見事な漆塗り蒔絵の駕籠があった。「梨子地葵紋散松菱梅花唐草文様蒔絵女乗物」、平たく言えばルイ・ヴィトン風柄の将軍家お姫様専用カゴだ。5代綱吉の養女八重姫のもの(実物)で、明治期に海外に流出していたものを買い戻し修復した。重さは約30kg。これを4人で担いだ。

さらにそのわずか24年後、東京下町地区が無差別焼夷弾攻撃によって焦土と化した１９４５年３月10日の東京大空襲でも、本所・深川地区で大きな犠牲が出る。松井さんによると、当初爆弾投下によって副次的に生じる火災発生を想定していたため、空襲の際は現場にとどまって各人が消火に努めるよう指導されており、避難すると防空法によって厳しく処罰されたという。これが犠牲者を増やした大きな要因だったらしい。確かに続く４月13～14日の城北大空襲や５月25日の山の手大空襲では、３月10日を上回る数の爆撃機が飛来して焼夷弾攻撃を敢行したにもかかわらず、死者数は城北大空襲で２４５９人、山の手大空襲で３６５１人と数十分の１にとどまった。防空法を無視して住民が避難したことも大きな要因だ。この事実から３月10日の被害の大きさは一種の人災だったという見方もあるらしい。

終戦のわずか１ヵ月後。

いまの新宿駅東口、あの細長い広場のあたりに露天商が次々に店を並べ、鍋や茶碗、下駄、包丁などの生活物資を販売し始める。いわゆるヤミ市だ。その再現模型の横では、マッカーサーと天皇の会見を撮影したカメラマン、ジェターノ・フェイレースが終戦直後の町の様子をカラー16㎜で撮影した映像が流れていた。

ＴＶや映画での終戦直後の描写と違って、銀座に集まる人々は終戦１ヵ月というのに意外にきちんとした服装をしている。表情も驚くほど明るい。米兵と対等に向き合って土産物を売りつけ、町の真ん中に大手を振って畑を耕し、なんとも頼もしい。いつまでもめそめそせずに気持ちをさっと切り替えて明日に進む。これぞ江戸っ子という気質の真骨頂だろう。この動画はYouTubeでＰＰＳ新聞社のアカウントから「ＰＰＳ独占！終戦直後の日本を写した貴重なカラー映像」というタイトルで公開されている。

磯達雄／宮沢洋著「菊竹清訓巡礼」（日経ＢＰ社刊）によると、江戸東京博物館を設計した菊竹は、久留米市の石橋文化センター美術館（１９５６年）、島根県立博物館（１９５９年）でも展示階をあえて地上から高く持ち上げる基本コンセプトを採用していた。磯達雄はこれを「幼少期に地元久留米で何度も遭遇した洪水体験が関係しているのではないか」と分析している。江戸東京博物館がある本所地区も海抜が低い。菊竹自身は、建物下部を広大なピロティ構造にしたことについて、万一の災害の際に地域の避難広場として使えることを想定したと述べていたという。

幾度にも重なる壊滅的な被害、その都度地獄から這い上がって復興したたくましい庶民性。江戸・東京がもうひとつ世界に誇れるのは、その不屈のバイタリティではないか。

江戸から東京にかけての庶民の暮らしの実物大再現は江戸東京博物館の大きな見所。① 江戸後期の棟割長屋。杮葺(こけらふき)の粗末な作りの家屋を薄い壁で仕切りって9.7㎡＝4.5畳3戸、13㎡＝6畳2戸に分けている。そこに暮らす大工、洗い張り、江戸指物、寺子屋師匠、棒手振の生活を再現。外には上水井戸、稲荷、ごみため、雪隠がある。② 昭和初期の中央区月島の公営住宅の復元。ガス(昭和10年～)も水道(戦後～)もまだなかった時代の庶民の暮らしぶり。③ 1944年戦時中の灯火管制下での下町の生活。電球には傘、家の外には防火用水と火叩き。この実態を研究した結果、焼夷弾が開発された。④ 1959年に完成した「ひばりが丘団地」の再現。住民は洗濯機・冷蔵庫・炊飯器.テレビなどの電化製品を購入使用し、現在の一般家庭の生活様式をいち早く築いた。

●取材 2018年6月4日　●執筆 2018年6月15日　●掲載 GENROQ 2018年8月号

第74話 ［全国必見博物館］

YAMAHA INNOVATION ROAD
ヤマハの世界

前列左からバス、アルト、Bb、Ebのクラリネット、オーボエとファゴット、バリトンからソプラノまでの4種のサクソフォン。2列目はホルン、コルネット、艶やかなトランペットと3種類のトロンボーン、そして銀色に輝く見事なユーフォニアムとチューバだ。後列にはティンパニを中央にスネアとバスのドラムとドラムセットを配置し、左端にマリンバとシロフォンとグロッケンが並ぶ。なんとこれ全部ヤマハ製。ヤマハの楽器だけで構成した吹奏楽団のラインアップだ。もちろんこれだけがヤマハの製品ではない。鍵盤楽器や弦楽器、電子ドラム、シンセサイザー、シーケンサーやスタジオミキサー、そして別会社になっているがオートバイだって同じヤマハブランドの製品である。浜松にオープンしたヤマハの企業ミュージアムで、音と楽器と音響の世界に浸る。

PHOTO◉荒川正幸（*Masayuki Arakawa*）
協力◉イノベーションロード https://www.yamaha.com/ja/about/innovation/

館内見取り図

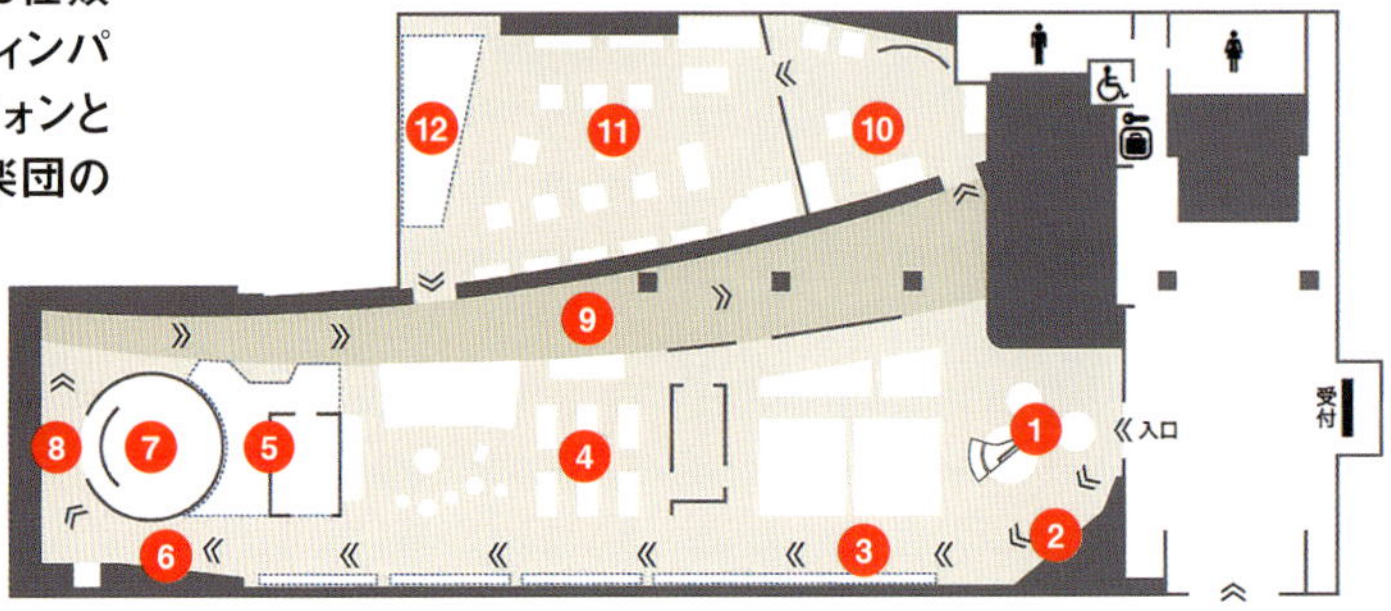

JR浜松駅前から約1・5km、遠州鉄道西鹿島線、通称「赤電」の高い高架が頭上を走る電車通りに、真新しい7階建ての建屋があった。

2018年5月に完成したばかりの7階建てのヤマハ株式会社・21号館は、建築面積約8500㎡。2階から7階までがオフィス、1階には試作室、実験室、工作室そして無響室・残響室、レコーディングスタジオなどの開発・実験設備があるという。別名は「イノベーションセンター」開発棟だ。

7月3日に一般公開が始まった「イノベーションロード」は、その建屋の1階の約半分を使って設置された同社初の企業ミュージアムである。通常部外者はもちろん正門の内側には立ち入れないが、ミュージアムの見学を事前に電話予約しておけば、守衛所を通過して館内に入ることができる。それだけでもちょっとわくわくする体験だ。

エントランスは真っ白の床と天井、ピアノブラックを思わせる真っ黒のガラス壁面というウルトラモダンな空間だった。高級オーディオやシンセサイザー、グランドピアノなどのクリーンでモダンでグレード感の高いヤマハ製品のイメージそのものだ。

「創業130年を超えるヤマハのフィロソフィを展示物を通じて感じていただくための施設です。技術的な挑戦を繰り返してきた歴史の歩み、そしてここから新たな挑戦を続けていくという未来への道をシンボライズして「イノベーションロード」と命名しました」

奥村暢朗館長はそう説明してくださった。

ふんわりした間接照明に包まれた天井も壁も真っ白の館内に、数え切れないほどの楽器が並んでいて圧倒される。1500㎡のスペースに展示品およそ800点。ヤマハの歴史を彩ってきたエポックメイキングな楽器や音響製品が中心だが、現行の商品もたっぷり展示してある。

館長といっしょに館内を歩いてみよう。番号は冒頭の館内地図のものだ。

❶コンセプトステージ

入り口を入ってすぐ、モニュメントのような3本の柱が立っている。

ヤマハ企業ミュージアム
イノベーションロード 館長 **奥村暢朗** 氏

❽イノベーションロードマップ

⓫音響展示エリア

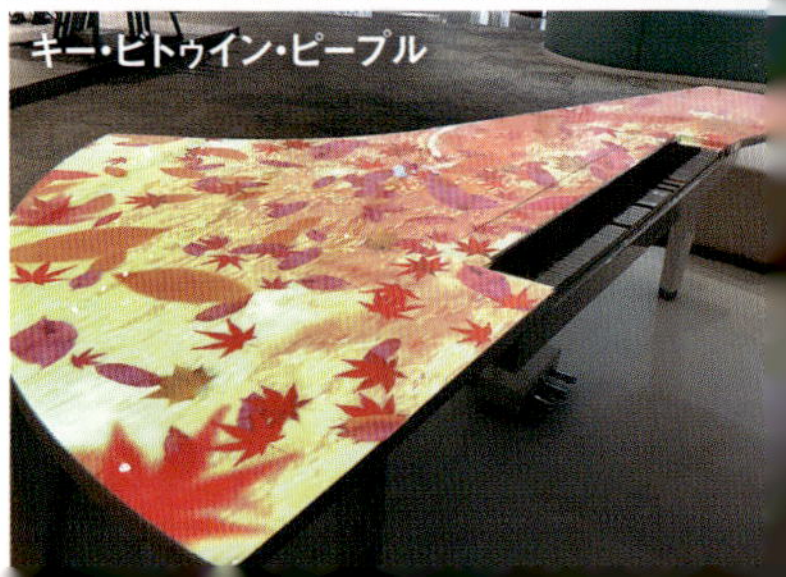

キー・ビトゥイン・ピープル

館内図(右ページ)の❷付近から館内全体を見た様子。一番手前に見えている大きなグランドピアノが、19年の開発期間と100台以上の試作を経て完成したグランドピアノの世界最高峰「CFX」。税込み1995万円という超がつく高級品だが、館内では手を触れたり試奏したりすることができる(もちろん練習や演奏披露などは禁止)。コンサートホール内の照明の反射を防ぐためCFXの大屋根(上部のカバー)には艶消し処理が施されているが、これはいったん塗装を鏡面研磨した後に表面に細かいペーパーを当ててヘアラインを入れるという手間のかかる方法で上品な光沢を生んでいる。そのクラフトマンシップも実物でつぶさに観察できる。CFXの右横にあるのは同社のグランドピアノの中ではもっとも小型のGB1。CFXが275cmなのに対して約55%の151cmだ。「イノベーションロード」が設置されている21号館の付近には以前ピアノ工場があったが、ピアノの国内生産は掛川市にある掛川工場に集約された。CFXも掛川工場で作っているが、GB1はインドネシア工場製だ(掛川工場におけるピアノ作りは2013年5月に取材、そのときの本連載記事は、ヤマハミュージッククラフト株式会社(現、ヤマハミュージックマニュファクチャリング)・新田工場におけるアコースティックギターの作りの記事とともに拙書「人とものの讃歌」に収録)。「イノベーションロード」の見学は無料、ただし事前に電話予約が必要だ。駐車場も28台分確保されている。東名高速・浜松ICから約7km14分、浜松西ICからは航空自衛隊・浜松基地の北側を抜けて約9km20分だが、我々は新東名高速・浜松SAのスマートICで降り県道391号ー国道257号を南下した。それでも15.4km30分だ。

バイオリンの左右にサイレントバイオリンとエレクトリックバイオリン。ソプラノサックスの左右にはリコーダー型ウインドMIDIコントローラーと2017年に発売された画期的な楽器ヴェノーヴァ(後述)。伝統的な楽器とヤマハが発明したそのハイテク進化系との対比は、過去から未来へ続くイノベーションロードという概念の象徴だ。

背後に「キー・ビトゥイン・ピープル」というコンセプトピアノがあった。未来のピアノのような外観は見事な純白ラッカー鏡面仕上げ。ヤマハ得意の自動演奏機構によって鍵盤が動いて音を奏でると、真っ白の天板に音と連動した画像がプロジェクションマッピングで写し出される。「夕焼け小焼け」の演奏では全体が真っ赤に染まって楓の落ち葉のシンボルが浮かび、トンボが飛び交って美しい。

鍵盤を指で叩くと、鍵盤のところから水の波紋のような模様があらわれた。ヤマハは音響機器用、自動車用、モバイル用などの半導体も製造しているが、このコンセプトピアノも自社製のグラフィック用半導体GP3を使った画像処理エンジンを使っているという。

❷プロローグ

左側の白い壁面には色々な楽器のシルエットがレリーフになっている。この壁面にプロジェクションマッピングで来場者を迎える約2分間のプロローグ映像が投影され、コンサートや世界の人々が楽器演奏を楽しんでいるシーンなどを通じて「音楽で世界はひとつになれる」というメッセージが奏でられる。大変感動的だ。

❸ものづくりウォーク

館内左の壁面は「ものづくりウォーク」。筆者のような「もの作りおたく」には必見垂涎だ。

木工製品ではグランドピアノ、アコースティックギター、バイオリン、管楽器ではトロンボーンやサックスなどの各部品が壁面に展示されており、構造や製造工程が詳しく紹介されている。楽器の生命である音程、音色を作るポイントも、自分で体験できる展示などでわかりやすく解説してある。

驚いたことに自動車用加飾パネルのコーナーもあった。もちろんヤマハはトヨタ2000GTのローズウッドパネル以来この分野の草分け。最新のレクサスLSの加飾パネルもヤマハのグループ会社で作っている。0・3mmの突板をプレスし、金型にセットしてその裏側に樹脂を射出成形するという奇想天外なその製造法はこれまで何度か取材してきたが、実物を手にとって見れるのは日本でたぶんここだけ。もし拙著「クルマはかくして作られる」のファンなら絶対見にいかねば。

❹楽器展示エリア

現行品を中心とした楽器展示は楽

❹楽器展示エリア：ギターのコーナーにはアコースティック、エレキ、サイレント、トランスアコーステイック式など種類別の6つのグループに8本づつ、合計48本の現行品が置かれていて、全部手にとって試奏可能だ。写真奥のスペースには、カルロス・サンタナモデルとして有名なSG-175B「ブッダ」、L-54、53、52、51など手工ギターの最高モデル、ヤマハ初期の1953年製のスチール弦ギターなどヤマハギターのビンテージ品が展示されている。ただしこちらはもちろん「Don't touch」なのでご注意を。

❸ものづくりウォーク：ピアノ、ギター、バイオリンなど木工技術を駆使して作る楽器、また金属加工技術を使って作る管楽器など、ヤマハのもの作りをわかりやすく展示したコーナー。各部品が壁面にディスプレイされ、それぞれのキーポイントとなる技術が紹介されている。グランドピアノの場合はスプルース材を積層して作る響板、230本の弦の2トンにもなる張力を支える鋳鉄製フレーム、積層材を曲げて作る側板の実物を展示、フェルトのハンマーをピッカーで突いて音を整える作業によって生じる音の違いを鍵盤を叩いて体験できる仕掛けも用意されている。

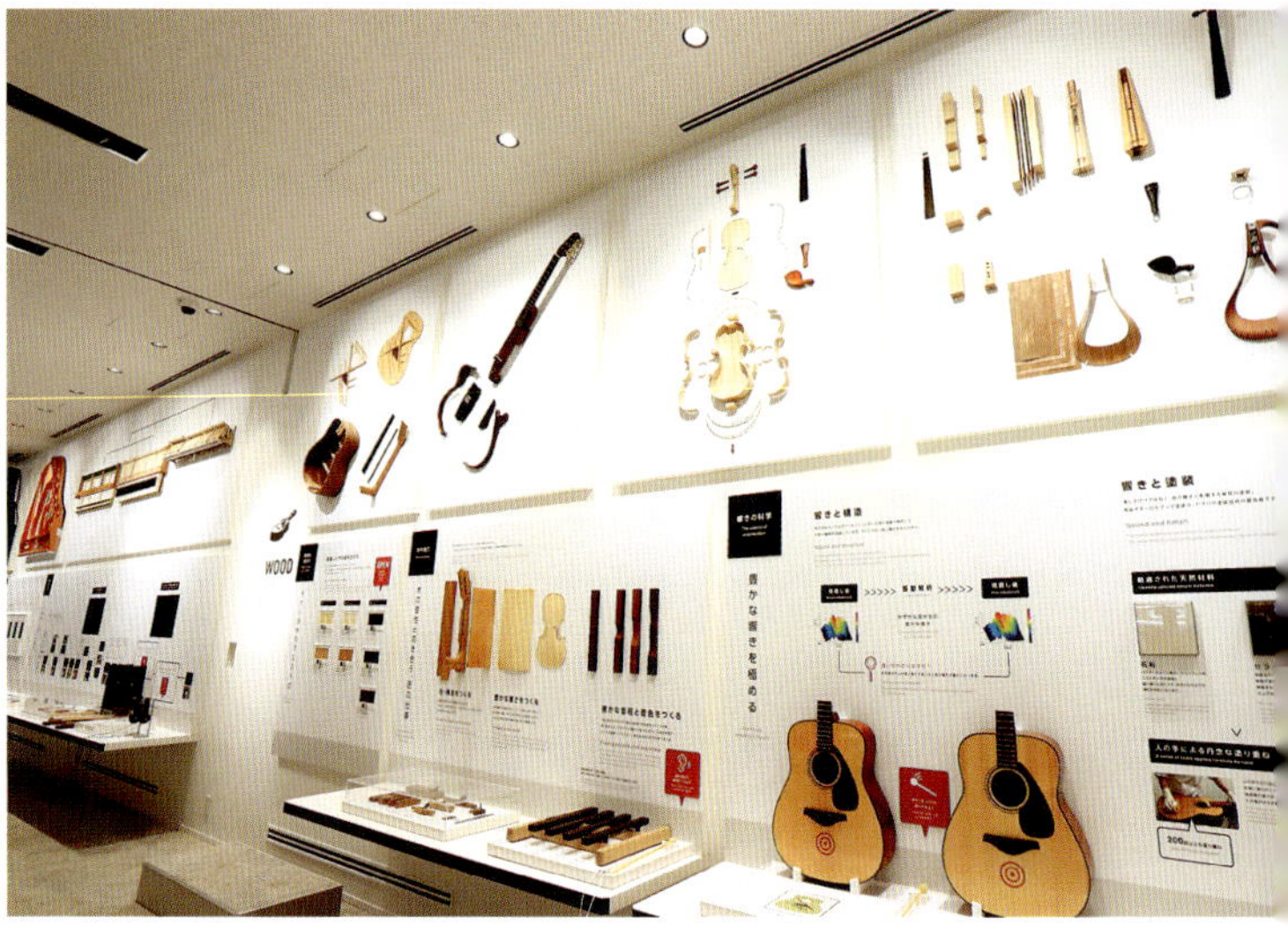

❹楽器展示エリア：冒頭にご紹介したヤマハの楽器だけで構成した吹奏楽団のラインアップ。実際にほとんどヤマハの楽器だけで構成している吹奏楽団も存在する。ここに飾ってあるヤマハ製の楽器を工場で作っているヤマハ株式会社とグループの従業員を中心に編成した「ヤマハ吹奏楽団」だ。DCIで知られるドラム・コー（Drum & Bugle corps）で使うマルチタム、バス、スネアなどのドラム、スーザフォンやユーフォニアムなどのマーチング用管楽器がならぶディスプレイも楽しい。DCIにエントリーする団体のヤマハの楽器の使用率はとても高い。

器ファンの天国だ。８台のグランドピアノ、48本のギター、これら現行製品が触れるだけでなく、全部試奏可能なのである。

２０１０年10月の第16回ショパンコンクールのファイナルで第１位に輝いたロシアのユリアンナ・アブデーエワが使用し一躍その名を世界に轟かせた１９９５万円のコンサートグランドピアノＣＦＸ、これもなんと試奏できてしまう。

その横には世界25台限定のベーゼンドルファーのクリムト〝ウーマン・イン・ゴールド〟。天板の裏にグスタフ・クリムトの「アデーレ・ブロッホ―バウアーの肖像Ⅰ」をモチーフにした絵画を手書きした逸品だ。試奏可能。心配で夜も眠れないから、せめて値段くらい書いておいてほしい（笑）。

アコースティック、エレキ、サイレント、トランスアコースティックの各ギターも全部試奏ＯＫ。なんとも太っ腹である。

❻デジタルライブラリー

膨大なデータからヤマハの歴代製品などを閲覧できる体験型ビジュアルモニターで、５枚のタッチセンサー付きパネルに４４０アイテムの情報を映す。厚さ５㎜で指向性の極めて高いヤマハ製フラットーン・スピーカーを頭上に配置。システム開発はチームラボがおこなったという。

❼スーパーサラウンドシアター

ヤマハの立体音響技術「ViReal」を駆使したサウンドシアターである。２２０度の視野のスクリーンと、壁や天井に埋めた１０８個のスピーカー／６個のウーハーで１０８・６ｃｈという立体音響を作り出す。

４分30秒のソフトはＣＧで描く音と音楽の幻想的な宇宙と世界観。思わず鳥肌立つすさまじい音響はもちろんだが、グランドピアノの中に突入したり、弦の林の中を漂ったり、音によって作られた広大な未来都市の空中を飛行したりする映像のイマジネーションも実に素晴らしい。これを見るためだけでも行く価値はある。

❽イノベーションロードマップ
❾ヒストリーウォーク

ここからはヤマハの歴史を、壁面に描いたユニークなロードマップと貴重な実物の展示で見ていく。

時計や医療機器の製造・修理の職人だった山葉寅楠（１８５１～１９１６）は、アメリカ製オルガンの修理を依頼されてその機構に興味を抱き、１８８７年にオルガンを製造した。それがヤマハの事始め。

１８９７年に日本楽器製造株式会社という社名に変更し、その３年後にピアノの製造に着手。いろいろな楽器の製造を通じて培った木工技術を買われ国から航空機用プロペラの製造を受注し、さらに金属プロペラを開発する過程で金属加工技術や機械製造技術を蓄積する。戦後この技術をつかってオートバイの製造に乗り出すのである。

電子楽器の分野にもいち早く進出したが、真空管では音楽的表現がうまくいかないためトランジスタ式に変更、信頼性への不安からこれを半導体へ変えるが、既存の半導体では求める音楽表現に達しなかった。そこで自社で半導体をつくったのが同社の半導体事業のスタートだ。

アーチェリーやスキー、テニスラケットなどスポーツ用品にもヤマハは積極的に参入してきた。そこに使われたＦＲＰ製造技術はモーターボート作りからはじまりバスタブにも使われた技術の応用だ。

「ヒストリーウォーク」では創業時のオルガンから現代の製品まで、エポックメイクなヤマハ製品を間近で見ることができる。１９５１年に登場したオールトランジスタ式電子オ

⑨ヒストリーウォーク：創業時のオルガンから現代の製品に至る約130年間のヤマハのエポックメイクな製品展示。現物を壁面に埋め込んで展示するというのは珍しい手法だが、明るい照明で照らされた現物を近くでじっくり観察できるので、とてもいいアイデアだ。写真のピアノは1900年にヤマハがピアノ作りを始めて3年目の1903年製A1型・製造番号1022。同年の第5回内国勧業博覧会で最高褒章を授与され明治天皇が買い上げたという個体である。2009年近代化産業遺産に認定。ティンパニTP-500については本文参照。

ルガンD-1はヤマハの電子楽器の出発点。スティービー・ワンダーも使っていた名機GX-1（1975年）、ヤマハのピアノの感受性の鋭さとピアニシモの美しさにいち早く注目したスヴェトスラフ・リヒテル（1915〜1997）が実際に愛用していたグランドピアノCF-Ⅲの特注モデルなども展示してある。

世界の音楽シーンに革命をもたらしたフルデジタルシンセサイザーDX7（1983年）など誰でも知ってるヒット商品から、演奏者がセンサ付きのジャケットなどを着用して体の動きで音階やリズムをする1995年発売のMiburiなどのように進歩的すぎて時代の方がついていけなかった発明品など、ひとつひとつ解説を読みながら見ていくと時間が経つのを忘れてしまう。

⑩イノベーションラボ

未来に向かう技術を紹介する小部屋。

スピーカーの振動板にケブラーの倍の引っ張り強度を持つポリパラフェニレンベンゾビスオキサゾール、商品名ZYLONの織物を使ったHiFiフラッグシップスピーカーNS-5000（税別150万円、2台1組）、前述の最新鋭カジュアル管楽器ヴェノーヴァYVS-100など、最新の製品に関してその発案から製品化に至るプロジェクトストーリーをくわしく紹介している。

とくに円筒管の一部を分岐させ二股にすると円錐管の音に近くなるという原理を元に、リコーダーのような運指で演奏できてサックスのような音が出るリード楽器を開発していったヴェノーヴァのストーリーは大変面白い。デザインも非常に美しい近年のヤマハの楽器の最高傑作だ。

⑪音響展示エリア

⑫バーチャルステージ

一転して音響展示エリアは大人の雰囲気。

音を作り上げ、加工し、まとめ、それを届け伝達するという多様な製品の展示。

ミキサーやシーケンサーなど音楽製作につかわれる装置が歴代のものから現代のものまでずらり並ぶ。デジタル化によってコンソールがどんどん小型化していくのもすごいが、ミキシングのためのレバーなどにアナログ操作系を残しているというのもさすがプロ用機器だ。

民生用高級オーディオ、スタジオ用や商業用のモニターなどもヤマハ製品として有名だが、それら音響機器の応用としてコンサートホールの音響設計、音のいいTV会議システム、ユニークな秘話システム、そして超音波検査機なども開発しているという。楽器だけの総合楽器メーカーではなく、ヤマハは総合音響機器メーカーでもある。それが納得できる展示だ。

駆け足で回っても2時間、じっくりみれば丸1日楽しめる。これで無料なのだから、浜松の新名所になることは間違いない。

ヒストリーウォークの一角に銅色のティンパニが置いてあった。1980年にヤマハが発売し吹奏楽の世界でベストセラーになったバランスアクション式のTP-500だ。社内には残っておらず、宝塚市の中学校の吹奏楽部で使っていたものを譲ってもらったという。

「とても大事に使っていただいていて素晴らしい状態でした。交換に新品を差し上げたのですが、こちらに送ってくださる前にみなさんでお別れ会をやったのだそうです」

長年大切に使ったティンパニとお別れの会。これこそ音楽と楽器を愛する心というものだろう。

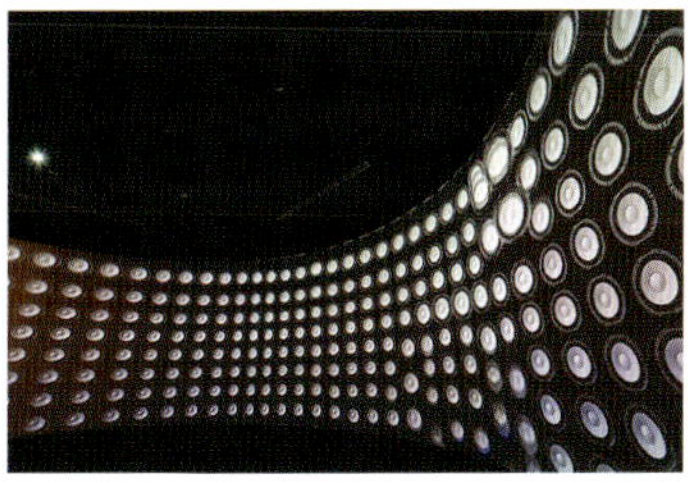

⑦スーパーサラウンドシアター：108.6ch、114個のスピーカーで奏でる音と映像のスペクタクル。4分30秒のプログラムのテーマは「音が誘う幻想世界」。天の川の光景からピアノの内部世界に突入、ギターの弦の響きとトランペットの息遣いとティンパニの響き。弦の林を歩いていく幻想的なイメージに続いて、音で作られた光のメガシティの光景に圧倒される。こうしたシアターはいろいろな企業ミュージアムで見てきたが、本館の「スーパーサラウンドシアター」の芸術性はこれまで観た中で文句なしに最高峰だ。

⑪音響展示エリア／⑫バーチャルステージ：スタジオで音楽製作に使うミキサーやシーケンサー、そしてスタジオモニターなどもヤマハの得意分野。歴代製品がずらり並ぶ。ライブ演奏の録画映像を観ながら各マイクから入力する音声をミキシングする体験ができるコーナーも。「バーチャルステージ」は、ミュージシャンの演奏をデータ化し、自動演奏式ピアノ（市販品）と自動演奏式ドラム（試作品）によって再現するという画期的設備。後者は振動板でヘッドを共振させる理屈のようだが、本当にその場で叩いているような迫力だ。ドラムが自動演奏にくわわれば一気にジャズ演奏が可能になる。海外のライブセッションをネット中継して再現演奏することも可能だろう。すごい。

●取材 2018年6月27日　●執筆 2018年7月13日　●掲載 GENROQ 2018年9月号

第75話 ［プロフェッショナリズム］

サクソフォンの設計と製造

ボンネットを開け、エンジンを覆っている防音カバーを取り外し、ワイヤハーネスとインジェクションパイプとハイテンションコードがからみあうヘッドにおもむろに両手を突っ込んでそれらまとめてぐいと掴み、そしてゆっくり引っ張り上げる……生まれて初めてケースの中からサクソフォンを取り出すというのはそんな気分だった。クルマを運転したり機械式腕時計を愛好するのに機械機構に直接手を触れることはないが、サックスを演奏するためには構造という構造がすべて外側に露出しているこの機構美学に溺れたような装置そのものを直接両手に持って十指をフルに駆使し、それを操らなければならない。美しくも凄まじい両手の中の精密機械。ああ、せっかくヤマハにきたのだからサックス作りを見ずには帰れない。

PHOTO◉荒川正幸（*Masayuki Arakawa*）　協力◉ヤマハ株式会社 https://jp.yamaha.com/

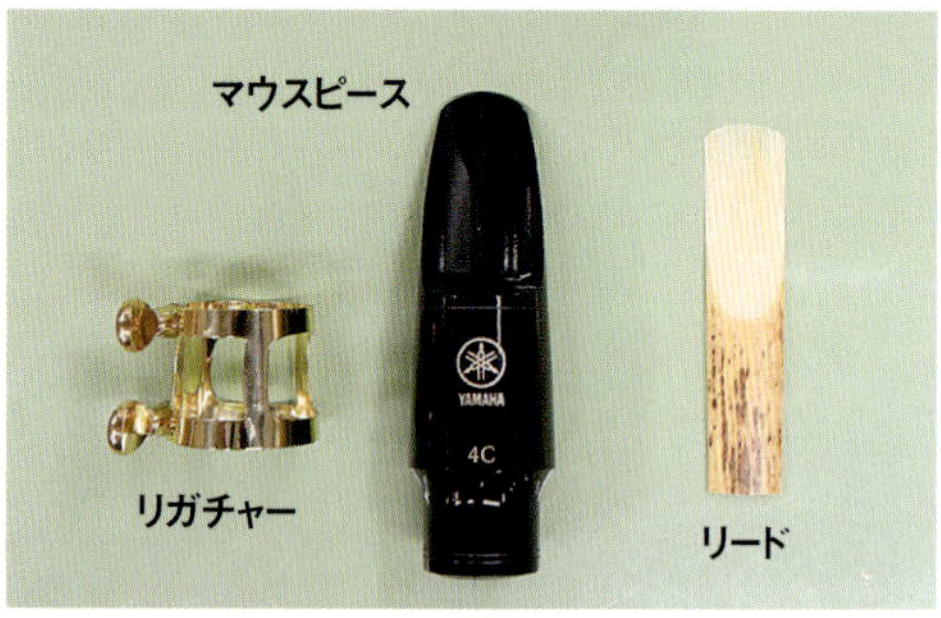

5000冊以上のクルマの整備マニュアルを発行している英国のヘインズ（Haynes）社が出版する「Saxophone Manual」、その序章の購入ガイドには「サクソフォン買うなら世界3大メーカーの製品をまず試奏してみるべきだ」と書いてある。うち二つはなんと日本のメーカーだが、サクソフォン専業ではないのは3大メーカーのうち「ヤマハ」だけだ。

企業ミュージアム「イノベーションロード」で見学したように、ヤマハ株式会社は吹奏楽で通常使われる管楽器のほとんどを自社で製造している。管楽器の年間生産本数は合計およそ35万〜40万本。もちろん世界一だ。うちサクソフォンの生産は約20％を占めるという。単純計算すれば月産ざっと6000本である。10万円台のスチューデントモデルから70万円を超えるプロ用バリトンサックスまでラインナップは19種類、「カスタム」と呼ぶ高級モデルは世界中のプロ演奏家やミュージシャンにも愛用されている。

ヤマハ株式会社の管楽器の生産の本拠地のひとつは静岡県磐田市にある豊岡工場。南北を並行して走る東名高速と新東名高速に挟まれた天竜川の東岸である。1970年5月に稼働開始。床面積約5万2000㎡の建屋内ではサクソフォンをはじめクラリネット、リコーダー、フルート、トランペット、トロンボーン、ホルン、ユーフォニアムやチューバなどの各種管楽器、エレクトーン、シンセサイザー、電子ピアノなどの電子楽器や半導体、電子デバイスなどを生産している。

管弦打生産部の稲垣孝典さんがサクソフォンの生産工程を案内してくれた。1400人の従業員のうち管楽器の生産に従事しているのは約600人。管楽器の製造というのは驚くほど入念で繊細な手作業の工程だった。

例えば「ベル」とも呼ぶ朝顔管。あの最も目立つファンネル状のラッパ部分は薄肉の真鍮板を左右別々にプレス加工してから溶接するのだが、非鉄金属の薄板の溶接は大変難しいからひとつひとつ手作業だ。溶接部を平らに圧延してから外型の中に製

ヤマハ株式会社 楽器開発統括部
B&O開発部 木管楽器チーム
野坂麻里 氏（設計）

株式会社ヤマハミュージックマニュファクチュアリング
管弦打生産部 部品生産グループ 工長
稲垣孝典 氏（生産）

ヤマハ製アルトサクソフォンの最高級モデルYAS-875EX（メーカー希望小売価格税別￥485,000）の主要部品。この写真では本体や各部のキイなどがサブアセンブル済みの状態だが、針ばねやねじなども含めると総部品点数はおよそ600点におよぶ。研磨や組み立て・調整はもちろん、素材からの加工工程や溶接、半田付けなどの製造工程においても熟練した作業者の手作業が主要な役割を担っている。写真で金色に見えている部位の材質は黄銅の圧延材。銅と亜鉛の合金で一般には前者7割、後者3割の七三黄銅、6：4の六四黄銅などが「真鍮」として知られている。ヤマハではJIS規格の国内材だけでなく、カスタム用などには合金比や厚みなどがJIS規格品とは異なる輸入材も使用しているという。本体である二番管（ボディ）、朝顔管（ベル）、両者をつなぐ一番管（ボウ）、そしてネックなどは薄肉の真鍮板から加工して作っているためイメージよりも重量は軽い。ヤマハの製品の場合アルトサックスで2.3～2.5kg、テナーサックスで3.2～3.4kg、大型のバリトンサックスでも5.5～5.8kgだ。もともと軍楽隊で使うために軽量性が求められて発明された経緯があるが、兵士が分列行進のときに肩に担いでいる銃は旧式のボルトアクションライフルならおおよそ4～5kgもある。ヤマハの管楽器のルーツは「ニッカン」と呼ばれた明治25年創業の日本管楽器株式会社だ。同社は戦前から日本楽器株式会社（現ヤマハ株式会社）と資本関係があり、両社の技術交流の結果1965年4月に誕生したのがヤマハブランド初の管楽器であるトランペットYTR-1。続いて1967年4月にヤマハブランド初のアルトサクソフォンであるYAS-1（のちYAS－61）、同じ5月にテナーサクソフォンYTS-1（同YTS－61）が発売されている。

品を入れ、内部に水圧をかけて溶接部とともも全体を膨らませ所定の形状にする。

一方カスタムの朝顔管はまったく作り方が違う。薄板をふたつに折り畳んで溶接（1ヶ所）、これを芯金に当てながら、木槌で何百回も叩いて少しずつファンネル形状に成形していく。サクソフォン伝統の製造法だ。「手加工だと鉛直方向に叩いて成形していきますから板厚が全周均一になります。また全行程が内型基準なので内部の形状が設計通りになります」

管楽器の音響特性は外観形状ではなく内部形状で主体的に決まるはずだから、内部基準の製造法は確かに理にかなっている。ただし大変な手間を投じて得られる違いはプロにしか分からないかもしれない。きっとそういうことだろう。

サクソフォンはクラリネットなどと同様、木管楽器（Woodwind）である。リードを振動源とするのがその定義で、マウスピースに息を吹き込むことによって葦（あし）などで作られた振動板＝リードが振動、筒状の本体内部の空気（空気柱）がそれに共鳴することで大きな音が出る。

タイヤの気柱共鳴音と同様、共鳴管の共振周波数は一般に空洞共鳴系の固有振動モード、音速、共鳴管の長さによって決まる。管の途中にトーンホール（音孔）を設け、これを開閉することで共鳴管長を可変して共鳴周波数（音の高低）を調整するのが管楽器の基本だ。息を吹き込む口元から一番近くで解放されたトーンホールから息が漏れ出ることによって、トーンホールまでの長さに見合った周波数の音が朝顔管から出るのである。

本体に開口している25個のトーンホールを指で開閉させるために、サクソフォンには「キー（キイ）」とよばれる複雑な操作機構が付いている。トーンホールを塞ぐのは金属製の「皿」。その裏側にフェルトに羊の皮をまいた「タンポ」と呼ぶシール材がついていて、閉じたときにエア漏れしないようになっている。デフォルトで開状態のキーと閉状態のキーがあるが、いずれも0・4～1・6㎜φの細い「針ばね」の横曲げ弾性力をつかってテンションがかけられており、操作力を加えたとき以外はデフォルト位置に復帰する。

フィンガーフックに指をかけて持ち、上位機種では表面に白蝶貝を貼った指貝と呼ぶ操作ボタンに指を置き、指を動かせばキー機構が作動してトーンホールが開閉、23のキーの組み合わせ操作で25のトーンホールを開閉、32音（2オクターブ＋8音）を出すことができる。キー機構の採用によって指では押さえられない遠い場所に音孔を開けることもできるようになったため、管長や管径の設計の自由度が上がって音量の確保と音域の拡大が可能になった。これがあの複雑な外観の秘密だ。執念のような機構設計と考え抜かれたエルゴノミクスにはほれぼれする。

ベルギー人アントワーヌ・サックス（1814～94）がサクソフォンを発明したのは産業革命真っ只中の1846年（特許取得年）。木管楽器は300年以上の歴史を持つものばかりで、クラリネットでもバロック期にはすでに登場していた。音程の操作をもっぱら演奏者の高度な演奏技術に頼っているトランペットやトロンボーンなどの金管楽器に比べると、サクソフォンがより進んだ新しい設計の楽器であることが納得できる。

その入り組んだ複雑な構造物をすべて取り外すと、サクソフォンの基本形状は細い口元からだんだん口径が拡大していってベル部で大気解放に至るテーパー管である。ここが直管のクラリネットとの音色の違いを生んだポイントだ。

レーシングカーの排気管のエンドパイプがテーパー管なのは出口圧損を少なくするためで、円断面の場合テーパー角5度のとき排気圧損（＝抵抗）は最小になる。また直管では管内共振周波数は理論通り決まるから周波数特性は山谷のピーキーな特性になるが、テーパー管にすると（テーパーの途中から反射波が起きるため）共振ピークが丸くなる。サクソフォンが「吹きやすく音質豊か」と表現されるのはこういうテーパー管の理屈が関係しているかもしれない。

共鳴管は管長が長くなるほど音が低くなる。ヤマハが生産しているサクソフォンでいうと高い音域をだすソプラノサックスは管長約65cm、アルトサックスは約105cm、テナーサックスになると約140cm、もっとも低い音域のバリトンサックスの管長はおよそ235cmもある。こんなに長いと携帯も演奏もできないから一般にはソプラノサックス以外は管長をSの字型に折り曲げて楽器を小型化している。

サクソフォンの開発の背景には軍楽隊でコントラファゴットやコントラバスのような低音が出せる小型・軽量の楽器が求められていたという事実があるが、産業革命によって薄肉の真鍮圧延材が入手できるようになったことが、テーパー管の製造やテーパー管をカーブさせてコンパクト化する設計などを可能にしたことは間違いない。

いずれにしろ音響の発生の主体は円錐形に開いたテーパー管内の空気柱の長さであって、金属筒の共振によるものではない。その証拠に総プラスチック製のサクソフォンも世の中には存在し、ちゃんとサックスの音がする。アントワーヌ・サックスの父親で著名な楽器製作者だったシャルル・ジョセフ・サックスも「楽器の材質は音質に影響を与えない」と主張していたという。

もちろん音程と「音色」は別、吹奏感などのフィーリングもまた別の分野の話だ。操舵感や操舵反力や接地感などの運転フィーリングが加速性能やサーキットのラップタイムとはまったく違う概念であるのと同様、楽器としての基本概念と音色や吹奏感の微妙な違いとは別の話だろう。とくにフィーリングは常に心理に深く根ざしているから、一般的に「あらゆる要素はフィーリングに影響を与えうる」ともいえる。

サクソフォンの設計を担当している同社楽器開発統括部・木管楽器チームの野坂麻里さんによれば、リコーダーやフルートではすでに実現しているCAEによるシミュレーション解析は、サクソフォンではまだ開発途上の段階だという。2015年に登場した最新型の875EXの場合、理論的に構築した設計によって試作した製品を世界的なトップクラスの演奏家たちに実際に試奏しても

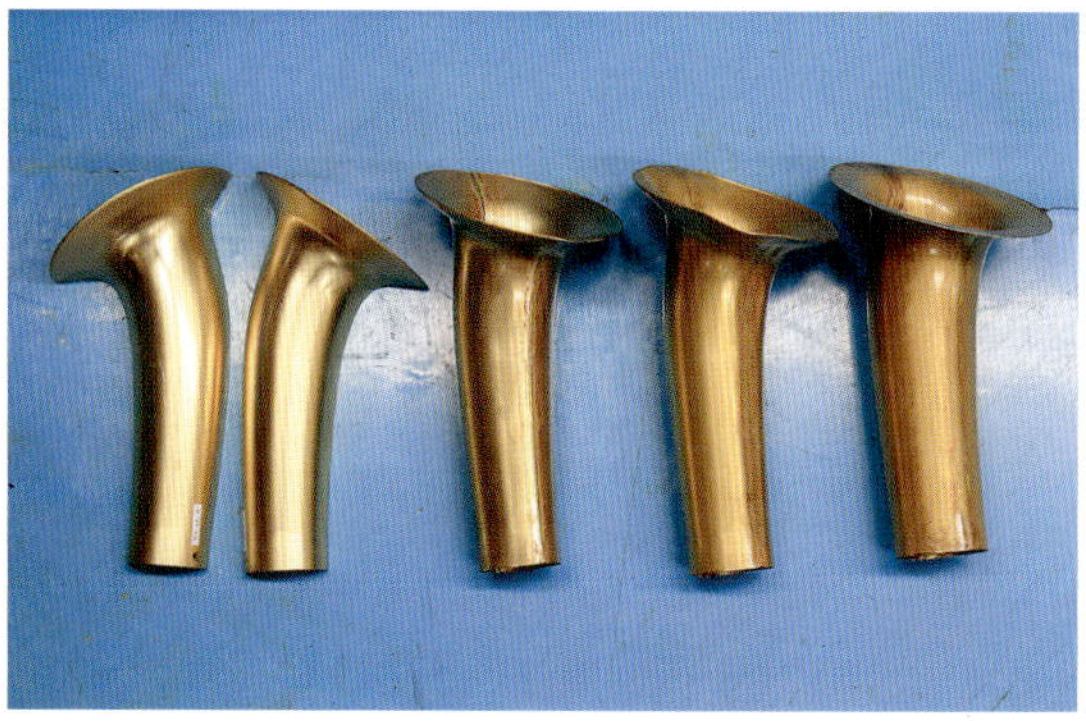

サクソフォンの製造工程 ❶——朝顔管　サクソフォンの「顔」ともいえる朝顔管(ベル)の作り方は大別して2つ。これはカスタム以外の製造法で、真鍮板をプレス成形して周囲を剪断、ふたつ合わせて手作業で溶接し、溶接部をローラーで圧延して平らに潰してから、金型(外型)にいれて内部にプラグを差し込み型を閉じて内部に水圧をかけ、ローラーで平らになった溶接部をふくらませるとともに溶接の熱によって生じた歪みを所定の形状へと整えるという製造法である。朝顔管を覗くと溶接箇所が2本見える。

サクソフォンの製造工程 ❷——ハンドハンマリングとベル絞り　こちらはカスタムの朝顔管の製造。ヨーロッパにおける管楽器の伝統的な製法であるハンドハンマリングで作っている。真鍮板を二つ折りして溶接、これを何種類かの芯金を使って木槌で叩きながら少しづつ所定の形状へと成形していく。真鍮は叩いて成形すると加工硬化するため工程途中で焼鈍する。ドーナツ状のダイス(鉛製)に通して表面を平滑化してからベル部分をへら絞り(品物を回転させながらへらを使って芯金に添うように成形する一般的な薄板加工技術)で成形する。ただし湾曲部分まで絞るためへらが大きく揺動する。へら絞りの加工時間はちょうど1分間だった。密着してるので木槌で叩いてはずす。この製法だと溶接跡は一本だ。

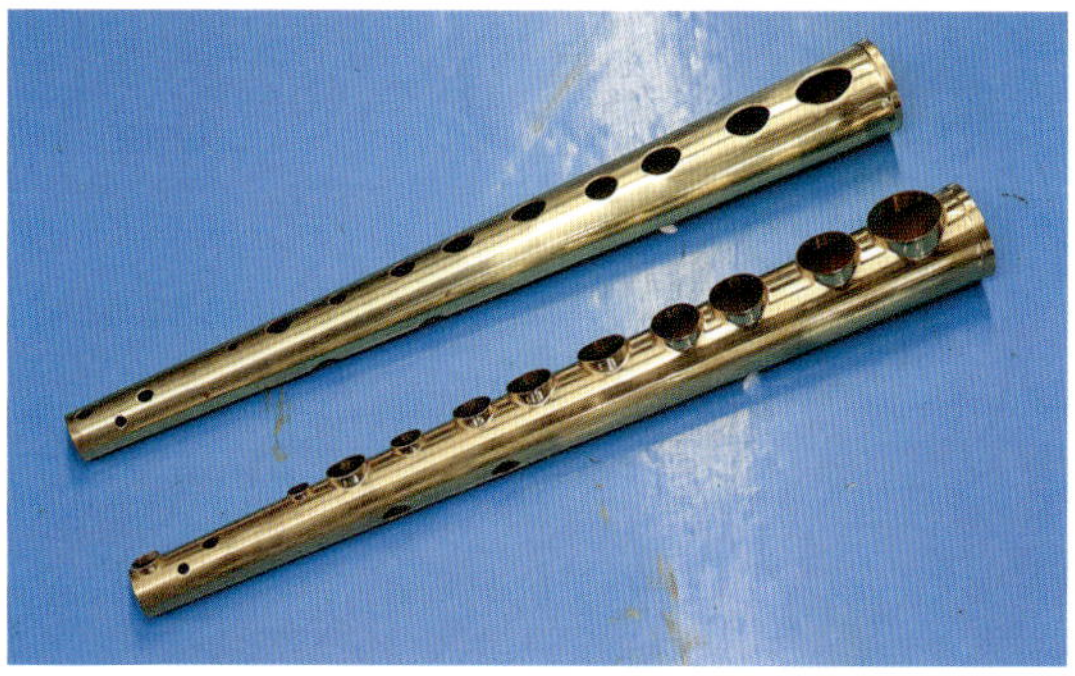

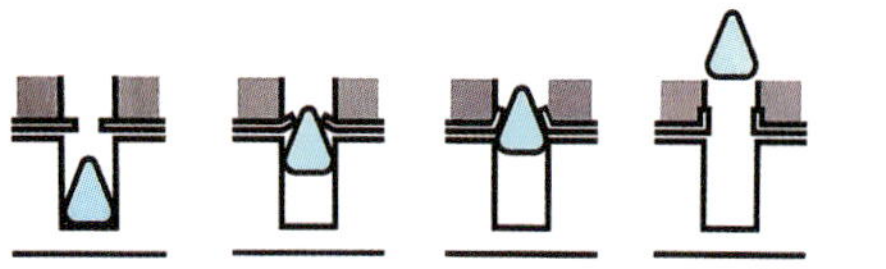

サクソフォンの製造工程 ❸——音孔引き上げ　トーンホールはタンポと密着するようフランジ形状になっている。昔のサクソフォンはフランジ部を半田付けしていた(ソルダートーンホール)がヤマハは塑性加工だ。二番管の場合はまず真鍮板を曲げてパイプ状に溶接、芯金に入れてダイスに通し(「管引き」)テーパー状に成形、音孔をあける。穴の中に駒を入れ、外からねじを入れて駒をつかみ、回転させながら引き上げてフランジ状に塑性加工する。端面は平滑になるよう研削する。音孔の大きさと位置は音程や音色を決める設計要件だが、加工がよくないとタンポから息漏れして正しい音程が出ない。参考文献ハワードさんの著述によれば海外製品には音孔の加工が悪くて息漏れするようなサックスも多いらしい。

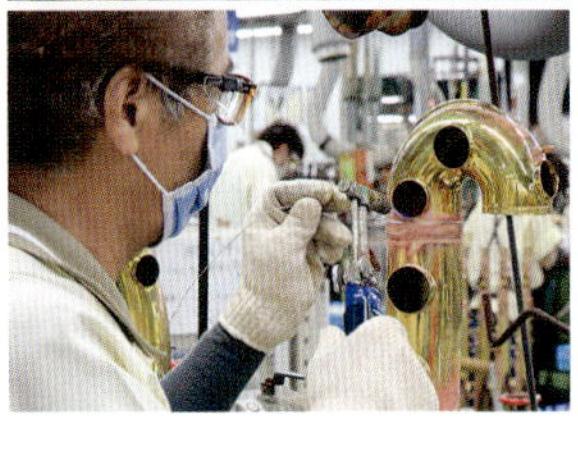

サクソフォンの製造工程 ❹——半田付け　二番管を治具に固定、キーを取り付けるための真鍮製(旋盤加工品)の柱＝「ポスト」を、台座を介して半田付けする。すべて手作業。ポストの台座の形状(別体式か一体式か)によって音や吹奏感が変わるのでここも設計要件だという(「ポスト台座が一体だと吹奏感の抵抗が大きくなるので音を出すのは難しいがコントロールの自由度は高いので上級者向け(野坂さん)」)。別の工程では朝顔管(ベル)と一番管(ボウ)を半田付けしていた。銅色になっているのはフラックスで銅が析出しているため。作業後に脇にある温水槽に漬浸してフラックスを洗浄する。一般にフラックスの除去が不十分だと経年変化で半田付け部が変色する。ヤマハは半田の鉛フリー化を実行済み。

サクソフォンの製造工程 ❻──ベル彫刻 サクソフォンは伝統的にベルに美しい彫刻を施す。トランペットなどよりベルの肉が厚いので彫刻をしても変形しにくいという。海外の有名ブランドでも最近はレーザー彫刻を導入しているが、ヤマハは彫刻入りの製品はいまもすべて手彫りだ。様々な刃物を使い分け、手を細かく振動させながら彫り込むという独特の技法で美しく華やかな図柄を描いていく。担当者は4名、カスタムのような複雑な図柄だと1個1時間弱かかるという。写真は本体を黒く塗装してから彫刻をしている注文生産品(彫刻後にラッカー塗装)。

サクソフォンの製造工程 ❺──バフ研磨 上がバフ前、下がバフ研磨後。いろんな工場でバフ研磨を見てきたが、かくも複雑な形状の物体をバフってるのは初めてみた。まさに「巻き込んでください」という形状で技術的な難易度は高いだろう。通常丸1日は持つはずの綿バフ布が2時間でボロボロにすり減って使えなくなるという話も納得である。別のセクションではユーフォニアムやスーザフォンなどの大物も研磨していたが、バフが入らない細部は細長い綿布にコンパウンドをつけごしごし往復させて研磨していた(一般には「ラギング」と呼ぶ研磨法)。

らい、その意見を取り入れながら改良していくというプロセスで設計した。

サクソフォンとその製造工程を見て率直に感じたのは「製造」の難しさである。

複雑なからくり機構でなめらかでかつ軽い操作感で正確にトーンホールを開閉し、空気漏れがないようにしっかり密閉するには、高い躯体剛性と機械的精度が必要だ。だが機構を取り付けている本体は非鉄金属の薄肉管。材質と板厚が一定ならパイプの断面係数はパイプの径に比例するが、断面二次モーメントはパイプの径の2乗に比例するから、パイプの剛性は口径が拡大するほど弱くなる。薄肉管の表面にキー機構を保持するためのポストとよぶ真鍮製の柱を半田付けして林立させているが、その取り付け精度を出すのもどう考えても難しい。

機械の設計とは常に構造設計と生産性の両輪だ。現代の設計技法でサクソフォンを一から設計したら、ヤマハ・ヴェノーヴァのようにまったく別の外観と材質と設計構造の機械になるだろう。19世紀の設計の機械とは、現代の技術をもってしても作るのが難しいのである。

作るのが難しいということは、一般論で言い換えるなら「個体差が大きくなりやすい」ということだ。だからこそ前出「Saxophone Manual」の購入ガイドにも「必ず試奏してみて好みに合ったものを買え」「店の奥から出してきた新品を試奏せずに持ち帰ってはいけない」と書いてあるのだろう。生産技術で世界に冠たる日本製品がサクソフォンの3大メーカーにランクインする理由はここにもあると思う。

ヤマハのサクソフォンの製造工程では薄肉管の成形・製造、トーンホールの引き上げ、ポストの半田つけなど製造の各工程において工法、加工機械、治具などがいずれも非常によく工夫されていた。最終組み立て工程ではおよそ50名もの専任作業者が1ヶ所1ヶ所を調整しながら組み立てていた。完璧な品物以外は下工程には流さない、いわゆる「自工程完結式」の生産方式だ。

野坂さんはヤマハのサクソフォンの特徴を「音程の正確さとメカの精度のよさ」と表現する。

「音程がよいと演奏者はそれに気をとられることなく音楽表現に意識が集中できます。メカニカルな性能がよければ運指にストレスがなくなってより高度な演奏ができます。これがヤマハの楽器に共通していえることだと思います」

これぞまさに設計・生技の両輪の成果に他なるまい。

サクソフォンは素晴らしい音色の楽器でありながら同時に人間工学的探求によって設計された繊細で精密な機械である。そこが機械好きにとって格別の魅力だ。

サクソフォンの製造工程 ❽──組み立て・調整 約50人の熟練作業者が作業台を並べ、それぞれ担当の工程の組み立てと調整を行って下工程に渡すという方式でアセンブリを行なっていた。「吹き比べて好みのものを選ぶ」という製品の性質上、管楽器も打弦楽器同様、基本的にはロット生産である。写真は最終検査で実際に完成品を吹いて音程や音色のチェックをしている久留悠輝さん。全日本吹奏楽連盟(AJBA)が毎夏に開催する吹奏楽コンクール一般の部で33回の金賞を受賞している社会人バンドの名門、ヤマハ吹奏楽団でサクソフォン奏者をされている。サックスの組立工程には石見千沙都さん(フルート)、バフ研磨工程には田下 洸さん(クラリネット)、土岐光秀さん(サクソフォン)などの楽団員がいるという。ちなみに久留さんも「金めっき仕様の音の違いは目をつぶって吹いてもわかる」とおっしゃっていた。

サクソフォンの製造工程 ❼──塗装 バフ研磨した表面が酸化で変色するのを防止するためラッカーを塗装する(自動機によるエア吹き静電塗装+手吹き)。塗料は1液性、焼付乾燥炉で硬化させているので自動車同様、熱硬化性塗料だろう。塗装を行わない仕様もある(「アンラッカー」)。塗装工程の裏側にはめっき加工設備があるが、アンラッカー、銀めっき、金めっきなどなどでそれぞれ音が変わるという。前出ハワードさんは「クルマの塗装を赤くすれば速くなるのか」とこれを一笑に付しているが、バンパーの裏にアルミ箔を貼るとハンドリングが変わると主張している自動車メーカーもあるのだから、フィーリングの世界ではどんなことでも起こりうる。

●取材 2018年6月27日 ●執筆 2018年7月13日 ●掲載GENROQ 2018年9月号

参考文献
「Saxophone Manual」日本語版 スティーブン・ハワード著 山領 茂監修 (株)ヤマハミュージックメディア刊
「木管楽器 演奏の新理論」佐伯茂樹著 (株)ヤマハミュージックメディア刊

福野礼一郎
人とものの讃歌 2
日本刀からサクソフォンまで38章

本書は自動車雑誌「GENROQ」に毎月連載している「福野礼一郎 昭和元禄Univers」の直近3年分、2015年8月号掲載「東京タワーの力」から2018年10月号掲載「サクソフォンの設計と製造」までの37回を、雑誌掲載時のレイアウトほぼそのまま加筆訂正のうえ一冊にまとめたものである。

連載当初3年分の38話は本書の上巻にあたる「人とものの讃歌」に収録ずみだから、本書の各章に割り振った話数は上巻からの続きの39話からになっている。

「博物館の紹介記事が半分だね」

上巻の「人とものの讃歌」をぱらぱらとご覧になって、そうおっしゃってくださった方がいた。

博物館に取材した記事が博物館の紹介記事のように見えるのは当然だが、内容を読んでいただければお分かりのようにほとんどの原稿のテーマは博物館施設そのものにあるのではない。博物館が博物学的対象とした人物やもの、あるいは技術や事実そのものを紹介し賛美するのが趣意である。

4ページの小文を読んでいただいてその内容にもし興味を持っていただいたとしたら、誰もが出かけて行ってそれをさらに詳しく探求したり追体験したりできる場所が日本のどこかに存在するのは雑誌記事として理想的だ。だからなにはともあれまず博物館を探し取材を申請する、これがこの連載記事の基本方針だ。したがって近隣に博物館がなく、ゆかりの地に簡便に行くこともできないアプシンベル神殿やチャック・イエーガーやポルシェ・ミュージアムやサントス・デュモンやクビンカ戦車博物館やミケランジェロの彫塑やペルガモン博物館のイシュタール門は紹介したくても取り上げていない。

博物館にいけば学芸員の方から詳しいお話がうかがえる。記事の執筆に有益な参考文献も教えていただける。なにより荒川さんにきれいな写真も撮影してもらえる。いくら原稿を書いてもいい写真がなければ雑誌のページにはならない。

博物館の紹介そのものが記事の対象になった場合もある。本書でいえば「いすゞプラザ」と「ヤマハ・イノベーションロード」だ。企業博物館とその企業を紹介することを条件にオープン前の施設に特別に入れていただいて取材させてもらった。その結果オープン直後の発売号に最新情報として掲載するこ

とができた。

連載が6年半80回を数え、目標だった2冊目の単行本が出せることになったいま改めてこの長期連載を振り返ってみると、「上巻は趣味の時間みたいなもんだったが、本書でやっと本領発揮かな」といった感慨と自負がないでもない。

ライター駆け出しの時代、当時一世を風靡していた大手出版社の写真週刊誌にクルマ関連のネタを毎週2ページ書かせてもらえるチャンスを掴んだ。

新型車の紹介。自動車の開発者や首脳のインタビュー。新技術の解説。自動車工場潜入ルポ。新型車スクープに観光ドライブガイドにカーショップ探訪に用品紹介やそのテスト。張り切って駆けずり回って記事を書いた。

毎週月曜午後3時が締め切りだ。さすがに52回1年間続けたら少々疲れた。ネタがなくなり書きたいことも言いたいことも枯渇して、ここらで卒業させて欲しいと副編集長に頼んだ。

「甘ったれたこと言うなよ。ネタがあって書きたいことあるなら原稿なんて誰だって書けるだろ。ネタが切れ書きたいことも言いたいこともやりつくして、そこから100回200回書くのがプロだろ。きみの『趣味の時間』はこれにて終了、ここからやっと『お仕事開始』ってことだな」

この3年間も取材チームは普遍だった。

毎回の取材のアポイントを取ってスケジュールをコーディネートし、取材中はビデオを回し、原稿の入稿と校正を担当してくださったのはフリーライター+編集者の藤野太一さん。

本書を飾る美しい写真を撮影してくださったのは「クルマはかくして作られる」シリーズ以来の盟友、フリーランスカメラマンの荒川正幸さん。

しかし誌面に使用する写真はいつも1枚残らず筆者が選ぶ。大きなメインの写真については取材時に荒川さんに撮影対象やカメラアングルなどの注文をつけて撮影してもらう。筆者の校正は最低2回、1回目はページデザインの確認、2回目は自分の文章だ。自分で書いたくせに自分が入れた修正の赤字でいつも校正は真っ赤、その段階で気が変わって文章の大幅差し替えという場合もあるのだから、私と一緒に仕事をするのは本当に大変だ。今回の単行本製作でも何度か暴れた。我慢して付き合ってくださっているお二人にはこの場を借りて改めて感謝したい。

毎月素敵なページデザインをしてくださっているソルトの石橋健一さんは上巻に続いて本書の装丁をやってくださった。私の希望を取り入れてくださったその出来栄えに100%満足している。

本書は三栄書房の制作局の鈴木慎一局長のバックアップなしには実現しなかった。紙代や印刷・製本にコストがかかる高価なムック本はいまの時代ますます売れなくなってきている。「この記事はオールカラーのムック本でないとまとめる意味がない」と2冊目もオールカラー版で出版に踏み切ってくれたのは局長の英断だ。

連載は筆者の古巣の「GENROQ」でいまも続行中だが、永田元輔編集長は連載継続の切なる願いを快く受け入れてくださっただけでなく、本書の編集作業を編集部総出でやってくれた。

だが最大の感謝は本書を買ってくださった皆様に申し上げたい。

写真説明の文字の小ささはいささか限度を超えているが、本当に大事なことはそこに小さく書いておいた。虫眼鏡片手に読んでいただければ本望である。

ここで出会った素晴らしき人々と素晴らしきものことに本書を捧げる。再びここへ導いてくれた。

福野礼一郎 ふくのれいいちろう

自動車評論家。機械工学一般に広範な知識と実経験をもち、自動車の設計および生産技術に関する著述の第一人者である。著書は『福野礼一郎のクルマ論評2014』(三栄書房刊)、『福野礼一郎のクルマ論評２』(三栄書房刊)、『クルマはかくして作られる４』(カーグラフィック社刊)、『福野礼一郎あれ以後全集１』『２』(カーグラフィック社刊)など40冊以上。

福野礼一郎 人とものの讃歌 2
2018年12月7日　初版 第1刷発行

著者：福野 礼一郎

発行人：星野 邦久
編集人：永田 元輔

編集：藤野 太一
デザイン・装幀：石橋 健一（ソルト）

発行元：株式会社三栄書房
〒160-8461 東京都新宿区新宿6-27-30
新宿イーストサイドスクエア7F
TEL：03-6897-4611（販売部）
TEL：048-988-6011（受注センター）
TEL：03-6897-4631（編集部）

印刷製本所　図書印刷株式会社

ISBN 978-4-7796-3815-2 ￥2000E